Als je het licht niet kunt zien

Eerder verschenen van Anthony Doerr bij The House of Books:

Bevroren dromen

Anthony Doerr

Als je het licht niet kunt zien

the house of books

Eerste druk, februari 2015
Dertiende druk, januari 2017

Oorspronkelijke titel: *All the Light We Cannot See*
Oorspronkelijk uitgegeven door: Scribner, 2014

Omslagontwerp: Wil Immink Design, Maastricht
© Omslagfoto: Getty Images
Foto auteur: © Isabelle Selby
Typografie: ZetSpiegel, Best

ISBN 978 90 443 5347 1
ISBN 978 90 443 4595 7 (e-book)
NUR 302

www.thehouseofbooks.com
www.overamstel.com

OVERAMSTEL
uitgevers

The House of Books is een imprint van Overamstel uitgevers bv

Voor Wendy Weil
1940-2012

In augustus 1944 werd het historische ommuurde centrum van Saint-Malo, het mooiste juweel van de Smaragdkust van Bretagne in Frankrijk, bijna in zijn geheel in de as gelegd... Van de 865 gebouwen binnen de omwalling bleven er slechts 182 overeind en allemaal werden ze in meer of mindere mate door het vuur beschadigd.

– Philip Beck

Wij hadden nooit aan de macht kunnen komen, of deze zo goed kunnen aanwenden, zonder de radio.

– Joseph Goebbels

Nul

7 AUGUSTUS 1944

Pamfletten

Het is al bijna donker als ze uit de lucht komen vallen. De wind drijft ze voort over de stadswallen, ze dwarrelen over de daken, fladderen door de openingen tussen de huizen. Hele straten wervelen ermee vol, het wit steekt af tegen de kinderkopjes. DRINGEND BERICHT AAN DE INWONERS VAN DEZE STAD, staat erop. VERTREK ONMIDDELLIJK NAAR OPEN LAND.

Het getij komt op. De maan hangt klein, geel en halfvol in de lucht. Op de daken van de strandhotels aan de oostkant, en in de tuinen daarachter, laten een stuk of zes Amerikaanse artillerie-eenheden brandende ballen in de monden van mortieren vallen.

Bommenwerpers

Om middernacht steken ze het Kanaal over. Ze zijn met zijn twaalven en zijn allemaal vernoemd naar een liedje: Stardust en Stormy Weather en In the Mood en Pistol-Packin' Mama. Heel in de verte glijdt de zee onder hen door, vol met ontelbare witte schuimkopjes. Algauw zullen de navigators de lage eilandbulten aan de horizon zien verschijnen.

Frankrijk.

Intercoms kraken. Bedachtzaam, sloom bijna, verliezen de bommenwerpers aan hoogte. Langs de hele kust schijnen streepjes rood licht omhoog vanuit de locaties met luchtafweergeschut. Er doemen donkere scheepswrakken op, tot zinken gebracht of verwoest, een ervan heeft een doorboorde boeg, een ander gaat in laaiende vlammen op. Op een van de buitenste eilanden rennen schapen in paniek tussen de rotsen door.

In elk vliegtuig tuurt een bommenrichter door een richtraam en telt tot twintig. Vier vijf zes zeven. Voor de bommenrichters ziet de ommuurde stad op haar granieten, steeds dichterbij komende landtong eruit als een boosaardige tand; iets zwarts en gevaarlijks, een laatste abces dat nog moet worden weggesneden.

Het meisje

In een uithoek van de stad, op de vijfde en hoogste verdieping van een hoog, smal huis aan de rue Vauborel 4, gaat een blind zestienjarig meisje dat Marie-Laure LeBlanc heet op haar knieën naast een lage tafel zitten. Op die tafel staat een maquette die het hele tafelblad in beslag neemt, een miniatuuruitvoering van de stad waarin ze neerknielt, met replica's op schaal van honderden huizen, winkels en hotels binnen de omwalling. De kathedraal met zijn opengewerkte spits en het logge oude Château de Saint-Malo, en langs de kust de villa's, keurig in het gelid en bezaaid met schoorstenen. Vanaf het gedeelte van het strand dat Plage du Môle heet steekt een smalle houten aanlegsteiger uit; boven de vismarkt bevindt zich een atrium met een delicaat ruitpatroon; op de piepkleine pleintjes staan overal minuscule bankjes, waarvan de kleinste niet groter zijn dan een appelpit.

Met haar vingertoppen gaat Marie-Laure langs de centimeterbrede stadswal en trekt ze een onregelmatige sterrenvorm rond de hele maquette. Boven op de muren waar vier ceremoniële kanonnen naar zee gericht staan, vindt ze de opening. 'Bastion de la Hollande,' fluistert ze en ze laat haar vingers een klein trappetje af lopen. 'Rue des Cordiers, rue Jacques Cartier.'

In een hoek van de kamer staan twee zinken emmers, tot aan de rand gevuld met water. Gooi ze maar helemaal vol, heeft haar oudoom haar geleerd, zo vaak je maar kunt. Net als de badkuip op de tweede verdieping. Je weet maar nooit wanneer het water weer wordt afgesloten.

Met haar vingers gaat ze terug naar de spits van de kathedraal. Zuidwaarts, naar de Poort van Dinan. De hele avond heeft ze met haar vingers de maquette doorgewandeld, in afwachting van haar oudoom Etienne, van wie dit huis is en die gisteravond, terwijl zij lag te slapen, is weggegaan en nu nog steeds niet terug is. En nu is het alweer avond, er is weer een etmaal verstreken, buiten is het stil en ze kan de slaap niet vatten.

Ze kan de bommenwerpers van vijf kilometer afstand horen. Een aanzwellend gebrom. De ruis in een zeeschelp.

Als ze het slaapkamerraam openzet, klinkt het lawaai van de vliegtuigen harder. Maar verder is de avond angstaanjagend stil: geen motoren, geen stemmen, geen geroezemoes. Geen sirenes. Geen voetstappen op de keien. Zelfs geen meeuwen. Alleen door de vloed opgestuwde golven, die een straat verder en vijf verdiepingen lager tegen de onderkant van de omwalling aan klotsen.

En nog iets anders.

Een zacht geklapper, heel dichtbij. Voorzichtig zet ze het linkerluik open en strijkt met haar vingers langs de latjes van het rechter. Daar zit een papiertje tussen.

Ze houdt het tegen haar neus. Het ruikt naar verse inkt. Benzine, misschien. Het papier knispert; het zit er nog niet lang.

Op kousenvoeten blijft Marie-Laure voor het raam staan aarzelen, in haar slaapkamer, waar de schelpen boven op haar kledingkast liggen uitgestald en kiezelsteentjes op de plinten liggen. Haar stok staat in de hoek; haar grote brailleboek ligt ondersteboven op haar bed. Het gebrom van de vliegtuigen zwelt aan.

De jongen

Vijf straten noordwaarts wordt een witblonde, achttien jaar oude Duitse soldaat met de naam Werner Pfennig wakker van een zwak, staccato gebrom. Nauwelijks meer dan een zacht gezoem. Vliegen die ergens verderop tegen een raam op botsen.

Waar is hij? De zoete, licht chemische geur van wapenolie; het ruwe hout van nieuwe granaatkisten; de geur van mottenballen, als een oude sprei – hij bevindt zich in het hotel. Natuurlijk. L'Hôtel des Abeilles, het Bijenhotel.

Het is nog avond. Het is nog vroeg.

Vanaf de kust klinkt gefluit en gedreun: luchtafweergeschut.

Een korporaal van de luchtafweer rent de gang door, op weg naar het trappenhuis. 'De kelder in,' roept hij over zijn schouder en Werner doet zijn zaklantaarn aan, rolt zijn deken in zijn legertas en gaat de gang op.

Nog niet zo lang geleden was het Bijenhotel een vrolijke plek, met felblauwe luiken aan de voorgevel, oesters op ijs in het café en Bretonse kelners die met een vlinderdas om achter de bar glazen stonden te poleren. Het bevatte eenentwintig gastenkamers en een lobby met een open haard ter grootte van een vrachtwagen en het bood een indrukwekkend uitzicht op zee. In de weekends kwamen Parijzenaren hier een aperitief drinken, langer geleden nog weleens afgezanten van de republiek – ministers, onderministers, abten en admiralen – en in de eeuwen dáárvoor: getaande kaapvaarders, moordenaars, plunderaars, rovers, zeelui.

Vóór die tijd, nog voor het überhaupt een hotel was, vijf volle eeuwen geleden, woonde er een rijke kaperkapitein die zijn piratenleven had ingeruild voor het bestuderen van bijen in de weilanden buiten Saint-Malo, waarbij hij aantekeningen in een boekje krabbelde en de honing rechtstreeks van de raat at. In de randen boven de deurbalken staan nog steeds bijen in het eikenhout gekerfd; de met klimop overwoekerde fontein op de binnenplaats heeft de vorm van een bijenkorf. Het mooist vindt Werner de vijf vervaagde fresco's op de plafonds van de grootste kamers op de bovenste verdieping, waarop bijen ter grootte van een kind tegen een blauwe achtergrond rondzweven, grote lome hommels en werkbijen met transparante vleugels, en waar, boven een zeshoekige badkuip, één enkele drie meter lange koningin, met meerdere ogen en een gouden vacht op haar buik, over het plafond kronkelt.

In de afgelopen vier weken is het hotel omgebouwd tot iets anders: een fort. Een detachement van Oostenrijkse artilleristen heeft er alle ramen dichtgespijkerd en alle bedden omvergegooid. Ze hebben de ingang gebarricadeerd, de trappenhuizen volgestapeld met kratten vol granaten. De derde verdieping van het hotel, met tuinkamers met Franse balkonnetjes die direct uitkomen op de omwalling, biedt nu onderdak aan een verouderd hogesnelheidsluchtdoelgeschut, een zogenoemde 88, dat in staat is om granaten van negenenhalve kilo veertien kilometer ver te schieten.

'Hare Majesteit', zo werd het kanon door de Oostenrijkers genoemd, en de hele afgelopen week hebben deze mannen ervoor gezorgd, als werkbijen voor hun koningin. Ze hebben haar olie gevoerd, haar loop opnieuw geverfd, haar wielen gesmeerd; ze hebben zandzakken als geschenken aan haar voeten gelegd.

De koninklijke *acht acht*, een dodelijke monarch die hen allemaal moet beschermen.

Werner bevindt zich in het trappenhuis, halverwege de begane grond, als de 88 twee keer kort achter elkaar wordt afgevuurd. Het is voor het eerst dat hij het wapen van zo dichtbij hoort en het klinkt alsof het bovenste deel van het hotel eraf wordt geblazen. Hij struikelt en drukt zijn armen tegen zijn oren. Het gebouw trilt op zijn grondvesten.

Twee verdiepingen boven zich hoort Werner de Oostenrijkers zich verdringen en haar opnieuw laden, gevolgd door het langzaam wegstervende gegil van twee granaten die over de oceaan suizen en nu al drie of vier kilometer verder zijn. Een van de soldaten, realiseert hij zich, staat te zingen. Of misschien zijn het er wel meer. Misschien staan ze wel allemaal te zingen. Acht mannen van de Luftwaffe, van wie er niet één het komende uur zal halen, zingen een liefdeslied voor hun koningin.

Achter de straal van zijn zaklantaarn aan loopt Werner de lobby door. Het enorme wapen ontbrandt een derde keer en ergens in de buurt klinkt glasgerinkel. Met veel gerommel komt er een enorme lading roet de schoorsteen uit vallen en de hotelmuren weergalmen als een klok die slaat. Werner is bang dat door het lawaai de tanden uit zijn mond zullen worden geslagen.

Moeizaam trekt hij de kelderdeur open en blijft dan even staan, alles om hem heen lijkt te draaien. 'Is dit het dan?' vraagt hij. 'Komen ze echt?'

Maar wie kan hem antwoord geven?

Saint-Malo

Zuchtend en steunend worden in alle straatjes de laatste niet-geëvacueerde inwoners wakker. Oude vrijsters, prostituees, mannen van boven de zestig. Treuzelaars, collaborateurs, ongelovigen, dronkaards. Nonnen uit allerlei ordes. De armen. De koppigen. De blinden.

Sommigen haasten zich naar de schuilkelders. Anderen maken zichzelf wijs dat het maar een oefening is. Weer anderen blijven treuzelen om nog even een deken of een pakje speelkaarten te pakken.

D-day was twee maanden geleden. Cherbourg is bevrijd, Caen is bevrijd, Rennes ook. Half West-Frankrijk is vrij. In het oosten hebben de Sovjets Minsk heroverd; in Warschau is het Poolse Binnenlandse Leger in opstand gekomen; een paar kranten durven te beweren dat het tij gekeerd is.

Maar niet hier. Niet in deze laatste citadel aan de rand van het continent, dit laatste Duitse bastion aan de Bretonse kust.

Hier, zo wordt gefluisterd, hebben de Duitsers onder de middeleeuwse muren twee kilometer aan onderaardse gangen hersteld; ze hebben nieuwe verdedigingslinies, nieuwe leidingen, nieuwe ontsnappingsroutes aangelegd, ondergrondse netwerken van een verbazingwekkende complexiteit. Onder het schiereiland waar het fort van La Cité op staat, aan de overkant van de rivier vanuit de oude stad gezien, liggen verbandkamers, munitiekamers, zelfs een ondergronds ziekenhuis, zo wordt tenminste beweerd. Ze hebben er airconditioning, een watertank van tweehonderdduizend liter, een directe lijn naar Berlijn. Er zijn vlammenwerpende boobytraps, er is een heel web van kleine bunkers met periscopisch zicht; ze hebben voldoende zwaar geschut om elke dag, een jaar lang, de hele dag door granaten in zee te werpen.

Hier, wordt gefluisterd, staan duizend Duitsers klaar om te sterven. Of vijfduizend. Misschien nog wel meer.

Saint-Malo: de stad wordt aan vier kanten omgeven door water. Haar verbinding met de rest van Frankrijk is zwak: een opgehoogd voetpad, een brug, een landtong van zand. Wij zijn in de eerste plaats Maloër, zeggen de inwoners van Saint-Malo altijd. Dan pas Breton. En pas als het echt niet anders kan, Fransoos.

In het stormachtige licht krijgt het graniet een blauwe gloed. Bij hoogtij dringt de zee de kelders in het hart van de stad binnen. Bij laagtij steken de ribben vol zeepokken van wel duizend scheepswrakken uit boven de zee.

Al drieduizend jaar lang is dit kleine kaapje aan belegeringen onderhevig geweest.

Maar nog nooit op deze manier.

Een grootmoeder tilt een drukke peuter op. Een dronkenlap, die anderhalve kilometer verderop in een steegje buiten Saint-Servan staat te urineren, haalt een stukje papier uit een heg. DRINGEND BERICHT AAN DE INWONERS VAN DEZE STAD, staat er. VERTREK ONMIDDELLIJK NAAR OPEN LAND.

Op de buitenste eilanden flitsen luchtafweereenheden en in de oude stad slingeren de grote Duitse wapens een volgende lichting gillende granaten de zee in. Daar kruipen driehonderdtachtig Fransen, die op een eiland een halve kilometer bij het strand vandaan gevangenzitten in een fort met de naam National, op een maanverlichte binnenplaats tegen elkaar aan en turen naar boven.

Vier jaar lang bezet, en wat brengt het geraas van de naderende bommenwerpers met zich mee? Verlossing? Volledige vernietiging?

Het klakkende geluid van kleine vuurwapens die afgaan. Het doffe gerommel van luchtafweergeschut. Een tiental duiven duikt van de spits van de kathedraal en cirkelt rond boven de zee.

Rue Vauborel nummer 4

Marie-Laure LeBlanc staat in haar eentje in haar slaapkamer en ruikt aan een pamflet dat ze niet kan lezen. Sirenes loeien. Ze doet de luiken dicht en zet het raam weer op de haak. Elke seconde komen de vliegtuigen dichterbij; elke seconde is een seconde verloren. Ze zou naar beneden moeten rennen. Ze zou naar de hoek van de keuken moeten gaan, waar een klein valluik uitkomt op een kelder vol stof en tapijten waar de muizen aan hebben geknaagd en oeroude koffers die al in geen tijden meer zijn geopend.

In plaats daarvan loopt ze terug naar de tafel aan het voeteneind van het bed en gaat naast de maquette van de stad zitten.

Opnieuw vindt ze met haar vingers de buitenste verdedigingsmuren, het Bastion de la Hollande, het kleine trappetje naar beneden. Vanuit dit raam, precies hier, in de echte stad, klopt een vrouw elke zondag haar mat uit. Vanuit dat raam daar riep een jongen ooit: *Kijk uit waar je loopt, ben je soms blind?*

De ruiten rammelen in de sponningen De kanonnen van de luchtafweer sturen een nieuw salvo de lucht in. De aarde draait een heel klein beetje verder.

Onder haar vingertoppen kruist de miniatuur-rue d'Estrées de miniatuur-rue Vauborel. Ze draait haar vingers naar rechts en laat ze over deurposten gaan. Een twee drie. Vier. Hoe vaak heeft ze dit wel niet gedaan?

Nummer 4: het hoge, vervallen vogelnest van een huis, eigendom van haar oudoom Etienne. Waar ze al vier jaar woont. Waar ze in haar eentje op haar knieën op de vloer zit, terwijl er een dozijn Amerikaanse bommenwerpers op haar af komt geraasd.

Ze drukt het piepkleine voordeurtje in, er schiet een verborgen haakje los en het kleine huisje komt omhoog en los van de maquette. Ze houdt het in haar handen, het is ongeveer zo groot als een van de sigarendozen van haar vader.

Inmiddels zijn de bommenwerpers zo dichtbij dat de vloer onder haar knieën trilt. Buiten in de hal rinkelen de kristallen hangers van de kroonluchter boven in het trappenhuis. Marie-Laure draait de schoorsteen van het miniatuurhuisje negentig graden. Vervolgens schuift ze drie houten dakpaneeltjes opzij, en keert het ondersteboven.

Er valt een steen in haar hand.

Hij is koud. Het formaat van een duivenei. De vorm van een traan.

Marie-Laure grijpt met haar ene hand het houten huisje stevig vast en met haar andere de steen. De kamer voelt kwetsbaar aan, fragiel. Het lijkt alsof er elk moment enorme vingertoppen door de muren heen kunnen breken.

'Papa?' fluistert ze.

Kelder

Onder de lobby van het Bijenhotel is in het gesteente een zeeroverskelder uitgehouwen. Achter alle kratten, kastjes en volle gereedschapsborden zijn de muren van kaal graniet. Het plafond wordt gestut door drie massieve, met de hand gehouwen balken, die hierheen zijn gesleept uit een of ander oeroud Bretons bos en door paardenspannen en een hijskraan op hun plek zijn gezet.

Een enkel peertje werpt overal een flikkerende schaduw op.

Werner Pfennig zit op een klapstoel voor een werkbank, kijkt hoe vol zijn batterij nog is en zet een koptelefoon op. De radio is een met staalplaat beklede zendontvanger met een bandantenne van 1 meter 60. Die stelt hem in staat te communiceren met een identiek apparaat boven, met twee andere luchtafweereenheden binnen de muren van de stad en met de leiding van het ondergrondse garnizoen aan de overkant van de riviermond.

De zendontvanger maakt een zoemend geluid terwijl hij opwarmt. Een verkenner leest coördinaten voor in de microfoon en een artillerist herhaalt ze weer naar hem. Werner wrijft in zijn ogen. Achter hem staan in beslag genomen schatten tot aan het plafond toe opgestapeld: opgerolde tapijten, staande klokken, kledingkasten en enorme geschilderde landschappen vol craquelé. Op een plank tegenover Werner staan acht of negen gipsen hoofden, waarvan de bedoeling hem volstrekt onduidelijk is.

De zwaarlijvige stafonderofficier Frank Volkheimer komt de smalle houten trap af en bukt vanwege de balken. Hij glimlacht vriendelijk naar Werner en neemt plaats op een met goudzijde beklede stoel met een hoge leuning. Zijn geweer rust op zijn enorme bovenbenen, waar het eerder lijkt op een klein stokje.

Werner zegt: ‘Gaat het beginnen?’

Volkheimer knikt. Hij doet zijn zaklantaarn uit en knippert met zijn opvallend tere wimpers in het duister.

‘Hoe lang gaat het duren?’

‘Niet zo lang. Hier beneden zitten we veilig.’

De genieofficier, Bernd, komt als laatste. Hij is een kleine man met muizig haar en twee ongelijke pupillen. Hij doet de kelderdeur achter zich dicht, vergrendelt hem en gaat halverwege op de houten trap zitten met een grimmige blik op zijn gezicht, angst of lef, dat is moeilijk te zeggen.

Nu de deur dicht is, klinkt het geluid van de sirenes zachter. Boven hun hoofd flikkert het peertje aan het plafond.

Water, bedenkt Werner. Ik ben water vergeten.

Een tweede luchtafweereenheid in een verre uithoek van de stad schiet en daarna gaat de 88 boven weer af, keihard, dodelijk, en Werner luistert naar de granaten die gillend door de lucht vliegen. Hele watervallen van stof komen met veel geruis van het plafond. Door zijn koptelefoon heen kan Werner de Oostenrijkers boven nog steeds horen zingen.

... auf d'Wulda, 140140auf d'Wulda, da scheint d'Sunn a so gulda...

Volkheimer plukt slaperig aan een vlek op zijn broek. Bernd blaast in zijn handen. De zendontvanger kraakt van de wind, de luchtdruk, de door de projectielen beschreven banen. Werner denkt aan thuis: Frau Elena, die gebogen over zijn kleine schoentjes een dubbele knoop in elke veter legt. Sterren die langs een dakvenster schieten. Zijn kleine zusje, Jutta, met een deken om haar schouders en een koptelefoon tegen haar linkeroor gedrukt.

Vier verdiepingen hoger knallen de Oostenrijkers nog een granaat in het rokende staartstuk van de 88, kijken de draai-inrichting nog eens na en houden hun oren dicht terwijl het wapen wordt afgevuurd, maar hier beneden hoort Werner alleen maar de radiostemmen uit zijn jeugd. *De Godin van de Geschiedenis keek neer op de aarde. Enkel door de heetste vuren kan loutering worden bereikt.* Hij ziet een woud vol verwelkende zonnebloemen. Hij ziet een vlucht spreeuwen opfladderen uit een boom.

Bommen los

Zeventien achttien negentien twintig. Nu glijdt de zee onder de richtramen door. Nu de daken. Twee kleinere vliegtuigen vullen de luchtweg met rook en de voorste bommenwerper laat luidruchtig zijn lading vallen. Elf andere volgen zijn voorbeeld. De bommen vallen diagonaal; de bommenwerpers vliegen omhoog en verdwijnen.

De onderkant van de hemel kleurt zwart van de spikkels. Marie-Laures oudoom, met een paar honderd anderen opgesloten binnen de hekken van het Fort National, driekwart kilometer bij de kust vandaan, kijkt met samengeknepen ogen omhoog en denkt: sprinkhanen, en hij herinnert zich uit een stoffige les op de dorpsschool een gezegde uit het Oude Testament: *De sprinkhanen hebben geen koning, toch zijn ze allemaal in rangen verdeeld.*

Een duivelse horde. Omgekeerde zakken met bonen. Honderd gebroken rozenkransen. Er zijn wel duizend metaforen, die geen van alle volstaan: veertig bommen per vliegtuig, vierhonderdtachtig bij elkaar opgeteld, tweeëndertigduizend kilo aan explosieven.

Er daalt een lawine neer op de stad. Een orkaan. Theekopjes schuiven van de planken. Schilderijen glijden van de spijkers. Na nog een kwartseconde zijn de sirenes niet meer te horen. Er is helemaal niets meer te horen. Het geraas klinkt nu hard genoeg om je trommelvliezen te laten scheuren.

Het luchtafweergeschut schiet zijn laatste granaten de lucht in. Twaalf bommenwerpers keren onbeschadigd terug de blauwe avond in.

Op de vijfde verdieping van rue Vauborel nummer 4 kruipt Marie-Laure onder haar bed en ze houdt de steen en het kleine maquettehuisje tegen haar borstkas geklemd.

In de kelder onder het Bijenhotel geeft het enige peertje aan het plafond de geest.

Een

1934

Muséum National d'Histoire Naturelle

Marie-Laure LeBlanc is een lang, zesjarig meisje in Parijs met sproeten en met een gezichtsvermogen dat snel achteruitgaat als haar vader haar meestuurt op een kinderrondleiding in het museum waar hij werkt. De gids is een gebochelde oude suppoost, zelf niet veel groter dan een kind. Hij tikt met het puntje van zijn stok op de vloer om de aandacht te trekken, en leidt vervolgens zijn twaalf pupillen door de tuinen heen naar de galerijen.

De kinderen zien technici een fossiel dinosaurusdijbeen met katrollen omhoogtakelen. Ze zien een opgezette giraffe in een kast staan, met loslatende stukjes vel op de rug.

Ze kijken in de lades van taxidermisten, vol veren, klauwen en glazen ogen; ze bladeren door tweehonderd jaar oude herbariumpagina's, opgesierd met orchideeën, margrieten en kruiden.

Uiteindelijk gaan ze zestien traptreden op naar de Galerij van Mineralogie. De gids laat hun agaatsteen uit Brazilië zien en lilakleurige amethisten en een meteoriet op een voetstuk, waarvan hij beweert dat die even oud is als het zonnestelsel zelf. Dan leidt hij hen in ganzenmars twee wenteltrappen af en een paar gangen door en blijft hij staan bij een ijzeren deur met een enkel sleutelgat. 'Einde van de rondleiding,' zegt hij.

'Maar wat zit daarachter?' vraagt een meisje.

'Achter deze deur zit nog een afgesloten deur, ietsje kleiner.'

'En daarachter?'

'Een derde afgesloten deur, nog kleiner.'

'En daarachter?'

'Een vierde deur, en een vijfde, en ga zo maar door tot je uitkomt bij een dertiende, een klein afgesloten deurtje, niet groter dan een schoen.'

De kinderen buigen zich naar voren. 'En dan?'

'Achter de dertiende deur,' – de gids wuift met een van zijn ongelofelijk rimpelige handen – 'bevindt zich de Zee der Vlammen.'

Verwarring. Gewiebel en gedraai.

'Ach, kom. Hebben jullie nog nooit van de Zee der Vlammen gehoord?'

De kinderen schudden hun hoofd. Marie-Laure kijkt met samengeknepen ogen naar de peertjes die in drie rijen aan het plafond hangen: elk ervan veroorzaakt een regenboogkleurig aureool.

De gids hangt zijn wandelstok aan zijn pols en wrijft in zijn handen. 'Het is een lang verhaal. Hebben jullie zin in een lang verhaal?'

Ze knikken.

Hij schraapt zijn keel. 'Eeuwen geleden, op de plek die we nu Borneo noemen, raapte een prins uit een droge rivierbedding een blauwe steen op, omdat hij die zo mooi vond. Maar op de weg terug naar zijn paleis werd de prins overvallen door mannen op paarden, die hem recht in zijn hart staken.'

'In zijn hart?'

'Is dat echt gebeurd?'

Een jongen zegt: 'Ssst.'

'De dieven stalen zijn ringen, zijn paard, alles. Maar omdat hij de kleine blauwe steen in zijn vuist geklemd hield, hadden ze die over het hoofd gezien. En het lukte de prins om, op sterven na dood, naar huis te kruipen. Daar raakte hij buiten bewustzijn. Op de tiende dag ging hij, tot verbazing van zijn verpleegsters, rechtop zitten, opende zijn hand en daar was de steen.

De artsen van de sultan spraken van een wonder, volgens hen had de prins zo'n zware verwonding helemaal niet kunnen overleven. De verpleegsters schreven de steen helende krachten toe. De juweliers van de sultan zeiden iets anders: zij zeiden dat de steen de grootste ruwe diamant was die ooit was gezien. Hun meest getalenteerde steenhouwer deed er tachtig dagen over om hem te slijpen, en toen hij klaar was, was de steen helderblauw, het blauw van een tropische zee, maar met in het midden een vleugje rood, als vlammen in een waterdruppel. De sultan liet de diamant voor de prins in een kroon zetten en men zei dat als de jonge prins op zijn troon zat en de zon vanuit een bepaalde hoek op hem viel, hij zo oogverblindend werd dat bezoekers zijn silhouet niet meer van het licht konden onderscheiden.'

'Weet u zeker dat dit waar is?' vraagt een meisje.

'Ssst,' zegt de jongen.

'De steen kwam bekend te staan als de Zee der Vlammen. Sommigen geloofden dat de prins een godheid was, dat hij niet gedood kon worden zolang hij de steen in zijn bezit had. Maar er begon zich iets vreemds voor te doen: hoe langer de prins de kroon ophad, hoe groter ongeluk hem ten deel viel. Binnen een maand verloor hij een broer aan verdrinking en een tweede broer aan een slangenbeet. Binnen zes maanden overleed zijn vader aan een ziekte. En alsof dit allemaal nog niet erg genoeg was, kondigden de bewakers van de sultan aan dat er zich in het oosten een groot leger aan het verzamelen was.

De prins riep zijn vaders adviseurs bijeen. Allemaal zeiden ze dat hij zich op een oorlog moest voorbereiden, op één na, een priester, die vertelde dat hij een droom had gehad. In de droom had de godin van de aarde hem verteld dat de Zee der Vlammen door haar was gemaakt als geschenk voor haar minnaar, de god van de zee, en dat ze het juweel via de rivier naar hem toe had gestuurd. Maar toen de rivier opdroogde en de prins de steen eruit had gevist, was de godin razend geworden. Ze vervloekte de steen en de bezitter ervan.'

Alle kinderen buigen zich nog verder naar voren, Marie-Laure ook.

'De vloek luidde als volgt: de bezitter van de steen zou eeuwig blijven leven, maar zolang hij hem bij zich droeg, zou het onheil neerdalen op eenieder die hij liefhad, de een na de ander, als een onophoudelijke stortregen.'

'Eeuwig leven?'

'Maar als de bezitter de diamant in zee zou werpen, en hem zo bij zijn rechtmatige eigenaar afleverde, zou de godin de vloek opheffen. Dus de prins, die inmiddels sultan was, dacht drie dagen en drie nachten na en besloot uiteindelijk om de steen te houden. Die had zijn leven gered; hij geloofde dat hij er onkwetsbaar door werd. Hij liet de tong uit de mond van de priester wegsnijden.'

'Au,' zegt het jongste jongetje.

'Grote vergissing,' zegt het langste meisje.

'De invasietroepen kwamen,' zegt de wacht. 'Ze maakten het paleis met de grond gelijk en iedereen die ze daar aantroffen werd vermoord. De prins is daarna nooit meer gezien, en tweehonderd jaar lang hoorde niemand over de Zee der Vlammen. Volgens sommigen was de steen in meerdere kleinere stenen gehakt; anderen beweerden dat de steen nog steeds in het bezit was van de prins, die als eenvoudige boer in Japan of Perzië woonde en niet ouder leek te worden.

En zo raakte de steen in de vergetelheid. Tot de dag dat een Franse diamanthandelaar, tijdens een reisje naar de Golcondamijnen in India, een enorme peervormige diamant onder ogen kreeg. 133 karaat. Nagenoeg helemaal zuiver. Zo groot als een duivenei, schreef hij, en zo blauw als de zee, maar met in de kern een rode schittering. Hij maakte een afgietsel van de steen en stuurde die naar een graaf in Lotharingen die bezeten was van edelstenen, waarbij hij hem waarschuwde voor de geruchten over de vloek. Maar de graaf had zijn zinnen nu eenmaal gezet op de diamant. Dus nam de handelaar hem mee naar Europa, waar de graaf hem in het handvat van een wandelstok liet zetten en hem altijd bij zich droeg.'

'O jee.'

'Binnen een maand liep de gravin een keelziekte op. Twee van hun favoriete bedienden vielen van het dak en braken hun nek. Vervolgens stierf de enige zoon van de graaf door een ongeluk tijdens het paardrijden. Hoewel iedereen zei dat de graaf er nog nooit zo goed had uitgezien, werd hij bang om de deur uit te gaan en durfde hij geen bezoek meer te ontvangen. Uiteindelijk was hij er zo van overtuigd dat zijn steen de vervloekte Zee der Vlammen was dat hij de koning vroeg hem in zijn museum op te bergen, onder de voorwaarde dat hij achter slot en grendel ging in een speciaal gemaakte kluis, die tweehonderd jaar lang niet geopend mocht worden.'

'En?'

'En inmiddels zijn er honderdzesennegentig jaar verstreken.'

Alle kinderen vallen even stil. Een aantal van hen maakt het rekensommetje op hun vingers. Dan steken ze allemaal tegelijk hun hand op. 'Mogen we hem zien?'

'Nee.'

'Niet eens de eerste deur openmaken?'

'Nee.'

'Hebt ú hem gezien?'

'Dat heb ik niet.'

'Hoe weet u dan dat hij daar echt in zit?'

'Je moet wel in het verhaal geloven.'

'Hoeveel is hij waard, monsieur? Zou je er de Eiffeltoren mee kunnen kopen?'

'Met een diamant zo groot en zo zeldzaam zou je waarschijnlijk wel vijf Eiffeltorens kunnen kopen.'

Ontzag alom.

'Zijn al die deuren er om dieven buiten te houden?'

'Misschien,' zegt de gids met een knipoog, 'zijn ze er wel om de vloek binnen te houden.'

De kinderen vallen stil. Twee of drie zetten een stap naar achteren.

Marie-Laure zet haar bril af, en de wereld wordt vormloos. 'Waarom,' vraagt ze, 'wordt de diamant er niet gewoon uit gehaald en in zee gegooid?'

De gids kijkt haar aan. De andere kinderen kijken haar aan. 'Wanneer,' zegt een van de oudere jongens, 'heb jij voor het laatst iemand vijf Eiffeltorens in zee zien gooien?'

Er wordt gelachen. Marie-Laure fronst. Het is gewoon een ijzeren deur met een koperen sleutelgat.

De rondleiding is afgelopen, de kinderen stuiven uiteen en Marie-Laure wordt weer bij haar vader in de *Grande galerie* geïnstalleerd. Hij zet de bril op haar neus recht en plukt een blaadje uit haar haar. 'Was het leuk, *ma chérie*?'

Vanaf de zoldering duikt een klein bruin huismusje naar beneden, dat voor haar op de tegels landt. Marie-Laure steekt haar open hand uit. Het musje houdt zijn kopje scheef, aarzelend. Dan fladdert het weer weg.

Een maand later is ze blind.

Zollverein

Werner Pfennig groeit vierhonderdvijftig kilometer ten noordoosten van Parijs op in een gemeente die Zollverein heet, een mijnbouwcomplex van zestien vierkante kilometer net buiten Essen in Duitsland. Het is een grauwe regio met veel staal, een plek vol gaten. Er roken fabrieksschoorstenen, er rollen locomotieven op verhoogde rails heen en weer en er staan bladerloze bomen op heuvels van mijnafval, als handen van een skelet die uit de onderwereld omhoogkomen.

Werner en zijn kleine zusje, Jutta, groeien op in het kindertehuis, een bakstenen weeshuis van twee verdiepingen in de Viktoriastrasse, waarvan de kamers zijn gevuld met het gehoest van zieke kinderen, het gehuil van pasgeborenen en wat versleten koffers met daarin de laatste bezittingen van overleden ouders: verstelde jurken, dof geworden bestek, dat onderdeel van de uitzet was, vervaagde glasplaatfoto's van door de mijnen verzwolgen vaders.

Werners jonge jaren zijn het armoedigst. Mannen gaan met elkaar op de vuist om baantjes buiten de hekken van Zollverein, kippeneieren brengen per stuk twee miljoen reichsmark op en een reumatische koorts waart als een wolf in het kindertehuis rond. Er is geen boter of vlees. Fruit is een herinnering. Op sommige avonden, in de ergste maanden, kan de directrice van het tehuis haar twaalf beschermelingen niet meer te eten geven dan wat cakejes van mosterdpoeder en water.

Maar de zevenjarige Werner lijkt boven alles uit te zweven. Hij is te klein voor zijn leeftijd, heeft flaporen en hij praat met een hoog, lief stemmetje: bij het zien van zijn witte haar blijven de mensen verbaasd stilstaan. Sneeuwachtig, melkachtig, krijtachtig. Een kleur die de afwezigheid van kleur is. Elke morgen strikt hij zijn veters, stopt een krant in zijn jas als isolatie tegen de kou en gaat op onderzoek uit. Hij vangt sneeuwvlokjes, kikkervisjes, kikkers in hun winterslaap; hij weet brood te ontfutselen aan bakkers die niet eens genoeg hebben om te verkopen; menigmaal duikt hij op in de keuken met verse melk voor de baby's. Hij maakt ook van alles: kartonnen dozen, grove tweedekkers, speelgoedbootjes met een werkend roer.

Om de zoveel tijd brengt hij de directrice in verlegenheid met een onbeantwoordbare vraag: 'Waarom krijgen we de hik, Frau Elena?'

Of: 'Als de maan zo groot is, Frau Elena, waarom lijkt hij dan zo klein?'

Of: 'Frau Elena, weet een bij dat hij doodgaat als hij iemand steekt?'

Frau Elena is een protestantse non uit de Elzas die meer opheeft met kinderen dan met gezag. Ze zingt Franse volksliedjes, met een schrille kopstem, koestert een voorliefde voor sherry en valt regelmatig al staande in slaap. Op sommige avonden laat ze de kinderen lang opblijven, terwijl zij hun in het Frans verhaaltjes vertelt over haar jeugd tussen de knusse bergen, waar de sneeuw twee meter dik op de daken lag, met dorpsomroepers en beekjes waar de damp van afsloeg in de kou en met rijp bedekte wijngaarden: als een boek van Dickens.

'Kunnen dove mensen hun hartslag horen, Frau Elena?'

'Waarom plakt lijm niet aan de binnenkant van het flesje, Frau Elena?'

Dan moet ze altijd lachen. Ze woelt met haar handen door Werners haar; ze fluistert: 'Ze zullen zeggen dat je te klein bent, Werner, dat je van slechte komaf bent, dat je maar beter geen grote dromen kunt hebben. Maar ik geloof in jou. Ik denk dat jij geweldige dingen gaat bereiken.' Dan stuurt ze hem naar het kleine veldbed dat hij tot het zijne heeft gemaakt, op zolder, onder het dakraam.

Soms zijn Jutta en hij aan het tekenen. Zijn zusje sluipt dan naar Werners bed, en samen liggen ze op hun buik beurtelings met een enkel potlood te tekenen. Jutta is twee jaar jonger, maar wel de meest getalenteerde. Het allerliefst tekent ze Parijs, een stad die ze op welgeteld één foto heeft gezien, op de achterflap van een van de romannetjes van Frau Elena: mansardedaken, wazige appartementengebouwen, het ijzeren raster van een toren in de verte. Ze tekent kromme witte wolkenkrabbers, gecompliceerde bruggen, hordes figuurtjes naast een rivier.

Op andere dagen, in de uren na school, trekt Werner zijn kleine zusje door het mijnencomplex in een wagentje dat hij van oude onderdelen heeft gebouwd. Dan ratelen ze over de lange kiezelpaden, langs mijnwerkershuisjes en vuurtjes in vuilnisvaten, langs ontslagen mijnwerkers die de hele dag maar wat rondhangen op omgekeerde kratjes, roerloos als een standbeeld. Eén wiel loopt er steeds vanaf en Werner hurkt er dan geduldig naast om de schroeven weer vast te draaien. Om hen heen sloffen de figuren van de tweede ploeg arbeiders de opslagplaatsen in, terwijl de arbeiders van de eerste ploeg terug naar huis schuifelen, ineengedoken, hongerig, met blauwe neuzen en gezichten als zwarte doodshoofden onder hun helmen. 'Hallo,' zegt Werner dan opgewekt, 'goedemiddag', maar de mijnwerkers strompelen meestal voorbij zonder te antwoorden, misschien zelfs zonder hem ook maar te zien. Ze houden hun blik op het rotsgruis gericht, met de economische ondergang van Duitsland als een zwaard van Damocles boven hun hoofd.

Werner en Jutta doorzoeken glinsterende hoopjes zwart stof; ze klauteren over opgestapelde verroeste machines. Ze trekken besjes van struiken en paardenbloemen uit velden. Soms weten ze in vuilnisbakken aardappelschillen of wortelgroen te vinden; op andere middagen verzamelen ze papier om op te tekenen, of oude tandpastatubes waaruit ze de laatste restjes knijpen die ze tot krijt laten opdrogen. Zo nu en dan trekt Werner Jutta helemaal tot aan de ingang van Mijn Negen, de grootste van allemaal, vol lawaai, verlicht zoals een gaskachel door een waakvlam wordt verlicht, met een kolenlift erboven die vijf verdiepingen naar beneden kan, zwiepende kabels, timmerende hamers, roepende mannen, aan alle kanten een en al noeste arbeid, ontberingen en obstakels, en dan kijken ze toe hoe de steenkolenkarretjes uit de aarde omhoog komen rollen en de mijnwerkers met hun lunchtrommeltjes de opslagplaatsen uit komen stromen naar de ingang van de lift, als door het licht aangetrokken insecten.

'Daarbeneden,' fluistert Werner tegen zijn zus. 'Daar is vader doodgegaan.'

En als de avond valt, trekt Werner de kleine Jutta zonder iets te zeggen weer terug door de dichtbebouwde wijken van Zollverein, twee kinderen met sneeuwwit haar op een beroet stuk land die hun schamele schatten naar Viktoriastrasse 3 brengen, waar Frau Elena in de kolenkachel staart en met vermoeide stem een Frans slaapliedje zingt, terwijl een kleuter aan de strik van haar schort trekt en een andere brullend in haar armen ligt.

Sleuteldepot

Aangeboren staar. Aan beide ogen. Ongeneeslijk. 'Kun je dit zien?' vragen de artsen. 'Kun je dit zien?' Marie-Laure zal de rest van haar leven niets meer kunnen zien. Plekken die ooit vertrouwd voor haar waren – het vierkamerappartement waarin ze met haar vader woont, het kleine pleintje met de bomen eromheen aan het eind van hun straat – zijn nu verworden tot doolhoven die wemelen van gevaar. Lades zitten nooit waar ze zouden moeten zijn. Het toilet is een afgrond. Een glas water staat te dichtbij, te ver weg; haar vingers zijn te groot, altijd te groot.

Wat is blindheid? Waar een muur zou moeten staan, vinden haar handen niets. Waar niets zou moeten staan, stoot ze met haar scheenbeen tegen een tafelpoot. Auto's razen langs op straat; bladeren fluisteren in de lucht; bloed ruist in haar oren. In het trappenhuis, in de keuken, zelfs naast haar bed, spreken volwassenen hun wanhoop uit.

'Arm kind.'

'Arme monsieur LeBlanc.'

'Heeft het niet makkelijk gehad, hoor. Zijn vader kwam om in de oorlog, zijn vrouw stierf in het kraambed. En nu dit...'

'Alsof ze vervloekt zijn.'

'Moet je haar nou toch zien. Moet je hem nou toch zien.'

'Zou haar ergens anders moeten onderbrengen.'

Dit zijn maanden vol blauwe plekken en ellende; kamers die stampen als zeilboten, halfopen deuren die tegen Marie-Laures gezicht slaan. De enige plek waar ze veilig is, is in bed, met de rand van haar deken tegen haar kin en haar vader rokend in de stoel naast haar, terwijl hij zit te werken aan een van zijn piepkleine maquettes, de kleine hamer *tik tik tik* doet en het kleine stukje schuurpapier een ritmisch, geruststellend raspend geluid maakt.

***

De wanhoop houdt niet aan. Daar is Marie-Laure te jong voor en haar vader te geduldig. Vloeken, verzekert hij haar, bestaan niet. Toeval misschien wel, pech of geluk ook. Elke dag neigt enigszins naar succes of mislukking. Maar vloeken bestaan niet.

Zes ochtenden in de week maakt hij haar voor zonsopgang wakker en houdt ze haar armen omhoog terwijl hij haar aankleedt. Kousen, jurk, trui. Als ze genoeg tijd hebben laat hij haar proberen om zelf haar veters te strikken. Dan drinken ze samen een kop koffie in de keuken: heet, sterk, met zoveel suiker als ze maar wil.

Om tien over halfzeven pakt ze haar witte stok uit de hoek, steekt een vinger door de achterkant van haar vaders riem en loopt achter hem aan, drie trappen naar beneden en zes straten door naar het museum.

Om zeven uur precies maakt hij Ingang nummer 2 open. Binnen hangen de vertrouwde geuren: typemachinelint, boenwas, steenstof. De vertrouwde galm van hun voetstappen die de Grande galerie doorkruisen. Hij begroet een nachtportier, dan een wacht, en altijd krijgt hij dezelfde twee woorden ten antwoord: *Bonjour*, *bonjour*.

Twee keer links, één keer rechts. Haar vaders sleutelbos rammelt. Een slot geeft mee; een hek zwaait open.

In het sleuteldepot, in de zes kasten met glazen deurtjes, hangen duizenden ijzeren sleutels aan haakjes. Er hangen sleutels met een holle baard en sleutels met een ovale bovenkant, liftsleutels en kastsleutels. Sleutels zo lang als Marie-Laures onderarm en sleutels korter dan haar duim.

Marie-Laures vader is hoofd slotenmaker van het Nationaal Natuurhistorisch Museum. Haar vader schat in dat er zich in de laboratoria, de magazijnen, de vier afzonderlijke openbare musea, de menagerie, de kassen, de vele hectaren kruiden- en decoratieve tuinen in de Jardin des Plantes, en het twaalftal hekken en paviljoenen van het gehele museumcomplex, twaalfduizend sloten bevinden. Niemand weet er genoeg van af om dat te betwisten.

De hele ochtend staat hij voor het sleuteldepot sleutels uit te delen aan de werknemers: de dierenverzorgers arriveren als eersten, rond acht uur komt het kantoorpersoneel aangejakkerd. Vervolgens drommen de technici, bibliotheekmedewerkers en wetenschappelijk assistenten naar binnen, de wetenschappers als laatsten. Alles is genummerd en met kleurtjes gecodeerd. Iedere werknemer, van beheerder tot directeur, moet zijn of haar sleutels voortdurend bij zich dragen. Niemand mag zijn gebouw uit met sleutels op zak en niemand mag zijn sleutels op een bureau laten liggen. Het museum bezit tenslotte een jadesteen van onschatbare waarde uit de dertiende eeuw, een cavansiet uit India en een rodochrosiet uit Colorado; achter een door haar vader ontworpen slot ligt een Florentijns medicijnenbakje dat uit een lapis lazuli is gehouwen en waarvoor specialisten elk jaar weer duizenden kilometers afleggen om het te onderzoeken.

Haar vader overhoort haar. Kluissleutel of hangslotsleutel, Marie? Sleutel van een kast of van een nachtslot? Hij test haar kennis over de locaties van tentoonstellingen, over de inhoud van vitrines. Hij blijft maar onaangekondigd dingen in haar handen stoppen: een gloeilamp, een gefossiliseerde vis, een flamingoveer.

Elke ochtend – ook op zondag – moet ze van hem een uur lang aan een braillewerkboek zitten. *A* is een stip in de bovenhoek. *B* is twee stippen op een verticale streep. *Jean. Gaat. Naar. De. Bakker. Jean. Gaat. Naar. De. Kaasmaker.*

's Middags neemt hij haar mee op zijn ronde. Hij oliet klinken, repareert vitrinekasten, poetst sleutelgatplaatjes. Hij leidt haar van de ene gang naar de andere, van de ene galerij naar de andere. Nauwe gangetjes monden uit in enorme bibliotheken; glazen deuren wijken voor broeikassen die bol staan van de geur van humus, natte krant en lobelia. Er zijn timmerwerkplaatsen, taxidermistenateliers, hectaren vol planken en kleine laatjes, hele musea binnen het museum.

Op sommige middagen laat hij Marie-Laure achter in het laboratorium van dr. Geffard, een weekdierexpert op leeftijd, wiens baard altijd naar vochtige wol ruikt. Dr. Geffard laat dan alles uit zijn handen vallen, trekt een fles malbec open en vertelt Marie-Laure met zijn fluisterstem over de riffen die hij bezocht toen hij nog jong was: de Seychellen, Brits-Honduras, Zanzibar. Hij noemt haar Laurette; hij eet elke middag om drie uur een geroosterde eend; in zijn hoofd huist een schijnbaar onuitputtelijke catalogus van Latijnse namen.

Aan de achterste muur van dr. Geffards lab staan kasten met meer laatjes dan ze kan tellen, een voor een mag ze die van hem opentrekken en de schelpjes eruit halen – wulken, zeeslakken, keizerlijke kegelschelpen uit Thailand, kroonslakken uit Polynesië – het museum bezit wel meer dan tienduizend soorten, meer dan de helft van alle bekende soorten in de wereld, en Marie-Laure mag de meeste ervan aanraken.

'Kijk die schelp, Laurette, is van een lila zeeslak geweest, een blind slakje dat zijn hele leven aan het zeeoppervlak woont. Zodra hij in de oceaan wordt losgelaten, roert hij door het water om bubbeltjes te maken, verbindt die bubbeltjes met slijm aan elkaar en bouwt er een vlot van. Daarop laat hij zich in het rond blazen en voedt hij zich met alle ronddrijvende, ongewervelde waterdiertjes die hij tegenkomt. Maar als hij zijn vlot ooit kwijtraakt, zinkt hij en is hij ten dode opgeschreven...'

Een *Carinaria*-schelp is tegelijkertijd licht en zwaar, hard en zacht, glad en ruw. Met de purperslak die dr. Geffard op zijn bureau heeft staan kan ze zich zo een halfuur vermaken, de holle stekels, de getande spiralen, de diepe ingang; het is een woud van stekels, holtes en texturen; het is een koninkrijk.

Aan één stuk door beweegt ze met haar handen, ze verzamelt, graaft, onderzoekt. De borstveren van een opgezette mees zijn onbeschrijfelijk zacht, zijn bek is zo scherp als een naald. Het stuifmeel op de meeldraden bestaat niet echt uit poeder, maar meer uit kleine balletjes olie. Als je iets écht aanraakt, zo leert ze – de schors van een plataan in de tuinen, een opgeprikt vliegend hert op de afdeling Entomologie, de prachtig opgepoetste binnenkant van een kamschelp in dr. Geffards werkkamer – móét je er wel van gaan houden.

's Avonds, als ze weer thuis zijn, bergt haar vader hun schoenen op in hetzelfde kastje, hangt hun jassen aan dezelfde haak. Marie-Laure loopt over zes gelijkmatig verdeelde isolatiestrips op de keukentegels om bij de tafel te komen; ze volgt een lint dat hij heeft gespannen van de tafel naar het toilet. Het avondeten serveert hij op een rond bord en aan de hand van de wijzers van een klok geeft hij aan wat erop ligt. Aardappels op zes uur, ma chérie. Champignons op drie uur. Dan steekt hij een sigaret op en gaat aan de slag met zijn miniaturen op een werkbank in de hoek van de keuken. Hij bouwt een maquette op schaal van hun hele buurt, de huizen met de hoge ramen, de regenpijpen, de *laverie* en de *boulangerie* en het kleine *place* aan het eind van de straat met zijn vier bankjes en tien bomen. Op warme dagen zet Marie-Laure haar slaapkamerraam open en luistert ze naar de avond die neerdaalt over de balkons, gevels en schoorstenen, loom en vredig, net zolang tot de echte en de miniatuurbuurt zich in haar hoofd met elkaar vermengen.

Op dinsdag is het museum altijd dicht. Dan slapen Marie-Laure en haar vader uit en drinken ze koffie met veel suiker. Ze lopen naar het Pantheon of naar een bloemenmarkt, of langs de Seine. Zo nu en dan brengen ze een bezoek aan de boekwinkel. Hij geeft haar een woordenboek aan, een tijdschrift, een blad vol foto's. 'Hoeveel pagina's, Marie-Laure?'

Ze gaat met een nagel langs de rand.

'Tweeënvijftig?' 'Zevenhonderdvijf?' 'Honderdnegenendertig?'

Hij strijkt haar haar weg van haar oren; hij tilt haar boven zijn hoofd. Hij zegt dat ze zijn émerveillement is. Hij zegt dat hij haar nooit in de steek zal laten, nog in geen miljoen jaar.

Radio

Werner is acht jaar oud en loopt wat te rommelen in het afval achter een opslagschuur, als hij iets ontdekt wat eruitziet als een grote klos garen. Het bestaat uit een met draad omwonden cilinder tussen twee grenenhouten schijven. Aan de bovenkant steken er drie rafelige elektrische snoeren uit. Aan een ervan bungelt een klein koptelefoontje.

Jutta, zes jaar oud, met een rond gezicht en een warrige bos wit haar, gaat op haar hurken naast haar broer zitten. 'Wat is dat?'

'Ik denk,' zegt Werner, met het gevoel alsof er zich zojuist een deur naar de hemel heeft geopend, 'dat we een radio hebben gevonden.'

Tot nu toe had hij alleen nog maar af en toe een glimp van een radio opgevangen: een grote radiokast achter de kanten gordijnen van een functionariswoning; een draagbaar toestel in de slaapzaal van de mijnwerkers; een ander in de refter van de kerk. Nog nooit heeft hij er een aangeraakt.

Jutta en hij smokkelen het apparaat mee naar Viktoriastrasse 3 en bekijken het onder een elektrische lamp. Ze vegen het schoon, ontwarren de wirwar aan snoeren, spoelen de modder uit het koptelefoontje.

Hij doet het niet. Vol bewondering komen er andere kinderen bij hen staan, waarna ze langzamerhand hun interesse weer verliezen en besluiten dat het een hopeloze zaak is. Maar Werner brengt de ontvanger naar zijn zolderkamer en bestudeert hem urenlang. Hij sloopt er alles uit wat los en vast zit; hij spreidt de onderdelen voor zich uit op de vloer en houdt ze een voor een tegen het licht.

Drie weken nadat hij het apparaat heeft gevonden, op een zonovergoten middag waarop misschien wel alle andere kinderen van Zollverein buiten spelen, valt hem op dat er in het langste snoer, een dunne vezelkabel die honderden keren om de centrale cilinder gewonden zit, meerdere kleine breukjes zitten. Langzaam, nauwgezet, wikkelt hij de kabel van de spoel af, brengt het kronkelige geheel naar beneden en roept Jutta naar binnen om de eindjes voor hem vast te houden terwijl hij de breukjes aan elkaar vastmaakt. Vervolgens windt hij hem weer om de spoel.

'Eens even kijken,' fluistert hij. Hij drukt de koptelefoon tegen zijn oor en laat wat hij bestempeld heeft tot zendernaald heen en weer gaan over de spoel.

Hij hoort een sissend geruis. Dan, diep vanuit de koptelefoon, klinkt er een stroom van heldere klanken. Werners hart staat even stil; het geluid lijkt te weergalmen in zijn hoofd.

Het geluid verdwijnt even snel als het was gekomen. Hij verschuift de naald een halve centimeter. Meer geruis. Nog een halve centimeter. Niets.

In de keuken staat Frau Elena brooddeeg te kneden. Op straat staan wat jongens te roepen. Werner laat de zendernaald heen en weer gaan.

Ruis, ruis.

Hij staat op het punt om Jutta het koptelefoontje te geven wanneer hij – kraakhelder en zonder een spoortje ruis, ongeveer halverwege de spoel – een strijkstok met vlugge, krachtige streken over de snaren van een viool hoort schieten. Hij probeert de naald helemaal stil te houden. Er komt een tweede viool bij. Jutta kruipt dichterbij; met ogen als schoteltjes kijkt ze haar broer aan.

Een piano volgt de violen op de voet. Dan komen de houten blaasinstrumenten. De snaarinstrumenten razen voort, met de blazers er fladderend achteraan. Er volgen nog meer instrumenten. Fluiten? Harpen? Het liedje gaat razendsnel, lijkt haast over zichzelf te struikelen.

'Werner?' fluistert Jutta.

Hij knippert met zijn ogen; hij vecht tegen de tranen. De woonkamer ziet er nog hetzelfde uit als altijd; twee ledikantjes onder twee Latijnse kruisjes, stof dat rondzweeft in het gat van de haard, twaalf lagen verf die van de plinten afbladderen. Het borduurwerkje van Frau Elena's besneeuwde Elzasdorpje boven de gootsteen. Maar nu is er muziek. Alsof er, in Werners hoofd, een microscopisch klein orkestje tot leven is gewekt.

Het voelt alsof de kamer langzaam om hem heen begint te draaien. Zijn zusje spreekt zijn naam nu dringender uit, en hij drukt de koptelefoon tegen haar oor.

'Muziek,' zegt ze.

Hij houdt de naald zo stil als hij kan. Het signaal is zo zwak dat hij, ook al is de koptelefoon maar vijftien centimeter van hem verwijderd, helemaal niets van het liedje meekrijgt. Maar hij kijkt naar het gezicht van zijn zusje, onbeweeglijk op haar oogleden na, en in de keuken steekt Frau Elena haar handen, wit van de bloem, omhoog terwijl ze Werner met een schuin hoofd onderzoekend aankijkt, en twee oudere jongens komen naar binnen gerend en blijven stilstaan, omdat ze voelen dat er iets veranderd is, en de kleine radio staat roerloos tussen hen in op de vloer, met zijn vier poorten en loshangende antenne, als een wonder.

Breng ons naar huis

De houten puzzels die haar vader altijd maakt voor haar verjaardag weet Marie-Laure normaal gesproken altijd prima op te lossen. Vaak hebben ze de vorm van een huis en zit er een of ander kleinood in verstopt. Om ze open te maken moet je een aantal vernuftige stappen doorlopen: een naad vinden met je vingernagels, de bodem naar rechts schuiven, een latje losmaken aan de zijkant, een verborgen sleutel onder het latje vandaan halen, de bovenkant ontgrendelen, en een armbandje vinden.

Voor haar zevende verjaardag staat er een piepklein houten huisje midden op de keukentafel, op de plek waar anders de suikerpot altijd staat. Ze schuift een verborgen laatje uit het fundament, vindt een verborgen vakje onder het laatje, haalt er een houten sleutel uit en steekt de sleutel in de schoorsteen. Binnenin ligt een vierkant stuk Zwitserse chocolade op haar te wachten.

'Vier minuten,' zegt haar vader lachend. 'Volgend jaar zal ik iets beter mijn best moeten doen.'

Maar uit de maquette van hun buurt kan ze, in tegenstelling tot zijn puzzels, lange tijd maar nauwelijks wijs. Het is niet als de echte wereld. Het miniatuurkruispunt van de rue de Mirbel en de rue Monge, bijvoorbeeld, maar één straat van hun appartement verwijderd, lijkt in de verste verte niet op het echte kruispunt. Het echte is een amfitheater van lawaai en geur: in het najaar ruikt het er naar verkeer en wonderolie, brood van de bakker, kamfer van de Aventsapotheek, ridderspoor, lathyrus en rozen van het bloemenstalletje. Op winterse dagen hangt er de geur van geroosterde kastanjes; op zomeravonden wordt het er loom en soezerig, vol trage gesprekken en het geschraap van zware ijzeren stoelen.

Maar haar vaders maquette van diezelfde kruising ruikt naar opgedroogde lijm en zaagsel. De straten zijn leeg, de stoepen rustig; onder haar vingers voelt het als weinig meer dan een piepkleine en ontoereikende reproductie. Hij blijft erop staan dat Marie-Laure er met haar vingers langs gaat, om de verschillende huizen en straathoeken te herkennen. En op een koude dinsdag in december, als Marie-Laure al meer dan een jaar blind is, neemt haar vader haar mee langs de rue Cuvier naar de rand van de Jardin des Plantes.

'Dit, ma chérie, is de weg die we elke ochtend afleggen. Achter de ceders ietsje verderop ligt de Grande galerie.'

'Dat weet ik, papa.'

Hij tilt haar op en draait haar drie keer rond. 'En nu,' zegt hij, 'breng jij ons naar huis.'

Haar mond valt open.

'Denk aan de maquette, Marie.'

'Maar dat kan ik toch helemaal niet!'

'Ik loop vlak achter je. Ik zorg ervoor dat er niets gebeurt. Je hebt je stok. Je weet waar je bent.'

'Helemaal niet!'

'Wel waar.'

Woedend is ze. Ze zou niet eens kunnen zeggen of de tuinen voor of achter haar liggen.

'Rustig nou maar, Marie. Centimeter voor centimeter.'

'Het is ver, papa. Zeker zes straten.'

'Zes straten, dat klopt precies. Denk logisch na. Welke kant moeten we eerst op?'

De wereld draait en klinkt chaotisch. Kraaien krassen, remmen piepen, links van haar timmert iemand op iets van metaal met wat een hamer zou kunnen zijn. Ze schuifelt naar voren, tot het puntje van haar stok los in de ruimte zweeft. Een stoeprand? Een vijver, een trap, een afgrond? Ze draait een kwartslag. Drie stappen naar voren. Nu stoot haar stok tegen de onderkant van een muur. 'Papa?'

'Ik ben hier.'

Zes stappen zeven stappen acht. Een enorm lawaai – iemand die net een huis uit komt met de brullende pomp van een ongediertebestrijder – haalt hen in. Twaalf stappen verder klinkt het belletje aan een winkeldeurklink en komen er twee vrouwen naar buiten, die in het voorbijgaan tegen haar aan botsen.

Marie-Laure laat haar stok vallen; ze moet huilen.

Haar vader tilt haar op, houdt haar tegen zijn tengere borstkas.

‘Het is zo groot,’ fluistert ze.
‘Je kunt het, Marie.’
Ze kan het niet.

Iets in opkomst

Terwijl de andere kinderen op straat hinkelen of in het kanaal zwemmen, zit Werner alleen in zijn kamertje boven met de radio-ontvanger te experimenteren. Binnen een week kan hij hem uit elkaar halen en weer in elkaar zetten, met zijn ogen dicht. Condensator, inductor, spoel, koptelefoon. Een snoer loopt omlaag, het andere omhoog. Nooit eerder heeft hij iets gezien wat hem zo logisch voorkomt.

Uit voorraadschuren verzamelt hij allerlei onderdelen: stukjes koperdraad, schroefjes, een verbogen schroevendraaier. Hij weet de apothekersvrouw zo in te palmen dat ze hem een kapotte koptelefoon geeft; hij haalt een elektromagneet uit een afgedankte deurbel, soldeert hem aan de elektrische geleider met weerstand en fabriceert een luidspreker. Binnen een maand heeft hij de zendontvanger een tweede leven gegeven, door hem hier en daar van nieuwe onderdelen te voorzien en op een energiebron aan te sluiten.

Elke avond neemt hij de radio mee naar beneden, en laat Frau Elena haar kroost er een uurtje naar luisteren. Ze stemmen af op nieuwsuitzendingen, concerten, opera's, nationale koren en volksliedjes; twaalf kinderen in een halve cirkel op stoelen, Frau Elena ertussenin, zelf niet veel groter dan een kind.

We leven in een opwindende tijd, zegt de radio. *We klagen niet. We staan stevig met onze voeten in de klei, en geen aanval zal ons doen wijken.*

De oudere meisjes zijn dol op muziekconcoursen, radiogymnastiek en een vaste rubriek met de naam *Seizoenstips voor verliefden*, die de jongere kinderen doet gieren van de lach. De jongens gaan voor hoorspelen, nieuwsrubrieken, krijgsliederen. Jutta houdt van jazz. Werner vindt alles mooi. Violen, hoorns, trommels, toespraken – een mond aan een microfoon op een willekeurige avond, ver weg, maar wel op het moment dat zij luisteren. Hij is helemaal verrukt over de magie van het apparaat.

Spreekt het niet vanzelf, vraagt de radio, *dat het Duitse volk in toenemende mate vervuld raakt van moed, vertrouwen en optimisme? Dat er uit deze opofferingsgezindheid een nieuw geloof wordt aangewakkerd?*

Werner heeft inderdaad het gevoel dat, naarmate de weken verstrijken, er iets in opkomst is. De productie in de mijnen stijgt; de werkloosheid daalt. Op zondag is er vlees bij het avondeten. Lam, varken, worst – uitspattingen die een jaar daarvoor nog ongekend waren. Frau Elena koopt een nieuwe bank van oranje corduroy en een groot fornuis met zwarte ronde branders; ze krijgen drie nieuwe bijbels van de kerkenraad in Berlijn; aan de achterdeur wordt een wasketel afgeleverd. Werner krijgt een nieuwe broek; Jutta een eigen paar schoenen. Bij de buren rinkelen telefoons die het daadwerkelijk doen.

Op een middag, op weg van school naar huis, blijft Werner even voor de drogist staan en drukt zijn neus tegen het hoge raam: daar marcheren een stuk of vijftig tweeënhalve centimeter grote SA-mannetjes, elk poppetje heeft een bruin overhemd aan en een piepklein rood bandje om zijn arm, sommige hebben een fluit, andere een trommel, een paar officieren zitten wijdbeens op glanzend zwarte hengsten. Boven hen vliegt, aan een snoer, in een elektrische, hypnotiserende baan, een mechanisch aangedreven blikken watervliegtuigje, met houten drijvers en een ronddraaiend propellertje. Werner blijft er door het glas langdurig naar kijken om erachter te komen hoe het werkt.

De avond valt, herfst 1936, en Werner brengt de radio naar beneden en zet hem op het dressoir. Vol verwachting zitten de andere kinderen te wiebelen en te draaien. Zoemend draait de ontvanger warm. Werner doet een stap naar achteren, met zijn handen in zijn zakken. Vanuit de luidspreker zingt een kinderkoor: *Wij hopen slechts te werken, werken, werken, werken, om eervol werk voor het land te verrichten.* Dan komt er een van staatswege gesubsidieerd hoorspel uit Berlijn: een verhaal over indringers die midden in de nacht een stadje binnen sluipen.

De kinderen zitten alle twaalf aan hun stoel gekluisterd. In het hoorspel doen de indringers zich voor als warenhuiseigenaren met een haakneus, achterbakse juweliers of eerloze bankiers; ze verkopen glimmende rotzooi; gevestigde zakenlieden maken ze brodeloos. Algauw beramen ze een plan om Duitse kinderen te vermoorden in hun slaap. Uiteindelijk is er een oplettende en bescheiden buurman die erachter komt. De politie wordt gebeld: forse, knap klinkende agenten met geweldige stemmen. Ze breken de deuren open. Ze sleuren de indringers eruit. Er klinkt een patriottische mars. Eind goed, al goed.

Licht

Geen enkele dinsdag lukt het haar. Ze loopt voor haar vader uit zes straten om, waar ze kwaad en gefrustreerd van raakt en die haar verder van huis brengen dan toen ze begonnen. Maar in de winter van haar achtste jaar begint Marie-Laure het, tot haar grote verrassing, door te krijgen. Ze laat haar vinger over de maquette in hun keuken gaan, terwijl ze de miniatuurbankjes, bomen, lantaarnpalen en deurposten telt. Elke dag dient zich wel weer een nieuw detail aan – elke regenton, parkbank en brandkraan in de maquette heeft een tegenhanger in de echte wereld.

Marie-Laure brengt haar vader steeds dichter bij huis. Vier straten drie straten twee. En op een besneeuwde dinsdag in maart, wanneer hij haar naar weer een nieuwe plek brengt, vlak bij de oevers van de Seine, haar drie keer ronddraait en zegt: 'Breng ons naar huis', realiseert ze zich dat ze, voor het eerst sinds ze met deze oefening begonnen, niet volledig in paniek raakt.

In plaats daarvan gaat ze gehurkt op de stoep zitten.

Ze ruikt de licht metaalachtige geur van de vallende sneeuw. *Rustig nou maar. Luister.*

Al spetterend rijden de auto's langs en er stroomt gesmolten sneeuw door de goten; ze kan sneeuwvlokjes door de bomen heen horen tikken en stuiven. Ze kan de cederbomen ruiken in de Jardin des Plantes, een halve kilometer verderop. Hier dendert de metro onder de stoep door; dat is de quai Saint-Bernard. Hier breekt de lucht open, en ze hoort het gekraak van takken: dat is de smalle streep van tuinen achter de Galerij van Paleontologie. Dit, beseft ze, moet de hoek zijn van de kade en de rue Cuvier.

Zes straten, veertig gebouwen, tien piepkleine boompjes op een plein. Deze straat kruist deze straat kruist deze straat. Centimeter voor centimeter.

Haar vader rammelt met de sleutels in zijn zakken. Voor hen doemen de hoge, grote huizen op die de tuinen flankeren en het geluid weerkaatsen.

'We gaan linksaf,' zegt ze.

Ze beginnen de rue Cuvier af te lopen. Een drietal eenden in de lucht baant zich langzaam een weg hun kant op, terwijl ze gelijktijdig met hun vleugels slaan, op weg naar de Seine, en als de vogels over hen heen vliegen, stelt ze zich voor dat ze het licht op hun vleugels voelt vallen, op elk afzonderlijk veertje.

Linksaf de rue Geoffroy Saint-Hilaire in. Rechtsaf naar de rue Daubenton. Drie regentonnen vier regentonnen vijf. Aan de linkerkant komt zo direct het open gietijzeren hek van de Jardin des Plantes. Met zijn dunne spijlen, als de tralies van een grote vogelkooi.

Tegenover haar nu: de bakkerij, de slagerij, de delicatessenwinkel.

'Kunnen we oversteken, papa?'

'Ja.'

Rechtsaf. Dan rechtdoor. Nu zijn ze in hun straat, dat weet ze zeker. Een pas achter haar kijkt haar vader omhoog en glimlacht breed naar de hemel. Dat weet Marie-Laure, ook al loopt ze met haar rug naar hem toe, ook al zegt hij niets, ook al is ze blind – papa's dikke haar is nat van de sneeuw en staat alle kanten op, en zijn sjaal hangt scheef over zijn schouders, en hij kijkt stralend naar de vallende sneeuw.

Ze zijn halverwege de rue des Patriarches. Ze staan voor hun gebouw. Marie-Laure vindt de stam van de kastanjeboom die tot voorbij haar raam op de derde verdieping groeit, ze voelt de schors onder haar vingers.

Oude vriend.

Binnen een halve seconde haakt haar vader zijn handen onder haar oksels en tilt hij haar met een zwierige beweging op, en Marie-Laure glimlacht, en hij lacht een heldere, aanstekelijke lach die ze zich de rest van haar leven zal proberen te herinneren, vader en dochter die rondjes draaien op de stoep voor hun appartement, samen lachend, terwijl de sneeuw traag tussen de takken boven hen door valt.

Onze vlag wappert voor ons uit

In Zollverein, in de lente van Werners tiende levensjaar, gooien de twee oudste jongens van het kindertehuis – de dertienjarige Hans Schilzer en de veertienjarige Herribert Pomsel – een tweedehands knapzak over hun schouder en marcheren in paradepas het bos in. Wanneer ze terugkomen, zijn ze lid van de *Hitlerjugend*.

Ze dragen katapulten, maken speren, oefenen verrassingsaanvallen vanachter sneeuwbanken. Ze sluiten zich aan bij een opgefokt groepje mijnwerkerszonen, met opgerolde mouwen en korte broeken die tot ver boven hun middel reiken, dat op het marktplein rondhangt. 'Goedenavond,' roepen ze naar voorbijgangers. 'Of Heil Hitler, als u dat liever hebt!'

Ze knippen elkaars haar in hetzelfde model, stoeien in de woonkamer en zitten vol praatjes over de schietoefening waarop ze zich voorbereiden, de zweefvliegtuigen die ze gaan besturen, de tankkoepels die ze gaan bedienen. *Onze vlag vertegenwoordigt het nieuwe tijdperk*, zingen Hans en Herribert, *onze vlag leidt ons naar de eeuwigheid*. Bij het eten tikken ze de jongere kinderen op de vingers wanneer die iets bewonderen wat uit het buitenland komt: een Britse autoadvertentie, een Frans prentenboek.

Wanneer ze een saluut brengen ziet het er lachwekkend uit; hun outfits zijn op het belachelijke af. Maar Frau Elena bekijkt de jongens met argusogen: nog niet zo lang geleden waren het baldadige kleuters die zich in hun bedjes verstopten en huilden om hun moeder. Nu is het tuig geworden met gespleten knokkels en ansichtkaarten van de Führer in het zakje van hun overhemd.

Frau Elena spreekt steeds minder vaak Frans met Hans en Herribert in de buurt. Ze is zich bewust van haar accent. Eén korte blik van een buurman zet haar al aan het denken.

Werner houdt zich gedeisd. Over kampvuren springen, as onder je ogen smeren, kleine kinderen pesten? Jutta's tekeningen verfrommelen? Hij besluit dat hij veel beter in de luwte kan blijven, niet moet opvallen. De laatste tijd heeft Werner de populairwetenschappelijke tijdschriften bij de drogist gelezen; hij is geïnteresseerd in golfturbulentie, tunnels naar het midden van de aarde, de Nigeriaanse methode om nieuws met trommels door te geven. Hij koopt een notitieblok en tekent er plattegronden voor nevelkamers in, ionendetectors, beschermbrillen tegen röntgenstraling. Stel dat je een klein motortje aan de bedjes monteerde om de baby's mee in slaap te wiegen? Stel dat hij een springveer langs de spil van zijn kar spande om hem makkelijker de heuvels op te kunnen trekken?

Bij het kindertehuis komt een functionaris van het ministerie van Arbeid op bezoek om over werkgelegenheid in de mijnen te vertellen. In hun schoonste kleren zitten de kinderen aan zijn voeten. Alle jongens, legt de man uit, zullen zonder uitzondering op hun vijftiende in de mijnen gaan werken. Hij heeft het over eer en triomf en over hoeveel geluk ze hebben dat ze een vaste aanstelling zullen krijgen. Wanneer hij Werners radio oppakt en zonder commentaar weer terugzet, voelt Werner het plafond lager worden, de muren op zich af komen.

Zijn vader, daarbeneden, anderhalve kilometer onder het huis. Lichaam nooit gevonden. Nog steeds door de tunnels spokend.

'Jullie buurt,' zegt de functionaris, 'jullie grond, is de basis van de macht van onze natie. Staal, steenkool, cokes. Berlijn, Frankfurt, München – ze zouden allemaal nergens zijn zonder deze plek. Jullie leveren het fundament van de nieuwe maatschappijstructuur, de kogels in haar geweren, het geschut op haar tanks.'

Met verbijstering bestuderen Hans en Herribert de leren pistoolriem van de man. Op het dressoir staat Werners kleine radiootje te kraken.

Het zegt: *De afgelopen drie jaar heeft onze leider de moed gehad om een Europa tegemoet te treden dat op het punt van instorten stond…*

Het zegt: *Hem alleen moeten we dankbaar zijn voor het feit dat, voor Duitse kinderen, een Duits leven opnieuw de moeite waard is geworden.*

De reis om de wereld in tachtig dagen

Zestien passen naar de fontein, zestien terug. Tweeënveertig naar de trap, tweeënveertig terug. Marie-Laure tekent kaarten in haar hoofd, rolt honderd jaar aan denkbeeldige draad af, draait zich dan om en rolt het weer op. Plantkunde ruikt naar lijm, vloeipapier en geperste bloemen. Paleontologie ruikt naar steenstof en bottenstof. Biologie ruikt naar formaline en oud fruit; het wemelt er van de zware, koude potten waarin dingen drijven die ze alleen kent van hun omschrijving: bleke opgerolde ratelslangen, afgehakte gorillahanden. Entomologie ruikt naar mottenballen en olie en een conserveringsmiddel dat, legt dr. Geffard uit, naftaleen heet. Kantoren ruiken naar carbonpapier of sigarenrook, cognac of parfum. Of naar alle vier.

Ze volgt kabels en buizen, relingen en koorden, heggen en stoepen. Ze maakt mensen aan het schrikken. Ze weet nooit of het licht aan is.

De kinderen die ze ontmoet zitten vol vragen: Doet het pijn? Heb je je ogen dicht als je slaapt? Hoe weet je hoe laat het is?

Het doet geen pijn, legt ze uit. En nee, het is niet donker, niet op de manier die zij zich voorstellen. Alles bestaat uit webben en rasters en sensaties van geluid en textuur. Ze loopt een rondje om de Grande galerie, navigerend tussen krakende vloerplanken; ze hoort voeten de trap van het museum op- en afgaan, een kleuter krijsen, het gekreun van een vermoeide oma die op een bankje neerzijgt.

Kleur – dat is nog zoiets wat mensen niet verwachten. In haar fantasie, in haar dromen, heeft alles kleur. De museumgebouwen zijn beige, kastanjebruin, hazelnootkleurig. De wetenschappers zijn lila, citroengeel en roodbruin. In de luidspreker van de radio op de beveiligingspost hangen pianoakkoorden die rijke tinten zwart en ingewikkelde kleuren blauw de gang op sturen, naar het sleuteldepot. De kerkklokken geven bronskleurige bogen af die door de ramen worden weerkaatst. Bijen zijn zilverkleurig; duiven zijn rossig en kastanjebruin en heel soms goudkleurig. De enorme cipressen waar haar vader en zij op hun ochtendwandeling altijd langslopen zijn glinsterende caleidoscopen, elk naaldje een veelhoek van licht.

Aan haar moeder heeft ze geen herinneringen, maar ze stelt zich haar voor als wit, als een geluidloze schittering. Haar vader straalt wel duizend kleuren uit, opaal, aardbeienrood, diep roodbruin, mosgroen; een geur als die van olie en metaal, het gevoel van een draaislot dat soepel dicht wordt gedraaid, het geluid van zijn sleutelbossen die rammelen terwijl hij loopt. Hij is olijfgroen wanneer hij met een afdelingshoofd praat, een steeds heviger wordende reeks van oranjeschakeringen wanneer hij praat met mademoiselle Fleury van de broeikassen, en helderrood wanneer hij een poging tot koken doet. Hij heeft een hemelsblauwe gloed wanneer hij 's avonds gebogen over zijn werkbank zit, haast onhoorbaar neuriënd aan het werk, en het puntje van zijn sigaret een prismatisch blauw schijnsel afgeeft.

Ze verdwaalt. Ze wordt door secretaresses of botanisten, en een keer door de assistent van de directeur, naar het sleuteldepot teruggebracht. Ze is nieuwsgierig, wil het verschil weten tussen een alg en een korstmos, een *Diplodon charuanus* en een *Diplodon delodontus*. Ze wordt door beroemde mannen bij de arm genomen en de tuinen door of de trappen op geleid. 'Ik heb zelf ook een dochter,' zeggen ze dan. Of: 'Ik heb haar tussen de spotvogels gevonden.'

'*Toutes mes excuses*,' zegt haar vader. Hij steekt een sigaret op; haalt de ene sleutel na de andere uit haar zakken. 'Wat,' fluistert hij, 'moet ik toch met jou beginnen?'

Op haar negende verjaardag vindt ze als ze wakker wordt twee cadeaus. Het eerste is een houten doos waarin ze geen enkele opening kan voelen. Ze draait hem alle kanten op. Het duurt even voor ze in de gaten heeft dat één kant van een veer is voorzien; ze drukt erop en de doos springt open. Daar wacht haar een blokje romige camembert, dat ze meteen in haar mond stopt.

'Te makkelijk!' zegt haar vader lachend.

Het tweede cadeau is zwaar, verpakt in papier en lint. Er zit een enorm boek in met een spiraalband. In braille.

'Ze zeiden dat het voor jongens was. Of voor heel avontuurlijke meisjes.' Ze kan hem horen glimlachen.

Ze dwaalt met haar vingertoppen over het reliëf van de titelpagina.

De. Reis. Om. De. Wereld. In. Tachtig. Dagen. 'Papa, dat is toch veel te duur.'

'Daar hoef jij je geen zorgen over te maken.'

Die ochtend kruipt Marie-Laure onder de balie van het sleuteldepot, gaat op haar buik liggen en zet al haar tien vingertoppen in een rechte lijn op een bladzijde. Het Frans doet ouderwets aan, de puntjes staan veel dichter bij elkaar dan ze gewend is. Maar na een week wordt het makkelijk. Ze zoekt het lint dat ze als boekenlegger gebruikt, slaat het boek open en het museum verdwijnt.

De mysterieuze Mr. Fogg leeft zijn leven als een machine. Jean Passepartout wordt zijn gehoorzame bediende. Wanneer ze na twee maanden bij de laatste zin van het boek is aangekomen, bladert ze terug naar de eerste pagina en begint weer van voren af aan. 's Avonds gaat ze met haar vingers over haar vaders maquette: de klokkentoren, de etalageruiten. Ze stelt zich voor hoe de personages van Jules Verne door de straten lopen, in een winkel een praatje maken, hoe een centimeter hoge bakker broden ter grootte van een spikkeltje zijn oven in en weer uit schuift; hoe drie minuscule inbrekers snode plannen beramen, stapvoets langs de juwelier rijdend; hoe kleine brommende autootjes elkaar met heen en weer gaande ruitenwissertjes verdringen op de rue de Mirbel. Achter een raam op de derde verdieping aan de rue des Patriarches zit een miniatuurversie van haar vader aan een miniatuurwerkbankje in hun miniatuurappartementje, waar hij net als in het echte leven zit te vijlen aan een oneindig klein stukje hout; aan de andere kant van de kamer zit een miniatuurmeisje, mager, vlug van begrip, met een open boek op schoot; in haar borstkas het gebons van iets enorms, vol verlangen en zonder angst.

De professor

'Zweer het,' zegt Jutta. 'Zweer je het?' Tussen de verroeste blikken, gescheurde binnenbanden en allerlei onbestemde troep heeft ze op de bodem van een kreek tien meter koperdraad gevonden. Haar ogen zijn heldere tunnels.

Werner kijkt even naar de bomen, de kreek, en dan weer naar zijn zusje. 'Ik zweer het.'

Samen smokkelen ze de draad mee naar huis, waar ze hem in de dakrand bij het zolderraam door spijkergaten in een lus draaien. Dan verbinden ze hem aan hun radio. Bijna direct, ergens op de korte golf, horen ze iemand praten in een vreemde taal, met veel z- en s-klanken. 'Is het Russisch?'

Werner denkt dat het Hongaars is.

Jutta zet grote ogen op. Het schemert en het is heet. 'Hoe ver ligt Hongarije hiervandaan?'

'Duizend kilometer?'

Ongelovig staart ze hem aan.

Vanuit het hele continent komen er, zo blijkt, stemmen Zollverein binnen gestroomd, dwars door de wolken, het kolenstof en het dak heen. De hele lucht is ervan vergeven. Jutta maakt een overzicht voor bij de graadverdeling die Werner op de spoel tekent, waarbij ze zorgvuldig de naam spelt van elke stad die ze weten te ontvangen. *Verona 65, Dresden 88, Londen 100.* Rome. Parijs. Lyon. Korte golf laat op de avond: het terrein van bazelaars en dromers, rare snuiters en harde schreeuwers.

Na het avondgebed, als alle lichten uit zijn, sluipt Jutta naar het dakvenster van haar broer; in plaats van samen te tekenen liggen ze nu heup aan heup te luisteren tot middernacht, tot één uur, tot twee uur. Ze horen Britse nieuwsverslagen waar ze geen touw aan vast kunnen knopen; ze horen een Berlijnse vrouw orakelen over de juiste make-up voor een cocktailfeestje.

Op een avond stemmen Werner en Jutta af op een krakerige uitzending waarin een jonge man met een accent in luchtig Frans over licht praat.

De hersenen zijn uiteraard in totale duisternis gehuld, kinderen, zegt de stem. *Ze drijven in een heldere vloeistof binnen in de schedel, nooit in het licht. En toch is de wereld die we daarmee in gedachten construeren vol licht. Die zit boordevol licht en beweging. Hoe dan, kinderen, creëren de hersenen, die zonder ook maar een sprankje licht bestaan, een wereld vol licht voor ons?*

De radio piept en kraakt.

'Wat is dit?' fluistert Jutta.

Werner geeft geen antwoord. De stem van de Fransman is van fluweel. Zijn accent is heel anders dan dat van Frau Elena en toch is zijn stem zo vurig, zo hypnotiserend, dat Werner er elk woord van begrijpt. De Fransman heeft het over optische illusies, elektromagnetisme; even valt het stil en klinkt er een luid geruis, alsof er een plaat wordt omgedraaid, en dan gaat hij enthousiast verder over steenkool.

Stel je een klein stukje voor dat ligt te branden in de kachel bij je thuis. Zien jullie het, kinderen? Dat stukje steenkool was ooit een groene plant, een varen of riethalm die een miljoen, of misschien wel twee miljoen, of misschien wel honderd miljoen jaar geleden leefde. Kunnen jullie je dat voorstellen, honderd miljoen jaar? Elke zomer van het hele leven van die plant vingen zijn bladeren zoveel mogelijk licht op en gebruikte hij de zonne-energie voor zichzelf. Voor schors, takjes, steeltjes. Want planten eten licht, haast net zoals wij voedsel eten. Maar toen stierf de plant, werd waarschijnlijk door het water verzwolgen, en verging tot turf, en de plant werd jaren- en jarenlang opgeslagen in de aarde – een eeuwigheid waarin zoiets als een maand of een decennium of zelfs je hele leven slechts een zuchtje wind was, een vingerknip. En uiteindelijk verdroogde de turf en werd een soort steen, en iemand groef het op, en de kolenman bracht het naar jouw huis, en misschien heb je het zelf wel in de kachel gelegd en verwarmt dat zonlicht nu – honderd miljoen jaar oud zonlicht – jouw huis vanavond…

De tijd vertraagt. De zolder verdwijnt. Jutta verdwijnt. Heeft er ooit iemand eerder zo gedetailleerd gepraat over precies die dingen waar Werner zo enorm nieuwsgierig naar is?

Doe je ogen open, rondt de man af, *en zie wat je ermee kunt doen voor je ze voor altijd sluit*, en dan zet er een piano in, die een eenzaam liedje speelt dat Werner doet denken aan een gouden boot die een donkere rivier afvaart, een aaneenschakeling van harmonieën die Zollverein omtovert tot iets anders: de huizen worden mist, de mijnen zijn gesloten, de fabrieksschoorstenen zijn omgevallen, er stroomt een oeroude zee door de straten en de lucht wemelt van de kansen en vooruitzichten.

Zee der Vlammen

Het gonst in het Parijse museum van de geruchten, die vlug en bontgekleurd als een shawl de ronde doen. Het museum overweegt een zekere edelsteen tentoon te stellen, het kostbaarste juweel van de hele collectie.

'Ze zeggen,' hoort Marie-Laure de ene taxidermist tegen de andere zeggen, 'dat de steen uit Japan komt, heel oud is en in de elfde eeuw aan een shogun toebehoorde.'

'Ik heb gehoord,' zegt de ander, 'dat hij uit onze eigen kluis komt. Dat hij hier al die tijd al heeft gelegen, maar dat we hem om juridische redenen niet mochten uitstallen.' De ene dag is het een brokje zeldzaam magnesiumhydroxylcarbonaat, de andere dag een sterrensaffier die iemands hand verbrandt zodra hij hem aanraakt. Dan wordt het een diamant, absoluut een diamant. Sommigen noemen het de Herderssteen, anderen noemen het de Khon-Ma, maar algauw noemt iedereen het de Zee der Vlammen.

Marie-Laure denkt: de vier jaar zijn om.

'Boosaardig,' zegt een bewaker in de beveiligingspost. 'Brengt ongeluk aan iedereen die hem bij zich draagt. Ik heb gehoord dat alle negen voorgaande eigenaren zelfmoord hebben gepleegd.'

Een tweede stem zegt: 'Ik heb gehoord dat iedereen die hem zonder handschoenen vasthoudt binnen een week dood is.'

'Nee, nee, als je hem vasthoudt, kún je niet dood, maar de mensen in je omgeving gaan er binnen een maand aan. Of laat het een jaar zijn.'

'Die steen is precies wat ik nodig heb!' zegt een derde lachend.

Marie-Laures hart gaat tekeer. Tien jaar oud, en op het zwarte scherm van haar fantasie kan ze alles projecteren: een zeiljacht, een zwaardgevecht, een Colosseum dat bruist van de kleuren. Ze heeft *De reis om de wereld in tachtig dagen* gelezen tot het braille helemaal zacht en rafelig was; dit jaar heeft haar vader voor haar verjaardag een nóg dikker boek gekocht: *De drie musketiers* van Dumas.

Marie-Laure hoort dat de diamant bleekgroen is en zo groot als een jasknoop. Vervolgens hoort ze dat hij even groot is als een mapje lucifers. Een dag later is hij blauw en heeft hij al het formaat van een babyvuistje. Ze stelt zich voor dat er een kwade godin door de gangen raast en allemaal vloeken als gifwolkjes door de galerijen blaast. Haar vader zegt dat ze zich niet van die rare dingen in haar hoofd moet halen. Stenen zijn gewoon stenen en regen is gewoon regen en ongeluk is gewoon pech. Sommige dingen zijn nu eenmaal zeldzamer dan andere, en dat is de reden dat er sloten bestaan.

'Maar papa, geloof jij erin?'

'In de diamant of in de vloek?'

'Allebei.'

'Het zijn maar verhalen, Marie.'

En toch, zodra er iets misgaat, fluistert het personeel dat het komt door de diamant. De elektriciteit valt een uur lang uit: komt door de diamant. Een lekkende pijp verwoest een heel rek geperste botanische proefmonsters: komt door de diamant. Wanneer de vrouw van de directeur uitglijdt over het ijs op het Place des Vosges en haar pols op twee plekken breekt, barst de geruchtenmachine van het museum uit haar voegen.

Rond deze tijd wordt Marie-Laures vader naar boven geroepen, naar het kantoor van de directeur. Twee uur lang blijft hij daar. Ze probeert zich te herinneren hoe vaak haar vader naar het kantoor van de directeur is geroepen voor een twee uur durend overleg. Nog nooit.

Vrijwel direct erna gaat haar vader aan de slag in de Galerij van Mineralogie. Wekenlang rolt hij karretjes vol verschillende onderdelen het sleuteldepot in en uit. Hij werkt door tot lang na sluitingstijd en elke avond gaat hij terug naar het sleuteldepot met een lucht van soldeermetaal en zaagsel om zich heen. Steeds als ze vraagt of ze met hem mee mag, zegt hij nee. Ze kan het best, zegt hij, met haar brailleboeken in het sleuteldepot blijven zitten, of boven in het weekdierenlaboratorium.

Bij het ontbijt blijft ze hem bestoken. 'Je bent een speciale vitrine aan het bouwen voor die diamant. Een soort doorzichtige kluis.'

Haar vader steekt een sigaret op. 'Ga je boek maar pakken, Marie. We moeten gaan.'

Met de antwoorden van dr. Geffard schiet ze al even weinig op. 'Je weet toch dat diamanten – alle kristallen – groeien, Laurette? Door er microscopisch kleine laagjes aan toe te voegen, een paar duizend atomen per maand, de ene boven op de andere. Millennia na millennia. Zo stapelen verhalen zich ook op. Op alle oude stenen stapelen zich verhalen op. Die kleine steen waar jij zo benieuwd naar bent, heeft misschien wel meegemaakt dat Alarik Rome plunderde; misschien heeft hij wel in de ogen van farao's geschitterd. Misschien hebben Scythische koninginnen er wel nachtenlang mee om hun nek gedanst. Misschien zijn er wel hele oorlogen om gevoerd.'

'Papa zegt dat vloeken maar verhaaltjes zijn om dieven mee af te schrikken. Hij zegt dat er hier vijfenzestig miljoen soorten zijn, en dat ze met de juiste leraar allemaal even interessant voor je kunnen zijn.'

'Maar toch,' zegt hij, 'blijven sommige dingen mensen altijd boeien. Parels, bijvoorbeeld, en naar links gedraaide schelpen, schelpen met een opening aan de linkerkant. Zelfs de beste wetenschappers krijgen zo nu en dan weleens de neiging om iets in hun zak te stoppen. Dat zoiets kleins zo mooi kan zijn. Van zo'n grote waarde. Alleen de allersterksten kunnen dat soort gevoelens weerstaan.'

Ze zwijgen even.

Dan zegt Marie-Laure: 'Ik heb gehoord dat de diamant net een stukje licht uit de oorspronkelijke wereld is. Voor hij viel. Een stukje licht dat vanuit God op de aarde is geregend.'

'Je wilt graag weten hoe hij eruitziet. Daarom ben je zo nieuwsgierig.'

Ze laat een purperslak in haar handen rollen. Houdt hem tegen haar oor. Tienduizend laatjes, tienduizend fluisteringen in tienduizend schelpen.

'Nee,' zegt ze. 'Ik wil geloven dat papa er niet bij in de buurt is geweest.'

Open je ogen

Keer op keer weten Werner en Jutta de uitzendingen van de Fransman te vinden. Steevast rond bedtijd, steevast halverwege een script dat hun steeds vertrouwder in de oren klinkt.

Vandaag, kinderen, gaan we het eens hebben over de machines die binnen in je hoofd gaan draaien als je aan je wenkbrauw wilt krabben... Ze beluisteren een aflevering over zeedieren, en ook een over de Noordpool. Jutta vindt die over magneten het leukst. Werners favoriet is die over licht: eclipsen en zonnewijzers, lichtstralen in de atmosfeer en golflengtes. *Hoe noemen wij zichtbaar licht? Dat noemen wij kleur. Maar het elektromagnetische spectrum gaat aan de ene kant naar nul en aan de andere kant de oneindigheid in, dus eigenlijk, kinderen, is al het licht wiskundig gezien onzichtbaar.*

Avond aan avond zit Werner ineengedoken in zijn dakkapel, waar hij zich de radiogolven voorstelt als kilometerslange harpsnaren, die zich uitstrekken en weergalmen door Zollverein, dwars door bossen, steden en muren heen. Om middernacht zoeken Jutta en hij de ionosfeer af, steeds op zoek naar die volle, indringende stem. Wanneer ze hem vinden, wordt Werner voor zijn gevoel naar een ander bestaansniveau getild, een geheime plek waar men grote ontdekkingen doet, waar een weesjongen uit een mijnstadje een belangrijk raadsel kan oplossen dat verborgen is in de tastbare wereld.

Hij en zijn zus doen samen de experimenten van de Fransman; ze maken speedboten van luciferhoutjes en magneetjes van naalden.

'Waarom zegt hij niet waar hij is, Werner?'

'Misschien wil hij wel niet dat wij dat weten.'

'Hij klinkt rijk. En eenzaam. Hij neemt die uitzendingen vast in een enorm landhuis op, zo groot als dit hele complex, een huis met wel duizend kamers en duizend bedienden.'

Werner glimlacht. 'Zou kunnen.'

De stem, weer de piano. Misschien verbeeldt Werner het zich, maar elke keer als hij een van de programma's hoort, lijkt de kwaliteit een beetje achteruit te gaan, het geluid wat zwakker te worden:

alsof de Fransman uitzendt vanaf een schip dat langzaamaan steeds verder wegvaart.

Terwijl de weken voorbijgaan tuurt Werner steeds vaker de donkere nacht in, met Jutta in diepe rust naast hem, en wordt hij bevangen door een gevoel van rusteloosheid. Het leven: het speelt zich af achter de molens, achter de hekken. Daar houden mensen zich bezig met heel belangrijke vraagstukken. Hij ziet zichzelf voor zich als een lange ingenieur die in zijn witte jas een laboratorium binnen loopt: daar staan ketels te dampen, machines te ratelen, er hangen ingewikkelde grafieken aan de muur. Met een lantaarn gaat hij een wenteltrap op naar een door sterren verlichte uitkijkpost en kijkt door de lens van een enorme telescoop, die gericht staat op het zwart.

Verdwijning

Misschien was die oude gids wel gewoon helemaal de kluts kwijt. Misschien had de Zee der Vlammen wel nooit bestaan, misschien komen vloeken wel helemaal niet voor, misschien heeft haar vader wel gelijk: de aarde bestaat slechts uit magma, aardkorst en oceaan. Zwaartekracht en tijd. Stenen zijn gewoon stenen en regen is gewoon regen en ongeluk is gewoon pech.

Haar vader komt steeds vroeger op de avond terug naar het sleuteldepot. Al snel neemt hij Marie-Laure weer mee naar allerlei klusjes, loopt hij haar te plagen met de bergen suiker die ze in haar koffie schept of staat hij de bewakers er gekscherend van te overtuigen dat zijn merk sigaretten beter is dan dat van hen. Er wordt geen oogverblindende nieuwe edelsteen tentoongesteld. Er is geen plaag die de medewerkers van het museum teistert; Marie-Laure bezwijkt niet aan een slangenbeet en breekt ook niet haar rug bij een val in een put.

Op de ochtend van haar elfde verjaardag vindt ze als ze wakker wordt twee nieuwe pakjes op de plek van de suikerpot. Het eerste is een gelakt houten kubusje dat helemaal uit schuifpanelen bestaat. Er zijn dertien stappen voor nodig om het open te krijgen en in nog geen vijf minuten heeft ze de juiste volgorde uitgevogeld.

'Lieve hemel,' zegt haar vader, 'je bent een echte brandkastkraker!'

In de kubus: twee bonbons van Barnier. Ze haalt ze eruit en stopt ze allebei tegelijk in haar mond.

In het tweede pakje: een groot aantal bladzijdes met braille op het omslag. *Twintig. Duizend. Mijlen. Onder. Zee.*

'De boekverkoper zei dat het uit twee delen bestaat, en dit is deel een. Ik dacht dat we dan volgend jaar, als we doorsparen, deel twee zouden kunnen...'

Ze is er al in begonnen. De verteller, een beroemde zeebioloog, Pierre Aronnax genaamd, werkt in hetzelfde museum als haar vader! Hij hoort dat er over de hele wereld schepen worden geramd, het ene na het andere. Na een wetenschappelijke expeditie naar Amerika piekert Aronnax over de ware toedracht van de incidenten. Worden ze veroorzaakt door een bewegende klip? Een gigantische gehoornde tandwalvis? Een mythisch zeemonster?

Maar ik laat me meevoeren door dagdromen die ik nu terzijde moet schuiven, schrijft Aronnax. *Genoeg gefantaseerd.*

De hele dag ligt Marie-Laure op haar buik te lezen. Logica, rede, pure wetenschap: dat zijn, beweert Aronnax, de juiste elementen om je met een mysterie bezig te houden. Fabeltjes en sprookjes zijn dat niet. Haar vingers wandelen over het koord van de zinnen; in haar verbeelding loopt ze over het dek van het fregat met twee schoorsteenpijpen, de Abraham Lincoln. Ze ziet New York City uit het zicht verdwijnen; ter ere van haar vertrek lossen de kanonnen op de forten van New Jersey saluutschoten; de kanaalboeien deinen op het water. Een lichtschip met twee vuurbakens glijdt voorbij terwijl Amerika naar de achtergrond verdwijnt; vóór hen wachten de grote glinsterende prairies van de Atlantische Oceaan.

Grondbeginselen der mechanica

Het kindertehuis wordt bezocht door een onderminister en zijn vrouw. Frau Elena zegt dat ze alle weeshuizen afgaan.

Iedereen wast zich; iedereen gedraagt zich. Misschien, fluisteren de kinderen, willen ze wel adopteren. De oudste meisjes serveren roggebrood met ganzenlever op de laatste ongeschonden borden, terwijl de deftige onderminister en zijn streng ogende vrouw de woonkamer inspecteren als een koningspaar dat een bezoek brengt aan een smerig krotje. Wanneer het eten klaar is, gaat Werner met een boek op schoot aan de jongenskant van de tafel zitten. Jutta gaat aan de overkant bij de meisjes zitten, haar haar is helemaal kroezig en warrig en spierwit, alsof ze onder stroom heeft gestaan.

Heer, wij danken U voor spijs en drank en voor alles wat wij dagelijks uit Uw hand ontvangen. Frau Elena voegt er een tweede gebed aan toe ten behoeve van de onderminister. Iedereen stort zich op het eten.

De kinderen zijn zenuwachtig; zelfs Hans Schilzer en Herribert Pomsel zitten er in hun bruine overhemden stilletjes bij. De vrouw van de onderminister zit zo kaarsrecht dat het lijkt of haar ruggengraat uit eikenhout is gebeiteld.

Haar man zegt: 'En alle kinderen dragen een steentje bij?'

'Jazeker. Claudia, bijvoorbeeld, heeft het broodmandje gemaakt. En de tweeling heeft de lever bereid.'

De forse Claudia Förster bloost. De tweeling knippert met hun ogen.

Werners gedachten dwalen af; hij zit te denken aan het boek op zijn schoot. *Grondbeginselen der mechanica* van Heinrich Hertz. Hij heeft het in de kelder van de kerk gevonden, onder de watervlekken en door iedereen vergeten, decennia oud, en van de dominee mocht hij het mee naar huis nemen en van Frau Elena mocht hij het houden en wekenlang heeft Werner lopen worstelen met de lastige wiskunde. Elektriciteit, zo leert Werner, kan op zichzelf statisch zijn. Maar als je haar koppelt aan magnetische kracht krijg je ineens beweging – golven. Velden en circuits, geleiding en inductie. Ruimte, tijd, massa. De lucht wemelt van de onzichtbare dingen! Had hij maar ogen die ultravioletstraling konden zien, ogen die infrarood konden zien, ogen waarmee hij radiogolven de donker wordende lucht kon zien binnen dringen, zien flitsen dwars door de muren van zijn huis.

Wanneer hij opkijkt, zit iedereen hem aan te staren. Frau Elena kijkt verschrikt.

'Dat is een boek, meneer,' verkondigt Hans Schilzer. Hij trekt het van Werners schoot af. Het boek is zo zwaar dat hij zijn beide handen nodig heeft om het omhoog te houden.

In het voorhoofd van de vrouw van de onderminister verschijnen nu meerdere rimpels. Werner voelt dat hij bloost.

De onderminister steekt een vlezige hand uit. 'Geef hier.'

'Is het een Jodenboek?' zegt Herribert Pomsel. 'Het is een Jodenboek, hè?'

Het lijkt of Frau Elena iets wil zeggen, maar zich dan bedenkt.

'Hertz is in Hamburg geboren,' zegt Werner.

Plompverloren zegt Jutta: 'Mijn broer is zo goed in wiskunde. Hij is beter dan alle leraren op school. Op een dag gaat hij waarschijnlijk een grote prijs winnen. Hij zegt dat we later naar Berlijn gaan om daar onder de grote wetenschappers te studeren.'

De kleine kinderen staren; de oudste kinderen grinniken. Werner houdt zijn blik strak op zijn bord gericht. Fronsend bladert de onderminister het boek door. Hans Schilzer geeft Werner een schop tegen zijn scheenbeen en kucht.

Frau Elena zegt: 'Jutta, zo is het wel genoeg.'

De vrouw van de onderminister neemt een hap lever, kauwt, slikt en tipt haar servet tegen beide mondhoeken. De onderminister legt *Grondbeginselen der mechanica* neer, schuift het van zich af en kijkt dan snel even naar zijn handen, alsof die erdoor bezoedeld zijn. Hij zegt: 'De enige plek waar jouw broer heen gaat, meisje, is de mijn. Zodra hij vijftien wordt. Net als alle andere jongens hier in huis.'

Jutta kijkt boos, en Werner staart met prikkende ogen naar de gestolde lever op zijn bord. Iets in zijn borstkas trekt steeds strakker aan, en de rest van de maaltijd is alleen nog maar het geluid te horen van de kinderen die snijden, kauwen en slikken.

Geruchten

Er doen nieuwe geruchten de ronde. Ze ritselen langs de paden van de Jardin des Plantes en kronkelen door de galerijen van het museum; ze weergalmen door de hoge, bestofte ruimtes, waar exotische mossen bestudeerd worden door oude verschrompelde botanisten. Ze zeggen dat de Duitsers komen.

De Duitsers, zo beweert een tuinman, hebben zesduizend militaire zweefvliegtuigen; ze kunnen dagen aan een stuk marcheren zonder te eten; ze bezwangeren ieder schoolmeisje dat ze tegenkomen. Een vrouw achter de kaartjesbalie zegt dat de Duitsers mistbommen bij zich hebben en raketriemen om hebben; hun uniformen, fluistert ze, zijn gemaakt van een speciale stof die sterker is dan staal.

Marie-Laure zit op een bankje naast een weekdierenvitrine en luistert met gespitste oren naar de voorbijlopende groepjes. Een jongen flapt eruit: 'Ze hebben een bom met het Geheime Teken. Die maakt een geluid en iedereen die dat hoort, doet het ter plekke in zijn broek!'

Gelach.

'Ik heb gehoord dat ze giftige chocola uitdelen.'

'Ik heb gehoord dat ze overal waar ze komen de gehandicapten en zwakzinnigen opsluiten.'

Telkens wanneer Marie-Laure weer een nieuw gerucht aan haar vader doorgeeft, herhaalt hij: 'Duitsland' met een vraagteken erachter, alsof hij het voor het eerst uitspreekt. Hij zegt dat de inname van Oostenrijk niets is om je zorgen over te maken. Hij zegt dat de laatste oorlog iedereen nog vers in het geheugen ligt en dat niemand zo gek is om dat nog een keer te willen meemaken. De directeur maakt zich geen zorgen, zegt hij, net zomin als de afdelingshoofden, dus jonge meisjes die hun huiswerk nog niet af hebben zouden dat ook niet moeten doen.

Het lijkt te kloppen: afgezien van de dagen van de week verandert er niets. Elke ochtend wordt Marie-Laure wakker, kleedt zich aan, loopt achter haar vader aan door Ingang 2 en luistert hoe hij de nachtportier en de bewaker groet. *Bonjour, bonjour. Bonjour, bonjour.* De wetenschappers en bibliothecarissen komen nog steeds 's ochtends hun sleutels ophalen, bestuderen nog steeds hun eeuwenoude olifantstanden, hun exotische kwallen, hun herbariumvellen. De secretaresses hebben het nog steeds over mode; de directeur komt nog steeds in een tweekleurige Delage-limousine; en elke middag rijden de Afrikaanse handelaren hun karretjes met broodjes rustig door de gangen en fluisteren: 'Roggebrood met ei, roggebrood met ei.'

Marie-Laure leest Jules Verne; in het sleuteldepot, op de wc, in de gangen; ze leest op de bankjes van de Grande galerie en buiten op de honderd kiezelpaadjes in de tuinen. Ze leest het eerste deel van *Twintigduizend mijlen onder zee* zo vaak dat ze het bijna uit haar hoofd kent.

De zee is alles. Hij beslaat zeven tiende deel van de wereld... De zee is niets dan een vergaarbak voor alle wonderbaarlijke, bovennatuurlijke dingen die erin leven. Hij is enkel beweging en liefde; hij is het levende oneindige.

's Nachts in bed vaart ze in het ruim van Kapitein Nemo's Nautilus, onder alle stormen door, terwijl boven haar de koraaldaken voorbijtrekken.

Dr. Geffard leert haar de namen van de schelpen – *Lambis lambis, Cypraea moneta, Lophiotoma acuta* – en laat haar alle stekels, openingen en spiralen voelen. Hij legt haar de vertakkingen uit van de mariene evolutie en de volgorde van de geologische periodes; op haar beste dagen vangt ze een glimp op van de oneindige tijdspanne van de millennia die achter haar liggen: miljoenen jaren, tientallen miljoenen.

'Bijna alle soorten die ooit hebben geleefd zijn uitgestorven, Laurette. Er is geen reden om te denken dat ons mensen een ander lot beschoren zal zijn!' Dr. Geffard verkondigt dit bijna opgewekt en schenkt een glas wijn in, en ze stelt zich zijn hoofd voor als een kastje met tienduizend kleine laatjes erin.

De hele zomer ruikt het naar netels, margrietjes en het regenwater dat door de tuinen sijpelt. Met haar vader bakt ze een perentaart, die ze per ongeluk laten aanbranden, haar vader zet alle ramen open voor de rook en vanaf de straat onder haar hoort ze vioolmuziek. En toch, tegen het begin van de herfst, een of twee keer in de week, op bepaalde momenten van de dag, als ze buiten in de Jardin des Plantes onder de enorme heg zit of als ze naast haar vaders werkbank zit te lezen, kijkt Marie-Laure op van haar boek in de overtuiging dat ze de geur van benzine ruikt in de wind. Alsof er een grote stoet machines langzaam, onstuitbaar, opstoomt in haar richting.

Groter, sneller, lichter

Het lidmaatschap van de Hitlerjugend wordt door de staat verplicht gesteld. De jongens in Werners *Kameradschaft* leren paraderen, worden getest op lichamelijke fitheid en moeten zestig meter kunnen rennen in twaalf seconden. Alles draait om glorie en competitie en opoffering.

Leef oprecht, zingen de jongens terwijl ze marcheren langs de randen van het terrein. *Vecht dapper en sterf met een lach.*

Schoolwerk, karweitjes, lichamelijke oefening. Werner blijft laat op om naar zijn radio te luisteren of zich door de ingewikkelde wiskunde heen te werken, die hij had gekopieerd uit *Grondbeginselen der mechanica*, voor het in beslag werd genomen. Hij zit te gapen aan tafel, heeft weinig geduld met de jongere kinderen. 'Gaat het wel goed met jou?' vraagt Frau Elena, terwijl ze hem aankijkt, en Werner wendt zijn blik af en zegt: 'Prima.'

De theorieën van Hertz zijn interessant, maar het allerliefst bouwt hij dingen, werkt hij met zijn handen, laat hij zijn vingers uitvoeren wat zijn verstand bedenkt. Werner repareert de naaimachine van een buurvrouw, de staande klok in het kindertehuis. Hij bouwt een katrollensysteem om de was vanuit het zonlicht weer naar binnen te trekken, en een eenvoudig alarm van een batterij, een bel en een snoer, waardoor Frau Elena gewaarschuwd wordt als er een peuter de deur uit loopt. Hij vindt een apparaat uit om wortels mee te snijden: als je een hendel optilt, komen er negentien mesjes omlaag, en valt de wortel in twintig fraaie schijfjes uit elkaar.

Op een dag valt de radio van de buren uit, en Frau Elena stelt voor dat Werner er eens naar kijkt. Hij schroeft de achterkant los, beweegt de buisjes heen en weer. Een ervan zit niet goed op zijn plek en hij duwt hem terug in de gleuf. De radio doet het weer en de buurvrouw slaakt een gilletje van blijdschap. Voor hij het weet komt er elke week wel iemand langs bij het kindertehuis die op zoek is naar de radioreparateur. Wanneer ze de dertienjarige Werner van zolder naar beneden zien komen, wrijvend in zijn ogen, met zijn witte haar in pieken op zijn hoofd en een zelfgemaakte gereedschapskist aan zijn hand, staren ze hem allemaal met dezelfde sceptische grijns aan.

De oudere apparaten zijn het makkelijkst te repareren: eenvoudiger schakelsystemen, uniforme buizen. Misschien is er was uit de condensator gelopen of heeft zich houtskool op een weerstand opgehoopt. Zelfs bij de nieuwste apparaten weet Werner meestal wel een oplossing te verzinnen. Hij ontmantelt het apparaat, bestudeert de schakelingen, volgt met zijn vingers de routes van de elektroden. Energiebron, triode, weerstand, spoel. Luidspreker. Zijn geest stelt zich in op het probleem, wanorde wordt orde, het obstakel openbaart zichzelf, en niet lang erna is de radio gemaakt.

Soms betalen ze hem een paar mark. Soms bakt een mijnwerkersvrouw wat worstjes voor hem of stopt wat koekjes in een servetje voor zijn zusje. Het duurt niet lang voor Werner in zijn hoofd een kaart kan uittekenen van de locaties van zo ongeveer alle radio's in hun district: een zelfgemaakt doorzichtig apparaat in de keuken van een apotheker; een fraaie radio-grammofooncombinatie met tien schuifjes in het huis van een afdelingshoofd, die hem steeds een schokje in zijn vingers bezorgde als hij van zender wilde veranderen. Zelfs in de armoedigste mijnwerkershuisjes staat meestal wel een gesubsidieerde *Volksempfänger* VE301, een massaproductieradio met het stempel van een adelaar en een hakenkruis, zonder kortegolfontvangst, alleen geschikt voor Duitse golflengtes.

Radio: het verbindt een miljoen oren aan één enkele mond. Uit luidsprekers in heel Zollverein groeit de staccato stem van het *Reich* als een onverstoorbare boom; zijn onderdanen buigen voorover naar zijn takken als waren het de lippen van God zelf. En wanneer God ophoudt te fluisteren, gaan ze wanhopig op zoek naar iemand die alles in orde kan maken.

Zeven dagen per week slepen de mijnwerkers steenkool naar het licht. De kool wordt verpulverd, de cokesovens in geschoven, gekoeld in enorme koeltorens en in karretjes naar de hoogovens gereden om ijzererts te smelten. Het ijzer wordt geraffineerd tot staal, in staven gegoten, op sloepen geladen en weggevoerd, de grote hongerige mond van het land in. *Enkel door de heetste vuren*, fluistert de radio, *kan zuivering worden bewerkstelligd. Alleen door de zwaarste beproevingen kunnen Gods uitverkorenen verrijzen.*

Jutta fluistert: 'Vandaag is er een meisje het zwembad uit gezet, Inge Hachmann. Ze zeiden dat ze ons niet gingen laten zwemmen met een halfbloed. Onhygiënisch. Een halfbloed, Werner. Wij zijn toch ook halfbloeden? We zijn toch half onze moeder en half onze vader?'

'Ze bedoelen half-Joods. Praat niet zo hard. Wij zijn geen half-Joden.'

'We moeten toch wel half-iets zijn.'

'Wij zijn helemaal Duits. We zijn in helemaal niets half.'

Herribert Pomsel is nu vijftien jaar en woont in een mijnwerkersonderkomen, waar hij in de tweede ploeg meedraait als vuurbevochtiger, en Hans Schilzer is nu de oudste jongen in huis. Hans doet honderden push-ups; hij is van plan een bijeenkomst in Essen bij te wonen. Er wordt gevochten in de straatjes, er gaan geruchten dat Hans een auto in de fik zou hebben gestoken. Op een avond hoort Werner hem beneden schreeuwen tegen Frau Elena. De voordeur slaat dicht; de kinderen woelen in bed; Frau Elena ijsbeert door de woonkamer, haar pantoffels fluisteren links, rechts. Knarsend rijden er steenkolenkarretjes door de natte duisternis voorbij. In de verte klinkt het gedreun van machinerie: stampende zuigers, draaiende riemen. Vloeiend. Malend.

Spoor van het beest

November 1938. In de koude wind dwarrelen grote dorre bladeren van de platanen neer op de kiezelpaden van de Jardin des Plantes. Marie-Laure herleest *Twintigduizend mijlen – Ik kon lange slierten aangespoeld zeewier onderscheiden, sommige bolvormig en andere langwerpig, algen met hun ranke groen* – vlak bij de ingang aan de rue Cuvier, wanneer er door de bladeren heen een groepje kinderen komt aangestormd.

Een jongensstem zegt iets; een paar andere jongens lachen. Marie-Laure maakt haar vingers los van haar roman. Het gelach draait, keert om. Plotseling klinkt de eerste stem vlak naast haar oor. 'Ze zijn gek op blinde meisjes, wist je dat?'

Haar ademhaling versnelt. Ze strekt haar arm naast zich uit, maar raakt niets.

Ze kan niet zeggen met hoeveel anderen hij is. Een stuk of drie, vier. Aan zijn stem te horen is hij een jaar of twaalf, dertien. Ze staat op, drukt haar enorme boek tegen haar borstkas en hoort haar stok van het bankje rollen en op de grond kletteren.

Iemand anders zegt: 'Waarschijnlijk pakken ze de blinde meisjes nog vóór de gehandicapten.'

De eerste jongen kreunt overdreven. Marie-Laure houdt haar boek voor zich uit, als een schild.

De tweede jongen zegt: 'Om ze dingen te laten doen.'

'Vieze dingen.'

De stem van een volwassene roept in de verte: 'Louis? Peter?'

'Wie zijn jullie?' sist Marie-Laure.

'Dáág, blind meisje.'

Dan: stilte. Marie-Laure luistert naar het geruis van de bomen; haar bloed kolkt. Gedurende een lange en paniekerige minuut kruipt ze door de bladeren onder het bankje, tot ze op de tast haar stok weer heeft gevonden.

Er worden gasmaskers verkocht in de winkels. Buren plakken karton voor hun ramen. Het museum trekt elke week minder bezoekers.

'Papa?' vraagt Marie-Laure. 'Als er oorlog uitbreekt, wat gebeurt er dan met ons?'

'Er breekt helemaal geen oorlog uit.'

'Maar stel dat er wél oorlog uitbreekt?'

Zijn hand op haar schouder, het vertrouwde gerammel van de sleutels aan zijn riem. 'Dan hoeven we ons geen zorgen te maken, ma chérie. De directeur heeft al een vrijstelling aangevraagd om me uit het leger te houden. Ik ga helemaal nergens heen.'

Maar ze hoort hoe hij de krantenpagina's omslaat, met een rukkende beweging en heel nadrukkelijk. De ene sigaret na de andere steekt hij op; hij werkt haast aan één stuk door. De weken gaan voorbij, de bomen worden kaal en haar vader vraagt haar niet één keer om in de tuinen te gaan wandelen. Hadden ze nu maar een onaantastbare onderzeeër zoals de Nautilus.

De schorre stemmen van kantoormeisjes dwarrelen langs het open raam van het sleuteldepot: 's Nachts sluipen ze appartementen binnen. Ze verstoppen boobytraps in keukenkastjes, toiletpotten, bustehouders. Doe je je ondergoedlade open, worden je vingers eraf geblazen.'

Ze heeft nachtmerries. Zwijgzame Duitsers roeien synchroon over de Seine; hun skiffs glijden door het water alsof het olie is. Geruisloos schuiven ze onder de pijlers van de bruggen door; ze hebben beesten bij zich aan een ketting; die beesten springen de boten uit en sprinten langs de bloembedden, voorbij de heggenrijen. Op de trappen van de Grande galerie snuiven ze de geur op. Kwijlend. Roofzuchtig. Ze stormen het museum binnen, verspreiden zich over de afdelingen. De ramen kleuren zwart van het bloed.

Beste professor ik weet niet of u deze brieven ontvangt of dat het radiostation dit doorstuurt of is er eigenlijk wel een radiostation? We hebben u al zeker twee maanden niet gehoord. Bent u soms gestopt met uitzenden of misschien ligt het probleem bij ons? Er is een nieuwe radiozender in Brandenburg en die heet Deutschlandsender 3; mijn broer zegt dat die zendmast driehonderd en zoveel meter hoog is het een-na-hoogste bouwwerk ter wereld dat door mensenhanden is gemaakt. Het maakt eigenlijk al het andere onbeduidend. De oude Frau Stresemann, een buurvrouw van ons, zegt dat ze de uitzendingen van de Deutschlandsender kan horen in haar tandvullingen. Mijn broer zegt dat dat kan als je een antenne hebt en een gelijkrichter en iets wat dienst kan doen als luidspreker. Hij zei dat je een stukje kippengaas kunt gebruiken om radiosignalen mee op te vangen, dus misschien ook wel het zilver in een tand. Ik vind het leuk om daarover na te denken. U niet, professor? Liedjes in je tanden? Frau Elena zegt dat we uit school meteen naar huis moeten komen. Ze zegt dat we geen Joden zijn maar wel arm en dat dat haast even gevaarlijk is. Het is nu strafbaar om af te stemmen op een buitenlands radiostation. Je kunt er een werkstraf voor krijgen, zoiets als vijftien uur per dag stenen hakken. Of nylonkousen maken of de mijnen in gaan. Niemand zal me helpen om deze brief op de bus te doen zelfs mijn broer niet dus doe ik het zelf.

Goedenavond. Of Heil Hitler, als u dat liever hebt

In mei van dat jaar wordt hij veertien. Het is 1940 en niemand lacht meer om de Hitlerjugend. Frau Elena maakt een pudding en Jutta verpakt een stukje kwarts in een krant en de tweeling, Hannah en Susanne Gerlitz, marcheert als soldaten door de kamer. Een jongetje van vijf – Rolf Hupfauer – zit diep weggedoken in de bank en zijn oogleden worden steeds zwaarder. Een nieuwkomertje – een meisje – zit met haar vingers in haar mond bij Jutta op schoot. Buiten het raam, achter de gordijnen, de vlam boven op de vuilnishoop, heel in de verte geknal en gerinkel.

De kinderen zingen en genieten van hun pudding, Frau Elena zegt: 'Het is zover', en Werner zet zijn radio uit. Iedereen bidt. Zijn hele lichaam voelt zwaar terwijl hij de radio naar de dakkapel draagt. In de straatjes buiten banen jongens van vijftien zich een weg naar de mijnliften, waar ze buiten de hekken in de rij gaan staan met hun helm en hun lamp. Hij probeert zich hun afdaling voor te stellen, met af en toe een gedimd lichtje dat vervolgens weer verdwijnt, rammelende kabels, iedereen stil, die permanente duisternis in zakkend waar mannen in de aarde krabben, met driekwart kilometer aan opgestuwd gesteente boven hen.

Nog één jaar. Dan zullen ze hem een helm geven en een lamp en hem bij de anderen in een kooi stoppen.

Het is al maanden geleden dat hij de Fransman voor het laatst op de korte golf heeft gehoord. Een jaar geleden dat hij dat boek met de watervlekken, *Grondbeginselen der mechanica*, in handen had. Nog niet zo lang geleden stond hij zichzelf toe te dagdromen over Berlijn en zijn grote wetenschappers: Fritz Haber, uitvinder van de kunstmest; Hermann Staudinger, uitvinder van het plastic. Hertz, die het onzichtbare zichtbaar maakte. Al die grote mannen die van alles deden, daar in de buitenwereld. *Ik geloof in jou,* zei Frau Elena altijd. *Ik denk dat jij geweldige dingen gaat doen*. Nu loopt hij, in zijn nachtmerries, door de tunnels van de mijnen. Het plafond is glad en zwart; in het voorbijgaan vallen er stukjes op hem neer. De muren versplinteren; hij bukt zich, kruipt. Al snel kan hij zijn hoofd niet meer oprichten, noch zijn armen bewegen. Het plafond weegt tien miljard ton; er komt een penetrante kou vanaf en het duwt hem met zijn neus de grond in. Vlak voor hij wakker wordt, voelt hij iets op zijn schedel versplinteren.

Er druppelt regenwater van wolk naar dak naar daklijst. Werner drukt zijn voorhoofd tegen het raam van de dakkapel en tuurt door de druppels, het dak onder hem is slechts een van de vele natte daken, omringd door uitgestrekte muren van de steenkoolverwerkingsfabriek, de smeltovens en de gasfabriek, de lifttoren afgetekend tegen de lucht, mijn en molen die maar blijven doordraaien, vierkante kilometer na vierkante kilometer, tot buiten zijn gezichtsveld, tot aan de dorpen, de steden, de almaar sneller draaiende, almaar groter wordende machine die Duitsland is. En een miljoen mannen die klaarstaan om hun leven daarnaar te voegen.

Goedenavond, denkt hij. Of Heil Hitler. Iedereen kiest voor het laatste.

Dááá, blind meisje

Het vraagteken achter de oorlog verdwijnt. Er worden memo's verspreid. De collecties moeten worden beschermd. Een select groepje koeriers is begonnen spullen naar het platteland te verhuizen. Naar sloten en sleutels is een grotere vraag dan ooit. Marie-Laures vader werkt door tot middernacht, tot één uur. Elk krat moet worden voorzien van een hangslot, elke transportlijst op een veilige plek worden opgeborgen. Er staan gepantserde vrachtwagens bij de laadsteigers te brommen. Er zijn fossielen die moeten worden bewaakt, oeroude manuscripten; er zijn parels, klompjes goud, een saffier ter grootte van een muis. Misschien zelfs wel, denkt Marie-Laure, de Zee der Vlammen.

Ergens lijkt het voorjaar zo kalm: warm, teder, de nachten geurig en rustig. En toch straalt alles spanning uit, alsof de stad is gebouwd op een ballon, die zo ver wordt opgeblazen dat hij elk moment kan knappen.

De bijtjes doen hun werk op de bloeiende paden van de Jardin des Plantes. De platanen laten hun zaadjes vallen en op de wandelpaden verzamelen zich enorme bergen pluisjes.

Als ze aanvallen, waarom zouden ze aanvallen, ze zouden wel gek zijn om aan te vallen.

Terugtrekken is levens sparen.

Er wordt niets meer geleverd. Er verschijnen zandzakken om de museumhekken. Twee militairen op het dak van de Galerij van Paleontologie turen door hun verrekijkers naar de tuinen. Maar de enorme komvormige lucht blijft smetteloos: geen zeppelins, geen bommenwerpers, geen bovenmenselijke paratroepers, alleen de laatste zangvogels die terugkeren van hun overwintering, en de frisse voorjaarswind die overgaat in een wat zwaardere, groenere zomerbries.

Geruchten, licht, lucht. Deze meimaand lijkt mooier dan alle andere die Marie-Laure zich kan herinneren. Op de ochtend van haar twaalfde verjaardag staat er als ze wakker wordt geen puzzel op de plek van de suikerpot; haar vader heeft het te druk. Maar er ligt wel een boek: het tweede deel van *Twintigduizend mijlen onder zee* in braille, zo dik als een kussen op de bank.

Ze krijgt kippenvel van opwinding. 'Hoe...?'

'Graag gedaan, Marie.'

De muren van hun flat trillen van de meubels die worden versleept, de achterbakken die worden volgeladen, de ramen die worden dichtgespijkerd. Ze lopen naar het museum en haar vader merkt verstrooid op tegen de bewaker die hun bij de deur tegemoetkomt: 'Ze zeggen dat we standhouden bij de rivier.'

Marie-Laure zit op de vloer van het sleuteldepot en slaat haar boek open. Aan het eind van deel een had Professor Aronnax nog maar zesduizend mijlen afgelegd. Nog zoveel te gaan. Maar er gebeurt iets vreemds: de woorden houden geen verband met elkaar. Ze leest: *De hele dag door werd het schip achtervolgd door een angstaanjagende school haaien*, maar de logica die het ene met het andere woord moet verbinden ontgaat haar.

Iemand zegt: 'Is de directeur al weg?'

Iemand anders zegt: 'Voor het eind van de week.'

Haar vaders kleren ruiken naar stro; zijn vingers stinken naar olie. Werk, meer werk, dan een paar uurtjes uitgeputte slaap voor hij weer heel vroeg teruggaat naar het museum. Vrachtwagens vervoeren skeletten, meteorieten, octopussen in potten, herbariumvellen, Egyptisch goud, Zuid-Afrikaans ivoor en Perzische fossielen.

Op 1 juni vliegen er vliegtuigen over de stad, extreem hoog, ze kruipen door de schapenwolken. Als de wind gaat liggen en nergens in de buurt een motor klinkt, kan Marie-Laure, als ze buiten de Galerij van Zoölogie gaat staan, ze horen: een gesnor op kilometers hoogte. De volgende dag beginnen de radiozenders te verdwijnen. De bewakers in de beveiligingspost meppen tegen de zijkant van hun radio en draaien hem alle kanten op, maar er komt alleen maar ruis uit de luidspreker. Alsof elke antenne een kaars was en er een stel vingers voorbijkwam dat het vlammetje uit kneep.

Die laatste nachten in Parijs, als ze om middernacht naar huis loopt met haar vader, voelt Marie-Laure een siddering in de lucht, tussen het getjirp van de insecten door, als haarscheurtjes in ijs waar te veel gewicht op wordt geplaatst. Alsof de stad al die tijd niet meer is geweest dan een door haar vader gebouwde maquette en er nu de schaduw van een enorme hand overheen is gevallen.

Was ze er niet van uitgegaan dat ze de rest van haar leven met haar vader in Parijs zou blijven wonen? Dat ze voor altijd haar middagen bij dr. Geffard zou doorbrengen? Dat haar vader haar elk jaar, op haar verjaardag, een nieuwe puzzel zou geven en een nieuw boek, en dat ze alles van Jules Verne zou lezen en alles van Dumas en misschien zelfs wel van Balzac en Proust? Dat haar vader altijd zou blijven neuriën terwijl hij 's avonds kleine gebouwtjes in elkaar knutselde, en dat ze altijd zou weten hoeveel stappen het was van de voordeur naar de bakker (veertig) en hoeveel vandaar naar de brasserie (tweeëndertig) en dat er altijd suiker zou zijn om in haar koffie te scheppen als ze wakker werd?

Bonjour, bonjour.

Aardappels op zes uur, Marie. Champignons op drie.

En nu? Wat zal er nu gaan gebeuren?

Sokken maken

Na middernacht wordt Werner wakker van de elfjarige Jutta, die op haar knieën naast zijn bed zit. Ze heeft de kortegolfradio op haar schoot en naast haar ligt een vel tekenpapier met een veelramige fantasiestad die half is uitgewerkt.

Jutta zet de koptelefoon af en knijpt haar ogen samen. In de schemering lijkt haar woeste krullenbos stralender dan ooit: een afgestreken lucifer.

'Bij de *Jungmädel*,' fluistert ze, 'moeten we sokken maken. Waarom toch zoveel sokken?'

'Kennelijk heeft het Reich sokken nodig.'

'Waarvoor?'

'Voor voeten, Jutta. Voor de soldaten. Laat me slapen.' Alsof het zo is afgesproken, roept een klein jongetje – Siegfried Fischer – een keer naar beneden, dan nog twee keer, en Werner en Jutta wachten tot ze Frau Elena's voetstappen op de trap en haar vriendelijke woorden horen, waarna het opnieuw stil wordt in huis.

'Jij wilt alleen maar wiskundige problemen oplossen,' fluistert Jutta. 'Met radio's spelen. Begrijp je dan niet wat er aan de hand is?'

'Waar zit je naar te luisteren?'

Ze slaat haar armen over elkaar en drukt zonder antwoord te geven de koptelefoon weer tegen haar oor.

'Zit jij naar iets te luisteren waar je helemaal niet naar mag luisteren?'

'Wat kan jou het schelen?'

'Het is gevaarlijk, daarom kan het me wat schelen.'

Ze stopt haar vinger in haar andere oor.

'De andere meisjes lijken het helemaal niet zo erg te vinden,' fluistert hij. 'Om sokken te maken. Kranten te verzamelen en zo.'

'We zijn bommen op Parijs aan het gooien,' zegt ze. Haar stem klinkt luid en hij moet zichzelf dwingen om zijn hand niet op haar mond te leggen.

Jutta kijkt op, uitdagend. Ze ziet eruit alsof ze een onzichtbare noordpoolwind is tegengekomen. 'Dat is waar ik naar luister, Werner. Onze vliegtuigen bombarderen Parijs.'

Vlucht

In heel Parijs brengen mensen hun serviesgoed naar de kelder, naaien ze parels in zomen, verbergen ze gouden ringen in boekbanden. De typemachines worden van de werkplekken in het museum weggehaald. De gangen veranderen in inpakruimtes, waarvan de vloeren bezaaid liggen met stro, zaagsel en twijngaren.

Om twaalf uur 's middags wordt de slotenmaker naar het kantoor van de directeur geroepen. Marie-Laure zit in kleermakerszit op de vloer van het sleuteldepot en probeert haar boek te lezen. Kapitein Nemo staat op het punt om Professor Aronnax en zijn kameraden mee te nemen op een onderwaterwandelingetje door oesterbedden om parels te zoeken, maar Aronnax is bang voor mogelijke haaien, en al wil ze nog zo graag weten hoe het afloopt, de zinnen vallen uiteen over de pagina. De woorden worden letters, letters onbegrijpelijke hobbels. Het voelt alsof ze grote wanten om haar handen heeft zitten.

Op de gang, bij de beveiligingspost, zit een bewaker aan de knoppen van de radio te draaien, maar hij vindt alleen geruis en gekraak. Wanneer hij hem uitzet, valt er een stilte over het hele museum.

Laat dit alsjeblieft een puzzel zijn, een ingewikkeld spelletje dat papa heeft gemaakt, een raadsel dat ze moet oplossen. De eerste deur: een combinatieslot. De tweede: een nachtslot. De derde zal opengaan als ze een magisch woord in het sleutelgat fluistert. Kruip dertien deuren door, en dan is alles weer normaal.

Buiten, in de stad, slaat de kerkklok één uur. Halftwee. Nog steeds is haar vader niet terug. Op een gegeven moment klinken er vanuit de tuinen of de straten erachter verschillende dreunen door het museum, alsof iemand zakken vol cement vanaf de wolken naar beneden stort. Bij elke inslag trillen de duizenden sleutels in de kastjes aan hun haakjes.

Er loopt niemand door de gang. Er volgt een tweede reeks bevingen – dichterbij, heviger. De sleutels rammelen en de vloer kraakt en ze heeft het idee dat ze stofdeeltjes kan ruiken die uit het plafond komen vallen.

'Papa?'

Niets. Geen bewakers, geen conciërges, geen klak-klak-klak van secretaressehakken op de gang.

Ze kunnen dagen doormarcheren zonder te eten. Ze bezwangeren ieder schoolmeisje dat ze tegenkomen.

'Hallo?' Haar stemgeluid vervliegt zo snel, de gangen klinken zo leeg. Ze wordt er bang van.

Even later rammelende sleutels en voetstappen en haar vaders stem die haar naam roept. Het gebeurt allemaal razendsnel. Hij trekt grote, lage lades open; rammelt met tientallen sleutelbossen.

'Papa, ik heb gehoord...'

'Schiet op.'

'Mijn boek...'

'Laat dat maar hier. Het is te zwaar.'

'Mijn boek hier laten?'

Hij trekt haar mee de deur uit en draait het sleuteldepot op slot. Buiten lijken er golven van paniek door de bomenrijen te trekken, als de trillingen van een aardbeving.

Haar vader zegt: 'Waar is de bewaker?'

Stemmen vlak bij de stoeprand: militairen.

Marie-Laures zintuigen lijken in de war. Is dat het gebrom van vliegtuigen? Is dat de geur van rook? Spreekt daar iemand Duits?

Ze hoort hoe haar vader een paar woorden wisselt met een onbekende en hem sleutels overhandigt. Dan lopen ze het hek door naar de rue Cuvier, terwijl ze ergens langs schuren wat lijkt op zandzakken of zwijgende politieagenten of iets anders wat net midden op de stoep is neergezet.

Zes straten, achtendertig regenpijpen. Ze telt ze allemaal. Vanwege de houten platen die haar vader voor de ramen heeft gespijkerd is het bedompt en heet in hun appartement. 'Dit duurt niet lang, Marie-Laure. Ik leg het je zo uit.' Haar vader stopt allemaal spullen in iets wat zijn canvas rugzak zou kunnen zijn. Eten, denkt ze, en ze probeert alles aan het geluid te herkennen. Koffie. Sigaretten. Brood?

Er dreunt weer iets en de vensterbanken trillen. Hun servies rammelt in de kastjes. Er toeteren autoclaxons. Marie-Laure gaat naar de maquette van de buurt en laat haar vingers over de huisjes gaan. Ze zijn er nog. Ze zijn er nog. Ze zijn er nog.

‘Ga nog maar even naar het toilet, Marie.’

‘Ik hoef niet.’

‘Het kan nog wel even duren voor je weer kunt.’

Hij doet haar haar winterjas aan, ook al is het half juni, en ze haasten zich naar beneden. Eenmaal buiten in de rue des Patriarches hoort ze gestamp in de verte, alsof er duizenden mensen op de been zijn. Ze loopt naast haar vader met haar stok stevig in een vuist, haar andere hand op zijn rugzak, alles losgekoppeld van de logica, als in een nachtmerrie.

Rechts, links. Tussen de bochten in zitten lange stukken met stoeptegels. Algauw lopen ze door straten waar ze, dat weet ze zeker, nog nooit is geweest, straten buiten de grenzen van haar vaders maquette. Marie-Laure is allang de tel van haar stappen kwijt als ze bij een mensenmassa aankomen die zo dicht is dat ze de hitte ervan af voelt slaan.

‘In de trein is het koeler, Marie. De directeur heeft kaartjes voor ons geregeld.’

‘Kunnen we naar binnen?’

‘De hekken zitten op slot.’

Er hangt een misselijkmakende spanning in de menigte.

‘Ik ben bang, papa.’

‘Houd me stevig vast.’

Hij leidt haar een andere kant op. Ze steken een drukke verkeersweg over en gaan vervolgens een straatje in dat naar modderige greppel ruikt. Aan één stuk door klinkt het gedempte gerammel van haar vaders gereedschap in zijn rugzak, samen met het niet-aflatende getoeter van auto’s in de verte.

Binnen een minuut staan ze weer midden in een andere menigte. Er klinken stemmen vanaf een hoge muur; ze wordt overspoeld door de geur van natte kleren. Ergens worden namen door een megafoon geroepen.

‘Waar zijn we, papa?’

‘Gare Saint-Lazare.’

Er huilt een baby. Ze ruikt urine.

‘Zijn er Duitsers, papa?’

‘Nee, ma chérie.’

‘Maar binnenkort?’

‘Ze zeggen van wel.’

‘Wat doen we dan, als ze hier zijn?’

'Tegen die tijd zitten wij allang in een trein.'

Er huilt een kind in de ruimte rechts van haar. Een man met paniek in zijn stem eist dat de menigte aan de kant gaat. Een vrouw vlak bij hen blijft maar kreunend 'Sebastien? Sebastien?' herhalen.

'Is het al avond?'

'Het wordt nu pas donker. Laten we maar even uitrusten. Op adem komen.'

Iemand zegt: 'Het Tweede Leger is met de grond gelijk gemaakt, het Negende is de pas afgesneden. Frankrijks beste vloten zijn naar de maan.'

Iemand zegt: 'We zullen onder de voet worden gelopen.'

Er schuiven hutkoffers over tegels, er keft een klein hondje, er klinkt een conducteursfluitje en er komt een grote machine proestend tot leven en slaat vervolgens weer af. Marie-Laure probeert haar maag tot bedaren te brengen.

'Maar we hebben een kaartje, verdomme!' roept iemand achter haar.

Er volgt een handgemeen. Er trekt een golf van hysterie door de menigte.

'Hoe ziet het eruit, papa?'

'Wat, Marie?'

'Het station. De avond.'

Ze hoort het vonkje van zijn aansteker, de hijs en de brandlucht van tabak als zijn sigaret vlam vat.

'Eens even kijken. De hele stad is donker. Geen straatverlichting, geen licht uit de ramen. Af en toe beweegt er een schijnwerper door de lucht. Op zoek naar vliegtuigen. Er loopt een vrouw in ochtendjas. En een andere met een stapel borden in haar handen.'

'En de legers?'

'Er zijn geen legers, Marie.'

Zijn hand vindt de hare. Haar angst wordt wat minder. Er druppelt regenwater door een afvoerpijp.

'Wat gaan we nu doen, papa?'

'Hopen op een trein.'

'Wat doen alle andere mensen?'

'Die hopen ook.'

Herr Siedler

Een roffel op de deur na de avondklok. Werner en Jutta zitten met zes andere kinderen huiswerk te maken aan de lange houten tafel. Voor Frau Elena de deur opendoet, speldt ze haar partijinsigne op haar revers.

Vanuit de regen stapt er een korporaal naar binnen, met aan zijn riem een pistool en om zijn linkerarm een band met een hakenkruis erop. Onder het lage plafond van de kamer oogt de man absurd lang. Werner denkt aan de kortegolfradio in de houten verbanddoos onder zijn bed. Hij denkt: ze weten ervan.

De korporaal kijkt de kamer rond – de kolenkachel, de was die te drogen hangt, de te magere kinderen – met een blik die het midden houdt tussen minachting en vijandigheid. Zijn revolver is zwart en lijkt al het licht uit de kamer naar zich toe te zuigen.

Werner waagt het om één keer naar zijn zusje te kijken. Zij houdt haar aandacht strak op de bezoeker gericht. De korporaal pakt een boek van de eettafel – een kinderboek over een pratende trein – bladert het helemaal door en laat het vervolgens vallen. Dan zegt hij iets wat Werner niet kan verstaan.

Frau Elena vouwt haar handen over haar schort en Werner ziet dat ze dat doet tegen het trillen. 'Werner,' roept ze met trage, onwezenlijke stem, zonder haar blik van de korporaal af te wenden. 'Deze meneer zegt dat hij een radio heeft die het niet...'

'Neem je gereedschap mee,' zegt de man.

Op weg naar buiten kijkt Werner maar één keer achterom: daar staat Jutta met haar voorhoofd en handen tegen het glas van het woonkamerraam aan gedrukt. Ze steekt donker af tegen het licht en hij is te ver weg om haar gezichtsuitdrukking te kunnen onderscheiden. Dan verdwijnt ze achter de donkere regen.

Werner is half zo groot als de korporaal en moet twee keer zoveel stappen zetten als de man. Hij loopt achter hem aan langs bedrijfsgebouwen en de wachtpost aan de voet van de heuvel tot aan de woningen van de mijndirectie. De regen valt schuin door de verlichting heen. De weinige mensen die ze tegenkomen lopen met een grote boog om de korporaal heen.

Werner waagt het niet om een vraag te stellen. Bij elke hartslag voelt hij een enorme aandrang om het op een lopen te zetten.

Ze naderen het hek van het grootste huis op het complex, een huis dat hij al duizend keer heeft gezien, maar nog nooit van zo dichtbij. Aan de vensterbank van een bovenraam hangt een grote rode vlag, zwaar van het regenwater.

De korporaal klopt op een achterdeur. Een dienstmeisje in een jurk met hoge taille neemt hun jassen aan, tikt er behendig het water van af en hangt ze aan een kapstok met koperen voet. In de keuken ruikt het naar cake.

De korporaal loodst Werner een eetkamer in, waar een vrouw met een smal gezicht en drie vers geplukte madeliefjes in haar haar op een stoel in een tijdschrift zit te bladeren. 'Twee natte eenden,' zegt ze, en ze kijkt weer in haar tijdschrift. Ze vraagt hun niet om te gaan zitten.

Een dik rood tapijt zuigt aan de zolen van Werners gaatjesschoenen; in een kandelaar boven de tafel branden elektrische peertjes; over het behang kronkelen allemaal rozen. Er smeult een vuurtje in de open haard. Aan alle vier de muren hangen ingelijste foto's op metaal van nors kijkende voorouders. Is dit nou waar ze jongens arresteren wier zusjes naar buitenlandse radiozenders luisteren? De vrouw bladert rustig door haar tijdschrift. Ze heeft knalroze vingernagels.

Er komt een man de trap af in een spierwit overhemd. 'Jezus, hij is echt klein, hè?' zegt hij tegen de korporaal. 'Ben jij nou die beroemde radioreparateur?' Het dikke zwarte haar van de man lijkt op zijn schedel te zijn geplakt. 'Rudolf Siedler,' zegt hij. Met een kort knikje stuurt hij de korporaal weg.

Werner probeert uit te ademen. Herr Siedler knoopt zijn manchetknopen dicht en bestudeert zichzelf in een verweerde spiegel. Zijn ogen zijn diepblauw. 'Goed. Je bent niet echt lang van stof, hè? Daar staat het onding.' Hij wijst naar een enorme Amerikaanse Philco in de aangrenzende kamer. 'Er is al door twee man naar gekeken. Toen hoorden we over jou. Konden het allicht eens proberen, nietwaar? Zij' – hij knikt naar de vrouw – 'zit te popelen om haar programma te horen. En het nieuws, uiteraard.'

Hij zegt het op zo'n manier dat Werner begrijpt dat de vrouw in werkelijkheid geen buitengewone interesse heeft in het nieuws. Ze kijkt niet op of om. Herr Siedler glimlacht, alsof hij wil zeggen: *Jij en ik, jongen, wij weten wel dat de geschiedenis wat meer om het lijf heeft, nietwaar?* Zijn tanden zijn opvallend klein. 'Neem de tijd.'

Werner gaat op zijn hurken voor het apparaat zitten en probeert zijn zenuwen onder controle te krijgen. Hij zet het aan, wacht tot de buizen warm zijn en draait de knop dan voorzichtig langs de band, van rechts naar links. Dan draait hij de knop weer naar rechts. Niets.

Het is de mooiste radio die hij ooit in handen heeft gehad: een schuin bedieningspaneel, magnetische afstemschaal, zo groot als een koelbox. Tien buizen, alle golflengtes, superheterodyne ontvanger, met luxe zilveren lijstwerk en een tweekleurig notenhouten kastje. Hij heeft korte golf, brede frequenties, een grote attenuator – deze radio heeft meer gekost dan alles in het kindertehuis bij elkaar. Herr Siedler zou als hij wilde waarschijnlijk zelfs Afrika kunnen ontvangen.

Er staan groene en rode boekenruggen tegen de muren. De korporaal is weg. In de kamer ernaast staat Herr Siedler, in het volle licht van de lamp, in een zwarte telefoon te praten.

Ze gaan hem niet arresteren. Ze willen alleen maar dat hij deze radio maakt.

Werner schroeft de achterkant eraf en kijkt erin. De buizen zijn nog allemaal intact, en er lijkt niets aan te schorten. 'Oké,' mompelt hij binnensmonds. 'Denk na.' Hij zit in kleermakerszit; hij bestudeert het schakelsysteem. De man, de vrouw, de boeken en de regen wijken terug tot alleen de radio er nog maar is met zijn kluwen snoeren. Hij probeert zich de stuiterende elektronenbanen voor te stellen, de signaalketen die als een route door een drukke stad loopt, RF-signaal dat hier naar binnen komt, door een netwerk van versterkers heen gaat, dan naar variabele condensatoren, vervolgens naar transformatiespoelen...

Hij ziet het. In een van de weerstandssnoeren zitten twee scheurtjes. Werner kijkt over de bovenkant van het apparaat heen: links van hem zit de vrouw in haar tijdschrift te lezen; rechts van hem staat Herr Siedler aan de telefoon te praten. Zo nu en dan gaat Herr

Siedler met zijn duim en wijsvinger langs de plooi in zijn krijtstreepbroek, om hem scherper te maken.

Zouden twee reparateurs zoiets simpels echt over het hoofd kunnen zien? Het voelt als een cadeautje. Wat makkelijk! Werner draait de weerstandsband terug en splijt de snoeren en steekt de stekker in het stopcontact. Wanneer hij het aanzet, verwacht hij half en half dat het apparaat vlam zal vatten. In plaats daarvan: de lome klanken van een saxofoon.

De vrouw legt haar tijdschrift op de tafel en drukt alle tien haar vingers tegen haar wangen. Werner stapt achter de radio vandaan. Een moment lang voelt hij niets dan triomf.

'Hij heeft hem gemaakt, gewoon door na te denken!' roept de vrouw uit. Herr Siedler bedekt de hoorn van de telefoon en kijkt hun kant op. 'Hij zat daar als een muisje na te denken en binnen een halve minuut deed hij het weer!' Ze wappert met haar fonkelend gelakte vingers en barst uit in een kinderlijke lachbui.

Herr Siedler legt de hoorn op de haak. De vrouw loopt naar de zitkamer en gaat op haar knieën voor de radio zitten – ze is op blote voeten en haar gladde witte kuiten komen onder de zoom van haar rok uit. Ze draait aan de knop. Er klinkt wat gekraak, dan een stroom van heldere muziek. Er komt een levendig, vol geluid uit de radio: zoiets heeft Werner nog nooit gehoord.

'O!' Opnieuw moet ze lachen.

Werner raapt zijn gereedschap bijeen. Herr Siedler staat voor de radio en lijkt op het punt te staan hem een aai over zijn bol te geven. 'Voortreffelijk,' zegt hij. Hij loopt met Werner naar de eettafel en roept tegen het dienstmeisje dat ze cake moet komen brengen. Die verschijnt onmiddellijk: vier plakken op een plat wit bord. Stuk voor stuk bestrooid met een laagje glaceersuiker en afgemaakt met een toef slagroom. Werner staart ernaar met grote ogen. Herr Siedler moet lachen. 'Slagroom is verboden, dat weet ik. Maar' – hij legt een vinger op zijn lippen – 'er zijn manieren om dat te omzeilen. Tast toe.'

Werner neemt een stuk. De poedersuiker dwarrelt op zijn kin. In de andere kamer draait de vrouw aan de knop en klinken er plechtige stemmen uit de luidspreker. Ze blijft even luisteren en klapt dan in haar handen, terwijl ze daar geknield op haar blote voeten blijft zitten. De strenge gezichten op de ferrotypies kijken op hen neer.

Werner eet een stuk cake, dan nog een, en neemt dan een derde. Herr Siedler kijkt met een schuin hoofd toe, geamuseerd, alsof hij met een gedachte speelt. 'Je hebt wel echt een bijzonder hoofd, hè? En dat haar. Alsof je een enorme schok hebt gehad. Wie is je vader?'

Werner schudt zijn hoofd.

'O ja. Kindertehuis. Dom van me. Neem er nog een. Doe er nog maar wat slagroom op, hoor.'

De vrouw klapt opnieuw. Werners buik maakt een knorrend geluid, hij voelt de ogen van de man op zich gericht.

'De meeste mensen zeggen dat het waarschijnlijk geen geweldige post is, hier bij de mijnen,' zegt Herr Siedler. 'Ze zeggen: "Zou u niet liever in Berlijn zitten? Of in Frankrijk? Zou u niet liever bevelhebber zijn aan het front, waar u de frontlinies kunt zien naderen, weg van al dit"' – hij wuift met zijn hand naar het raam – '"roet?" Maar dan zeg ik hun dat ik me hier in de kern van alles bevind. Ik vertel hun dat dit de plek is waar de brandstof vandaan komt, en het staal. Dit is de oven van het land.'

Werner schraapt zijn keel. 'We handelen in het belang van de vrede.' Dat is, letterlijk, een zin die Jutta en hij drie dagen geleden op de *Deutschlandsender* radio hadden gehoord. 'In het belang van de wereld.'

Herr Siedler lacht. Opnieuw is Werner onder de indruk van de enorme hoeveelheid tanden in zijn mond en van hoe klein ze zijn.

'Weet je wat de belangrijkste les is die de geschiedenis ons leert? Dat geschiedenis is wat de overwinnaars ervan maken. Dat is de les. Degene die wint, die bepaalt de geschiedenis. We handelen allemaal vanuit eigenbelang. Natuurlijk doen we dat. Noem één persoon of land dat dat niet doet. De truc is om uit te vogelen waar jouw belangen liggen.'

Er is nog één plak cake over. De radio staat tevreden te brommen en de vrouw lacht en Herr Siedler lijkt in bijna niets op zijn buren, bedenkt Werner, heeft niets van hun behoedzame, bange gezichten – gezichten van mensen die eraan gewend zijn om elke morgen hun geliefden in een mijnschacht te zien verdwijnen. Zijn gezicht is fris en belangstellend; hij is een man die zijn privileges volkomen vanzelfsprekend vindt. En vijf meter verder zit die vrouw met haar gelakte nagels en haarloze kuiten – een vrouw zo ver verwijderd van wat Werner gewend is dat ze van een andere planeet lijkt te komen. Alsof ze zojuist zelf uit de grote Philco is gestapt.

'Goed met gereedschap,' zegt Herr Siedler. 'Slim voor je leeftijd. Er zijn plekken waar jongens als jij heen kunnen. Generaal Heissmeyers scholen. Het neusje van de zalm. Daar wordt ook les gegeven in werktuigbouwkunde. Codeontcijfering, raketaandrijving, de nieuwste ontwikkelingen.'

Werner weet niet waar hij moet kijken. 'We hebben geen geld.'

'Dat is het geweldige aan die instellingen. Die willen de arbeidersklasse hebben, de werklui. Jongens die niet zijn verpest door' – Herr Siedler fronst – 'kleinburgerlijke nonsens. De bioscoop en zo. Ze willen ijverige jongens. Uitmuntende jongens.'

'Ja, meneer.'

'Uitmuntend,' herhaalt hij knikkend, alsof hij in zichzelf praat. Hij fluit kort en de korporaal komt weer binnen, met zijn helm in zijn hand. De ogen van de militair schieten naar het overgebleven stuk cake en dan weer weg. 'Er is een rekruteringsraad in Essen,' zegt Herr Siedler. 'Ik schrijf wel een brief voor je. En dit is voor jou.' Hij geeft Werner vijfenzeventig mark, en Werner stopt de biljetten zo vlug als hij kan in zijn broekzak.

De korporaal moet lachen. 'Lijkt wel of-ie zijn vingers eraan heeft gebrand!'

Herr Siedler zit ergens anders met zijn gedachten. 'Ik stuur Heissmeyer een brief,' herhaalt hij. 'Goed voor ons, goed voor jou. We handelen in het belang van de wereld, toch?' Hij knipoogt. Dan geeft de korporaal Werner een avondklokpasje en laat hem uit.

Werner loopt naar huis en merkt niet eens dat het regent, hij probeert te bevatten wat voor geweldigs er zojuist heeft plaatsgevonden. Naast de cokesinstallatie staan negen reigers als bloemen in het kanaal. Een binnenschip laat zijn misthoorn klinken, steenkolenkarretjes rollen heen en weer en het regelmatige gebonk van de hijsmachine weergalmt door het donker.

In het kindertehuis is iedereen naar bed. Frau Elena zit in de deuropening met een berg gewassen kousen op schoot en de fles keukensherry tussen haar voeten. Achter haar, aan tafel, kijkt Jutta Werner met een gespannen en intense blik aan.

Frau Elena zegt: 'Wat wilde hij?'

'Alleen maar dat ik een radio maakte.'

'Verder niks?'

'Nee.'

'Hadden ze nog vragen? Over jou? Of de kinderen?'

'Nee, Frau Elena.'

Frau Elena slaakt een diepe zucht, alsof ze de afgelopen twee uur niet had uitgeademd. '*Dieu merci.*' Ze wrijft met beide handen over haar slapen. 'Ga nu maar naar bed, Jutta,' zegt ze.

Jutta aarzelt.

'Ik heb hem gemaakt,' zegt Werner.

'Goed gedaan, Werner.' Frau Elena neemt een flinke teug sherry, sluit haar ogen en laat haar hoofd achterovervallen. 'We hebben wat eten voor je bewaard.' Jutta loopt naar de trap, met een vertwijfelde blik in haar ogen.

In de keuken ziet alles er ineens armoedig en beroet uit. Frau Elena geeft hem een bord, met één doormidden gesneden gekookte aardappel erop.

'Dank u wel,' zegt Werner. Hij heeft nog steeds de smaak van cake in zijn mond. De pendule van de oude staklok blijft maar heen en weer gaan. De cake, de slagroom, het hoogpolige tapijt, de roze nagels en de lange kuiten van Frau Siedler – al die beelden tollen door Werners hoofd. Alsof hij op een draaimolen zit. Hij denkt terug aan hoe hij Jutta meetrok naar Mijn Negen – waar hun vader was verdwenen – avond aan avond, alsof hun vader daar gewoon de lift uit zou komen schuifelen.

Licht, elektriciteit, ether. Ruimte, tijd, massa. Heinrich Hertz' *Grondbeginselen der mechanica*. De beroemde scholen van Heissmeyer. *Codeontcijfering, raketaandrijving, de nieuwste ontwikkelingen.*

Doe je ogen open, zei de Fransman op de radio altijd, *en zie wat je ermee kunt doen voor je ze voorgoed sluit.*

'Werner?'

'Ja, Frau?'

'Heb je geen honger?'

Frau Elena: de vrouw die voor hem altijd een moederfiguur zal zijn. Werner eet, ook al heeft hij geen honger. Dan geeft hij haar de vijfenzeventig mark, en bij het zien van het bedrag knippert ze met haar ogen en geeft hem er dan vijftig terug.

Boven, als hij Frau Elena naar het toilet en vervolgens naar haar eigen bed heeft horen gaan en het huis volledig in stilte is gehuld, telt Werner tot honderd. Dan staat hij op van zijn veldbed en haalt het radiootje uit de verbanddoos – het is zes jaar oud en hangt aan elkaar van reparaties, nieuwe kabeltjes, een nieuwe elektromagneet, Jutta's markeringen op de afstemspoel – en hij neemt het mee naar het straatje achter het huis en verbrijzelt het met een baksteen.

Uittocht

Er blijven zich maar Parijzenaren door de hekken wringen. Tegen één uur 's nachts zijn de gendarmes de situatie niet meer meester en zijn er al meer dan vier uur geen treinen meer aangekomen of vertrokken. Marie-Laure ligt met haar hoofd tegen haar vaders schouder te slapen. De slotenmaker hoort geen gefluit, geen ratelende koppelingen: geen treinen. Wanneer het licht begint te worden besluit hij dat ze maar beter te voet kunnen gaan.

De hele ochtend lopen ze door. De dichte bebouwing van Parijs gaat gestaag over in wat laagbouw en vrijstaande winkeltjes, met lange rijen bomen ertussen. Tegen het middaguur zoeken ze zich voorzichtig een weg door de file op een nieuwe snelweg vlak bij Vaucresson, zeker vijftien kilometer ten westen van hun appartement, verder van huis dan Marie-Laure ooit is geweest.

Boven op een lage heuvel kijkt haar vader achterom; zo ver het oog reikt staan er voertuigen in de file, kleine busjes en bestelwagens, een fraai gestroomlijnde twaalfcilinder met stoffen dak en panoramische voorruit die vastzit tussen twee muilezelkarren, sommige auto's hebben een houten as, sommige hebben geen benzine meer, bij andere is de hele huisraad op het dak gebonden, hele menagerieën zijn op wagentjes gepropt, kippen en varkens in kooien, koeien die meeklossen naast de auto, honden die hijgend tegen de voorruit hangen.

Stapvoets ploetert de hele stoet voort. Op beide weghelften staat het verkeer vast – iedereen is zwoegend op weg naar het westen. Een vrouw op een fiets heeft tientallen namaakkettingen om haar hals. Een man trekt een karretje met een leren leunstoel met zich mee, waarop een zwart katje zich zit te wassen. Er lopen vrouwen achter kinderwagens vol porselein, vogelkooien en kristallen glazen. Er komt een man in smoking voorbij die roept: 'In godsnaam, laat me erlangs', maar er gaat niemand aan de kant, en hij gaat geen stap sneller dan de rest.

Marie-Laure blijft naast haar vader lopen met haar stok in haar vuist. Bij elke stap hoort ze wel weer een nieuwe vraag waarvan onduidelijk is waar die vandaan komt: *Hoe lang nog tot aan Saint-Germain? Is daar wat te eten, tante? Wie heeft er benzine?* Ze hoort mannen roepen naar hun echtgenotes; ze hoort dat er een kind door een vrachtwagen is overreden op de weg die voor hen ligt. Die middag komt er een drietal vliegtuigen over, luid en snel en laag, en de mensen op straat duiken ineen, sommige schreeuwen en andere kruipen de greppel in, waar ze hun hoofd in het onkruid steken.

Wanneer de schemering valt zijn ze ten westen van Versailles. Marie-Laures hielen zitten onder het bloed, haar kousen zijn gescheurd en om de honderd meter struikelt ze wel een keer. Als ze aangeeft dat ze niet meer kan, draagt haar vader haar de weg af en loopt hij door de boterbloemen de heuvel op tot ze aankomen bij een veldje op een paar honderd meter afstand van een kleine boerderij. Het veld is maar voor de helft gemaaid, het gemaaide hooi is niet bijeengeharkt of in balen gebonden. Alsof de boer er midden in zijn werkzaamheden vandoor is gegaan.

Uit zijn rugzak haalt de slotenmaker een stuk brood tevoorschijn en wat plakjes witte worst, die ze zwijgend opeten, en dan legt hij haar voeten op zijn schoot. In het verflauwende avondlicht in het oosten kan hij een grijze streep verkeer zien die over het midden van de weg wordt geleid. In de verte klinkt vaag het nutteloze getoeter van auto's. Iemand lijkt om een verdwenen kind te roepen en de wind draagt het geluid weer weg.

'Staat er iets in brand, papa?'

'Er staat niets in brand.'

'Ik ruik rook.'

Hij trekt haar kousen uit om haar hielen te bekijken. In zijn handen zijn haar voeten zo licht als een veertje.

'Wat is dat voor geluid?'

'Sprinkhanen.'

'Is het al donker?'

'Het begint een beetje donker te worden.'

'Waar gaan we slapen?'

'Hier.'

'Zijn er bedden?'

'Nee, ma chérie.'

'Waar gaan we heen, papa?'

'De directeur heeft me het adres gegeven van iemand die ons zal helpen.'

'Waar dan?'

'In een stadje dat Evreux heet. We zullen daar een man ontmoeten die monsieur Giannot heet. Hij is een vriend van het museum.'

'Hoe ver is het naar Evreux?'

'Het is twee jaar lopen om daar te komen.'

Ze trekt aan zijn onderarm.

'Ik zit je maar te plagen, Marie. Evreux is niet zo ver. Als we vervoer weten te vinden, zijn we er morgen. Let maar op.'

Ze krijgt het voor elkaar om een tiental hartslagen haar mond te houden. Dan zegt ze: 'Maar wat doen we nu?'

'Nu gaan we slapen.'

'Zonder bedden?'

'Met bedden van gras. Misschien vind je het wel heel lekker liggen.'

'Krijgen we in Evreux wel bedden, papa?'

'Daar ga ik wel van uit.'

'Stel dat hij niet wil dat we daar blijven?'

'Dat wil hij heus wel.'

'Stel dat hij dat niet wil?'

'Dan zoeken we mijn oom op. Jouw oudoom. In Saint-Malo.'

'Oom Etienne? Je zei dat die gek was.'

'Voor een deel is hij gek, ja. Voor ongeveer zesenzeventig procent.'

Ze lacht niet. 'Hoe ver is het naar Saint-Malo?'

'Zo is het wel even genoeg, Marie. Monsieur Giannot wil heus wel dat we in Evreux blijven. In grote zachte bedden.'

'Hoeveel eten hebben we, papa?'

'Een beetje. Heb je nog honger?'

'Ik heb geen honger. Ik wil het eten bewaren.'

'Oké. Dan bewaren we het eten. Maar laten we nu stil zijn en uitrusten.'

Ze gaat liggen. Hij steekt nog een sigaret op. Hij heeft er nog zes. Er duiken vleermuizen omlaag, dwars door zwermen muggen heen, en de insecten vliegen uiteen en hergroeperen zich. Wij zijn muizen, denkt hij, en in de lucht wemelt het van de haviken.

'Je bent heel dapper, Marie-Laure.'

Het meisje is al in slaap. De avond valt. Als zijn sigaret op is, legt hij Marie-Laures voeten voorzichtig op de grond, spreidt haar jas over haar heen en maakt de rugzak open. Op de tast pakt hij zijn gereedschapskistje. Met piepkleine zaagjes, spijkertjes, gutsen, beiteltjes, fijn schuurpapier. Een groot deel van dit gereedschap is nog van zijn grootvader geweest. Vanachter de bekleding van het kistje haalt hij een klein zakje tevoorschijn, dat gemaakt is van stevig linnen en dichtzit met een trekkoord. De hele dag heeft hij zich moeten inhouden om niet te kijken of het er nog zat. Nu maakt hij het zakje open en houdt het ondersteboven, waardoor de inhoud in zijn handpalm valt.

De steen in zijn hand heeft ongeveer het formaat van een kastanje. Zelfs op dit late uur, bij het weinige licht, straalt hij een verheven blauw uit. Vreemd kil.

De directeur had gezegd dat er drie lokstenen zouden zijn. Samen met de echte diamant zijn het er vier. Eentje zou er in het museum achterblijven. De drie andere zouden drie verschillende kanten op worden gestuurd. Eentje naar het zuiden met een jonge geoloog. Een andere naar het noorden met het hoofd beveiliging. En eentje bevindt zich hier, op een veld in West-Versailles, in de gereedschapskist van Daniel LeBlanc, hoofdslotenmaker van het Muséum National d'Histoire Naturelle.

Drie valse. Eén echte. Het is beter, zei de directeur, dat niemand weet of hij de echte diamant of een replica bij zich draagt. En iedereen, zei hij terwijl hij hen allemaal met een veelbetekenende blik aankeek, moet zich gedragen alsof hij de echte bij zich heeft.

De slotenmaker zegt tegen zichzelf dat de diamant die hij bij zich draagt niet echt is. Het is domweg onbestaanbaar dat de directeur een ambachtsman willens en wetens een diamant van 133 karaat zou meegeven en hem daarmee Parijs uit zou laten wandelen. En toch staart hij ernaar en blijft de vraag maar door zijn hoofd spoken: *Zou het kunnen?*

Hij speurt het veld af. Bomen, lucht, hooi. De duisternis valt als fluweel. Er staan al een paar bleke sterren. Marie-Laure ademt met de regelmatige ademhaling van de slaap. *Iedereen moet zich gedragen alsof hij de echte bij zich heeft.* De slotenmaker knoopt de steen weer in het zakje en stopt het terug in zijn rugzak. Hij kan het kleine gewicht daar voelen zitten, alsof hij het in zijn eigen gedachten heeft gestopt; een knoop.

***

Uren later wordt hij wakker en ziet hij boven zich het silhouet van een vliegtuig oostwaarts langs de sterren schieten. Het maakt een zacht scheurend geluid. Dan verdwijnt het. Vlak daarna begint de grond te beven.

Een hoekje van de avondlucht, achter een muur van bomen, kleurt rood. In het vlammende, flikkerende licht ziet hij dat het vliegtuig niet alleen was, dat het ervan wemelt in de lucht, een tiental dat heen en weer schiet, alle kanten op raast, en in een kort ogenblik van desoriëntatie heeft hij het gevoel dat hij niet naar boven, maar naar beneden kijkt, alsof er een schijnwerper is gaan schijnen in een wig van met bloed vermengd water, en de lucht de zee is geworden, en de vliegtuigen hongerige vissen zijn, die hun prooi belagen in het donker.

Twee

8 AUGUSTUS 1944

Saint-Malo

Deuren vliegen uit hun sponningen. Bakstenen worden verpulverd. Enorme opbollende wolken van kalk, aarde en graniet spuiten de hemel in. De bommenwerpers zijn inmiddels al alle twaalf op grotere hoogte teruggevlogen en vliegen weer in formatie boven het Kanaal, nog voor de in de lucht geblazen dakpannen allemaal op straat zijn neergekletterd.

De vlammen likken aan de muren. Geparkeerde auto's vatten vlam, net als gordijnen, lampenkappen, bankstellen, matrassen en het grootste gedeelte van de twintigduizend boeken in de openbare bibliotheek. Het vuur bundelt zich en rukt op; als een vloedgolf overspoelt het de omwalling; het stroomt de straten in, de daken over, een parkeerterrein op. Rook verdrijft stof; as verdrijft rook. Er drijft een brandende krantenkiosk in het water.

Vanuit kelders en crypten in de hele stad sturen de Maloërs hun gebeden omhoog: *Lieve Heer, bescherm deze stad haar mensen vergeet ons niet in uw naam alstublieft amen*. Oude mannen klampen zich vast aan stormlampen; kinderen gillen; honden janken. In een oogwenk gaan vierhonderd jaar oude balken van rijtjeshuizen in vlammen op. Een deel van de oude stad, langs de westelijke omwalling, verandert in een vuurzee waarin de vlammen, op hun hoogste punt, honderd meter hoog reiken. De honger naar zuurstof is zo groot dat er spullen met een groter gewicht dan een huiskat de vlammen in worden gezogen. Uithangborden van winkels klapperen in de richting van de hitte; een struik in een pot glijdt van het puin en valt om. Uit schoorstenen opgevlogen zwaluwen vatten vlam en duiken als voortgeblazen vonkjes over de omwalling heen om zichzelf te blussen in zee.

Op de rue de la Crosse wordt het Bijenhotel een ogenblik lang haast gewichtloos, opgetild in een vlammenspiraal, voor het weer in stukken op aarde neerregent.

Rue Vauborel 4

Marie-Laure rolt zichzelf helemaal op onder haar bed, met in haar linkervuist de steen en in haar rechter het kleine huisje. De spijkers in de balken piepen en zuchten. Als een waterval vallen er stukjes pleisterwerk, baksteen en glas op de vloer en op het matras boven haar hoofd.

'Papa papa papa papa,' zegt Marie-Laure, maar haar stem lijkt los te staan van haar lichaam en haar woorden klinken ver weg en eenzaam. Het idee komt in haar op dat de grond onder Saint-Malo al die tijd bijeengehouden werd door de wortels van een enorme boom in het midden van de stad, die op een plein staat waar ze nog nooit mee naartoe is genomen, en dat die enorme boom er door Gods hand met wortel en al is uitgerukt en al het graniet met zich meeneemt, stapels en brokken en klompen steen die worden losgerukt terwijl de stam omhoogkomt, gevolgd door de dikke tentakels van wortels – de wortelstructuur die eruitziet als een andere boom, maar dan ondersteboven en in de aarde geduwd, zou dr. Geffard het niet ongeveer zo hebben omschreven? – de balken die afbrokkelen, straten die wegspoelen, hele blokken bestrijkende monumentale panden die als speelgoedhuisjes omvallen.

Langzaam, weldadig, komt de wereld tot rust. Buiten klinkt een licht gerinkel, stukjes glas of zo die op straat vallen. Het klinkt mooi en vreemd tegelijk, alsof het edelstenen regent.

Zou haar oudoom dit kunnen hebben overleefd, waar hij ook mag zijn?

Zou wie dan ook het kunnen hebben overleefd?

Heeft zij het overleefd?

Het huis kraakt, druipt, kreunt. Dan klinkt er een geluid, als wind door hoog gras, maar dan gretiger. Het trekt aan de gordijnen, aan het tere gebied in haar oren.

Ze ruikt rook en weet het. Vuur. Het glas is uit haar slaapkamerraam gesprongen, en wat ze hoort is het geluid van iets wat achter de luiken brandt. Iets enorms. De buurt. De hele stad.

De muur, de vloer en de onderkant van haar bed zijn nog koel. Het huis staat nog niet in brand. Maar voor hoe lang?

Rustig blijven, denkt ze. Concentreer je op het volzuigen van je longen, en maak ze dan weer leeg. Zuig ze weer vol. Ze blijft onder haar bed liggen. 'Ce n'est pas la réalité,' zegt ze.

Bijenhotel

Wat herinnert hij zich nog? Hij zag de genieofficier Bernd de kelderdeur dichtdoen en plaatsnemen op de trap. Hij zag de gigantische Frank Volkheimer in de goudkleurige leunstoel frunniken aan iets op zijn broek. Toen gaf het peertje aan het plafond flikkerend de geest, deed Volkheimer zijn zaklamp aan en klonk er plotseling een enorm gebulder, een geluid zo hard dat het wel een wapen leek, dat alles verteerde en de aardkorst deed beven. Een moment lang was het enige wat Werner nog kon zien Volkheimers lamplicht dat wegschoot als een angstig kevertje.

Ze waren verslagen. Een seconde of een uur of een dag – wie kon het zeggen? – bevond Werner zich weer in Zollverein, waar hij bij een graf aan de rand van een veldje stond. Dat was door een mijnwerker voor twee muilezels gegraven, het was winter en Werner was niet ouder dan vijf en de huid van de muilezels was haast doorzichtig geworden, zodat je hun botten eronder vaag kon zien zitten. Er zaten kloddertjes modder op hun open ogen en hij had zoveel honger dat hij zich afvroeg of er misschien nog iets aan zat wat de moeite van het opeten waard was.

Hij hoorde het blad van een schep tegen het grind slaan.

Hij hoorde zijn zusje diep ademhalen.

Toen, alsof er een halsriem om zijn nek zat die helemaal strak stond, werd hij door iets weer naar de kelder onder het Bijenhotel getrokken.

De vloer schudt niet meer, maar het lawaai is er niet minder op geworden. Hij drukt zijn rechteroor dicht. Het gebulder houdt aan, het gezoem van duizend bijen, heel dichtbij.

'Is er geluid?' vraagt hij zich hardop af, maar hij kan zichzelf niet horen. De linkerkant van zijn gezicht is nat. De koptelefoon die hij ophad is weg. Waar is de werkbank, waar is de radio, wat is dat zware gewicht boven op hem?

Van zijn schouders, borstkas en haar plukt hij hete stukjes steen en hout. Zoek de zaklamp, kijk hoe het met de anderen gaat, kijk waar de radio is. Kijk waar de uitgang is. Bedenk wat er mis is met je gehoor. Dat zijn rationele stappen. Hij probeert rechtop te gaan zitten, maar het plafond hangt nu een stuk lager en hij stoot zijn hoofd.

Hitte. Steeds heter. Hij denkt: we zitten gevangen in een doos en die doos is de krater van een vulkaan in gegooid.

De seconden verstrijken. Misschien zijn het wel minuten. Werner blijft op zijn knieën zitten. Licht. Dan de anderen. Dan de uitgang. Dan zijn gehoor. Waarschijnlijk zijn de mannen van de Luftwaffe zich boven al een weg door het puin aan het banen om hem te komen redden. Maar hij kan zijn zaklamp nergens vinden. Hij kan niet eens rechtop staan.

In het pikdonker ziet hij een web van duizend sliertjes rood en blauw. Vlammen? Spoken? Ze likken aan de vloer, stijgen dan op naar het plafond, waar ze een vreemde, serene gloed uitstralen.

'Zijn we dood?' roept hij de duisternis in. 'Zijn we er geweest?'

Vijf trappen omlaag

Het geraas van de bommenwerpers is nog maar net weggestorven of er suist er alweer een artilleriegranaat over het huis. Hij komt met een doffe klap neer en ontploft niet zo heel ver weg. Er kletteren voorwerpen op het dak – granaatscherven? stukken as? – en Marie-Laure zegt hardop: 'Je zit te hoog in huis.' Ze dwingt zichzelf om onder het bed vandaan te komen. Ze heeft al veel te lang getreuzeld. Ze legt de steen terug in het maquettehuisje, doet de houten plankjes weer op het dak, draait de schoorsteen weer op zijn plek en stopt het huisje in de zak van haar jurk.

Waar zijn haar schoenen? Ze kruipt over de vloer, maar alles wat ze voelt zijn stukjes hout en iets wat veel weg heeft van glasscherven uit het raam. Ze vindt haar stok en gaat op kousenvoeten de deur uit en de gang door. Hier is de rooklucht een stuk sterker. De vloer nog koel, muren nog koel. Ze gaat naar het toilet op de vijfde verdieping en onderdrukt haar neiging om door te trekken, omdat ze weet dat de stortbak niet opnieuw zal vollopen, en ze voelt twee keer aan de lucht om zich ervan te verzekeren dat die niet warm aanvoelt, voor ze weer verdergaat.

Zes stappen naar de trap. Er vliegt een tweede granaat door de lucht, Marie-Laure slaakt een gil en de kroonluchter boven haar hoofd rinkelt terwijl de granaat ergens verder weg in de stad explodeert.

Regen van bakstenen, regen van grind, motregen van roet. Acht wenteltrappen tot aan de begane grond; de tweede en de vijfde trede kraken. Draai om de trapspil, nog acht trappen. Vierde verdieping. Tweede. Hier voelt ze even aan het struikeldraad dat haar oudoom onder de telefoontafel op de overloop heeft gespannen. Het belletje hangt hoog en de draad staat nog strak gespannen, loopt verticaal, door het gat heen dat hij in de muur heeft geboord. Er is niemand naar binnen gekomen of naar buiten gegaan.

Acht stappen de gang door, de badkamer op de tweede verdieping in. Het bad is vol. Er drijft van alles in, stukken plafondpleister en dergelijke, en er ligt gruis op de vloer onder haar knieën, maar ze plaatst haar lippen aan het oppervlak en drinkt. Zoveel als ze kan.

Terug naar de trap en naar de eerste verdieping. Dan de begane grond: er zijn wijnranken in de trapleuning gekerfd. De kapstok is omgevallen. Er liggen scherpe stukjes in de gang – aardewerk, besluit ze, uit de kast in de eetkamer – en ze loopt zo voorzichtig als ze kan.

Hier beneden zijn kennelijk ook een paar ramen weggeblazen: ze ruikt nog meer rook. De wollen jas van haar oudoom hangt aan de haak in de hal; ze trekt hem aan. Ook hier is geen spoor van haar schoenen te bekennen – waar heeft ze die nou toch gelaten? In de keuken is het één grote chaos van neergevallen planken en potten. Voor haar voeten ligt een kookboek ondersteboven, als een aangeschoten vogeltje. In het keukenkastje vindt ze een half brood, nog van de vorige dag.

Hier, in het midden van de vloer, het kelderluik met de metalen ring. Ze gaat naast de kleine eettafel zitten en trekt het handvat omhoog.

Het domein van muizen, vocht en de stank van gestrande schaaldieren, alsof er tientallen jaren geleden een enorme golf overheen is gespoeld die vervolgens rustig de tijd nam om zich weer terug te trekken. Marie-Laure blijft aarzelend boven het keldergat staan, terwijl ze het vuur buiten ruikt en de klamme, bijna tegenovergestelde geur die komt opzetten van beneden. Rook: haar oudoom beweert dat het een suspensie is van kleine deeltjes, miljarden zwevende koolstofmoleculen. Stukjes van woonkamers, cafés, bomen. Mensen.

Een derde artilleriegranaat vliegt gillend vanuit het oosten af op de stad. Opnieuw voelt Marie-Laure aan het maquettehuisje in de zak van haar jurk. Dan pakt ze het brood en haar stok, gaat op de ladder staan en trekt het luik boven zich dicht.

Opgesloten

Er verschijnt licht, licht dat, zo hoopt Werner vurig, niet aan zijn eigen fantasie is ontsproten: een amberkleurige straal die door het stof dwaalt. Hij beweegt zich over brokstukken, verlicht een gevallen stuk muur, valt op een gebroken plank. Hij schijnt op een paar metalen kastjes die zo vervormd zijn dat het lijkt of er een reusachtige hand omlaag is gekomen om ze allebei in tweeën te scheuren. Hij valt op opengevallen gereedschapskisten, kapotte gereedschapsborden en een stuk of tien intacte potten vol schroeven en spijkers.

Volkheimer. Die heeft zijn zaklamp en laat de straal steeds weer zwaaien over de chaos van puin in de hoek aan de andere kant van de ruimte – stenen en cement en versplinterd hout. Het duurt even voor Werner zich realiseert dat dit de trap is.

Wat er nog van over is.

Die hoek van de kelder is in zijn geheel weggevaagd. Het licht blijft daar nog even hangen, alsof het Werner de tijd gunt om hun situatie tot zich door te laten dringen, beweegt dan naar rechts en gaat vervolgens aarzelend naar iets in zijn buurt, en in het weerkaatste licht, door de wolken stof heen, ziet Werner het enorme silhouet van Volkheimer, die zich bukkend en strompelend tussen de omlaag hangende leidingen en pijpen door beweegt. Uiteindelijk blijft het licht op één plek hangen. Met de zaklamp in zijn mond raapt Volkheimer, in die korrelige lange schaduwen, stukken baksteen, mortel en cement op, brok voor brok, aan flarden gescheurde planken en grote brokken stucwerk – er ligt daar iets onder, ziet Werner, begraven onder die zware brokstukken, een gestalte die vorm krijgt.

De genieofficier. Bernd.

Bernds gezicht is wit van het stof, maar zijn ogen vormen twee gaten en zijn mond een bruine holte. Bernd schreeuwt, maar door het enorme gebulder dat zich in zijn oren heeft genesteld, kan Werner hem niet horen. Volkheimer tilt de genieofficier op – de oudere man als een kind in de armen van de stafonderofficier, de zaklamp stevig ingeklemd tussen Volkheimers tanden – en loopt de ingestorte ruimte met hem door, ook nu gebukt om het lage plafond te ontwijken, en zet hem neer in de goudkleurige leunstoel die nog steeds in de hoek overeind staat, nu helemaal overdekt met wit poeder.

Volkheimer legt zijn grote hand op Bernds kaak en duwt de mond van de man voorzichtig dicht. Werner, op maar een paar meter afstand, hoort geen verandering in de lucht.

De muren om hem heen beginnen opnieuw te trillen, en overal komt het stof omlaag vallen.

Algauw schijnt Volkheimer met zijn zaklamp over de resten van het dak. Er zijn drie enorme houten balken gebroken, maar geen ervan volledig. Tussen die balken is het stucwerk gebarsten en op twee plekken steken er leidingen door het plafond. Dan richt hij het licht achter zich op de omgevallen werkbank, het verbrijzelde omhulsel van hun radio. En uiteindelijk op Werner. Die steekt zijn hand omhoog om zijn ogen te beschermen.

Volkheimer komt op hem af; zijn grote bezorgde gezicht is nu dicht bij het zijne. Brede, vertrouwde, diepliggende ogen onder de helm. Hoge jukbeenderen en een lange neus, wijd uitlopend bij de punt als de knobbels onder aan het bot van een bovenbeen. Een geprononceerde kin. Traag en behoedzaam raakt Volkheimer Werners wang aan. Als hij zijn vinger terugtrekt is die rood.

Werner zegt: ‘We moeten hier weg. We moeten een andere uitgang zien te vinden.’

Weg? zeggen Volkheimers lippen. Hij schudt zijn hoofd. *Er is helemaal geen andere uitgang.*

Drie

JUNI 1940

Kasteel

Twee dagen nadat ze Parijs zijn ontvlucht komen Marie-Laure en haar vader aan in het stadje Evreux. Restaurants zijn ofwel dichtgespijkerd of zitten helemaal vol. Twee vrouwen in avondjurk zitten zij aan zij op de trappen van de kathedraal. Een man ligt met zijn gezicht op de grond tussen de marktkraampjes, bewusteloos of erger.

Geen postbezorging. Telegraaflijnen plat. De meest recente krant is zesendertig uur oud. Bij de prefectuur slingert een rij voor benzinebonnen de deur uit en helemaal de hoek om.

De eerste twee hotels zitten vol. Het derde weigert de deur van het slot te doen. Zo nu en dan betrapt de slotenmaker zichzelf erop dat hij achteromkijkt.

'Papa,' mompelt Marie-Laure. Verdwaasd. 'Mijn voeten.'

Hij steekt een sigaret op: hij heeft er nog drie. 'Het is niet ver meer, Marie.'

Aan de westkant van Evreux wordt de weg steeds leger en strekt het landschap zich voor hen uit. Hij controleert het adres dat de directeur hem heeft gegeven en controleert het dan nog een keer. *Monsieur François Giannot, 9 rue St. Nicolas.* Maar wanneer ze bij het huis van monsieur Giannot aankomen, staat het in lichterlaaie. In de windstille avondschemering komen er door de bomen heen dikke rookwolken opzetten. Er is een auto tegen een hoek van de portierswoning gebotst en die heeft daarbij het hek uit zijn voegen gerukt. Het huis – of wat er nog van over is – is imposant: twintig Franse draaivensters in de voorgevel, grote pasgeverfde luiken, gesnoeide struiken voor de deur. *Un château.*

'Ik ruik rook, papa.'

Hij leidt Marie-Laure over het grind. Zijn rugzak – of misschien is het wel de steen die er diep in weggestopt zit – lijkt bij elke stap zwaarder te worden. Er glinsteren geen plasjes water tussen de kiezels, er zijn geen brandweermannen in de weer voor het huis. Twee identieke amforen zijn omgevallen en liggen op het bordes. Op de trap naar de voordeur ligt een kroonluchter in gruzelementen.

‘Wat staat er in brand, papa?’

Uit de rokerige schemering komt een jongen op hen af, niet ouder dan Marie-Laure, hij zit onder de asvegen en duwt een trolleytafel door het grind. Aan het karretje hangen zilveren tangen en lepels die tegen elkaar aan kletteren en de wieltjes maken een ratelend geluid. Op elke hoek zit een opgepoetst grijnzend cherubijntje.

De slotenmaker zegt: ‘Is dit het huis van François Giannot?’

De jongen geeft totaal geen sjoege en loopt verder.

‘Weet jij waar hij...?’

Het gerammel van het wagentje sterft weg.

Marie-Laure trekt aan de zoom van zijn jas. ‘Papa, alsjeblieft.’

In haar jas en afgetekend tegen de zwarte bomen lijkt haar gezicht bleker en angstiger dan hij het ooit heeft gezien. Heeft hij ooit eerder zoveel van haar gevergd?

‘Er is een huis afgebrand, Marie. Mensen stelen er spullen uit.’

‘Welk huis?’

‘Het huis waarvoor we van zo ver zijn gekomen.’

Over haar hoofd heen kan hij de smeulende resten van deurposten zien gloeien en weer uitdoven als er een briesje overheen trekt. Een gat in het dak omlijst de donker wordende lucht.

Er komen nog twee jongens uit het roet tevoorschijn met een portret in een vergulde lijst in hun handen, twee keer zo groot als zijzelf, het gezicht van een al lang overleden voorouder dat dreigend de avond in kijkt. De slotenmaker heft zijn handen om ze tegen te houden. ‘Waren het vliegtuigen?’

Een van hen zegt: ‘Er ligt nog veel meer daarbinnen.’ Het canvas van het schilderij golft lichtjes.

‘Weten jullie waar monsieur Giannot is?’

De ander zegt: ‘Is er gisteren vandoor gegaan. Met de rest. Londen.’

‘Niets tegen hem zeggen,’ zegt de eerste.

Op een drafje lopen de jongens verder de oprijlaan over en verdwijnen in het donker.

‘Londen?’ fluistert Marie-Laure. ‘De vriend van de directeur is in Londen?’

Er dwarrelen flinters zwartgeblakerd papier langs hun voeten. Er fluisteren schaduwen in de bomen. Op de oprijlaan ligt een gebarsten meloen, als een geamputeerd hoofd. De slotenmaker ziet te veel.

De hele dag, kilometer na kilometer, had hij zichzelf voorgehouden dat ze met eten verwelkomd zouden worden. Kleine aardappels, heet vanbinnen, waarop Marie-Laure en hij met hun vork een dikke laag boter zouden smeren. Sjalotten en champignons en hardgekookte eieren en bechamelsaus. Koffie en sigaretten. Hij zou monsieur Giannot de steen overhandigen, en Giannot zou een koperen lorgnet uit zijn borstzakje tevoorschijn halen, het voor zijn ogen houden, de steen rustig bekijken en het verlossende woord spreken: echt of namaak. Vervolgens zou Giannot hem in de tuin begraven of hem achter een verborgen plank ergens in zijn muur verstoppen, en daarmee zou de kous af zijn. Plicht vervuld. *Je ne m'en occupe plus.* Ze zouden een eigen kamer krijgen, in bad gaan; misschien zou iemand hun kleren wassen. Wellicht zou monsieur Giannot grappige verhalen vertellen over zijn vriend de directeur, en 's ochtends zouden de vogeltjes fluiten en zou een nieuwe krant het eind van de invasie aankondigen, redelijke voorwaarden. Hij zou terugkeren naar het sleuteldepot, zijn avonden doorbrengen met het aanbrengen van kleine schuifraampjes in kleine houten huisjes. *Bonjour, bonjour.* Alles net zoals vroeger.

Maar niets is meer zoals vroeger. De bomen zijn kokend heet en het huis smeult, en daar op het grind van die oprijlaan, in de avondschemering, komt een verontrustende gedachte bij de slotenmaker op: misschien zit er wel iemand achter ons aan. Misschien weet iemand wel wat ik bij me heb.

Op een drafje leidt hij Marie-Laure terug naar de straat.

'Papa, mijn voeten.'

Hij zwaait de rugzak op zijn buik, slaat haar armen om zijn nek en neemt haar op zijn rug. Ze komen langs de beschadigde portierswoning en de ertegenaan gebotste auto en slaan niet af naar het oosten, naar het centrum van Evreux, maar naar het westen. Er fietsen gestalten voorbij. Vertrokken gezichten vol wantrouwen of angst of beide. Misschien ligt het wel aan de ogen van de slotenmaker zelf.

'Niet zo snel,' smeekt Marie-Laure.

Ze rusten even uit in het onkruid, twintig stappen bij de weg vandaan. Om hen heen is er alleen de allesomhullende nacht en uilen die roepen vanuit de bomen en vleermuizen die boven een greppel insecten verschalken.

Een diamant, zegt de slotenmaker opnieuw tegen zichzelf, is niet meer dan een stuk koolstof dat een eeuwigheid samengeperst heeft gezeten in de krochten van de aarde en in een vulkaanpijp naar het oppervalk is gestuwd. Iemand slijpt hem, iemand facetteert hem. Hij kan net zomin een vloek in zich herbergen als een blaadje, of een spiegel, of een leven. Er bestaat in deze wereld enkel toeval, toeval en natuurkunde.

Maar goed, wat hij bij zich draagt is hoe dan ook niets meer dan een stuk glas. Bedoeld om de aandacht af te leiden.

Achter hem, boven Evreux, licht het wolkendek één, twee keer op. Onweer? Voor zich uit kan hij een paar hectares ongeoogst hooi onderscheiden, en ook de vriendelijke omtrekken van onverlichte boerderijen – een huis en een schuur. Geen beweging.

'Marie, ik zie een hotel.'

'Je zei dat alle hotels vol zaten.'

'Dit ziet er gastvrij uit. Kom. Het is niet zo ver.'

Opnieuw draagt hij zijn dochter. Nog maar driekwart kilometer. De ramen van het huis blijven onverlicht wanneer ze dichterbij komen. De bijbehorende schuur staat honderd meter verder. Hij probeert iets te horen buiten het gesuis in zijn oren. Geen honden, geen fakkels. Waarschijnlijk zijn ook hier de boeren weggevlucht. Hij zet Marie-Laure neer voor de schuurdeur, klopt zachtjes, wacht en klopt nog een keer.

Het hangslot is een gloednieuwe, enkelvoudige Burguet; eenvoudig open te breken met zijn gereedschap. Binnen liggen haverkorrels en wateremmers en er vliegen wat paardenvliegen loom in het rond, zonder dat er een paard te bekennen is. Hij maakt een stal open, brengt Mare-Laure naar de hoek en trekt haar schoenen uit.

'Voilà,' zegt hij. 'Een van de gasten heeft net zijn paard mee de lobby in genomen, dus het kan een beetje stinken. Maar nu hebben de portiers gezegd dat-ie snel naar buiten moet. Kijk, daar gaat hij al. Dag, paard! Ga maar lekker in de stal slapen!'

Ze ziet er afwezig uit. Verloren.

Achter het huis ligt een moestuin. In het donker kan hij rozen, prei en sla zien staan. Aardbeien, de meeste nog groen. Zachte witte wortels met zwarte klontjes aarde aan hun vezels. Geen enkele beweging: er verschijnt geen boer in het raam met een geweer. De slotenmaker neemt een overhemd vol groenten mee, vult een tinnen emmer bij een buitenkraan, doet de schuurdeur zachtjes dicht en geeft zijn dochter in het donker te eten. Dan vouwt hij zijn jas op, legt haar hoofd erop en veegt haar gezicht af met zijn overhemd.

Nog twee sigaretten over. Adem in, adem uit.

Denk logisch na. Elk gevolg heeft een oorzaak, en elke gevaarlijke toestand heeft een oplossing. Elk slot een sleutel. Je kunt terug naar Parijs of je kunt hier blijven of je kunt verdergaan.

Buiten klinkt het zachte gekras van een uil. In de verte het gerommel van onweer of zwaar geschut of beide. Hij zegt: 'Dit hotel is heel goedkoop, ma chérie. De hotelhouder aan de balie zei dat onze kamer veertig franc per nacht kostte, maar slechts twintig franc als we zelf onze bedden opmaakten.' Hij luistert naar haar ademhaling. 'Dus toen zei ik: "O, we kunnen best zelf ons bed opmaken, hoor." En toen zei hij: "Goed, dan pak ik even de make-up voor u."'

Marie-Laure glimlacht niet. 'Gaan we nu op zoek naar oom Etienne?'

'Ja, Marie.'

'Die voor zesenzeventig procent gestoord is?'

'Hij was erbij toen jouw opa – zijn broer – stierf. In de oorlog. "Kreeg een tik van de molen," zeiden ze destijds. Daarna ging hij dingen zien.'

'Wat voor dingen?'

Het rommelende gedonder van onweer komt nu dichterbij. De schuur trilt zachtjes.

'Dingen die er niet waren.'

Tussen de balken weven spinnen hun web. Tegen de ramen fladderen nachtvlinders. Het begint te regenen.

Toelatingsexamen

De toelatingsexamens voor de Nationale Politieke Onderwijsinstituten worden afgenomen in Essen, negenentwintig kilometer ten zuiden van Zollverein, in een smoorhete danszaal waar een drietal radiatoren van vrachtwagenformaat tegen de achtermuur is bevestigd. Een van de radiatoren staat de hele dag te tikken en te stomen, ondanks meerdere pogingen om hem uit te schakelen. Aan het plafond hangen vlaggen van het ministerie van Oorlog, zo groot als een tank.

Er zijn honderd rekruten, allemaal jongens. Een afgevaardigde van een van de scholen in zwart uniform plaatst hen in vier rijen achter elkaar. De medailles op zijn borst rinkelen als hij voorbijloopt. 'Jullie gaan,' verklaart hij, 'proberen om de meest elitaire scholen ter wereld binnen te komen. De examens zullen acht dagen in beslag nemen. Enkel de zuiversten, enkel de sterksten zullen worden aangenomen.' Een tweede afgevaardigde deelt uniformen uit: witte overhemden, witte korte broeken, witte sokken. De jongens kleden zich uit en laten hun kleren op de grond vallen.

Werner telt zesentwintig leeftijdgenoten in de groep. Allemaal, op twee na, langer dan hij. Allemaal, op drie na, blond. Geen van hen draagt een bril.

De jongens brengen, in hun nieuwe witte kleren, die hele eerste ochtend door met het invullen van vragenlijsten op klemborden. Op het gekrabbel van potloden, het geijsbeer van de examinatoren en het getik van de enorme radiator na, is het stil.

Waar is je grootvader geboren? Wat voor kleur ogen heeft je vader? Heeft je moeder ooit op kantoor gewerkt? Van de honderdtien vragen over zijn afkomst kan Werner er maar zestien accuraat beantwoorden. De rest gokt hij.

Waar komt je moeder vandaan?

Er zijn geen opties in de verleden tijd. Hij schrijft: *Duitsland.*

Waar komt je vader vandaan?

Duitsland.

Welke taal spreekt je moeder?
Duits.

Hij denkt aan Frau Elena en hoe ze er vanochtend vroeg uitzag, in haar nachtjapon naast de lamp in de hal, en hoe ze zich bemoeide met zijn tas, terwijl alle andere kinderen nog lagen te slapen. Ze leek verloren, versuft, alsof ze niet kon bevatten hoe snel alles om haar heen aan het veranderen was. Ze zei dat ze trots was. Ze zei dat Werner goed zijn best moest doen. 'Je bent een slimme jongen,' zei ze. 'Je zult het prima doen.' Ze bleef steeds maar zijn kraag goed doen. Toen hij zei: 'Het is maar een week', schoten haar ogen langzaam vol, alsof ze van binnenuit geleidelijk aan door een golf overspoeld werd.

's Middags rennen de rekruten. Ze kruipen onder hindernissen door, doen push-ups, klimmen in touwen naar het plafond – honderd kinderen die keurig en volkomen uitwisselbaar in hun witte uniforms als vee aan de examinatoren voorbijtrekken. Werner is negende bij de shuttle-runtest. Hij eindigt als een-na-laatste bij het touwklimmen. Hij zal nooit aan de eisen kunnen voldoen.

's Avonds stromen de jongens de zaal uit, sommige worden opgewacht door trotse ouders met een auto, andere gaan doelgericht in groepjes van twee of drie de straat op: allemaal lijken ze precies te weten waar ze heen gaan. Werner loopt in zijn eentje naar een spartaans logement, zes blokken verderop, waar hij voor twee mark per nacht een bed huurt, tussen de mompelende reizigers ligt en luistert naar de duiven, de klokken en het voorbijrazende verkeer van Essen. Het is de eerste keer dat hij een nacht buiten Zollverein doorbrengt, en hij moet steeds denken aan Jutta, die geen woord meer met hem gewisseld heeft sinds ze erachter kwam dat hij hun radio kapot had geslagen. Die hem zo verwijtend aankeek dat hij zijn hoofd moest afwenden. Haar ogen zeiden: *Je verraadt mij*, maar hij beschermde haar toch juist?

De tweede ochtend zijn er rassenkundige onderzoeken. Hier hoeft Werner niet veel voor te doen, alleen af en toe zijn armen optillen of niet knipperen terwijl een inspecteur met een lampje in zijn pupillen schijnt. Hij zweet en wiebelt. Zijn hart gaat vreselijk tekeer. Een assistent in een laboratoriumjas met een adem die naar uien ruikt meet de afstand tussen Werners slapen, de omtrek van zijn hoofd en de dikte en vorm van zijn lippen.

Met een passer worden zijn voeten beoordeeld, de lengte van zijn vingers en de afstand tussen zijn ogen en zijn navel. Ze meten zijn penis. De hoek van zijn neus wordt vastgesteld met een houten gradenboog.

Een tweede assistent peilt Werners oogkleur met behulp van een chromatische schaal waarop een stuk of zestig tinten blauw te zien zijn. Werners kleur is *himmelblau*, hemelsblauw. Om zijn haarkleur te beoordelen knipt de man een lok haar van Werners hoofd en vergelijkt die met een stuk of dertig andere haarlokken aan een bord, gerangschikt van donker naar licht.

'*Schnee*,' mompelt de man en hij maakt een aantekening. Sneeuwwit. Werners haar is lichter dan de lichtste kleur op het bord.

Ze testen zijn zicht, nemen bloed en vingerafdrukken bij hem af. Tegen het middaguur vraagt hij zich af of er überhaupt nog iets bij hem valt op te meten.

Dan volgen de mondelinge examens. Hoeveel *Nationalpolitische Erziehungsanstalten* zijn er? Twintig. Wie zijn onze beste olympiërs? Hij heeft geen idee. Wanneer is de Führer jarig? 20 april. Wie is onze beste schrijver, wat houdt het Verdrag van Versailles in, wat is het snelste vliegtuig van het land?

Dag drie staat in het teken van meer rennen, meer klimmen, meer springen. Van alles worden de tijden opgenomen. De assistenten, afgevaardigden van de scholen en examinatoren – die allemaal een uniform in een net iets andere tint aanhebben – zitten te krabbelen op ruitjesblokken, en blaadje na blaadje verdwijnt in leren mappen met een goudkleurige bliksemschicht op het omslag gedrukt.

De rekruten speculeren er fluisterend op los.

'Ik heb gehoord dat de scholen zeilboten hebben, valkerijen, schietbanen.'

'Ik heb gehoord dat ze er maar zeven uit elke leeftijdsgroep nemen.'

'Ik heb gehoord dat het er maar vier zijn.'

Vol verlangen en bravoure praten ze over de scholen: ze willen zo ontzettend graag worden geselecteerd. Werner zegt tegen zichzelf: *Ik ook. Ik ook.*

En toch, op andere momenten krijgt hij ondanks zijn ambities ineens last van koudwatervrees; dan ziet hij Jutta met de overblijfselen van hun radio in haar handen en bekruipt hem een gevoel van onzekerheid.

De rekruten klimmen tegen muren op; ze trekken het ene sprintje na het andere. Op de vijfde dag gooien drie van hen het bijltje erbij neer. Op de zesde dag nog eens zes. Het lijkt elk uur warmer te worden in de danszaal, dus tegen de achtste dag zijn de lucht, de muren en de vloer doordrenkt van de warme, doordringende geur van jongens. Voor hun laatste test moet iedere veertienjarige een ladder opklimmen die lukraak tegen een muur is gezet. Eenmaal boven, zes meter boven de vloer, met hun hoofd tegen het plafond aan, moeten ze op een piepklein plankje stappen, hun ogen dichtdoen en naar beneden springen, om daar te worden opgevangen door een vlag die door twaalf andere rekruten wordt vastgehouden.

Als eerste is een stevige boerenzoon uit Herne aan de beurt. Hij beklimt de ladder nog aardig snel, maar zodra hij op het plankje staat, hoog boven alle anderen verheven, wordt hij lijkbleek. Zijn knieën trillen vervaarlijk.

'Schijterd,' mompelt iemand.

'Hoogtevrees,' fluistert de jongen naast Werner.

Een examinator staat onbewogen toe te kijken. De jongen op de plank gluurt over de rand alsof het een gapend ravijn is en doet zijn ogen dicht. Hij wankelt. De seconden lijken eindeloos te duren. De examinator kijkt even op zijn stopwatch. Werner grijpt de zoom van de vlag stevig vast.

Algauw staat iedereen in de danszaal omhoog te kijken, ook de rekruten uit andere leeftijdsgroepen. De jongen wankelt nog twee keer, tot het duidelijk is dat hij op het punt staat om flauw te vallen. Zelfs dan maakt niemand aanstalten om hem te hulp te schieten.

Wanneer hij eraf valt, gaat hij zijwaarts. De rekruten aan de grond weten de vlag op tijd naar hem toe te draaien, maar door zijn gewicht wordt de stof uit hun handen gerukt en belandt de jongen met zijn armen op de vloer, wat klinkt alsof iemand een bundeltje aanmaakhout op zijn knie doormidden breekt.

De jongen gaat rechtop zitten. Er zit een misselijkmakende knik in allebei zijn onderarmen. Heel even knippert hij er nieuwsgierig naar met zijn ogen, alsof hij zich probeert te herinneren hoe hij hier verzeild is geraakt.

Dan schreeuwt hij het uit. Werner wendt zijn hoofd af. Vier jongens krijgen de opdracht de gewonde de zaal uit te dragen.

De andere veertienjarigen beklimmen een voor een de ladder, bibberen en springen. Eentje huilt van begin tot eind. Een ander verzwikt zijn enkel als hij neerkomt. De volgende blijft minstens twee volle minuten wachten voor hij de sprong waagt. De vijftiende jongen staart de danszaal in alsof het een grimmige, koude zee is, en klautert dan weer naar beneden.

Werner kijkt toe vanaf zijn positie naast de vlag. Wanneer het zijn beurt is, zegt hij tegen zichzelf, mag hij niet aarzelen. Voor zijn geestesoog ziet hij beelden van het gevlochten hekwerk van Zollverein, de vuurspuwende molens, mannen die als mieren de lift uit stromen, de mond van Mijn Negen, waar zijn vader vermist raakte. Jutta achter het raam van de woonkamer, beschut tegen de regen, die hem nakeek toen hij achter de korporaal aan naar het huis van Herr Siedler liep. De smaak van slagroom en poedersuiker en de gladde kuiten van de vrouw van Herr Siedler.

Voortreffelijk. Verbazingwekkend.

Enkel de zuiversten, enkel de sterksten zullen worden aangenomen.

De enige plek waar jouw broer heen gaat, meisje, is de mijnen in.

Haastig klimt Werner de ladder op. De sporten zijn grof gezaagd, en zijn handen komen onder de splinters te zitten. Van bovenaf ziet de rode vlag met de witte cirkel en het zwarte kruis er ineens heel klein uit. Er kijkt een bleke kring van gezichten naar hem op. Hierboven is het zelfs nog warmer, bloedheet, en hij wordt een beetje draaierig van de zweetlucht.

Zonder te aarzelen stapt Werner naar de rand van de plank, doet zijn ogen dicht en springt. Hij raakt de vlag precies in het midden, en de jongens die de rand vasthouden slaken een gezamenlijke kreun.

Hij rolt overeind, niet gewond. De examinator drukt op zijn stopwatch, krabbelt wat op zijn klembord. Kijkt op. Een halve seconde kruisen hun blikken elkaar. Of korter zelfs. Dan richt de man zich weer op zijn aantekeningen.

'Heil Hitler!' roept Werner.

De volgende jongen klimt de ladder op.

Bretagne

De volgende ochtend worden ze door een oude meubelvrachtwagen opgehaald. Haar vader tilt haar op de bank, waar een stuk of tien mensen zich hebben geïnstalleerd onder een stuk zeildoek. De motor ronkt en maakt ploffende geluiden; de vrachtwagen gaat maar zelden harder dan stapvoets.

Een vrouw met een Normandisch accent zit te bidden; iemand anders deelt paté uit; iedereen ruikt naar regen. Boven hen komen geen stuka's met vurende machinegeweren omlaag gedoken. Niemand in de vrachtauto heeft ooit een Duitser gezien. De halve ochtend probeert Marie-Laure zichzelf ervan te overtuigen dat de afgelopen dagen ingewikkelde tests van haar vader waren, dat de vrachtwagen niet van Parijs weg rijdt maar juist ernaartoe, dat ze vanavond gewoon teruggaan naar huis. De maquette staat nog op het bankje in de hoek en de suikerpot midden op de keukentafel, met het kleine lepeltje erin. Buiten de geopende ramen zal de kaasboer op de rue des Patriarches zijn deur op slot doen en alle geweldige geuren achter zijn luiken insluiten, wat hij zolang ze zich kan heugen elke avond doet, de bladeren van de kastanjeboom zullen ruisen en mompelen en haar vader zal koffiezetten en een warm bad voor haar laten vollopen, en zeggen: 'Je hebt goed je best gedaan, Marie. Ik ben trots op je.'

De truck hobbelt van snelweg naar landweg naar modderpad. Het onkruid strijkt er aan weerszijden langs. Ver na middernacht komen ze ten westen van Cancale zonder benzine te staan.

'We zijn er bijna,' fluistert haar vader.

Marie-Laure schuifelt slaapdronken met hem mee. De weg lijkt nauwelijks breder dan een paadje. Het ruikt naar nat graan en pasgemaaid gras; in de korte stiltes tussen hun voetstappen is een diep, bijna onhoorbaar geraas te horen. Ze trekt haar vader net zolang aan zijn arm tot hij blijft stilstaan. 'Legers.'

'De zee.'

Ze houdt haar hoofd scheef.

'Het is de zee, Marie. Echt waar.'

Hij neemt haar op zijn rug. Gekrijs van zeemeeuwen. Geur van natte stenen, van vogelpoep, van zout, al heeft ze nooit geweten dat zout een geur had. De zee mompelt in een taal die zich door stenen, lucht en hemel verspreidt. Wat zei Kapitein Nemo ook alweer? *De zee behoort niet toe aan tirannen.*

'We lopen nu Saint-Malo binnen,' zegt haar vader. 'Het deel dat ze de ommuurde stad noemen.' Hij vertelt wat hij ziet: een valhek, verdedigingsmuren die als 'omwalling' bekendstaan, granieten herenhuizen, een torenspits die boven de daken uitsteekt. De echo van zijn voetstappen weerkaatst tegen hoge gevels en valt weer op hen terug, en hij loopt te zwoegen onder haar gewicht, en zij is oud genoeg om te vermoeden dat wat hij doet voorkomen als schilderachtig en gastvrij in werkelijkheid misschien wel schokkend en vreemd is.

Boven hen krijsen vogels. Haar vader gaat linksaf, rechtsaf. Marie-Laure heeft het gevoel dat ze zich de afgelopen vier dagen een weg naar het middelpunt van een ingewikkeld doolhof hebben gebaand, en dat ze nu op hun tenen langs de wachtposten van een binnenste kern sluipen. Waarin misschien wel een verschrikkelijk beest ligt te sluimeren.

'Rue Vauborel,' zegt haar vader tussen zijn gehijg door. 'Hier, dit moet het zijn. Of toch hier?' Hij draait zich om, loopt weer terug, gaat een steegje in en draait zich dan weer om.

'Kunnen we het niet even vragen?'

'Er brandt helemaal nergens licht, Marie. Iedereen ligt te slapen of houdt zich slapende.'

Uiteindelijk komen ze aan bij een hek, waar hij haar neerzet op een stoeprand en op een elektronische zoemer drukt die ze ergens diep in een huis hoort overgaan. Niets. Hij drukt opnieuw. Weer niets. Hij drukt een derde keer.

'Is dit het huis van je oom?'

'Dat klopt.'

'Hij weet niet wie we zijn,' zegt ze.

'Hij ligt te slapen. Iets wat wij ook zouden moeten doen.'

Ze gaan met hun rug tegen het hek aan zitten. Gietijzer, lekker koel. Een zware houten deur er vlak achter. Ze legt haar hoofd tegen zijn schouder; hij trekt haar schoenen uit. De wereld lijkt zachtjes heen en weer te wiegen, alsof het stadje een beetje wegdrijft. Alsof heel Frankrijk op het vasteland achterblijft om te nagelbijten en te vluchten en te struikelen en te huilen en zich bewust te worden van een verdoofde, grijze dageraad, niet bij machte te geloven wat er aan de hand is. Van wie zijn de wegen nu? En de velden? De bomen?

Haar vader haalt zijn laatste sigaret uit het zakje van zijn overhemd en steekt hem op.

Ergens in het huis achter hen klinken voetstappen.

Madame Manec

Zodra haar vader zijn naam heeft gezegd, stokt de ademhaling achter de deur. Het hek knarst; erachter gaat de deur open. 'Hemeltjelief,' zegt een vrouwenstem. 'Je was zo klein...'

'Mijn dochter, madame. Marie-Laure, dit is madame Manec.'

Marie-Laure probeert een reverence te maken. De hand die op haar wang wordt gelegd is sterk; de hand van een geoloog of tuinier.

'Mijn god, mensen zijn nooit zo ver van elkaar verwijderd dat het lot ze niet kan samenbrengen. Maar, mijn lieve kind, je kousen. En je hakken! Je bent vast helemaal uitgehongerd.'

Ze stappen een klein halletje in. Marie-Laure hoort het hek dichtvallen en vervolgens dat de vrouw de deur achter hen op slot doet. Twee nachtsloten, één ketting. Ze worden een ruimte binnen geleid waar het ruikt naar kruiden en rijzend deeg: een keuken. Haar vader knoopt haar jas los, helpt haar op een stoel. 'We zijn heel dankbaar, ik besef dat het ontzettend laat is,' zegt hij, en de oude vrouw – madame Manec – is inmiddels druk in de weer en duidelijk over haar aanvankelijke verbazing heen; ze wuift hun bedankjes weg; ze schuift Marie-Laures stoel aan. Er wordt een lucifer aangestreken; een ketel met water gevuld; er klikt een ijskast open en dicht. Er is het gezoem van gas en het getik van warmer wordend metaal. Niet veel later heeft Marie-Laure een warme handdoek op haar gezicht. Er staat een kan met koel, schoon water voor haar neus. Elke slok een zegen.

'O, de stad barst echt uit haar voegen,' zegt madame Manec met haar lijzige, sprookjesachtige stem terwijl ze wat aan het redderen is. Ze lijkt klein; ze draagt grove, zware schoenen. Haar stem is laag, vol kiezelstenen – de stem van een zeeman of een roker. 'Sommigen kunnen zich een hotel of huurappartement veroorloven, maar velen zitten in opslagplaatsen, op stro, zonder voldoende eten. Ik zou ze best onderdak willen geven, maar je oom, nou je weet wel, die zou erdoor van slag raken. Er is geen diesel, geen kerosine, de Britse schepen zijn allang weg. Ze hebben alles wat ze achter moesten laten verbrand, eerst kon ik het gewoon niet geloven allemaal, maar Etienne heeft de radio dag en nacht aanstaan...'

Er worden eieren gebroken. Er sist boter in een hete pan. Haar vader vat hun vlucht samen: treinstations, angstige mensenmassa's, hij laat hun bezoek aan Evreux achterwege, maar algauw gaat Marie-Laure helemaal op in de geuren om haar heen: ei, spinazie, gesmolten kaas.

Er komt een omelet aan. Ze gaat met haar gezicht boven de damp hangen. 'Mag ik alstublieft een vork?'

De oude vrouw moet lachen: een lach waarbij Marie-Laure zich direct op haar gemak voelt. Meteen krijgt ze een vork in haar hand gestopt.

De eieren smaken naar wolkjes. Naar gesponnen goud. Madame Manec zegt: 'Ik geloof dat het haar wel smaakt', en ze moet opnieuw lachen.

Er komt nog een omelet op tafel. Dit keer is het haar vader die hem naar binnen schrokt. 'Wil je misschien ook wat perziken, lieverd?' mompelt madame Manec, en Marie-Laure hoort een blik opengaan, sap wordt klotsend in een kom geschonken. Een paar tellen later zit ze schijven nat zonlicht te eten.

'Marie,' mompelt haar vader. 'Waar zijn je manieren?'

'Maar ze zijn...'

'We hebben er meer dan genoeg, tast toe, kind. Ik maak ze elk jaar.' Wanneer Marie-Laure twee volle blikken perziken leeg heeft, maakt madame Manec Marie-Laures voeten schoon met een lap, schudt haar jas uit, zet de borden in de gootsteen en vraagt: 'Sigaret?' En haar vader kreunt van dankbaarheid en er ontvlamt een lucifer en de volwassenen roken.

Er gaat een deur open, of een raam, en Marie-Laure kan het hypnotiserende geluid van de zee horen.

'En Etienne?' vraagt haar vader.

Madame zegt: 'Sluit zichzelf de ene dag op als een lijk, en de andere eet hij als een paard.'

'Hij komt nog steeds niet...?'

'Al twintig jaar niet meer.'

Waarschijnlijk maken de volwassenen elkaar met gebaren het een en ander duidelijk. Waarschijnlijk zou Marie-Laure wel wat meer nieuwsgierigheid aan de dag hebben kunnen leggen – naar haar oudoom, die dingen ziet die er niet zijn, naar het lot van alles en iedereen die ze ooit gekend heeft –, maar haar maag is gevuld, haar bloed stroomt als warm goud door haar aderen, en achter het open raam, achter de muren, beukt de oceaan, die enkel nog door een paar lagen steen van haar gescheiden wordt, de rand van Bretagne, het buitenste venster van Frankrijk – en misschien naderen de Duitsers wel met de onverbiddelijkheid van een lavastroom, maar Marie-Laure glijdt weg in een soort droom, of misschien is het wel de herinnering aan een droom: ze is zes of zeven jaar, net blind, en haar vader zit in de stoel naast haar bed een piepklein stukje hout te bewerken, een sigaret te roken, en de avond valt over de honderdduizend daken en schoorstenen van Parijs, en alle muren om haar heen verdwijnen, net als het plafond, de hele stad gaat in rook op, en uiteindelijk valt de slaap als een schaduw over haar heen.

Je bent opgeroepen

Iedereen is benieuwd naar Werners verhalen. Hoe waren de examens, wat moest je allemaal doen, vertel ons alles. De jongste kinderen trekken aan zijn mouwen, de oudere zijn vol respect. Die sneeuwwitte dromer die uit het roet is geplukt.

'Ze zeiden dat ze er maar twee uit mijn leeftijdsgroep zouden toelaten. Hooguit drie.' Vanaf de andere kant van de tafel voelt hij Jutta's ogen priemen. Van de rest van het geld van Herr Siedler heeft hij voor achtendertig mark tachtig een distributieradio gekocht: een apparaat met twee lampen en een laag vermogen, nog goedkoper dan de door de staat gesubsidieerde Volksempfängers die hij bij zijn buren heeft gerepareerd. Zonder aanpassingen kun je daarmee alleen de landelijke langegolfprogramma's van de Deutschlandsender ontvangen. Verder niets. Niets uit het buitenland.

De kinderen schreeuwen, verrukt, wanneer hij hem tevoorschijn haalt. Jutta geeft geen blijk van interesse.

Martin Sachse vraagt: 'Moest je heel veel wiskunde doen?'

'Was er kaas? Was er cake?'

'Mocht je met een geweer schieten?'

'Heb je in tanks gereden? Wedden dat je in tanks hebt gereden.'

Werner zegt: 'Op de helft van hun vragen wist ik geen antwoord. Ik word vast nooit toegelaten.'

Maar dat wordt hij wel. Vijf dagen nadat hij teruggekomen is uit Essen, wordt de brief persoonlijk bij het kindertehuis afgegeven. Een adelaar en een kruis op een smetteloze envelop. Zonder postzegel. Als een bericht van God zelf.

Frau Elena doet de was. De kleine jongetjes zitten aan de nieuwe radio gekluisterd: een halfuur durend programma dat *Kinderclub* heet. Jutta en Claudia Förster zijn met drie van de kleine meisjes naar een poppenkast op de markt; Jutta heeft sinds Werner terug is niet meer dan zes woorden met hem gewisseld.

Je bent opgeroepen, staat er in de brief. Werner wordt geacht zich te melden bij het Nationale Politieke Instituut voor Onderwijs nummer 6 in Schulpforta. Hij staat in de woonkamer van het kindertehuis en probeert het op zich in te laten werken. Gescheurde muren, verzakt plafond, houten bankjes waarop talloze kinderen hebben gezeten, vanaf dat de mijn ze tot weesjes heeft gemaakt. Hij heeft een uitweg gevonden.

Schulpforta. Piepklein stipje op de kaart, vlak bij Naumburg, in Saksen. Driehonderd kilometer naar het oosten. Alleen in zijn stoutste dromen had hij durven hopen dat hij ooit zo ver zou reizen. Als verdoofd neemt hij het velletje papier mee naar buiten, waar Frau Elena in het steegje tussen de stoomwolken lakens staat uit te koken.

Ze leest de brief een aantal keer. 'Dat kunnen we niet betalen.'

'Dat hoeft ook niet.'

'Hoe ver?'

'Vijf uur met de trein. Ze hebben het kaartje al betaald.'

'Wanneer?'

'Over twee weken.'

Frau Elena: plukken haar tegen haar wangen geplakt, donkere wallen onder haar ogen, roze randjes om haar neusgaten. Dun kruistekentje om haar vochtige hals. Is ze trots? Ze wrijft in haar ogen en knikt afwezig. 'Dit zullen ze vast gaan vieren.' Ze geeft de brief terug en staart het steegje in, met de rijen dikke waslijnen en kolenbakken.

'Wie, Frau?'

'Iedereen. De buren.' Plotseling stoot ze een angstaanjagende lach uit. 'Mensen als die onderminister. Die man die jou je boek heeft afgepakt.'

'Jutta niet.'

'Nee. Jutta niet.'

In gedachten oefent hij hoe hij het nieuws aan zijn zusje zal brengen. *Pflicht.* Plicht. Verplichting. Iedere Duitser draagt zijn steentje bij. Laarzen aan en aan het werk. *Ein Volk, ein Reich, ein Führer.* We hebben allemaal een aandeel, zusje. Maar als de meisjes thuiskomen, heeft het nieuws van zijn toelating zich al als een lopend vuurtje door het blok verspreid. De ene na de andere buur komt langs om zijn bewondering uit te spreken en een praatje te maken. Er komen mijnwerkersvrouwen varkensschenkel en kaas langsbrengen; ze laten Werners toelatingsbrief van hand tot hand gaan; degenen die kunnen lezen, lezen hem hardop voor aan degenen die dat niet kunnen, en Jutta treft bij thuiskomst een afgeladen woonkamer vol vrolijkheid. De tweeling – Hannah en Susanne Gerlitz – rent rondjes om de bank, aangestoken door alle opwinding, en de zesjarige Rolf Hupfauer zingt *Sta op! Sta op! Alle glorie naar het vaderland!* en een paar kinderen zingen met hem mee en Werner ziet niet dat Frau Elena in een hoek van de kamer met Jutta staat te praten, ziet niet dat Jutta naar boven stormt.

Bij de bel voor het eten komt ze niet beneden. Frau Elena vraagt Hannah Gerlitz om voor te gaan in gebed en zegt tegen Werner dat zij straks wel met Jutta praat, dat hij beter beneden kan blijven, dat al deze mensen hier speciaal voor hem zijn. Om de haverklap vliegen de woorden door zijn hoofd: *Je bent opgeroepen.* Elke minuut die voorbijgaat is er eentje minder in dit huis. In dit leven.

Na de maaltijd loopt de kleine Siegfried Fischer, niet ouder dan vijf, om de tafel heen, trekt Werner aan zijn mouw en geeft hem een foto die hij uit een krant heeft gescheurd. Op die foto zweven zes bommenwerpers boven een bergketen van wolken. Druppels zonlicht liggen bevroren op de voortrazende vliegtuigrompen. De sjaals van de piloten wapperen naar achteren.

Siegfried Fischer zegt: 'Je gaat ze een poepie laten ruiken, hè?' Het onwrikbare vertrouwen druipt van zijn gezichtje: er lijkt een streep gezet te worden onder alle uren die Werner in het kindertehuis heeft doorgebracht, hopend op iets beters.

'Jazeker,' zegt Werner. Alle kinderogen zijn op hem gericht. 'Absoluut.'

Occuper

Marie-Laure wordt wakker van klokgelui: twee drie vier vijf. Een vage schimmelgeur. Oude donzen kussens waaruit alle zachtheid verdwenen is. Zijden behang achter het gammele bed waarop ze zit. Wanneer ze haar beide armen uitstrekt kan ze bijna de muren aan weerszijden aanraken.

De echo van de klokken sterft weg. Ze heeft een gat in de dag geslapen. Wat is dat gedempte geraas dat ze hoort? Mensenmassa's? Of nog steeds de zee?

Ze zet haar voeten op de vloer. Het bloed klopt in de verwondingen aan haar hielen. Waar is haar stok? Ze schuifelt om nergens met haar scheenbenen tegenaan te botsen. Achter de gordijnen is een raam, zo hoog dat ze er niet bij kan. Tegenover het raam vindt ze een dressoir waarvan de lades maar gedeeltelijk open kunnen omdat ze tegen het bed aan komen.

Het weer hier: je kunt het gewoon voelen tussen je vingers.

Ze steekt haar hand door de deuropening. Is dit een hal? Hier klinkt het geraas zwakker, het is niet meer dan wat gemurmel.

'Hallo?'

Stilte. Dan gestommel ver beneden haar, de zware schoenen van madame Manec die de treden van een smalle, bochtige trap opgaan, haar rokerslongen die naderen, tweede verdieping, derde – hoe hoog is dit huis eigenlijk? – nu roept madame Manec: 'Mademoiselle!' En ze wordt bij de hand genomen, terug de kamer in geleid waarin ze wakker werd, en op de rand van het bed neergezet. 'Moet je naar het toilet? Ga je gang maar, hoor, en dan in bad, je hebt heerlijk liggen slapen, je vader is de stad in om te kijken of het telegraafkantoor open is, hoewel ik hem verzekerd heb dat die kans ongeveer even groot is als het vinden van een speld in een hooiberg. Heb je honger?'

Madame schudt de kussens op, legt de deken weer netjes over het bed. Marie-Laure probeert zich te concentreren op iets kleins, iets concreets. De maquette, thuis in Parijs. Een schelpje in het laboratorium van dr. Geffard.

'Is dit hele huis van mijn oudoom Etienne?'
'Elke kamer.'
'Hoe kan hij dat betalen?'
Madame Manec schiet in de lach. 'Jij windt er geen doekjes om, hè? Jouw oudoom heeft het huis geërfd van zijn vader, jouw overgrootvader. Dat was een heel succesvol man met meer dan genoeg geld.'
'Hebt u hem gekend?'
'Ik werk hier al sinds meester Etienne een klein jongetje was.'
'En mijn opa? Hebt u die ook gekend?'
'Jazeker.'
'Ga ik oom Etienne nu ontmoeten?'
Madame Manec aarzelt even. 'Waarschijnlijk niet.'
'Maar is hij wel thuis?'
'Ja, kind. Hij is altijd thuis.'
'Altijd?'
Madame Manec vouwt haar grote, dikke handen om de hare. 'Laten we maar eens een kijkje nemen bij het bad. Je vader legt het je allemaal wel uit als hij terugkomt.'
'Maar papa legt helemaal niets uit. Hij zegt alleen maar dat oom samen met opa in de oorlog heeft gevochten.'
'Dat klopt. Maar je oudoom, toen hij thuiskwam' – madame zoekt naar de juiste woorden – 'was hij niet meer dezelfde als toen hij vertrok.'
'Bedoelt u dat hij banger was geworden?'
'Hij was eerder de weg kwijt. Een muis in de val. Hij zag dode mensen door de muren heen lopen. Vreselijke dingen op elke straathoek. Nu komt je oudoom nooit meer buiten.'
'Helemaal nooit meer?'
'Al jaren niet meer. Maar Etienne is heel bijzonder, dat zul je later nog wel merken. Hij weet alles.'
Marie-Laure luistert naar het krakende houtwerk in huis, het gekrijs van de meeuwen en het zachte geraas voor het raam. 'Zitten we hoog hier, madame?'
'We zijn op de vijfde verdieping. Fijn bed, hè? Ik dacht wel dat jij en je papa hier lekker zouden kunnen uitrusten.'
'Kan het raam open?'

'Jawel, lieverd. Maar dat kunnen we waarschijnlijk beter dichtlaten tijdens het...'

Marie-Laure staat al boven op het bed, en glijdt met haar handen langs de muur. 'Kun je er de zee door zien?'

'Eigenlijk moeten we de luiken en ramen dicht houden. Maar vooruit, heel even dan.' Madame Manec verschuift een hendel, trekt de twee ramen naar binnen en duwt het luik open. Wind: onmiddellijk, helder, zoet, zilt, lichtgevend. Het geraas zwelt aan en neemt weer af.

'Zijn er slakken buiten, madame?'

'Slakken? In de zee?' Weer die lach. 'Evenveel als regendruppels. Ben je geïnteresseerd in slakken?'

'Ja ja ja. Ik heb naaktslakken en huisjesslakken gevonden. Maar ik heb nog nooit zeeslakken gevonden.'

'Nou,' zegt madame Manec. 'Dan ben je hier aan het goede adres.'

Madame laat een warm bad vollopen op de tweede verdieping. Vanuit het bad hoort Marie-Laure hoe zij de deur dichtdoet en hoe de kleine badkamer onder het gewicht van al dat water kreunt en hoe de muren kraken, alsof ze in een cabine zit van Kapitein Nemo's Nautilus. De pijn in haar hielen wordt al minder. Ze laat haar hoofd onder water zakken. Nooit buiten komen! Je decennialang verstoppen in dit vreemde, smalle huis!

Voor het avondeten wordt ze in een stijve jurk uit een vervlogen tijdperk gehesen. Ze zitten aan de vierkante keukentafel, haar vader en madame Manec tegenover elkaar, knieën tegen elkaar aan gedrukt, ramen potdicht, luiken gesloten. Uit een radio klinkt zacht een verontruste, staccato stem die namen van ministers noemt – De Gaulle in Londen, Pétain die Reynaud opvolgde. Ze eten gestoofde vis met tomaten. Haar vader vertelt dat er al drie dagen geen brieven zijn bezorgd of opgehaald. De telegraaflijnen doen het niet. De meest recente krant is zes dagen oud. Op de radio worden oproepjes voorgelezen.

Monsieur Cheminoux, die gevlucht is naar Orange, zoekt zijn drie kinderen, achtergelaten met bagage in Ivry-sur-Seine.

Francis in Genève is op zoek naar informatie over Marie-Jeanne, voor het laatst gezien in Gentilly.

Moeder doet een schietgebedje voor Luc en Albert, waar ze ook mogen zijn.

L. Rabier is op zoek naar nieuws over zijn vrouw, voor het laatst gezien in het Gare d'Orsay.

A. Cotteret wil zijn moeder laten weten dat hij veilig in Laval is aangekomen.

Madame Meyzieu is op zoek naar haar zes dochters, die per trein naar Redon zijn gestuurd.

'Iedereen is wel iemand kwijt,' mompelt madame Manec en Marie-Laures vader zet de radio uit, de buizen klikken tijdens het afkoelen. Van boven hoort ze dezelfde stem die namen blijft voorlezen. Of verbeeldt ze het zich? Ze hoort madame Manec opstaan en de kommen afruimen, en haar vader rook uitblazen alsof die heel zwaar in zijn longen hing en hij blij is ervan af te zijn.

Die avond gaan zij en haar vader via de wenteltrap naar boven en gaan ze naast elkaar liggen op hetzelfde hobbelige bed, in dezelfde slaapkamer op de vijfde verdieping met het loslatende zijden behang. Haar vader is aan het rommelen met zijn rugzak, met de deurklink, met zijn lucifers. Algauw is daar de vertrouwde geur van zijn sigaretten: Gauloises *bleues*. Ze hoort het hout piepen en kraken als de twee helften van het raam open worden getrokken. Het welkome gefluit van de wind stroomt naar binnen, of misschien zijn het wel de zee en de wind samen en kunnen haar oren de twee niet uit elkaar houden. Het brengt de geur van zout en hooi, vismarkten en verre moerassen met zich mee en helemaal niets wat in haar beleving ruikt naar oorlog.

'Kunnen we morgen naar zee, papa?'

'Morgen niet, waarschijnlijk.'

'Waar zit oom Etienne?'

'Ik neem aan op zijn kamer op de vierde verdieping.'

'Te kijken naar dingen die er niet zijn?'

'We mogen blij zijn dat hij er is, Marie.'

'En dat madame Manec er is. Ze maakt heerlijke gerechten, vind je niet, papa? Ze kan misschien wel een heel klein beetje beter koken dan jij.'

'Een heel klein beetje dan, misschien.'

Marie-Laure is blij dat ze een lachje in zijn stem hoort. Maar daaronder kan ze zijn gedachten voelen fladderen als gekooide vogels. 'Wat wil dat zeggen, papa, dat ze ons gaan "bezetten"?'

'Dat wil zeggen dat ze hun vrachtwagens op de pleinen zullen parkeren.'

'Gaan ze ons verplichten om hun taal te spreken?'

'Misschien gaan ze ons verplichten de klok een uur vooruit te zetten.'

Het huis kraakt. Meeuwen krijsen. Hij steekt nog een sigaret op.

'Is het net als bezet zijn, papa? Zoals wanneer iemand het te druk heeft?'

'Het is als militaire controle, Marie. Zo is het wel weer even genoeg.'

Stilte. Twintig hartslagen. Dertig.

'Hoe kan het ene land het andere nou verplichten om de klok vooruit te zetten? Wat nou als iedereen dat weigert?'

'Dan zullen er een hoop mensen te vroeg zijn. Of te laat.'

'Weet je ons appartement nog, papa? Met mijn boeken en onze maquette en al die dennenappels op de vensterbank?'

'Natuurlijk.'

'Ik had alle dennenappels op volgorde van groot naar klein gelegd.'

'Ze liggen er nog steeds.'

'Denk je dat?'

'Dat weet ik.'

'Dat weet je helemaal niet.'

'Ik weet het inderdaad niet. Ik geloof het.'

'Gaan er op dit moment Duitse militairen in onze bedden liggen, papa?'

'Nee.'

Marie-Laure probeert stokstijf te blijven liggen. Ze kan de radertjes van haar vaders hersenen haast horen knarsen onder zijn schedel. 'Het komt goed,' fluistert ze. Ze legt haar hand op zijn onderarm. 'We blijven hier een poosje en dan gaan we weer terug naar ons appartement en dan liggen de dennenappels nog op precies dezelfde plek waar we ze hebben achtergelaten en *Twintigduizend mijlen onder zee* ligt nog steeds op de vloer van het sleuteldepot waar we het hebben achtergelaten en er is niemand die in ons bed ligt.'

Het gezang van de zee in de verte.

Het gestamp van laarzen op de keien beneden. Wat zou ze graag willen dat haar vader zegt: *Ja, zo is het precies, ma chérie*, maar hij zegt niets.

Niet liegen

Hij kan zich niet op zijn huiswerk concentreren, of op doodgewone gesprekjes of de klusjes voor Frau Elena. Steeds als hij zijn ogen dichtdoet, verschijnt er een overweldigend beeld van de school in Schulpforta: rode vlaggen, krachtige paarden, glimmende laboratoria. De beste jongens van Duitsland. Op sommige momenten ziet hij zichzelf als een symbool van wat er allemaal mogelijk is en waarop ieders blik nu gericht is. Maar op andere momenten ziet hij, als een schokkerig beeld, de stevige jongen van de toelatingsexamens: zijn lijkbleke gezicht op de plank hoog boven in de danszaal. Hoe hij viel. Hoe niemand ook maar een vinger uitstak om hem te helpen.

Waarom kan Jutta nou niet gewoon blij voor hem zijn? Waarom blijft er, zelfs nu hij op het punt van ontsnappen staat, toch nog een onverklaarbaar alarmerend stemmetje in zijn hoofd rondzeuren?

Martin Sachse zegt: 'Vertel nog eens over de handgranaten!'

Siegfried Fischer zegt: 'En de valkerijen!'

Tot drie keer toe wil hij het uitleggen en tot drie keer toe maakt Jutta rechtsomkeert en beent weg. Urenlang helpt ze Frau Elena met de kleine kinderen, is ze naar de markt of vindt ze wel een ander excuus om te helpen, om het druk te hebben, om de deur uit te zijn.

'Ze wil niet naar me luisteren,' zegt Werner tegen Frau Elena.

'Gewoon blijven proberen.'

Voor hij er erg in heeft, is de dag voor zijn vertrek aangebroken. Hij wordt wakker voor het licht is en gaat naar Jutta, die op haar veldbed in de meisjesslaapzaal ligt te slapen. Ze heeft haar armen om haar hoofd geslagen, haar wollen deken is om haar middel gedraaid en haar kussen zit klem in de spleet tussen het matras en de muur – zelfs als ze slaapt is ze tegendraads. Boven haar bed hangen haar fantasierijke potloodtekeningen van het dorp van Frau Elena, van Parijs met wel duizend witte torens onder rondcirkelende zwermen vogels.

Hij zegt haar naam.

Ze draait zichzelf nog verder in haar deken.

'Ga je mee een eindje wandelen?'

Tot zijn verrassing komt ze overeind. Ze lopen naar buiten voor er verder iemand wakker wordt. Zonder iets te zeggen loopt hij voor haar uit. Ze klimmen over een hek, dan over nog een. Jutta's losse schoenveters slepen achter haar aan. Er prikken distels in hun knieën. De opkomende zon maakt een speldenprikje in de horizon.

Aan de oever van een irrigatiekanaal blijven ze staan. In voorgaande winters trok Werner haar in hun karretje altijd precies naar deze plek, en dan keken ze naar de schaatsers die langsschoten over het bevroren kanaal, boeren met ijzers onder hun voeten gebonden en rijp in hun baard, die met z'n vijven of zessen tegelijk voorbijvlogen, vlak op elkaar, midden in een wedstrijd van een kilometer of twaalf, dertien tussen de dorpjes. De blik in de ogen van de schaatsers leek op die van paarden die net een flink stuk hebben gerend, en Werner vond het altijd opwindend om te zien, om te voelen hoe de lucht in beweging werd gebracht door hun snelheid, om het geschraap van hun schaatsen te horen en het vervolgens weer te horen wegsterven – een gevoel alsof zijn ziel zich zou kunnen losrukken van zijn lichaam en met hen mee zou kunnen snellen. Maar zodra ze de bocht om waren, met als enig overblijfsel de witte sporen van hun schaatsen in het ijs, verdween alle opwinding. Dan trok hij Jutta weer mee terug naar het kindertehuis en voelde hij zich eenzamer, verlatener en meer opgesloten in zijn leven dan ooit.

'Afgelopen winter waren er geen schaatsers,' zegt hij.

Zijn zus tuurt in de greppel. Haar ogen zijn zachtpaars. Haar haar is een warrige bos, niet in bedwang te krijgen en misschien nog wel witter dan het zijne. *Schnee.*

'Dit jaar komen ze ook niet,' antwoordt ze.

Achter haar vormt het mijnencomplex een smeulende zwarte bergketen. Werner kan zelfs al een mechanisch gedreun horen in de verte, de eerste ploeg die afdaalt terwijl de nachtploeg weer naar boven komt – al die jongens die met vermoeide ogen en beroete gezichten met de lift naar boven komen, de zon tegemoet – en heel eventjes voelt hij, vlak achter de dageraad, een enorme en verschrikkelijke aanwezigheid opdoemen.

'Ik weet dat je boos bent...'

'Je gaat gewoon Hans en Herribert achterna.'

‘Niet waar.’

‘Als je maar genoeg met dat soort jongens omgaat gebeurt het vanzelf.’

‘Wil je dan soms dat ik blijf? De mijnen in ga?’

Ze kijken naar een fietser, verderop op het pad. Jutta klemt haar handen onder haar oksels. ‘Weet je waar ik altijd naar luisterde? Op onze radio? Voor je die kapotsloeg?’

‘Houd nou op, Jutta, alsjeblieft.’

‘Uitzendingen uit Parijs. Daar zeiden ze precies het tegenovergestelde van alles wat ze op de Deutschlandsender zeggen. Volgens hen waren wij duivels. Pleegden we gruweldaden. Weet je wat dat zijn, gruweldaden?’

‘Jutta, alsjeblieft.’

‘Is het gerechtvaardigd,’ zegt Jutta, ‘om iets te doen, alleen maar omdat iedereen het doet?’

Hij wordt bekropen door twijfels. Werner onderdrukt ze. Jutta is amper twaalf, nog maar een kind.

‘Ik zal je elke week een brief schrijven. Twee als het me lukt. Je hoeft ze niet aan Frau Elena te laten lezen als je dat niet wilt.’

Jutta doet haar ogen dicht.

‘Het is niet voor altijd, Jutta. Twee jaar, hooguit. De helft van de toegelaten jongens haalt zijn diploma niet eens. En misschien steek ik er wel iets van op: misschien word ik er wel een goeie ingenieur. Misschien leer ik wel een vliegtuig te besturen, zoals de kleine Siegfried beweert. Schud nou niet van nee, we hebben toch altijd al eens een vliegtuig vanbinnen willen zien? Dan vlieg ik ons naar het westen, jou en mij, Frau Elena ook als ze mee wil. Of we nemen de trein. Dan rijden we door bossen en *villages de montagne*; al die plekken waar Frau Elena het over had toen we klein waren. Misschien rijden we wel helemaal tot aan Parijs.’

Het opkomende licht. Het zachte geknisper van het gras. Jutta doet haar ogen open maar kijkt hem niet aan. ‘Niet liegen. Doe dat maar tegen jezelf, Werner, niet tegen mij.’

Tien uur later zit hij in de trein.

Etienne

Drie dagen lang maakt ze geen kennis met haar oudoom. Dan, als ze op de vierde dag na hun aankomst op de tast naar het toilet loopt, trapt ze op iets kleins en hards. Ze gaat op haar hurken zitten en vindt het met haar vingers.

Spiraalvormig en glad. Een sculptuur van verticale plooien met daarin een taps toelopende spiraal gekerfd. De opening is breed en ovaalvormig. Ze fluistert: 'Een wulk.'

Een stap van de eerste schelp vandaan vindt ze er nog een. Dan een derde en een vierde. Het spoor van zeeschelpen loopt om het toilet heen en over een trap naar de afgesloten deur op de vierde verdieping, waarvan ze inmiddels weet dat het de zijne is. Erachter klinkt het harmonieuze gefluister van pianoklanken. 'Kom binnen,' zegt een stem.

Ze verwacht mufheid, een oudemensengeur, maar in de kamer ruikt het naar zeep en boeken en gedroogd zeewier. Niet heel anders dan in dr. Geffards laboratorium.

'Oudoom?'

'Marie-Laure.' Zijn stem is diep en zacht, een stuk zijde dat je ergens in een la bewaart en maar heel af en toe tevoorschijn haalt, alleen maar om er eventjes aan te voelen. Ze tast in het luchtledige en haar hand wordt vastgenomen door een koele knokige hand. Hij voelt zich wat beter, zegt hij. 'Het spijt me dat ik niet in staat was om eerder kennis met je te maken.'

De piano's tokkelen zachtjes voort: het klinkt alsof er wel tien tegelijk spelen; alsof het geluid van alle kanten komt.

'Hoeveel radio's hebt u, oom?'

'Kom maar eens hier.' Hij leidt haar hand naar een plank. 'Deze is stereo. Heterodyn. Ik heb hem zelf in elkaar gezet.' Ze stelt zich een miniatuurpianistje voor, in smoking, dat in het apparaat zit te spelen. Vervolgens legt hij haar handen op een groot radiomeubel, dan op een derde, die niet groter is dan een broodrooster. Elf stuks in totaal, zegt hij, met een zweempje jongensachtige trots in zijn stem. 'Ik kan schepen horen op zee. Madrid. Brazilië. Londen. Ooit heb ik zelfs India gehoord. Hier, aan de rand van de stad, zo hoog in huis, hebben we een uitstekende ontvangst.'

Hij laat haar voelen in een doos met zekeringen en in een andere met schakelaars. Dan leidt hij haar naar boekenplanken: de ruggen van honderden boeken; een vogelkooi; kevers in luciferdoosjes; een elektrische muizenval; een glazen presse-papier waarin volgens hem een schorpioen zit; potten vol verschillende verbindingsstukken; nog wel honderd andere dingen, die ze niet kan thuisbrengen.

Hij heeft de hele vierde verdieping – in feite één grote kamer, op de overloop na – voor zichzelf. Drie ramen kijken uit op de rue Vauborel aan de voorkant, nog eens drie op het straatje aan de achterzijde. Er staat een klein oud bed, met een gladde en strakgetrokken deken erop. Een opgeruimd bureau, een slaapbank.

'Dat was dan de rondleiding,' zegt hij, bijna fluisterend. Haar oudoom lijkt vriendelijk, nieuwsgierig en bij zijn volle verstand. Rust, dat is wat hij voornamelijk uitstraalt. De rust van een boom. Van een muis die met half toegeknepen ogen in het donker zit.

Madame Manec komt boterhammen brengen. Etienne heeft geen boeken van Jules Verne, maar wel van Darwin, zegt hij, en hij leest haar voor uit *De reis van de Beagle*, alles vertalend van het Engels naar het Frans – *de verscheidenheid aan soorten springspinnen lijkt haast oneindig te zijn*... Er stroomt muziek uit de radio's en het is heerlijk om op de slaapbank in slaap te dommelen, het warm te hebben en te eten te krijgen, te voelen hoe de uitgesproken zinnen haar verheffen en meenemen naar een heel andere plek.

***

Zes straten verder, bij het telegraafkantoor, staat Marie-Laures vader met zijn neus tegen het raam gedrukt te kijken hoe twee Duitse motoren met zijspan brullend door de Porte Saint-Vincent komen. De luiken in het stadje zijn gesloten, maar tussen de latten door, boven de vensterbanken uit, gluren wel duizend ogen naar buiten. Achter de motoren rijden twee vrachtwagens. Een zwarte Mercedes sluit de rij. Het zonlicht wordt op de versierselen op de voorklep en de chromen onderdelen weerkaatst, terwijl de kleine stoet knerpend tot stilstand komt op de cirkelvormige kiezeloprit voor de oprijzende, bemoste muren van het Château de Saint-Malo. Een wat oudere, onnatuurlijk gebruinde man – de burgemeester, legt iemand uit – staat te wachten met een witte zakdoek in zijn zeemanshanden, die nauwelijks waarneembaar trillen.

De Duitsers stappen uit hun voertuigen, het zijn er meer dan tien. Hun laarzen glimmen en hun uniformen zijn onberispelijk. Twee van hen dragen een anjer; eentje heeft een aangelijnde beagle bij zich. Een aantal staat met open mond naar de voorgevel van het kasteel te staren.

Een kleine man in het uniform van een veldcommandant komt van de achterbank van de Mercedes af en veegt iets onzichtbaars van de mouw van zijn jas. Hij wisselt een paar woorden met een magere adjudant, die het voor de burgemeester vertaalt. De burgemeester knikt. Dan verdwijnt de kleine man achter de enorme deuren. Minuten later gooit de adjudant de luiken van een bovenraam open en laat hij een moment zijn blik over de daken gaan, voor hij een rode vlag ontvouwt en met de reefgaten stevig aan de buitenzijde van de vensterbank vastmaakt.

Jungmänner

Het kasteel lijkt rechtstreeks uit een sprookjesboek te komen: acht of negen bakstenen gebouwen, beschut door heuvels, met roestkleurige daken, smalle ramen, spitsen en torentjes, onkruid dat omhoogschiet tussen de dakpannen. Een pittoresk riviertje dat kronkelend zijn weg door de atletiekvelden vindt. Werner heeft nog nooit, zelfs niet op het helderste tijdstip op de helderste dag van Zollverein, lucht ingeademd die zo zuiver en stofvrij was.

Een eenarmige zaalwacht zet met een strijdlustige stortvloed van woorden de regels uiteen. 'Dit is jullie parade-uniform, dit jullie gevechtsuniform, dit jullie gymuniform. Bretels van achteren gekruist, van voren parallel. Mouwen opgerold tot aan de elleboog. Iedere jongen draagt een mes in een schede aan de rechterkant van de riem. Steek je rechterhand op als je het woord wilt. Stel je altijd op in rijen van tien. Geen boeken, geen sigaretten, geen eten, geen persoonlijke bezittingen, niets in jullie kluisjes buiten uniformen, laarzen, mes, schoensmeer. Niet meer praten als het licht uit is. Brieven naar huis gaan op woensdag op de bus. Jullie schudden jullie zwakte, jullie lafheid, jullie twijfels van je af. Jullie worden als een waterval, een kogelregen – jullie worden allemaal dezelfde kant op gestuwd, in hetzelfde tempo, naar hetzelfde doel. Jullie doen afstand van alle comfort, jullie leven enkel en alleen nog voor de plicht. Jullie eten land en ademen natie.'

Of ze het begrepen hebben.

De jongens roepen dat ze het hebben begrepen. Het zijn er vierhonderd, plus dertig docenten en nog eens vijftig man aan personeel, onderofficieren en koks, onderhouds- en tuinmannen. Sommige cadetten zijn nog maar negen jaar. De oudsten zijn zeventien. Gotische gezichten, scherpe neuzen, ferme kinnen. Allemaal blauwe ogen.

Werner slaapt op een klein slaapzaaltje met nog zeven andere veertienjarigen. In het bed boven hem ligt Frederick; een mager jongetje, zo dun als een lat, met een roomwitte huid. Frederick is ook nieuw. Hij komt uit Berlijn. Zijn vader is assistent van een ambassadeur. Als Frederick iets zegt, kijkt hij omhoog, alsof hij daar naar iets op zoek is.

Werner en hij nuttigen hun eerste maaltijd in hun nieuwe gesteven uniforms aan een lange houten tafel in de eetzaal. Sommige jongens praten op fluistertoon, andere zitten in hun eentje, weer andere werken het eten naar binnen alsof ze in geen dagen hebben gegeten. Door drie boogramen heen stuurt de dageraad een bundel geheiligde gouden stralen.

Frederick fladdert met zijn vingers en vraagt: 'Hou je van vogels?'

'Ja hoor.'

'Ken je de bonte kraai?'

Werner schudt zijn hoofd

'De bonte kraai is slimmer dan de meeste zoogdieren. Zelfs apen. Ik heb ze noten op de weg zien leggen die ze niet konden kraken, waarna ze gingen zitten wachten tot er een auto overheen reed zodat ze bij de inhoud konden. Werner, jij en ik gaan goeie vrienden worden, dat weet ik zeker.'

In elk klaslokaal hangt een portret van de Führer, die dreigend op hen neerkijkt. Het leren vindt plaats op bankjes zonder rugleuning, aan houten tafeltjes die door talloze verveelde voorgangers zijn ingekerfd – landjonkers, monniken, dienstplichtigen, cadetten. Op Werners eerste dag komt hij langs de half openstaande deur van het practicumlokaal en ziet hij een ruimte even groot als de drogisterij van Zollverein, met spiksplinternieuwe gootstenen en vitrinekasten waar glinsterende bekers, maatglazen, weegschalen en branders in staan. Frederick moet aan hem trekken om hem mee te krijgen.

Op hun tweede dag geeft een verschrompelde schedelkundige een presentatie voor alle leerlingen. De lichten in de eetzaal worden gedimd, er ronkt een projector en er verschijnt een grafiek met allemaal cirkels op de muur. De oude man staat onder het projectiescherm en prikt met de punt van een biljartkeu in het raster. 'Witte cirkels staan voor zuiver Duits bloed. Cirkels met zwart erin staan voor de hoeveelheid buitenlands bloed. Kijk nu eens naar groep twee, nummer vijf.' Hij tikt met zijn keu tegen het scherm, waardoor het rimpelt. 'Een huwelijk tussen een pure Duitser en een kwart-Jood is nog steeds toegestaan, zien jullie dat?'

Een halfuur later zitten Werner en Frederick bij poëzie Goethe te lezen. Vervolgens magnetiseren ze naalden bij de veldoefeningen. De zaalwacht kondigt het uiterst ingewikkelde rooster aan: op maandag hebben ze werktuigkunde, nationale geschiedenis en rassengeschiedenis. Op dinsdag paardrijden, oriëntatielopen en militaire geschiedenis. Iedereen, zelfs de jochies van negen, zal leren om een mausergeweer schoon te maken, uit elkaar te halen en af te vuren.

's Middags tuigen ze zich op met een wirwar van patroongordels en zetten het op een rennen. Ze rennen door de greppels; rennen naar de vlag; rennen de heuvel op. Rennen met iemand op hun rug, rennen met hun geweer boven hun hoofd. Rennen, kruipen, zwemmen. Daarna nog meer rennen.

De met sterren bezaaide nachten, de bedauwde ochtenden, de doodstille galerijen, het opgelegde ascetisme – nog nooit heeft Werner zo'n onwrikbaar gevoel gehad ergens deel van uit te maken. Nooit eerder heeft hij zo graag ergens bij willen horen. In de slaapzalen zitten cadetten te praten over alpineskiën, over duels, over jazzclubs en gouvernantes en de everzwijnenjacht; jongens die virtuoos kunnen vloeken en jongens die het hebben over sigaretten die naar filmsterren zijn vernoemd; jongens die het hebben over 'de kolonel bellen' en jongens wier moeder barones is. Deze jongens zijn niet toegelaten vanwege het feit dat ze ook maar ergens goed in zijn, maar omdat hun vader op een ministerie werkt. En de manier waarop ze praten: 'Je moet niet verwachten dat er vijgen aan een distel groeien!' 'Haar heb ik in een mum van tijd zwanger, sukkel!' 'Houd moed en druk je snor, jongens!' Er zijn cadetten die alles goed doen – ideaal postuur, bekwaam scherpschutter, laarzen die zo perfect gepoetst zijn dat de wolken erin weerspiegeld worden. Er zijn cadetten met een huid als boter en irissen als saffieren en ultrafijne netwerkjes van blauwe adertjes op de rug van hun handen. Maar voorlopig zijn ze, onder de zweep van de leiding, allemaal elkaars gelijken, allemaal *Jungmänner*. Ze dringen zich collectief door het hek, werken collectief gebakken eieren naar binnen in de eetzaal, marcheren over de vierkante binnenplaats, komen op appèl, salueren voor de vlag, schieten met geweren, rennen, badderen en ondergaan alles als een collectief. Ze zijn allemaal een homp klei en de pottenbakker – de gezette commandant met het glimmende gezicht – bakt vierhonderd identieke potten.

We zijn jong, zingen ze, *we zijn standvastig, we hebben nooit geschipperd, we hebben nog zoveel kastelen te bestormen.*

Werner laveert tussen uitputting, verwarring en blijdschap. Hij kan er niet bij dat zijn leven zo'n totaal andere wending heeft genomen. Eventuele twijfels houdt hij op een afstand door liedjes of de route naar de leslokalen uit zijn hoofd te leren, door de inrichting van het practicumlokaal voor zich te zien; negen tafels, dertig krukken, variabele condensators, versterkers, accu's, soldeerbouten, allemaal opgeborgen in die glimmende kastjes.

Op het bed boven hem zit Frederick op zijn knieën door een antieke verrekijker uit het raam te turen terwijl hij op de rand van het bed turft welke vogels hij heeft waargenomen. Eén streepje onder *roodhalsfuut*. Zes streepjes onder *noordse nachtegaal*. Op het terrein buiten draagt een groepje tienjarigen fakkels en hakenkruisvlaggen naar de rivier. De processie blijft even stilstaan, en er trekt een windvlaag langs de fakkelvlammen. Dan marcheren ze verder, en hun lied drijft naar binnen als een heldere, pulserende massa:

O, neem me mee, neem me mee naar de strijd
zodat een gewone dood mij zal worden bespaard!
Een ijdele dood is wat ik graag vermijd,
al wat ik wil is ten offer vallen aan het zwaard.

Wenen

Sergeant-majoor Reinhold von Rumpel is eenenveertig, nog niet te oud voor een promotie. Hij heeft vochtige rode lippen, bleke, haast doorzichtige wangen die lijken op rauwe tongfilets en een gevoel voor fatsoen dat hem maar zelden in de steek laat. Hij heeft een vrouw die nooit klaagt over zijn afwezigheid en die porseleinen poesjes verzamelt, op kleur gerangschikt, van licht naar donker, op twee plankjes in hun woonkamer in Stuttgart. Hij heeft ook twee dochters, die hij al negen maanden niet heeft gezien. De oudste, Veronika, is uitermate serieus. In de brieven die ze hem schrijft staan zinnen als *heilig voornemen*, *eervolle prestaties* en *ongeëvenaard in de geschiedenis*.

Diamanten zijn Von Rumpels specialiteit: die kan hij even goed facetteren en polijsten als iedere Arische juwelier in Europa en vervalsingen weet hij er vaak in één oogopslag uit te pikken. Hij heeft kristallografie gestudeerd in München, stage gelopen in Antwerpen als polijster, is zelfs – op een memorabele middag – naar Charterhouse Street in Londen geweest, naar een onbekend diamanthuis, waar hem gevraagd werd zijn zakken te legen en hij vervolgens drie trappen op en drie afgesloten deuren door werd geleid en aan een tafel werd neergezet, waar een man met een snor die tot in de puntjes was gesoigneerd hem een ruwe diamant van 92 karaat uit Zuid-Afrika liet bekijken.

Voor de oorlog kabbelde het leven van Reinhold von Rumpel aangenaam voort; hij was edelsteenexpert en werkte als taxateur op de eerste verdieping boven een winkel achter de oude kanselarij van Stuttgart. Klanten namen stenen mee, waarop hij hun vertelde wat die waard waren. Soms sleep hij diamanten opnieuw of gaf hij advies bij ingewikkelde slijpprojecten. Als hij zo nu en dan een klant oplichtte, vertelde hij zichzelf dat dat er nu eenmaal bij hoorde.

Door de oorlog is zijn werk een stuk veelzijdiger geworden. Nu heeft sergeant-majoor Von Rumpel de kans om datgene te doen wat in geen eeuwen meer gedaan is – niet meer sinds de mogols, niet meer sinds de khans. Misschien wel helemaal nooit. De capitulatie van Frankrijk heeft nog maar een paar weken geleden plaatsgevonden en nu al heeft hij dingen gezien die hij in zijn stoutste dromen niet had kunnen bedenken. Een zeventiende-eeuwse wereldbol ter grootte van een kleine auto, met robijnen om locaties van vulkanen aan te geven, saffieren op de polen en diamanten op alle hoofdsteden. Hij heeft het heft van een minstens vierhonderd jaar oude dolk vastgehouden – vastgehouden! – gemaakt van witte jade en ingelegd met smaragden. De vorige dag nog heeft hij, onderweg naar Wenen, een servies van vijfhonderdzeventig delen in beslag genomen, met op de rand van elk stuk een enkele lancetvormig geslepen diamant. Waar de politie al die schatten vandaan heeft en aan wie ze hebben toebehoord, vraagt hij niet. Hij heeft ze al persoonlijk in een krat verpakt, dat vervolgens stevig dichtgemaakt, met witte verf genummerd en in een treinwagon laten laden waar het onder permanente bewaking staat.

Om naar de hoogste militaire leiding gestuurd te worden. In afwachting van meer.

Op deze zomermiddag loopt Von Rumpel in een stoffige geologische bibliotheek in Wenen achter een te magere secretaresse, die bruine schoenen, bruine kousen, een bruine rok en een bruine blouse draagt, tussen de rekken met periodieken door. De secretaresse zet een krukje neer, gaat erop staan en reikt omhoog.

Taverniers *Reizen door India* uit 1676.

P.S. Pallas' *Reizen door de zuidelijke provinciën van het keizerrijk Rusland* uit 1793.

Streeters *Waardevolle stenen en edelstenen* uit 1898.

Het gerucht gaat dat de Führer werkt aan een verlanglijst met waardevolle objecten uit heel Europa en Rusland. Ze zeggen dat hij het Oostenrijkse stadje Linz tot een hemelse stad wil ombouwen, tot culturele wereldhoofdstad. Een uitgestrekte boulevard, mausoleum, acropolis, planetarium, bibliotheek, opera – alles van marmer en graniet, alles smetteloos schoon. In het centrum van de stad wil hij een kilometerslang museum bouwen; een verzamelplaats voor de grootste culturele prestaties van de mens.

Het document is echt, heeft Von Rumpel gehoord. Het telt vierhonderd pagina's.

Hij gaat zitten aan een tafel tussen de boekenrekken. Hij probeert zijn benen over elkaar te slaan maar wordt die dag gehinderd door een lichte zwelling in zijn lies; vreemd, maar niet pijnlijk. De muizige bibliothecaresse brengt hem boeken. Langzaam bladert hij door de Tavernier, de Streeter, Murrays *Schetsen van Perzië*. Hij leest artikelen over de Orloff-diamant uit Moskou van 300 karaat, de Nur-al-Ain, de Dresdener Green van 48,5 karaat. Tegen de avond vindt hij het. Het verhaal van een prins die niet gedood kon worden, een priester die waarschuwde voor de toorn van een godin, een Franse kerkvorst die er eeuwen later van overtuigd was dat hij dezelfde steen had gekocht.

Zee der Vlammen. Grijsblauw met in het midden een rode kleurschakering. Geboekstaafd als een exemplaar van 133 karaat. Hetzij verloren, hetzij nagelaten aan de koning van Frankrijk in 1738, op voorwaarde dat hij tweehonderd jaar lang achter slot en grendel zou blijven.

Hij kijkt omhoog. Hanglampen, rijen boekenruggen die vervagen tot een stoffige goudkleur. In dat uitgestrekte Europa wil hij dat ene kiezeltje vinden, dat ergens diep tussen zijn plooien zit verscholen.

De *Boches*

Haar vader zegt dat hun wapens glimmen alsof er nooit mee is geschoten. Hij zegt dat hun laarzen schoon zijn en hun uniformen smetteloos. Hij zegt dat ze eruitzien alsof ze net uit een treinwagon met airconditioning zijn gestapt.

De vrouwelijke inwoners van het stadje die bij madame Manecs keukendeur aankloppen, alleen of met z'n tweeën, zeggen dat de Duitsers (die ze de Boches noemen) de rekken met ansichtkaarten leegkopen; ze zeggen dat de Boches strooien poppetjes kopen en gekonfijte abrikozen en oude taarten uit de etalage van de banketbakkerij. De Boches kopen overhemden bij monsieur Verdier en lingerie bij monsieur Morvan; de Boches eisen absurde hoeveelheden boter en kaas op; de Boches hebben elke fles champagne leeggezopen die de *caviste* hun maar wilde verkopen.

Hitler, fluisteren de vrouwen, maakt een tour langs Parijse monumenten.

Er wordt een avondklok ingesteld. Muziek die buiten te horen is wordt verboden. Openbare dansfeestjes worden verboden. Het land is in rouw en we dienen ons respectvol te gedragen, kondigt de burgemeester aan. Hoewel het onduidelijk is wat zijn bevoegdheden nog zijn.

Elke keer als ze binnen gehoorsafstand komt, hoort Marie-Laure *fsst* wanneer haar vader weer een lucifer afstrijkt. Zijn handen fladderen tussen zijn zakken heen en weer. De ochtenden brengt hij afwisselend door in madame Manecs keuken, de tabakswinkel en het postkantoor, waar hij eindeloos in de rij staat om te kunnen telefoneren. 's Middags repareert hij dingen in Etiennes huis: een loshangend kastdeurtje, een krakende traptrede. Hij informeert bij madame Manec naar de betrouwbaarheid van de buren. Hij blijft de sluithaak van zijn gereedschapskist maar omhoog en omlaag tikken, net zolang tot Marie-Laure hem smeekt ermee op te houden.

De ene dag komt Etienne bij Marie-Laure zitten en leest hij haar met zijn vederlichte stem voor; de volgende dag beweert hij dat hij hoofdpijn heeft en zondert hij zich af in zijn studeerkamer met de deur op slot. Madame Manec geeft Marie-Laure stiekem chocoladerepen en plakjes cake: die ochtend knijpen ze samen citroenen uit in glazen vol water en suiker, waar Marie-Laure zoveel van mag drinken als ze maar wil.

'Hoe lang blijft hij daarbinnen, madame?'

'Soms maar een dag of twee,' zegt madame Manec. 'Soms langer.'

Een week in Saint-Malo wordt twee weken. Marie begint het gevoel te krijgen dat haar leven, net als *Twintigduizend mijlen onder zee*, in tweeën is gedeeld. Eerst was er deel 1, waarin Marie-Laure en haar vader in Parijs woonden en ze samen naar zijn werk gingen, en nu is er deel 2, waarin Duitsers op motoren door deze vreemde, smalle straatjes rijden en haar oudoom in zijn eigen huis verdwijnt.

'Papa, wanneer gaan we weer?'

'Zodra ik iets uit Parijs heb gehoord.'

'Waarom moeten we op dit kleine kamertje slapen?'

'Als je wilt, mogen we vast wel een kamer beneden leegruimen.'

'En die kamer aan de overkant van de gang dan?'

'Ik heb met Etienne afgesproken dat we die niet zullen gebruiken.'

'Waarom niet?'

'Die was van je grootvader.'

'Wanneer mag ik naar de zee?'

'Vandaag niet, Marie.'

'Kunnen we niet even een blokje om gaan?'

'Het is te gevaarlijk.'

Ze kan het wel uitschreeuwen. Wat voor gevaren liggen er dan op de loer? Als ze haar slaapkamerraam openzet, hoort ze nergens geschreeuw, nergens ontploffingen, alleen maar het gekwetter van de vogels die door haar oudoom jan-van-genten worden genoemd, en de zee, en zo nu en dan het geronk van een vliegtuig dat heel hoog boven haar overkomt.

Ze brengt uren door met zich het huis eigen te maken. De begane grond is madame Manecs domein: schoon, overzichtelijk, vol bezoekers die via de keukendeur binnenkomen om de laatste roddels uit te wisselen. Daar is de eetkamer, de hal met een buffetkast vol antieke borden die trillen als je er voorbijloopt en een deur vanuit de keuken naar madames kamer: een bed, een wastafel, een po.

Een wenteltrap van elf treden leidt naar de eerste verdieping, waar overal de geur van vergane glorie hangt: een oude naaikamer, een voormalige dienstbodekamer. Precies hier, op de overloop, vertelt madame Manec, hebben de dragers de grafkist van Etiennes oudtante laten vallen. 'De kist kantelde en ze gleed de trap helemaal af. De dragers waren geschokt, maar zíj zag er totaal ongeschonden uit!'

Meer rommel op de tweede verdieping: dozen vol potten, metalen schijven en roestige figuurzagen; emmers vol met wat lijkt op elektrische onderdelen; technische handleidingen om een toilet heen opgestapeld. Op de derde verdieping staan overal spullen opgestapeld, in de kamers, op de gangen en op een trap: manden vol met wat lijkt op machineonderdelen, schoenendozen vol schroefjes, antieke poppenhuizen die haar overgrootvader heeft gebouwd. Etiennes enorme studeerkamer neemt de hele vierde verdieping in beslag, de ene keer is het er doodstil, de andere keer vol stemmen of muziek of ruis van de radio.

Dan is er nog de vijfde verdieping: haar grootvaders nette slaapkamer aan de linkerkant, toilet recht vooruit, het kleine kamertje waar ze met haar vader slaapt aan de rechterkant. Als het waait, wat haast altijd het geval is, en de muren kreunen en de luiken klapperen, lijkt het huis met zijn overvolle kamers en de stevige wenteltrap die er dwars doorheen loopt, het stoffelijke equivalent van het innerlijke wezen van haar oudoom: angstig, geïsoleerd, maar vol warrige wonderen.

In de keuken hebben de vriendinnen van madame Manec het over Marie-Laures haar en sproeten. In Parijs, zeggen ze, staan mensen vijf uur in de rij voor een brood. Mensen eten hun huisdieren op, verpletteren duiven met een baksteen om er soep van te trekken. Er is geen varkensvlees, geen konijn, geen bloemkool. Alle koplampen van auto's zijn blauw geverfd, zeggen ze, en 's avonds lijkt de stad wel een begraafplaats, zo stil is het er: geen bussen, geen treinen, er is nauwelijks benzine. Marie-Laure zit aan de vierkante tafel met een bord vol koekjes voor haar neus en stelt zich de oude vrouwen voor met hun geaderde handen en troebele ogen en te grote oren. Door het keukenraam klinkt het *wiet wiet wiet* van een boerenzwaluw, voetstappen op de omwalling, vlaggenlijnen die tegen masten klapperen, scharnieren en kettingen die kraken in de haven. Geesten. Duitsers. Slakken.

Hauptmann

Een blozende en iele docent technische natuurkunde, dr. Hauptmann genaamd, trekt zijn jas met koperen knopen uit en hangt hem over de rug van een stoel. Hij geeft de cadetten van Werners klas de opdracht om allemaal een metalen doos met een deksel uit een afgesloten kast achter in het practicumlokaal te halen.

In elke doos zitten wieltjes, lenzen, fittingen, springveren, seinschakelaars en weerstanden. Verder nog een dikke klos koperdraad, een fijn hamertje en een accu met twee aansluitingen ter grootte van een schoen – nog nooit in zijn leven heeft Werner zulk mooi gereedschap in handen gehad. De kleine docent staat bij het bord en tekent een schematische weergave van een eenvoudig morsecode-oefencircuit. Hij legt zijn krijtje neer, drukt zijn dunne vingertoppen tegen elkaar, en vraagt de jongens om het circuit met de onderdelen uit hun set in elkaar te zetten. 'Jullie hebben een uur.'

De meeste jongens trekken wit weg. Ze gooien alles op hun tafel en prikken voorzichtig in de onderdelen, alsof het voorwerpen uit de toekomst zijn. Frederick pakt een paar willekeurige onderdelen uit zijn doos en houdt ze tegen het licht.

Heel even is Werner weer terug op zijn zolderkamer in het kindertehuis, met zijn hoofd vol vragen. *Wat is bliksem precies? Hoe hoog zou je kunnen springen als je op Mars woonde? Wat is het verschil tussen twee keer vijfentwintig en twee keer vijf en twintig?* Dan haalt hij de accu, twee rechthoekige stukjes bladmetaal, een paar splitpennen en het hamertje uit zijn doos. Binnen een minuut heeft hij een trillingsgenerator gebouwd, precies zoals in het schema.

De kleine docent fronst zijn wenkbrauwen. Hij probeert Werners circuit uit, en het werkt.

'Goed,' zegt hij, en hij gaat voor Werners tafel staan en vouwt zijn handen achter zijn rug in elkaar. 'Neem nu eens de magneetschijf, een stuk metaaldraad, een schroef en je accu uit je doos.' Het lijkt alsof zijn instructies voor de hele klas bedoeld zijn, maar hij kijkt alleen Werner aan. 'Dat is het enige wat je mag gebruiken. Wie weet er hoe je een eenvoudige motor bouwt?'

Halfslachtig rommelen sommige jongens in hun doos. De meesten kijken alleen maar.

Het voelt alsof dr. Hauptmann zijn aandacht als een schijnwerper op Werner richt. Hij plaatst de magneet op de kop van de schroef en houdt de punt van de schroef tegen de positieve pool van de accu. Als hij het metaaldraad vanaf de negatieve kant van de accu naar de kop van de schroef laat lopen, begint zowel de schroef als de magneet te draaien. De hele handeling neemt niet meer dan vijftien seconden in beslag.

Dr. Hauptmanns mond valt bijna open. Zijn gezicht is rood aangelopen van de adrenaline. 'Hoe heet jij, cadet?'

'Pfennig, meneer.'

'Wat kun je nog meer maken?'

Werner bekijkt de onderdelen op zijn tafel. 'Een deurbel, meneer? Of een morsebaken? Een ohmmeter?

De andere jongens maken zich lang om hem te kunnen zien. Inmiddels zijn dr. Hauptmanns lippen roze en zijn oogleden flinterdun. Alsof hij, zelfs wanneer hij knippert, Werner blijft aankijken. 'Maak ze allemaal,' zegt hij.

De vliegende bank

Op de markt worden posters opgehangen, aan boomstammen op het Place Chateaubriand. Vrijwillige inlevering van vuurwapens. Iedereen die weigert zal worden doodgeschoten. De volgende dag om twaalf uur 's middags komen verschillende Bretons hun wapens afgeven, boeren op muilezelkarren van mijlenver, verweerde zeelieden met antieke pistolen, een paar jagers die verbolgen naar de grond kijken terwijl ze hun geweer inleveren.

Uiteindelijk is het een weinig indrukwekkende oogst, hooguit driehonderd wapens, waarvan de helft verroest is. Twee jonge gendarmes gooien ze achter in een vrachtwagen, rijden het smalle straatje in en de verhoogde weg op en zijn vertrokken. Geen toespraak, geen uitleg.

'Alsjeblieft, papa, mag ik echt niet naar buiten?'

'Binnenkort, vogeltje.' Maar hij is er niet bij met zijn gedachten; hij rookt zoveel dat hij zelf wel in as lijkt te veranderen. De laatste tijd blijft hij op om als een bezetene aan een maquette van Saint-Malo te werken, waarvan hij beweert dat die voor haar is; elke dag maakt hij er nieuwe huisjes bij, zet hij een stuk aan de omwalling, brengt hij straten aan, zodat ze de stad op dezelfde manier als hun buurt in Parijs kan leren kennen. Hout, lijm, spijkers, schuurpapier: in plaats van een troostende uitwerking op haar te hebben, maken de geluiden en geuren van zijn manische ijver haar alleen maar banger. Waarom moet ze de straten van Saint-Malo leren kennen? Hoe lang blijven ze hier dan wel niet?

In de studeerkamer op de vierde verdieping zit Marie-Laure naar haar oudoom te luisteren, die weer een bladzijde van *De reis van de Beagle* voorleest. Darwin heeft in Patagonië op nandoes gejaagd, net buiten Buenos Aires uilen bestudeerd en op Tahiti een waterval beklommen. Hij beschrijft slaven, rotsen, bliksem, vinken, en het Nieuw-Zeelandse gebruik om de neuzen tegen elkaar te drukken. Ze vindt het vooral heerlijk om verhalen te horen over de donkere kusten van Zuid-Amerika, met hun ondoordringbare muren van bomen en de zeewind vol van de stank van rottend bruinwier en het geroep van barende zeehonden. Ze vindt het heerlijk om zich Darwin 's avonds voor te stellen, hoe hij over de reling van het schip leunde om naar de lichtgevende golven te staren, te kijken naar pinguïncapriolen en het onstuimige groene kielzog.

'*Bonsoir*,' zegt ze tegen Etienne, terwijl ze boven op de slaapbank in zijn studeerkamer staat. 'Ik mag dan misschien een meisje van twaalf zijn, maar ik ben wel een dappere Franse onderzoekster die helemaal hierheen is gekomen om u bij te staan in uw avonturen.'

Etienne meet zich een Brits accent aan. 'Goedenavond, mademoiselle, wat dacht u ervan om mij te vergezellen naar de jungle en daar vlinders te verorberen, ze zijn zo groot als een dinerbord en wellicht niet giftig, wie zal het zeggen?'

'Uw vlinders lijken me verrukkelijk, monsieur Darwin, maar eerst neem ik deze koekjes.'

Op andere avonden spelen ze Vliegende Bank. Dan gaan ze naast elkaar op de slaapbank zitten en zegt Etienne: 'Waar gaat de reis vanavond heen, mademoiselle?'

'De jungle!' Of: 'Tahiti!' Of: 'Mozambique!'

'O, een lange reis dit keer,' zegt Etienne dan met weer een heel andere stem, zacht, fluweelachtig, de lijzige manier van praten van een reisleider. 'Dat is de Atlantische Oceaan daar beneden, hij glinstert in het maanlicht, ruik je het? Voel je hoe koud het is hierboven? Voel je de wind in je haren?'

'Waar zijn we nu, oom?'

'We vliegen boven Borneo, had je dat nog niet in de gaten? Op dit moment scheren we rakelings over de bergtoppen, onder ons glimmen grote bladeren, en dat daar zijn koffiebosjes, ruik je ze?' En dan ruikt Marie-Laure inderdaad iets, of het nu is omdat haar oudoom gemalen koffie onder haar neus houdt of omdat ze daadwerkelijk over de koffiebomen van Borneo vliegen, dat maakt haar niet uit.

Ze doen Schotland aan, New York City, Santiago. Meer dan eens trekken ze een winterjas aan en gaan ze naar de maan. 'Voel je hoe weinig gewicht we hebben, Marie? Je kunt al bewegen zonder nauwelijks een spier aan te spannen!' Hij zet haar neer op zijn bureaustoel op wieltjes en hijgt terwijl hij haar rondjes laat draaien tot ze buikpijn heeft van het lachen.

‘Hier, neem wat heerlijk vers maanvlees,’ zegt hij en dan gaat er iets haar mond in wat verdacht veel op kaas lijkt. Aan het eind gaan ze altijd weer naast elkaar zitten en slaan ze op de kussens, waarna ze langzaam weer terugkomen in de kamer. ‘Ha,’ zegt hij dan, iets zachter, terwijl zijn accent verdwijnt en er weer een heel klein zweempje angst in zijn stem doorklinkt. ‘We zijn weer thuis.’

De som van hoeken

Werner moet naar het kantoor van de docent technische natuurkunde komen. Als hij daar binnenkomt begint er een drietal glanzende langbenige jachthonden om hem heen te draaien. De kamer wordt verlicht door een paar bankierslampen met groene kapjes, en Werner kan in het schemerduister planken vol encyclopedieën, kleine windmolentjes, miniatuurtelescopen en prisma's onderscheiden. Dr. Hauptmann staat in zijn jas met koperen knopen achter zijn grote bureau, alsof hij ook nog maar net is binnengekomen. Zijn ivoorkleurige voorhoofd wordt omlijst door stijve krullen; vinger voor vinger trekt hij zijn leren handschoenen uit. 'Leg even een blok op het vuur, alsjeblieft.'

Werner laveert door de kamer en pookt de gloeiende as op. In de hoek, beseft hij nu, zit een derde persoon, een enorme figuur die sloom in een leunstoel hangt die voor een veel kleiner iemand is bedoeld. Het is Frank Volkheimer, uit een hogere klas, zeventien jaar oud, een kolossale jongen uit een of ander noordelijk gehucht, een legende onder de jongere cadetten. Het gerucht gaat dat Volkheimer drie eerstejaars de rivier over heeft gedragen door ze boven zijn hoofd te tillen; ook wordt er gefluisterd dat hij de achterkant van de auto van de commandant zo hoog heeft opgetild dat er een krik onder de as kon worden geplaatst. Ze zeggen dat hij met zijn blote handen de luchtpijp van een communist heeft verbrijzeld. En dat hij een zwerfhond bij zijn snuit heeft gepakt en zijn ogen eruit heeft gestoken, alleen maar om zichzelf te harden tegen het leed van anderen.

Ze noemen hem de Reus. Zelfs bij het flauwe, flikkerende licht kan Werner Volkheimers aderen als een klimplant over zijn onderarmen zien lopen.

'Nog nooit eerder heeft een leerling de motor weten te bouwen,' zegt Hauptmann, met zijn rug half naar Volkheimer gekeerd. 'Niet zonder hulp.'

Werner weet niet wat hij moet antwoorden, dus zegt hij maar

niets. Hij pookt het vuur nog een keer op en de vonken vliegen door de schoorsteen omhoog.

'Weet je iets van trigonometrie, cadet?'

'Alleen datgene wat ik mezelf heb kunnen aanleren, meneer.'

Hauptmann pakt een vel papier uit een la en schrijft er iets op. 'Weet je wat dit is?'

Werner tuurt.

$$\ell = \frac{d}{\tan \alpha} + \frac{d}{\tan \beta}$$

'Een formule, meneer.'

'Begrijp je waar die voor wordt gebruikt?'

'Ik geloof dat het een manier is om twee bekende punten te gebruiken om de locatie van een derde en onbekend punt te vinden.'

Hauptmanns blauwe ogen glimmen; hij kijkt als iemand die iets heel waardevols heeft gevonden, gewoon voor zijn neus op de vloer. 'Als ik jou de bekende punten geef en de afstand ertussen, cadet, kun je het dan oplossen? Kun je de driehoek dan tekenen?'

'Ik denk van wel.'

'Ga maar aan mijn bureau zitten, Pfennig. Neem mijn stoel maar. Hier heb je een potlood.'

Als Werner op de bureaustoel gaat zitten, komt hij met zijn tenen niet bij de grond. Er wordt door het vuur warmte de kamer in gestuwd. Zet reus Frank Volkheimer met zijn gigantische laarzen en vierkante kaken van je af. Zet de kleine aristocratische hoogleraar die voor de open haard loopt te ijsberen van je af en de honden en de boekenplanken die wemelen van de interessante dingen. Er is alleen maar dit.

$$\tan \alpha = \sin \alpha \ / \cos \alpha$$

$$\text{en } \sin(\alpha + \beta) = \sin \alpha \cos \beta + \cos \alpha \sin \beta$$

Nu kan *d* worden verplaatst naar het begin van de formule.

$$d = \frac{\ell \, sin\alpha \; sin\beta}{\sin(\alpha + \beta)}$$

Werner vult Hauptmanns getallen in de formule in. Hij stelt zich twee waarnemers voor op een veld die de afstand tussen elkaar afpassen, vervolgens hun ogen richten op een verafgelegen oriëntatiepunt: een zeilschip of een fabrieksschoorsteen. Wanneer Werner om een rekenliniaal vraagt, legt de docent er direct een op het bureau, alsof hij die vraag had verwacht. Werner neemt hem zonder te kijken aan en begint de sinussen te berekenen.

Volkheimer kijkt toe. De kleine docent ijsbeert, handen achter zijn rug. Het vuur knispert. Alleen de ademhaling van de honden en het klikkende geluid van de liniaalschuif zijn nog te horen.

Uiteindelijk zegt Werner: 'Zestien komma vier drie, Herr Doktor.' Hij tekent de driehoek, schrijft de lengtes bij de benen en geeft het papier terug. Hauptmann kijkt even in een lederen boekje. Volkheimer schuift wat heen en weer in zijn stoel; zijn blik is zowel geïnteresseerd als sloom. De docent drukt al lezend een van zijn handpalmen plat op het bureau en fronst afwezig, alsof hij staat te wachten tot er iets in hem opkomt. Ineens bekruipt Werner een angstig voorgevoel, maar dan kijkt Hauptmann zijn kant op en zakt het gevoel weer weg.

'Op je inschrijvingspapieren staat dat je hierna graag elektrotechniek wilt studeren in Berlijn. En je bent wees, klopt dat?'

Weer een blik naar Volkheimer. Werner knikt. 'Mijn zusje...'

'Het werk van een wetenschapper, cadet, wordt bepaald door twee dingen. Zijn eigen interesses en de interesses van zijn tijd. Begrijp je dat?'

'Ik denk het wel.'

'Het zijn buitengewone tijden, cadet.'

Werners hart gaat sneller kloppen. Door vuur verlichte kamers vol boeken – dit zijn de plekken waar belangrijke dingen gebeuren.

'Jij gaat na het avondeten in het laboratorium aan het werk. Elke avond. Ook op zondag.'

'Ja, meneer.'

'Morgen begin je.'

'Ja, meneer.'

'Volkheimer hier zal een oogje in het zeil houden. Neem deze koekjes maar mee.' De docent haalt een blik tevoorschijn met een strik erop. 'En blijf ademen, Pfennig. Je kunt niet elke keer dat je in mijn laboratorium komt je adem inhouden.'

'Ja, meneer.'

Er waait een koude lucht door de gangen, zo zuiver dat Werner er duizelig van wordt. Langs het plafond van zijn slaapzaal vliegt een drietal nachtvlinders. In het donker maakt hij de veters van zijn laarzen los, vouwt hij zijn broek op en zet het blik koekjes erbovenop. Frederick gluurt over de rand van zijn stapelbed. 'Waar zat je?'

'Ik heb koekjes gekregen,' fluistert Werner.

'Ik heb vanavond een oehoe gehoord.'

'Ssst,' sist een jongen twee bedden verderop.

Werner geeft een koekje door naar boven. Frederick fluistert: 'Ken je die? Die zijn heel zeldzaam. Zo groot als een zweefvlieger. Dit was waarschijnlijk een jong mannetje op zoek naar nieuw territorium. Hij zat in een van de populieren naast het paradeterrein.'

'O,' zegt Werner. Voor zijn ogen dansen Griekse letters voorbij: gelijkbenige driehoeken, bèta's, sinuscurves. Hij ziet zichzelf in een witte jas met grote passen langs machines lopen.

Op een dag wint hij waarschijnlijk een grote prijs.

Codeontcijfering, raketaandrijving, de nieuwste ontwikkelingen.

Het zijn buitengewone tijden.

Vanaf de gang klinken de klakkende laarzen van de zaalwacht. Frederick duikt weer terug zijn bed in. 'Ik kon hem niet zien,' fluistert hij, 'maar ik hoorde hem des te beter.'

'Koppen dicht!' zegt een tweede jongen. 'Straks krijgen we nog een pak rammel.'

Frederick zegt niets meer. Werner stopt met kauwen. Het geluid van de laarzen van de zaalwacht is verstomd: of hij is weg, of hij staat even stil voor de deur. Buiten op het terrein staat iemand hout te hakken, en Werner luistert naar de klinkende slagen van de moker tegen de wig en de snelle, angstige ademhaling van alle jongens om hem heen.

De professor

Etienne zit Marie-Laure Darwin voor te lezen, als hij ineens midden in een zin stilvalt.

'Oom?'

Met getuite lippen haalt hij zenuwachtig adem, alsof hij op een lepel hete soep blaast. Hij fluistert: 'Er is iemand.'

Marie-Laure hoort niets. Geen voetstappen, geen klopje op de deur. Madame Manec is de overloop boven hen aan het vegen. Etienne geeft haar het boek aan. Ze hoort hem de stekker van een radio eruit trekken en vervolgens de snoeren ontwarren. 'Oom?' zegt ze nogmaals, maar hij gaat zijn studeerkamer uit en stommelt naar beneden – lopen ze gevaar? – en ze loopt hem achterna naar de keuken, waar ze hem hoort zwoegen om de keukentafel aan de kant te schuiven.

Vanaf het midden van de vloer trekt hij een ring omhoog. Onder een luik komt een vierkant gat tevoorschijn waaruit een vochtige, angstaanjagende geur opstijgt. 'Eén trappetje omlaag, schiet maar op.'

Is dit een kelder? Wat heeft haar oudoom gezien? Ze staat net met één voet op de bovenste sport van een ladder als madame Manec op haar zware schoenen de keuken in komt klossen. 'Werkelijk, meester Etienne, alstublieft!'

Etiennes stem onder haar: 'Ik hoorde iets. Iemand.'

'U maakt haar bang. Er is niets aan de hand, Marie-Laure. Kom maar.'

Marie-Laure komt er weer uit. Beneden haar zit haar oudoom in zichzelf kinderliedjes te fluisteren.

'Ik kan wel even bij hem gaan zitten, madame. Misschien kunnen we nog een beetje verder lezen in ons boek, oom?'

De kelder, begrijpt ze, is niet meer dan een donker gat in de grond. Met het luik nog open blijven ze een poosje op een opgerold vloerkleed zitten luisteren naar het geneurie van madame Manec, die boven hen in de keuken een kopje thee zet.

'Wist u,' zegt Marie-Laure, 'dat je een kans van één op de miljoen hebt om door de bliksem te worden getroffen? Dat heb ik van dr. Geffard geleerd.'

'In één jaar of in één leven?'

'Dat weet ik eigenlijk niet.'

'Dat had je moeten vragen.'

Opnieuw die snelle ademhaling, die getuite lippen. Alsof zijn hele lichaam hem aanzet tot vluchten.

'Wat gebeurt er eigenlijk als u naar buiten gaat, oom?'

'Dan voel ik me niet op mijn gemak.' Zijn stem is bijna niet te horen.

'Maar waar komt dat door?'

'Door het buiten zijn.'

'En wat dan precies?'

'Grote ruimtes.'

'Niet alle ruimtes zijn groot. Uw straat is toch niet zo groot?'

'Niet zo groot als de straten die jij gewend bent.'

'U houdt van eieren en vijgen. En tomaten. Die hebben we vandaag nog bij de lunch gegeten. Die groeien buiten.'

Hij lacht zachtjes. 'Maar natuurlijk.'

'Mist u de wereld niet?'

Hij is stil; zij ook. Beiden zijn in gedachten verzonken.

'Ik heb de hele wereld hier,' zegt hij, en hij tikt op het omslag van Darwin. 'En in mijn radio's. Allemaal binnen handbereik.'

Haar oudoom lijkt wel een kind, zo bescheiden als een monnik in zijn behoeftes, compleet onafhankelijk van wat voor wereldlijke plicht dan ook. En toch merkt ze dat hij wordt gekweld door angsten die zo enorm zijn en zo divers dat ze ze bijna in hem kan voelen kloppen. Alsof er continu een of ander beest zit te ademen op de vensterbank van zijn gedachten.

'Kunt u nog wat voorlezen, alstublieft?' vraagt ze en Etienne slaat het boek open en fluistert: '*Vreugde is een te zwakke uitdrukking voor het gevoel van de natuurkenner die voor het eerst in zijn eentje een Braziliaans oerwoud heeft betreden...*'

Na een paar paragrafen zegt Marie-Laure ineens: 'Vertel eens over die slaapkamer boven. Die tegenover de mijne.'

Hij valt stil. Opnieuw die snelle, nerveuze ademhaling.

'Helemaal achterin zit een klein deurtje,' zegt ze. 'Maar dat zit op slot. Wat zit daarachter?'

Hij blijft zo lang stil dat ze bang is dat ze hem overstuur heeft gemaakt. Maar dan staat hij op, zijn knieën kraken als twijgjes.

'Krijgt u die hoofdpijn weer, oom?'

'Kom maar eens mee.'

Via de wenteltrap lopen ze helemaal naar boven. Op de overloop van de vijfde verdieping gaan ze linksaf, en hij doet de deur open van wat ooit haar grootvaders kamer was. Ze heeft haar handen al vaak genoeg over het interieur laten gaan: een houten roeispaan aan een muur, een raam met lange gordijnen. Eenpersoonsbed. Modelschip op een plank. Achterin staat een kledingkast die zo groot is dat ze niet bij de bovenkant kan en haar armen zijn niet lang genoeg om hem te omvatten.

'Zijn dit zijn spullen?'

Etienne ontgrendelt het kleine deurtje naast de kast. 'Ga je gang.'

Ze steekt haar hand erin. Droge, opgesloten hitte. Er schieten muizen weg. Met haar vingers vindt ze een ladder.

'Die loopt naar zolder. Hij is niet hoog.'

Zeven sporten. Eenmaal boven gaat ze staan: het voelt alsof er een ruimte met een lange schuine wand onder de puntgevel van het dak geperst zit. De punt van het dak is nauwelijks hoger dan zij.

Etienne klimt achter haar aan naar boven en pakt haar hand beet. Met haar voeten voelt ze kabels die over de vloer lopen. Die kronkelen tussen stoffige dozen door, overwoekeren een zaagbok; hij leidt haar een hele kluwen door naar iets wat voelt als een gestoffeerd pianokrukje helemaal aan de andere kant, waar hij haar helpt te gaan zitten.

'Dit is de zolder. Voor ons is de schoorsteen. Leg je handen maar op tafel, ziezo.' Het tafelblad staat vol metalen bakken: tubes, spoelen, schakelaars, meters en op zijn minst één platenspeler. Dit hele gedeelte van de zolder, realiseert ze zich, is een of andere machine. Boven hen brandt de zon op de dakpannen. Etienne zet een koptelefoon op Marie-Laures hoofd. Toch kan ze hem een slinger horen aandraaien, iets aanzetten, en dan, alsof hij midden in haar hoofd zit, speelt een piano een lief, eenvoudig liedje.

Het liedje sterft langzaam weg, en een krakende stem zegt: *Stel je een klein stukje voor dat ligt te branden in de kachel bij je thuis. Zien jullie het, kinderen? Dat stukje steenkool was ooit een groene plant, een varen of riethalm die een miljoen, of misschien wel twee miljoen, of misschien wel honderd miljoen jaar geleden geleefd heeft.*

Even later maakt de stem weer plaats voor de piano. Haar oudoom haalt de koptelefoon van haar hoofd. 'Als klein jongetje,' zegt hij, 'was mijn broer overal goed in, maar de meeste complimenten kreeg hij over zijn stem. De nonnen van de Saint-Vincent wilden er hele zangkoren omheen vormen. We hadden een droom samen, Henri en ik, om opnames te maken en die te verkopen. Hij had de stem en ik had de hersens, en in die tijd waren grammofoonplaten erg in trek. En er werden bijna geen kinderprogramma's gemaakt. Dus namen we contact op met een opnamestudio in Parijs, die toonde interesse en ik schreef wel tien verschillende scripts over wetenschap, Henri studeerde die in en uiteindelijk begonnen we aan de opnames. Jouw vader was nog maar een klein jongetje, maar hij kwam altijd luisteren. Het was een van de gelukkigste periodes in mijn leven.'

'En toen kwam de oorlog.'

'We werden telegrafist. We, je grootvader en ik, moesten telegraaflijnen vanuit commandoposities verbinden met de gevechtsofficieren aan het front. Bijna elke nacht schoot de vijand wel lichtgevende signaalkogels over de loopgraven heen, die "lichtgranaten" werden genoemd, kortstondige sterren die aan parachutes in de lucht hingen, om mogelijke scherpschuttersdoelwitten mee te verlichten. Iedere soldaat binnen bereik van het verblindende licht verstijfde tot het weer weg was. Er waren uren dat er wel tachtig of negentig van die signaalkogels afgingen, de een na de ander, waardoor de nacht in die magnesiumgloed iets grimmigs en vreemds kreeg. Dan was het zo stil dat je alleen nog maar het zachte gesis van de lichtkogels hoorde, gevolgd door het gesuis van een scherpschutterskogel die uit het duister kwam gevlogen en insloeg in de modder. We bleven zo dicht mogelijk bij elkaar. Maar soms raakte ik verlamd; dan weigerde elk lichaamsdeel dienst, mijn vingers, zelfs mijn oogleden. Op die momenten bleef Henri bij me zitten en fluisterde die scripts die we hadden opgenomen in mijn oor. Soms wel de hele nacht door. Steeds maar weer. Alsof hij een soort beschermend web om ons heen weefde. Tot aan de ochtend.'

'Maar hij ging dood.'
'En ik niet.'
Dit, beseft ze, is de basis van zijn angst, van alle angst. Dat er een licht, dat je niet bij machte bent te doven, op je wordt gericht en zo een kogel de weg wijst naar zijn doelwit.
'Wie heeft dit allemaal gemaakt, oom? Deze machine?'
'Ik. Na de oorlog. Heeft me jaren gekost.'
'Hoe werkt het?'
'Het is een radiozender. Met deze schakelaar hier' – hij leidt haar hand erheen – 'zet je de microfoon aan, en met deze de fonograaf. Dit is de premodulatieversterker, en dit zijn de vacuümbuizen, en dit de spoelen. De antenne loopt via de schoorsteen naar boven. Twaalf meter. Kun je de hendel voelen? Je moet energie zien als een golf en de zender als iets wat de ritmische cycli van die golven naar buiten stuurt. Je stem zorgt voor een verstoring in die cycli...'
Ze stopt met luisteren. Het is stoffig en verwarrend en fascinerend tegelijk. Hoe oud zou dit allemaal zijn? Tien jaar? Twintig? 'Wat zond je uit?'
'De opnames van mijn broer. De studio in Parijs had geen interesse meer, maar elke avond speelde ik de tien opnames af die we hadden gemaakt, tot de meeste ervan helemaal grijsgedraaid waren. En zijn liedje.'
'De piano?'
'Debussy's "Clair de Lune".' Hij gaat met zijn vingers langs een metalen cilinder met een bal erop. 'Dan stak ik de microfoon gewoon in de hoorn van de grammofoon, *et voilà*.'
Ze buigt zich over de microfoon, zegt: 'Dag allemaal.' Zijn vederlichte lach klinkt. 'Heeft het ooit kinderen bereikt?' vraagt ze.
'Dat weet ik niet.'
'Hoe ver kan hij uitzenden, oom?'
'Ver.'
'Naar Engeland?'
'Geen probleem.'
'Naar Parijs?'
'Ja. Maar het was niet mijn bedoeling om Engeland te bereiken. Of Parijs. Ik dacht dat als ik het radiosignaal maar krachtig genoeg maakte, mijn broer me wel zou kunnen horen. Dat ik hem wat rust

zou kunnen brengen, hem zou kunnen beschermen, net zoals hij mij altijd beschermd had.'

'Liet u uw broer zijn eigen stem horen? Toen hij dood was?'

'En Debussy.'

'Heeft hij ooit iets teruggezegd?'

De zolder kraakt. Wat voor geesten zouden er nu langs de muren glijden om hen af te luisteren? Ze kan de angst van haar oudoom bijna voelen.

'Nee,' zegt hij. 'Nooit.'

Aan mijn lieve zusje Jutta,

Sommige jongens hier fluisteren dat dr. Hauptmann connecties heeft met heel machtige ministers. Hij wil geen antwoord geven op [redacted] *Maar hij wil steeds dat ik hem assisteer! 's Avonds ga ik naar zijn werkplaats en dan zet hij me aan het werk om circuits te maken voor een radio die hij aan het testen is. En trigonometrie. Hij zegt dat ik zo creatief mogelijk moet zijn; hij zegt dat creativiteit het Reich aandrijft. Hij laat dan een grote jongen uit een hogere klas, ze noemen hem de Reus, met een stopwatch over me heen gebogen staan om te testen hoe snel ik kan rekenen. Driehoeken driehoeken driehoeken. Ik maak denk ik wel vijftig rekensommen per avond. Ze vertellen er niet bij waar het voor is. Het koperdraad hier is echt niet te geloven; ze hebben* [redacted]
Iedereen gaat uit de weg als de Reus eraan komt.

Dr. Hauptmann zegt dat we alles kunnen doen wat we willen, alles kunnen bouwen wat we willen. Hij zegt dat de Führer wetenschappers om zich heen heeft verzameld om hem te helpen het weer te beïnvloeden. Hij zegt dat de Führer een raket gaat ontwikkelen die tot aan Japan kan komen. Hij zegt dat de Führer een stad op de maan gaat bouwen.

Aan mijn lieve zusje Jutta,

Vandaag heeft de commandant ons bij de gevechtsoefeningen verteld over Reiner Schicker. Dat was een jonge korporaal en zijn bevelhebber moest iemand hebben die zich achter de vijandelijke linies kon begeven om hun verdedigingstactieken in kaart te brengen. De bevelhebber vroeg om vrijwilligers en Reiner Schicker was de enige die opstond. Maar de volgende dag werd Reiner Schicker gesnapt. Meteen de volgende dag al! De Polen namen hem gevangen en martelden hem met elektriciteit. Ze dienden hem zoveel elektriciteit toe dat zijn hersenen vloeibaar werden, zei de commandant, maar voor ze dat deden, zei Reiner Schicker iets ongelofelijks. Hij zei: 'Het enige wat ik betreur is dat ik maar één leven heb om voor mijn land te geven.'

Iedereen zegt dat er een groot tentamen aan zit te komen. Een tentamen dat moeilijker is dan alle andere tentamens.

Frederick zegt dat dat verhaal over Reiner Schicker [redacted]

Alleen al het feit dat ik in de buurt verkeer van de Reus – Frank Volkheimer heet hij – zorgt ervoor dat de andere jongens me met respect behandelen. Ik kom zowat tot aan zijn middel. Hij lijkt eerder een man dan een jongen. Hij heeft dezelfde loyaliteit als Reiner Schicker. In zijn handen, hart en botten. Zeg alsjeblieft tegen Frau Elena dat ik heel veel eet hier, maar dat niemand zulke lekkere tarwebloemcakejes bakt als zij, of eigenlijk überhaupt niets. Zeg tegen de kleine Siegfried dat hij vrolijk moet kijken. Ik denk elke dag aan je. Sieg heil.

Aan mijn lieve zusje Jutta,

Gisteren was het zondag en we zijn voor een gevechtsoefening het bos in gegaan. De meeste jagers zijn aan het front dus in het bos wemelt het van de marters en herten. De andere jongens zaten in een schuilhut waar ze het over grootse overwinningen hadden en over hoe snel we al het Kanaal zouden oversteken om de [redacted] *te verwoesten en dr. Hauptmanns honden kwamen terug met drie konijnen een per persoon maar niet voor Frederick, die kwam terug met een stuk of duizend besjes in zijn overhemd en zijn mouwen waren gescheurd van de braamstruiken en zijn verrekijkertasje was opengescheurd en ik zei: Hier ga je voor op je donder krijgen, en hij keek naar zijn kleren alsof hij ze nog nooit eerder had gezien! Frederick kan alle vogels herkennen aan hun geluid. Boven het meer hoorden we veldleeuweriken en kieviten en plevieren en een kiekendief en waarschijnlijk nog tien andere, die ik ben vergeten. Ik denk dat jij Frederick graag zou mogen. Hij ziet dingen die anderen niet zien. Hoop dat het beter gaat met je hoest en die van Frau Elena.* Sieg heil.

Parfumeur

Zijn naam is Claude Levitte, maar iedereen noemt hem Bolle Claude. Al tien jaar runt hij een parfumerie in de rue Vauborel: een wisselvallige handel die enkel bloeit wanneer de kabeljauw gepekeld wordt en zelfs de stenen van de stad beginnen te stinken.

Maar er doen zich nieuwe kansen voor en Bolle Claude is er niet het type naar om een kans aan zijn neus voorbij te laten gaan. Hij betaalt boeren in de buurt van Cancale om lammeren en konijnen te slachten; Claude stopt dit vlees in koffers van zijn vrouw en brengt die zelf per trein naar Parijs. Het is makkelijk: er zijn weken dat hij wel vijfhonderd franken weet te verdienen. Vraag en aanbod. Uiteraard is er altijd nog de papierwinkel: een of andere hoge ambtenaar krijgt er lucht van en wil een percentage. Alleen iemand met de kwaliteiten van Claude weet hoe je de valkuilen van het zakendoen kunt omzeilen.

Vandaag is hij oververhit aan het raken: het zweet loopt in straaltjes van zijn rug. Saint-Malo wordt geroosterd. Het is oktober en er zou een heldere koude oceaanwind moeten staan; in de straatjes zouden de bladeren naar beneden moeten komen dwarrelen. Maar de wind is gekomen en weer vertrokken. Alsof hij besloot dat de veranderingen hier hem niet bevielen.

De hele middag zit Claude op zijn hurken in zijn winkel, boven de honderden kleine flesjes met geuren van bloemen en oosterse kruiden en *fougères* in zijn vitrine, roze, felrode en lichtblauwe kleuren, en er komt niemand binnen, en een trillende elektrische ventilator blaast op de linkerkant van zijn gezicht, dan op de rechterkant, en hij leest of verroert zich niet, behalve om af en toe onder zijn krukje te reiken en een handvol koekjes uit een rond blik te graaien die hij vervolgens in zijn mond stopt.

Rond vier uur 's middags komt er een klein groepje Duitsers de rue Vauborel in gewandeld. Ze zijn mager, met rozige gezichten, en serieus: ze hebben een ernstige blik in hun ogen; ze dragen hun wapens, met de loop naar beneden, als een klarinet over hun schouders. Ze lachen naar elkaar en onder hun helmen lijkt een aura van succes te zitten.

Claude weet wel dat hij ze eigenlijk zou moeten haten, maar toch wekken hun bekwaamheid en manieren en de vaardige efficiëntie waarmee ze zich voortbewegen voornamelijk bewondering in hem op. Ze lijken altijd ergens naar op weg te zijn en nooit aan hun bestemming te twijfelen. Daar zou zijn eigen land nog eens een voorbeeld aan kunnen nemen.

De militairen slaan de rue St. Philippe in en zijn verdwenen. Met zijn vingers tekent Claude ovalen op de bovenkant van de vitrine. Boven staat zijn vrouw te stofzuigen; hij hoort het apparaat rondjes draaien. Hij is al bijna in slaap gevallen wanneer hij de Parijzenaar van drie deuren verderop uit het huis van Etienne LeBlanc ziet komen. Een magere man met een haakneus die altijd bij het telegraafkantoor rondhangt, terwijl hij kleine houten doosjes zit uit te snijden.

De Parijzenaar loopt dezelfde kant op als de Duitse militairen, waarbij hij steeds de hiel van zijn ene voet tegen de teen van zijn andere aan zet. Hij bereikt het eind van de straat, krabbelt iets op een notitieblok, maakt rechtsomkeert en loopt weer terug. Als hij aan het eind van het blok aankomt, staart hij omhoog naar het huis van de Ribaults en schrijft weer wat op. Kijkt omhoog, en weer omlaag. Meet. Kauwt op zijn potlood alsof hij zich niet helemaal op zijn gemak voelt.

Bolle Claude loopt naar het raam. Ook dit zou weleens een kans kunnen zijn. De bezetter zal maar wat graag willen weten waarom er een vreemdeling afstanden loopt te meten en tekeningen van huizen maakt. Ze zullen maar wat graag willen weten hoe hij eruitziet, wie de verantwoordelijkheid draagt voor deze activiteit. Wie er toestemming voor heeft gegeven.

Dit is goed. Dit is uitstekend.

Het struisvogeltijdperk

Nog steeds gaan ze niet terug naar Parijs. Nog steeds komt ze niet buiten. Marie-Laure telt de dagen die ze in Etiennes huis zit opgesloten. Honderdtwintig. Honderdeenentwintig. Ze denkt aan de zender op zolder, aan hoe haar grootvaders stem daarmee de zee over vloog – *Stel je een klein stukje voor dat ligt te branden in de kachel bij je thuis* – hoe zijn stem zeilde, net als Darwin, van Plymouth Sound via Kaapverdië naar Patagonië en de Falklandeilanden, dwars over golven en grenzen heen.

'Als je klaar bent met de maquette,' vraagt ze haar vader, 'mag ik dan eindelijk eens naar buiten?'

Zijn schuurpapier stopt niet.

De verhalen die door madame Manecs visite in de keuken worden verteld zijn verschrikkelijk en moeilijk te bevatten. Parijse neven en nichten die al tientallen jaren niks van zich hebben laten horen, sturen nu brieven waarin ze smeken om haantjes, hammen, kippen. De tandarts verkoopt wijn per post. De parfumeur slacht lammeren en neemt ze in koffers mee in de trein naar Parijs, waar hij het vlees met enorme winst verkoopt.

In Saint-Malo worden boetes uitgedeeld voor het afsluiten van je deur, voor het houden van duiven, voor het hamsteren van vlees. De truffels verdwijnen. De mousserende wijn verdwijnt. Geen oogcontact. Geen geklets in de deuropening. Niet zonnebaden, geen gezang, geen geliefden die 's avonds een wandeling over de omwalling maken – dit soort regels staat nergens opgetekend, maar zo voelt het wel. Er komt een ijzige wind vanaf de Atlantische Oceaan gewaaid en Etienne sluit zichzelf op in de oude kamer van zijn broer. Marie-Laure doorstaat de trage stroom van uren door met haar vingers langs de zeeschelpen in zijn studeerkamer te gaan, ze neer te leggen op volgorde van grootte, van soort, van vorm, door de volgorde steeds maar weer opnieuw te controleren, om er zeker van te zijn dat er geen enkele verkeerd ligt.

Ze zou toch best even een halfuurtje naar buiten kunnen? Aan de arm van haar vader? En toch hoort ze, elke keer dat haar vader nee zegt, een stem diep weggestopt in haar geheugen: *Waarschijnlijk pakken ze de blinde meisjes nog eerder dan de gehandicapten.*

Om ze dingen te laten doen.

Buiten de omwalling varen een paar legerboten heen en weer, het vlas wordt samengebonden, verscheept en gebruikt voor kabels of parachutekoord, en vanuit de lucht laten zeemeeuwen oesters of mosselen of schelpdieren vallen, wat plotseling gekletter op het dak veroorzaakt, waardoor Marie-Laure in bed recht overeind schiet. De burgemeester kondigt een nieuwe belasting aan, en sommige vriendinnen van madame Manec mompelen dat hij hen heeft verraden, dat ze *un homme à poigne* moeten hebben, maar anderen vragen wat de burgemeester dán zou moeten doen. Het komt bekend te staan als het struisvogeltijdperk.

'Steken wij onze kop in het zand, madame? Of doen zij dat?'

'Misschien doet iedereen dat wel,' mompelt ze.

Madame Manec heeft er een gewoonte van gemaakt om aan tafel naast Marie-Laure in slaap te vallen. Het kost haar een hoop tijd om de maaltijden de vijf trappen op naar Etiennes kamer te brengen. Ze raakt ervan buiten adem. Meestal staat madame al voor dag en dauw te bakken; in de loop van de ochtend gaat ze de stad in, sigaret in haar mond, om taartjes of stoofpotjes naar zieken of zwakken te brengen, en Marie-Laures vader werkt maar door aan de maquette, schuurt, timmert, snijdt, meet, elke dag weer met meer bezetenheid dan de vorige, alsof hij tegen een deadline aan zit die alleen hij kent.

Zwakste

De militair met de leiding over de gevechtsoefeningen is de commandant, een overijverige schoolmeester die Bastian heet, met grote passen loopt en in het bezit is van een ronde buik en een jas die bijna bezwijkt onder de oorlogsmedailles. Zijn gezicht zit onder de pokkenlittekens en zijn schouders lijken wel uit zachte klei geboetseerd. Zijn met spijkers beslagen laarzen draagt hij werkelijk elk moment van de dag en de cadetten zeggen altijd gekscherend dat hij zichzelf daarmee ooit de baarmoeder uit heeft getrapt.

Bastian eist dat ze landkaarten uit hun hoofd leren, de hoek van de zon bestuderen en hun eigen riemen van koeienhuid snijden. Elke middag staat hij, in weer en wind, op een veldje door de staat opgelegde uitspraken te schreeuwen: 'Voorspoed valt of staat met geweld. Het enige waardoor jullie geliefde grootmoeders van hun kopje thee met een koekje kunnen genieten zijn de vuisten aan het uiteinde van jullie armen.'

Aan zijn riem hangt een antiek pistool; de ijverigste cadetten kijken met glinsterende ogen naar hem op. Werner vindt hem eruitzien als iemand die in staat is tot zwaar en aanhoudend geweld.

'Het korps is een lichaam,' legt hij uit, terwijl hij een stuk tuinslang rondzwaait, waarbij het puntje op een paar centimeter afstand van een jongensneus voorbijzoeft. 'Niet anders dan een mensenlichaam. Net zoals we van jullie vragen de zwakte uit je eigen lichaam te bannen, moeten jullie ook leren de zwakte uit het korps te bannen.'

Op een middag in oktober haalt Bastian een jongen met x-benen uit de rij. 'Jij mag eerst. Wie ben jij?'

'Bäcker, meneer.'

'Bäcker. Vertel eens, Bäcker. Wie is het zwakste lid van deze groep?'

Werner krimpt ineen. Hij is de kleinste van alle cadetten uit zijn jaar. Hij probeert zijn borst op te zetten, zichzelf zo lang mogelijk te maken. Bäcker laat zijn blik langs de rijen gaan. 'Hij, meneer?'

Opgelucht haalt Werner adem; Bäcker heeft een jongen een eind verderop in de rij, rechts van Werner, gekozen, een van de weinige jongens met zwart haar. Ernst NogWat. Een veilige keuze: Ernst is ook een trage renner. Een jongen die nog in zijn slungelige benen moet groeien.

Bastian roept Ernst naar voren. Met een trillende onderlip draait de jongen zich om naar de groep.

'Snotteren heeft geen zin,' zegt Bastian, en hij maakt een vaag gebaar naar de overkant van het veld, waar een rij bomen dwars door het onkruid loopt. 'Je krijgt tien seconden voorsprong. Zorg dat je mij bereikt voor zij jou bereiken, Begrepen?'

Ernst knikt noch schudt met zijn hoofd. Bastian trekt een grimas. 'Als ik mijn linkerhand opsteek, begin je te rennen. Als ik mijn rechterhand opsteek, rent de rest van jullie lapzwansen erachteraan.' En weg hobbelt Bastian, met de rubber tuinslang om zijn nek en een pistool aan de zijkant van zijn riem.

Zestig jongens staan te wachten, te ademen. Werner denkt aan Jutta met haar glanzende haar en snelle blik en brutale manier van doen; zij zou nooit als zwakste worden aangemerkt. Ernst NogWat staat inmiddels te trillen als een rietje, tot aan zijn polsen en enkels toe. Wanneer Bastian zo'n tweehonderd meter verder is, draait hij zich om en steekt zijn linkerhand op.

Ernst rent met zijn armen bijna helemaal recht, zijn benen staan ver uit elkaar en slingeren alle kanten op. Bastian telt terug van tien. 'Drie,' roept zijn stem in de verte. 'Twee. Een.' Bij nul gaat zijn rechterarm omhoog en wordt de groep losgelaten. De donkerharige jongen ligt minstens vijftig meter op hen voor, maar de horde loopt al meteen op hem in.

Rennend, hollend, dravend, jagen negenenvijftig veertienjarigen er ééntje achterna. Werner blijft in het midden van de groep lopen terwijl deze zich verspreidt, zijn hart bonst in verwarring, hij vraagt zich af waar Frederick is, waarom ze achter deze jongen aan rennen, en wat ze met hem moeten doen als ze hem te pakken krijgen.

Maar ergens, in een of andere atavistische uithoek van zijn hersenen, weet hij precies wat ze zullen doen.

Een paar van de renners zijn buitengewoon snel; ze naderen de eenzame figuur. Ernst maait als een dolle met zijn ledematen, maar hij is duidelijk niet gewend aan sprinten en begint uitgeput te raken. Het gras wuift, de bomen worden doorkliefd door zonlicht, het park komt dichterbij en Werner ergert zich: waarom kan Ernst nou niet wat sneller zijn? Waarom heeft hij niet geoefend? Hoe heeft hij ooit voor het toelatingsexamen kunnen slagen?

De snelste cadet grijpt naar de rug van het overhemd van de jongen. Bijna heeft hij hem te pakken. Ernst met de zwarte haren zal gepakt worden, en Werner vraagt zich af of hij eigenlijk niet ergens ook wíl dat dat gebeurt. Maar de jongen redt het tot aan de commandant, een fractie van een seconde voor de anderen voorbij komen stormen.

Verplichte afgifte

Marie-Laure moet drie keer bij haar vader zeuren voor hij het bericht hardop wil voorlezen: *Leden van de bevolking moeten alle radio-ontvangers die nu in hun bezit zijn inleveren. Radio's moeten voor morgenmiddag worden afgeleverd in de rue de Chartres 27. Iedereen die dit bevel weigert uit te voeren zal wegens sabotage worden gearresteerd.*

Heel even blijft iedereen stil, en Marie-Laure voelt een oude angst opkomen. 'Is hij...?'

'In de oude kamer van je grootvader,' zegt madame Manec.

Morgenmiddag. Het halve huis, denkt Marie-Laure, wordt in beslag genomen door draadloze ontvangers en onderdelen daarvoor.

Madame Manec klopt op Henri's kamerdeur en krijgt geen antwoord. Die middag stoppen ze alle apparatuur uit Etiennes studeerkamer in dozen, waarbij madame en papa de stekkers van de radio's eruit trekken en de toestellen in kratten tillen, Marie-Laure zit op de slaapbank te luisteren hoe ze een voor een uitgaan: de oude Radiola Vijf, een G.M.R. Titan; een G.M.R. Orphée. Een Delco 32 volt-radio die Etienne in 1922 helemaal uit de Verenigde Staten heeft laten verschepen.

Haar vader pakt de grootste in karton en gebruikt een oud steekkarretje om hem de trap af te bonken. Marie-Laure zit daar terwijl haar vingers in haar schoot gevoelloos worden en denkt aan de machine op zolder, aan al die kabels en schakelaars. Een zender om met geesten te praten. Wordt dat ook beschouwd als een radio-ontvanger? Moet ze er iets van zeggen? Weten papa en madame Manec ervan? Het lijkt er niet op. Die avond rolt er een mist de stad binnen die een koude, visachtige lucht met zich meevoert, en ze eten in de keuken aardappels en wortels en madame Manec zet een bord bij Henri's deur en klopt aan, maar de deur gaat niet open en het eten blijft onaangeroerd.

'Wat,' vraagt Marie-Laure, 'gaan ze doen met al die radio's?'

'Naar Duitsland sturen,' zegt papa.

'Of ze de zee in werpen,' zegt madame Manec. 'Kom, kind, drink je thee op. Het is niet het eind van de wereld. Ik zal vanavond een extra deken op je bed leggen.'

De volgende ochtend blijft Etienne op de kamer van zijn broer zitten. Of hij weet wat er gaande is in huis, kan Marie-Laure niet zeggen. Om tien uur 's ochtends begint haar vader de spullen af te voeren naar de rue de Chartres , één lading, twee ladingen, drie, en wanneer hij terugkomt en de laatste radio op het steekkarretje zet, is Etienne nog steeds niet verschenen. Marie-Laure houdt madame Manecs hand vast en hoort het hek dichtvallen, de as van het karretje op en neer gaan terwijl haar vader het door de rue Vauborel duwt, en de stilte weer neerdalen als hij verdwenen is.

Museum

Sergeant-majoor Reinhold von Rumpel wordt vroeg wakker. Hij hijst zich in zijn uniform, steekt zijn loep en pincet in zijn zak, rolt zijn witte handschoenen op. Om zes uur 's ochtends staat hij in vol ornaat in de lobby van het hotel, zijn schoenen gepoetst, zijn holster dichtgeklapt. De hoteleigenaar zet hem brood en kaas voor in een mandje van donker vlechtwerk, met een mooi katoenen servetje eroverheen; alles is tiptop in orde.

Het is bijzonder aangenaam om voor zonsopgang door de stad te wandelen, met de straatverlichting nog aan, in het geroezemoes van het begin van een Parijse dag. Hij loopt de rue Cuvier door en slaat af bij de Jardin des Plantes. De bomen staan er nevelig en gewichtig bij: speciaal voor hem uitgeklapte parasols.

Wat is het toch prettig om vroeg op te zijn.

Bij de ingang van de Grande galerie verstijven twee bewakers. Ze kijken naar de strepen op zijn revers en mouwen; hun kelen worden dichtgeknepen. Een kleine in het zwart geklede man komt de trap af gelopen en verontschuldigt zich in het Duits; hij zegt dat hij de assistent-directeur is. Hij had de sergeant-majoor pas over een uur verwacht.

'We kunnen Frans spreken,' zegt Von Rumpel.

Een tweede man schiet achter hem langs, met een doorschijnende huid en kennelijk doodsbang voor oogcontact.

'Het is een grote eer u de collecties te mogen tonen, sergeant-majoor,' zegt de assistent-directeur hijgend. 'Dit is de mineraloog, professor Hublin.' Hublin knippert twee keer met zijn ogen, wekt de indruk van een gekooid dier. De twee bewakers staan vanaf het andere eind van de gang toe te kijken.

'Mag ik uw mandje aannemen?'

'Dat is niet nodig.'

De Galerij van Mineralogie is zo lang dat Von Rumpel bijna het eind niet kan zien. In de ene na de andere vitrinekast bevinden zich verkleurde plekken op de met vilt beklede planken die de contouren aangeven van alles wat is weggehaald. Von Rumpel wandelt met zijn mandje aan zijn arm en vergeet vooral niet om zich heen te kijken. Wat hebben ze een schatten laten staan! Een schitterende set van geel topazen kristallen op een grijze gietvorm. Een grote brok roze beril als een gekristalliseerd brein. Een pilaar van lichtpaarse toermalijn uit Madagascar, die er zo kostbaar uitziet dat hij de drang om hem te aaien moet onderdrukken. Bournoniet; apatiet op muscoviet; natuurlijke zirkoon in een wolk van kleuren; en nog tientallen andere mineralen waarvan hij de naam niet kent. Deze mensen, denkt hij, laten wekelijks waarschijnlijk meer edelstenen door hun handen gaan dan hij in zijn hele leven gezien heeft.

Elk stuk staat geregistreerd in enorme ordners die zich in de loop der eeuwen hebben opgehoopt. De kleurloze Hublin laat hem wat pagina's zien. 'Lodewijk XIII heeft de collectie aangelegd als een medicijnenkabinet, jade voor nieren, klei voor de maag, enzovoorts. Rond 1850 stonden er al tweehonderdduizend namen in de catalogus, een onschatbare mineralenerfenis...'

Zo nu en dan haalt Von Rumpel zijn notitieblokje uit zijn zak en maakt een aantekening. Hij neemt de tijd. Wanneer ze bij het eind zijn aangekomen, vouwt de assistent-directeur zijn handen boven zijn riem. 'We hopen dat u onder de indruk bent, sergeant-majoor. Hebt u genoten van de rondleiding?'

'Zeer zeker.' De elektrische lampjes aan het plafond bevinden zich ver uit elkaar en in de enorme ruimte hangt een indrukwekkende stilte. 'Maar,' zegt hij, heel langzaam articulerend, 'hoe zit het met de collecties die niet aan het publiek worden getoond?'

De assistent-directeur en de mineraloog wisselen een blik van verstandhouding. 'U hebt alles gezien wat we u kunnen tonen, sergeant-majoor.'

Von Rumpel blijft beleefd. Beschaafd. Parijs is tenslotte geen Polen. Je moet ze hier met fluwelen handschoenen aanpakken. Je kunt niet zomaar meteen met de deur in huis vallen. Wat placht zijn vader ook alweer te zeggen? *Je moet een hindernis zien als een kans. Beschouw een hindernis als inspiratie.* 'Kunnen we misschien,' zegt hij, 'even ergens praten?'

Het kantoor van de assistent-directeur ligt in een stoffige uithoek op de tweede verdieping en kijkt uit over de tuinen: notenhouten lambrisering, veel te warm, met her en der lijstjes met opgeprikte vlinders en kevertjes. Aan de muur achter zijn vijfhonderd kilo zware bureau hangt de enige afbeelding: een houtskoolportret van de Franse bioloog Jean-Baptiste Lamarck.

De assistent-directeur zit aan zijn bureau en Von Rumpel zit tegenover hem met zijn mandje tussen zijn voeten. De mineraloog blijft staan. Een secretaresse met een lange nek komt binnen met thee.

Hublin zegt: 'We kopen voortdurend nieuwe dingen aan, ja? Over de hele wereld lopen mineraaldepots gevaar door de industrialisatie. Wij verzamelen alle mineraaltypes die er zijn. Voor een curator is het ene mineraal niet waardevoller dan het andere.'

Von Rumpel moet lachen. Hij waardeert hun poging om het spelletje mee te spelen. Maar begrijpen ze dan niet dat de winnaar allang bekend is? Hij zet zijn kopje thee neer en zegt: 'Ik zou uw meest beschermde soorten graag zien. Ik ben vooral geïnteresseerd in een exemplaar dat u bij mijn weten pas onlangs uit uw kluizen hebt gehaald.'

De assistent-directeur strijkt met zijn linkerhand door zijn haar, waardoor er een wolk roos de lucht in dwarrelt. 'Sergeant-majoor, de mineralen die u hebt gezien hebben tot doorbraken geleid in de elektrochemie, in de fundamentele wetten van de mathematische kristallografie. Het is de taak van een nationaal museum om boven de kuren en modegrillen van verzamelaars te staan, om ervoor te zorgen dat de komende generaties...'

Von Rumpel glimlacht. 'Ik wacht wel.'

'U begrijpt ons verkeerd, monsieur. U hebt alles wat we u kunnen tonen al gezien.'

'Ik wacht wel, totdat ik kan zien wat u me niet kunt tonen.'

De assistent-directeur staart in zijn thee. De mineraloog verplaatst zijn gewicht van de ene op de andere voet; hij lijkt inwendig te koken.

'Ik heb een alleraardigst talent voor wachten,' zegt Von Rumpel in het Frans. 'Dat is het enige waar ik echt goed in ben. In atletiek of wiskunde blonk ik nooit echt uit, maar als jongetje bezat ik al een bovennatuurlijk geduld. Ik bleef bij mijn moeder wachten als zij haar haar liet doen. Dan zat ik uren te wachten op de stoel, zonder tijdschrift, zonder speelgoed, zelfs zonder met mijn benen te wiebelen. Alle moeders waren altijd erg onder de indruk.'

Beide Fransmannen zitten te frunniken. Welke oren luisteren er mee, daar achter die deur van het kantoor? 'Gaat u alstublieft zitten als u wilt,' zegt Von Rumpel tegen Hublin, en hij klopt even op de stoel naast hem. Maar Hublin gaat niet zitten. De tijd verstrijkt. Von Rumpel neemt een laatste slokje thee en zet het kopje heel voorzichtig op de rand van het bureau van de assistent-directeur. Ergens springt er een elektrische ventilator aan, die even blijft draaien en dan weer uitgaat.

Hublin zegt: 'Het is me niet duidelijk waar we op wachten, sergeant-majoor.'

'Ik wacht tot u met de waarheid op de proppen komt.'

'Als u mij...'

'Blijf,' zegt Von Rumpel. 'Ga zitten. Ik weet zeker dat als een van jullie instructies naar buiten roept, die mademoiselle die op een giraf lijkt het wel zal horen, nietwaar?'

De assistent-directeur gaat een paar keer verzitten. Inmiddels is het al na twaalven. 'Misschien wilt u de skeletten zien?' probeert de assistent-directeur. 'De Hal van de Mens is behoorlijk spectaculair. En onze zoölogische collectie is buitengewoon...'

'Ik zou graag de mineralen willen zien die u niet aan het publiek toont. En wel één in het bijzonder.'

Hublin krijgt rode vlekken in zijn nek. Hij gaat niet zitten. De assistent-directeur lijkt zich bij de impasse neer te leggen, haalt een dikke stapel strak ingebonden papier uit een la en begint te lezen. Hublin maakt aanstalten om te vertrekken, maar Von Rumpel zegt alleen maar: 'Alstublieft, blijft u hier tot we dit hebben opgehelderd.'

Wachten, denkt Von Rumpel, is een soort oorlog. Jezelf simpelweg inprenten dat je niet mag verliezen. De telefoon van de assistent-directeur gaat over en hij wil hem opnemen, maar Von Rumpel houdt een hand omhoog en de telefoon rinkelt tien of elf keer en valt dan stil. Er gaat misschien wel een vol halfuur voorbij, waarin Hublin naar zijn schoenveters staat te staren, de assistent-directeur af en toe met een zilveren pen een aantekening in zijn manuscript maakt en Von Rumpel volstrekt roerloos blijft zitten. Dan klinkt er in de verte een klopje op de deur.

'Heren,' klinkt er.

Von Rumpel roept: 'We hebben niets nodig, dank u.'

De assistent-directeur zegt: 'Ik heb nog andere dingen te doen, sergeant-majoor.'

Von Rumpel verheft zijn stem niet. 'U blijft hier wachten. U allebei. U blijft hier bij mij wachten tot ik heb gezien waar ik voor gekomen ben. En daarna kunnen we ons allemaal weer op onze belangrijke taken richten.'

De kin van de mineraloog begint te trillen. De ventilator slaat weer aan, dan weer af. Een tijdklok afgesteld op vier minuten, veronderstelt Von Rumpel. Hij wacht nog een keer tot hij weer aanslaat en weer af. Dan zet hij zijn mandje op zijn schoot. Hij wijst naar de stoel. Zijn stem klinkt vriendelijk. 'Gaat u toch zitten, professor. Dat is een stuk comfortabeler.'

Hublin gaat niet zitten. Het is twee uur 's middags in de stad, en er klinkt klokgelui uit wel honderd kerken. Wandelaars op de paden. De laatste herfstbladeren dwarrelen naar beneden.

Von Rumpel vouwt zijn servetje uit over zijn schoot, haalt de kaas tevoorschijn. Langzaam breekt hij het brood, waarbij een grote hoeveelheid kruimels op zijn servetje valt. Terwijl hij zit te kauwen kan hij hun magen bijna horen rommelen. Hij biedt hun niets aan. Wanneer hij klaar is, veegt hij zijn mondhoeken af. 'U begrijpt me verkeerd, messieurs. Ik ben geen beest. Ik ben hier niet om uw collecties te verwoesten. Ze behoren toe aan heel Europa, aan heel de mensheid, nietwaar? Ik ben hier enkel voor iets kleins. Iets kleiners dan het botje in uw knieschijf.' Terwijl hij dit zegt kijkt hij de mineraloog aan. Die kijkt weg, rood aangelopen.

De assistent-directeur zegt: 'Dit is absurd, sergeant-majoor.'

Von Rumpel vouwt zijn servetje op, legt het weer terug in de mand en zet de mand op de grond. Hij bevochtigt zijn vingertopje en plukt de kruimels een voor een van zijn uniformjas. Dan kijkt hij de assistent-directeur recht in zijn gezicht. 'Het Lycée Charlemagne, klopt dat? Aan de rue Charlemagne?'

De ogen van de assistent-directeur worden zo groot als schoteltjes.

'De school van uw dochter?' Von Rumpel draait zich om in zijn stoel. 'En het Collège Stanislas, toch, dr. Hublin? Waar uw tweelingzonen op zitten? Aan de rue Notre-Dame des Champs? Die knappe jongens zijn nu zeker zo'n beetje onderweg naar huis?'

Hublin legt zijn handen op de leuning van de lege stoel naast hem, en zijn knokkels worden helemaal wit.

'De een met een viool en de ander met een altviool, heb ik dat goed? Al die drukke straten te moeten oversteken. Dat is een lange wandeling voor jongetjes van tien.'

De assistent-directeur zit rechtop in zijn stoel. Von Rumpel zegt: 'Ik weet dat hij hier niet is, messieurs. Zelfs de simpelste conciërge zou nog niet zo stom zijn de diamant hier achter te laten. Maar ik zou graag vernemen waar u hem verstopt hebt. Ik zou graag willen weten wat voor soort plek u veilig genoeg acht.'

Geen van de Fransmannen zegt iets. De assistent-directeur kijkt weer naar zijn manuscript, hoewel het Von Rumpel duidelijk is dat hij er niet meer in leest. Om vier uur klopt de secretaresse op de deur en opnieuw stuurt Von Rumpel haar weg. Hij doet zijn best om zich te concentreren op het knipperen van zijn ogen. Op de hartslag in zijn nek. *Tik tik tik tik*. Anderen, denkt hij, zouden dit met minder finesse doen. Anderen zouden leugendetectoren gebruiken, explosieven, pistolen, spierkracht. Von Rumpel gebruikt het allergoedkoopste materiaal, enkel minuten, enkel uren.

De klok slaat vijf uur. Langzaam verdwijnt het licht uit de tuinen.

'Sergeant-majoor, alstublieft,' zegt de assistent-directeur. Zijn handen plat op zijn bureau. Zijn hoofd geheven. 'Het is al laat. Ik moet naar het toilet.'

'Ga uw gang.' Von Rumpel gebaart met een hand naar een metalen prullenbak naast het bureau.

De mineraloog fronst. Opnieuw gaat de telefoon. Hublin bijt op zijn nagelriemen. De assistent-directeur vertrekt zijn gezicht. De ventilator zoemt. Buiten in de tuinen trekt het daglicht weg uit de bomen en nog steeds blijft Von Rumpel wachten.

'Uw collega,' zegt hij tegen de mineraloog, 'is meer van de ratio, nietwaar? Hij twijfelt aan legendes. Maar u, u lijkt me meer een gevoelsmens. U wilt er niet in geloven, mag er van uzelf niet in geloven. Maar toch gelooft u erin.' Hij schudt zijn hoofd. 'U hebt de diamant in uw handen gehad. U hebt zijn kracht gevoeld.'

'Dit is belachelijk,' zegt Hublin. Hij rolt met zijn ogen als een angstig veulen. 'Dit is geen beschaafd gedrag. Zijn onze kinderen veilig, sergeant-majoor? Ik eis dat u ons laat vaststellen of onze kinderen veilig zijn.'

'Een man van de wetenschap, en toch gelooft u in mythes. U

gelooft in de kracht van de ratio, maar u gelooft ook in sprookjes. Godinnen en vloeken.'

De assistent-directeur haalt scherp adem. 'Genoeg,' zegt hij. 'Genoeg.'

Von Rumpels hartslag gaat omhoog; is het nu al zover? Gaat het zo gemakkelijk? Hij zou best nog twee dagen kunnen wachten, drie, terwijl hele rijen mannen als golven op hem stukbraken.

'Zijn onze kinderen veilig, sergeant-majoor?'

'Als u dat wilt.'

'Mag ik even bellen?'

Von Rumpel knikt. De assistent-directeur neemt de hoorn van de haak, zegt 'Sylvie', blijft even luisteren en legt hem dan weer neer. De vrouw komt binnen met een bosje sleutels. Uit een la in het bureau van de assistent-directeur pakt ze nog een sleutel aan een hanger. Simpel, sierlijk, met een lang middenstuk.

Een kleine, afgesloten deur achter in de galerij op de begane grond. Er zijn twee sleutels nodig om hem te openen en de assistent-directeur lijkt geen ervaring met het slot te hebben. Over een kronkelend stenen trapje leiden ze Von Rumpel naar beneden; daar aangekomen maakt de assistent-directeur een tweede hek open. Kriskras lopen ze door een doolhof van gangen, langs een bewaker die als ze voorbijkomen zijn krant laat vallen en stokstijf rechtop gaat zitten. In een bescheiden opslagkamer vol afdeklakens, pallets en kratten haalt de mineraloog vanachter een stuk triplex een eenvoudige combinatiekluis tevoorschijn die de assistent-directeur redelijk gemakkelijk open krijgt.

Geen enkel alarm. Alleen die ene bewaker.

In de kluis zit een interessant kistje. Het is zo zwaar dat de mineraloog en de assistent-directeur er beiden aan te pas moeten komen om het eruit te tillen.

Elegant, zonder zichtbare naden. Geen merknaam, geen combinatiedraaiknop. Het is vermoedelijk hol, maar er zijn geen scharnieren, spijkers, verbindingen te zien, Het ziet eruit als een massief blok opgepoetst hout. Maatwerk.

De mineraloog steekt een sleutel in een piepklein, haast onzichtbaar gaatje aan de onderkant; als hij hem omdraait, worden er aan de andere kant nog twee piepkleine sleutelgaatjes zichtbaar. De assistent-directeur steekt twee identieke sleuteltjes in die gaatjes; ze ontsluiten iets wat lijkt op vijf verschillende schachten.

Drie overlappende cilindersloten, allemaal afhankelijk van elkaar.

'Ingenieus,' fluistert Von Rumpel.

Het hele kistje valt langzaam open.

Er ligt een klein vilten zakje in.

'Maak open,' zegt hij.

De mineraloog kijkt de assistent-directeur aan. De assistent-directeur pakt het zakje, maakt het touwtje los en schudt er een ingepakt bundeltje uit, zo in zijn hand. Met een enkele vinger schuift hij de stof opzij. Er ligt een blauwe steen in, ter grootte van een duivenei.

De kledingkast

Inwoners die zich niet aan de verduistering houden krijgen een boete of worden ter ondervraging aangehouden, al weet madame Manec te vertellen dat het licht in het Hôtel-Dieu de hele nacht aanblijft, en dat er elk uur Duitse soldaten struikelend in en uit lopen, terwijl ze hun overhemd instoppen en hun broek omhoogtrekken. Marie-Laure blijft wakker en wacht tot ze haar oudoom in beweging hoort komen. Uiteindelijk hoort ze de deur aan de overkant van de gang openklikken en voeten over de planken schuifelen. Ze stelt zich een muis uit een kinderboek voor die uit zijn holletje komt gekropen.

Ze stapt uit bed, waarbij ze probeert haar vader niet wakker te maken, en steekt de gang over. 'Oom,' fluistert ze. 'Niet bang zijn.'

'Marie-Laure?' Zijn uitgesproken geur, die van een naderende winter, een graftombe, de zware traagheid van tijd.

'Gaat het goed met u?'

'Beter.'

Ze staan op de overloop. 'We hebben een bericht gekregen,' zegt Marie-Laure. 'Madame heeft het op uw bureau neergelegd.'

'Een bericht?'

'Uw radio's.'

Hij gaat de trap af naar de vierde verdieping. Ze kan hem horen mompelen. Horen hoe hij met zijn vingers langs zijn pas leeggehaalde planken gaat. Oude vrienden die verdwenen zijn. Ze bereidt zich voor op woedend geschreeuw, maar vangt in plaats daarvan half hyperventilerend gezongen kinderliedjes op: ... à la salade je suis malade au céleri je *suis guéri*...

Ze pakt hem bij zijn elleboog, helpt hem naar de slaapbank. Hij mompelt nog steeds, probeert weg te komen van een of andere innerlijke afgrond, en ze voelt de angst van hem afstralen, heftig, giftig; het doet haar denken aan de damp die op de afdeling Zoölogie van de formalinevaten afkomt.

De regen tikt tegen het raam. De stem van Etienne klinkt heel ver weg. 'Allemaal?'

'Nee, niet die op zolder. Daar heb ik niets over gezegd. Weet madame Manec daarvan?'

'We hebben het er nooit over gehad.'

'Is hij verstopt, oom? Zou iemand hem kunnen vinden als het huis doorzocht werd?'

Er valt een stilte.

Hij zegt: 'We zouden hem nog steeds kunnen inleveren. Zeggen dat we hem over het hoofd hebben gezien.'

'De uiterste inleverdatum was gisteren om twaalf uur.'

'Misschien begrijpen ze het wel.'

'Oom, u gelooft toch niet echt dat ze begrip zullen hebben voor het feit dat u een zender over het hoofd hebt gezien waarmee je Engeland kunt bereiken?'

Meer onrustige ademhaling. De avond komt op zijn stille dragers naar binnen gerold. 'Help me even,' zegt hij. Uit een kamer op de tweede verdieping haalt hij een autokrik en samen gaan ze naar de vijfde verdieping, doen de deur van haar grootvaders kamer dicht en gaan in het donker op hun knieën naast de massieve kledingkast zitten, zonder ook maar een kaarsje aan te steken. Hij duwt de krik onder de kledingkast en krikt de linkerkant omhoog. Hij schuift wat opgevouwen poetsdoekjes onder de poten; vervolgens krikt hij de andere kant omhoog en doet daar hetzelfde. 'Marie-Laure, nu moet je je handen hier leggen. En duwen.' Ze krijgt een opgewonden gevoel als ze het doorheeft: ze gaan de kledingkast voor het kleine deurtje naar de zolder schuiven.

'Gooi alles wat je hebt in de strijd. Klaar? Een twee drie.'

De enorme kledingkast verschuift twee centimeter. De zware deuren met spiegels aan de binnenkant botsen zachtjes tegen elkaar aan. Het voelt alsof ze een huis over het ijs duwen.

'Mijn vader,' zegt Etienne hijgend, 'zei altijd dat zelfs Christus zelf deze kledingkast niet naar boven had kunnen sjouwen. Dat ze het huis eromheen moeten hebben gebouwd. Nog een keer. Klaar?'

Ze duwen, rusten, duwen, rusten. Uiteindelijk staat de kledingkast voor het kleine deurtje, en is de toegang tot de zolder afgesloten. Opnieuw krikt Etienne de pootjes omhoog, haalt de doekjes eronder vandaan, en laat zichzelf op de grond zakken, zwaar ademend, en Marie-Laure gaat naast hem zitten. Voor de dageraad de stad bereikt, liggen ze te slapen.

Zangvogels

Appèl. Ontbijt. Frenologie, geweertraining, drillen. De zwartharige Ernst verlaat de school vijf dagen nadat hij bij Bastians training tot zwakste werd verkozen. De week daarop vertrekken er nog twee. Zestig wordt zevenenvijftig. Elke avond werkt Werner in dr. Hauptmanns lab, waar hij de ene keer goniometrische berekeningen maakt en de andere keer dingen in elkaar zet: Hauptmann wil dat hij een gerichte radiozendontvanger die hij aan het ontwerpen is efficiënter en krachtiger maakt. Die moet snel opnieuw worden afgestemd om op meerdere golflengtes te kunnen uitzenden, zegt de kleine doctor, en het apparaat moet de hoek van de signalen die hij opvangt kunnen meten. Kan hij dit voor elkaar krijgen?

Hij past bijna alles aan in het ontwerp. Op sommige avonden wordt Hauptmann ineens spraakzaam, en legt hij hem de functie van een elektromagneet of weerstand tot in detail uit, waarbij hij zelfs een spinnetje aan het plafond meerekent, of praat hij vol vuur over bijeenkomsten van wetenschappers in Berlijn, waar bijna elk gesprek, zegt hij, weer wegen lijkt te openen naar nieuwe mogelijkheden. Relativiteit, kwantummechanica – op dat soort avonden lijkt hij het prima te vinden om over alles waar Werner naar vraagt te praten.

Maar de avond erop is Hauptmann ineens angstaanjagend gesloten; hij nodigt niet uit tot vragen stellen en controleert Werners werk in stilte. Het feit dat dr. Hauptmann connecties heeft in zulke hoge kringen – dat de telefoon op zijn bureau hem in verbinding stelt met mensen honderdvijftig kilometer verderop die met een knip van hun vinger twaalf Messerschmitts vanaf een vliegveld de lucht in kunnen schieten om een stad te bombarderen – brengt Werner in vervoering.

Het zijn buitengewone tijden.

Hij vraagt zich af of Jutta hem heeft vergeven. Haar brieven gaan voornamelijk over koetjes en kalfjes – *we hebben het druk; groetjes van Frau Elena* – of komen zo zwaar gecensureerd aan in zijn slaapzaal dat ze al hun betekenis hebben verloren. Is ze verdrietig om zijn afwezigheid? Of heeft ze haar gevoelens afgeschermd, uit zelfbehoud, net zoals hem dat nu wordt bijgebracht?

Volkheimer lijkt, net als Hauptmann, een vat vol tegenstrijdigheden. Tegenover de andere jongens gedraagt de Reus zich als een bruut, een instrument dat uit pure kracht bestaat, en toch, af en toe als Hauptmann naar Berlijn is, verdwijnt Volkheimer in het kantoor van de geleerde en komt terug met een Grundig-radiootje, hij sluit de kortegolfantenne aan en vult het lab met klassieke muziek. Mozart, Bach, zelfs de Italiaanse Vivaldi. Hoe sentimenteler, hoe beter. De boom van een jongen leunt dan, zijn ogen half gesloten, achterover in een stoel, die piepend onder zijn gewicht protesteert.

Waarom toch altijd driehoeken? Wat is het doel van de zendontvanger die ze bouwen? Welke twee punten kent Hauptmann, en waarom wil hij het derde weten?

'Het zijn maar getallen, cadet,' zegt Hauptmann, een van zijn favoriete uitspraken. 'Pure wiskunde. Je moet jezelf aanleren om er op die manier tegenaan te kijken.'

Werner probeert verschillende theorieën uit bij Frederick, maar hij komt er hoe langer hoe meer achter dat Frederick met zijn hoofd in de wolken loopt, zijn broek slobbert om zijn middel, de zoom zit nu al los. Zijn blik is zowel intens als vaag; als hij bij scherpschieten het doelwit mist, lijkt hij dat maar nauwelijks op te merken. De meeste avonden ligt Frederick voor hij in slaap valt in zichzelf te mompelen; stukjes uit gedichten, de gewoontes van de gans, iets over vleermuizen die langs de ramen duiken.

Vogels, altijd vogels.

'... de Noordse stern dus, Werner, vliegt vanaf de Zuidpool naar de Noordpool, je reinste globetrotters zijn het, waarschijnlijk wel de meest migrerende wezens die ooit hebben geleefd, zeventigduizend kilometer per jaar...'

Er valt een metaalgrijs winterlicht over de stallen, de wijngaard en de schietbaan, er scheren zangvogels over de heuvels, een reusachtig tapijt van zangvogels op weg naar het zuiden, een trekvogelsnelweg die dwars over de torens van de school loopt. Zo nu en dan landt er een zwerm op een van de enorme lindebomen op het terrein en nestelt zich onder de bladeren.

Sommige jongens uit de hogere klassen, van zestien en zeventien jaar, cadetten die vrijer toegang hebben tot munitie, ontwikkelen een voorliefde voor het afvuren van een kogelregen op de bomen om te kijken hoeveel vogels ze kunnen raken. De boom ziet er onbewoond en kalm uit; dan wordt er geschoten en vliegen de stukken van de kruin af, honderd vogels die binnen een halve seconde op de vlucht slaan, krijsend alsof de hele boom is geëxplodeerd.

Op een avond legt Frederick bij het raam van de slaapzaal zijn hoofd tegen het glas. 'Ik haat ze. Ik haat het als ze dat doen.'

De bel voor het avondeten gaat, en iedereen haast zich naar de eetzaal. Frederick arriveert als laatste, met zijn karamelkleurige haar, gekwetste blik en losse veters in zijn laarzen. Werner wast Fredericks etensblikje voor hem af; hij geeft hem zijn huiswerkantwoorden, schoenpoets, zoetigheid van dr. Hauptmann; tijdens de gevechtsoefeningen rennen ze altijd naast elkaar. Op ieders revers prijkt een koperen speldje; op het pad schieten honderdveertien spijkerschoenen vonken tegen de kiezelstenen. Het kasteel met zijn torens en kantelen doemt onder hen op als een nevelig visioen van vergane glorie. Werners bloed kolkt door zijn aderen, zijn gedachten zijn bij Hauptmanns radiozendontvanger, bij soldeermetaal, buizen, accu's, antennes; zijn laars raakt de grond op precies hetzelfde moment als die van Frederick.

SSG35 A NA513 NL WUX
DUPLICAAT VAN TELEFOONTELEGRAM

10 DECEMBER 1940

M. DANIEL LEBLANC
SAINT-MALO FRANCE

= KEER VOOR EIND VAN DE MAAND TERUG NAAR PARIJS = REIS VOORZICHTIG =

Bad

Na een laatste sessie van verwoed gelijm en geschuur heeft Marie-Laures vader de maquette van Saint-Malo af. Hij is niet geverfd, niet volmaakt, van wel vijf verschillende soorten hout gemaakt, en de details ontbreken. Maar hij is wel zo compleet dat zijn dochter hem kan gebruiken mocht het nodig zijn: de onregelmatige veelhoek van het schiereiland met zijn omwalling, met alle 865 gebouwen op hun plek.

Hij is aan het eind van zijn Latijn. Al wekenlang kan hij niet meer logisch nadenken. De steen die hij in opdracht van het museum moet beschermen is niet echt. Als hij dat wel was, had het museum allang mensen gestuurd om hem op te komen halen. Waarom ziet hij er dan toch, als hij er een vergrootglas boven houdt, diep vanbinnen piepkleine vlammetjes in? Waarom hoort hij dan voetstappen achter zich als die er helemaal niet zijn? En waarom heeft hij dan toch het stompzinnige idee dat de steen in het linnen zakje die hij in zijn zak bij zich draagt, hem ongeluk heeft bezorgd, Marie-Laure in gevaar heeft gebracht, misschien wel de hele invasie van Frankrijk heeft versneld?

Idioot. Belachelijk.

Hij heeft de steen aan elke test onderworpen die hij maar kon bedenken zonder er iemand anders bij te hoeven betrekken.

Geprobeerd hem tussen stukjes vilt te vouwen en er met een hamer op te slaan – hij ging niet aan diggelen.

Geprobeerd er met een gehalveerd kiezeltje kwarts overheen te krassen – er kwam geen krasje op.

Geprobeerd hem in een kaarsvlam te houden, hem onder water te houden, te verhitten. Hij heeft het juweel verstopt onder het matras, in zijn gereedschapskist, in zijn schoen. Op een nacht heeft hij het een paar uur in een bloembak met geraniums van madame Manec begraven, zichzelf er toen van overtuigd dat de geraniums verwelkten en de steen er weer uit gegraven.

Deze middag duikt er een bekend gezicht op in het treinstation, een stuk of vier, vijf plaatsten bij hem vandaan in de rij. Hij kent deze man ergens van, gedrongen, pafferig, met meerdere onderkinnen. Hun blikken kruisen elkaar; de man kijkt weer weg.

Etiennes buurman. De parfumeur.

Weken geleden, toen hij maten voor de maquette aan het opnemen was, had de slotenmaker diezelfde man op de omwalling zien staan met een camera die hij op zee gericht hield. Niet iemand die je kunt vertrouwen, had madame Manec gezegd. Maar het is gewoon een man die in de rij staat voor een treinkaartje.

Logica. De grondbeginselen van validiteit. Op elk slot past een sleutel.

Al meer dan twee weken spookt het telegram van de directeur door zijn hoofd. De woordkeuze voor die laatste instructie – *Reis voorzichtig* – is voor velerlei uitleg vatbaar. Wil dat nou zeggen dat hij de steen moet meenemen of juist moet achterlaten? Marie-Laure moet meenemen of haar moet achterlaten? De trein moet nemen? Of een ander, in theorie veiliger, vervoermiddel?

En wat, overweegt de slotenmaker, als het telegram helemaal niet van de directeur afkomstig is?

De vragen blijven maar door zijn hoofd spoken. Als hij aan de beurt is, koopt hij aan het loket een eenpersoonskaartje voor de ochtendtrein naar Rennes en van daaruit naar Parijs, en wandelt vervolgens terug door de smalle, zonloze straten naar de rue Vauborel. Hij zal dit varkentje nog even wassen en dan is alles achter de rug. Weer aan het werk, het sleuteldepot bemannen, spullen achter slot en grendel opbergen. Over een week zal hij, verlost van een last, terugrijden naar Bretagne om Marie-Laure op te halen.

's Avonds serveert madame Manec een stoofpotje met stokbrood. Na het eten leidt hij Marie-Laure de gammele trap op naar het bad op de tweede verdieping. Hij laat de grote gietijzeren tobbe vollopen en draait zich met zijn rug naar haar toe als ze haar kleren uittrekt. 'Neem maar zoveel zeep als je wilt,' zegt hij. 'Ik heb extra zeep gekocht.' Het treinkaartje zit opgevouwen in zijn zak, wat voelt als een daad van verraad.

Ze laat hem haar haren wassen. Ze blijft maar met haar vingers door het schuim gaan, alsof ze probeert te wegen hoe zwaar het is. Er zit altijd een zweempje paniek in hem, diep weggestopt, als het om zijn dochter gaat: een angst dat hij niet voldoet als vader, dat hij alles verkeerd doet. Dat hij de regels nooit helemaal begrepen heeft. Al die Parijse moeders die met wandelwagens door de Jardin des Plantes lopen of in warenhuizen gebreide jasjes omhooghouden – hij had altijd het idee dat die moeders elkaar toeknikten in het voorbijgaan, alsof ze allemaal op de hoogte waren van een geheim dat hem volledig ontging. Hoe kun je er ooit zeker van zijn dat je het goed doet?

Maar er is ook een gevoel van trots – trots dat hij het in zijn eentje heeft klaargespeeld. Dat zijn dochter zo nieuwsgierig is, zo veerkrachtig. Er is een gevoel van nederigheid vanwege het feit dat hij de vader is van iemand die zo sterk is, alsof hij alleen maar een doorvoerkanaal is voor iets anders, iets groters. Zo voelt het op dit moment, denkt hij, terwijl hij op zijn knieën naast haar gaat zitten en haar haren uitspoelt; alsof zijn liefde voor zijn dochter verder gaat dan de grenzen van zijn lichaam. De muren zouden kunnen omvallen, de hele stad zelfs, en dan nog zou de helderheid van dat gevoel niet verflauwen.

De afvoer kreunt; de muren van het overvolle huis komen op hem af. Marie kijkt op met haar natte gezicht. 'Je gaat weg. Of niet soms?'

Voor deze ene keer is hij blij dat ze hem niet kan zien.

'Madame heeft me verteld van het telegram.'

'Ik blijf niet lang weg, Marie. Een week. Hooguit tien dagen.'

'Wanneer?'

'Morgen. Als je nog slaapt.'

Ze heeft haar armen om haar knieën geslagen. Haar rug is lang en wit en wordt in tweeën gedeeld door de knobbels van haar wervelkolom. Vroeger viel ze in altijd in slaap met zijn wijsvinger in haar vuist. Vroeger lag ze altijd languit onder het bankje van het sleuteldepot met haar boeken voor zich, terwijl ze haar handen als spinnen over de pagina's liet gaan.

'Moet ik hier blijven?'

'Bij madame. En Etienne.'

Hij geeft haar een handdoek, helpt haar uit bad en gaat op de gang staan terwijl ze haar nachthemd aantrekt. Dan loopt hij met haar mee naar de vijfde verdieping, het kleine kamertje in, al weet hij dat ze helemaal geen begeleiding nodig heeft, en hij gaat op de rand van het bed zitten en zij gaat op haar knieën naast de maquette zitten en legt drie vingers op de torenspits van de kathedraal.

Hij pakt de haarborstel, neemt de moeite niet om het licht aan te doen.

'Tien dagen, papa?'

'Hooguit.' De muren kraken; het raam tussen de gordijnen is zwart; de stad maakt zich op om te gaan slapen. Ergens daarbuiten glijden Duitse U-boten over onderwaterravijnen en tien meter lange inktvissen trekken met hun enorme ogen door de koude duisternis.

'Zijn we ooit weleens een nacht van elkaar gescheiden geweest?'

'Nee.' Zijn ogen flitsen de onverlichte kamer door. De steen in zijn zak lijkt haast te pulseren. Als hij überhaupt kan slapen vannacht, waar zal hij dan over dromen?

'Mag ik naar buiten als jij weg bent, papa?'

'Zodra ik terug ben. Beloofd.'

Uiterst behoedzaam haalt hij de borstel door het vochtige haar van zijn dochter. Tussen de slagen door kunnen ze horen hoe de zeewind aan het raam rukt.

Marie-Laure laat haar handen lichtjes langs de huizen gaan terwijl ze de namen van de straten opsomt. 'Rue des Cordiers, rue Jacques Cartier, rue Vauborel.'

'Binnen een week ken je ze allemaal,' zegt hij.

Marie-Laure gaat met haar vingers naar de buitenste omwalling. De zee erachter. 'Tien dagen,' zegt ze.

'Hooguit.'

Zwakste (2)

December zuigt al het licht uit het kasteel. De zon verlicht de horizon maar nauwelijks voor hij er weer in wegzakt. Er valt een, twee keer sneeuw, die vervolgens op de grasvelden blijft liggen. Heeft Werner ooit zulke witte sneeuw gezien, sneeuw die niet meteen met as en kolenstof werd besmeurd? De enige afgezanten van de buitenwereld zijn de zangvogels die zo nu en dan neerstrijken in de lindebomen achter het veld, op een dwaalspoor gebracht door een verre storm of een veldslag of beide, en twee korporaals met een blotebillengezicht die ongeveer elke week de eetzaal binnen komen – steevast na het gebed, steevast precies wanneer de jongens hun eerste hap eten in hun mond steken – en onder de wapenstukken doorlopen en achter een cadet blijven staan en in zijn oor fluisteren dat zijn vader is gesneuveld.

Op andere avonden roept een mentor *Achtung!* en gaan de jongens naast hun bankjes staan en komt Bastian de commandant naar binnen gewaggeld. De jongens staren dan in stilte naar hun eten terwijl Bastian de rijen afloopt en met een enkele wijsvinger langs hun ruggen gaat. 'Heimwee? Over thuis moeten we ons niet druk maken. Uiteindelijk komen we allemaal thuis bij de Führer. Dat is toch beter dan welk thuis dan ook?'

'Dan welk thuis dan ook!' roepen de jongens.

Elke middag, weer of geen weer, blaast de commandant op zijn fluitje en draven de veertienjarigen naar buiten en posteert hij zich dreigend voor hen met zijn strak over zijn buik gespannen jas, zijn rinkelende medailles en de rubber tuinslang waarmee hij zwaait. 'Er zijn twee manieren om te sterven,' zegt hij, terwijl hij met zijn adem wolkjes in de koude lucht blaast. 'Je kunt vechten als een leeuw. Of je kunt even makkelijk gaan als dat je een haar uit een beker melk haalt. De nullen, de nietsnutten – die sterven makkelijk.' Hij laat zijn blik over de rijen gaan, zwaait met zijn slang en zet dramatisch grote ogen op. 'Hoe gaan jullie sterven, jongens?'

Op een winderige middag plukt hij Helmut Rödel uit de rij. Helmut is een kleine jongen uit het zuiden die nergens in uitblinkt en die buiten vrijwel altijd met gebalde vuisten rondloopt.

'En wie is het, Rödel? Naar. Jouw. Mening. Wie is het zwakste lid van het korps?' De commandant laat de tuinslang ronddraaien. Helmut Rödel hoeft niet lang na te denken. 'Hij, meneer.'

De moed zinkt Werner in de schoenen. Rödel wijst rechtstreeks naar Frederick.

Bastian roept Frederick naar voren. Als zijn vriend al bang is, ziet Werner dat niet aan hem af. Frederick lijkt verstrooid. Kalm bijna. Bastian hangt zijn slang om zijn nek en ploetert het veld over, tot aan zijn schenen in de sneeuw, hij neemt de tijd, tot hij niet veel meer is dan een donker bultje aan de overkant. Werner probeert oogcontact met Frederick te maken, maar die lijkt mijlenver weg.

De commandant steekt zijn linkerarm omhoog en roept: 'Tien!', en het woord klinkt zwak vanwege de wind en de afstand. Frederick knippert een paar keer met zijn ogen, zoals hij ook zo vaak doet als hij wordt aangesproken tijdens de les en hij even pas op de plaats maakt tot zijn innerlijk weer gelijke tred houdt met de uiterlijke omstandigheden.

'Negen!'

'Rennen,' sist Werner.

Frederick is een prima hardloper, sneller dan Werner, maar de commandant lijkt snel te tellen deze middag en Frederick is te laat gestart en hij wordt belemmerd door de sneeuw en hij kan niet meer dan twintig meter hebben afgelegd als Bastian zijn rechterarm omhoogsteekt.

De jongens gaan los. Werner rent met de anderen mee, probeert achter in de groep te blijven, hun geweren beuken ritmisch tegen hun ruggen. Algauw lijken de snelste jongens sneller te rennen dan anders, alsof ze het zat zijn om steeds te verliezen.

Frederick rent hard. Maar de snelste jongens zijn bloedhonden, uit het hele land geselecteerd vanwege hun snelheid en hun verlangen om te gehoorzamen, en Werner heeft het idee dat ze met meer inzet, met meer overtuiging dan ooit tevoren rennen. Ze kunnen niet wachten om te zien wat er zal gebeuren als er iemand wordt gepakt.

Frederick is nog vijftien passen van Bastian vandaan als ze hem neerhalen.

De groep verzamelt zich rondom de voorste renners terwijl Frederick en zijn achtervolgers overeind komen, helemaal onder de sneeuw. Bastian komt eraan gebeend. De cadetten vormen een kring om de instructeur, met hijgende borstkassen en veel van hen met hun handen op hun knieën. De ademhaling van de jongens vliegt voor hen uit in een gemeenschappelijke, vluchtige wolk die al snel door de wind wordt weggevaagd. Frederick staat in het midden, hijgend en knipperend met zijn lange wimpers.

'Normaal gesproken duurt het niet zo lang,' zegt Bastian mild, bijna alsof hij het tegen zichzelf heeft. 'Voor de eerste gepakt wordt.'

Met samengeknepen ogen kijkt Frederick naar de lucht.

Bastian zegt: 'Cadet, ben jij de zwakste?'

'Dat weet ik niet, meneer.'

'Dat weet je niet?' Een korte stilte. Op Bastians gezicht verschijnt een zweem van vijandigheid. 'Kijk me aan als je tegen me praat.'

'Sommige mensen zijn zwak op een bepaald vlak, meneer. Anderen weer op een ander vlak.'

De commandant klemt zijn lippen op elkaar, knijpt zijn ogen een beetje toe en dan verschijnt er langzaam een uitdrukking van intense boosaardigheid op zijn gezicht. Alsof er een klein wolkje is weggetrokken en Bastians ware, verknipte aard heel even tevoorschijn komt. Hij trekt de slang van zijn nek en geeft hem aan Rödel.

Rödel kijkt op naar de forse commandant. 'Toe maar,' spoort Bastian hem aan. In een ander verband had het kunnen klinken alsof hij een schoorvoetend jongetje aanspoorde het koude water in te stappen. 'Zet hem op.'

Rödel kijkt omlaag naar de slang: zwart, een meter lang, stug van de kou. Waarschijnlijk gaan er een paar seconden voorbij, maar voor Werner lijken het uren en de wind trekt door het bevroren gras, waardoor er een ijzige kou en sneeuwvlokken over het wit jagen, en plotseling vergaat hij van de heimwee naar Zollverein: de middagen in zijn jeugd waarin hij door de met roet besmeurde doolhoven liep met zijn kleine zusje in de kar achter zich aan. Viezigheid op straat, het hese geroep van de werkploegen, de jongens in hun slaapzaal die met hun voeten tegen elkaars hoofd aan sliepen, hun jassen en broeken aan een haakje aan de muur. Frau Elena die midden in de nacht als een engel haar ronde langs de bedden deed, mompelend: *Ik weet dat het koud is. Maar ik ben vlak bij je, zie je wel?*

Ogen dicht, Jutta.

Rödel zet een stap naar voren, zwaait met de slang en slaat Frederick ermee op zijn schouder. Frederick doet een stap naar achteren. De wind striemt het veld. Werner dwingt zichzelf om beelden van thuis voor zich te blijven zien: de was; Frau Elena's ruwe roze vingers; honden op straat; damp die van de stapels was af slaat – alles in hem zou willen schreeuwen: dit kan toch niet goed zijn?

Maar hier is het dat wel.

Het duurt zo vreselijk lang. Frederick ondergaat een derde klap. 'Nog een,' commandeert Bastian. Bij de vierde gooit Frederick zijn armen in de lucht en slaat de slang tegen zijn onderarmen en verliest hij zijn evenwicht. Rödel zwaait nog een keer en Bastian zegt: 'In uw lichtend voorbeeld, Christus, leidt ons op de weg, voor altijd en eeuwig', en de hele middag kantelt, opengescheurd; Werner slaat het tafereel gade alsof hij het vanaf het andere eind van een tunnel observeert: een klein wit veld, een groepje jongens, kale bomen, een speelgoedkasteel, niets van dat al lijkt zo werkelijk als Frau Elena's verhalen over haar jeugd in de Elzas of Jutta's tekeningen van Parijs. Nog zes keer hoort hij Rödel zwaaien en de slang fluiten en de vreemde doffe klap van het rubber dat Fredericks handen, schouders en gezicht raakt.

Frederick kan uren door de bossen lopen, kan een nachtegaal van vijftig meter afstand herkennen, gewoon door naar zijn gezang te luisteren. Frederick denkt bijna nooit aan zichzelf. Frederick is op alle denkbare fronten sterker dan hij. Werner doet zijn mond open en dan weer dicht; hij kan niet meer; hij sluit zijn ogen, zijn gedachten.

Op een gegeven moment houdt het slaan op. Frederick ligt met zijn gezicht in de sneeuw.

'Meneer?' zegt Rödel hijgend. Bastian neemt het stuk tuinslang aan van Rödel, drapeert het om zijn nek en voelt onder zijn buik om zijn riem op te hijsen. Werner knielt neer naast Frederick en draait hem op zijn zij. Er komt bloed uit zijn neus of oog of oor, of uit alle drie. Zijn ene oog zit al dicht vanwege de zwelling; het andere is nog open. Zijn blik, beseft Werner, is op de lucht gericht. Hij volgt iets daarboven.

Werner waagt het om even naar boven te kijken: een enkele havik, die zich laat meevoeren op de wind.

Bastian zegt: 'Opstaan.'

Werner staat op, Frederick verroert zich niet.

Bastian zegt nog een keer: 'Opstaan', iets zachter dit keer, en Frederick komt overeind op één knie. Dan staat hij op, wankelend. Zijn wang ligt open en het bloed loopt er in straaltjes uit. De achterkant van zijn overhemd zit onder de natte plekken van de smeltende sneeuw. Werner geeft Frederick een arm.

'Cadet, ben jij de zwakste?'

Frederick kijkt de commandant niet aan. 'Nee, meneer.'

De havik draait nog steeds rondjes daarboven. De gezette commandant denkt even na. Dan klinkt zijn heldere stem, die over het gezelschap uitwaaiert en hen aanspoort het op een rennen te zetten. Zevenenvijftig cadetten rennen het terrein over en via het besneeuwde pad het bos in. Frederick rent naast Werner, met zijn opgezwollen linkeroog en op beide wangen een wirwar aan bloedspoortjes, zijn kraag nat en bruin.

De takken kraken. Alle zevenenvijftig jongens zingen in koor.

Wij zullen doormarcheren
Zelfs al valt alles uiteen;
Want vandaag kan ons land ons horen,
En morgen de hele wereld!

Het is winter in de bossen van Oud-Saksen. Werner waagt het niet om nog een keer naar zijn vriend te kijken. Hij loopt in marstempo door de kou, met een ongeladen geweer voor vijf kogels over zijn schouder. Hij is bijna vijftien jaar.

De arrestatie van de slotenmaker

Ze pakken hem op even buiten Vitré, op enkele uren van Parijs. Terwijl een stuk of tien passagiers met glazige blik toekijken, wordt hij door twee politiemannen in burger uit de trein gehaald. Hij wordt ondervraagd in een busje en dan nogmaals in een ijskoud kantoor op een tussenverdieping, waarin weinig geslaagde aquarellen van stoomschepen op zee hangen. De eerste ondervragers zijn Frans; een uur later zijn ze Duits. Ze zwaaien met zijn notitieblok en gereedschapskist. Ze houden zijn sleutelbos omhoog en tellen zeven verschillende lopers. Waar passen die op, willen ze weten, en waar zijn die piepkleine vijltjes en zaagjes voor? En hoe zit het met dit notitieboek vol bouwkundige maten?

Een maquette voor mijn dochter.

Sleutels van het museum waar ik werk.

Alstublieft.

Ze pakken hem bij zijn armen en benen en slepen hem naar een cel. De sloten en scharnieren van de deur zijn zo groot en antiek dat ze waarschijnlijk uit de tijd van Lodewijk XIV stammen. Misschien wel uit die van Napoleon. De directeur of een van zijn mensen kan nu elk moment opduiken om tekst en uitleg te geven. Vast en zeker.

De volgende morgen onderwerpen de Duitsers hem aan een tweede, bondiger vragenvuur terwijl in een hoekje een typist driftig zit te tikken. Het lijkt erop dat hij ervan wordt beschuldigd samen te spannen om het Château de Saint-Malo op te blazen, hoewel niet helemaal duidelijk wordt waarop dat idee gebaseerd is. Hun Frans is abominabel en ze lijken meer geïnteresseerd in hun eigen vragen dan in zijn antwoorden. Ze ontzeggen hem papier, linnengoed, een telefoon. Ze hebben foto's van hem.

Hij snakt naar een sigaret. Hij ligt met zijn gezicht omhoog op de vloer en verbeeldt zich dat hij Marie-Laure in haar slaap op elk oog één keer kust. Twee dagen na zijn arrestatie wordt hij naar een tijdelijke cel een paar kilometer buiten Straatsburg gebracht. Door de tralies van het hek kijkt hij toe hoe een colonne schoolmeisjes in uniform twee aan twee door het winterzonnetje voorbijloopt.

Cipiers brengen hem voorverpakte broodjes, harde kaas, voldoende water. In de cel liggen een stuk of dertig mannen te slapen op stro dat over bevroren modder is uitgespreid. Voornamelijk Fransen, maar ook een paar Belgen, vier Vlamingen, twee Walen. Allemaal zijn ze beschuldigd van een misdaad waarover ze met veel terughoudendheid praten, bang dat hij ze met zijn vragen misschien in de val lokt. 's Nachts wisselen ze fluisterend geruchten uit. 'We hoeven maar een paar maanden in Duitsland te blijven,' zegt iemand, en dat verhaal gaat als een lopend vuurtje rond.

'Alleen maar om te helpen zaaien in het voorjaar, nu de mannen daar oorlog moeten voeren.'

'Daarna worden we weer naar huis gestuurd.'

Iedereen houdt dit voor onmogelijk, maar toch: misschien is het wel zo. Een paar maanden maar. Dan weer naar huis.

Geen officieel toegewezen advocaat. Geen militair tribunaal. Marie-Laures vader brengt drie dagen huiverend in de tijdelijke cel door. Er komt geen redding uit het museum, er komt geen limousine van de directeur voorrijden. Hij mag geen brieven schrijven. Als hij een telefoon eist om te bellen, nemen de cipiers niet eens de moeite om te lachen. 'Weet u wanneer wíj voor het laatst een telefoon hebben gebruikt?'

Elk uur is een gebed voor Marie-Laure. Elke ademhaling.

Op dag vier worden alle gevangenen op een veewagen geladen en naar het oosten gereden. 'We zitten vlak bij Duitsland,' fluisteren de mannen. Ze kunnen het aan de overkant van de rivier zien liggen. Groepjes lage, kale bomen met aan weerszijden besneeuwde velden. Zwarte rijen wijngaarden. Vier losse stroken grijze rook versmelten met een witte hemel.

De slotenmaker knijpt zijn ogen tot spleetjes. Duitsland? Het ziet er niet anders uit dan deze kant van de rivier.

Het zou net zo goed de rand van een ravijn kunnen zijn.

Vier

8 AUGUSTUS 1944

Het fort van La Cité

In het donker klimt sergeant-majoor Von Rumpel een ladder op. Zijn slokdarm en zijn luchtpijp worden aan weerszijden van zijn nek door zijn lymfeklieren dichtgeknepen. Hij voelt zich zo slap als een vaatdoek.

De twee artilleristen in de pantserkoepel met periscoop kijken toe vanonder hun helm. Zonder hun hulp aan te bieden, zonder te salueren. De pantserkoepel heeft een stalen dak en wordt voornamelijk gebruikt om groter geschut dat lager staat opgesteld een ruimer blikveld te bieden. Hij biedt uitzicht op zee aan de westkant; de klippen beneden, allemaal bespannen met ingewikkelde kabels; en direct aan de overkant van het water, driekwart kilometer verder, de brandende stad Saint-Malo.

De artillerie zwijgt nu even en de nachtelijke vuren binnen de muren branden gestaag door, bereiken een volwassenheid. De westelijke stadsrand is nu een holocaust in verschillende tinten rood, van waaruit allemaal torens van rook oprijzen. De grootste is tot een kolom samengeklonterd en heeft veel weg van een wolk tefra, as en stoom boven een uitbarstende vulkaan. Vanuit de verte lijkt de stoom vreemd genoeg een vaste vorm te hebben, alsof hij uit lichtgevend hout gesneden is. Langs de gehele omtrek schieten vonken omhoog, valt er as naar beneden en fladderen er bestuurlijke documenten door de lucht: plannen voor openbare voorzieningen, inkooporders, belastingafschriften.

Door een verrekijker ziet Von Rumpel iets wat lijkt op brandende vleermuizen die boven de omwalling heen en weer vliegen. Er spuit een vonkenregen vanuit een huis omhoog – een elektrische transformator, gehamsterde benzine of misschien een tijdbom – en het lijkt wel alsof de stad van binnenuit door bliksem wordt getroffen.

Een van de artilleristen geeft nuchter commentaar op de rook, een dood paard dat hij ziet liggen aan de voet van de muren, de intensiteit van sommige brandhaarden. Alsof ze edellieden uit de tijd van de kruisvaarders zijn, die vanaf hun tribune een oorlog tussen vestingsteden aanschouwen. Von Rumpel trekt zijn kraag tegen de zwellingen in zijn keel, probeert te slikken.

De maan gaat onder en in het oosten wordt het al licht, de nacht trekt zich terug en neemt de sterren een voor een met zich mee tot er nog maar twee over zijn. Vega, misschien. Of Venus. Dat heeft hij nooit geleerd.

'Torenspits is weg,' zegt de tweede artillerist.

Een dag geleden torende de spits van de kathedraal nog hoog en kaarsrecht boven de zigzagvormige daken uit, hoger dan alles eromheen. Zo niet deze ochtend. Algauw staat de zon aan de horizon en maakt het oranje van de vlammen plaats voor het zwart van de rook die langs de westelijke muren omhoogkruipt en als een vlies over het fort heen wordt geblazen.

Eindelijk wijkt de rook een paar seconden lang een beetje, zodat Von Rumpel in staat is de rafelige doolhof van de stad in te turen en eruit te pikken waarnaar hij op zoek is: het bovenste deel van een hoog huis met een brede schoorsteen. Er zijn twee ramen te zien, zonder glas. Een van de luiken hangt los, de andere drie zitten nog op hun plek.

Rue Vauborel nummer 4. Nog steeds intact. Er gaan seconden voorbij; het huis wordt opnieuw in rook gehuld.

Er trekt een enkel vliegtuig door het dieper wordende blauw, ongelofelijk hoog. Von Rumpel daalt de lange ladder weer af en gaat de tunnels van het fort onder hem in. Hij probeert niet te hinken, niet aan de bulten in zijn lies te denken. In de ondergrondse kantine zitten mannen met hun rug tegen de muren geleund pap uit hun omgekeerde helmen naar binnen te lepelen. De elektrische lampen zetten hen afwisselend in een hel licht en in de schaduw.

Von Rumpel gaat op een munitiekist zitten en eet wat kaas uit een tube. De kolonel met de leiding over de verdediging van Saint-Malo heeft deze mannen toegesproken, hij had het over heldenmoed, de Hermann Göring-divisie in Avranches die op het punt staat de Amerikaanse linie te doorbreken, de versterkingstroepen uit Italië en mogelijk België die onderweg zijn, tanks en stuka's, vrachtwagens vol 50 millimeter-mortiergranaten, over de mensen in Berlijn die in hen geloven als een non in God, over dat niemand zijn post mag verlaten en dat wie dat wel doet als deserteur zal worden terechtgesteld, maar

Von Rumpel zit op dit moment met zijn gedachten bij de klimplant in zijn lichaam. Een zwarte klimplant die door zijn benen en armen heen is vertakt. Die van binnenuit aan zijn maag knaagt. Hier in dit fort op het schiereiland net buiten Saint-Malo, afgesneden van de zich terugtrekkende linies, lijkt het nog maar een kwestie van tijd voor de Canadezen, Britten en Amerikanen van de 83e Divisie met hun heldere ogen over de stad zullen uitzwermen, de huizen aflopen op zoek naar plunderende vandalen, te doen wat ze nou eenmaal doen als ze mensen gevangennemen.

Het is slechts een kwestie van tijd voor de zwarte klimplant zijn hart verstikt.

'Wat?' zegt een soldaat naast hem.

Von Rumpel snuift. 'Ik geloof niet dat ik iets zei.'

De soldaat knijpt zijn ogen toe en kijkt weer naar de pap in zijn helm.

Von Rumpel knijpt het laatste beetje smerige, zoute kaas uit de tube en laat hem dan tussen zijn voeten vallen. Het huis staat er nog. De stad is nog steeds door zijn leger bezet. Een paar uur lang zal het vuur branden, en dan zullen de Duitsers als mieren terugzwermen naar hun posities en nog een dag doorvechten.

Hij zal wachten. Wachten en wachten en wachten, en als de rook optrekt zal hij erheen gaan.

Atelier de réparation

Bernd de genieofficier crepeert van de pijn en drukt zijn gezicht in de rugleuning van de goudkleurige leunstoel. Er is iets mis met zijn been en nog veel meer met zijn borstkas.

De radio is niet meer te redden. De stroomkabel is beschadigd en het snoer naar de bovengrondse antenne is verdwenen en het zou Werner niks verbazen als het bedieningspaneel kapot is. In het steeds zwakker wordende gele licht van Volkheimers zaklamp inspecteert hij de ene verbrijzelde stekker na de andere.

Het gehoor in zijn linkeroor lijkt door het bombardement te zijn beschadigd. In zijn rechter begint het, voor zover hij kan uitmaken, langzaamaan terug te komen. Boven de pieptoon uit begint hij weer wat te horen.

Het geknetter van smeulend vuur.

Het gesteun van het hotel boven hem.

Allerlei vreemde druppelgeluiden.

En Volkheimer, die met tussenpozen als een dolle staat te hakken in het puin dat de trap blokkeert. Volkheimers techniek is kennelijk als volgt: onder het verzakte plafond gaat hij hijgend op zijn hurken zitten, met een stuk verbogen staal in zijn ene hand. Hij doet zijn zaklamp aan en bekijkt de versperde trap om te bepalen wat hij ervan af kan slepen. Prent de posities in zijn hoofd. Dan doet hij zijn zaklamp weer uit, om de batterij te sparen, en gaat aan het werk in het donker. Als het licht weer aangaat, ligt de troep op de trap er nog steeds hetzelfde bij. Een verwrongen chaos van metaal, baksteen en hout, zo dik dat er nog geen twintig man doorheen zouden kunnen breken.

Alsjeblieft, zegt Volkheimer. Of hij zich er nu van bewust is dat hij het hardop zegt of niet, is Werner niet helemaal duidelijk. Maar Werner vangt het op in zijn rechteroor, als een gebed in de verte. *Alsjeblieft. Alsjeblieft.* Alsof de eenentwintigjarige Frank Volkheimer in de oorlog alles had kunnen verduren, behalve dit laatste onrecht.

De laatste zuurstof had al lang en breed uit dit hol weggezogen moeten zijn door het vuur boven. Ze hadden allemaal allang gestikt moeten zijn. Eigen schuld, dikke bult. En toch ademen ze nog. De drie versplinterde balken aan het plafond dragen god mag weten wat voor enorm gewicht; tien ton aan verkoold hotel en de lijken van acht artilleristen en een niet te schatten hoeveelheid zwaar geschut dat nog niet tot ontploffing is gebracht. Misschien moet Werner voor zijn tienduizenden kleine daden van verraad en Bernd vanwege zijn ontelbare wandaden en Volkheimer omdat hij als instrument fungeerde, als uitvoerder van bevelen, als bijl van het Reich – misschien moeten zij met z'n drieën wel een grotere prijs betalen, wacht hun nog een laatste oordeel dat moet worden geveld.

Eerst een zeerovershol, gebouwd om goud, wapens en de imkeruitrusting van een excentriekeling veilig in te bewaren. Toen een wijnkelder. Toen de werkplek van een klusjesman. *Atelier de réparation*, denkt Werner, een reparatiewerkplaats. Hoe toepasselijk. Er zijn vast en zeker mensen op de wereld die van mening zijn dat deze drie wel het een en ander te repareren hebben.

Twee blikken

Als Marie-Laure wakker wordt zit het kleine maquettehuisje onder haar borstkas vastgespeld en ligt ze in de jas van haar oudoom te zweten.

Is het al ochtend? Ze klimt de ladder op en houdt haar oor tegen het luik gedrukt. Geen sirenes meer. Misschien is het hele huis wel afgebrand terwijl ze sliep. Of heeft ze door de laatste uren van de oorlog heen geslapen en is de stad inmiddels bevrijd. Misschien lopen er wel mensen op straat: vrijwilligers, gendarmes, brandweermannen. Misschien zelfs Amerikanen. Eigenlijk zou ze het luik moeten opendoen en de voordeur uit moeten lopen, de rue Vauborel in.

Maar stel dat de stad door Duitsland bezet is? Stel dat de Duitsers nu van deur tot deur marcheren en iedereen die ze maar tegenkomen neerschieten?

Ze besluit te wachten. Etienne kan nu elk moment naar haar toe komen, haar met zijn laatste krachten bereiken.

Of hij zit ergens gehurkt, met zijn handen op zijn hoofd. Terwijl hij overal spoken ziet.

Of hij is dood.

Ze zegt tegen zichzelf dat ze het brood moet bewaren, maar ze is uitgehongerd en het stuk brood begint oud te worden, en voor ze het weet heeft ze het opgegeten.

Had ze haar boek nou maar hier mee naartoe genomen.

Op kousenvoeten dwaalt Marie-Laure de kelder door. Er ligt een opgerold tapijt, waarvan de holte gevuld is met iets wat ruikt naar houtsnippers: muizen. Een krat met oude kranten. Antieke lamp. Madame Manecs inmaakspullen. En hierachter, op een plank vlak bij het plafond, twee kleine wondertjes. Volle blikken! In de hele keuken is nauwelijks nog iets te eten te vinden – alleen wat maïsmeel en een bosje lavendel en twee of drie flessen zure beaujolais – maar hier in de kelder staan twee zware blikken.

Erwten? Bonen? Maiskorrels, misschien. Geen olie, bidt ze; olieblikjes zijn toch kleiner? Ze schudt ze heen en weer, maar wordt er niet veel wijzer van. Marie-Laure probeert de kans te berekenen dat het die perziken van madame Manec zijn, die witte perziken uit de Languedoc die ze altijd per krat kocht, schilde, in vieren sneed en inkookte met suiker. De hele keuken vulde zich dan met de geur en kleur daarvan, ze plakten aan Marie-Laures vingers, helemaal in vervoering kon ze ervan raken.

Twee blikken die Etienne over het hoofd heeft gezien.

Maar hoe meer je ergens op hoopt, des te groter de kans op teleurstelling. Erwten. Of bonen. Die zouden meer dan welkom zijn. In elke zak van haar oudooms jas stopt ze een blik en ze voelt weer aan het kleine huisje in de zak van haar jurk. Ze gaat op een hutkoffer zitten en omklemt haar stok met beide handen en probeert niet aan haar blaas te denken.

Ooit, toen ze een jaar of acht, negen was, nam haar vader haar mee naar het Panthéon in Parijs om de slinger van Foucault te beschrijven. Het gewicht, zei hij, bestond uit een gouden bal in de vorm van een speelgoedtol. Die zwaaide aan een kabel van zevenenzestig meter lang; omdat de baan in de loop der tijd veranderde, legde hij uit, vormde dat het ultieme bewijs voor het feit dat de aarde ronddraaide. Maar wat Marie-Laure zich nog goed herinnerde van toen ze bij de reling stond terwijl hij voorbijsuisde, was dat haar vader zei dat de slinger van Foucault nooit zou stilvallen. Hij zou blijven zwaaien, begreep ze, nadat haar vader en zij het Panthéon hadden verlaten, nadat ze die avond zou zijn gaan slapen. Nadat ze hem vergeten was en haar hele leven geleefd had, en dood was gegaan.

Nu lijkt het wel alsof ze de slinger vlak voor zich kan horen zwaaien: die enorme gouden bal, met een omtrek zo groot als een ton, die maar door bleef slingeren, zonder ophouden. Die zijn onmenselijke waarheid maar in de vloer bleef griffen.

Rue Vauborel 4

As, as: sneeuw in augustus. Na het ontbijt begonnen er her en der weer bombardementen en nu, rond zes uur 's avonds, zijn ze opgehouden. Ergens vuurt nog een machinegeweer, een geluid dat klinkt als een kralenketting die door iemands vingers glijdt. Sergeant-majoor Von Rumpel heeft een veldfles, zes ampullen morfine en zijn gevechtspistool bij zich. De zeewering over. De verhoogde weg over naar het enorme smeulende bolwerk dat Saint-Malo is. In de haven is de pier op meerdere plekken verwoest. Een half gezonken vissersboot drijft voorbij met de achtersteven omhoog.

In de oude stad ligt de rue de Dinan vol met brokken steen, zakken, luiken, takken, ijzeren rasters en schoorstenen. Ingedeukte bloemendozen, verkoolde raamkozijnen en verbrijzeld glas. Sommige gebouwen smeulen nog na en hoewel Von Rumpel een vochtige zakdoek tegen zijn mond en neus houdt, moet hij een aantal keer blijven staan om op adem te komen.

Er ligt een dood paard, dat al begint op te zwellen. Een stoel bekleed met gestreept groen fluweel. Een aan flarden gescheurde luifel met BRASSERIE erop. Uit kapotte ramen hangen gordijnen doelloos in het vreemde, flikkerende licht; ze werken hem op de zenuwen. Er vliegen zwaluwen heen en weer, op zoek naar verloren nestjes, en het lijkt alsof er in de verte iemand schreeuwt, of misschien is het wel de wind. Door de ontploffingen zijn veel uithangborden weggeblazen en de houders hangen er verloren bij.

Er loopt een schnauzer achter hem aan, jankend. Er hangt niemand uit een raam om hem te waarschuwen voor mijnen. Sterker nog, terwijl hij vier straten doorkruist ziet hij slechts één persoon, een vrouw die is gaan zitten voor wat gisteren nog de bioscoop was. Blik in de ene hand, stoffer nergens te bekennen. Ze kijkt naar hem op, verward. Achter een open deur achter haar liggen onder grote plafondplaten hele rijen stoelen bedolven. Daarachter hangt het onaangetaste scherm, zonder ook maar één smetje van de rook erop.

'De film begint pas om acht uur,' zegt ze in haar Bretonse Frans, en hij knikt terwijl hij haar hinkend passeert. In de rue Vauborel zijn ladingen dakpannen naar beneden gekomen en op straat kapotgevallen. Er vliegen snippers verbrand papier door de lucht. Geen meeuwen. Zelfs al heeft het huis vlam gevat, denkt hij, dan nog zal die diamant er wel liggen. Hij zal hem als een warm ei uit de as halen.

Maar het hoge smalle huis is vrijwel ongeschonden. Elf ramen aan de voorkant, het meeste glas eruit. Blauwe raamkozijnen, oud grijs en bruin graniet. Vier van de zes bloembakken hangen nog op hun plek. Aan de voordeur hangt de verplichte lijst van bewoners.

M. ETIENNE LEBLANC, 63 JAAR.

MLLE MARIE-LAURE LEBLANC, 16 JAAR.

Wat neemt hij toch veel risico's. Voor het Reich. Voor hemzelf.

Niemand die hem tegenhoudt. Er vliegen geen granaten naar binnen. Soms is het hart van een orkaan de veiligste plek.

Wat ze hebben

Wanneer is het dag en wanneer nacht? De tijd lijkt nog het best aan de hand van flitsen gemeten te kunnen worden: Volkheimers zaklamp knipt uit, knipt aan.

In het licht kijkt Werner naar Volkheimers gezicht, dat onder de as zit, terwijl hij Bernd voorovergebogen hulp verleent. *Drink op*, zegt Volkheimers mond terwijl hij zijn veldfles tegen Bernds lippen houdt, en de schaduwen vallen over het kapotte plafond als een kring spoken die zich klaarmaken om te feesten.

Bernd wendt zijn gezicht af, paniek in zijn ogen, en probeert zijn been te bekijken.

De zaklamp gaat uit en de duisternis keert terug.

In Werners legertas zitten het notitieboekje uit zijn jeugd, zijn deken en droge sokken. Drie rantsoenen. Meer dan dat hebben ze niet te eten. Volkheimer heeft niets. Bernd heeft niets. Ze hebben maar twee flessen water, beide halfleeg. Ergens in een hoek heeft Volkheimer een emmer met verfkwasten gevonden en met wat waterige drab op de bodem, maar hoe wanhopig moeten ze worden voor ze dat opdrinken?

Twee stokgranaten: model 24s, in elke zak van Volkheimers jas één. Met onderaan een hol houten handvat en aan de bovenkant een zeer explosieve springstoflading in een stalen blikje – handgranaten die door de jongens op Schulpforta aardappelstampers werden genoemd. Al twee keer heeft Bernd Volkheimer gesmeekt om er een uit te proberen op de stapel puin op de trap, om te zien of ze zichzelf eruit kunnen blazen. Maar hier beneden een granaat gebruiken, in zo'n benauwde ruimte, onder een laag puin dat waarschijnlijk bezaaid ligt met 88-millimetergranaten, zou een wisse dood betekenen.

Dan is er ook nog het geweer: Volkheimers grendelgeweer, een karabiner 98K, met vijf patronen. Genoeg, denkt Werner. Meer dan. Ze zouden er maar drie nodig hebben, voor ieder één.

Soms, in het donker, meent Werner in de kelder een flauw lichtschijnsel te ontwaren, afkomstig uit het puin, en lijkt het alsof de ruimte enigszins rood kleurt wanneer de schemering over de augustusdag boven hen valt. Na een tijdje, merkt hij, is zelfs de totale duisternis geen volledige duisternis meer; meer dan eens heeft hij het idee dat hij zijn uitgespreide vingers kan zien als hij ze voor zijn ogen houdt.

Werner zit aan zijn jeugd te denken, aan het steenkolenstof dat op winterochtenden in de lucht hing, op vensterbanken bleef liggen, zich in de oortjes en de longen van de kinderen nestelde, maar de witte stof in dit hol is de tegenhanger daarvan, alsof Werner zit opgesloten in een diepe mijn die identiek is aan maar tegelijkertijd het tegenovergestelde is van de mijn waarin zijn vader is omgekomen.

Weer donker. Weer licht. Volkheimers potsierlijke gezicht, helemaal onder de as, wordt zichtbaar, zijn ranginsigne is deels van zijn schouder gescheurd. Hij richt zijn zaklamp zo dat Werner kan zien dat hij twee verbogen schroevendraaiers en een doos met elektrische zekeringen vasthoudt. 'De radio,' zegt hij in Werners goede oor.

'Heb je wel geslapen?'

Volkheimer richt het licht op zijn eigen gezicht. *Voor de batterij leeg raakt*, zegt zijn mond.

Werner schudt zijn hoofd. De radio is niet meer te redden. Hij wil zijn ogen dichtdoen, vergeten, opgeven. Wachten tot de loop van het geweer op zijn slaap wordt gezet. Maar Volkheimer wil hem duidelijk maken dat het leven de moeite waard is. De gloeidraadjes in zijn zaklamp verspreiden een geel licht: nu al zwakker. In het schijnsel steekt Volkheimers mond rood af tegen het zwart. *De tijd begint te dringen*, zeggen zijn lippen. Het gebouw kreunt. Werner ziet groen gras, uitgedroogde vliegen, zonlicht. De hekken van een zomerhuis die wijd openzwaaien. Als de dood Bernd komt halen, kan hij hém net zo goed in één moeite door meenemen. Scheelt weer een reisje.

Je zusje, zegt Volkheimer. *Denk aan je zusje.*

Struikeldraad

Haar blaas staat op knappen. Ze gaat de keldertrap op, houdt haar adem in en hoort dertig hartslagen lang helemaal niets. Veertig. Dan duwt ze het luik open en klimt de keuken in.

Niemand die haar neerschiet. Nergens een ontploffing te horen.

Over de krakende keukenplanken die op de vloer zijn beland loopt Marie-Laure naar madame Manecs piepkleine appartementje, met de twee zware blikken in haar oudooms jas. Haar keel prikt, haar neusgaten prikken. De rook is hier een heel klein beetje dunner.

Ze plast in de po aan het voeteneind van madame Manecs bed. Trekt haar kousen weer omhoog en knoopt haar oudooms jas weer dicht. Is het al middag? Voor de duizendste keer zou ze met haar vader willen praten. Zou het niet beter zijn om de stad in te gaan, zeker als het nog dag is, en te proberen iemand te vinden?

Er zou vast wel een soldaat zijn om haar te helpen. Of iemand anders. Maar zodra ze dit bedenkt, twijfelt ze er al aan.

Dat onvaste gevoel in haar benen, weet ze, komt van de honger. In de chaos van de keuken kan ze nergens een blikopener vinden, maar in madame Manecs messenla ligt wel een aardappelschilmesje en ze vindt ook nog de grote ruwe baksteen waar madame het haardrooster altijd mee openhield.

Wat er ook in een van die twee blikken mag zitten, ze zal het opeten. Dan zal ze nog even blijven wachten voor het geval haar oudoom thuiskomt, voor het geval ze iemand voorbij hoort lopen, de stadsomroeper, een brandweerman, een Amerikaanse soldaat die hoffelijk wil zijn. Als ze tegen de tijd dat ze weer honger krijgt nog steeds niemand heeft gehoord, zal ze de straat, of wat daarvan over is, op gaan.

Eerst gaat ze via de trap naar de tweede verdieping om uit het bad te drinken. Met haar lippen aan het oppervlak neemt ze lange teugen, die borrelend haar darmen in stromen. Een truc die Etienne en zij hebben geleerd in de loop van meer dan honderd ontoereikende maaltijden: zo veel mogelijk water drinken voor je eet, dan voel je je eerder verzadigd. ‘Wat het water betreft, papa,’ zegt ze hardop, ‘heb ik het in elk geval goed aangepakt.’

Dan gaat ze op de overloop van de tweede verdieping zitten, met haar rug tegen het telefoontafeltje. Ze klemt een van de blikken stevig tussen haar bovenbenen, zet de punt van het mes op de bovenkant en tilt de baksteen op om die op het heft van het mes neer te laten komen. Maar nog voor ze de steen omlaag kan brengen trekt plotseling het struikeldraad achter haar strak en rinkelt het belletje, en komt er iemand het huis binnen.

Vijf

JANUARI 1941

Januarivakantie

De commandant houdt een toespraak over deugdzaamheid en familie en het symbolische vuur dat jongens van Schulpforta overal met zich meedragen, een kom vol zuivere vlammen om de haarden van de natie mee op te stoken, Führer zus en Führer zo, zijn woorden dreunen in de bekende volgorde Werners oren binnen en na afloop mompelt een van de brutaalste jongens: 'Nou, ik heb nog wel een hete kom in mijn broek zitten.'

In de slaapzaal leunt Frederick over de rand van zijn bed. Zijn gezicht ziet bont en blauw. 'Waarom kom je niet mee naar Berlijn? Vader is aan het werk, maar je zou mijn moeder kunnen ontmoeten.'

Twee weken lang heeft Frederick onder de kneuzingen, kreupel en opgezwollen rondgestrompeld, en niet één keer heeft hij Werner anders aangesproken dan op zijn gebruikelijke verstrooide, vriendelijke manier. Niet één keer heeft hij Werner van verraad beschuldigd, ook al stak Werner geen vinger uit toen Frederick klappen kreeg en had hij sindsdien ook niets ondernomen; hij had Rödel niet te grazen genomen, geen geweer op Bastian gericht of verontwaardigd op dr. Hauptmanns deur gebonsd om te eisen dat er stappen zouden worden ondernomen. Alsof Frederick nu al begrijpt dat voor beiden de koers helemaal is uitgestippeld en er niets anders op zit dan deze te volgen.

Werner zegt: 'Ik heb geen...'

'Moeder betaalt je treinkaartje wel.' Frederick gaat op zijn rug liggen en staart naar het plafond. 'Is geen enkel probleem.'

De treinreis is een slaapverwekkend, zes uur durend avontuur, elk uur wordt hun gammele wagon op een zijspoor gerangeerd om treinen vol soldaten op weg naar het front voor te laten gaan. Uiteindelijk stappen Werner en Frederick uit op een schemerig grijs station en lopen ze een lange trap op, met op elke trede dezelfde kreet geverfd – BERLIJN ROOKT JUNO's! – en komen ze uit op de straten van de grootste stad die Werner ooit heeft gezien.

Berlijn! Alleen de naam al klinkt als een schitterende klok. Hoofdstad van de wetenschap, zetel van de Führer, bakermat van Einstein,

Staudinger, Bayer. Ergens in deze straten is het plastic uitgevonden, zijn röntgenstralen ontdekt, is de continentale drift geconstateerd. Welke wonderen ontwikkelt de wetenschap hier nu? Supersoldaten, zegt Hauptmann, en regenopwekkers en raketten die van vijftienhonderd kilometer afstand kunnen worden aangestuurd.

Uit de hemel komen zilveren sliertjes natte sneeuw gevallen. Er staan grijze huizen in convergerende lijnen richting de horizon, dicht tegen elkaar aan alsof ze de kou willen bezweren. Ze komen langs winkels vol vlees aan de haak en een dronkenlap met een kapotte mandoline op schoot en drie tippelaarsters die op een kluitje onder een luifel de jongens in hun uniformen staan uit te jouwen.

Frederick leidt hen naar een herenhuis met vier verdiepingen aan een mooie laan met de naam Knesebeckstrasse. Hij belt aan bij nummer 1 en ergens binnen klinkt het geluid van een zoemer en de deur springt open. Ze lopen een schemerige hal binnen en gaan voor twee identieke deuren staan. Frederick drukt op een knop en hoog in het gebouw begint er iets te ratelen, en Werner fluistert: 'Hebben jullie een lift?'

Frederick glimlacht. De machinerie komt ratelend naar beneden en rammelend komt de lift tot stilstand. Frederick duwt de houten deuren naar binnen. Vol verbazing ziet Werner de binnenkant van het gebouw aan hen voorbijschieten. Wanneer ze op de eerste verdieping zijn, zegt hij: 'Kunnen we nog een keer?'

Frederick moet lachen. Ze gaan naar beneden. Weer naar boven. Naar beneden, naar boven, een vierde keer naar de lobby, en Werner staat te turen naar de kabels en gewichten boven de liftkooi in een poging het mechanisme te doorgronden, als er een iel vrouwtje het gebouw binnen komt dat haar paraplu uitschudt. In haar andere hand heeft ze een papieren zak, en al snel ziet ze het uniform van de jongens, het intens witte haar van Werner en de blauwgrijze plekken onder Fredericks ogen. Op de borstzak van haar jas is zorgvuldig een mosterdgele ster genaaid. Precies recht, met één punt naar beneden en éëntje naar boven. Als kleine zaadjes vallen de druppels van haar paraplupunt.

'Goedemiddag, mevrouw Schwarzenberger,' zegt Frederick. Hij gaat met zijn rug tegen de wand van de lift staan en maakt een uitnodigend gebaar.

Ze wurmt zich naar binnen en Werner stapt achter haar aan de lift in. Uit haar tas steekt een bosje verlepte groene takken. Haar kraag, ziet hij, zit niet meer goed vast aan de rest van haar jas; de naden laten los. Als ze zich zou omdraaien, zouden hun ogen maar een handbreedte van elkaar verwijderd zijn.

Frederick drukt op 1, dan op 4. Niemand zegt iets. De oude vrouw haalt een trillende wijsvingertop langs haar wenkbrauw. Ratelend gaat de lift een verdieping omhoog. Frederick doet de kooi open en Werner loopt achter hem aan naar buiten. Hij ziet de grijze schoenen van de oude vrouw langs zijn neus omhooggaan. De deur van nummer 1 gaat al open, en er komt een vrouw in schort met vlezige bovenarmen en een zacht gezicht naar buiten gestormd die Frederick omhelst. Ze kust hem op beide wangen, en voelt dan met haar duimen aan de blauwe plekken.

'Stelt niks voor, Fanni, beetje lopen ravotten.'

Het appartement is chic en prachtig, met overal hoogpolig tapijt dat het geluid dempt. Aan de achterzijde kijken vier grote ramen rechtstreeks uit op vier kale lindebomen. Buiten blijft de natte sneeuw omlaag komen.

'Je moeder is nog niet thuis,' zegt Fanni, terwijl ze haar schort met beide handen gladstrijkt. Haar blik blijft op Frederick gericht. 'Weet je zeker dat het wel gaat?'

'Natuurlijk,' zegt Frederick en samen gaan Werner en hij een warme, fris ruikende slaapkamer in waar Frederick een la opentrekt. Wanneer hij zich omdraait, heeft hij een bril met zwart montuur op. Verlegen kijkt hij Werner aan. 'O, kom op, dat wist je toch wel?'

Met bril op lijkt het gezicht van Frederick tot rust te komen; zijn gezicht klopt beter – dit, denkt Werner, is wie hij is. Een jongen met een zacht huidje en een bril op, met karamelkleurig haar en een heel lichte aanzet tot een snorretje. Vogelliefhebber. Rijkeluiszoontje.

'Ik raakte haast nooit iets bij scherpschieten. Had je het echt niet in de gaten?'

'Misschien,' zegt Werner. 'Misschien wist ik het wel. Maar hoe heb je de ogentesten dan gehaald?'

'De kaarten uit mijn hoofd geleerd.'

'Ze hebben er toch verschillende?'

'Ik had ze alle vier uit mijn hoofd geleerd. Vader had ze van tevoren geregeld. Moeder hielp me bij het studeren.'

'En je verrekijker dan?'

'Is aangepast. Heeft een eeuwigheid geduurd.'

Ze zitten in een ruime keuken aan een hakblok met marmeren blad. Het dienstmeisje Fanni komt binnen met een stuk donker brood en een ronde kaas die ze met een glimlach bij Frederick neerlegt. Ze praten over kerst en hoe jammer Frederick het vond dat hij die had gemist en het dienstmeisje gaat de klapdeur weer door en komt terug met twee witte borden die zo teer zijn dat ze rinkelen bij het neerzetten.

Het duizelt Werner: een lift! Een Jodin! Een dienstmeisje! Berlijn! Ze trekken zich terug op Fredericks slaapkamer, die in beslag wordt genomen door tinnen soldaatjes en modelvliegtuigjes en houten kratten vol stripboeken. Liggend op hun buik bladeren ze de stripboeken door, met het prettige gevoel ver weg te zijn van school, zo nu en dan even naar elkaar kijkend alsof ze benieuwd zijn of hun vriendschap ook zal standhouden in een andere omgeving.

Fanni loopt terug door de klapdeur en zodra die dichtvalt, neemt Frederick Werner bij de arm mee naar de woonkamer, waarna hij op een ladder klimt die tegen hoge hardhouten planken is bevestigd. Hij schuift een grote rieten mand opzij en haalt er een enorm boekwerk achter vandaan: twee delen in een goudkleurige box, beide ter grootte van een babymatrasje. 'Hier.' Zijn stem straalt; zijn ogen stralen. 'Dit wilde ik je nou zo graag laten zien.'

Het boek bevat weelderige kleurschilderingen van vogels. Er duiken twee witte valken met open snavel over elkaar heen. Een bloedrode flamingo houdt zijn zwartgepunte snavel boven stilstaand water. Oogverblindende ganzen staan op een landtong naar een bewolkte lucht te turen. Frederick slaat de pagina's met twee handen om. *Piepende vliegenvanger. Grote zaagbek. Kokardespecht.* Veel van de vogels zijn in het boek groter dan in het echt.

'Audubon,' zegt Frederick, 'was een Amerikaan. Liep jarenlang door moerassen en bossen, in de tijd dat heel Amerika nog één grote verzameling moerassen en bossen was. Hij kon zich een hele dag bezighouden met het bestuderen van één enkele vogel. Vervolgens schoot hij hem dan neer, zette hem met draden en stokjes op en schilderde hem na. Wist waarschijnlijk meer dan enig vogelaar vóór of na hem. De meeste vogels at hij, na ze geschilderd te hebben, op. Kun je het je voorstellen?' Fredericks stem trilt van enthousiasme. Hij staart omhoog. 'Van die schitterende mist en je geweer op je schouder en een vastberaden blik in je ogen?'

Werner probeert te zien wat Frederick ziet: een tijdperk van voor de fotografie, voor de verrekijkers. En toen dook er ineens iemand op die bereid was een compleet onbekende wildernis in te trekken en terugkeerde met schilderijen. Een boek dat niet zozeer vol vogels staat, maar vol vergankelijkheid, vol blauwgevleugelde, trompetterende mysteriën.

Hij moet denken aan het radioprogramma van de Fransman, aan *Grondbeginselen der mechanica* van Heinrich Hertz – zit diezelfde opwinding niet in Fredericks stem? 'Mijn zusje zou dit geweldig vinden,' zegt hij.

'Vader zegt dat we het niet mogen hebben. Zegt dat we het daarboven achter de mand moeten verstoppen omdat het Amerikaans is en in Schotland is gedrukt. Maar het zijn maar vogels!'

De voordeur gaat open en er klinken voetstappen in de hal. Frederick stopt snel de boeken terug in de boxen en roept: 'Moeder?' en een vrouw in een groen skipak met witte strepen over de pijpen komt binnen en roept: 'Fredde! Fredde!' Ze omhelst haar zoon en houdt hem met gestrekte armen voor zich uit, terwijl ze met een vingertop over een zo goed als genezen snee op zijn voorhoofd gaat. Met een lichte paniek op zijn gezicht kijkt Frederick weg langs haar schouder. Is hij soms bang dat ze kan zien dat hij het verboden boek zat te bekijken? Of dat ze boos wordt om zijn blauwe plekken? Ze zegt niets, maar staart haar zoon aan, verzonken in gedachten waar Werner geen peil op kan trekken, en herpakt zich dan.

'En jij moet Werner zijn!' Er verschijnt weer een glimlach op haar gezicht. 'Frederick heeft zoveel over je geschreven! Wat een haar! O, we zijn dol op gasten.' Ze klimt de ladder op en zet de zware boeken van Audubon een voor een weer terug op de plank, alsof ze iets opbergt wat haar irriteert. Met z'n drieën gaan ze aan de grote eikenhouten tafel zitten en Werner bedankt haar voor het treinkaartje en zij vertelt een verhaal over een man die ze 'zojuist tegenkwam, ongelofelijk eigenlijk', die kennelijk een beroemde tennisspeler is en zo nu en dan reikt ze over de tafel en knijpt ze in Fredericks onderarm. 'Je zou het echt geweldig hebben gevonden,' zegt ze meer dan eens, en Werner bestudeert het gezicht van zijn vriend om in te schatten of hij het wel echt zo geweldig zou hebben gevonden, en Fanni komt weer binnen om wijn en meer *Rauchkäse* neer te zetten en een uur lang denkt Werner niet aan Schulpforta, aan Bastian en de zwarte rubberen tuinslang, aan de Jodin van boven – wat een spúllen hebben ze hier! Een viool op een standaard in de hoek en chic meubilair van chroom en een koperen telescoop en een zuiver zilveren schaakspel achter glas en deze overheerlijke kaas die smaakt alsof er rook met de boter is vermengd.

De wijn gloeit aangenaam na in Werners buik en de natte sneeuw drupt van de lindebomen wanneer Fredericks moeder aankondigt dat ze op stap gaan. 'Doen jullie je stropdas even goed, jongens?' Ze smeert wat poeder onder Fredericks ogen en samen wandelen ze naar een bistro, het type restaurant waarvan Werner in zijn stoutste dromen niet had verwacht dat hij er ooit een voet binnen zou zetten, en er wordt weer wijn gebracht, door een jongen in een wit jasje, niet veel ouder dan zij.

Er verschijnt een niet-aflatende stroom van gasten aan hun tafel die Werner en Frederick de hand schudden en Fredericks moeder op zachte en kruiperige toon vragen naar de laatste vorderingen van haar man. In de hoek ziet Werner een meisje in haar eentje dansen, stralend, met haar gezicht naar het plafond. Ogen dicht. Het eten is machtig, en zo nu en dan begint Fredericks moeder te lachen, en Frederick voelt afwezig aan de make-up op zijn gezicht terwijl zijn moeder zegt: 'Nou, Fredde krijgt echt het neusje van de zalm daar op die school, het neusje van de zalm', en het lijkt wel of er elke minuut weer een nieuw iemand voorbijkomt die Fredericks moeder op beide wangen kust en iets in haar oor fluistert. Als Werner Fredericks moeder tegen een vrouw hoort zeggen: 'O, dat oudje van Schwarzenberger is voor het eind van het jaar weg, hoor, dan krijgen wij de bovenverdieping, *du wirst schon sehen*', kijkt hij even naar Frederick, wiens vettige brillenglazen helemaal beslagen zijn in het kaarslicht, en ineens bekruipt hem een groot gevoel van onbehagen. Hij hoort Rödel met de tuinslang zwaaien, de klappen op Fredericks geheven handen. Hij hoort de stemmen van de jongens in zijn Kameradschaft in Zollverein zingen: *Leef trouw, vecht dapper, en sterf met een lach*. De bistro is afgeladen; alle monden bewegen te snel; de vrouw met wie Fredericks moeder praat heeft een misselijkmakende walm van parfum om zich heen; en in het waterige licht lijkt het sjaaltje om de hals van het dansende meisje ineens op een strop.

Frederick zegt: 'Gaat het?'

'Zeker, het is heerlijk allemaal.' Maar Werner krijgt het gevoel dat er binnen in hem iets steeds strakker wordt aangeschroefd.

Op weg naar huis lopen Frederick en zijn moeder voor hem uit. Zij steekt haar slanke arm door de zijne en praat zachtjes tegen hem. Fredde zus, Fredde zo. De straat is leeg, de ramen zijn doods, de elektrische uithangborden gedoofd. Ontelbaar veel winkels, miljoenen mensen om hen heen die in bed liggen te slapen, en toch, waar zijn ze allemaal? Wanneer ze bij Fredericks straat aankomen, buigt een vrouw in een jurk, die tegen een gebouw aan staat geleund, zich voorover en braakt op de stoep.

In het herenhuis trekt Frederick een pyjama van appelgroene zijde aan, legt zijn bril op het nachtkastje en stapt op blote voeten in het koperen bed uit zijn kindertijd. Werner gaat liggen op een uitklapbed waar Fredericks moeder zich tot drie keer toe voor verontschuldigd had, hoewel het matras lekkerder ligt dan alle bedden waarop hij ooit heeft geslapen.

Het wordt stil in het gebouw. Op Fredericks planken staan allemaal modelautootjes te glimmen.

'Zou jij weleens willen,' fluistert Werner, 'dat je niet meer terug hoefde?'

'Het is goed voor vader dat ik op Schulpforta zit. Voor moeder ook. Wat ik wil, doet er niet toe.'

'Natuurlijk doet dat er iets toe. Ik wil ingenieur worden. En jij wilt vogels bestuderen. Net zo worden als die Amerikaanse schilder in het moeras. Waarom zouden we dit anders allemaal doen, als het niet was om te worden wat we wilden worden?'

Stilte in de kamer. In de bomen achter Fredericks raam hangt een vreemd licht.

'Jouw probleem, Werner,' zegt Frederick, 'is dat jij nog steeds gelooft dat je de regie over je eigen leven hebt.'

Als Werner weer wakker wordt, is het allang licht. Hij heeft hoofdpijn en zijn oogleden voelen zwaar. Frederick is al aangekleed, draagt een broek, een gestreken overhemd en een das, en hij zit geknield voor het raam met zijn neus tegen het glas. 'Grijze kwikstaart.' Hij wijst. Werner kijkt langs hem heen naar de kale lindebomen.

'Lijkt maar weinig voor te stellen, toch?' mompelt Frederick. 'Een paar gram veertjes en botjes. Maar die vogel is in staat naar Afrika te vliegen en weer terug. Gevoed door insecten en wormpjes en verlangen.'

De kwikstaart hupt van takje naar takje. Werner wrijft in zijn pijnlijke ogen. Het is maar een vogel.

'Tienduizend jaar geleden,' fluistert Frederick, 'trokken ze hier met miljoenen voorbij. Toen het hier nog één grote tuin was, één eindeloze tuin, tot aan de horizon.'

Hij komt niet terug

Marie-Laure wordt wakker in de veronderstelling dat ze het geschuifel van papa's schoenen hoort, het gerammel van zijn sleutelbos. Derde verdieping vierde verdieping vijfde. Zijn vingers die langs de deurklink gaan. Zijn lichaam dat in de stoel naast haar een net waarneembare warmte uitstraalt. Zijn kleine gereedschap dat over het hout raspt. Hij ruikt naar lijm en schuurpapier en Gauloises bleues.

Maar het is alleen maar het huis dat kraakt. De zee die schuim tegen de rotsen aan gooit. Zinsbegoocheling.

Op de twintigste ochtend zonder bericht van haar vader komt Marie-Laure haar bed niet meer uit. Het kan haar niet meer schelen dat haar oudoom tot twee keer toe een ouderwetse stropdas omdeed en bij de voordeur ging staan terwijl hij vreemde rijmpjes in zichzelf fluisterde – à la pomme de terre, je suis par terre; au haricot, je *suis dans l'eau* – om zichzelf moed in te spreken om naar buiten te gaan en daarin jammerlijk faalde. Ze smeekt madame Manec niet meer om haar naar het treinstation te brengen, om nog een brief te schrijven, om nog een nutteloze middag op de prefectuur door te brengen om de bezettingsautoriteiten te smeken haar vader op te sporen. Ze wordt onbereikbaar, nukkig. Ze gaat niet meer in bad, warmt zich niet meer aan het vuur in de keuken, vraagt niet meer of ze naar buiten mag. Eten doet ze amper nog. 'Volgens het museum zijn ze aan het zoeken, kind,' fluistert madame Manec, maar wanneer ze haar lippen op Marie-Laures voorhoofd wil drukken, trekt het meisje zich terug alsof ze zich ergens aan brandt.

In reactie op Etiennes verzoek om informatie laat het museum weten dat Marie-Laures vader nooit is aangekomen.

'Nooit aangekomen?' zegt Etienne hardop.

Dit wordt de vraag die maar door Marie-Laures hoofd blijft spoken. Waarom heeft hij het niet gered tot aan Parijs? Als hij Parijs niet kon bereiken, waarom is hij dan niet terug naar Saint-Malo gekomen? *Jou laat ik nooit in de steek, nog in geen miljoen jaar.*

Ze wil alleen nog maar naar huis, om in hun vierkamerappartement de kastanjeboom voor haar raam te horen ruisen; de kaasboer zijn luifel te horen optrekken; haar vaders vingers stevig om de hare te voelen.

Had ze hem nou maar gesmeekt om te blijven.

Nu jaagt alles in het huis haar angst aan: de krakende trap, de luiken voor de ramen, de lege kamers. De herrie en de stilte. Etienne probeert haar met flauwe experimenten op te vrolijken: een azijnvulkaan, een tornado in een fles. 'Hoor je het, Marie? Hoe hij rondkolkt daarbinnen?' Ze doet niet eens alsof het haar interesseert. Madame Manec brengt haar omeletten, cassoulet, brochettes met vis, ze weet ondanks voedselbonnen echt wonderen te fabriceren, en de restjes uit haar keukenkastjes slinken, maar Marie-Laure weigert te eten.

'Als een slak,' hoort ze Etienne aan de andere kant van haar deur zeggen. 'Zo stevig ligt ze opgerold daarbinnen.'

Maar ze is kwaad. Op Etienne omdat hij te weinig doet, op madame Manec omdat ze te veel doet, op haar vader omdat hij er niet is om zijn afwezigheid voor haar op te helderen. Op haar ogen omdat die haar in de steek laten. Op alles en iedereen. Ze had nooit geweten dat je kunt sterven van liefde. Urenlang zit ze geknield op de vijfde verdieping, in haar eentje met het raam open en de zee die ijskoude wind de kamer in blaast, terwijl haar vingers op de maquette van Saint-Malo langzaamaan gevoelloos worden. Zuidwaarts naar de Poort van Dinan. Westwaarts naar het Plage du Môle. Terug naar de rue Vauborel. Elke seconde wordt het kouder in Etiennes huis; met elke seconde voelt het alsof haar vader haar meer ontglipt.

Gevangene

Op een ochtend in februari worden de cadetten om twee uur hun bed uit geroepen en de glinsterende sneeuw in gedreven. In het midden van het vierkante plein branden fakkels. Bastian de kleerkast waggelt naar buiten met blote benen onder zijn jas.

Frank Volkheimer duikt op uit de schaduw en sleept een haveloze en graatmagere man met twee verschillende schoenen aan met zich mee. Volkheimer posteert hem naast de commandant, waar een paal in de sneeuw is geslagen. Op systematische wijze bindt Volkheimer de romp van de man vast aan de paal.

Boven hen hangt een koepel van sterren; de collectieve ademhaling van de cadetten vermengt zich langzaam, als in een nachtmerrie, boven de binnenplaats.

Volkheimer trekt zich terug; de commandant loopt heen en weer.

'Jongens, jullie hebben geen idee wat voor beest dit is. Wat voor smerig dier, een centaur, een *Untermensch*.'

Iedereen rekt zijn hals om het beter te kunnen zien. De gevangene is geboeid aan zijn enkels, en zijn onderarmen zijn aan elkaar vastgebonden. Zijn dunne overhemd is gescheurd bij de naden en hij staart in het niets, helemaal slap van de onderkoeling. Hij ziet er Pools uit. Russisch, misschien. Ondanks zijn ketenen lukt het hem om zachtjes heen en weer te wiegen.

Bastian zegt: 'Deze man is ontsnapt uit een werkkamp. Probeerde in te breken op een boerderij en een liter verse melk te stelen. Hij werd in zijn kraag gevat voor hij nog ergere wandaden kon begaan.' Hij maakt een vaag gebaar naar iets achter de muren. 'Als we hem zijn gang lieten gaan zou deze barbaar zo jullie keel doorsnijden.'

Sinds het bezoek aan Berlijn heeft er zich een diepe angst in Werner genesteld. Hij kwam langzaam opzetten, even traag als de zon langs de hemel bewoog, maar inmiddels merkt hij dat hij brieven aan Jutta schrijft waarin hij de waarheid moet omzeilen, moet doen alsof alles goed gaat, ook al voelt het helemaal niet zo. Hij raakt verzeild in dromen waarin Fredericks moeder verandert in een loerende demon met een klein mondje die dr. Hauptmanns driehoeken over zijn hoofd heen trekt.

Voor een forum van duizend ijzige sterren voltrekt zich de bijeenkomst op het plein. De kou is indringend, zielloos.

'Deze blik?' zegt Bastian, en hij wappert met zijn vlezige hand. 'Alsof hij niets meer heeft om voor te leven? Een Duitse soldaat bereikt dit punt nooit. Deze blik heeft een naam. Hij heet "op sterven na dood".'

De jongens doen hun best om niet te huiveren. De gevangene kijkt knipperend met zijn ogen toe, alsof hij het tafereel van bovenaf gadeslaat. Volkheimer komt terug met een aantal rammelende emmers, twee andere derdejaars rollen een waterslang uit over het plein. Bastian legt uit: eerst de instructeurs. Dan de leerlingen uit de hoogste klassen. Iedereen zal in een rij langslopen en een emmer water over de gevangene heen kieperen. Iedereen op school.

Ze beginnen. Een voor een pakken de instructeurs een volle emmer van Volkheimer aan en gooien de inhoud van een meter afstand naar de gevangene. Er klinkt gejuich op in de ijzige nacht.

Bij de eerste twee, drie plenzen water wordt de gevangene wakker, en helt hij op zijn hielen naar achter. Er verschijnen verticale rimpels tussen zijn ogen: hij ziet eruit als iemand die zich iets heel belangrijks probeert te herinneren.

Tussen de instructeurs in hun donkere capes komt dr. Hauptmann langs, met zijn gehandschoende vingers trekt hij zijn kraag strak om zijn hals. Hauptmann neemt zijn emmer aan, gooit een plens water en blijft niet staan om te kijken hoe die neerkomt.

Het water blijft maar komen. Het gezicht van de gevangene wordt leeg. Hij hangt aan de touwen die hem overeind houden en zijn romp glijdt omlaag langs de paal en zo nu en dan stapt Volkheimer uit de schaduw, één bonk massieve dreiging, waardoor de gevangene weer rechtop gaat staan.

De oudere leerlingen verdwijnen in het kasteel. Er klinkt een gedempt, ijzig gekletter steeds wanneer een emmer opnieuw wordt gevuld. De zestienjarigen kwijten zich van hun taak. De vijftienjarigen ook. Het gejoel wordt zwakker en Werner wil maar één ding: vluchten. Rennen. Rennen.

Nog drie jongens en dan is hij aan de beurt. Twee jongens. Werner probeert in gedachten beelden op te roepen, maar de enige beelden die willen komen zijn verschrikkelijk: de hijsmachine boven Mijn Negen; de ineengedoken mijnwerkers die rondliepen alsof ze het gewicht van enorme ketenen met zich meezeulden. De jongen die tijdens het toelatingsexamen stond te trillen als een rietje voor hij viel. Iedereen gevangen in zijn eigen rol: wezen, cadetten, Frederick, Volkheimer, de oude Jodin van boven. Zelfs Jutta.

Wanneer hij aan de beurt is, gooit Werner het water, net als alle anderen, en de plens raakt de gevangene op zijn borstkas en er klinkt een obligaat gejoel. Hij voegt zich bij de cadetten die staan te wachten om te mogen inrukken. Natte laarzen, natte broekomslagen; zijn handen zijn zo gevoelloos geworden dat het lijkt alsof ze niet meer van hem zijn.

Vijf jongens later is Frederick aan de beurt. Frederick, die duidelijk niet goed kan zien zonder zijn bril. Die niet mee heeft gejoeld bij elke emmer water die doel trof. Die staat te fronsen naar de gevangene alsof hij iets in hem herkent.

En Werner weet wat Frederick gaat doen.

Frederick moet naar voren worden geduwd door de jongen achter hem. Frederick krijgt een emmer aangereikt en giet hem leeg op de grond.

Bastian zet een stap naar voren. Zijn gezicht wordt vuurrood in de kou. 'Geef hem er nog een.'

Opnieuw klotst Frederick hem leeg op het ijs aan zijn voeten. Met een klein stemmetje zegt hij: 'Hij is al aan zijn eind, meneer.'

De oudere leerling geeft hem een derde emmer. 'Gooien,' commandeert Bastian. De nacht dampt, de sterren stralen, de gevangene wankelt, de jongens kijken, de commandant houdt zijn hoofd scheef. Frederick giet het water uit over de grond. 'Ik doe het niet.'

Plage du Môle

Al negenentwintig dagen is er taal noch teken vernomen van Marie-Laures vader. Ze wordt wakker van het geluid van madame Manecs zware pumps die de trap op lopen naar de tweede verdieping de derde de vierde.

Etiennes stem op de overloop bij zijn studeerkamer: 'Niet doen.'

'Hij komt het niet te weten.'

'Ik ben verantwoordelijk voor haar.'

Dan klinkt er een onverwachte hardheid door in madame Manecs stem. 'Ik kan dit geen moment langer aanzien.'

Ze komt de laatste trap op. Marie-Laures deur gaat krakend open; de oude vrouw loopt de kamer in en legt haar zware hand op Marie-Laures voorhoofd. 'Ben je wakker?'

Marie-Laure krult zichzelf op in een hoekje en geeft antwoord vanonder haar beddegoed. 'Ja, mevrouw.'

'We gaan naar buiten. Neem je stok mee.'

Marie-Laure kleedt zich aan; onder aan de trap wacht madame Manec haar op met een stuk brood. Ze doet een sjaal om Marie-Laures hoofd, knoopt haar jas helemaal dicht tot aan haar kraag en doet de voordeur open. Het is een rustige ochtend ergens eind februari en het ruikt naar regen.

Marie-Laure aarzelt, luistert. Haar hart klopt twee vier zes acht.

'Er is nog bijna niemand buiten, lieverd,' fluistert madame Manec. 'En we doen niets verkeerds.'

Het hek piept.

'Een stapje naar beneden, nu rechtdoor, heel goed.' De kinderkopjes drukken onregelmatig tegen Marie-Laures schoenen; de punt van haar stok blijft haken, trilt, blijft opnieuw haken. Er valt wat motregen; die tikt op de daken; loopt weg via straatgoten; vormt pareltjes op haar sjaal. Geluid weerkaatst tussen de hoge huizen; ze krijgt het gevoel, net als toen ze hier voor het eerst een voet zette, dat ze in een doolhof is beland.

Ver boven hen klopt iemand vanuit een raam een stofdoek uit. Er miauwt een kat. Welke gevaren liggen daar knarsetandend op de loer? Waar moest haar vader haar nou zo nodig tegen beschermen? Ze gaan een hoek om, dan nog een en dan leidt madame Manec haar naar links naar een plek die ze niet had verwacht in de met mos bedekte omwalling die tot dan toe onafgebroken doorliep, en ze gaan een hekje door.

'Madame?'

Ze lopen de stad uit.

'Hier een trap, pas op, één trede, twee, goed zo, fluitje van een cent...'

De zee. De zee! Recht voor haar neus! Zo dichtbij al die tijd. Hij zuigt en buldert en spat en raast; hij komt naar voren en zwelt op en valt over zichzelf heen; de doolhof van Saint-Malo heeft zich geopend naar een portaal van geluid, groter dan ze ooit heeft meegemaakt. Groter dan de Jardin des Plantes, dan de Seine, groter dan de grootste galerijen van het museum. Ze had het zich niet op de juiste manier voorgesteld; ze had de schaal niet begrepen.

Wanneer ze haar gezicht naar de hemel opricht kan ze de duizend piepkleine spikkeltjes van regendruppels op haar wangen, op haar voorhoofd voelen prikken. Ze hoort madame Manecs raspende ademhaling en het diepe geluid van de zee tussen de rotsen en het geroep van iemand verderop aan het strand, dat weerkaatst tegen de hoge muren. In gedachten hoort ze haar vader sloten oppoetsen. Dr. Geffard langs zijn rijen lades lopen. Waarom hebben ze haar nooit verteld dat het zo zou zijn?

'Dat is monsieur Radom die zijn hond roept,' zegt madame Manec. 'Niets om je zorgen over te maken. Hier heb je mijn arm. Ga maar zitten en trek je schoenen uit. Rol de mouwen van je jas maar op.'

Marie-Laure doet wat haar gezegd wordt. 'Kijken ze?'

'De Boches? En wat dan nog? Een oude vrouw en een meisje? Dan zeg ik wel dat we mosselen aan het zoeken zijn. Wat kunnen ze ons maken?'

'Oom zegt dat er op het strand bommen liggen begraven.'

'Maak je daar nou maar niet druk over. Jouw oom wordt al bang van zijn eigen schaduw.'

'Hij zegt dat de maan de zee wegtrekt.'

'De maan?'

'Soms trekt de zon ook. Hij zegt dat de getijden rondom de eilanden trechters maken die boten in hun geheel kunnen opslokken.'

'Daar komen we niet eens bij in de buurt, lieverd. We zijn gewoon op het strand.'

Marie-Laure doet haar sjaal af en madame Manec neemt hem aan. Er glijdt een ziltige, zeewierachtige, donkergrijze bries haar kraag binnen.

'Madame?'

'Ja?'

'Wat moet ik nu doen?'

'Gewoon lopen.'

Ze loopt. Er liggen koude ronde kiezels onder haar voeten. Dan krakend zeewier. Dan iets zachters: nat, glad zand. Ze buigt zich voorover en spreidt haar vinger. Het is als koude zijde. Koude, weelderige zijde waarop de zee haar geschenken heeft uitgestald: kiezelstenen, schelpen, eendenmosselen. Piepkleine stukjes zeewier. Met haar vingers graaft en voelt ze; de regendruppels vallen achter in haar nek, op de rug van haar handen. Het zand trekt de warmte uit haar vingertoppen, uit haar voetzolen.

De knoop in Marie-Laures maag begint na een maand wat losser te worden. Ze beweegt zich langs de vloedlijn, aanvankelijk bijna kruipend, en stelt zich voor hoe het strand zich naar beide richtingen uitstrekt, om de kaap heen loopt, de buitenste eilanden omarmt, het hele filigranen raster van de Bretonse kustlijn met zijn wilde voorgebergtes en vervallen afweergeschut en zijn met klimplanten overwoekerde ruïnes. Ze stelt zich de ommuurde stad achter haar voor, met haar hoge omwalling, haar labyrint van straten. Alles ineens net zo klein als papa's maquette. Maar datgene wat de maquette omringt is niet iets waar haar vader haar ooit iets over heeft verteld; wat zich achter de maquette bevindt is simpelweg onweerstaanbaar.

Krijsend scheert er een vlucht meeuwen over haar heen. Elk van de honderdduizend minuscule zandkorreltjes in haar vuisten schraapt tegen zijn buurman aan. Ze voelt hoe haar vader haar oppakt en drie keer in het rond draait.

Er komt geen soldaat van de bezetter om hen te arresteren; er is zelfs niemand die hen aanspreekt. In drie uur tijd ontdekt Marie-

Laure met haar gevoelloze vingers een kwal, een verweerde reddingsboei en wel duizend gepolijste stenen. Ze waadt tot aan haar knieën het water in en laat de zoom van haar jurk nat worden. Als madame Manec haar uiteindelijk – vochtig en overweldigd – terugleidt naar de rue Vauborel, loopt Marie-Laure alle vijf de trappen op en klopt op de deur van Etiennes studeerkamer en gaat voor hem staan, met haar gezicht helemaal onder het natte zand.

'Wat bleef je lang weg,' mompelt hij. 'Ik maakte me zorgen.'

'Hier, oom.' Uit haar zakken haalt ze allerlei schelpen tevoorschijn. Eendenmosselen, porseleinslakken, dertien klompjes kwarts, korrelig van het zand. 'Deze heb ik voor u meegenomen. En deze en deze en deze.'

Edelsteenslijper

In drie maanden tijd is sergeant-majoor Von Rumpel naar Berlijn en Stuttgart gereisd; heeft hij de waarde bepaald van honderd in beslag genomen ringen, twaalf diamanten armbanden, een Letse sigarettenhouder met een ruitvormige fonkelende blauwe topaas; nu, terug in Parijs, heeft hij een week in het Grand Hôtel gelogeerd en zijn vragen laten uitzwermen als vogels. Elke nacht weer beleeft hij het moment opnieuw: toen hij die peervormige diamant, die onder de lens van zijn loep enorm werd, tussen zijn duim en wijsvinger hield en hij ervan overtuigd was dat hij de 133-karaats Zee der Vlammen in handen had.

Hij staarde naar het ijsblauwe binnenste van de steen, waarin miniatuurbergketens zwart vuur, felrode, koraalrode en lila tinten uit leken te stralen, veelhoeken van kleur die fonkelden en schitterden als hij hem ronddraaide, en bijna had hij zichzelf ervan overtuigd dat de verhalen klopten, dat eeuwen geleden de zoon van een sultan een kroon droeg die zijn bezoekers verblindde, dat de bezitter van de diamant onsterfelijk was, dat de legendarische steen langs de radertjes van de geschiedenis omlaag was gestuwd en in zijn handen was beland.

Het was een vreugdevol moment geweest – vol triomf. Maar er kwam ook een onverwachte angst bij hem opzetten; de steen zag er zowel betoverend als betoverd uit, niet voor mensenogen bestemd. Iets wat je, als je er eenmaal naar had gekeken, nooit meer zou kunnen vergeten.

Maar. Uiteindelijk had de rede overwonnen. De naden van de vlakken van de diamant waren niet zo scherp als ze zouden moeten zijn. De zetting was een klein beetje glazig. Wat nog veelzeggender was, was dat de steen geen fijne barstjes vertoonde, geen kleine puntjes, geen enkel insluitsel. *Een echte diamant*, placht zijn vader te zeggen, *is nooit helemaal vrij van insluitsels. Een echte diamant is nooit perfect.*

Had hij dan verwacht dat hij echt zou zijn? Dat hij precies op de plek zou liggen waar hij verwacht had hem te vinden? Dat hij in één enkele dag zo'n grote slag zou slaan?

Natuurlijk niet.

Je zou kunnen denken dat Von Rumpel gefrustreerd is, maar dat is hij niet. Integendeel, hij is behoorlijk optimistisch. Het museum zou nooit een steen van zo'n grote kwaliteit hebben laten maken als het de echte niet ergens in bezit had. De afgelopen weken in Parijs heeft hij in de verloren uurtjes een lijst van zeven edelsteenslijpers teruggebracht tot drie, toen tot één: iemand met de naam Dupont, half Frans, half Algerijns, die zich in het slijpen van opaal had gespecialiseerd. Het lijkt erop dat Dupont voor de oorlog zijn geld verdiende met het polijsten van spinellen tot nepdiamanten voor douairières en baronessen. Ook voor musea.

Ergens in februari, om middernacht, laat Von Rumpel zichzelf binnen in Duponts overdreven nette winkel, niet ver van de Sacré-Coeur. Hij bekijkt een kopie van Streeters *Edelstenen en juwelen*; tekeningen van splijtingsvlakken, trigonometrische grafieken gebruikt voor het slijpen. Wanneer hij meerdere nauwgezette kopieën vindt van een vorm die precies overeenkomt met het formaat en de peervorm van de steen in de kluis van het museum, weet hij dat hij beet heeft.

Dupont wordt op verzoek van Von Rumpel voorzien van valse voedselbonnen. Nu wacht Von Rumpel af. Hij bereidt zijn vragen voor: Hebt u nog meer replica's gemaakt? Hoeveel? Weet u wie ze nu heeft?

Op de laatste dag van februari 1941 komt een parmantig Gestapomannetje hem het nieuws brengen dat een nietsvermoedende Dupont geprobeerd heeft om de valse bonnen in te wisselen. Hij is gearresteerd. *Kinderleicht*: kinderspel.

Het is een mooie en druilerige winteravond, met hoopjes smeltende sneeuw langs de randen van het Place de la Concorde, de stad ziet er spookachtig uit, met regendruppels als juwelen op haar ramen. Een korporaal met gemillimeterd haar controleert Von Rumpels identiteitsbewijs en verwijst hem niet naar een cel, maar naar een kantoor op de tweede verdieping met een hoog plafond, waar een typiste achter een bureau zit. Op de muur achter haar valt een geschilderde blauweregen uiteen in een warrige modernistische kleurenwolk waar Von Rumpel ongemakkelijk van wordt.

Dupont zit vastgebonden op een goedkope keukenstoel midden in de kamer. Zijn gezicht heeft de kleur en glans van tropisch hout. Von Rumpel verwachtte een mix van angst, verontwaardiging en honger, maar Dupont zit kaarsrecht. Een van de glazen van zijn bril is al gebroken, maar verder ziet hij er lang niet slecht uit.

De typiste drukt haar sigaret uit in een asbak, met een felrode veeg lippenstift op de filter. De asbak is propvol: er liggen wel vijftig uitgedrukte peuken in, als rompen zonder ledematen, het ziet er enigszins bloederig uit.

'U kunt gaan,' zegt Von Rumpel met een knikje naar haar, en hij richt zijn blik op de edelsteenslijper.

'Hij spreekt geen Duits, meneer.'

'Daar komen we wel uit,' zegt hij in het Frans. 'Doet u de deur achter u dicht, alstublieft.'

Dupont kijkt op, ergens in hem zit een klier die zijn bloed injecteert met moed. Von Rumpel hoeft geen glimlach te forceren; die verschijnt vanzelf. Hij hoopt op namen, maar het enige wat hij echt nodig heeft is een getal.

Mijn liefste Marie-Laure,

We zijn nu in Duitsland en alles gaat goed. Ik heb een engel weten te vinden die zal proberen om dit naar jou toe te krijgen. De wintersparren en elzen zijn hier heel mooi. En – je zult je oren niet geloven, maar je moet het van me aannemen – we krijgen hier heerlijk te eten. Eersteklas: kwartel en eend en gestoofd konijn. Kippenpootjes en gebakken aardappeltjes met spek en abrikozentaartjes. Gekookt rundvlees met worteltjes. Coq-au-vin met rijst. Pruimentaartjes. Fruit en roomijs. Zoveel als we maar op kunnen. Ik kijk altijd zo uit naar de maaltijden!

Wees beleefd tegen je oudoom en madame. Bedank hen voor het feit dat ze dit aan je voorlezen. En weet dat ik altijd bij je ben, dat ik altijd naast je zit.

Je papa

Entropie

Een week lang blijft de dode gevangene vastgebonden aan de paal op de binnenplaats hangen, zijn huid bevroren en grauw. Soms komen er jongens bij hem staan om hem de weg te vragen; er wordt hem een patroonriem omgehangen en een helm opgezet. Na een paar dagen strijken er op zijn schouders wat kraaien neer die er met hun snavels op los pikken, en uiteindelijk komt de conciërge met twee derdejaars naar buiten en hakken ze de voeten van het lijk met een grote hamer uit het ijs, leggen hem op een karretje en rijden hem weg.

In negen dagen tijd wordt Frederick bij de gevechtsoefeningen drie keer tot zwakste verkozen. Bastian loopt steeds verder weg en telt sneller dan ooit, waardoor Frederick vier- of vijfhonderd meter moet rennen, vaak door een dik pak sneeuw, en de jongens spurten achter hem aan alsof hun leven ervan afhangt. Elke keer weer wordt hij gepakt; elke keer weer wordt hij onder het toeziend oog van Bastian afgeranseld; elke keer onderneemt Werner niets om er een eind aan te maken.

Frederick houdt het zeven klappen vol voor hij neervalt. Dan zes. Dan drie. Hij huilt nooit en vraagt nooit of hij weg mag, en juist dit lijkt een moorddadige frustratie los te maken in de commandant. Fredericks dromerigheid, zijn anders-zijn – het hangt als een geur om hem heen, en iedereen ruikt het.

Werner probeert te vluchten in zijn werk in Hauptmanns lab. Hij heeft een prototype ontwikkeld van hun ontvanger en testbuizen en lampen en handtelefoons en stekkers – maar zelfs in die late uurtjes lijkt het of de hemel is verduisterd en de school is verworden tot een steeds grimmiger en afgrijselijker oord. Hij heeft last van zijn maag. Hij krijgt diarree. Hij wordt midden in de nacht wakker en ziet Frederick voor zich op zijn slaapkamer in Berlijn, met zijn bril op en een stropdas om, waar hij gevangen vogels vrijlaat uit de bladzijdes van een enorm boek.

Je bent een slim jongetje. Je zult het prima doen.

Op een avond, als Hauptmann in zijn kantoor aan het eind van de gang zit, kijkt Werner de dominante, slaperige Volkheimer in de hoek even aan en zegt: 'Die gevangene.'

Volkheimer knippert met zijn ogen, het steen verandert in vlees en bloed. 'Dat doen ze ieder jaar.' Hij zet zijn pet af en strijkt met één hand over de dikke stoppels op zijn hoofd. 'Dan zeggen ze dat hij een Pool is, een communist, een kozak. Dat hij sterkedrank of kerosine of geld heeft gestolen. Het is elk jaar hetzelfde.'

Vechtend tegen de klok sloven jongens zich uit op een tiental gebieden. Vierhonderd kinderen die over de rand van een scheermes kruipen.

'Elke keer weer ook diezelfde uitdrukking,' voegt Volkheimer eraan toe. '"Op sterven na dood".'

'Maar was het wel fatsoenlijk om hem daar zo buiten te laten? Zelfs toen hij al dood was?'

'Fatsoen vinden ze niet belangrijk.' Dan komen Hauptmanns laarzen kordaat de kamer in geklakt en zakt Volkheimer weer weg in de hoek, waar zijn ogen in de schaduw verdwijnen, en krijgt Werner niet meer de kans om hem te vragen wie hij met 'ze' bedoelt.

Er zijn jongens die dode muizen in de laarzen van Frederick stoppen. Ze noemen hem een mietje, Pijpertje en geven hem talloze andere kinderachtige bijnamen. Tot twee keer toe pakt een vijfdejaars Fredericks verrekijker af en besmeurt de lenzen met uitwerpselen.

Werner zegt tegen zichzelf dat hij zijn best doet. Elke avond poetst hij Fredericks laarzen tot ze glimmen van jewelste – weer een reden minder waarom een zaalwacht, Bastian of een ouderejaars hem te na zou kunnen komen. Elke zondagochtend zitten ze zwijgzaam samen in een straaltje zon en helpt Werner hem met zijn huiswerk. Frederick fluistert dat hij dit voorjaar een leeuweriksnest hoopt te vinden in het gras buiten de schoolmuren. Een keer steekt hij zijn potlood omhoog, staart hij voor zich uit en zegt: 'Kleine bonte specht', en in de verte hoort Werner het geluid van een vogel dat hen over het terrein en door de muur heen bereikt.

Tijdens de lessen technische natuurkunde introduceert dr. Hauptmann de wetten van de thermodynamica. 'Entropie, wie kan vertellen wat dat is?'

De jongens duiken ineen boven hun bureau. Niemand steekt zijn hand op. Statig loopt Hauptmann langs de rijen. Werner probeert geen spier te vertrekken.

'Pfennig.'

'Entropie is de mate van willekeur of wanorde in een systeem, doctor.'

Hij houdt zijn blik een seconde lang op Werner gericht, een blik die tegelijkertijd warm en beangstigend aanvoelt. 'Wanorde. Jullie horen het van de commandant. Jullie horen het van je zaalwacht. Er moet orde zijn. Het leven bestaat uit chaos, heren. En wij staan voor het brengen van orde in die chaos. Zelfs tot in de genen. Wij ordenen de evolutie van de soorten. Schiften al het inferieure, het onhandelbare, het kaf eruit. Dat is het grote project van het Reich, het grootste project waaraan de mens ooit is begonnen.'

Hauptmann schrijft op het bord. De cadetten nemen de woorden over in hun schrift. *De entropie van een gesloten systeem neemt nooit af. Ieder proces is wetmatig aan verval onderhevig.*

Het rondje

Al blijft Etienne er bezwaar tegen maken, madame Manec neemt Marie-Laure elke ochtend mee naar het strand. Het meisje strikt zelf haar veters, gaat op de tast de trap af en wacht in de hal met haar stok in haar vuist, terwijl madame Manec de keuken opruimt.

'Ik kan zelf de weg wel vinden,' zegt Marie-Laure de vijfde keer dat ze naar buiten gaan. 'U hoeft me niet te begeleiden.'

Het is tweeëntwintig stappen naar de kruising met de rue d'Estrées. Dan nog veertig naar het hekje. Negen stappen naar beneden en dan staat ze op het zand en wordt ze overspoeld door de twintigduizend geluiden van de zee.

Ze verzamelt dennenappels die uit verafgelegen bomen zijn gevallen. Dikke strengen touw. Gladde bolletjes van aangespoelde poliepen. Een keer een verdronken mus. Het allerfijnst vindt ze het om met eb naar de noordkant van het strand te lopen, op haar hurken te gaan zitten voor een eilandje dat madame Manec Le Grand Bé noemt, en daar met haar vingers rondjes te draaien in getijdenpoeltjes. Alleen dan, met haar tenen en vingers in de koude zee, lijken haar gedachten helemaal los van haar vader te komen, alleen dan houdt ze op zich af te vragen in welke mate zijn brief op waarheid berustte; wanneer hij weer schrijft; waarom hij gevangen is genomen. Ze luistert gewoon, hoort, ademt.

Haar slaapkamer vult zich met kiezelstenen, glas van overzee, schelpen: veertig kamschelpen op de vensterbank, eenenzestig wulken op de kledingkast. Wanneer ze maar kan sorteert ze ze op soort, vervolgens op maat. Kleinste links, grootste rechts. Ze vult potten, emmers, dienbladen; de kamer neemt de geur van de zee aan.

De meeste ochtenden maakt ze na het strand een rondje met madame Manec. Ze gaan naar de groentemarkt, soms naar de slager, dan brengen ze eten naar die buren die het volgens madame Manec op dat moment het best kunnen gebruiken. Ze gaan een weergalmende trap op, kloppen op een deur; een oude vrouw vraagt hun binnen te komen, vraagt naar nieuws, staat erop dat ze alle drie een vingerhoedje sherry drinken. Madame Manecs energie, merkt Marie-Laure, kent geen grenzen; alsof ze uitbot, haar tentakels schieten alle kanten op, ze staat vroeg op, is tot laat in de avond aan het werk, flanst zonder ook maar een druppel room een roomsoepje in elkaar, met minder dan een kopje bloem een heel brood. Samen klossen ze door de smalle straatjes, Marie-Laure met haar hand op de achterkant van madames schort, achter de geur van haar stoofpotjes en taarten aan; op dat soort momenten lijkt madame een enorme bewegende haag van rozenstruiken, doornig en geurig en vol bijen.

Versgebakken brood naar de oude weduwe madame Blanchard. Soep naar monsieur Saget. Langzaamaan vormt er zich een driedimensionale kaart met lichtgevende markeringen in Marie-Laures hoofd; een dikke plataan op het Place aux Herbes; negen in vorm geknipte bomen in potten voor het Hôtel Continental; zes trappen naar boven een passage met de naam rue du Connétable.

Een paar keer per week brengt madame eten naar Dwaze Hubert Bazin, een veteraan uit de vorige oorlog die in weer en wind in een nisje achter de bibliotheek slaapt. Die zijn neus, linkeroor en -oog is kwijtgeraakt door een granaat. Die voor de helft van zijn gezicht een emaillen koperen masker draagt.

Hubert Bazin vindt het heerlijk om over de muren en tovenaars en piraten van Saint-Malo te praten. Door de eeuwen heen, vertelt hij Marie-Laure, heeft de omwalling bloeddorstige plunderaars, Romeinen, Kelten en Noormannen buiten weten te houden. Al dertienhonderd jaar, zegt hij, hebben de muren boosaardige zeelieden buiten weten te houden die voor de kust voor anker gingen en brandende kogels op de huizen afschoten, die probeerden alles in de as te leggen en iedereen uit te hongeren, die er alles voor overhadden om hen allemaal uit te moorden.

'De moeders van Saint-Malo,' zegt hij, 'drukten hun kinderen steevast op het hart: Rechtop zitten. Met twee woorden spreken. Anders komt er midden in de nacht een Engelsman die je de keel doorsnijdt.'

'Hubert, alsjeblieft,' zegt madame Manec. 'Je jaagt haar de stuipen op het lijf.'

In maart wordt Etienne zestig en stooft madame Manec kleine mosseltjes – *palourdes* – met sjalotjes die ze met wat champignons en stukjes hardgekookt ei serveert; de enige twee eieren, laat ze weten, die in de hele stad te vinden waren. Etienne praat met zijn zachte stem over de uitbarsting van de Krakatau, hoe, in zijn vroegste herinneringen, de as uit Oost-Indië de zonsondergangen in Saint-Malo bloedrood kleurde, grote felrode aderen die elke avond boven zee brandden; en heel even lijkt de bezetting voor Marie-Laure, met haar zakken vol zand en haar gezicht rozig van de wind, wel duizend kilometer ver weg. Ze mist papa, Parijs, dr. Geffard, de tuinen, haar boeken, haar dennenappels, stuk voor stuk zijn het gaten in haar leven. Maar de afgelopen paar weken is haar leven draaglijk geworden. Op het strand worden haar gemis en haar angst tenminste door wind en kleuren en licht weggespoeld.

De meeste middagen, na het ochtendrondje met madame, zit Marie-Laure op haar bed met het raam open en laat ze haar handen over haar vaders maquette van de stad gaan. Met haar vingers gaat ze langs de scheepsbouwloodsen aan de rue de Chartres, langs madame Ruelles bakkerij in de rue Robert Surcouf. In haar verbeelding ziet ze de bakkers rondglijden over een vloer die helemaal glad is van de bloem, op de manier zoals ze denkt dat schaatsers zich bewegen, en broden bakken in dezelfde vierhonderd jaar oude oven die monsieur Ruelles betovergrootvader nog gebruikt had. Met haar vingers gaat ze langs de trappen van de kathedraal – hier snoeit een oude man rozen in een tuin; hier, naast de bibliotheek, zit Dwaze Hubert Bazin in zichzelf te mompelen terwijl hij met zijn ene oog in een lege wijnfles staart; hier is het klooster; hier naast de vismarkt is het restaurant Chez Chuche; hier is rue Vauborel 4, met de voordeur in een nis, waar madame Manec beneden naast haar bed neerknielt, schoenen uit, rozenkrans tussen haar vingers, een gebed voor zo ongeveer iedereen in de stad. Hier, in een kamer op de vierde verdieping, loopt Etienne langs zijn lege planken, laat hij zijn vingers langs de plekken gaan waar ooit zijn radio's stonden. En ergens buiten de grenzen van de maquette, buiten de grenzen van Frankrijk, op een plek waar ze met haar vingers niet bij kan, zit haar vader in een cel, met een stuk of twaalf van zijn uitgesneden maquettes op een vensterbank, een bewaker die naar hem toe komt met iets waarvan ze dolgraag wil dat het een feestmaal is – *kwartels en eend en gestoofd konijn. Kippenpootjes en gebakken aardappeltjes met spek en abrikozentaartjes* – wel tien dienbladen, wel tien borden, zoveel als hij maar op kan.

Nadel im Heuhaufen

Middernacht. Dr. Hauptmanns honden jagen met grote sprongen door de bevroren velden naast de school, waar kwikzilveren druppels door het wit heen schieten. Hauptmann komt er met zijn bontmuts op achteraan, hij loopt met kleine stappen, alsof hij over een lange afstand het aantal passen telt. Daarachter komt Werner, met een paar zendontvangers die hij en Hauptmann al maanden aan het testen zijn.

Hauptmann draait zich om, hij kijkt opgewekt. 'Mooi plekje hier, goed uitzicht, zet maar neer, Pfennig. Ik heb onze vriend Volkheimer al vooruitgestuurd. Hij staat ergens op de heuvel.' Werner ziet nergens een spoor, alleen een kronkelige geul van glinstering in het maanlicht met daarachter het witte bos.

'Hij heeft de KX-zender in een munitiekistje bij zich,' zegt Hauptmann. 'Hij moet zich verstoppen en aan één stuk door blijven uitzenden tot we hem vinden of zijn accu leeg raakt. Zelfs ik weet niet waar hij zit.' Hij klapt in zijn gehandschoende handen en de honden draaien om hem heen, met dampende adem. 'Tien vierkante kilometer. Lokaliseer de zender, lokaliseer onze vriend.'

Werner kijkt over de tienduizend besneeuwde bomen uit. 'Daar, meneer?'

'Daar, ja.' Hauptmann haalt een veldfles uit zijn zak en draait hem open zonder ernaar te kijken. 'Dit is het leuke deel, Pfennig.'

Hauptmann stampt de sneeuw aan zodat Werner de eerste zendontvanger kan opstellen. Met een rolmaat meet hij tweehonderd meter af en stelt dan de tweede op. Hij rolt de aardedraad af, richt de antennes omhoog en zet ze aan. Hij heeft nu al geen gevoel meer in zijn vingers.

'Probeer maar tachtig meter, Pfennig. Normaal gesproken weet een patrouille niet welke golflengte het moet afzoeken. Maar vanavond, op onze eerste test in het veld, zullen we een beetje vals spelen.'

Werner zet de koptelefoon op en zijn oren worden met ruis gevuld. Hij meet de sterkte van de radiofrequentie, stelt de filters in.

Algauw heeft hij de twee ontvangers ingesteld op Volkheimers zender, die er lustig op los pingelt. 'Ik heb hem, meneer.'

Hauptmann glimlacht gemeend. De honden dartelen en niezen van de opwinding. Uit zijn jas tovert hij een vetkrijtje tevoorschijn. 'Zet maar gewoon op de radio. Patrouilles hebben lang niet altijd papier bij zich, niet in het veld.'

Werner noteert de vergelijking op de metalen bak van de ontvanger en begint getallen in te voegen. Hauptmann geeft hem een rekenliniaal. Binnen twee minuten heeft Werner een vector en een afstand; tweeënhalve kilometer.

'En de kaart?' Hauptmanns kleine aristocratische gezicht glimt van voldoening.

Werner gebruikt een gradenboog en een kompas om de lijnen te trekken.

'Wijs de weg maar, Pfennig.'

Werner vouwt de kaart in zijn jaszak, pakt de zenders weer in en pakt met elke hand een apparaat op, alsof het identieke koffers zijn. Er dwarrelen piepkleine sneeuwkristalletjes door het maanlicht naar beneden. Op de witte vlakte onder hen lijken de school en de bijgebouwen al snel net speelgoed. De maan zakt lager, een halfdicht oog, en de honden blijven vlak bij hun baas, met dampende snuiten, en het zweet breekt Werner uit.

Ze dalen en klimmen. Een kilometer. Twee.

'Sublimiteit,' zegt Hauptmann hijgend, 'weet je wat dat is, Pfennig?' Hij is aangeschoten, vrolijk, wauwelt bijna. Nog nooit heeft Werner hem zo meegemaakt. 'Het is het moment waarop iets op het punt staat om iets anders te worden. Dag wordt nacht, cocon wordt vlinder. Reekalf wordt rendier. Experiment wordt resultaat. Een jongen wordt een man.'

Als ze al een heel eind met hun derde klim zijn gevorderd, vouwt Werner de kaart open en bepaalt nogmaals zijn positie met een kompas. Overal staan de bomen in stilte te glanzen. Geen voetsporen buiten die van henzelf. De school is achter hen verdwenen. 'Zal ik de zendontvangers weer opzetten, meneer?'

Hauptmann brengt zijn vingers naar zijn lippen.

Werner doet weer een driehoeksmeting en ziet hoe nauwkeurig die is – afwijking nog geen halve kilometer. Hij pakt de zendontvangers weer in en versnelt zijn pas, zich nu richtend op de geur, die ook door de drie honden wordt opgepikt, en Werner denkt: ik heb een ingang gevonden, ik ben het aan het oplossen, de getallen krijgen een gezicht. En er vallen pakken sneeuw van de bomen af en de honden blijven plotseling staan en snuffelen, gespitst op een geur, alsof het om een fazant gaat, en Hauptmann houdt een hand omhoog en uiteindelijk ziet Werner, als hij ploeterend vanuit een opening tussen twee bomen met de grote kisten tevoorschijn komt, het silhouet van een man die met zijn gezicht omhoog in de sneeuw ligt, met een zender aan zijn voeten en een antenne die tussen de laaghangende takken door oprijst.

De Reus.

De honden staan te trillen op hun poten. Hauptmann blijft zijn hand omhooghouden. Met zijn andere hand haalt hij zijn pistool uit de holster. 'Van zo dichtbij, Pfennig, mag je niet aarzelen.'

Volkheimer ligt met zijn linkerkant naar hen toe. Werner ziet de damp van zijn adem opstijgen en vervliegen. Hauptmann richt zijn walther recht op Volkheimer, en een huiveringwekkend moment lang is Werner ervan overtuigd dat zijn docent op het punt staat de jongen dood te schieten, dat ze in ernstig gevaar verkeren, en ineens hoort hij Jutta weer, die dag dat ze naast het kanaal stond: *Is het gerechtvaardigd om iets te doen, alleen maar omdat iedereen het doet?* Iets in Werners ziel sluit zich af van het tafereel, en de kleine professor richt zijn pistool omhoog en vuurt in de lucht.

Onmiddellijk gaat Volkheimer op zijn hurken zitten, hij draait zijn hoofd om terwijl de honden op hem worden losgelaten, en Werner heeft het gevoel alsof zijn hart uit zijn borstkas barst.

Volkheimer weert de honden met zijn armen af, maar ze kennen hem; speels springen ze boven op hem, blaffend, en Werner kijkt toe hoe de enorme jongen de honden van zich af gooit alsof het huiskatjes zijn. Dr. Hauptmann lacht. Zijn pistool rookt nog na en hij neemt een grote teug uit zijn veldfles en geeft hem door aan Werner, die hem aan zijn lippen zet. Uiteindelijk heeft hij zijn leermeester tevredengesteld; de zendontvangers doen het; hij staat hier in de lichtgevende, met sterren bezaaide nacht en voelt de prikkende gloed van cognac zijn keel in glijden...

'Dit,' zegt Hauptmann, 'is nou wat we doen met die driehoeken.'

De honden draaien rondjes en duiken omlaag en stoeien. Hauptmann urineert onder de bomen. Volkheimer sjokt naar Werner met de grote KX-zender achter zich aan; hij wordt nog groter; hij laat een enorme in een want gestoken hand op Werners muts rusten.

'Het zijn maar getallen,' zegt hij, zo zacht dat Hauptmann het niet kan horen.

'Pure wiskunde, cadet,' voegt Werner eraan toe, waarbij hij Hauptmanns staccato accent nabootst. Hij drukt zijn gehandschoende vingertoppen tegen elkaar aan. 'Je moet jezelf aanleren om op die manier te denken.'

Het is voor het eerst dat Werner Volkheimer hoort lachen, en er verandert iets in zijn gezicht; hij wordt minder bedreigend en krijgt meer iets van een goedmoedig, uit zijn krachten gegroeid kind. Meer zoals de persoon die hij wordt als hij naar muziek zit te luisteren.

De hele volgende dag zit Werner nog na te genieten van zijn succes, de herinnering aan het bijna gewijde gevoel om naast de potige Volkheimer terug naar het kasteel te lopen, weer terug door het bevroren bos, langs de kamers van slapende jongens die als goudstaven in een kluis lagen opgesteld – Werner voelde een haast vaderlijke beschermingsdrang ten opzichte van de anderen toen hij zich naast zijn bed uitkleedde, terwijl de lompe Volkheimer doorliep naar de slaapzaal van de oudere leerlingen, een bullebak tussen de engeltjes, een nachtwaker op een veld met grafstenen.

Voorstel

Marie-Laure zit op haar vaste plekje in de hoek van de keuken, het dichtst bij de open haard, naar het geklaag van madame Manecs vriendinnen te luisteren.

'De prijs van makreel!' zegt madame Fontineau. 'Moeten ze er soms voor naar Japan zeilen?'

'Ik zou niet eens meer weten,' zegt madame Hébrard, de directrice van het postkantoor, 'hoe een fatsoenlijke pruim smaakt.'

'En die belachelijke distributiebonnen voor schoenen,' zegt madame Ruelle, de vrouw van de bakker. 'Theo heeft nummer 3501 en ze zijn nog niet eens bij 400!'

'Het blijft niet meer alleen bij de bordelen op de rue Thévenard. Alle zomerappartementen gaan nu ook naar de huurlingen.'

'Bolle Claude en zijn vrouw worden met de dag dikker.'

'Die verrekte Boches hebben de hele dag het licht aan!'

'Ik houd het niet langer uit om 's avonds alleen thuis te zijn met mijn man.'

Met z'n negenen zitten ze om de vierkante tafel, met hun knieën tegen elkaar aan. Distributiebonnen, smerige pudding, de bedroevende kwaliteit van nagellak – allemaal misstanden die hen zeer tegen de borst stuiten. Het is voor Marie-Laure verwarrend en ook opwindend om zoveel mensen tegelijk in een kamer te horen praten; lacherig als ze serieus zouden moeten zijn, somber na een grap; madame Hébrard jammert dat er geen Demerara-suiker meer te krijgen is; het geklaag van een andere vrouw over tabak gaat midden in een zin over in een hysterisch geschater om het fenomenale achterwerk van de parfumeur. Ze ruiken naar oud brood, naar bedompte huiskamers die zijn volgestouwd met donker, kolossaal Bretons meubilair.

Madame Ruelle zegt: 'Het meisje van Gautier wil dus gaan trouwen. De familie moet al haar juwelen omsmelten om genoeg goud voor de trouwring te kunnen krijgen. De bezettingsautoriteiten heffen een belasting van dertig procent op goud. Dan komt er nog zo'n dertig procent belasting bij voor de werkzaamheden van de juwelier. Tegen de tijd dat ze die man hebben betaald is er geen ring meer over!'

De wisselkoers is een farce, de prijs van wortelen absurd hoog, er ligt overal dubbelhartigheid op de loer. Uiteindelijk doet madame Manec de schuif op de deur en schraapt haar keel. De vrouwen vallen stil.

'Wij zijn degenen die hun wereld draaiend houden,' zegt madame Manec. 'U, madame Guiboux, uw zoon repareert hun schoenen. Madame Hébrard, u en uw dochter sorteren hun post. En u, madame Ruelle, uw bakkerij bakt een groot deel van hun brood.'

Ineens hangt er een spanning in de lucht; Marie-Laure heeft het gevoel dat ze toekijken hoe iemand zich op glad ijs begeeft of zijn hand boven een vlammetje houdt.

'Wat wilt u daarmee zeggen?'

'Dat we iets moeten doen.'

'Bommen in hun schoenen stoppen?'

'In hun brooddeeg poepen?'

Aarzelend gelach.

'Zo doortastend hoeft nou ook weer niet. Maar we zouden kleinere dingen kunnen doen. Eenvoudiger dingen.'

'Zoals?'

'Eerst moet ik weten of jullie ervoor in zijn.'

Er volgt een ongemakkelijke stilte. Marie-Laure voelt de onzekerheid bij hen allemaal. Negen meningen die langzaam ombuigen. Ze denkt aan haar vader – gearresteerd waarvoor? – en dat doet pijn.

Twee vrouwen stappen op, omdat ze naar eigen zeggen naar hun kleinkinderen moeten. Anderen wapperen met hun blouse en schuiven met hun stoel alsof de temperatuur in de keuken omhoog is gegaan. Zes blijven er over. Marie-Laure zit tussen hen in, vraagt zich af wie er zal zwichten, wie er zal klikken, wie het dapperst zal zijn. Wie er op haar rug zal gaan liggen en haar laatste adem naar het plafond zal uitstoten als een vloek naar de indringers.

Je hebt andere vrienden

'Pas maar op, schijtluis,' roept Martin Burkhard als Frederick de binnenplaats oversteekt. 'Vanavond pak ik je!' Als een idioot maakt hij schokkende bewegingen met zijn bekken.

Er poept iemand in Fredericks bed. Werner hoort de stem van Volkheimer: *Fatsoen vinden ze niet belangrijk.*

'Bedpoeper,' snauwt een jongen, 'breng me mijn laarzen eens.'

Frederick doet of hij het niet hoort.

Avond aan avond trekt Werner zich terug in Hauptmanns laboratorium. Inmiddels zijn ze al drie keer de sneeuw in geweest om Volkheimers zender op te sporen, en elke keer hebben ze hem sneller weten te vinden. Tijdens de laatste veldproef lukte het Werner in minder dan vijf minuten om de zendontvangers op te stellen, de uitzendbron te vinden en Volkheimers positie in kaart te brengen. Hauptmann stelt hem reisjes naar Berlijn in het vooruitzicht; hij rolt schema's uit van een elektronicafabriek in Oostenrijk en zegt: 'Verschillende ministeries hebben belangstelling getoond voor ons project.'

Werner heeft succes. Hij is loyaal. Hij is alles wat door iedereen als goed wordt beschouwd. En toch heeft hij elke keer dat hij wakker wordt en zijn uniformjas dichtknoopt het gevoel dat hij ergens verraad aan pleegt.

Op een avond ploeteren Volkheimer en hij terug door de natte sneeuw, Volkheimer met de zender, de beide ontvangers en de ingeklapte antenne onder één arm. Werner loopt achter hem aan en vindt het prima om in zijn schaduw te verkeren. De bomen druppen; de takken lijken elk moment in volle bloei te kunnen uitbarsten. Lente. Over twee maanden zal Volkheimer zijn aanstelling krijgen en ten strijde trekken.

Ze blijven even staan, zodat Volkheimer kan uitrusten, en Werner bukt zich om een van de ontvangers te bekijken, haalt een klein schroevendraaiertje uit zijn zak en draait een losse scharnierplaat aan. Volkheimer kijkt hem liefdevol aan. 'Wat jij wel niet allemaal zou kunnen worden,' zegt hij.

Die avond gaat Werner in bed liggen en staart naar de onderkant van Fredericks matras. Er blaast een warme wind tegen het kasteel, ergens klappert er een luik en de gesmolten sneeuw druipt door de lange regenpijpen omlaag. Zo zacht als hij kan fluistert hij: 'Ben je nog wakker?'

Frederick gaat over de rand van zijn bed hangen, en heel even gelooft Werner dat ze eindelijk tegen elkaar zullen zeggen wat ze tot dan toe niet konden uiten.

'Je kunt ook naar huis gaan hoor, naar Berlijn. Weg van hier.'

Frederick knippert alleen met zijn ogen.

'Je moeder zou het niet erg vinden. Die vindt het waarschijnlijk best fijn als je er bent. Fanni ook. Een maandje maar. Of een week. Zodra je weg bent binden de cadetten wel in, en tegen de tijd dat je terug bent hebben ze er alweer iemand anders uit gepikt. Je vader zou het niet eens hoeven weten.'

Maar Frederick rolt weer terug zijn bed in, zodat Werner hem niet meer kan zien. Zijn stem wordt via het plafond weerkaatst.

'Misschien kunnen we maar beter geen vrienden meer zijn, Werner.' Te hard, gevaarlijk hard. 'Ik weet dat het een risico voor je is, om naast me te lopen, samen te eten, altijd maar mijn kleren op te vouwen en mijn laarzen te poetsen en me met mijn huiswerk te helpen. Je moet aan je studie denken.'

Werner knijpt zijn ogen dicht. Hij wordt overweldigd door een herinnering aan zijn zolderkamer; het getrippel van muizenpootjes achter de muren, natte sneeuw die tegen het raam tikt. Het dak dat zo schuin afliep dat hij alleen vlak bij de deur rechtop kon staan. En het gevoel dat ergens net buiten het zicht, opgesteld als toeschouwers in een galerij, zijn moeder en vader en de Fransman van de radio allemaal door het rammelende raam naar hem stonden te kijken om te zien wat hij zou gaan doen.

Hij ziet Jutta's verbijsterde gezicht, over de resten van hun kapotte radio gebogen. Hij heeft het gevoel dat ze allemaal op het punt staan om door een enorme leegte te worden opgeslokt.

'Zo bedoelde ik het helemaal niet,' zegt Werner met zijn deken voor zijn mond. Maar Frederick zegt niets meer en lange tijd blijven de beide jongens roerloos liggen, terwijl ze toekijken hoe blauwe banen maanlicht steeds opnieuw de kamer in vallen.

Verzetsclub van dames op leeftijd

Madame Ruelle, de bakkersvrouw – een vrouw met een mooie stem die voornamelijk naar gist ruikt, maar soms ook naar gezichtspoeder of de zoete geur van plakjes appel – bindt een ladder op het dak van de auto van haar man en rijdt bij het vallen van de avond met madame Guiboux over de route de Carentan, waar ze met een set Engelse sleutels verkeersborden verwisselt. Opgewonden en giechelend keren ze terug naar de keuken van rue Vauborel 4.

'Dinan ligt nu twintig kilometer naar het noorden,' zegt madame Ruelle.

'Midden in zee!'

Drie dagen later verneemt madame Fontineau dat de Duitse garnizoenscommandant allergisch is voor guldenroede. Madame Carré, de bloemiste, zorgt ervoor dat een bloemstuk voor het kasteel hier rijkelijk van wordt voorzien.

De vrouwen sturen een bestelling kunstzijde de verkeerde kant op. Een treinschema drukken ze expres verkeerd af. Madame Hébrard, de directrice van het postkantoor, steekt een belangrijk ogende brief uit Berlijn in haar onderbroek, neemt hem mee naar huis en maakt er de open haard mee aan.

Ze stromen Etiennes keuken binnen met vrolijke verhalen over het feit dat iemand de garnizoenscommandant heeft horen niesen, of dat de hondendrol die op de stoep voor een bordeel was gelegd zijn doel perfect heeft bereikt, namelijk de schoenzool van een Duitser. Madame Manec schenkt sherry of cider of muscadet; steevast zit er iemand op wacht bij de deur. De frêle en kromme madame Fontineau schept op over het feit dat ze het schakelbord van het kasteel een uur lang heeft geblokkeerd; de slonzige en potige madame Guiboux zegt dat ze haar kleinzoon heeft geholpen een zwerfhond met de kleuren van de Franse vlag te beschilderen en hem los te laten op het Place Chateaubriand.

De vrouwen kakelen opgewonden door elkaar heen. 'Wat kan ik doen?' vraagt de stokoude weduwe madame Blanchard. 'Ik wil ook graag mijn steentje bijdragen.'

Madame Manec vraagt iedereen om haar geld aan madame Blanchard te geven. 'Jullie krijgen het terug,' zegt ze, 'maak je maar geen zorgen. Goed, madame Blanchard, u hebt een prachtig handschrift. Hier is een vulpen van meester Etienne. Nu wil ik dat u op elk biljet van vijf franc schrijft: FRANKRIJK VRIJ, NU. Niemand kan het zich permitteren om geld te vernietigen, toch? Zodra ieder van ons haar geld heeft uitgegeven, zal ons berichtje over heel Bretagne verspreid worden.'

De vrouwen applaudisseren. Madame Blanchard knijpt in madame Manecs hand, haalt piepend adem en knippert met haar oogjes, die glimmen van plezier.

Soms komt Etienne, met één schoen aan, mopperend naar beneden en valt de hele keuken stil terwijl madame Manec zijn eten klaarmaakt en op een dienblad zet, dat Etienne weer mee naar boven neemt. Dan springen de vrouwen weer op en gaan druk kwebbelend verder met hun plannetjes. Madame Manec borstelt Marie-Laures haar met lange, afwezige slagen. 'Zesenzeventig jaar,' fluistert ze, 'en ik kan me nog steeds zó voelen? Als een klein meisje met een twinkeling in haar ogen?'

Diagnose

De legerarts neemt sergeant-majoor Von Rumpels temperatuur op. Pompt het bloeddrukmanchet op. Kijkt met een zaklampje in zijn keel. Die ochtend nog heeft Von Rumpel een vijftiende-eeuwse secretaire getaxeerd en toezicht gehouden toen deze op een motorrijtuig werd geplaatst met als bestemming de jagershut van maarschalk Göring. De soldaat die ermee was komen aanzetten had beschreven hoe het was om de villa te plunderen waar ze die vandaan hadden; hij noemde het 'winkelen'.

De secretaire doet Von Rumpel denken aan een achttiende-eeuws Hollands koperen tabaksdoosje ingelegd met piepkleine diamantjes, dat hij eerder die week onder ogen kreeg, en dat tabaksdoosje laat zijn gedachten, even onverbiddelijk als de zwaartekracht, weer afdwalen naar de Zee der Vlammen. Op zwakkere momenten ziet hij zichzelf in de toekomst rondwandelen tussen de pilaren van het grote Führermuseum in Linz, terwijl zijn laarzen kek op het marmer klakken en het schemerlicht door hoge ramen naar binnen valt. Hij ziet wel duizend kristallen vitrinekasten, zo helder dat ze boven de vloer lijken te zweven, met daarin de kostbaarste mineralen van de wereld, overal vandaan gehaald: dioptaas en topaas en amethist en Californische rubelliet.

Hoe luidde het gezegde ook alweer? *Alsof er sterretjes uit het gezicht van een aartsengel schieten.*

En precies in het midden van de galerij valt er een lichtstraal door het plafond op een voetstuk; daar, in een glazen kubus, ligt een kleine blauwe steen te fonkelen…

De arts vraagt Von Rumpel zijn broek omlaag te doen. Von Rumpel is al maandenlang helemaal in zijn nopjes, ook al heeft de oorlog geen dag stilgelegen. Hij krijgt steeds meer verantwoordelijkheden, het blijkt dat er in het Reich maar weinig Arische diamantexperts te vinden zijn. Nog maar drie weken geleden taxeerde hij naast een zonovergoten station ten westen van Bratislava een envelop vol loepzuivere, goed gefacetteerde stenen; achter hem denderde een vrachtwagen langs, geladen met in papier en stro verpakte schilderijen. Er werd door de bewakers gefluisterd dat er een Rembrandt in zat, en delen van een beroemd altaarstuk uit Krakau. Allemaal onderweg naar een zoutmijn ergens diep onder het Oostenrijkse dorpje Altaussee, waar een tunnel van anderhalve kilometer uitkomt op een glanzende zuilengang vol drie rijen hoge planken, waarop de mooiste kunst van Europa door het opperbevel wordt bijeengebracht. Ze zullen alles verzamelen onder één onneembaar dak, een tempel gewijd aan de menselijke inspanning. Duizenden jaren lang zullen bezoekers zich erover verwonderen.

De arts voelt aan zijn lies. 'Geen pijn?'

'Nee.'

'Hier ook niet?'

'Nee.'

Hij had er niet eens op gehoopt dat hij namen zou krijgen van de edelsteenslijper in Parijs. Dupont zou hoe dan ook niet hebben geweten wie er allemaal een replica van de diamant hadden gekregen; hij wist niet hoe de laatste fase van de beveiliging in het museum in elkaar stak. Maar hij had toch wel degelijk iets aan Dupont gehad; Von Rumpel had een getal nodig, en dat had hij gekregen.

Drie.

'U mag zich aankleden,' zegt de arts, en hij wast zijn handen in een wasbak.

In de twee maanden voor de invasie van Frankrijk had Dupont drie replica's gemaakt voor het museum. Had hij de echte diamant gebruikt als voorbeeld? Hij had een mal gebruikt. De echte steen had hij nooit te zien gekregen. Von Rumpel geloofde hem.

Drie replica's. Plus de echte steen. Ergens op deze planeet tussen haar triljarden zandkorreltjes.

Vier stenen, een ervan in de kelder van het museum, achter slot en grendel. Hij moest er dus nog drie zien te vinden. Er zijn momenten waarop Von Rumpel het ongeduld als maagzuur in zich voelt oprispen, maar hij dwingt zichzelf ertoe het weer in te slikken. Alles op zijn tijd.

Hij maakt zijn riem vast. 'We moeten een biopt nemen,' zegt de arts. 'U kunt maar beter uw vrouw even bellen.'

Zwakste (3)

De weegschaal der wreedheid slaat door. Misschien is Bastian uit op een laatste wraakoefening; misschien gaat Frederick op zoek naar zijn enige uitweg. Werner weet alleen wanneer hij op een ochtend in april wakker wordt dat er tien centimeter sneeuwbrij op de grond ligt en dat Frederick niet in zijn bed ligt.

Die ochtend verschijnt hij niet aan het ontbijt of bij poëzie of de gevechtsoefeningen. Elk verhaal dat Werner hoort hangt van tegenstrijdigheden aan elkaar, alsof de waarheid een machine is waarvan de radertjes niet in elkaar grijpen. Eerst hoort hij dat Frederick door een groepje jongens mee naar buiten is genomen, die fakkels in de sneeuw zetten en zeiden dat hij met zijn geweer op de fakkels moest schieten – om te bewijzen dat zijn ogen goed genoeg waren. Dan hoort Werner dat ze hem kaarten hebben gegeven voor een ogentest, en dat ze hem, toen hij die niet kon lezen, dwongen om die kaarten op te eten.

Maar welk belang heeft de waarheid nou op deze plek? Werner ziet voor zich hoe twintig jongens als aasgieren over Fredericks lichaam gebogen staan; hij ziet het dikke, glimmende gezicht van de commandant, zijn onderkin die over zijn kraag heen bubbelt, achteroverleunend als een koning op zo'n eiken troon met hoge rugleuning, terwijl het bloed langzaam over de vloer uitloopt, tot aan zijn enkels stijgt, tot aan zijn knieën...

Werner slaat zijn lunch over en loopt verdoofd naar de verpleegpost van de school. Hiermee riskeert hij een schorsing of erger; het is een zonnige, heldere middag, maar zijn hart wordt langzaam in een bankschroef geplet en alles is traag en hypnotisch en hij kijkt toe hoe zijn arm de deur opentrekt, alsof hij door metersdiep blauw water heen tuurt.

Een eenpersoonsbed onder het bloed. Bloed op het kussen en op de lakens en zelfs op het gelakte metaal van het frame. Roze vegen in een wasbak. Half afgerold verbandrolletje op de vloer. De verpleegster loopt gejaagd rond en trekt een gezicht naar Werner. Buiten de keukens is zij de enige vrouw in de school.

'Waar komt al dat bloed vandaan?' vraagt hij.
Ze legt vier vingers op haar lippen. Misschien overweegt ze bij zichzelf of ze het hem moet vertellen of dat ze moet doen alsof ze nergens van weet. Beschuldiging of gelatenheid of medeplichtigheid.
'Waar is hij?'
'Leipzig. Voor een operatie.' Met een vinger die haars ondanks lijkt te trillen raakt ze een ronde witte knoop op haar uniform aan. Verder blijft ze volstrekt onbewogen.
'Wat is er gebeurd?'
'Moet jij niet lunchen?'
Bij elke knippering van zijn ogen ziet hij de mannen uit zijn jeugd, ontslagen mijnwerkers die door smalle straatjes zwerven, mannen met haken in plaats van vingers en holtes in plaats van ogen; hij ziet Bastian naast een dampend riviertje staan, omringd door vallende sneeuw. *Führer, volk, vaderland. Hard je lichaam, hard je ziel.*
'Wanneer komt hij weer terug?'
'O,' zegt ze zacht. Ze schudt haar hoofd.
Een blauw zeepdoosje op tafel. Daarboven een portret van een officier uit vervlogen tijden in een afbladderende lijst. Een jongen die hier eerder naartoe is gestuurd om te sterven.
'Cadet?'
Werner moet op het bed gaan zitten. Het gezicht van de verpleegster lijkt zich te vermenigvuldigen, een masker op een masker op een masker. Wat doet Jutta op ditzelfde moment? Veegt ze de neus af van een huilende baby of verzamelt ze kranten of luistert ze naar presentaties van legerverpleegkundigen of stopt ze nog een sok? Bidt ze voor hem? Gelooft ze in hem?
Hij denkt: ik zal nooit in staat zijn haar dit te vertellen.

Lieve Marie-Laure,

De anderen in mijn cel zijn bijna allemaal aardig. Sommigen vertellen moppen. Hier is er eentje: Ken je het programma voor lichamelijke oefening van de Wehrmacht? *Ja, elke ochtend steek je je handen omhoog en hou je ze daar!*

Haha. Mijn engel heeft me beloofd deze brief te bezorgen, hoewel dat heel gevaarlijk is. Het is heel veilig en fijn om even weg uit het 'Gasthaus' te zijn. We zijn op het moment een weg aan het aanleggen en het is prettig werk. Mijn lichaam wordt met de dag sterker. Vandaag zag ik een eik vermomd als kastanjeboom. Volgens mij heet dat een kastanje-eik. Ik zie er enorm naar uit om het er met botanisten uit de tuinen over te hebben als we weer thuis zijn.

Ik hoop dat jij en madame en Etienne me spullen blijven sturen. Ze zeggen dat we allemaal één *pakketje per persoon mogen ontvangen, dus uiteindelijk moet er wel iets doorheen komen. Gereedschap mag ik denk ik niet houden, maar het zou geweldig zijn als dat wel mocht. Je moest eens weten hoe mooi het hier is, ma chérie, en hoe weinig gevaar we hier lopen. Ik ben volkomen veilig, zo veilig als maar kan.*

Je papa

Grot

Het is zomer en Marie-Laure zit met madame Manec en Dwaze Hubert Bazin in het tuinhuisje achter de bibliotheek. Vanachter zijn koperen masker, met een mond vol soep, zegt Hubert: 'Ik wil jullie iets laten zien.'

Hij gaat Marie-Laure en madame Manec voor, langs wat volgens Marie-Laure de rue du Boyer moet zijn, al zou het ook de rue Vincent de Gournay of de rue des Hautes Salles kunnen zijn. Ze komen aan bij de voet van de omwalling, slaan rechts af en volgen een steegje waar Marie-Laure nog nooit gelopen heeft. Ze gaan twee traptreden af, lopen een gordijn van neerhangende klimop door en madame Manec zegt: 'Hubert, alsjeblieft, wat is dit?' Het straatje wordt steeds smaller tot ze achter elkaar moeten gaan lopen, de muren komen steeds dichter bij elkaar, en dan blijven ze staan. Aan beide kanten voelt Marie-Laure vierkante stenen verticaal langs hun schouders gaan, oneindig ver omhoog lijkt het wel. Als haar vader dit straatje in zijn maquette heeft nagebouwd, dan hebben haar vingers het nog niet ontdekt.

Hubert, in zijn smerige broek, snuffelt wat rond en ademt luidruchtig achter zijn masker. Op de plek waar de muur van de stadswal moet zijn, links van hen, hoort Marie-Laure een slot opengaan. Krakend zwaait er een hek open. 'Pas op je hoofd,' zegt hij, en hij helpt haar erdoorheen. Ze klauteren omlaag naar een benauwde, vochtige ruimte die onmiskenbaar ruikt naar de zee. 'We bevinden ons nu onder de muur. Twintig meter aan graniet boven ons.'

Madame zegt: 'Werkelijk, Hubert, het is hier net een begraafplaats, zo somber.' Maar Marie-Laure waagt het om een beetje verder te gaan, haar schoenen glibberen, de vloer loopt af, en dan staat ze met haar voeten in het water.

'Moet je dit eens voelen,' zegt Hubert Bazin en hij hurkt neer en brengt haar hand naar een bobbelige muur die onder de slakken zit. Honderden. Duizenden.

'Wat veel,' fluistert ze.

'Ik weet ook niet waarom. Misschien omdat ze hier veilig zijn voor de meeuwen? Hier, moet je voelen, ik zal hem omdraaien.' Honderden piepkleine, kronkelende zuignapjes onder een ruwe, geribbelde bovenkant: een zeester. 'Hier wat blauwe mosselen. En hier ligt een dode steenkrab, voel je zijn klauw? Pas op je hoofd.'

Dichtbij beukt de branding; er stroomt water langs haar schoenen. Marie-Laure waadt verder; de bodem van de ruimte is zanderig, het water komt amper tot aan haar enkels. Daaruit kan ze opmaken dat het een lage grot is, misschien vier meter lang en half zo breed, in de vorm van een brood. Helemaal aan het eind hangt een groot rooster waar een heerlijke, zuivere zeewind doorheen waait. Met haar vingertoppen ontdekt ze eendenmosselen, zeewier, nog eens duizend slakken. 'Wat is dit voor plek?"

'Weet je nog dat ik je vertelde over de waakhonden? Lang geleden hielden kennelhouders uit de stad hier hun mastiffs, honden zo groot als een paard. 's Avonds luidde de avondklok en dan werden de honden op het strand losgelaten om iedere zeeman te verslinden die het waagde hier voet aan land te zetten. Ergens onder die mosselen ligt een steen met het jaartal 1165 erin gekerfd.'

'Maar het water dan?'

'Zelfs bij vloed komt dat niet hoger dan je middel. Maar misschien kwam de vloed in die tijd ook wel minder hoog. Als jongetjes speelden we hier regelmatig. Je grootvader en ik. Je oudoom soms ook.'

Het wordt vloed en het water stroomt langs hun voeten. Overal liggen mosselen te klikken en te zuchten. Ze denkt aan de woeste oude zeebonken die hier in dit stadje woonden, smokkelaars en piraten die over donkere zeeën voeren en hun schepen tussen tienduizend klippen door laveerden.

'Hubert, we moeten nu echt gaan,' roept madame Manec met galmende stem. 'Dit is niks voor een jong meisje.'

Marie-Laure roept: 'Het is al goed, madame.' Kluizenaarskrabben. Zeeanemonen die piepkleine straaltjes zeewater spuiten als ze erop drukt. Hele stelsels van slakken. Elk met zijn eigen verhaal.

Uiteindelijk weet madame Manec hen met zachte hand de voormalige kennel uit te loodsen en troont Dwaze Hubert Marie-Laure mee terug naar het hek, dat hij achter hen op slot draait. Voor ze bij het Place Broussais aankomen, met madame Manec voorop, tikt hij op Marie-Laures schouder. In haar linkeroor hoort ze zijn fluisterstem; zijn adem ruikt naar geplette insecten. 'Denk je dat je die plek zou kunnen terugvinden?'

'Ik denk het wel.'

Hij stopt iets van ijzer in haar hand. 'Weet je wat dit is?'

Marie-Laure balt haar hand tot een vuist. 'Een sleutel.'

Roes

Elke dag is er wel weer sprake van een nieuwe overwinning, een nieuwe positieve ontwikkeling. Rusland zakt als een plumpudding in elkaar. In oktober verzamelen alle leerlingen zich rond een grote radio om naar de Führer te luisteren, die Operatie Tyfoon aankondigt. Op een paar kilometer afstand van Moskou worden vlaggen geplant door Duitse bedrijven; ze zullen Rusland veroveren.

Werner is vijftien. Er slaapt een nieuwe jongen in Fredericks bed. Soms, midden in de nacht, ziet Werner Frederick terwijl hij er helemaal niet is. Zijn gezicht verschijnt dan over de rand van het bovenste bed, of zijn silhouet houdt een verrekijker tegen het raam gedrukt. Frederick: hij ging niet dood, maar herstellen deed hij ook niet. Gebroken kaak, schedelfractuur, hersenletsel. Er is niemand gestraft, niemand ondervraagd. Er kwam een blauwe auto naar school en Fredericks moeder stapte uit, ze ging de commandantswoning binnen en kwam niet lang daarna weer naar buiten. Ze liep scheef onder het gewicht van Fredericks legertas en zag er heel klein uit. Ze stapte weer in de auto en reed weg.

Volkheimer is weg; er doen verhalen de ronde dat hij een geduchte sergeant is geworden in de Wehrmacht. Dat hij een peloton het laatste stadje op weg naar Moskou in heeft geloodst. De vingers van dode Russen heeft afgehakt en ze in een pijp heeft opgerookt.

De nieuwste lichting cadetten gaat tot het uiterste om zich te bewijzen. Ze sprinten, roepen, springen schreeuwend over hindernissen; bij de gevechtsoefeningen spelen ze een spel waarbij tien jongens een rode en tien jongens een zwarte armband krijgen. Het spel is voorbij als één team alle twintig armbanden te pakken heeft.

Werner heeft het gevoel dat alle jongens om hem heen in een roes verkeren. Alsof de cadetten bij elke maaltijd hun tinnen bekers niet vullen met het koude mineraalwater van Schulpforta, maar met een drankje dat hen glazig maakt en verdooft, alsof ze de onvermijdelijke golf van angst alleen maar kunnen bezweren door voortdurend dronken te zijn bij alle de ontberingen, oefeningen en glanzende leren laarzen. De koppigste jongens hebben een vastberaden schittering in hun ogen; tot in het diepst van hun wezen zijn ze afgericht om zwakke plekken op te sporen. Achterdochtig kijken ze Werner aan wanneer hij van Hauptmanns lab terugkomt. Ze wantrouwen het feit dat hij wees is, dat hij vaak alleen is, dat er in zijn accent een zweempje van het Frans zit dat hij als kind heeft geleerd.

Wij zijn een salvo van kogels, zingen de nieuwste cadetten, *wij zijn kanonskogels. Wij zijn het puntje van het zwaard.*

Werner denkt de hele dag door aan thuis. Hij mist het geluid van regen op het zinken dak van zijn dakkapel; de onuitputtelijke energie van de weeskinderen; het schorre gezang van Frau Elena als ze in de woonkamer een baby in slaap wiegt. De geur van de cokesfabriek die 's ochtends vroeg al naar binnen waait, de eerste vertrouwde geur van elke dag. Jutta mist hij het meest: haar loyaliteit, haar koppigheid, hoe ze altijd lijkt te kunnen inschatten wat het juiste is.

Maar op zwakke momenten neemt Werner zijn zus diezelfde eigenschappen juist kwalijk. Misschien is zij wel de onzuiverheid in hem, de ruis op zijn signaal die de pestkoppen aanvoelen. Misschien is zij wel het enige wat hem ervan weerhoudt om zich geheel en al over te geven. Als je thuis een zusje hebt, is het de bedoeling dat je je haar voorstelt als een knap meisje op een propagandaposter: blos op de wangen, dapper, trouw. Zij is degene voor wie je vecht. Voor wie je sterft. Maar Jutta? Jutta stuurt brieven die door de schoolcensor haast helemaal zwart worden gemaakt. Ze stelt vragen die ze niet zou moeten stellen. Alleen Werners band met dr. Hauptmann – zijn bevoorrechte status van het lievelingetje van de professor technische natuurkunde – zorgt ervoor dat hij veilig is. Hun zendontvanger wordt geproduceerd door een bedrijf in Berlijn, en nu al komen er een paar van hun toestellen terug uit wat dr. Hauptmann 'het veld' noemt – opgeblazen, verbrand, verzopen in de modder of defect, en het is aan Werner om ze weer in elkaar te zetten, terwijl Hauptmann in zijn telefoon praat of aanvragen voor vervangende onderdelen opstelt of gewoon wekenlang wegblijft van school.

Er gaan weken voorbij zonder brieven aan Jutta. Werner schrijft vier regels, een paar nietszeggende opmerkingen – *Hier alles goed; ik heb het heel druk* – en geeft het briefje aan de zaalwacht. Hij staat stijf van de angst.

'Jullie hebben allemaal een verstand,' mompelt Bastian op een avond in de eetzaal, en iedere jongen duikt haast onmerkbaar boven zijn maaltijd ineen als de commandant met een vinger langs de rug van zijn uniform strijkt. 'Maar een verstand is niet te vertrouwen. Een verstand neigt altijd naar dubbelzinnigheid, naar vragen, maar wat je werkelijk nodig hebt is zekerheid. Vastberadenheid. Helderheid. Vertrouw nooit op je verstand.'

Die avond zit Werner tot laat in het lab, weer in zijn eentje, en gaat op de Grundig-radio die Volkheimer altijd uit dr. Hauptmanns kantoor pakte de golflengtes af, op zoek naar muziek, naar echo's, waarnaar precies weet hij eigenlijk niet. Hij ziet circuits uit elkaar vallen en zich opnieuw vormen. Hij ziet Frederick in zijn vogelboek staren; hij ziet de bedrijvigheid bij de mijnen in Zollverein, de rangerende karretjes, de kletterende sloten, de voorthobbelende transportbanden, fabrieksschoorstenen die de hemel dag en nacht bezoedelen; hij ziet Jutta een brandende fakkel heen en weer zwaaien, terwijl de duisternis van alle kanten invalt. De wind drukt tegen de muren van het lab – wind, zo vertelt de commandant hun maar al te graag, die helemaal uit Rusland komt, een kozakkenwind, de wind van kaarsenvretende barbaren met zwijnskoppen die zich door niets en niemand laten weerhouden om het bloed van Duitse meisjes te drinken. Gorilla's die van het aardoppervlak moeten worden weggevaagd.

Ruis ruis.

Ben je daar?

Uiteindelijk zet hij de radio uit. In de stilte klinken aan de ene kant van zijn hoofd de galmende stemmen van zijn meesters, terwijl hij aan de andere kant de stem van zijn herinnering hoort.

Doe je ogen open en zie wat je ermee kunt doen voor je ze voor altijd sluit.

Het Zwaard en de Wulk

De eetzaal van het Hôtel Dieu is groot en somber en vol mensen die het hebben over U-boten bij Gibraltar en de onrechtvaardigheid van de wisselkoers en viertaktscheepsdieselmotoren. Madame Manec bestelt twee kommen soep die zij en Marie-Laure onmiddellijk verorberen. Ze zegt dat ze niet weet wat haar nu te doen staat – moeten ze blijven wachten? – dus bestelt ze er nog maar twee.

Uiteindelijk schuift er een man in ruisende kleren bij hen aan. 'Weet u zeker dat u madame Walter heet?'

Madame Manec zegt: 'Weet u zeker dat u René heet?'

Stilte.

'En zij?'

'Mijn handlanger. Zij kan aan iemands manier van praten al horen of hij liegt.'

Hij moet lachen. Ze praten over het weer. Van de kleren van de man komt de geur van de zee af, alsof hij hier door een storm naar binnen is geblazen. Terwijl hij zit te praten maakt hij onhandige bewegingen, waarbij hij tegen de tafel stoot, zodat de lepels in de soepkommen rammelen. 'We bewonderen uw inspanningen, madame.'

De man die zichzelf René noemt begint extreem zacht te praten. Marie-Laure vangt alleen wat losse zinnen op: 'Let op de speciale insignes op hun kentekenplaten. WH staat voor leger, WL voor luchtmacht, WM voor marine. En u zou ieder vaartuig dat de haven in en uit gaat kunnen noteren, of misschien iemand vinden die dat zou kunnen doen. Er is zeer veel vraag naar die informatie.'

Madame Manec is stil. Marie-Laure weet niet of er meer wordt gezegd dat ze niet kan horen: of ze gebaren naar elkaar maken, briefjes aan elkaar geven, listen beramen. Er wordt een soort overeenstemming bereikt en algauw zitten madame Manec en zij weer in de keuken van rue Vauborel 4. Madame Manec rommelt wat rond in de kelder en sleept haar inmaakbenodigdheden mee naar boven. Vanochtend nog, kondigt ze aan, heeft ze de misschien wel laatste twee kratten perziken in Frankrijk weten te bemachtigen. Neuriënd helpt ze Marie-Laure met het aardappelschilmesje.

'Madame?'

'Ja, Marie?'

'Wat is een pseudoniem eigenlijk?'

'Dat is een valse naam, een andere naam.'

'Als ik er een zou nemen, wat voor naam zou ik dan kunnen kiezen?'

'Nou,' zegt madame Manec. Ze ontpit nog een perzik en snijdt hem in vieren. 'Wat je maar wilt. Je zou bijvoorbeeld de Zeemeermin kunnen zijn. Of Madelief? Viooltje?'

'Wat vindt u van de Wulk? Ik zou wel de Wulk willen heten.'

'De Wulk. Dat is een uitstekend pseudoniem.'

'En u, madame? Wat zou u willen zijn?'

'Ik?' Het mes van madame Manec stopt even met snijden. In de kelder zingen krekels. 'Ik geloof dat ik wel het Zwaard zou willen zijn.'

'Het Zwaard?'

'Ja.' De geur van de perziken vormt een helderroze wolkje.

'Het Zwaard?' herhaalt Marie-Laure. Dan schieten ze allebei in de lach.

Lieve Werner,

Waarom schrijf je nooit? [redacted] *De metaalgieterijen zijn dag en nacht in bedrijf en de fabrieksschoorstenen roken aan één stuk door en het is hier koud geweest, dus stookt iedereen alles op om het een beetje warm te hebben. Zaagsel, harde steenkool, zachte steenkool, ongebluste kalk, vuilnis. Oorlogsweduwen* [redacted] *en elke dag komen er nieuwe bij. Ik doe de was samen met de tweeling, Hannah en Susanne, en Claudia Förster, die ken je nog wel, we verstellen vooral uniformjassen en broeken. Ik word steeds handiger met naald en draad, dus ik prik mezelf tenminste niet meer de hele tijd. Ik heb net mijn huiswerk af. Heb jij ook huiswerk? Er zijn tekorten aan stof en mensen brengen meubelhoezen, gordijnen, oude jassen. Ze zeggen dat alles wat er is moet worden gebruikt. Net als wij allemaal hier. Ha. Dit vond ik onder je oude bed. Dacht dat je het wel zou kunnen gebruiken.*

Liefs,
Jutta

In de zelfgemaakte envelop zit Werners aantekenboekje van toen hij klein was, met op het omslag in zijn handschrift: VRAGEN. Op de bladzijdes wemelt het van de jongenstekeningen, uitvindingen: een elektrische bedverwarmer die hij voor Frau Elena wilde maken; een fiets met kettingen om beide wielen mee aan te drijven. *Kunnen magneten invloed hebben op vloeistof? Waarom drijven boten? Waarom worden we duizelig als we ronddraaien?*

Een tiental lege bladzijden achterin. Kinderlijk genoeg, kennelijk, om door de censuur heen te komen.

Om hem heen klinkt het gedreun van laarzen, het gekletter van wapens. De kolven op de grond, de lopen tegen de muur. Beker van de haak pakken, bord uit het rek. In de rij voor gekookt rundvlees. Hij wordt overspoeld door een golf van heimwee, zo intens dat hij zijn ogen moet dichtknijpen.

Leven voor je sterft

Madame Manec gaat Etiennes studeerkamer op de vierde verdieping binnen. Marie-Laure staat op de trap mee te luisteren.

'Je zou kunnen helpen,' zegt madame. Iemand – waarschijnlijk madame – zet een raam open en er drijft frisse zeelucht de overloop op, die alles in beroering brengt: Etiennes gordijnen, zijn papieren, zijn stof, Marie-Laures verlangen naar haar vader.

Etienne zegt: 'Alstublieft, madame. Doet u het raam dicht. Overtreders van de avondklok worden opgepakt.'

Het raam blijft open. Marie-Laure sluipt een trede verder naar beneden.

'Hoe kun je nou weten wie ze oppakken, Etienne? Een vrouw uit Rennes heeft negen maanden gevangenisstraf gekregen omdat ze een van haar varkens Goebbels had genoemd, was je daarvan op de hoogte? Een handlezeres uit Cancale is doodgeschoten omdat ze voorspeld had dat De Gaulle dit voorjaar zou terugkeren. Doodgeschoten!'

'Dat zijn enkel maar geruchten, madame.'

'Madame Hébrard vertelde dat een man uit Dinard – een grootvader, Etienne – twee jaar gevangenisstraf heeft gekregen omdat hij een Lotharings kruis onder zijn boord droeg. Ik heb gehoord dat ze de hele stad in één grote berg munitie gaan veranderen.'

Haar oudoom lacht zachtjes. 'Dat klinkt allemaal als de verzinseltjes van een middelbare scholier.'

'Waar rook is, is vuur, Etienne.'

Marie-Laure realiseert zich dat madame Manec zijn hele volwassen leven rekening heeft gehouden met zijn angsten. Die met fluwelen handschoenen heeft aangepakt, heeft gesust. Ze sluipt nog één trede omlaag.

Madame Manec zegt: 'Jij hebt verstand van dingen, Etienne. Van kaarten, getijden, radio's.'

'Het is nu al te gevaarlijk, met al die vrouwen in mijn huis. Mensen hebben ogen, madame.'

'Wie dan?'
'De parfumeur, om maar eens iemand te noemen.'
'Claude?' Ze snuift. 'Kleine Claude heeft het veel te druk met aan zichzelf te ruiken.'
'Claude is lang zo klein niet meer. Zelfs ik kan zien dat zijn gezin meer krijgt dan de andere: meer vlees, meer elektriciteit, meer boter. Ik weet maar al te goed hoe dergelijke gunsten worden verkregen.'
'Help ons dan.'
'Ik wil geen problemen veroorzaken, madame.'
'En met nietsdoen veroorzaak je geen problemen?'
'Nietsdoen is nietsdoen.'
'Nietsdoen is hetzelfde als collaboreren.'
Er waait een windvlaag naar binnen. Marie-Laure ziet voor zich hoe die zich verplaatst en glanst, naalden en doorns de lucht in trekt. Zilverkleurig dan groen dan weer zilverkleurig.
'Ik weet wel een manier,' zegt madame Manec.
'Wat voor manier? In wie heb jij je vertrouwen gesteld?'
'Soms moet je gewoon iemand vertrouwen.'
'Als degene naast je niet hetzelfde bloed door zijn aderen heeft stromen, valt er helemaal niets te vertrouwen. En dan nog. Het is geen persoon waar u het tegen wilt opnemen, madame, het is een systeem. Hoe ga je een systeem te lijf?'
'Gewoon proberen.'
'Wat wilt u dan dat ik doe?'
'Dat oude ding van zolder halen. Ooit wist jij het meest van radio's af van de hele stad. Misschien wel van heel Bretagne.'
'Ze hebben alle ontvangers in beslag genomen.'
'Niet allemaal. Mensen hebben overal spullen verstopt. Je zou alleen maar de getallen hoeven af te lezen, als ik het goed heb begrepen, getallen op strookjes papier. Iemand – ik weet niet wie, Hubert Bazin misschien – brengt die naar madame Ruelle en zij verzamelt ze en bakt de berichten vervolgens mee in het brood. Bakt ze mee!' Ze lacht; haar stem klinkt Marie-Laure twintig jaar jonger in de oren.
'Hubert Bazin. U hebt uw vertrouwen in Hubert Bazin gesteld? U bakt geheime codes mee in brood?'
'Welke vette mof gaat die afschuwelijke broden nou eten? Ze pikken al het goede meel voor zichzelf in. Wij nemen het brood

mee naar huis, jij verstuurt de getallen, vervolgens verbranden we het papiertje.'

'Dit is belachelijk. Jullie lijken wel een stel kinderen.'

'Het is beter dan te gaan zitten duimendraaien. Denk aan je neef. Denk aan Marie-Laure.'

De gordijnen wapperen en er ritselen wat papieren en de twee volwassenen in de studeerkamer blijven tegenover elkaar staan. Marie-Laure is nu zo dicht naar de deur van haar oudoom geslopen dat ze de deurpost kan aanraken.

Madame Manec zegt: 'Wil je niet leven voor je sterft?'

'Marie is bijna veertien jaar, madame. In tijden van oorlog is dat niet zo jong meer. Veertienjarigen gaan evengoed dood als ieder ander. Maar ik wil dat veertien jong is. Ik wil...'

Snel doet Marie-Laure een stap naar achter. Hebben ze haar gezien? Ze denkt aan de kennel in de grot waar Dwaze Hubert Bazin haar heen had geleid; aan de enorme hoeveelheden slakken die zich er hadden verzameld. Ze denkt aan al die keren dat haar vader haar op zijn fiets zette; dat ze wiebelend op het zadel zat terwijl hij op de pedalen ging staan, en ze zo het tumult van een Parijse boulevard in zoefden. Dan hield ze hem vast bij zijn heupen en boog ze haar knieën en dan vlogen ze tussen de auto's door, naar beneden, door een spervuur van geur en lawaai en kleur.

Etienne zegt: 'Ik ga weer verder met mijn boek, madame. Moet u niet aan het avondeten beginnen?'

Geen uitweg

In januari 1942 gaat Werner naar dr. Hauptmann in zijn warme kamer met brandende open haard, waar het twee keer zo warm is als in de rest van het kasteel, en vraagt of hij naar huis mag. De kleine doctor zit aan zijn grote bureau met voor zijn neus een bord met daarop een armzalig uitziende gebraden vogel. Kwartel of duif of korhoen. Rechts van hem staan rollen met schematische diagrammen. Zijn honden liggen uitgestrekt op het kleed voor het vuur.

Werner staat met zijn pet in zijn handen. Hauptmann doet zijn ogen dicht en strijkt met een vingertopje langs één wenkbrauw. 'Ik zal zelf werken voor mijn treinkaartje, meneer,' zegt Werner.

Het blauwe netwerk van adertjes op Hauptmanns voorhoofd begint te kloppen. Hij doet zijn ogen open. 'Jij?' De honden kijken allemaal tegelijk op, een driekoppig monster. 'Jij, die van alle gemakken wordt voorzien? Die hier langskomt en naar concerten luistert en chocolaatjes eet en lekker bij het warme vuur komt zitten?'

Er danst een sliertje gebraad op Hauptmanns wang. In het dunner wordende haar van zijn leraar, in zijn zwarte neusgaten, in zijn kleine, haast elfachtige oren ziet Werner, misschien wel voor het eerst, iets meedogenloos en barbaars, iets wat enkel en alleen op overleven is gericht.

'Denk je soms dat je nu iemand bent? Dat je heel wat voorstelt?'

Achter zijn rug knijpt Werner in zijn pet, tegen het trillen van zijn schouders. 'Nee, meneer.'

Hauptmann vouwt zijn servet op. 'Je bent een wees, Pfennig, zonder bondgenoten. Ik kan van jou maken wat ik maar wil. Een herrieschopper, een crimineel, een volwassene. Ik kan je naar het front sturen en ervoor zorgen dat je op je hurken in een greppel vol ijs zit tot de Russen je handen eraf hakken en ze aan je voeren.'

'Ja, meneer.'

'Jij gaat hier weg wanneer de school er klaar voor is om je te laten gaan. Niet eerder. Wij dienen het Reich, Pfennig. Niet andersom.'

'Ja, meneer.'

'Vanavond kom je naar het lab, zoals gebruikelijk.'

'Ja, meneer.'

'Geen chocolaatjes meer. Geen voortrekkerij meer.'

Eenmaal op de gang, met de deur achter hem gesloten, drukt Werner zijn voorhoofd tegen de muur, en dan krijgt hij een visioen van de laatste momenten van zijn vader, het verpletterende gewicht van de tunnels, het plafond dat steeds verder omlaag komt. Kaak tegen de vloer gedrukt. Schedel die verbrijzeld wordt. Ik kan niet naar huis, denkt hij. En ik kan ook niet blijven.

De verdwijning van Hubert Bazin

Marie-Laure volgt op het Place aux Herbes de geur van madame Manecs soep, en als madame op de deur van het tuinhuisje achter de bibliotheek klopt, houdt zij de warme pan vast.

'Waar is monsieur Bazin?' vraagt madame.

'Die is kennelijk verhuisd,' zegt de bibliothecaris, hoewel hij de twijfel in zijn stem maar gedeeltelijk weet te verhullen.

'Waarheen zou Hubert Bazin nou kunnen verhuizen?'

'Weet ik niet, madame. Alstublieft. Het is koud.'

De deur gaat dicht. madame Manec vloekt. Marie-Laure denkt aan de verhalen van Hubert Bazin: naargeestige monsters gemaakt van zeeschuim, zeemeerminnen met visachtige geslachtsdelen, de romantiek van Engelse belegeringen. 'Die komt heus wel weer terug,' zegt madame Manec, zowel tegen zichzelf als tegen Marie-Laure. Maar de volgende ochtend is Hubert Bazin niet terug. Net zomin als de ochtend daarop.

Bij de volgende bijeenkomst is de groep gehalveerd.

'Denken ze soms dat hij ons hielp?' fluistert madame Hébrard.

'Hielp hij ons dan?'

'Ik dacht dat hij boodschappen overbracht.'

'Het wordt te gevaarlijk.'

Madame Manec ijsbeert; Marie-Laure kan de hitte van haar frustratie bijna voelen aan de andere kant van de kamer. 'Ga dan maar.' Er klinkt ingehouden woede in haar stem. 'Jullie allemaal.'

'Rustig nou maar,' zegt madame Ruelle. 'We nemen gewoon even pauze, een weekje of twee. Tot het stof is neergedaald.'

Hubert Bazin met zijn koperen masker en jongensachtige enthousiasme en zijn adem die rook naar geplette insecten. Waar, vraagt Marie-Laure zich af, brengen ze mensen heen? Het *Gasthaus* waar ze haar vader naartoe hadden gebracht? Waar ze brieven naar huis schrijven over het heerlijke eten en de mythische bomen? De bakkersvrouw beweert dat ze naar kampen in de bergen worden gestuurd. De vrouw van de kruidenier heeft het over nylonfabrieken in

Rusland. Het lijkt Marie-Laure even waarschijnlijk dat de mensen gewoon verdwijnen. De militairen gooien een zak over iedereen die ze maar weg willen hebben, dienen hem een elektrische schok toe en dan is diegene weg, van de aardbodem verdwenen. Verbannen naar een andere wereld.

De stad, denkt Marie-Laure, wordt langzaamaan omgevormd tot de maquette boven. Straten worden een voor een leeggezogen. Elke keer dat ze een voet buiten de deur zet, is ze zich bewust van al de ramen boven haar. De stilte is zeurderig, onnatuurlijk. Zo moet een muisje zich voelen, denkt ze, als het zijn holletje uit kruipt en de open weide in loopt, zonder te weten welke schaduw er van boven aan zal komen vliegen.

Alles vergiftigd

Boven de tafels in de eetzaal hangen nieuwe zijden spandoeken met schreeuwerige strijdkreten.

HET IS GEEN SCHANDE OM TE VALLEN, MAAR WEL OM TE GAAN LIGGEN.

WEES SLANK EN TENGER, ZO SNEL ALS EEN WINDHOND, ZO STEVIG ALS LEER, ZO HARD ALS KRUPP-STAAL.

Om de zoveel weken verdwijnt er weer een instructeur, opgeslokt door de oorlogsmachine. Er worden nieuwe instructeurs, oudere stedelingen van twijfelachtig allooi, binnengehaald. Allemaal, ziet Werner, hebben ze wel een gebrek: ze hinken, of zijn aan één oog blind, of hun gezicht is asymmetrisch door een letsel uit de vorige oorlog. De cadetten leggen minder respect aan de dag voor deze nieuwe instructeurs, en die hebben op hun beurt weer een korter lontje, en algauw voelt de school als een granaat waar de pen al uit is getrokken.

De elektriciteit vertoont kuren. De stroom valt een kwartier uit, gaat dan weer aan. Klokken lopen te snel, gloeilampen schijnen ineens heel fel en knappen dan, waardoor er een zachte regen van glas in de gangen naar beneden komt. Er volgen dagen van duisternis, de schakelaars doen het niet, het elektriciteitsnet is leeg. Het wordt ijskoud op de slaapzalen en in de douches; voor verlichting neemt de conciërge zijn toevlucht tot fakkels en kaarsen. Alle benzine gaat naar de oorlog en er komen maar weinig auto's door de schoolhekken gereden; het eten wordt altijd gebracht door een uitgeteerde muilezel waarvan je de ribben kunt tellen als hij zijn karretje voorttrekt.

Meer dan eens ziet Werner, als hij een worstje op zijn bord snijdt, er roze wormen in rondkronkelen. De uniformen van de nieuwe cadetten zijn stugger en goedkoper dan het zijne; ze hebben niet langer toegang tot echte munitie voor scherpschieten. Het zou Werner niets verbazen als Bastian tegenwoordig stenen en stokken uitdeelde.

En toch blijft al het nieuws positief. *We staan voor de Kaukasus,* verkondigt Hauptmanns radio. *We hebben olievelden ingenomen, we zullen Svalbard innemen. We gaan ongelofelijk snel. Zevenenvijftighonderd Russen dood, vijfenveertig Duitsers verloren.*

Om de zes of zeven dagen komen dezelfde twee kleurloze officieren van de maatschappelijke dienst de eetzaal binnen en verbleken er vierhonderd gezichten in hun verwoede pogingen om niet op te kijken. De jongens bewegen alleen hun ogen, alleen hun geest, terwijl ze in gedachten de route van de twee officieren tussen de tafels door volgen, op zoek naar de volgende jongen wiens vader is gesneuveld.

De cadet achter wie ze blijven staan probeert vaak te doen alsof hij hun aanwezigheid niet opmerkt. Hij brengt zijn vork naar zijn mond en kauwt, en dat is meestal het moment waarop de langste officier, een sergeant, een hand op zijn schouder legt. De jongen kijkt met volle mond en een vragend gezicht naar hen op en loopt dan achter de officieren aan naar buiten, en de grote eikenhouten dubbele deuren vallen krakend dicht en de eetzaal begint langzaam weer te ademen en komt stukje bij beetje weer tot leven.

Reinhard Wöhlmanns vader komt om, Karl Westerholzers vader komt om.

Martin Burkhards vader komt om en Martin vertelt iedereen die het maar horen wil – op dezelfde avond dat hij op zijn schouder is getikt – dat hij gelukkig is. 'Gaat alles niet,' zegt hij, 'uiteindelijk, en voortijdig, dood? Wie zou er niet vereerd zijn om te sneuvelen? Om een steentje bij te dragen aan de eindoverwinning?' Werner kijkt of hij enig ongemak in Martins ogen kan bespeuren, maar dat ziet hij niet.

Werner wordt regelmatig bevangen door twijfel. Raciale zuiverheid, politieke zuiverheid – Bastian zegt dat hij gruwt van alle soorten ontaarding, en toch, vraagt Werner zich in het holst van de nacht af, is het hele leven niet ook een vorm van ontaarding? Er wordt een kind geboren, en de wereld stort zich erbovenop. Ontneemt hem van alles, stopt er van alles in. Elke hap eten, elk lichtdeeltje dat zijn oog binnendringt – het lichaam kan nooit helemaal zuiver zijn. Maar dit is waarop de commandant blijft hameren, de reden dat het Reich hun neuzen meet, hun haarkleur bijhoudt.

De entropie van een gesloten systeem neemt nooit af.

Die avond staart Werner naar Fredericks bed boven hem, naar de dunne latten, het armzalige matras dat onder de vlekken zit. Er slaapt nu een nieuwe jongen in, Dieter Ferdinand, een klein gespierd jochie uit Frankfurt dat alles wat hem wordt opgedragen met een angstaanjagende felheid uitvoert.

Er hoest iemand; iemand anders kreunt. Ergens achter de meren klinkt het eenzame gefluit van een trein. Naar het oosten, de treinen gaan altijd naar het oosten, voorbij de randen van de heuvels; ze gaan naar het enorme, platgetreden grensgebied van het front. Zelfs in zijn slaap denderen de treinen door. Katapulten van de geschiedenis die de gebeurtenissen voorbij laten flitsen.

Werner strikt zijn laarzen en zingt de liedjes en marcheert mee, niet zozeer vanuit plichtsgevoel als wel uit een oud verlangen om plichtsgetrouw te zijn. Bij het avondeten loopt Bastian langs de rijen etende jongens. 'Wat is er erger dan de dood, jongens?'

Een willekeurige cadet is de klos. 'Lafheid!'

'Lafheid,' zegt Bastian instemmend, en de jongen gaat weer zitten terwijl de commandant verder sjokt, in zichzelf knikkend, tevreden. De laatste tijd praat de commandant steeds familiairder over de Führer en wat die nu weer allemaal nodig heeft – gebeden, aardolie, trouw. De Führer wil betrouwbaarheid, elektriciteit, laarzenleer. Werner begint in te zien, met zijn zestiende verjaardag in zicht, dat wat de Führer daadwerkelijk nodig heeft, jongens zijn. Lange rijen jongens die naar de transportband lopen om erop te stappen. Doe afstand van slagroom voor de Führer, van slaap voor de Führer, van aluminium voor de Führer. Doe afstand van de vader van Reinhard Wöhlmann, van de vader van Karl Westerholzer en de vader van Martin Burkhard.

In maart 1942 roept dr. Hauptmann Werner bij zich in zijn kantoor. De vloer is bezaaid met half ingepakte kisten. De honden zijn nergens te bekennen. De kleine man ijsbeert door de kamer en pas als Werner zegt dat hij er is houdt hij stil. Hij ziet eruit alsof hij langzaam overspoeld wordt door iets waarover hij de controle kwijt is. 'Ik ben naar Berlijn ontboden. Ze willen dat ik mijn werkzaamheden daar voortzet.' Hauptmann pakt een zandloper van een plank en stopt hem in een kist, en zijn bleke vingers met zilverkleurige vingertoppen blijven in de lucht hangen.

'Dit is waarvan u gedroomd hebt, meneer. De beste apparatuur, de slimste mensen.'

'Dat was het,' zegt dr. Hauptmann.

Werner loopt de gang op. Buiten, op de met poedersneeuw bedekte binnenplaats, zijn dertig eerstejaars aan het hardlopen op de plaats, hun adem vormt steeds kleine wolkjes. De mollige, weerzinwekkende Bastian met zijn gladde kin roept iets. Hij heft een korte arm omhoog en de jongens draaien zich om, tillen hun geweren boven hun hoofd en verhogen hun tempo, terwijl hun knieën oplichten in het maanlicht.

Bezoek

Op rue Vauborel 4 gaat de elektrische deurbel. Etienne LeBlanc, madame Manec en Marie-Laure houden alle drie tegelijk op met kauwen en denken hetzelfde: ik ben erbij. De zendontvanger op zolder, de vrouwen in de keuken, de honderd uitjes naar het strand.

‘Verwacht u iemand?’ vraagt Etienne

‘Nee, niemand,’ zegt madame Manec. De vrouwen zouden gewoon via de keukendeur komen.

Opnieuw gaat de bel.

Gedrieën gaan ze naar de hal: madame Manec doet open.

Franse politieagenten, met z’n tweeën. Ze zijn gekomen, leggen ze uit, op verzoek van het Natuurhistorisch Museum in Parijs. Het geschuifel van hun laarzen over de planken van de hal klinkt zo hard dat de ramen ervan zouden kunnen barsten. De eerste staat iets te eten – een appel, concludeert Marie-Laure. De tweede ruikt naar scheerbalsem. En gebraden vlees. Alsof ze net een feestmaal achter de kiezen hebben.

Met z’n vijven – Etienne, Marie-Laure, madame Manec en de twee mannen – gaan ze in de keuken om de vierkante tafel zitten. De mannen slaan een bakje stoofvlees af. De eerste schraapt zijn keel. ‘Terecht of niet,’ zegt hij, ‘hij is veroordeeld voor diefstal en samenzwering.’

‘Alle gevangenen, politieke en andere,’ zegt de tweede, ‘moeten dwangarbeid verrichten, zelfs al zijn ze er niet toe veroordeeld.’

‘Het museum heeft beheerders en gevangenisdirecteuren in heel Duitsland aangeschreven.’

‘We weten niet precies welke gevangenis.’

‘We vermoeden dat het Breitenau zou kunnen zijn.’

‘We weten zeker dat er geen fatsoenlijk proces heeft plaatsgevonden.’

Naast Marie-Laure kringelt de stem van Etienne omhoog. ‘Is dat een goede gevangenis? Ik bedoel, een van de betere?’

‘Ik vrees dat er geen goede Duitse gevangenissen bestaan.’

Op straat rijdt een vrachtwagen voorbij. Vijftig meter verder rolt de zee kabbelend op het Plage du Môle. Ze denkt: ze spreken alleen maar woorden, en woorden zijn niet meer dan geluiden die deze mannen vormen met hun adem, gewichtsloze dampen die ze de keuken in sturen, waar ze vervliegen en verdwijnen. Dan zegt ze: 'U bent hier helemaal naartoe gekomen om ons iets te vertellen wat we allang wisten.'

Madame Manec pakt haar hand vast.

Etienne mompelt: 'Dat van Breitenau wisten we nog niet.'

De eerste politieagent zegt: 'U hebt het museum verteld dat hij twee brieven naar buiten heeft weten te smokkelen?'

De tweede: 'Zouden we die even mogen zien?'

Etienne springt op, blij met het idee dat iemand er werk van maakt. Marie-Laure zou ook blij moeten zijn, maar er is iets in haar wat het verdacht vindt allemaal. Ze moet denken aan iets wat haar vader zei in Parijs, op de eerste avond van de invasie, toen ze op een trein zaten te wachten. *Iedereen zorgt voor zichzelf.*

De eerste agent neemt een hap van de appel. Kijken ze naar haar? Ze wordt licht in haar hoofd bij het idee dat ze zo dicht bij hen zit. Etienne komt met beide brieven terug en ze hoort hoe de mannen de vellen aan beide kanten bekijken.

'Heeft hij het voor zijn vertrek nog ergens over gehad?'

'Specifieke activiteiten of boodschappen waar wij van moeten weten?'

Hun Frans is goed, met een Parijs accent, maar wie weet waar hun loyaliteit ligt? *Als degene naast je niet hetzelfde bloed door zijn aderen heeft stromen, valt er helemaal niets te vertrouwen.* Op dat moment krijgt Marie-Laure het gevoel dat ze onder water zitten samengeperst, alsof ze met z'n vijven in een donker aquarium vol vissen zijn gedoken en hun vinnen bij elke beweging ergens tegenaan botsen.

'Mijn vader is geen dief,' zegt ze.

Madame Manec geeft een kneepje in haar hand.

Etienne zegt: 'Hij leek zich zorgen te maken om zijn baan, om zijn dochter. Om Frankrijk, uiteraard. Wie niet?'

'Mademoiselle,' zegt de eerste man. Hij richt zich tot Marie-Laure. 'Heeft hij nog iets specifieks genoemd?'

'Niets.'

'Hij had veel sleutels in het museum.'

'Hij heeft al zijn sleutels ingeleverd voor hij vertrok.'

'Mogen we eens zien wat hij hier allemaal mee naartoe heeft genomen?'

'Zijn bagage, wellicht?' voegt de tweede man toe.

'Zijn rugzak heeft hij meegenomen,' zegt Marie-Laure, 'toen de directeur vroeg of hij terugkwam.'

'Zouden we toch even een kijkje mogen nemen?'

Marie-Laure voelt de zwaartekracht in de kamer toenemen. Wat hopen ze te vinden? Ze ziet de radioapparatuur voor zich die zich hoog boven haar bevindt: microfoon, zendontvanger, al die knopjes en schakelaars en kabels.

Etienne zegt: 'Dat mag.'

Ze gaan elke kamer binnen. Tweede verdieping derde vierde. Op de vijfde staan ze in de oude kamer van haar grootvader en openen de enorme kledingkast met zijn zware deuren, steken de gang over, gaan in Marie-Laures kamer naast de maquette van Saint-Malo staan, fluisteren wat tegen elkaar en stommelen dan weer naar beneden.

Ze stellen welgeteld één vraag: over drie vlaggen van de Vrije Fransen die op de eerste verdieping opgerold in een kast liggen. Waarom heeft Etienne die in zijn bezit?

'U brengt uzelf in gevaar door die in bezit te hebben,' zegt de tweede agent.

'U wilt toch niet dat de autoriteiten u van terrorisme gaan verdenken?' zegt de eerste. 'Er zijn mensen voor minder gearresteerd.' Of dit wordt gezegd als waarschuwing of als dreigement blijft onduidelijk. Marie-Laure denkt: bedoelen ze papa soms?

De politieagenten ronden hun huiszoeking af, nemen uiterst beleefd afscheid en vertrekken.

Madame Manec steekt een sigaret op.

Marie-Laures stoofpot is koud geworden.

Etienne rommelt wat met het rooster van de open haard. Een voor een schuift hij de vlaggen het vuur in. 'Niet meer. Niet meer.' De tweede keer zegt hij het luider dan de eerste. 'Niet hier.'

De stem van madame Manec: 'Ze hebben niets gevonden. Er valt niets te vinden.'

De keuken wordt gevuld met de bijtende geur van brandend katoen. Haar oudoom zegt: ‘Doe wat u wilt met uw leven, madame. U hebt altijd voor mij klaargestaan en ik zal proberen dat ook voor u te doen. Maar hier in huis mag u deze dingen niet meer doen. En ook niet met mijn achternichtje.’

Aan mijn lieve zusje Jutta,

Het is heel zwaar nu. Zelfs papier is moeilijk te [redacted] *We hadden* [redacted] *geen verwarming in de* [redacted] *Frederick zei altijd dat er niet zoiets bestaat als een vrije wil en dat ieders pad van tevoren vastligt net als* [redacted] *en dat het dom was dat ik* [redacted] *Ik hoop dat er ooit een dag komt waarop je het zult begrijpen. Veel liefs, ook voor Frau Elena.*
Sieg Heil.

De kikker wordt gekookt

In de weken die volgen gedraagt madame Manec zich uiterst vriendelijk; de meeste ochtenden wandelt ze met Marie-Laure naar het strand, neemt ze haar mee naar de markt. Maar ze lijkt afwezig, ze vraagt Marie-Laure en Etienne heel beleefd hoe het met ze gaat, wenst hun goedemorgen alsof ze vreemden van elkaar zijn. Ze verdwijnt geregeld een halve dag.

Marie-Laures middagen worden langer, eenzamer. Op een avond zit ze aan de keukentafel terwijl haar oudoom haar voorleest.

De overlevingskracht van de slakkeneieren gaat ieders voorstellingsvermogen te boven. We hebben bepaalde soorten bevroren zien zitten in grote blokken ijs, en weer actief zien worden toen ze aan de invloed van warmte werden blootgesteld.

Etienne stopt even. 'We moeten maar even wat warms te eten maken. Het ziet er niet naar uit dat madame vanavond nog terugkomt.' Geen van beiden maakt aanstalten. Hij leest nog een bladzijde. *Jarenlang werden ze in pillendoosjes bewaard en alsnog kropen ze, zodra ze met vocht in aanraking kwamen, in het rond als nooit tevoren… Het huisje is misschien kapot, en soms zijn er hele stukken van verdwenen, maar na een bepaalde periode worden de beschadigde delen gerepareerd doordat er schelpachtig materiaal op wordt afgescheiden.*

'Er is dus nog hoop voor mij!' zegt Etienne lachend, waardoor Marie-Laure herinnerd wordt aan het feit dat haar oudoom niet altijd zo bang is geweest, dat hij voor deze oorlog een leven had en voor de vorige ook; dat hij ooit een jonge man was die midden in het leven stond en er net zo veel van hield als zij.

Uiteindelijk komt madame Manec binnen door de keukendeur en draait hem achter zich op slot, en Etienne zegt nogal koeltjes goedenavond en na een korte stilte groet madame Manec hem terug. Ergens in de stad laden Duitsers hun wapens of drinken ze cognac en de geschiedenis is een nachtmerrie geworden waaruit Marie-Laure wanhopig probeert te ontwaken.

Madame Manec pakt een pan van een rek en vult hem met water.

Haar mes snijdt door iets wat klinkt als aardappels, het lemmet komt neer op de houten snijplank eronder.

'Alstublieft, madame,' zegt Etienne. 'Staat u mij toe. U bent uitgeput.'

Maar hij staat niet op en madame Manec gaat door met het snijden van de aardappels en wanneer ze klaar is, hoort Marie-Laure haar de hele lading met de achterkant van haar mes de pan in schuiven. Marie-Laure wordt helemaal duizelig van de spanning in de keuken, alsof ze de aarde voelt ronddraaien.

'Nog U-boten tot zinken gebracht vandaag?' mompelt Etienne. 'Nog wat Duitse tanks opgeblazen?'

Madame doet de deur van de ijskast open. Marie-Laure kan haar in een laatje horen rommelen. Een lucifer wordt afgestreken; een sigaret vat vlam. Algauw staat er een bord met te kort gekookte aardappels voor Marie-Laure. Op de tast zoekt ze naar een vork op het tafelblad, maar ze vindt er geen.

'Weet jij wat er gebeurt, Etienne,' zegt madame Manec vanaf de andere kant van de keuken, 'als je een kikker in een pan met kokend water gooit?'

'Dat gaat u ons nu vast vertellen.'

'Dan springt hij eruit. Maar weet je wat er gebeurt wanneer je een kikker in een pan met koud water stopt en dat vervolgens langzaam aan de kook brengt? Weet je wat er dan gebeurt?'

Marie-Laure wacht af. De aardappels dampen.

Madame Manec zegt: 'Dan wordt de kikker gekookt.'

Orders

Werner wordt door een elfjarige in vol ornaat naar het kantoor van de commandant geroepen. Hij wacht op een houten bankje en voelt een lichte paniek in zich opkomen. Waarschijnlijk vermoeden ze iets. Misschien hebben ze iets over zijn afkomst ontdekt wat hijzelf niet eens weet, iets rampzaligs. Hij voelt zich net als toen die korporaal het kindertehuis binnen stapte om hem naar Herr Siedler te brengen: die vaste overtuiging dat het Reich de middelen heeft om dwars door muren te kijken, dwars door je huid heen, tot in ieders diepste zielenroerselen.

Na een paar uur roept de assistent van de commandant hem naar binnen en deze legt zijn balpen neer en kijkt over zijn bureau alsof Werner slechts een van de vele onbeduidende problemen is die door hem moeten worden opgelost. 'We zijn erachter gekomen, cadet, dat jouw leeftijd incorrect is opgetekend.'

'Meneer?'

'Je bent achttien jaar oud. Niet zestien, zoals je tot nu toe hebt beweerd.'

Werner is verbijsterd. Het is duidelijk dat het nergens op slaat: hij is nog steeds kleiner dan de meeste veertienjarigen.

'Onze voormalige professor technische natuurkunde, dr. Hauptmann, heeft ons gewezen op deze discrepantie. Hij heeft geregeld dat je naar een speciale technische divisie van de Wehrmacht gaat.'

'Een divisie, meneer?'

'Je bent hier onder valse voorwendselen binnengekomen.' Zijn stem klinkt zalvend en vergenoegd; een kin heeft hij niet. Door het raam heen klinkt de schoolband, die een overwinningsmars repeteert. Werner ziet een Scandinavisch ogende jongen onder het gewicht van een tuba voortploeteren.

'De commandant drong aan op disciplinaire maatregelen, maar dr. Hauptmann opperde dat jij je vaardigheden vast dolgraag in dienst van het Reich zou willen stellen.' Vanachter zijn bureau tovert de assistent een opgevouwen uniform tevoorschijn – blauwgrijs, adelaar op de voorkant, *Litzen* op de kraag. Vervolgens een groen-zwarte *Stahlhelm*, duidelijk te groot.

De band schalt, en valt dan stil. De bandinstructeur roept namen af.

De assistent van de commandant zegt: 'Je bent een geluksvogel, cadet. Het is een eer om te mogen dienen.'

'Wanneer, meneer?'

'Binnen twee weken zul je nadere instructies ontvangen. Dat was alles.'

Longontsteking

Het is lente in Bretagne, en een uiterst vochtige lucht bereikt de kust. Mist op zee, mist in de straten, mist in de ziel. Madame Manec wordt ziek. Wanneer Marie-Laure haar hand boven madames borstkas houdt, lijkt de hitte van haar borstbeen af te slaan alsof ze vanbinnen kookt. Haar ademhaling gaat over in immense hoestsalvo's.

'Ik kijk naar de sardientjes,' mompelt madame, 'en naar de termieten en de koeien...'

Etienne laat een arts komen, die rust, aspirine en geurige paarse suikersnoepjes voorschrijft. Marie-Laure blijft bij madame zitten tot het ergste achter de rug is, vreemde uren waarin de handen van de oude vrouw ijskoud worden en ze beweert dat ze de leiding heeft over de hele wereld. Ze heeft overal de leiding over, maar niemand die het weet. Het is een enorme last, zegt ze, om verantwoordelijk te zijn voor elk wissewasje, voor iedere baby die geboren wordt, elk blaadje dat uit elke boom valt, elke golf die op het strand breekt, elke mier die bedrijvig in de weer is.

Ergens diep in madames stem hoort Marie-Laure water; atollen en archipels en zoetwatermeertjes en fjorden.

Etienne ontpopt zich als een zachtaardige verpleger. Washandjes, bouillon, zo nu en dan een passage uit Pasteur of Rousseau. Uit zijn gedrag blijkt dat hij haar al haar misstappen, vroegere en huidige, vergeeft. Hij wikkelt madame in dekens, maar uiteindelijk trilt ze zo erg, zo heftig, dat hij het grote kleed van de vloer haalt en het boven op haar legt.

Mijn liefste Marie-Laure,

Je pakjes zijn aangekomen, het waren er twee, maanden na elkaar gedateerd. Het woord blijdschap is te zwak om uit te drukken hoe ik me voel. De tandenborstel en de kam mocht ik houden, maar niet het papier waarin ze waren verpakt. De zeep ook niet. Ik zou zo graag willen dat we hier zeep mochten hebben! Ze zeiden dat we binnenkort naar een chocoladefabriek zouden worden overgeplaatst, maar het bleek karton te zijn. De hele dag lang maken we karton. Wat moeten ze toch met zoveel karton?

Mijn hele leven lang, Marie-Laure, was ik degene met de sleutels. Nu hoor ik ze 's morgens rammelen als ze ons komen halen, en elke keer weer voel ik in mijn eigen zak, die natuurlijk leeg is.

Als ik droom, droom ik dat ik in het museum ben.

Weet je nog, je verjaardagen? Dat er altijd twee dingen op tafel lagen als je wakker werd? Het spijt me dat het zo is gelopen. Als je ooit de behoefte voelt om het te begrijpen, kijk dan in Etiennes huis, in het huis. Ik weet dat je het juiste zult doen. Al zou ik willen dat het een beter cadeautje was.

Mijn engel vertrekt, dus als ik ervoor kan zorgen dat dit bij jou aankomt, dan doe ik dat. Ik maak me geen zorgen over jou omdat ik weet dat je heel slim bent en ervoor zorgt dat je veilig bent. Ik ben ook veilig, maak je dus geen zorgen. Bedank Etienne voor het feit dat hij dit aan je voorleest. Bedank in je hart de dappere ziel die deze brief voor me meeneemt en bij jou bezorgt.

Je papa

Behandelingen

De arts van Von Rumpel zegt dat er fascinerend onderzoek gedaan wordt naar mosterdgassen. Dat ze de antitumor-eigenschappen van een flink aantal chemische stoffen onderzoeken. De prognose is goed: bij proefpersonen is vastgesteld dat tumoren in de schildklier geslonken zijn. Maar Von Rumpel wordt helemaal duizelig en slap van de injecties. In de daaropvolgende dagen kan hij nauwelijks zijn haar nog kammen of zijn vingers ertoe brengen om zijn jas dicht te knopen. Ook zijn geest laat hem in de steek: hij loopt een kamer binnen en vergeet wat hij daar kwam doen. Hij staart een meerdere aan en vergeet wat de goede man zojuist tegen hem zei. Het geluid van voorbijrijdende auto's klinkt als de tanden van een vork die over zijn zenuwen heen schrapen.

Deze avond wikkelt hij zichzelf in dekens van het hotel, bestelt een kop soep en pakt een bundeltje uit Wenen uit. De grauwe bibliothecaresse heeft exemplaren gestuurd van de Tavernier en de Streeter en zelfs – nog het meest opmerkelijk – gestencilde kopieën van *Gemmarum et Lapidum Historia* van De Boodt uit 1604, geheel in het Latijn. Alles wat ze kon vinden over de Zee der Vlammen. Negen paragrafen in totaal.

Het vergt al zijn concentratie om de teksten scherp op zijn netvlies te krijgen. Een godin van de aarde die verliefd werd op een god van de zee. Een prins die herstelde van rampzalige verwondingen en omringd door een wazig licht de scepter zwaaide. Von Rumpel sluit zijn ogen en ziet een godin met haren van vuur door de krochten van de aarde rennen, met gloeiende vuurvonkjes in haar kielzog. Hij hoort een priester zonder tong zeggen: *De bezitter van de steen zal eeuwig blijven leven.* Hij hoort zijn vader zeggen: *Je moet een hindernis zien als een kans, Reinhold. Beschouw een hindernis als inspiratie.*

Hemel

Een paar weken lang gaat het beter met madame Manec. Ze belooft Etienne om rekening te houden met haar leeftijd, om niet te proberen altijd voor iedereen klaar te staan, om de oorlog niet in haar eentje te voeren. Op een dag begin juni, bijna op de dag af twee jaar na de invasie van Frankrijk, lopen Marie-Laure en zij samen door een veld vol wilde peen ten oosten van Saint-Malo. Madame Manec had tegen Etienne gezegd dat ze gingen kijken of er aardbeien te koop waren op de markt in Saint-Servan, maar Marie-Laure weet zeker dat, toen ze onderweg hiernaartoe even bij een vrouw langsgingen, madame daar een envelop verwisselde voor een andere.

Op voorstel van madame gaan ze tussen het onkruid liggen, en Marie-Laure luistert naar de honingbijen die zich in de bloemen ingraven en probeert zich hun reizen voor te stellen zoals Etienne die heeft omschreven: elke werker die een geurspoortje volgt, op zoek naar ultraviolette patronen in de bloemen, en de mandjes aan haar achterpootjes vult met stuifmeelkorrels, en dan, helemaal dronken en zwaar, weer terugvliegt naar huis.

Hoe weten ze zo precies wat ze moeten doen, die kleine bijtjes?

Madame Manec trekt haar schoenen uit, steekt een sigaret op en slaakt een tevreden zucht. De insecten gonzen: wespen, zweefvliegjes, een voorbijvliegende libel – Etienne heeft Marie-Laure geleerd hoe je ze aan hun geluid kunt herkennen.

'Wat is een stencilmachine, madame?'

'Iets om pamfletten mee te maken.'

'Wat heeft dat te maken met die vrouw van daarstraks?'

'Niets om je druk over te maken, lieverd.'

Er klinkt gehinnik van paarden en er staat een koel zeebriesje rijk aan geuren.

'Madame? Hoe zie ik eruit?'

'Je hebt wel duizenden sproetjes.'

'Papa zei altijd dat het net sterretjes aan de hemel waren. Of appeltjes in een boom.'

'Het zijn kleine bruine vlekjes, mijn kind. Duizenden kleine bruine vlekjes.'

'Dat klinkt lelijk.'

'Bij jou zijn ze prachtig.'

'Denkt u, madame, dat we in de hemel echt oog in oog met God komen te staan?'

'Dat zou kunnen.'

'En als je blind bent?'

'Ik zou denken dat als God wil dat we iets zien, we het ook zullen zien.'

'Oom Etienne zegt dat de hemel net zoiets is als een dekentje waar baby's zich aan vastklampen. Hij zegt dat mensen in vliegtuigen wel tien kilometer boven de aarde hebben gevlogen en daar geen enkel koninkrijk hebben gevonden. Geen poorten, geen engelen.'

Madame Manec krijgt een schorre hoestaanval die Marie-Laure doet trillen van angst. 'Je denkt aan je vader,' zegt ze uiteindelijk. 'Je moet erop vertrouwen dat je vader zal terugkomen.'

'Wordt u het nooit moe om vertrouwen te blijven houden, madame? Wilt u nooit eens bewijs?'

Madame Manec legt een hand op Marie-Laures voorhoofd. Die grote hand die haar aanvankelijk deed denken aan die van een tuinman of een geoloog. 'Je moet altijd vertrouwen blijven houden. Dat is het belangrijkste wat er is.'

De wilde peen deint in de wind en de bijen werken gestaag verder. Was het leven maar als een roman van Jules Verne, denkt Marie-Laure, dan kon je vooruitbladeren als je het niet meer hield, en lezen wat er zou gebeuren. 'Madame?'

'Ja, Marie.'

'Wat denkt u dat ze eten in de hemel?'

'Ik weet niet of ze in de hemel wel hoeven te eten.'

'Niet eten! Dat zou u niet zo fijn vinden, of wel?'

Maar madame Manec lacht niet op de manier die Marie-Laure had verwacht. Ze zegt helemaal niets. Haar ademhaling klinkt raspend.

'Heb ik u beledigd, madame?'

'Nee, mijn kind.'

'Zijn we in gevaar?'

‘Niet meer dan anders.’

De grassprieten bewegen zachtjes heen en weer. ‘Nu ik erover nadenk, mijn kind, zou ik denken dat de hemel weleens heel erg hierop zou kunnen lijken.’

Frederick

Van zijn laatste geld koopt Werner een treinkaartje. Het is een heldere middag, maar Berlijn lijkt het zonlicht niet te willen binnenlaten, alsof de gebouwen somberder en smeriger en vlekkeriger zijn geworden in de maanden na zijn laatste bezoek. Maar misschien zijn alleen de ogen die ernaar kijken veranderd.

In plaats van direct op de bel te drukken, gaat Werner drie keer een blokje om. De ramen van het appartement zijn allemaal even donker; hij kan niet zeggen of ze nou onverlicht of verduisterd zijn. Bij ieder rondje komt hij op hetzelfde punt langs een etalage vol uitgeklede modepoppen, die, ook al weet hij dat het slechts een optisch effect is, in zijn ogen elke keer weer lijken zijn die aan een snoer zijn opgeknoopt.

Uiteindelijk belt hij aan bij nummer 1. Er drukt niemand op de zoemer en uit de naambordjes maakt hij op dat ze niet langer op nummer 1 wonen. Hun naam staat bij nummer 4.

Hij belt aan. De zoemer gaat.

De lift is defect, dus loopt hij naar boven.

De deur gaat open. Fanni. Met haar donzige gezicht en het slappe vel onder haar armen. Ze werpt hem een blik toe zoals mensen die betrapt worden elkaar toewerpen; dan komt Fredericks moeder in tenniskleren een zijkamertje uit gestoven. 'Werner, wel allemachtig...'

Even raakt ze verzonken in zwaarmoedige gedachten, tussen het chique meubilair, waarvan sommige stukken in dikke wollen dekens zijn verpakt. Neemt ze het hem kwalijk? Houdt ze hem medeverantwoordelijk? Misschien is hij dat wel. Maar dan schrikt ze op en kust hem op beide wangen, met een licht trillende onderlip. Alsof ze door zijn fysieke aanwezigheid sommige schaduwen niet langer op afstand kan houden.

'Hij zal je niet herkennen. Probeer hem er maar niet aan te herinneren. Dan raakt hij alleen maar van slag. Maar je bent er. Dat is tenminste iets. Ik stond op het punt om de deur uit te gaan, het spijt me dat ik niet kan blijven. Laat hem maar binnen, Fanni.'

Het dienstmeisje leidt hem een enorme zitkamer binnen, met een bewerkt plafond en zacht zijdeglansblauw geverfde muren. Er zijn nog geen schilderijen opgehangen en de planken zijn nog leeg en op de vloer staan open kartonnen dozen. Frederick zit aan een tafel met een glazen blad achter in de kamer, zowel de tafel als de jongen oogt nietig tussen alle rommel. Zijn haar zit in een strakke scheiding opzij en zijn slobberende katoenen overhemd is opgekropen achter zijn schouders, zodat de kraag helemaal scheef zit. Hij kijkt niet op of om naar zijn bezoeker.

Hij draagt nog steeds dezelfde oude bril met het zwarte montuur. Hij is net gevoerd en de lepel ligt nog op de glazen tafel en er zitten klodders pap op Fredericks snor en op zijn wollen placemat, waar blije kinderen op staan met appelwangetjes en klompjes aan. Werner kan er niet naar kijken.

Fanni buigt naar voren en duwt nog drie keer een lepel bij Frederick naar binnen en veegt zijn kin af, vouwt zijn placemat op en loopt door een klapdeur naar wat de keuken moet zijn. Werner blijft staan, met zijn handen voor zijn riem gevouwen.

Een jaar. Meer zelfs. Frederick moet zich nu scheren, beseft Werner. Of door iemand geschoren worden.

'Dag, Frederick.'

Frederick laat zijn hoofd naar achteren vallen en door zijn vettige brillenglazen kijkt hij langs zijn neus naar Werner.

'Ik ben Werner. Je moeder zei dat je het misschien niet meer wist. Ik ben je vriend van school.'

Frederick lijkt dwars door Werner heen te kijken. Er ligt een stapel papier op tafel, op het bovenste vel is met een lompe hand een dikke en onbeholpen spiraal getekend.

'Heb jij deze gemaakt?' Werner pakt de bovenste tekening. Daaronder ligt er nog een, en nog een, wel dertig of veertig spiralen, die allemaal een heel vel in beslag nemen, allemaal met hetzelfde donkere potlood getekend. Frederick laat zijn kin op zijn borst vallen, wellicht is het een knikje. Werner kijkt om zich heen: een hutkoffer, een doos met lakens, het vale blauw van de muren en het volle wit van de lambrisering. Het late middagzonnetje valt door de openslaande ramen naar binnen en er hangt een geur van zilverpoets. Dit appartement op de vierde verdieping is inderdaad mooier dan dat op de eerste – de hoge plafonds versierd met geslagen tin en stucwerk: fruitvormen, bloemen, bananenbladeren.

Fredericks lip krult omhoog, zijn boventanden worden zichtbaar en er druipt een sliert kwijl van zijn kin op het papier. Werner, die het geen seconde langer kan aanzien, roept het dienstmeisje. Fanni steekt haar hoofd om de klapdeur. 'Waar,' vraagt hij, 'is dat boek? Dat met die vogels? Met het goudkleurige omslag?'

'Ik geloof niet dat we ooit zo'n boek hebben gehad.'

'Jawel hoor...'

Fanni schudt alleen maar van nee en vouwt haar handen voor haar schort.

Werner tilt de flappen van wat dozen omhoog om te zien wat erin zit. 'Het moet hier toch ergens zijn.'

Frederick is op een blanco vel aan een nieuwe spiraal begonnen.

'Misschien hierin?'

Fanni gaat naast Werner staan en haalt zijn hand weg van de doos die hij net wilde openmaken. 'Ik geloof niet,' herhaalt ze, 'dat we ooit zo'n boek hebben gehad.'

Werner heeft ineens overal jeuk gekregen. Achter de enorme ramen wiegen de lindebomen heen en weer. Het begint te schemeren. Op een onverlicht bord op een gebouw twee straten verderop staat: BERLIJN ROOKT JUNO'S.

Fanni is weer naar de keuken verdwenen.

Werner kijkt toe hoe Frederick nog een lompe spiraal maakt, het potlood stevig in zijn vuist geklemd.

'Ik ga van Schulpforta af, Frederick. Ze gaan mijn leeftijd aanpassen en sturen me naar het front.'

Frederick houdt het potlood omhoog, bestudeert het, en tekent dan verder.

'Binnen een week.'

Frederick beweegt met zijn mond alsof hij op lucht kauwt. 'Je bent mooi,' zegt hij. Hij kijkt Werner niet rechtstreeks aan, en zijn praten heeft veel weg van gekreun. 'Je bent mooi, heel mooi, mama.'

'Ik ben je mama niet,' sist Werner. 'Kom op nou.' Niets aan Fredericks gezicht duidt erop dat hij hem in de maling neemt. Ergens in de keuken staat het dienstmeisje mee te luisteren. Er is geen ander geluid, geen verkeer of vliegtuigen of treinen of radio's of de schim van Frau Schwarzenberger die rammelend door de liftschacht gaat. Geen gezang geen zijden spandoeken geen bands geen trompetten geen moeder geen vader geen commandant die met zijn dunne vinger over zijn rug strijkt. De stad lijkt volstagen roerloos, alsof iedereen staat te luisteren, staat te wachten tot er iemand de fout in gaat.

Werner kijkt naar het blauw van de muren en denkt aan *Vogels van Amerika*, de geelgekroonde reiger, de Kentucky-nachtegaal, de rode tanager, de ene prachtige vogel na de andere, en Fredericks blik blijft ergens in het gruwelijke luchtledige hangen, elk oog is een poel met stilstaand water, waarvan Werner zijn blik moet afwenden.

Terugval

Eind juni 1942 staat madame Manec, voor het eerst sinds haar koorts, niet in de keuken als Marie-Laure wakker wordt. Zou ze al naar de markt zijn gegaan? Marie-Laure klopt op haar deur, wacht honderd hartslagen. Ze doet de achterdeur open en roept naar buiten. Een heerlijk warme juniochtend. Duiven en katten. Gelach vanuit een raam in de buurt.

'Madame?'

Haar hart gaat sneller slaan. Opnieuw klopt ze op madame Manecs deur.

'Madame?'

Als ze naar binnen gaat, hoort ze allereerst de diepe hoest. Alsof zich stenen in de longen van de oude vrouw roeren als een trage stroom. Uit het bed komt een zure lucht van zweet en urine. Haar handen vinden madames gezicht en de wang van de oude vrouw is zo heet dat Marie-Laure haar vingers terugtrekt alsof ze zich gebrand heeft. Ze haast zich naar boven, struikelend, roept: 'Oom! Oom!' en in haar hoofd kleurt het hele huis rood, gaat het dak in rook op, terwijl de vlammen zich een weg door de muren banen.

Etienne gaat op zijn krakende knieën naast madame zitten, stuift dan naar de telefoon en zegt een paar woorden. Op een drafje keert hij terug naar het bed van madame Manec. In het daaropvolgende uur vult de keuken zich met vrouwen, madame Ruelle, madame Fontineau, madame Hébrard. Het wordt te druk op de begane grond; Marie-Laure rent de trap op en af, op en af, alsof ze zich een weg baant door de windingen van een enorme zeeschelp. De arts komt en vertrekt weer, af en toe legt een van de vrouwen een knokige hand op Marie-Laures schouder, en precies op het moment dat de klok van de kathedraal twee uur slaat komt de arts terug met een man die alleen maar goedemiddag zegt, naar modder en klaver ruikt, en die madame Manec optilt en haar naar buiten draagt en als een zak gemalen haver op een paardenkar legt. De paardenhoeven klepperen weg en de arts haalt het beddengoed af en Marie-Laure vindt Etienne in een hoekje van de keuken, waar hij fluistert: 'Madame is dood, madame is dood.'

Zes

8 AUGUSTUS 1944

Iemand in huis

Een aanwezigheid, een inademing. Marie-Laure richt al haar zintuigen op het halletje drie trappen onder haar. Het buitenhek valt knarsend dicht, dan de voordeur.

In haar hoofd redeneert haar vader: *Het hek ging dicht vóór de deur, niet erna. Dat betekent dat, wie het ook is, eerst het hek heeft dichtgedaan en toen de deur. Hij is binnen.*

Al haar nekharen komen overeind.

Etienne weet dat het belletje zou afgaan, Marie. Etienne zou allang hebben geroepen of je er was.

Laarzen in de hal. Serviesgoed dat door een voet verbrijzeld wordt.

Het is niet Etienne.

De angst is haast ondraaglijk, zo hevig is hij. Ze probeert zichzelf tot kalmte te manen, probeert zich te concentreren op het beeld van een kaarsvlammetje dat midden in haar borstkast brandt, een slak die zich heeft teruggetrokken in de spiraal van zijn huisje, maar haar hart bonst in haar keel en de rillingen lopen haar over de rug, en plotseling weet ze niet meer zeker of een ziend persoon in de hal langs de bochten van de trap omhoog kan kijken en de tweede verdieping kan zien. Ze weet nog dat haar oudoom zei dat ze moesten oppassen voor plunderaars, en de lucht wemelt van het denkbeeldige geroezemoes en geritsel, en Marie-Laure stelt zich voor dat ze de badkamer in rent, die onder de spinnenwebben zit, hier op de tweede verdieping, en dat ze zichzelf uit het raam werpt.

Laarzen op de gang. Een stuk servies dat over de grond schuift omdat ertegenaan is getrapt. Een brandweerman, een buurman, een Duitse soldaat op jacht naar eten?

Een redder zou roepen om te zien of er overlevenden waren, ma chérie. Je moet weg hier. Je moet je verstoppen.

De voetstappen trekken verder, richting de kamer van madame Manec. Ze gaan langzaam; misschien is het al donker. Zou het nu al avond zijn?

Vier of vijf of zes of een miljoen hartslagen roffelen voorbij. Ze heeft haar stok, Etiennes jas, de twee blikken, het mes, de baksteen. Maquettehuisje in de zak van haar jurk. Met de steen erin. Water in het bad aan het eind van de gang.

Ga. Nu.

Een pan of koekenpan, kennelijk van de haak gevallen tijdens het bombardement, schommelt op de keukentegels. Hij gaat de keuken uit. Loopt weer naar de hal.

Sta op, ma chérie. Sta op, nu.

Ze staat op. Met haar rechterhand vindt ze de reling. Hij staat onder aan de trap. Ze kan het wel uitschreeuwen. Maar dan merkt ze – net als hij zijn voet op de eerste trede zet – dat er een hapering in zijn loopje zit. Een-stop-twee een-stop-twee. Het is een ritme dat ze al eerder heeft gehoord. De kreupele gang van een Duitse sergeant-majoor met een toonloze stem.

Ga.

Marie-Laure zet elke stap zo voorzichtig als ze maar kan. Nu is ze blij dat ze haar schoenen niet heeft. Haar hart klopt zo woest in haar keel dat ze zeker weet dat de man beneden het hoort.

Omhoog naar de derde verdieping. Elke stap een fluistering. De vierde. Op de overloop van de vijfde verdieping blijft ze even onder de kroonluchter staan en spitst haar oren. Ze hoort de Duitser nog drie of vier treden omhooggaan en dan even een korte, astmatische pauze nemen. Dan weer verder. Er kreunt een houten trede onder zijn gewicht; het klinkt haar in de oren als een klein diertje dat verpletterd wordt.

Hij blijft even staan, op de overloop van de tweede verdieping, gokt ze. Waar zij zojuist nog zat. Haar warmte is nog voelbaar op de houten vloer naast het telefoontafeltje. Haar vervlogen adem.

Waar kan ze nog heen?

Verstop je.

Aan haar linkerkant ligt haar grootvaders oude kamer. Aan haar rechterkant haar kleine slaapkamer, waar het raam uit is geblazen. Overal hangt nog steeds een lichte rooklucht.

Zijn voetstappen op de overloop. Een-stop-twee een-stop-twee. Piepende ademhaling. Weer verder omhoog.

Als hij me ook maar met één vinger aanraakt, denkt ze, ruk ik zijn ogen eruit.

Ze doet de deur van haar grootvaders kamer open en blijft staan. Onder haar blijft de man ook weer even stilstaan. Heeft hij haar gehoord? Loopt hij zachter de trap op? In de buitenwereld stikt het van de toevluchtsoorden – tuinen vol heldergroene wind; hele koninkrijken aan heggen; diepe poelen van schaduwen in het bos waar vlinders doorheen fladderen die alleen maar denken aan nectar. Geen van alle binnen haar bereik.

Ze vindt de massieve kledingkast aan de andere kant van Henri's kamer, doet de twee spiegeldeuren open, schuift de overhemden erin opzij en maakt het blinde schuifdeurtje open dat Etienne in de achterkant heeft gemaakt. Ze wurmt zichzelf in de kleine ruimte met de ladder die omhoogloopt naar de zolder. Dan reikt ze met haar hand weer in de kast, vindt de deuren en doet ze dicht.

Bescherm me nu, steen, als je een beschermer bent.

Wees stil, zegt de stem van haar vader. *Geen geluid maken.* Met een hand vindt ze het handvat dat Etienne heeft gemonteerd op het blinde paneel aan de achterkant van de kledingkast. Ze schuift het dicht, centimeter voor centimeter, totdat ze het op zijn plek hoort vallen, dan haalt ze diep adem en houdt zo lang als ze kan haar adem in.

De dood van Walter Bernd

Bernd sloeg een uur lang wartaal uit. Toen viel hij stil en Volkheimer zei: 'God, wees genadig voor uw onderdaan.' Maar nu zit Bernd rechtop en vraagt om licht. Ze geven hem het laatste beetje water uit de eerste veldfles. Er loopt een straaltje langs zijn baardharen omlaag en Werner kijkt toe hoe het verdwijnt.

Bernd zit in het licht van de zaklantaarn en kijkt van Volkheimer naar Werner. 'Tijdens mijn verlof vorig jaar,' zegt hij, 'ging ik op bezoek bij mijn vader. Hij was oud; hij was mijn hele leven al oud. Maar nu leek hij echt ontzettend oud. Alleen al zijn keuken door lopen kostte hem een eeuwigheid. Hij had een pak koekjes, kleine amandelkoekjes. Die legde hij op een bordje, gemaakt van de opengevouwen verpakking. Geen van ons nam er een. Hij zei: "Je hoeft niet te blijven, hoor. Ik zou het fijn vinden als je bleef, maar het hoeft niet. Je hebt waarschijnlijk een hoop te doen. Je kunt best met je vrienden afspreken als je dat wilt." Dat bleef hij maar zeggen.'

Volkheimer doet de lamp uit en Werner voelt aan dat er daar in het donker iets ondraaglijks op afstand wordt gehouden.

'Ik ging weg,' zegt Bernd. 'Ik liep de trap af en de straat op. Ik kon nergens heen. Naar niemand toe. Ik had geen vrienden in die stad. Ik had verdomme de hele dag in de trein gezeten om hem te zien. Maar ik ging weg, gewoon zomaar.'

Dan valt hij stil. Volkheimer legt hem weer op de vloer met Werners deken over hem heen, en niet veel later overlijdt Bernd.

Werner werkt aan de radio. Misschien doet hij het voor Jutta, zoals Volkheimer had geopperd, of misschien doet hij het om niet te hoeven denken aan Volkheimer, die Bernd naar een hoekje sjouwt en bakstenen op zijn handen, zijn borstkas, zijn gezicht stapelt. Werner houdt de zaklantaarn in zijn mond en verzamelt alles wat hij kan vinden: een kleine hamer, drie potten met schroeven, een dik snoer van een verbrijzelde bureaulamp. In een kromgetrokken ladekastje vindt hij, wonder boven wonder, een batterij van elf volt met op de zijkant een zwarte kat. Een Amerikaanse accu, met negen levens, volgens de slogan. Werner beschijnt hem met het flakkerende oranje licht, vol verbazing. Hij controleert de klemmen. Nog meer dan genoeg lading. Als de zaklantaarn leeg raakt, denkt hij, kunnen we deze gebruiken.

Hij zet de omgevallen tafel overeind. Plaatst de kapotte zendontvanger erop. Werner gelooft nog niet dat er enige eer aan te behalen valt, maar misschien is het wel genoeg om iets te doen te hebben, een probleem op te lossen. Hij klemt Volkheimers zaklamp tussen zijn tanden. Probeert niet te denken aan honger of dorst, zijn linkeroor dat verstopt zit, Bernd in de hoek, de Oostenrijkers boven, Frederick, Frau Elena, Jutta, dat alles.

Antenne. Tuner. Condensator. Terwijl hij aan het werk is vallen zijn gedachten bijna stil, hij wordt bijna kalm. Dit doet hij puur op zijn geheugen.

Slaapkamer op de vijfde verdieping

Von Rumpel loopt hinkend door de kamers met hun verschoten witte lijstwerk en stokoude kerosinelampen, hun geborduurde gordijnen en spiegels uit de belle époque, hun schepen in glazen flessen en elektrische lichtschakelaars, die het allemaal niet meer doen. Door de rook en de luiken valt een flauw schemerlicht in wazige rode strepen naar binnen.

Tempel uit de tijd van Napoleon III, dit huis. Een badkuip op de tweede verdieping, voor driekwart gevuld met water. Kamers boordevol rommel op de derde. Nog geen poppenhuisjes. Zwetend gaat hij de trap op naar de vierde verdieping, bang dat hij op het verkeerde paard heeft gewed. Zijn vertrouwen in zijn intuïtie gaat op en neer. Hier is een grote barokke kamer propvol snuisterijen en kisten en boeken en mechanische onderdelen. Een bureau, een bed, een divan, drie ramen aan weerszijden. Geen maquette.

Op naar de vijfde verdieping. Aan de linkerkant een nette slaapkamer met een enkel raam en lange gordijnen. Er hangt een jongenspet aan de muur; helemaal achterin doemt een enorme kledingkast op, vol overhemden die naar mottenballen ruiken.

Terug naar de overloop. Hier is een klein toilet, met de wc-pot vol urine. Daarachter een laatste slaapkamer. Overal liggen zeeschelpen, er liggen schelpen op de vensterbanken en op de kast, er staan potten vol kiezelstenen op een rijtje op de vloer, allemaal gerangschikt volgens een of ander ongelofelijk systeem, en hier, hier! Hier, op een lage tafel aan het voeteneind van het bed, staat wat hij zocht, een houten maquette van de stad, als een cadeautje. Zo groot als een eettafel. Boordevol piepkleine huisjes. Op wat afgebladderde pleisterkalk op de straten na is het kleine stadje nog helemaal gaaf. De namaakversie is nu minder beschadigd dan het origineel. Een werk van ongekende grootsheid.

In de kamer van de dochter. Voor haar. Natuurlijk.

Von Rumpel voelt zich alsof hij in triomf het eindpunt van een lange reis heeft bereikt, en terwijl hij op de rand van het bed gaat zitten en er twee pijnscheuten uit zijn lies omhoogschieten, bekruipt hem het eigenaardige gevoel dat hij hier al eerder is geweest, dat hij ooit in een kamer als deze woonde, op een bobbelig bed als dit sliep, gepolijste stenen verzamelde en ze op deze manier rangschikte. Alsof dit hele tafereel op de een of andere manier heeft liggen wachten op zijn terugkomst.

Hij denkt aan zijn eigen dochters, hoe geweldig die het zouden vinden om een stad op een tafel te zien. Zijn jongste zou willen dat hij naast haar op de vloer zou komen zitten. *Zullen we spelen dat alle mensen aan het avondeten zitten?* zou ze dan zeggen. *Zullen we doen alsof wij dat zijn, papa?*

Achter de gebroken ramen, achter de vergrendelde luiken, ligt Saint-Malo er zo stil bij dat Von Rumpel kan horen hoe zijn eigen hartslag de haartjes in zijn oren doet trillen. Er waait rook over het dak heen. Er valt as lichtjes naar beneden. Het geschut kan ieder moment weer losbarsten. Rustig aan. Hij moet hier ergens in zitten. Het past helemaal bij de slotenmaker om zichzelf te herhalen. De maquette – hij zit in de maquette.

De radio maken

Eén uiteinde van het snoer windt Werner om een afgebroken pijp die diagonaal vanuit de vloer oprijst. Met spuug veegt hij het snoer in de lengte schoon en draait het honderd keer om het voetstuk van de pijp, om een nieuwe zendspoel te maken. Het andere uiteinde slingert hij door een verwrongen balk die zit vastgeklemd tussen de wirwar van hout, steen en pleister die nu hun plafond vormt.

Volkheimer kijkt toe vanuit de schaduw. Ergens in de stad ontploft een mortiergranaat, en er komt een wolk stof naar beneden gedwarreld.

Hij plaatst de diode tussen de vrije uiteindes van de twee snoeren en laat hem samenkomen met de voedingsdraad van de batterij om het circuit af te monteren. Werner laat het licht van Volkheimers zaklantaarn over zijn werkzaamheden schijnen. Aarde, antenne, batterij. Uiteindelijk klemt hij de zaklamp tussen zijn tanden en houdt hij de twee draadjes van de koptelefoon voor zijn neus, splitst deze met behulp van een schroefdraad en laat de gestripte uiteindes tegen de diode aankomen. Onzichtbaar brommen de elektronen door de draden.

Het hotel boven hen – wat ervan over is – kreunt akelig. Er versplinteren balken, alsof het puin op een soort laatste steunpunt staat te wankelen. Alsof het neerstrijken van een enkele libel een lawine zou kunnen veroorzaken waar ze voorgoed onder bedolven zouden worden.

Werner stopt het knopje van de koptelefoon in zijn rechteroor.

Hij doet het niet.

Hij keert de gedeukte radiokist ondersteboven, tuurt erin. Tikt Volkheimers verzwakte zaklamp weer tot leven. Laat alles even bezinken. Stel je voor hoe de stroomverdeling eruitziet. Nogmaals controleert hij de buizen, lampen, stekkerpinnen; hij zet de ontvang-verzendknop aan en uit, blaast het stof van de zenderzoekknop. Vervangt de draden naar de batterij. Probeert de koptelefoon nog een keer.

En daar is het, alsof hij weer acht jaar is, op zijn hurken naast zijn zusje op de vloer van het kindertehuis: ruis. Vol en gelijkmatig van klank. In zijn herinnering zegt Jutta zijn naam, en vlak daarna volgt een tweede, minder te verwachten beeld: twee identieke touwen, bevestigd aan de voorkant van Herr Siedlers huis, de grote soepele vlag die daaraan omlaag hing, smetteloos, dieprood.

Werner scant de frequenties op gevoel. Geen ruisonderdrukker, geen piepje morsecode, geen stemmen. Ruis ruis ruis ruis ruis. In zijn goede oor, in de radio, in de lucht. Volkheimer houdt zijn blik op hem gericht. Het stof zweeft door de zwakke lichtstraal van de zaklantaarn; tienduizend stofdeeltjes die zachtjes ronddraaien, twinkelend.

Op zolder

De Duitser doet de kastdeuren dicht en hinkt weg, en Marie-Laure blijft op de onderste sport van de ladder zitten, veertig tellen lang. Zestig. Honderd. Het hart vecht om van zuurstof voorzien bloed aan te voeren, het verstand vecht om de situatie te ontrafelen. Ze moet denken aan een zin die Etienne ooit hardop voorlas: *Zelfs het hart, dat bij hogere diersoorten sneller gaat slaan als het geagiteerd raakt, bonst bij de slak, wanneer die eenzelfde mate van opwinding ervaart, in een trager tempo.*

Vertraag het hart. Strek je voeten. Maak geen geluid. Ze drukt haar oor tegen het blinde paneel aan de achterkant van de kledingkast. Wat hoort ze? Motten die aan haar grootvaders stokoude overhemden knagen? Helemaal niets.

Langzaam, het lijkt ondenkbaar, merkt Marie-Laure dat ze slaperig begint te worden.

Ze voelt aan de blikken in haar zak. Hoe moet ze er nou nog een openkrijgen? Zonder geluid te maken?

Het enige wat erop zit is naar boven klimmen. Zeven sporten omhoog naar de lange driehoekige tunnel van het zoldertje. Het plafond met de knoestige balken rijst aan weerszijden omhoog naar de punt, die maar net iets hoger is dan de bovenkant van haar hoofd.

Hierboven is alle warmte blijven hangen. Geen raam, geen uitgang. Ze kan nergens anders heen. Er is geen uitweg, alleen die waarlangs ze is gekomen.

Met gestrekte vingers vindt ze een oude scheerkom, een paraplubak en een krat vol god mag weten wat. De vloerplanken onder haar voeten hebben de breedte van haar hand. Uit ervaring weet ze hoeveel lawaai het maakt als er iemand overheen loopt.

Niks omstoten.

Als de Duitser de kledingkast weer openmaakt en de kleren opzijschuift en zichzelf het deurtje door wurmt en omhoogklimt naar zolder, wat zal ze dan doen? Hem op zijn kop slaan met de paraplubak? Hem met het aardappelschilmesje overhoopsteken?

Schreeuwen.

Sterven.

Papa.

Ze kruipt over de middelste balk, van waaruit de smalle planken van de vloer lopen, naar de stenen schoorsteen aan de andere kant. De middelste balk is het dikst en maakt minder geluid. Ze hoopt maar dat ze niet gedesoriënteerd is geraakt. Ze hoopt maar dat hij niet achter haar staat, met een pistool op haar gericht.

Achter de kieren in de zoldering klinkt het haast onhoorbare gekrijs van vleermuizen en ergens in de verte, misschien op een zeeschip, of helemaal voorbij Paramé, wordt met zwaar geschut gevuurd.

Krak. Stilte. *Krak.* Stilte. Dan een lange gil als de granaat de lucht doorklieft, de dreun als hij op een verafgelegen eiland explodeert.

Er komt een afgrijselijke, sluipende angst opzetten vanuit een plek die buiten haar gedachtewereld valt. Een valluik ergens diep binnen in haar, waar ze direct op moet gaan staan en dat ze met haar volle gewicht moet tegenhouden en met een hangslot moet vergrendelen. Ze trekt de jas uit en spreidt hem uit over de vloer. Ze durft zichzelf niet overeind te hijsen uit angst voor het lawaai dat haar knieën op de planken kunnen maken. De tijd verstrijkt. Beneden gebeurt er niets. Zou hij weg zijn? Zo snel al?

Natuurlijk is hij niet weg. Ze weet tenslotte wat hij hier komt doen.

Links van haar slingert een aantal elektrische snoeren over de vloer. Vlak voor haar staat Etiennes kist met oude platen. Zijn opwindbare Victrola. Zijn oude opnameapparaat. De koevoet die hij gebruikt om de antenne tegen de schoorsteen aan te laten hangen.

Ze trekt haar knieën tegen haar borstkas, slaat haar armen eromheen en probeert door haar huid heen te ademen. Geluidloos, als een slak. Ze heeft de twee blikken. De baksteen. Het mes.

Zeven

AUGUSTUS 1942

Gevangenen

Een gevaarlijk magere korporaal in versleten werktenue komt Werner te voet ophalen. Lange vingers, een dunner wordende haardos onder zijn pet. In zijn ene laars ontbreekt de veter en zijn tong hangt als die van een kannibaal uit zijn mond. 'Jij bent klein,' zegt hij.

Werner, in zijn nieuwe uniformjasje, met een te grote helm en voorgeschreven *Gott mit uns*-riemgesp, trekt zijn schouders naar achteren. Met toegeknepen ogen kijkt de man naar het enorme schoolgebouw in de ochtendschemering, buigt zich dan voorover, ritst Werners legertas open en haalt de drie zorgvuldig uitgezochte NPEA-uniformen overhoop. Hij houdt een broek tegen het licht en lijkt teleurgesteld wanneer hij ziet dat die in de verste verte niet zijn maat is. Nadat hij de tas weer heeft dichtgedaan gooit hij hem over zijn schouder, om hem in te pikken of alleen maar te dragen, dat is Werner niet duidelijk.

'Ik ben Neumann. Ze noemen me Twee. Er is nog een Neumann, de chauffeur. Hij is Een. Dan is er nog de genieofficier en de sergeant en jij, dus voor wat het ook waard mag zijn, we zijn weer met z'n vijven.'

Geen trompetten, geen ceremonie. Dit is Werners inhuldiging bij de Wehrmacht. Ze lopen de vijf kilometer van de school naar het dorp. In een delicatessenzaakje zwermen zwarte vliegjes over een stuk of zes tafeltjes. Neumann Twee bestelt twee borden kalfslever en eet ze allebei leeg, waarbij hij donkere stukjes brood in het bloed sopt. Zijn lippen glimmen. Werner wacht op tekst en uitleg – waar ze heen gaan, op wat voor soort afdeling hij terechtkomt – maar die blijft uit. De kleur van de insignes die de korporaal op zijn schouders en revers draagt is wijnrood, maar Werner weet niet meer wat dat betekent. Gewapende infanterie? Chemische oorlogsvoering? De oude *Frau* ruimt de borden af. Neumann Twee haalt een klein blikken doosje uit zijn jas, schudt drie pilletjes op tafel en werkt ze met een slok water naar binnen. Dan stopt hij het blikje terug in zijn jas en kijkt Werner aan. 'Tegen de rugpijn. Heb je geld?'

Werner schudt zijn hoofd. Uit een van zijn zakken haalt Neumann Twee wat verfrommelde en viezige *Reichsmarken*. Voor ze vertrekken vraagt hij de Frau om twaalf hardgekookte eieren te brengen en hij geeft er vier aan Werner.

Vanuit Schulpforta reizen ze per trein via Leipzig en ze stappen uit op een overstapstation ten westen van Lodz. Op het platform liggen allemaal soldaten van een infanteriebataljon te slapen, alsof ze door een tovenares zijn behekst. Hun vale uniformen zien er in het schemerlicht spookachtig uit en hun ademhaling lijkt synchroon te lopen en het effect is macaber en beangstigend. Zo nu en dan klinkt er een bestemming uit de luidsprekers waarvan Werner nog nooit heeft gehoord – *Grimma*, *Wurzen*, *Grossenhain* – hoewel er geen treinen aankomen of vertrekken, en de mannen geen vin verroeren.

Neumann Twee zit wijdbeens het ene na het andere ei te eten, waarna hij in zijn omgekeerde pet een torentje van de schillen maakt. De avond valt. Er klinkt een zacht, gelijkmatig gesnurk op uit het slapende gezelschap. Werner voelt zich alsof hij en Neumann Twee de enige twee wakkere zielen op aarde zijn.

Het is al een tijdje donker als er in het oosten een fluitje klinkt, waardoor de slapende soldaten langzaam tot leven worden gewekt. Werner ontwaakt uit een halve droom en komt overeind. Neumann Twee zit al helemaal rechtop naast hem, met zijn handen in een kommetje tegen elkaar, alsof hij een bol duisternis in zijn handen probeert te houden. Er rammelen koppelstukken, er schuren remblokken tegen wielen aan en vanuit de duisternis doemt er een trein op, die snel dichterbij komt. Eerst het zwarte silhouet van een locomotief die, helemaal gepantserd, een dikke wolk van rook en stoom uitblaast. Achter de locomotief denderen een paar afgesloten wagons aan, gevolgd door een geschutkoepel met machinegeweer met twee artilleristen op hun hurken ernaast.

Alle wagons achter die van de artilleristen zijn lange, platte goederenwagons volgeladen met mensen. Sommigen staan; de meesten zitten op hun knieën. Er komen twee wagons voorbij, drie, vier. Zo te zien ligt aan de voorkant van elke wagon een muur van zandzakken die dient als beschutting tegen de wind.

De rails onder het platform glanzen mat, terwijl ze onder het gewicht op en neer gaan. Negen platte wagons, tien, elf. Allemaal vol.

In het voorbijgaan hebben de zakken iets vreemds: het lijkt wel of ze uit grijze klei zijn geboetseerd. Neumann Twee steekt zijn kin omhoog. 'Gevangenen.'

Werner probeert personen te onderscheiden terwijl de wagons in een waas voorbijkomen: een ingevallen wang, een schouder, een glinsterend oog. Dragen ze een uniform? Velen van hen zitten met hun rug tegen de zakken voor op de wagon geleund: ze zien eruit als vogelverschrikkers die naar het westen worden verscheept om ergens in een of andere afschuwelijke tuin te worden neergepoot. Sommige van de gevangenen, ziet Werner, liggen te slapen.

In een flits schiet er een gezicht voorbij, bleek en wasachtig, met een oor tegen de bodem van de wagon gedrukt.

Werner knippert met zijn ogen. Dat zijn geen zandzakken. Dat is geen slaap. Op elke wagon ligt een muur van lijken opgestapeld.

Zodra duidelijk wordt dat de trein geen aanstalten maakt om te stoppen, gaan alle soldaten om hen heen weer liggen en doen hun ogen weer dicht. Neumann Twee gaapt. Wagon na wagon komen de gevangenen voorbij, een rivier van mensen die de nacht uit komt gestroomd. Zestien zeventien achttien: waarom nog tellen? Honderden en honderden mannen. Duizenden. Uiteindelijk raast er vanuit de duisternis een laatste platte wagon voorbij, waar ook weer de levenden op de doden leunen, gevolgd door een schaduw van wederom een machinegeweer uit een geschutkoepel en vier of vijf artilleristen, en dan is de trein verdwenen.

Het geluid van de draagassen sterft weg; de stilte valt weer over het bos. Daar ergens ligt Schulpforta met zijn donkere torens, zijn bedplassers en slaapwandelaars en pestkoppen. Ergens daarachter de kreunende kolos die Zollverein is. De klapperende ramen van het kindertehuis. Jutta.

Werner zegt: 'Zaten ze nou boven op hun doden?'

Neumann Twee doet één oog dicht en houdt zijn hoofd scheef als een schutter die op de duisternis richt waarin de trein zojuist verdwenen is. 'Pang,' zegt hij. 'Pang, pang.'

De kledingkast

In de dagen na de dood van madame Manec komt Etienne zijn studeerkamer niet uit. In gedachten ziet Marie-Laure hem ineengedoken op de slaapbank zitten, terwijl hij kinderliedjes mompelt en kijkt hoe er geesten door de muren heen vliegen. Achter de deur is de stilte zo overweldigend dat ze bang is dat hij het voor elkaar heeft gekregen om er zelf ook uit te stappen.

'Oom? Etienne?'

Madame Blanchard begeleidt Marie-Laure naar de Saint-Vincent voor de herdenkingsdienst van madame Manec. Madame Fontineau maakt aardappelsoep waar ze een week mee toe kunnen. Madame Guiboux brengt jam. Madame Ruelle heeft op de een of andere manier een kruimeltaart weten te bakken.

De uren verstrijken. Marie-Laure zet elke avond een vol bord neer bij Etiennes deur en haalt elke ochtend weer een leeg bord weg. In haar eentje staat ze in madame Manecs kamer, waar ze pepermunt, kaarsvet en zes decennia aan loyaliteit ruikt. Dienstmeisje, verpleegster, moeder, samenzweerster, adviseur, kokkin – madame Manec moest voor Etienne wel tienduizend dingen tegelijk zijn geweest. Voor hen allemaal. Op straat zingen Duitse soldaten een dronkenmanslied en boven de kachel weeft een huisspinnetje elke avond weer een nieuw web, en op Marie-Laure komt dit extra wreed over: dat alles maar gewoon blijft doorgaan, dat de ronddraaiende aarde nog geen moment is blijven stilstaan in zijn reis om de zon.

Arm kind.

Arme monsieur LeBlanc.

Alsof ze vervloekt zijn.

Kwam haar vader nou maar door de keukendeur naar binnen. Om te glimlachen naar de dames, zijn handen op Marie-Laures wangen te leggen. Vijf minuten met hem. Eén minuut.

Na vier dagen komt Etienne zijn kamer uit. De trap kraakt als hij naar beneden komt en de vrouwen in de keuken vallen stil. Met gewichtige stem verzoekt hij eenieder vriendelijk om te vertrekken.

'Ik had tijd nodig om afscheid te nemen, nu moet ik voor mezelf en mijn nichtje gaan zorgen. Dank u wel.'

Zodra de keukendeur dicht is, doet hij hem op het nachtslot en pakt hij Marie-Laure vast bij haar handen. 'Alle lichten zijn nu uit. Heel goed. Kom maar even hier staan alsjeblieft.'

Er worden stoelen aan de kant geschoven. De keukentafel ook. Ze kan hem horen morrelen aan de ring in het midden van de vloer; het luik gaat omhoog. Hij gaat de kelder in.

'Oom? Wat zoekt u?'

'Dit,' roept hij.

'Wat is dat?'

'Een elektrische zaag.'

Ze voelt iets kriebelen in haar onderbuik. Etienne gaat de trap op, met Marie-Laure achter zich aan. Eerste verdieping, tweede, derde, vierde, vijfde, linksaf haar grootvaders kamer in. Hij opent de deuren van de enorme kledingkast, haalt de oude kleren van zijn broer eruit en legt ze op het bed. Hij leidt een verlengsnoer over de overloop en steekt de stekker in het stopcontact. 'Dit gaat lawaai maken,' zegt hij.

'Mooi,' zegt ze.

Etienne gaat achter in de kast zitten en de zaag komt jankend tot leven.

Het geluid gaat dwars door de muren, de vloer, Marie-Laures borstkas heen. Ze vraagt zich af hoeveel buren het zullen horen, of er ergens een Duitse militair aan zijn ontbijt met zijn hoofd scheef zit te luisteren.

Etienne verwijdert een rechthoek uit de achterkant van de kast en zaagt dan door de zolderdeur erachter heen. Hij zet de zaag uit en wurmt zich door het onafgewerkte gat, klimt op de ladder daarachter en gaat naar de zolder. Zij gaat achter hem aan. De hele ochtend kruipt Etienne de zolder door met kabels en een buigtang en gereedschap waar haar vingers geen wijs uit kunnen, terwijl hij zichzelf inkapselt in het midden van wat zij zich voorstelt als een ingewikkeld elektronisch netwerk. Hij mompelt in zichzelf; hij haalt dikke instructieboekjes of elektronische onderdelen uit verschillende kamers op de lagere verdiepingen. De zolder kraakt; vliegjes trekken staalblauwe lussen door de lucht. Laat op de avond klimt Marie-Laure de ladder weer af en valt in het bed van haar grootvader in slaap, onder het geluid van haar oudoom, die boven haar nog steeds aan het werk is.

Als ze wakker wordt tjirpen de boerenzwaluwen onder de zoldering en komt er via het plafond muziek naar beneden.

'Clair de Lune', een liedje dat haar doet denken aan dwarrelende blaadjes en de harde stukken strand onder haar voeten als het eb is. De muziek deint en gaat omhoog en komt weer tot rust op aarde, en dan spreekt de jonge stem van wijlen haar grootvader: *Er bevindt zich 96.000 kilometer aan bloedvaten in het menselijk lichaam, kinderen! Bijna genoeg om tweeënhalf keer de aarde mee rond te gaan…*

Etienne klimt de zeven sporten van de ladder af, wringt zich door de achterkant van de kledingkast heen en neemt haar hand in de zijne. Nog voor hij zijn mond heeft opengedaan weet ze wat hij gaat zeggen: 'Je vader heeft me gevraagd om goed op je te passen.'

'Dat weet ik.'

'Dit wordt gevaarlijk. Het is geen spelletje.'

'Ik wil het doen. Madame zou willen…'

'Vertel het me. Vertel me hoe het in zijn werk gaat.'

'Tweeëntwintig stappen over de rue Vauborel naar de rue d'Estreés. Dan rechtsaf langs zestien regenpijpen. Linksaf naar de rue Robert Surcouf. Dan negen regenpijpen naar de bakker. Ik ga naar de toonbank en zeg: "Eén gewoon brood, alstublieft."'

'Wat zegt ze dan terug?'

'Ze zal verrast zijn. Maar ik moet zeggen: "Eén gewoon brood", en dan moet zij zeggen: "En hoe gaat het met je oom?"'

'Zal ze naar mij vragen?'

'Dat moet. Op die manier weet ze dat u wilt meehelpen. Dat was een idee van madame Manec. Onderdeel van het protocol.'

'En wat zeg jij dan?'

'Dan zeg ik: "Met mijn oom gaat het goed, dank u wel." En dan neem ik het brood aan en stop ik het in mijn rugzak en ga ik weer terug naar huis.'

'En dit gaat gewoon zo door? Ook zonder madame?'

'Waarom zou het niet gewoon doorgaan?'

'En hoe betaal je dan?'

'Met een voedselbon.'

'Hebben we die dan?'

'Beneden in de la. En u hebt geld, toch?'

'Ja. We hebben wel wat geld. Hoe kom je terug naar huis?'

'Zonder omweg.'

'Via welke route?'

'Negen regenpijpen over de rue Robert Surcouf. Rechtsaf naar de rue d'Estreés. Zestien regenpijpen terug over de rue Vauborel. Ik weet het allemaal, oom. Uit mijn hoofd. Ik ben al driehonderd keer naar de bakker geweest.'

'Je mag nergens anders heen gaan. Je mag niet naar het strand.'

'Ik kom direct weer terug.'

'Beloofd?'

'Beloofd.'

'Ga dan maar, Marie-Laure. Als de wiedeweerga.'

Oost

In een goederenwagon rijden ze door Lodz, Warschau, Brest. Werner kijkt door de open deur naar buiten en ontwaart kilometerslang geen teken van leven, op een enkele wagon na die gekanteld naast het spoor ligt, verbogen en zwaar gehavend door een explosie. Soldaten klimmen erop en eraf, mager, bleek, allemaal met een rugzak, geweer en stalen helm. Ze slapen, ondanks de herrie, ondanks de honger, alsof ze wanhopig proberen om de wakkere wereld zo lang mogelijk te mijden.

De eindeloze metaalkeurige vlaktes worden doorsneden door rijen pijnbomen. Het is een sombere dag. Neumann Twee wordt wakker en urineert naar buiten, haalt het pillendoosje uit zijn jas en neemt nog twee of drie tabletjes. 'Rusland,' zegt hij, al kan Werner niet bedenken waaraan hij heeft kunnen zien dat ze de grens over zijn.

Het ruikt naar staal.

Tegen het vallen van de avond komt de trein tot stilstand en leidt Neumann Twee Werner te voet langs rijen verwoeste huizen, met overal verkoolde restanten van balken en bakstenen. De paar muren die nog overeind staan vertonen een patroon van zwarte kogelgaten. Het is al bijna donker wanneer Werner wordt afgeleverd bij een gespierde commandant, die in zijn eentje zit te eten op een bank die uit een houten frame en een springveerbodem bestaat. In een blik op zijn schoot ligt een cilindervormig stuk gekookt grijs vlees te dampen. Een tijd lang bestudeert hij Werner, zonder verder iets te zeggen, met een niet zozeer teleurgestelde als wel vermoeid-geamuseerde blik in zijn ogen.

'Ze worden er niet echt groter op, hè?'

'Nee, meneer.'

'Hoe oud ben jij?'

'Achttien, meneer.'

De kapitein moet lachen. 'Twaalf, zul je bedoelen.' Hij snijdt een stuk van het vlees af, kauwt er langdurig op, steekt twee vingers in zijn mond en haalt er een stuk kraakbeen uit, dat hij wegsmijt. 'Bekijk de apparatuur maar eens even. Eens zien of jij het er beter vanaf brengt dan de vorige die ze op ons afstuurden.'

Neumann Twee gaat Werner voor naar de open achterkant van een besmeurde Opel Blitz, een drie ton wegende terreinvrachtwagen met een houten oplegger. Aan de ene kant zijn ingedeukte benzineblikken bevestigd met touw. Aan de andere kant hebben kogelgaten her en der hun sporen nagelaten. De donkergrijze schemering lost op.

Neumann Twee geeft Werner een kerosinelantaarn. 'Gereedschap ligt binnen.'

Dan verdwijnt hij. Zonder enige uitleg. Welkom in de oorlog. Er vliegen piepkleine motjes rond in het licht van de lantaarn. Werner voelt dat hij de uitputting nabij is. Is dit dr. Hauptmanns idee van een beloning of een straf? Hij zou er alles voor geven om weer op een bank in het kindertehuis te zitten, om de liedjes van Frau Elena te horen, om de warmte van de ronde kachel te voelen en de hoge stem van Siegfried Fischer te horen, die vol vuur over U-boten en gevechtsvliegtuigen vertelde, om aan de andere kant van de tafel Jutta de duizend ramen van haar fantasiestad te zien schetsen.

In de oplegger van de vrachtwagen hangt een uitgesproken geur: klei, gemorste diesel vermengd met iets rottends. Het lantaarnlicht wordt door drie vierkante raampjes weerkaatst. Het is een radiovrachtwagen. Op een bank tegen de linkerwand staat een stel groezelige luisterapparaten, ter grootte van een hoofdkussen. Een uitschuifbare RF-antenne die van binnenuit omhoog en omlaag kan worden geschoven. Drie koptelefoons, een wapenrek, opbergkluisjes. Vetkrijtjes, kompassen, landkaarten. En daar staan, in verweerde kisten, twee van de zendontvangers die hij met dr. Hauptmann heeft ontworpen.

Het heeft iets troostends om ze helemaal hier te zien staan, alsof hij zich zojuist heeft omgedraaid en daar, midden op zee, een oude vriend naast zich ziet drijven. Hij sjort de eerste zendontvanger uit de kist en schroeft de achterwand eraf. De meter is gebarsten, verschillende buizen zijn opgeblazen en de zenderplug ontbreekt. Hij zoekt naar gereedschap, een inbussleutel, koperdraad. Hij kijkt door de open deur naar het doodstille kamp waarop duizenden sterren aan de hemel hun licht laten schijnen.

Staan daar Russische tanks te wachten? Met hun wapens op het licht van de lantaarn gericht?

Hij herinnert zich de grote notenhouten Philco van Herr Siedler. Blijf kijken naar de draden, concentreer je, beoordeel. Uiteindelijk zul je er een patroon in zien.

Als hij weer opkijkt, hangt er in de verte een zachte gloed achter een rij bomen, alsof daar iets in brand staat. De zon komt op. Driekwart kilometer verder slenteren twee jongens met stokken achter een kudde knokig vee aan. Werner maakt net de kist van de tweede zendontvanger open, als er achter in de vrachtwagenoplegger een reus tevoorschijn komt.

'Pfennig.'

De man hangt met zijn lange armen aan de bovenste stang van het dak van de vrachtwagen; hij blokkeert het zicht op het verwoeste dorp, de velden, de opkomende zon.

'Volkheimer?'

Eén gewoon brood

Ze staan in de keuken met de gordijnen dicht. Ze voelt zich nog steeds opgewonden over het feit dat ze de bakkerswinkel uit is gelopen met het gewicht van het warme brood in haar rugzak.

Etienne scheurt het brood uiteen. 'Zo.' Hij legt een piepklein opgerold stukje papier, niet groter dan het huisje van een porseleinslak, in haar hand.

'Wat staat erop?'

'Getallen. Heel veel. De eerste drie zouden frequenties kunnen zijn, dat kan ik niet echt zeggen. Het vierde – drieëntwintighonderd – is misschien een tijdstip.

'Gaan we het nu doen?'

'We wachten tot het donker is.'

Etienne spant draden door het hele huis, laat ze achter muren door lopen, eentje naar een belletje op de tweede verdieping, onder het telefoontafeltje, nog een naar een tweede belletje op zolder, en een derde naar het buitenhek. Hij laat het Marie-Laure drie keer uitproberen: ze staat op straat en zwaait het buitenhek open en ergens diep in huis klinken twee keer zacht gerinkel.

Vervolgens bouwt hij een blinde achterkant in de kledingkast en bevestigt deze aan een zijwaartse rail, zodat hij vanaf beide kanten open kan. Het begint al avond te worden en ze drinken een kopje thee en kauwen op het melige, dikke brood van de bakkerij van de Ruelles. Wanneer het helemaal donker is, loopt Marie-Laure achter haar oudoom aan de trap op naar boven, door de kamer op de vijfde verdieping heen en de ladder op naar zolder. Etienne schuift de zware telescoopantenne langs de schoorsteen omhoog. Hij zet wat schakelaars om en de zolder wordt gevuld met een gedempt gekraak.

'Ben je zover?' Hij klinkt als haar vader wanneer die op het punt stond om iets grappigs te zeggen. In gedachten hoort ze die twee politiemannen weer: *Er zijn mensen voor minder gearresteerd.* En madame Manec: *Wil je niet leven voor je sterft?*

'Ja.'

Hij schraapt zijn keel. Hij zet de microfoon aan en zegt: '567, 32, 3011, 2300, 110, 90, 146, 7751.'

En daar gaan de getallen, ze verspreiden zich over de daken, over zee, vliegen naar verre bestemmingen, wie zal zeggen waarheen. Naar Engeland, naar Parijs, naar de doden.

Hij verandert van frequentie en herhaalt de boodschap. Dan nog een derde keer. Dan zet hij het hele apparaat weer uit. Met een tikkend geluid koelt het af.

'Wat betekenen die getallen, oom?'

'Dat weet ik niet.'

'Kunnen ze in woorden worden omgezet?'

'Dat lijkt me wel.'

Ze gaan de ladder af en klimmen door de kledingkast. Op de gang staan geen soldaten met getrokken pistool. Er lijkt helemaal niets te zijn veranderd. Er schiet Marie-Laure een zin uit Jules Verne te binnen: *Wetenschap, mijn jongen, hangt aan elkaar van vergissingen, maar het zijn vergissingen die goed zijn om te maken, omdat ze je stukje bij beetje naar de waarheid leiden.*

Etienne lacht alsof hij een binnenpretje heeft. 'Weet je nog wat madame zei, over die kokende kikker?'

'Ja, oom.'

'Ik vraag me af wie ze nou eigenlijk bedoelde met die kikker. Zichzelf? Of de Duitsers?'

Volkheimer

De genieofficier is een zwijgzame, stekelige man genaamd Walter Bernd die enigszins loenst. De chauffeur is een man van dertig met een gebit als een fietsenrek die ze Neumann Een noemen. Werner weet dat Volkheimer, hun sergeant, niet ouder dan twintig kan zijn, maar in het scherpe grijze ochtendlicht lijkt hij wel twee keer zo oud. 'Er worden treinen aangevallen door partizanen,' legt hij uit. 'Ze zijn goed georganiseerd en de commandant gelooft dat ze hun aanslagen met behulp van radio's plannen.'

'De laatste genieofficier,' zegt Neumann Een, 'kon niks vinden.'

'Het is goeie apparatuur,' zegt Werner. 'Ik denk dat ik ze binnen een uur allebei wel aan de praat heb.'

Volkheimer krijgt een zachte blik in zijn ogen die daar even blijft hangen. 'Pfennig,' zegt hij, terwijl hij naar Werner kijkt, 'is van een heel ander kaliber dan onze laatste genieofficier.'

Ze gaan aan de slag. De Opel hobbelt over de weg, die uit weinig meer bestaat dan een karrenspoor. Om de zoveel kilometer staan ze stil en installeren ze ergens op een heuveltje of verhoging een zendontvanger. Bernd en de magere, schele Neumann Twee laten ze achter – de een met een geweer en de ander met een koptelefoon. Dan leggen ze nog een paar honderd meter af, voldoende voor het vormen van de basis van een driehoek, berekenen ze de hele weg lang de afstand en zet Werner de hoofdontvanger aan. Hij schuift de antenne van de vrachtwagen uit, zet de koptelefoon op en zoekt de spectra af naar iets clandestiens. Een verboden stem.

Aan de vlakke, weidse horizon lijkten continu meerdere vuren te branden. Het grootste deel van de tijd zit Werner achterstevoren in de auto, te kijken naar het land dat ze achter zich laten, terug naar Polen, terug naar het Reich.

Ze worden door niemand beschoten. Er klinken maar weinig stemmen door de ruis, en de paar die hij opvangt zijn Duits. 's Avonds haalt Neumann Een blikjes met kleine worstjes uit munitiedoosjes, en Neumann Twee maakt flauwe hoerengrappen die hij zich herinnert of zelf verzint, en in zijn nachtmerries ziet Werner de silhouetten van jongens die zich over Frederick buigen, maar als hij dichterbij komt verandert Frederick in Jutta, die Werner verwijtend aankijkt terwijl de jongens haar ledematen een voor een wegdragen.

Om het uur steekt Volkheimer zijn hoofd in de Opel en kijkt hij Werner aan. 'Niets?'

Werner schudt zijn hoofd. Hij rommelt wat met de batterijen, herschikt de antennes, controleert de buizen tot drie keer toe. Op Schulpforta, bij dr. Hauptmann, was het een spelletje. Hij kon gewoon naar Volkheimers frequentie raden; hij wist altijd dat Volkheimers zender aan het uitzenden was. Hier heeft hij geen idee hoe of wanneer of waar, zelfs óf er wel iets wordt uitgezonden; hier jaagt hij op spoken. Het enige wat ze doen is benzine verspillen door langs smeulende dorpjes, uitgeschakelde artilleriestukken en anonieme graven te rijden, terwijl Volkheimer met zijn reusachtige hand over zijn gemillimeterde haar wrijft en met de dag zorgelijker kijkt. Van kilometers ver klinkt het gedonder van grof geschut, en de Duitse treinen worden nog steeds aangevallen, waarbij de rails worden omgebogen en veewagons worden omgekieperd en de soldaten van de Führer worden verminkt en zijn officieren tot razernij worden gedreven.

Is dat een partizaan daar, de oude man die daar bomen staat om te zagen? En die drie vrouwen daar dan, die bij het beekje water aan het halen zijn?

's Nachts begint het te vriezen, waardoor er een zilveren gloed over het landschap valt, en achter in de vrachtwagen wordt Werner wakker met zijn vingers in zijn oksels terwijl zijn adem wolkjes vormt. De buizen van de zendontvanger stralen een blauwige gloed uit. Hoe dik zal het pak sneeuw zijn? Twee meter, vier? Honderd?

Kilometers dik, denkt Werner. We zullen over alles wat er ooit was heen rijden.

Herfst

De lucht, het strand en de straten worden door onweersbuien schoongespoeld en er zakt een rode zon de zee in die al het graniet aan de westkant van Saint-Malo in lichterlaaie zet. Er glijden drie limousines met gedempte uitlaten als schimmen door de rue de la Crosse, en een stuk of tien Duitse officieren, vergezeld door mannen met toneellampen en filmcamera's, gaan de trap op naar het Bastion de la Hollande, waar ze in de kou over de omwalling wandelen.

Vanuit zijn raam op de vierde verdieping houdt Etienne hen door een koperen telescoop in de gaten. In totaal zijn het er bijna twintig: kapiteins en majoors en zelfs een luitenant-kolonel, die zijn jas bij zijn kraag vasthoudt en naar de forten op de buitenste eilanden gebaart. Een van de gewone soldaten steekt een sigaret op in de wind en de anderen staan te lachen als zijn hoofddeksel over de borstwering heen wordt geblazen.

Aan de overkant van de straat komen drie vrouwen lachend naar buiten, uit de voordeur van Claude Levittes huis. Het licht brandt achter Claudes raam, hoewel de rest van de straat geen elektriciteit heeft. Op de tweede verdieping gaat er een raam open en er gooit iemand een borrelglaasje naar buiten, dat over de straat rolt, steeds verder over de rue Vauborel, tot het uit het zicht verdwijnt.

Etienne steekt een kaars aan en gaat de trap op naar de vijfde verdieping. Marie-Laure is in slaap gevallen. Uit zijn zak haalt hij een opgerold papiertje en vouwt het open. Hij probeert allang niet meer om de code te ontcijferen: hij heeft de cijfers uitgeschreven, ze in een schema gezet, opgeteld, vermenigvuldigd; niets schoot hij ermee op. En toch ook weer wel. Want Etienne voelt zich niet meer misselijk 's middags; zijn zicht blijft aldoor scherp, zijn hart rustig. Sterker nog, het is al meer dan een maand geleden dat hij tegen de muur van zijn studeerkamer aan moest gaan liggen terwijl hij bad dat hij geen geesten door de muren zou zien schuifelen. Als Marie-Laure thuiskomt met het brood, als hij het piepkleine rolletje met zijn vingers openmaakt, zijn mond naar de microfoon brengt, voelt hij zich sterk, springlevend.

56778. 21. 4567. 1094. 467813.

Dan het tijdstip en de frequentie van de volgende uitzending.

Ze zijn nu al een aantal maanden bezig, om de paar dagen komt er een nieuw stukje papier in een stuk brood, en de laatste tijd draait Etienne weleens wat muziek. Altijd in de nachtelijke uurtjes en nooit meer dan een kort fragment; hooguit een seconde of zestig, negentig. Debussy of Ravel of Massenet of Charpentier. Dan plaatst hij de microfoon in de hoorn van de grammofoon, net als jaren geleden, en laat hij de langspeelplaat draaien.

Wie zal ernaar luisteren? Etienne ziet kortegolfontvangers voor zich, vermomd als dozen havermout of verstopt onder een plankenvloer, ontvangers die onder tuintegels begraven zitten of afgedekt in een wiegje liggen. Hij stelt zich twintig, dertig luisteraars voor langs de kust – misschien nog een paar meer die vanaf zee afstemmen, kapiteinsradio's op vrije schepen met tomaten of vluchtelingen of wapens in het ruim – Engelsen die rekenen op de getallen, maar niet op de muziek, die zich waarschijnlijk afvragen: *Waarom?*

Vanavond draait hij Vivaldi. 'L'Autunno – Allegro.' Een plaat die zijn broer vier decennia geleden voor vijfenvijftig centimes had gekocht in een winkeltje op de rue Sainte-Marguerite.

Het klavecimbel tokkelt erop los, de violen maken barokke loopjes – de lage, hoekige zolderruimte barst uit zijn voegen van het geluid. Achter de dakpannen, een straat verder en dertig meter beneden hen, staan een stuk of tien Duitse officieren te lachen naar de camera.

Luister hier eens naar, denkt Etienne. Moet je dit eens horen.

Iemand raakt zijn schouder aan. Hij moet zich vasthouden aan de schuine muur om niet om te vallen. Achter hem staat Marie-Laure in haar nachthemd.

De violen komen in een spiraalbaan naar beneden en gaan dan weer omhoog. Etienne neemt Marie-Laures hand in de zijne en samen dansen ze, onder het lage, schuine dak – met de plaat die draait, de zender die de muziek de omwalling over stuurt, dwars door de lichamen van de Duitsers heen en de zee op. Hij laat haar ronddraaien; haar vingers fladderen door de lucht. In het kaarslicht krijgt ze iets bovenaards, met haar sproetige gezicht en in het midden van die sproeten die twee ogen, onbeweeglijk als de eierzak van een spin. Ze volgen hem niet, maar ze maken hem ook niet nerveus; het lijkt haast wel alsof ze in een afgeschermde, diepergelegen plek kijken, een wereld die enkel uit muziek bestaat.

Sierlijk. Dun. Met gecoördineerde bewegingen wervelt ze rond, hoewel hij geen idee heeft hoe ze ooit kan weten wat dansen precies is.

De muziek speelt door. Hij laat de plaat te lang opstaan. De antenne is nog uitgeschoven, waarschijnlijk vaag te zien in de lucht; de zolder had net zo goed in het licht kunnen baden. Maar in het kaarslicht, in het zoete geluid van het concert, bijt Marie-Laure op haar onderlip en straalt er een gloed van haar gezicht die hem doet denken aan de moerassen achter de omwalling, in de winterschemering die ontstaat als de zon onder is maar nog niet helemaal is opgeslokt, en de rode lichtstralen door grote stukken dekstro worden opgevangen en gloeien – plekken waar hij altijd met zijn broer heen ging, eeuwen geleden, lijkt het wel.

Dit, denkt hij, is wat de getallen betekenen.

Het concerto is afgelopen. Er klinkt het *tik tik tik* van een wesp tegen het plafond. De zender blijft aanstaan, met de microfoon in de hoorn van de grammofoon terwijl de naald blijft hangen in de binnenste groef. Marie-Laure hijgt en glimlacht.

Als ze weer naar bed is, als Etienne zijn kaars heeft uitgeblazen, blijft hij lange tijd geknield naast zijn bed zitten. Het knokige silhouet van de Dood waart beneden over straat, laat zijn paard zo nu en dan stilhouden om door de ramen te kijken. Hoorntjes van vuur op zijn hoofd en rook die uit zijn neusgaten komt en in zijn skeletachtige hand een nieuwe lijst met adressen. Als eerste kijkt hij naar de groep officieren die hun limousines uitladen en hun bagage het kasteel binnen dragen.

Dan naar de goedverlichte ramen van parfumeur Claude Levitte.

Dan naar het donkere hoge huis van Etienne LeBlanc.

Rijd door, Ruiter. Rijd dit huis voorbij.

Zonnebloemen

Ze rijden over een stoffig landweggetje, omringd door hectares verlepte zonnebloemen die zo groot zijn dat het wel bomen lijken. De stelen zijn uitgedroogd en stug en de bloemen deinen op en neer alsof ze staan te bidden, en terwijl de Opel voorbijraast krijgt Werner het gevoel dat ze door tienduizend cyclopenogen worden bekeken. Neumann Een zet de vrachtwagen op de handrem en Bernd maakt zijn geweer los, pakt de tweede zendontvanger en ploegt in zijn eentje tussen de stengels door om hem te installeren. Werner trekt de grote antenne uit en gaat met zijn koptelefoon op zijn gebruikelijke plek in de oplegger van de Opel zitten.

Boven in de cabine zegt Neumann Twee: 'Je bent helemaal nooit met haar van bil gegaan, ouwe maagd.'

'Houd je bek,' zegt Neumann Een.

'Jij rukt je elke avond af voor het slapengaan. Pelt je banaan. Schudt je yoghurtfles leeg.'

'Het halve leger doet dat. Duitsers evengoed als Russen.'

'Die kleine puber-Ariër achterin is echt wel een flessenschuddertje.'

In de zendontvanger leest Bernd de frequenties op. Niets niets niets.

Neumann Een zegt: 'De ware Ariër is zo blond als Hitler, zo slank als Göring en zo lang als Goebbels...'

Hard gelach van Neumann Twee. 'Shit, als...'

Volkheimer zegt: 'Genoeg.'

Het is laat in de middag. De hele dag hebben ze door deze vreemde en uitgestorven regio gereden en niets dan zonnebloemen gezien. Werner laat de naald langs de frequenties gaan, wisselt van band, stelt de zendontvanger opnieuw af, speurt de ruis af. De lucht wemelt ervan, dag en nacht, een enorme, droevige, sinistere Oekraïense ruis die er al lijkt te zijn geweest lang voordat de mens had uitgevogeld hoe je hem kon horen.

Volkheimer klautert de vrachtwagen uit, laat zijn broek zakken en piest op de bloemen en Werner besluit de antenne in te schuiven, maar voor hij dat doet hoort hij – zo helder en zuiver en dreigend als het lemmet van een mes dat reflecteert in de zon – een stortvloed aan Russisch. *Adeen, shest, vosyem.* Elke vezel in zijn lichaam komt plotseling tot leven.

Hij draait het volume zo ver mogelijk open en drukt de koptelefoon tegen zijn oren. Daar is het weer: *Ponye-nog iets-feshky, shere-nog iets-doroshoi...* Volkheimer kijkt hem door de open achterkant van de vrachtwagen aan alsof hij het aanvoelt, alsof hij voor het eerst in maanden wakker wordt, net als die avond buiten in de sneeuw, toen Hauptmann zijn pistool afvuurde toen ze beseften dat Werners zendontvangers het deden.

Werner draait de afstelknop een tikkeltje en ineens buldert de stem in zijn oren: *Dvee-nat-set, shayst-nat-set, davt-set-adeen*, onzin, verschrikkelijke onzin, die rechtstreeks zijn hoofd in wordt getransporteerd; het is alsof hij zijn hand in een zak vol katoen steekt en op een scheermesje stuit, alles constant en onveranderlijk en dan dat ene gevaarlijke ding, zo scherp dat je amper voelt dat het je hand openhaalt.

Met zijn enorme vuist klopt Volkheimer op de Opel om de Neumanns tot stilte te manen en Werner geeft het kanaal door aan Bernd op de verderop gelegen zendontvanger en Bernd vindt het en meet de hoek en geeft hem weer door en nu installeert Werner zich om de berekening uit te voeren. De rekenliniaal, de trigonometrie, de kaart. De Rus praat nog steeds als Werner zijn koptelefoon van zijn oren haalt. 'Noordnoordwest.'

'Hoe ver?'

Enkel cijfers. Pure wiskunde.

'Anderhalve kilometer.'

'Zenden ze op dit moment uit?'

Werner houdt één kant van de koptelefoon tegen zijn oor. Hij knikt. Neumann Een start de Opel met veel geronk, Bernd baant zich een weg terug tussen de bloemen door met de eerste zendontvanger in zijn armen, Werner schuift de antenne in en met knarsende banden gaan ze de weg af en rijden ze dwars door de omknakkende zonnebloemen heen. De langste zijn bijna net zo hoog als de vrachtwagen en de grote droge uiteindes roffelen op het dak van de cabine en tegen de zijkanten van de oplegger.

Neumann Een kijkt naar de kilometerteller en roept hardop de afstanden. Volkheimer deelt wapens uit. Twee karabiner-98K's. De Walther halfautomaat met vizier. Naast hem laadt Bernd patronen in het magazijn van zijn mauser. *Bonk* doen de zonnebloemen. *Bonk bonk bonk.* De vrachtauto kreunt als een schip op zee terwijl Neumann hem voorzichtig door de greppels leidt.

'Elfhonderd meter,' roept Neumann Een en Neumann Twee klimt op het dak van de vrachtwagen en tuurt door zijn verrekijker over het veld. Zuidwaarts maken de zonnebloemen plaats voor een veld met doorgeschoten augurken. Daarachter, omringd door louter modder, staat een pittoresk huisje met een strodak en gestuukte muren.

'De strook met duizendblad. Eind van het veld.'

Volkheimer richt zijn vizier omhoog. 'Zie je rook?'

'Nee.'

'Een antenne?'

'Moeilijk te zeggen.'

'Zet de motor af. Vanaf hier gaan we te voet.'

Het wordt helemaal stil.

Volkheimer, Neumann Twee en Bernd lopen met hun wapens de bloemen in en worden opgeslokt. Neumann Een blijft achter het stuur zitten, Werner in de oplegger. Nergens ontploft er een landmijn. De Opel wordt helemaal omringd door bloemen die kraken op hun steel en knikken met hun naar de zon gekeerde gezichten als in een soort droeve overeenstemming.

'Zullen die klootzakken es even flink op hun neus kijken,' fluistert Neumann Een. Zijn rechterbovenbeen gaat een paar keer per seconde op en neer. Achter hem schuift Werner de antenne zo ver uit als hij durft en hij klemt de koptelefoon op zijn hoofd en schakelt de zendontvanger in. Het klinkt alsof de Rus letters van het alfabet opleest. *Peh zheh kah cheh yu myakee znak.* Elke klank lijkt enkel en alleen voor Werners oren uit de koptelefoon te komen en sterft dan weg. Het trillende been van Neumann Een doet de vrachtwagen lichtjes schudden, de zon brandt door de insectenlijkjes waarmee de ramen zijn besmeurd en een koude wind doet het veld ruisen.

Staat er niemand op wacht? Is er nergens een uitkijkpost? Zijn er geen gewapende partizanen die op dit moment zijwaarts lopend achter de vrachtwagen opduiken? De Rus op de radio is een wesp in elk oor, *zvou kaz vukalov* – wie weet wat voor afschuwelijke dingen hij verspreidt, posities van manschappen, treinschema's; misschien geeft hij op dit moment wel de locatie van de vrachtwagen aan artilleristen door – en Volkheimer loopt gewoon het veld met zonnebloemen uit, het grootste menselijke doelwit dat je je maar voor kunt stellen, met zijn geweer als een stok in zijn handen; het lijkt onmogelijk dat Volkheimer ooit in het huisje zou passen, alsof hij het huis zal verzwelgen in plaats van andersom.

Eerst komen de schoten door de lucht om de koptelefoon heen. Een fractie van een seconde later klinken ze door de koptelefoon zelf, zo hard dat Werner hem bijna van zijn oren af trekt. Dan valt ook de ruis weg en is de stilte in de koptelefoon oorverdovend.

Neumann Een ontgrendelt zijn geweer en vergrendelt het weer.

Werner denkt terug aan hoe hij met Jutta naast zijn bed neerhurkte na het slotwoord van de Fransman, terwijl de ramen rammelden door een voorbijrijdende kolentrein, de echo van de uitzending nog even glinsterend in de lucht leek te hangen, alsof hij zijn handen uit kon steken en hem voorzichtig beet kon pakken.

Met zijn gezicht onder de inktspetters keert Volkheimer terug. Hij brengt twee enorme vingers naar zijn voorhoofd, duwt zijn helm naar achteren en dan ziet Werner dat het geen inkt is. 'Steek het huis in brand,' zegt hij. 'Snel. Geen diesel verspillen.' Hij kijkt Werner aan. Zijn stem is zacht, melancholisch bijna. 'Breng wel de apparatuur in veiligheid.'

Werner doet de koptelefoon af, zet zijn helm op. Er duiken zwaluwen neer op de zonnebloemen. Zijn ogen maken trage rondjes, alsof er iets mis is met zijn evenwicht. Tussen de stelen door loopt Neumann Een neuriënd met een blik brandstof in zijn armen voor hem uit. Ze banen zich een weg naar het huisje tussen de zonnebloemen door, banjerend over de koningskaars en wilde peen, waarvan alle bladeren door de vorst zijn vergeeld. Naast de voordeur ligt een hond in het stof, met zijn kop op zijn poten, en heel even denkt Werner dat die gewoon ligt te slapen.

De eerste dode ligt op de vloer met een arm onder zich geklemd en een rode brij op de plek van zijn hoofd. Op de tafel ligt een tweede man: ineengezakt alsof hij op één oor ligt te slapen, alleen de randen van zijn verwonding zijn te zien, een hoerig paars. Over de hele tafel ligt bloed als afkoelend kaarsvet te stollen. Het lijkt bijna zwart. Vreemd om te bedenken dat zijn stem nog door de lucht ijlt, al één land verder, en met de kilometer zwakker wordt.

Gescheurde broek, smerige jasjes, een van de mannen in bretels; ze dragen geen uniform.

Neumann Een trekt een gordijn van aardappelzakken omlaag en neemt het mee naar buiten en Werner hoort hoe hij het met diesel besprenkelt. Neumann Twee maakt de bretels van de tweede dode los en pakt wat bosjes sjalotten van de balk, maakt er een bundeltje van en vertrekt.

In de keuken ligt een stukje kaas met een hap eruit. Ernaast ligt een mes met een verweerd houten lemmet. Werner trekt een keukenkastje open. Dat blijkt een ruimte vol bijgeloof te zijn: potten met donkere vloeistof, ongelabelde pijnstillers, schimmels, tegen het hout geplakte theelepeltjes, iets met een etiket in het Latijn, *belladonna* genaamd, iets anders met een etiket waar x op staat.

De zender is van slechte kwaliteit, met een hoge frequentie: waarschijnlijk afkomstig uit een Russische tank. Het lijkt weinig meer om het lijf te hebben dan een handjevol componenten in een doos. De buitenantenne die naast het huisje is geïnstalleerd heeft een bereik van hooguit twintig kilometer.

Werner gaat naar buiten, kijkt achterom naar het huis: spierwit in schemering. Hij denkt aan het keukenkastje met de vreemde goedjes. De hond die zijn plicht heeft verzaakt. Deze partizanen waren dan misschien wel bezig met een oeroude vorm van natuurmagie, maar ze hadden nooit moeten sollen met de hogere magie van de radio. Hij hangt zijn geweer in zijn riem en brengt het grote gebutste seintoestel – de snoeren, de slechte microfoon – door de bloemen heen naar de Opel, die met draaiende motor staat te wachten, met Neumann Twee en Volkheimer al in de cabine. Hij hoort dr. Hauptmann: *Het werk van een wetenschapper wordt bepaald door twee dingen. Zijn eigen interesses en de interesses van zijn tijd.* Alles heeft hiernaartoe geleid: de dood van zijn vader; al die rusteloze uren dat hij met Jutta naar de kristalontvanger op zolder zat te luisteren; Hans en Herribert met hun rode band onder hun overhemd zodat Frau Elena het niet zou zien; vierhonderd donkere, glinsterende nachten op Schulpforta waarin hij zendontvangers voor dr. Hauptmann in elkaar zette. Het afslachten van Frederick. Alles heeft geleid naar dit moment, waarop Werner de houtje-touwtje kozakkenapparatuur in de oplegger van de vrachtwagen stapelt en met zijn rug tegen de bank aan gaat zitten en naar de gloed van het brandende huisje kijkt die boven het veld zichtbaar is. Bernd stapt in en gaat naast hem zitten met zijn geweer op schoot en geen van beiden neemt de moeite om de achterdeur dicht te doen als de Opel ronkend in de versnelling wordt gezet.

Stenen

Sergeant-majoor Von Rumpel wordt naar een loods buiten Lodz ontboden. Het is voor het eerst sinds zijn behandeling in Stuttgart dat hij op reis gaat en het voelt alsof zijn botten brozer zijn geworden. Er staan zes gehelmde wachters achter prikkeldraad. Er volgt een hoop geklak met hielen en gesalueer. Hij trekt zijn jas uit en doet een overall aan met een rits en zonder zakken. Er worden drie sloten geopend. Als hij een deur door gaat, staan daar vier gewone soldaten in identieke overalls achter tafels met een juwelierslampje erop geschroefd. Alle ramen zijn met triplex afgedekt.

Een donkerharige *Gefreiter* doet hem het protocol uit de doeken. Eerst zal iemand de stenen uit hun zetting halen. Vervolgens zal een tweede persoon ze in een badje met wasmiddel schoonborstelen. Weer een derde persoon zal ze allemaal wegen, de massa bekendmaken en deze doorgeven aan Von Rumpel, die elke steen onder een loep zal bekijken en de mate van zuiverheid zal aangeven – *met insluitsels, met weinig insluitsels, bijna loepzuiver*. Een vijfde man, de Gefreiter, zal de bevindingen vastleggen.

'We werken in ploegendiensten van tien uur, net zolang tot we klaar zijn.'

Von Rumpel knikt. Het voelt nu al alsof zijn wervelkolom het begeeft. De Gefreiter haalt een zak met hangslot onder zijn tafel vandaan, verwijdert de ketting en keert de zak om boven een met fluweel bekleed dienblaadje. Er vallen duizenden juwelen uit: smaragden, saffieren, robijnen. Citrien. Peridot. Chrysoberyl. Daartussen liggen vele honderden diamantjes te glinsteren, waarvan de meeste nog steeds in kettingen, armbanden, manchetknopen of oorbellen zitten.

De eerste man draagt het dienblaadje naar zijn tafel, legt een verlovingsring op zijn bankschroef en trekt de zettingen met een pincet naar achteren. De diamant komt los. Von Rumpel telt de andere zakken onder de tafel: negen stuks. 'Waar,' begint hij, 'komen die allemaal...'

Maar hij weet donders goed waar ze vandaan komen.

Grot

Nog maanden na de dood van madame Manec verwacht Marie-Laure dat ze de oude vrouw elk moment de trap op kan horen komen, haar zware ademhaling, haar grove taalgebruik: *Jezusmina, kind, het is ijskoud!* Ze komt nooit.

Schoenen aan het voeteneind van haar bed, onder de maquette. Stok in de hoek. Naar beneden, de begane grond, waar haar rugzak aan een haakje hangt. Naar buiten. Tweeëntwintig stappen over de rue Vauborel. Dan rechtsaf, zestien regenpijpen lang. Linksaf naar de rue Robert Surcouf. Nog negen regenpijpen tot aan de bakker.

Eén gewoon brood alstublieft.

En hoe gaat het met je oom?

Met mijn oom gaat het goed, dank u.

Soms zit er een wit papiertje in het brood en soms ook niet. Soms heeft madame Ruelle wat levensmiddelen voor Marie-Laure weten te bemachtigen: kool, rode paprika's, zeep. Terug naar de kruising met de rue d'Estrées. In plaats van links af te slaan de rue Vauborel in, blijft Marie-Laure rechtdoor lopen. Vijftig stappen naar de omwalling, nog een stuk of honderd langs de muur naar de ingang van het straatje dat steeds smaller wordt.

Met haar vingers vindt ze het slot; uit haar jas haalt ze de ijzeren sleutel die Hubert Bazin haar vorig jaar heeft gegeven. Het water is ijskoud en komt tot aan haar schenen; meteen worden haar tenen gevoelloos. Maar de grot zelf vormt een glibberig universum op zich; en binnen dat universum bevinden zich ontelbare melkwegstelsels: hier, in de opwaarts gedraaide helft van een enkele mosselschelp, zitten een eendenmossel en een piepklein langwerpig schelpje waar een nog kleiner heremietkreeftje in huist. En op de schelp van dat kreeftje? Een nog kleinere eendenmossel. En op die eendenmossel?

In de vochtige ruimte van de voormalige kennel spoelt het geluid van de zee alle andere geluiden weg: ze bevloeit de slakken alsof het plantjes in een tuin zijn. Getij na getij, moment na moment: Marie-Laure komt hier om te luisteren naar hoe de beestjes zuigen en bewegen en piepen, om te denken aan haar vader in zijn cel, aan madame Manec in haar veld vol wilde peen, aan haar oudoom die zich twee decennia lang in zijn eigen huis heeft opgesloten.

Dan loopt ze op de tast weer terug naar het hek en sluit het achter zich af.

Die winter is er vaker geen elektriciteit dan wel; Etienne koppelt een paar scheepsaccu's aan de zender zodat hij ook kan uitzenden als de stroom is uitgevallen. Ze verstoken kratten en papieren en zelfs antieke meubels om het warm te krijgen. Marie-Laure sleept het zware kleed van de vloer van madame Manecs appartement helemaal naar de vijfde verdieping en legt het over haar deken heen. Sommige nachten wordt het zo koud in haar kamer dat ze bijna meent de vloer te horen bevriezen.

Elke voetstap op straat zou een politieagent kunnen aankondigen. Elk geronk van een motor kan een detachement betekenen, gestuurd om hen te komen halen.

Boven zendt Etienne opnieuw uit en ze denkt: ik zou bij de voordeur moeten gaan zitten voor het geval ze komen. Dat zou hem een paar minuten respijt geven. Maar het is te koud. Veel beter om in bed te blijven onder het gewicht van de deken en in haar dromen weer terug te keren naar het museum, haar vingers in gedachten langs de muren te laten gaan, langs de weergalmende Grande galerie naar het sleuteldepot te lopen. Het enige wat ze hoeft te doen is de betegelde vloer over te lopen en links af te slaan, en daar staat papa achter de werkbank, bij zijn sleutelsnijder.

Dan zegt hij: *Waar bleef je nou toch, vogeltje?*

Dan zegt hij: *Jou laat ik nooit in de steek, nog in geen miljoen jaar.*

Op jacht

In januari 1943 traceert Werner een tweede illegale zender, in een boomgaard waar een granaat op is gevallen, waardoor de meeste bomen in tweeën zijn gespleten. Twee weken later vindt hij een derde, dan een vierde. Elke nieuwe vondst lijkt enkel een variatie op de vorige: de driehoek wordt kleiner, alle stukjes krimpen tegelijkertijd, de hoekpunten komen dichter naar elkaar toe, tot er uiteindelijk één enkel punt overblijft, een schuur of een huisje of een fabriekskelder of een smerig kampement op het ijs.

'Is hij nu aan het uitzenden?'

'Ja.'

'In dat schuurtje?'

'Zie je die antenne daar aan de oostelijke muur?'

Als hij de kans krijgt, neemt Werner op de band op wat de partizanen zeggen. Iedereen, merkt hij, hoort zichzelf graag praten. Hybris, iets wat al in de oudheid bestond. Ze zetten de antenne te hoog, zenden te veel minuten achter elkaar uit, gaan ervan uit dat de wereld veilig en redelijk is terwijl dat uiteraard helemaal niet zo is.

De commandant laat weten zeer gelukkig te zijn met hun vorderingen; hij belooft vakantieverlof, biefstukken, cognac. De hele winter trekt de Opel door bezette gebieden, steden die Jutta in hun radiologboek bijhield komen tot leven – Praag, Minsk, Ljubljana.

Soms passeert de vrachtwagen een groep gevangenen en dan vraagt Volkheimer aan Neumann Een om vaart te minderen. Hij gaat dan helemaal rechtop zitten, op zoek naar iemand die even groot is als hij. Wanneer hij er een in het vizier krijgt, tikt hij op het dashboard. Neumann Een remt en Volkheimer loopt met zijn stok de sneeuw in, wisselt wat woorden met een bewaker en begeeft zich tussen de gevangenen, die meestal niet meer dan een overhemd dragen tegen de kou.

'Zijn geweer ligt nog in de vrachtwagen,' zegt Neumann Een dan. 'Heeft zijn verdomde geweer gewoon hier laten liggen.'

Soms is hij te ver weg. Andere keren kan Werner hem perfect verstaan. '*Ausziehen,*' zegt Volkheimer dan, terwijl hij wolkjes blaast met zijn adem, en bijna altijd begrijpt de grote Rus wat hij bedoelt. Uittrekken. Een potige Russische jongen met het gezicht van iemand die nergens meer van opkijkt. Behalve misschien hiervan: een andere reus die op hem af komt lopen.

Wanten gaan uit, een wollen hemd, een kapotte jas. Alleen als hij hun vraagt om hun laarzen betrekt hun gezicht: ze schudden hun hoofd, kijken omhoog of omlaag, rollen met hun ogen als een bang paard. Hun laarzen afstaan, begrijpt Werner, betekent voor hen een wisse dood. Maar Volkheimer blijft staan en wacht, de ene enorme man tegenover de andere, en altijd is het de gevangene die het onderspit delft. Hij staat op zijn versleten sokken in de platgetreden sneeuw en probeert oogcontact te maken met de andere gevangenen, maar geen van hen kijkt hem aan. Volkheimer houdt verschillende kledingstukken omhoog, past ze aan, geeft ze terug als ze niet de goede maat zijn. Dan loopt hij stampend terug naar de vrachtwagen en zet Neumann Een de Opel in zijn versnelling.

Krakend ijs, dorpjes die midden in het bos in brand staan, nachten waarin het zelfs te koud is om te sneeuwen – die winter ontpopt zich als een vreemd en spookachtig seizoen waarin Werner de ruis afspeurt, net zoals hij altijd met Jutta de kleine straatjes afspeurde, terwijl hij haar meetrok in het karretje door Zollverein. Er klinkt een stem door in het vervormde geluid in zijn koptelefoon, sterft weer weg en hij gaat erachteraan. Zo, denkt Werner als hij er weer een gevonden heeft, zo: hetzelfde gevoel dat je krijgt als je met je ogen dicht een kilometerslange draad aftast tot je met je nagels het piepkleine bobbeltje van een knoop voelt.

Soms gaan er na het opvangen van een signaal dagen voorbij voor Werner het volgende weet op te vangen; ze vormen een probleem om op te lossen, iets om zijn gedachten af te leiden; het is in elk geval beter dan vechten in een stinkende, bevroren loopgraaf waar het wemelt van de luizen, zoals de oude instructeurs van Schulpforta nog hadden gedaan in de vorige oorlog. Dit is netter, mechanischer, een oorlog die gevoerd wordt in de ether, onzichtbaar, met overal frontlinies. Er zit toch echt wel iets betoverends in die hele jacht. In die vrachtwagen die hobbelend zijn weg vindt door het donker, de eerste tekenen van een antenne door de bomen. Of niet soms?

Ik hoor je.

Spelden in de hooiberg. Doorns in de poot van de leeuw. Hij vindt ze en Volkheimer plukt ze eruit.

De hele winter lang rijden de Duitsers te paard, op sledes, in tanks en in vrachtwagens over dezelfde wegen, pletten de sneeuw, maken die tot een met bloed besmeurd ijscement. En als het eindelijk april wordt en alles naar zaagsel en lijken ruikt, verdwijnen de hoge sneeuwmuren terwijl het ijs op de wegen koppig blijft liggen, een glinsterend, bloederig netwerk van invasiesporen; een herinnering aan de kruisiging van Rusland.

Op een avond steken ze een brug over de Dnjepr over, terwijl de koepels en de bloeiende bomen van Kiev voor hen opdoemen, overal as ronddwarrelt en prostituees op straat in groepjes bij elkaar staan. In een café zitten ze twee tafels verwijderd van een infanteriesoldaat die niet veel ouder is dan Werner. Met uitpuilende ogen staart hij naar een krant, drinkt zijn koffie met kleine slokjes en kijkt stomverbaasd. Alsof hij helemaal versteld staat.

Werner kan zijn ogen niet van hem afhouden. Uiteindelijk buigt Neumann Een zich naar hem toe. 'Weet je waarom hij er zo uitziet?'

Werner schudt zijn hoofd.

'Zijn oogleden zijn eraf gevroren. Arme kerel.'

Post bereikt hen niet. Er gaan maanden voorbij zonder dat Werner zijn zus schrijft.

De berichten

De bezetter verordonneert dat elk huis een lijst met namen van de bewoners aan de deur heeft hangen: M. ETIENNE LEBLANC, LEEFTIJD 62. MLLE MARIE-LAURE LEBLANC, LEEFTIJD 15. Marie-Laure pijnigt zichzelf met dagdromen over feestmaaltijden op lange tafels: schalen vol plakken ham, geroosterde appels, geflambeerde bananen, ananas met slagroom.

Op een ochtend in de zomer van 1943 loopt ze door de druilerige regen naar de bakkerij. Er staat een rij tot op straat. Als Marie-Laure eindelijk aan de beurt is, pakt madame Ruelle haar bij de handen en zegt heel zachtjes: 'Vraag of hij dit ook voorleest.' Onder het brood zit een opgevouwen stukje papier. Marie-Laure stopt het brood in haar rugzak en verfrommelt het papiertje in haar vuist. Ze geeft een voedselbon, loopt linea recta naar huis en draait de deur achter zich op het nachtslot.

Etienne komt naar beneden geschuifeld.

'Wat staat erop, oom?'

'Er staat: *Monsieur Droguet wil zijn dochter in Saint-Coulomb laten weten dat hij herstellende is.*'

'Ze zei dat het belangrijk was.'

'Wat zou het betekenen?'

Marie-Laure maakt haar rugzak los, steekt haar hand erin en breekt een stuk brood af. Dan zegt ze: 'Ik denk dat het betekent dat monsieur Droguet zijn dochter wil laten weten dat het goed met hem gaat.'

De weken erna volgen er meer briefjes. Een geboorte in Saint-Vincent. Een grootmoeder die op sterven ligt in La Mare. Madame Gardinier in La Rabinais wil haar zoon laten weten dat ze hem vergeeft. Of er geheime boodschappen in deze berichten verborgen zitten – of *monsieur Fayou heeft een hartaanval gehad en is vredig gestorven* betekent *Blaas het rangeerterrein in Rennes op* – zou Etienne niet kunnen zeggen. Waar het om gaat is dat er kennelijk mensen luisteren, dat gewone burgers kennelijk radio's bezitten, dat ze kennelijk de behoefte voelen om iets van elkaar te horen. Hij komt zijn huis niet uit, ziet niemand buiten Marie-Laure en toch bevindt hij zich ineens midden in een ingewikkeld informatieweb.

Hij stemt de microfoon af en leest de getallen voor, gevolgd door de berichten. Hij zendt ze op vijf verschillende golflengtes uit, geeft instructies voor de volgende uitzending en laat een stukje van een oude plaat horen. De hele exercitie neemt hooguit vijf minuten in beslag.

Te lang. Vrijwel zeker te lang.

Toch komt er niemand. De twee belletjes rinkelen nooit. Er komen geen Duitse patrouilles de trap op gestampt om hun een kogel door het hoofd te jagen.

Hoewel ze ze uit haar hoofd kent, vraagt Marie-Laure 's avonds meestal of Etienne de brieven van haar vader wil voorlezen. Deze avond zit hij op de rand van haar bed.

Vandaag zag ik een eik vermomd als kastanjeboom.

Ik weet dat je het juiste zult doen.

Als je ooit de behoefte voelt om het te begrijpen, kijk dan in Etiennes huis, in het huis.

'Wat denkt u dat hij wil zeggen door twee keer *in het huis* te schrijven?'

'Dat hebben we al zo vaak besproken, Marie.'

'Wat denkt u dat hij nu aan het doen is?'

'Slapen, kind. Dat weet ik wel zeker.'

Ze draait zich op haar zij en hij trekt de bovenkant van de dekens over haar schouders, blaast de kaars uit en staart naar de miniatuurdaken en -schoorstenen van de maquette aan het voeteneind van haar bed. Er komt een herinnering naar boven: Etienne liep met zijn broer op een veld in het oosten van de stad. Het was in die zomer dat er ineens vuurvliegjes opdoken in Saint-Malo en hun vader was helemaal opgewonden, hij bevestigde netten aan een lang handvat voor zijn jongens en gaf hun potjes met een stuk touw om de deksels mee vast te maken, en Etienne en Henri renden door het hoge gras terwijl de vuurvliegjes van hen wegvlogen, dan weer oplichtten en dan weer uitdoofden, steeds net buiten hun bereik leken te vliegen, alsof de aarde smeulde en dit kleine vonkjes waren die door hun voetstappen vrijkwamen.

Henri had gezegd dat hij zoveel vliegjes achter zijn raam wilde zetten dat de schepen zijn slaapkamer van kilometers afstand zouden kunnen zien.

Als er deze zomer al vuurvliegjes zijn, laten ze zich niet in de rue Vauborel zien. Het lijkt of er nu alleen nog maar schaduw en stilte hangt. Stilte is de vrucht van de bezetting, ze hangt aan takken, sijpelt uit goten. Madame Guiboux, de moeder van de schoenmaker, heeft de stad de rug toegekeerd. Net als de oude madame Blanchard. Er zijn zoveel ramen zwart nu. Het is alsof de stad een bibliotheek vol boeken in een vreemde taal is geworden, de huizen lange planken vol onleesbare bundels, de lampen allemaal gedoofd.

Maar er is wel de machine op zolder die haar werk weer doet. Een lichtpuntje in de nacht.

Er klinkt een zacht gekletter op straat en Etienne gluurt door de luiken van Marie-Laures slaapkamer, vijf verdiepingen omlaag, en ziet de geest van madame Manec daar in het maanlicht staan. Ze houdt één hand uitgestrekt voor zich uit en een voor een landen er mussen op haar armen, die ze stuk voor stuk in haar jas steekt.

Loudenvielle

De Pyreneeën glanzen. Er staat een pokdalige maan boven de toppen, alsof hij eraan vastgespietst zit. In het platinakleurige maanlicht neemt sergeant-majoor Von Rumpel een taxi naar een *commissariat*, waar hij een politiecommandant treft die aan één stuk door met de wijs- en middelvinger van zijn linkerhand over zijn aanzienlijke snor wrijft.

De Franse politie heeft een arrestatie verricht. Er heeft iemand ingebroken in het chalet van een vooraanstaand begunstiger van het Natuurhistorisch Museum in Parijs en de inbreker is betrapt met een koffer vol edelstenen.

Hij moet lang wachten. De commandant bestudeert de vingernagels van zijn linkerhand, dan die van zijn rechter, dan nog een keer die van zijn linker. Von Rumpel voelt zich deze avond bijzonder zwak, misselijk ook; de dokter zegt dat de behandeling is afgerond, dat ze de tumor te lijf zijn gegaan en nu moeten afwachten, maar op sommige ochtenden kan hij na het strikken van zijn schoenveters gewoon niet meer overeind komen.

Er komt een auto aan. De commandant gaat naar buiten om hem tegemoet te lopen. Von Rumpel kijkt toe door het raam.

Van de achterbank halen twee politieagenten een broos ogende man tevoorschijn, in beige pak en met een volledig blauw linkeroog. Handen geboeid. Een bloedspetter op zijn kraag. Alsof hij zojuist in een film een schurk heeft gespeeld. De agenten leiden de man naar binnen, terwijl de commandant een handtas uit de achterbak haalt.

Von Rumpel trekt zijn witte handschoenen uit zijn zak. De commandant doet de deur van zijn kantoor achter zich dicht, legt de tas op zijn bureau en sluit de gordijnen. Richt de kap van zijn bureaulamp. In een ruimte ergens verderop hoort Von Rumpel een celdeur dichtslaan. Uit de handtas haalt de commandant een adresboekje, een bundel brieven en een poederdoos. Dan haalt hij er een dubbele bodem uit, gevolgd door zes fluwelen zakjes.

Een voor een maakt hij ze open. In het eerste zitten drie schitterende stukken beryl – roze, dik, zeshoekig. In het tweede zit een enkel trosje waterkleurige amazonestenen, met lichte witte streepjes erdoorheen. In het derde zit een peervormig geslepen diamant.

Er trekt een koude rilling van opwinding over Von Rumpels rug. Uit een van zijn zakken haalt de commandant een loep en er verschijnt een blik van pure hebzucht op diens gezicht. Lange tijd bestudeert hij de steen, waarbij hij hem nu eens de ene, dan weer de andere kant op draait. Er vliegen allerlei beelden door Von Rumpels gedachten: van het Führermuseum, glimmende vitrines, ruimtes met pilaren, juwelen achter glas – en nog iets anders: een nauwelijks waarneembare kracht die als zwakstroom van de steen af straalt. Die hem toefluistert en belooft zijn ziekte weg te vagen.

Eindelijk kijkt de commandant op, de afdruk van zijn loep vormt een kleine roze cirkel om zijn oog. Zijn vochtige lippen glimmen in het licht van de lamp. Hij legt het juweel op een handdoek.

Aan de andere kant van het bureau pakt Von Rumpel de diamant. Precies het juiste gewicht. Koud in zijn vingers, zelfs door zijn katoenen handschoenen heen. Diep van kleur, met blauw aan de randen.

Trapt hij erin?

Dupont is er bijna in geslaagd om er een vuurtje in te laten fonkelen. Maar met de lens aan zijn oog kan Von Rumpel zien dat de steen identiek is aan de steen die hij twee jaar eerder in het museum heeft gezien. Hij legt de reproductie terug op het bureau.

'Maar we moeten,' zegt de commandant in het Frans met een teleurgesteld gezicht, 'er toch op zijn minst een röntgenfoto van maken?'

'Doe vooral wat u niet laten kunt. Die brieven zou ik wel graag hebben, alstublieft.'

Voor middernacht is hij weer in zijn hotel. Twee vervalsingen. Er zit schot in de zaak. Twee gevonden, nog twee te gaan, en een van die twee moet de echte zijn. Als avondeten bestelt hij everzwijn bereid met verse champignons. En een hele fles bordeaux. Zeker in oorlogstijd hecht hij belang aan dat soort dingen. Het zijn de zaken die de beschaafde mens onderscheiden van de barbaar.

Het tocht in het hotel en de eetzaal is leeg, maar de kelner kwijt zich voorbeeldig van zijn taak. Hij schenkt de wijn elegant in en doet een stap naar achteren. Eenmaal in het glas, donker als bloed, lijkt de bordeaux haast tot leven te komen. Von Rumpel schept genoegen in het feit dat hij de enige persoon ter wereld is die het voorrecht heeft hem te proeven voor hij verdwijnt.

Grijs

December 1943. Er hangen ravijnen vol kou tussen de huizen. Het enige hout dat nog opgestookt kan worden is groen en in de hele stad ruikt het naar houtrook. De vijftienjarige Marie-Laure loopt naar de bakker en heeft het kouder dan ooit. Binnen is het al niet veel beter. Er dwarrelen wat verdwaalde sneeuwvlokjes door de kamers, die door gaten in de muur zijn komen waaien.

Ze luistert naar de voetstappen van haar oudoom boven haar hoofd en zijn stem – *310 1467 507 2222 576881* – en dan trekt het muziekje van haar grootvader, 'Clair de Lune', als een blauwe mist over haar heen.

Boven de stad komen vliegtuigen laag en loom over. Soms klinken ze zo dichtbij dat Marie-Laure bang is dat ze de daken zullen raken of met hun buik schoorstenen omver zullen tikken. Maar er storten geen vliegtuigen neer, er ontploffen geen huizen. Er lijkt niets te veranderen, behalve het feit dat Marie-Laure groeit: de kleren die haar vader drie jaar geleden in zijn rugzak mee hiernaartoe heeft genomen kan ze niet meer aan. En haar schoenen knellen: de laatste tijd draagt ze meestal drie paar sokken en een paar oude kwastjesschoenen van Etienne.

Het gerucht gaat dat alleen onmisbaar personeel en mensen met een doktersattest in Saint-Malo mogen blijven. 'Wij gaan helemaal nergens heen,' zegt Etienne. 'Niet nu we ons eindelijk misschien een keer nuttig kunnen maken. Als de dokter ons geen verklaring geeft, kopen we die wel ergens.'

Een paar keer per dag weet ze zich te verliezen in herinneringen: de vage indrukken van de visuele wereld vóór haar zesde, toen Parijs net één grote keuken was, met overal piramides van kool en wortels; bakkerijkraampjes vol gebak; vis die als vademhout lag opgestapeld in de stalletjes van de visboeren, de straatgoten vol met zilveren schubben, witte meeuwen die neerdoken om de ingewanden weg te pikken. Elke straathoek baadde in kleur: het groen van prei, het diepe paars van aubergines.

Nu is haar wereld grijs. Grijze gezichten en grijze stilte en grijze nerveuze angst die boven de rij voor de bakker hangt. De wereld krijgt alleen heel even kleur wanneer Etienne de trap naar de zolder op gaat, met krakende knieën, om weer een hele reeks cijfers op te lezen in de ether, om weer een van madame Ruelles berichten voor te lezen, om een liedje te laten horen. Vijf minuten lang is dat kleine zoldertje dan tot de nok toe gevuld met felrood, lichtblauw en goud, en dan gaat de radio weer uit en wordt alles meteen weer grijs en komt haar oudoom de trap weer af gestommeld.

Koorts

Misschien komt het door de stoofpot uit een naamloze Oekraïense keuken; misschien hebben de partizanen het water vergiftigd; misschien zit Werner gewoon al veel te lang in vochtige ruimtes met de koptelefoon op zijn oren. Hoe dan ook, de koorts komt opzetten en gaat gepaard met een verschrikkelijke diarree, en als Werner op zijn hurken in de modder achter de Opel gaat zitten voelt het alsof hij zijn laatste restje beschaving eruit poept. Er gaan hele uren voorbij waarin hij weinig meer kan doen dan zijn wang tegen de wand van de oplegger leggen, op zoek naar verkoeling. Dan krijgen de koude rillingen de overhand, hevig en snel, en krijgt hij zijn lichaam niet meer warm; hij zou wel een vuur in willen springen.

Volkheimer brengt hem koffie; Neumann Twee biedt hem de pillen aan waarvan Werner inmiddels wel doorheeft dat die niet tegen de rugpijn zijn. Hij weigert beide en 1943 wordt 1944. Werner heeft Jutta al bijna een jaar niet meer geschreven. De laatste brief die hij van haar heeft is zes maanden oud en begint met: *Waarom schrijf je nooit?*

Toch weet hij nog illegale zenders te vinden, ongeveer een per twee weken. Hij bewaart de slechte Sovjetapparatuur, gemaakt van tweederangs staal, klunzig in elkaar gesoldeerd; er zit totaal geen systeem in. Hoe kunnen ze nou met dit soort waardeloze apparatuur een oorlog voeren? Het verzet wordt aan Werner voorgespiegeld als extreem goed georganiseerd; het betreft gevaarlijke, gedisciplineerde opstandelingen, die alles doen wat hun meedogenloze, moordzuchtige leiders zeggen. Maar hij kan met eigen ogen zien wat een los zand het allemaal is en hoe ontzettend incompetent ze zijn – ze zijn verachtelijk en smerig; ze wonen in gaten in de grond. Het is een zootje bandieten dat niets te verliezen heeft.

En het lijkt hem steeds maar niet te lukken om uit te vogelen welke theorie er nou dichter bij de waarheid ligt. Want het zijn toch, denkt Werner, allemaal opstandelingen, allemaal partizanen, iedere persoon die ze maar zien. Iedereen die geen Duitser is wil de Duitsers dood hebben, zelfs de grootste hielenlikkers. Als de vrachtwagen de stad binnen komt gereden wenden ze hun hoofd af; ze verbergen hun gezicht, hun gezin; hun winkels puilen uit van de schoenen die ze de doden hebben uitgetrokken.

Moet je ze nou zien.

Wat hij op de zwaarste dagen van die meedogenloze winter voelt – terwijl de vrachtwagen, de geweren en de radio's onder de roest komen te zitten, terwijl Duitse divisies zich overal om hen heen terugtrekken – is een diepe minachting voor alle mensen langs wie ze rijden. De rokende, verwoeste dorpen, de kapotte bakstenen op straat, de bevroren lijken, de verbrijzelde muren, de ondersteboven gekeerde auto's, de blaffende honden, de wegschietende ratten en luizen; hoe kunnen ze zo leven? Hier in het bos, in de bergen, in de dorpen, zouden ze de wanorde er aan zijn wortels uit moeten rukken. De totale entropie van een willekeurig systeem, zei dr. Hauptmann, neemt alleen af als de entropie van een ander systeem toeneemt. De natuur verlangt naar evenwicht. *Ordnung muss sein.*

Aan de andere kant, wat voor orde scheppen ze hier nou eigenlijk? De koffers, de rijen, de huilende baby's, de soldaten die naar de steden terugstromen met hun blik op oneindig – in welk systeem neemt de orde op dit moment nou toe? In elk geval niet in Kiev, Lvov of Warschau. Het is allemaal één grote Hades. Er zijn gewoon zoveel mensen, alsof er grote Russische fabrieken zijn die steeds nieuwe produceren. Dood er duizend en we maken er weer tienduizend voor in de plaats.

In februari zitten ze in de bergen. Werner zit achter in de vrachtwagen te rillen, terwijl Neumann Een de bochtige weggetjes af rijdt. Onder hen kronkelen de loopgraven in een eindeloos netwerk, Duitse stellingen aan de ene kant, Russische stellingen erachter. Dikke rookwolken trekken strepen over de vallei; incidentele flitsen van zwaar geschut vliegen als pluimballetjes in het rond.

Volkheimer vouwt een deken uit en slaat hem om Werners schouders. Zijn bloed klotst als kwik door zijn lichaam en achter het raam, in een gat in de mist, kan hij een moment lang het netwerk van loopgraven en artillerie heel duidelijk onder hen zien liggen en Werner krijgt het gevoel dat hij naar het schakelsysteem van een enorme radio zit te kijken, waarbij iedere soldaat daar beneden een elektron lijkt die in ganzenmars zijn eigen elektrische baan beschrijft en net zo weinig in de melk te brokkelen heeft als een echte elektron. Dan nemen ze een bocht en voelt hij alleen nog maar de aanwezigheid van Volkheimer naast zich, een koude avondschemering achter het raam, brug na brug, heuvel na heuvel, steeds verder omlaag. Er valt metaalgrijs, gefragmenteerd maanlicht op de weg, en ergens op een veld staat een wit paard te grazen en er gaat een zoeklicht door de lucht en in het verlichte raam van een berghut ziet hij, in een flits, Jutta aan tafel zitten, omringd door de vrolijke gezichten van andere kinderen, Frau Elena's borduurwerkje boven de gootsteen, de lijkjes van een stuk of tien baby's in een vuilnisbak naast de kachel.

De derde steen

Hij bevindt zich in een landhuis even buiten Amiens, ten noorden van Parijs. Het grote, oude huis staat te kraken in het donker. Het is eigendom van een gepensioneerde paleontoloog, en Von Rumpel denkt dat dit de plek is waar het hoofd beveiliging van het museum in Parijs heen is gevlucht tijdens de chaos die volgde op de invasie van Frankrijk drie jaar geleden. Een vredig oord, omringd door velden, omsloten door hagen. Hij gaat een trap op naar de bibliotheek. Een van de boekenplanken is losgerukt; daarachter zit de brandkast. De brandkastkraker van de Gestapo verstaat zijn vak: hij draagt een stethoscoop, neemt niet eens de moeite om een zaklamp aan te doen. Binnen een paar minuten heeft hij hem open.

Een oud pistool, een doos met certificaten, een hoopje doffe zilveren munten. En, in een fluwelen kistje, een blauwe, peervormige diamant.

Het rode hart van de steen laat zichzelf een moment zien en wordt het volgende moment compleet ontoegankelijk. Von Rumpel voelt hoop en wanhoop in elkaar overvloeien; hij is er bijna. De kans is nu aanzienlijk, nietwaar? Maar hij weet het al voor hij hem onder de lamp legt. En zijn opwinding verdwijnt als sneeuw voor de zon. De diamant is niet echt; ook dit is het werk van Dupont.

Hij heeft alle drie de vervalsingen gevonden. Zijn geluk is opgebruikt. De dokter zegt dat zijn tumor weer is gegroeid. De vooruitzichten van de oorlog worden met de dag slechter – Duitsland trekt zich terug uit Rusland, uit de Oekraïne, uit de hak van Italië. Binnen afzienbare tijd zal iedereen in het *Einsatzstab Reichsleiter* Rosenberg – dit zijn de mannen die het continent afspeuren naar verborgen bibliotheken, verstopte gebedsrollen, verstopte impressionistische schilderijen – een geweer in zijn handen geduwd krijgen en het slagveld op worden gestuurd. Ook Von Rumpel.

Zolang hij hem bij zich draagt, heeft de bezitter van de steen het eeuwige leven.

Hij mag niet opgeven. Maar zijn handen beginnen zo zwaar te worden. Zijn hoofd voelt als een rotsblok.

Eén in het museum, één in het huis van een begunstiger van het museum, één meegestuurd met een hoofd beveiliging. Wat voor type zouden ze als derde koerier kiezen? De Gestapoman kijkt naar hem, zijn aandacht gericht op de steen, zijn linkerhand ligt op de deur van de kluis. Voor de zoveelste keer gaan Von Rumpels gedachten naar die buitengewone juwelenkluis in het museum. Als een puzzeldoosje. Op al zijn reizen heeft hij nog nooit zoiets gezien. Wie bedenkt zoiets?

De brug

In een Frans dorpje ten zuiden van Saint-Malo wordt op een brug een Duitse vrachtwagen opgeblazen. Er komen zes Duitse soldaten om. Terroristen krijgen de schuld. *Nacht en mist*, fluisteren de vrouwen die langskomen om te zien hoe het met Marie-Laure gaat. *Voor iedere gesneuvelde mof vermoorden ze er tien van ons*. De politie gaat van deur tot deur om alle gezonde mannen te sommeren een dag te komen werken. Loopgraven delven, treinwagons uitladen, kruiwagens vol zakken cement duwen, obstakels aanbrengen op een veld of op een strand om de invasie tegen te houden. Iedereen die maar kan moet meehelpen de Atlantische Muur te versterken. Etienne staat met toegeknepen ogen in de deuropening met de verklaring van zijn dokter in zijn hand. Er strijkt een koude wind langs hem heen en de angst wijkt achteruit de gang in.

Madame Ruelle fluistert dat de bezetter de schuld van de aanval bij een uitgebreid netwerk van verzetsradio-uitzendingen legt. Ze zegt dat er ploegen bezig zijn de stranden af te schermen met prikkeldraad en enorme houten hefbomen, *chevaux de frise* genaamd. Er is hun nu al de toegang tot de wandelpaden op de omwalling ontzegd.

Ze overhandigt een brood en Marie-Laure neemt het mee naar huis. Wanneer Etienne het openbreekt zit er weer een stukje papier in. Weer negen nummers. 'Ik had gedacht dat ze misschien even pauze zouden nemen,' zegt hij.

Marie-Laure denkt aan haar vader. 'Misschien,' zegt ze, 'is het nu des te belangrijker?'

Hij wacht tot het donker is. Marie-Laure zit in de deur van de kledingkast, met de blinde achterkant open, te luisteren naar haar oudoom, die de microfoon en zender op zolder aanzet. Met zijn zachte stem leest hij de getallen op. Dan speelt er muziek, heel zacht, veel cello's vanavond, die halverwege wordt uitgezet.

'Oom?'

Hij doet er lang over om de ladder af te komen. Hij pakt haar hand vast. Dan zegt hij: 'In de oorlog waarin jouw grootvader is gesneuveld zijn nog zestien miljoen anderen omgekomen. Alleen al anderhalf miljoen Franse jongens, van wie de meeste jonger dan ik. Twee miljoen aan Duitse zijde. Als je de doden in een rij achter elkaar zou laten lopen, dan zouden ze elf dagen en nachten langs onze voordeur blijven komen. Wat wij hier doen is niet zomaar wat straatnaambordjes verwisselen, Marie. Dit is niet zomaar een brief in het verkeerde vakje leggen op het postkantoor. Deze getallen zijn niet zomaar getallen. Begrijp je dat?'

'Maar wij staan aan de goede kant. Toch, oom?'

'Dat hoop ik. Dat hoop ik maar.'

Rue des Patriarches

In het vijfde arrondissement gaat Von Rumpel een appartementencomplex binnen. De onnozel glimlachende conciërge op de begane grond neemt de bundel voedselbonnen van hem aan en stopt ze diep weg in haar ochtendjas. Er kroelen allemaal katten om haar voeten. In het overvolle appartement achter haar ruikt het naar dode appelbloesem, verwarring, oude mensen.

'Wanneer zijn ze vertrokken, madame?'

'In de zomer van 1940.' Ze kijkt alsof ze wil gaan sissen.

'Wie betaalt de huur?'

'Dat weet ik niet, monsieur.'

'Komen de cheques van het Natuurhistorisch Museum?'

'Dat zou ik niet kunnen zeggen.'

'Wanneer is er voor het laatst iemand geweest?'

'Er komt nooit iemand. De cheques worden opgestuurd.'

'Waarvandaan?'

'Dat weet ik niet.'

'En er gaat niemand het appartement in of uit?'

'Sinds die zomer eigenlijk niet meer,' zegt ze en dan trekt ze zich met haar aasgierengezicht en haar aasgierennagels terug in haar stinkende, donkere woning.

Hij gaat naar boven. Een enkele grendel op de derde verdieping geeft aan waar het appartement van de slotenmaker zich bevindt. Binnen zijn de ramen met triplex dichtgetimmerd en door de kieren komt een zuurstofloos, parelachtig licht gesijpeld. Alsof hij in een donkere doos is gestapt die in een kolom van helder licht is opgehangen. Kastjes hangen open, de kussens op de bank liggen scheef, een keukenstoel is omgevallen. Alles wijst op een haastig vertrek of een zorgvuldige huiszoeking of beide. In de toiletpot zit een zwarte rand aanslag op de plek waar het water is weggelopen. Hij inspecteert de slaapkamer, de badkamer, de keuken, terwijl er diep in hem een maniakale en onstuitbare hoop blijft smeulen: stel dat…

Verspreid over het blad van een werktafel staan piepkleine bankjes, piepkleine lantaarnpaaltjes, piepkleine trapeziums van geschuurd hout. Kleine bankschroef, klein doosje spijkers, kleine flesjes uitgedroogde lijm. Naast de tafel, onder een theedoek, een verrassing: een complexe maquette van het vijfde arrondissement. De gebouwen zijn niet geverfd, maar wel prachtig gedetailleerd. Luikjes, deurtjes, raampjes, regenpijpjes. Geen mensen. Een stuk speelgoed?

In de kast hangen een paar door de motten aangevreten meisjesjurken en een trui met bloemen kauwende geiten erop geborduurd. Op de vensterbank liggen allemaal stoffige dennenappels op een rij, van groot naar klein. Op de houten keukenvloer zit isolatieband gespijkerd. Er hangt een kalme discipline in dit huis. Rust. Orde. Er loopt een stuk touw van de tafel naar het toilet. Er staat een niet meer lopende klok, zonder glas voor de wijzerplaat. Pas als hij drie enorme spiraalgebonden braille folio-uitgaven van Jules Verne ziet liggen, begrijpt hij het.

Een kluizenmaker. Briljant met sloten. Woont op een steenworp afstand van het museum. Heeft daar zijn hele volwassen leven gewerkt. Bescheiden, geen uiterlijke zucht naar rijkdom. Een blinde dochter. Genoeg redenen om loyaal te zijn.

'Waar zit je verstopt?' zegt hij hardop tegen de kamer. Het stof dwarrelt rond in het vreemde licht.

In een tas of een doos. Weggestopt achter een plint of verborgen in een compartiment onder de vloerplanken of ingemetseld in een muur. Hij doet de keukenkastjes open en kijkt erachter. Maar op die plekken hebben de vorige speurders vast ook allang gekeken.

Langzaam brengt hij zijn aandacht weer naar de maquette van de buurt. Honderden piepkleine huisjes met mansardedaken en balkonnetjes. Het is een kopie van deze buurt, beseft hij, maar dan zonder kleuren en mensen en in miniatuur. Een piepkleine spookachtige versie ervan. Eén gebouw in het bijzonder lijkt glad en versleten door veelvuldige aanraking: het gebouw waarin hij zich bevindt. Thuis.

Hij kijkt nu weer op straatniveau, wordt een god die dreigend opdoemt boven het Quartier Latin. Met twee vingers zou hij wie dan ook eruit kunnen pikken, een halve stad de schaduw in kunnen duwen. Haar ondersteboven kunnen keren. Hij legt zijn vingers op het dak van het appartementengebouw waarin hij op dit moment op zijn knieën zit. Wrikt het wat heen en weer. Het laat redelijk makkelijk los, alsof dat de bedoeling is. Hij draait het rond voor zijn ogen: achttien kleine raampjes, zes balkonnetjes, een piepklein voordeurtje. Hier beneden – achter dit raam – zit de kleine conciërge verstopt met haar katten. En hier, op de derde verdieping, zit hij.

Aan de onderkant vindt hij een klein gaatje, dat veel weg heeft van het sleutelgat in de juwelenkluis van het museum die hij drie jaar eerder zag. Het huis is, realiseert hij zich, een kistje. Een opbergdoosje. Hij speelt er even mee, probeert het open te krijgen. Draait het om, probeert het aan de onderkant, de zijkant.

Zijn hart bonst in zijn keel. Hij voelt zijn tong vochtig en koortsig worden.

Zit er iets in jou?

Von Rumpel zet het kleine huisje op de vloer, tilt zijn voet omhoog en verbrijzelt het.

Witte stad

In april 1944 komt de Opel rammelend een witte stad vol lege ramen binnen rijden. 'Wenen,' zegt Volkheimer, en Neumann Twee begint aan een lofzang op Habsburgse paleizen en wienerschnitzel en meisjes wier vulva naar apfelstrudel smaakt. Ze slapen in een suite uit de Oude Wereld, vol vergane glorie, waarin al het meubilair aan de kant is geschoven en de marmeren wastafels verstopt zitten met kippenveren en de ramen slordig met kranten zijn beplakt. Beneden ligt een rangeerterrein met een wirwar aan treinsporen. Werner moet denken aan dr. Hauptmann met zijn krullen en zijn met bont gevoerde handschoenen. Hij heeft zich altijd voorgesteld dat die zijn jeugd in Wenen in opwindende cafés had doorgebracht, waar wetenschappers in de dop discussieerden over Bohr en Schopenhauer, waar marmeren standbeelden vanaf een sokkel als vriendelijke peetouders op hen neerkeken.

Hauptmann, die vermoedelijk nog steeds in Berlijn zit. Of aan het front, net als alle anderen.

De plaatselijke commandant heeft geen tijd voor hen. Een ondergeschikte laat Volkheimer weten dat er geruchten over verzetsradio-uitzendingen vanuit Leopoldstadt de ronde doen. Door deze wijk rijden ze het ene rondje na het andere. Er hangt een koude mist in de uitlopende bomen en Werner zit achter in de vrachtwagen te rillen. Het ruikt hier naar bloedbad, vindt hij.

Vijf dagen lang hoort hij op zijn zendontvanger niets anders dan lofzangen, van tevoren opgenomen propaganda en uitzendingen van belegerde kolonels die vragen om voorraden, benzine, manschappen. Langzaam valt de boel uiteen. Werner voelt het; de pijlers van de oorlog beginnen het te begeven.

'Dat is de Staatsoper,' zegt Neumann Twee op een avond. Voor hen doemt de elegante gevel op van een enorm gebouw, compleet met pilasters en kantelen. Aan weerszijden verheffen zich statige vleugels, zwaar en licht tegelijkertijd. Op dat moment komt het Werner als buitengewoon nutteloos voor om prachtige gebouwen neer te zetten, muziek te maken, liedjes te zingen, enorme boeken te drukken vol fleurige vogels, naast die gigantische, allesverterende onverschilligheid van de wereld – wie denken de mensen wel dat ze zijn! Waarom nog muziek maken als de stilte en de wind zoveel groter zijn? Waarom nog het licht aansteken als de duisternis het uiteindelijk toch wel dooft? Wanneer Russische gevangenen met z'n drieën of vieren tegelijk aan hekken worden geketend en Duitse soldaten een granaat in hun zak stoppen en wegrennen?

Operagebouwen! Steden op de maan! Belachelijk. Ze zouden beter allemaal plat op de grond kunnen gaan liggen wachten op de jongens die met een slee vol lijken achter zich aan de stad door trekken.

Halverwege de ochtend beveelt Volkheimer hun om in de Augarten te parkeren. De zon brandt de mist weg en onthult de eerste bloesem aan de bomen. Werner voelt de koorts in zich smeulen, een kachel met het deurtje dicht. Neumann Een die, als hij niet was voorbestemd om tien weken later te sneuvelen bij de invasie van de geallieerden in Normandië, later misschien wel barbier zou zijn geworden, naar talkpoeder en whisky had geroken en zijn wijsvinger op mannenoren had gelegd om hun hoofd in de juiste stand te brengen, wiens broek en overhemd altijd onder het afgeknipte haar zouden zitten, die, in zijn zaak, allemaal ansichtkaarten van de Alpen aan de randen van een grote, goedkope, wankele spiegel zou hebben hangen, die de rest van zijn leven trouw zou zijn gebleven aan zijn stevige vrouw – Neumann Een zegt: 'Tijd voor een knipbeurt.'

Hij zet een krukje op het trottoir, legt een redelijk schone handdoek over Bernds schouders en begint te knippen. Werner vindt een staatszender waarop walsen worden gedraaid en plaatst de luidspreker in de open achterkant van de Opel zodat ze het allemaal kunnen horen. Neumann Een knipt Bernds haar, dan dat van Werner, dan dat van Neumann Twee, die er straalbezopen en met wallen onder zijn ogen bij zit. Werner kijkt toe hoe Volkheimer op het krukje gaat zitten en zijn ogen dichtdoet wanneer er een bijzonder weemoedige wals wordt gedraaid, Volkheimer, die inmiddels minstens honderd man heeft vermoord, waarschijnlijk wel meer, die met zijn enorme geconfisqueerde laarzen binnenloopt bij armzalige locaties van waaruit wordt uitgezonden, een of andere uitgemergelde Oekraïner met een koptelefoon op zijn oren en een microfoon aan zijn lippen van achteren besluipt en hem in zijn achterhoofd schiet, dan naar de vrachtwagen loopt om tegen Werner te zeggen dat hij de zender moet gaan halen, het bevel kalm, bijna slaperig geeft, ook al zitten er nog stukjes van de man aan de zender.

Volkheimer, die er altijd voor zorgt dat Werner iets te eten heeft. Die hem eieren geeft, zijn bouillon met hem deelt, wiens genegenheid voor Werner, zo lijkt het, onwankelbaar is.

De Augarten blijkt moeilijk te doorzoeken, vol smalle straatjes en hoge appartementengebouwen. Radiosignalen trekken dwars door de huizen heen, maar weerkaatsen er ook tegen. Die middag, lang nadat het krukje weer is opgeborgen en er geen walsen meer klinken en Werner bij zijn zendontvanger zit te luisteren naar niets, komt er een klein roodharig meisje in een bruin capeje een deur uit gelopen, ze is een jaar of zes, zeven, klein voor haar leeftijd, met grote heldere ogen die hem doen denken aan die van Jutta. Ze rent de straat over naar het park en speelt daar in haar eentje, onder de uitlopende bomen, terwijl haar moeder op een afstandje blijft staan en op haar vingertoppen bijt. Het meisje klimt op de schommel en slingert heen en weer terwijl ze haar benen strekt, en bij Werner, die naar haar kijkt, gaat er vanbinnen een luikje open. Dit is het leven, denkt hij, dit is waarom we leven, om zo te kunnen spelen op een dag waarop de winter eindelijk zijn grip verliest. Hij verwacht Neumann Twee ieder moment bij de vrachtwagen om bot commentaar te leveren, het moment te bederven, maar dat doet hij niet, net zomin als Bernd, misschien zien ze haar wel helemaal niet, misschien dat dit ene stukje puurheid aan hun bezoedeling zal kunnen ontsnappen, en het meisje zingt terwijl ze schommelt, een vrolijk liedje dat Werner ergens van kent, een aftelliedje dat meisjes altijd zongen bij het touwtjespringen in het steegje achter het kindertehuis: *Eins, zwei, Polizei, drei, vier, Offizier,* en wat zou hij graag naar haar toe gaan, haar steeds hoger duwen, en zingen: *fünf, sechs, alte Hex, sieben, acht, gute Nacht!* Dan roept haar moeder iets wat Werner niet kan verstaan en ze neemt het meisje bij de hand. Ze gaan een hoek om, het fluwelen capeje wappert achter haar aan, en zijn weg.

Nog geen uur later vangt hij iets op tussen de ruis: een eenvoudige uitzending in het Zwitsers-Duits. *Nummer negen, zendt uit op 1600, dit is KX46, ontvangt u mij?* Hij begrijpt niet alles wat ze zeggen.

Dan valt het weer weg. Werner steekt het plein over en stelt de tweede zendontvanger zelf af. Wanneer ze weer beginnen te praten, verricht hij een driehoeksmeting en zet de getallen in de formule, dan kijkt hij omhoog en ziet met zijn blote oog iets wat verdacht veel lijkt op een antennekabel langs de zijkant van een appartementengebouw aan het plein lopen.

Zo eenvoudig is het.

Volkheimers ogen beginnen al te glimmen, een leeuw die de geur van zijn prooi ruikt. Alsof Werner en hij geen woorden nodig hebben.

'Zie je die kabel daar lopen?' vraagt Werner.

Volkheimer bestudeert het gebouw door zijn verrekijker. 'Bij dat raam daar?'

'Ja.'

'Staat alles hier niet veel te dicht op elkaar? Al die hoge gebouwen?'

'Dat is het raam,' zegt Werner.

Ze gaan naar binnen. Hij hoort geen schoten. Vijf minuten later roepen ze hem naar boven, naar een appartement op de vierde verdieping met een duizelingwekkend bloemetjesbehang. Hij verwacht dat ze hem gaan vragen de apparatuur te bekijken, zoals altijd, maar er is niets: geen lijken, geen seintoestel, niet eens een simpele luisterset. Alleen wat barokke lampen en een bank met een werkje, en dat kringelige rococobehang.

'Wrik de vloerplanken los,' beveelt Volkheimer, maar wanneer Neumann Twee er een paar losmaakt en eronder kijkt, wordt duidelijk dat er alleen maar wat decennia oud paardenhaar ter isolatie onder de planken ligt.

'Misschien een ander appartement? Een andere verdieping?'

Werner loopt door naar een slaapkamer, zet het raam open en tuurt langs een gietijzeren balkonnetje. Wat hij voor een antenne hield is niets meer dan een geverfde stang die tegen de zijkant van een pilaster omhoogloopt, waarschijnlijk om een waslijn aan vast te maken. Helemaal geen antenne. Maar hij hoorde wel degelijk een radiosignaal. Toch?

Hij voelt hoofdpijn opkomen. Hij vouwt zijn handen achter zijn hoofd, gaat op de rand van een onopgemaakt bed zitten en kijkt naar de kleren die er liggen – een opgevouwen jurk over de rug van een stoel, een haarborstel met een tinnen handvat op de ladekast, rijen piepkleine matglazen flesjes en potjes op een kaptafel, het maakt allemaal op de een of andere manier een vrouwelijke indruk op hem, mysterieus en verwarrend, net zoals de echtgenote van Herr Siedler hem vier jaar eerder in verwarring had gebracht toen ze haar rok omhoogschoof en voor haar grote radio neerknielde.

De kamer van een vrouw. Verfrommelde lakens, de geur van huidcrème en een foto van een jonge man – neef? geliefde? broer? – op een dressoir. Misschien heeft hij het verkeerd berekend. Misschien is het signaal teruggekaatst tegen de gebouwen. Misschien heeft de koorts zijn verstand wel aangetast. Op het behang tegenover hem lijken de rozen rond te zweven, te tollen, van plek te wisselen.

'Niks?' roept Volkheimer vanuit de andere kamer en Bernd roept terug: 'Niks.'

In een andere wereld, denkt Werner, had deze vrouw best een vriendin van Frau Elena kunnen zijn. Een werkelijkheid die veel prettiger zou zijn dan deze. Dan ziet hij, aan de deurknop, een vierkante lap bruin fluweel hangen, met een capuchon eraan, een kindercapeje, en precies op dat moment slaakt Neumann Twee in de andere slaapkamer een schreeuw als een hoge, verbaasde gorgel en klinkt er een enkel schot, gevolgd door de schreeuw van een vrouw, dan nog meer schoten, en Volkheimer beent erheen, haastig, en de rest volgt, en ze treffen Neumann Twee aan voor een kastdeur, beide handen aan zijn geweer, en overal de geur van kruitdamp. Op de vloer ligt een vrouw, met één arm naar achteren alsof haar een dans geweigerd is en onder in de kast staat niet een radio, maar zit een kind met een kogel door haar hoofd. Haar maanvormige ogen zijn vochtig en haar mond is vertrokken in een ovaal van schrik en het is het meisje van de schommel en ze kan niet ouder zijn dan zeven.

Werner wacht tot het meisje met haar ogen knippert. Knipper dan, denkt hij, knipper knipper knipper.

Volkheimer doet de kastdeur al dicht, hoewel die niet helemaal sluit omdat de voet van het meisje naar buiten steekt, en Bernd bedekt de vrouw op de vloer met een deken, en hoe kon Neumann Twee dat nou niet hebben geweten, maar natuurlijk wist hij het niet, omdat het zo werkt bij Neumann Twee, bij iedereen in zijn eenheid, in dit leger, in deze wereld, ze doen wat hun verteld wordt, ze worden bang, ze denken alleen nog maar aan zichzelf. *Noem eens één iemand die dat niet doet.*

Neumann Een baant zich een weg naar buiten, met een ranzige blik in zijn ogen. Neumann Twee staat daar maar met zijn nieuwe kapsel, doelloos met zijn vingers op de loop van zijn geweer te roffelen. 'Waarom zaten ze nou verstopt?' zegt hij.

Voorzichtig duwt Volkheimer het kindervoetje terug in de kast. 'Er is hier geen radio,' zegt hij, en hij doet de deur dicht. Werner krijgt braakneigingen.

Buiten staan de straatlantaarns te trillen in de wind. Wolken trekken over de stad heen naar het westen.

Werner stapt in de Opel met het gevoel dat de gebouwen om hem heen zich verheffen, steeds groter worden en steeds schever trekken. Met zijn voorhoofd zit hij tegen de afluisterapparatuur aan en hij geeft over tussen zijn schoenen.

Dus eigenlijk, kinderen, is al het licht welbeschouwd onzichtbaar.

Bernd stapt in, slaat het portier dicht en de Opel komt tot leven, helt een beetje over als ze een hoek omgaan, en Werner voelt de straten om hen heen omhoogkomen, zachtjes worden ze gegrepen door een neerwaartse spiraal waarin ze wegzinken, almaar dieper en dieper.

Twintigduizend mijlen onder zee

Op de vloer voor Marie-Laures slaapkamerdeur ligt iets groots te wachten, ingepakt met kranten en touw. Vanuit het trapgat zegt Etienne: 'Hartelijk gefeliciteerd met je zestiende verjaardag.'

Ze scheurt het papier los. Twee boeken, boven op elkaar.

Het is drie jaar en vier maanden geleden dat papa uit Saint-Malo is weggegaan. Twaalfhonderdvierentwintig dagen. Het is al haast vier jaar geleden dat ze braille heeft gevoeld, en toch komen de letters terug in haar geheugen alsof ze pas gisteren is opgehouden met lezen.

Jules. Verne. Twintigduizend. Mijlen. Deel. Een. Deel. Twee.

Ze vliegt haar oudoom om de hals.

'Je zei dat je het nooit had kunnen uitlezen. Ik dacht dat jij het misschien, in plaats van dat ik het jou voorlees, aan mij zou kunnen voorlezen.'

'Maar hoe...?'

'Monsieur Hébrard, de boekhandelaar.'

'Terwijl er niets te krijgen is? En ze zijn zo ontzettend duur...'

'Je hebt een hoop vrienden gemaakt in dit stadje, Marie-Laure.'

Languit gaat ze op de vloer liggen en slaat de eerste bladzij open. 'Ik ga weer helemaal opnieuw beginnen. Vanaf het begin.'

'Perfect.'

'*Hoofdstuk een*,' leest ze voor. '*Een beweeglijke klip*: *In het jaar 1866 wordt de wereld opgeschrikt door een ongewoon verschijnsel, een onverklaarbare gebeurtenis, die ongetwijfeld nog in ieders geheugen staat gegrift...*' De eerste tien pagina's vliegt ze door en het verhaal begint weer helemaal terug te komen: wereldwijde belangstelling voor een mythisch zeemonster, de beroemde oceanoloog Professor Pierre Aronnax die eropuit trekt om de waarheid aan het licht te brengen. Is het een monster of een bewegende klip? Iets anders? Ze is bijna bij de passage waarin Aronnax van de reling van het fregat duikt; niet lang daarna zal hij zich samen met de Canadese harpoenier Ned Land aan boord van Kapitein Nemo's onderzeeër bevinden.

Achter het met karton bedekte raam komt de regen uit een platinakleurige lucht naar beneden vallen. Er scharrelt een duif door de goot die *roekoe roekoe roekoe* roept. Buiten in de haven maakt een steur een sprong, als een zilveren paardje, en verdwijnt.

Telegram

Er is een nieuwe garnizoenscommandant aan de Smaragdkust gearriveerd, een kolonel. Goed verzorgd, slim, efficiënt. Heeft medailles verdiend in Stalingrad. Draagt een monocle. Wordt steevast vergezeld door een beeldschone Franse secretaresse-tolk die zich al dan niet heeft bewogen in de hoogste Russische kringen.

Hij heeft een gemiddelde lengte en is vroegtijdig grijs, maar hij weet zich zo op te stellen dat de mannen die voor hem staan zich altijd kleiner voelen. Het gerucht gaat dat deze kolonel voor de oorlog directeur was van een autofabriek. Dat het een man is die oog heeft voor de kracht van de Duitse bodem, die de duistere, prehistorische energie ervan hoort bonzen in zijn cellen. Dat hij nooit iets louter voor het bewaren van de lieve vrede zal doen.

Elke avond stuurt hij een telegram vanuit het afdelingskantoor in Saint-Malo. Tussen de zestien officiële bekendmakingen die op 30 april 1944 worden verzonden, zit een officieel schrijven naar Berlijn.

= WAARSCHUWING VOOR TERRORISTISCHE UITZENDINGEN IN CÔTES D'ARMOR WE VERMOEDEN SAINT-LUNAIRE OF DINARD OF SAINT-MALO OF CANCALE = VERZOEK OM ASSISTENTIE OM TE LOKALISEREN EN TE ELIMINEREN

Punt punt streep streep, daar vliegt het via de kabels die door heel Europa zijn gespannen.

Acht

9 AUGUSTUS 1944

Het Fort National

Op de derde middag van het beleg van Saint-Malo nemen de bombardementen af, alsof alle artilleristen plotseling boven hun wapens in slaap zijn gevallen. Bomen staan in brand, auto's staan in brand, huizen staan in brand. Duitse soldaten in bunkers drinken wijn. Een priester in de kelder van de universiteit besprenkelt de muren met wijwater. Twee paarden trappen, dol van angst, de deur van een garage in waarin ze zaten opgesloten en galopperen over de Grand Rue tussen de smeulende huizen door.

Rond een uur of vier laat een Amerikaanse veldhouwitser drie kilometer verderop een verkeerd gerichte granaat los. Die zeilt over de omwalling en knalt tegen de noordelijke muur van het Fort National, waar driehonderdtachtig Fransen tegen hun wil worden vastgehouden met nauwelijks enige dekking. Negen man zijn op slag dood. Een van hen met de kaarten nog in zijn hand van het potje bridge dat hij aan het spelen was toen de granaat insloeg.

Op zolder

Gedurende de vier jaren van Marie-Laures verblijf in Saint-Malo hebben de klokken van de Saint-Vincent steeds de tijd aangegeven. Maar nu luiden de klokken niet meer. Ze weet niet hoe lang ze al vastzit op zolder, zelfs niet of het dag of nacht is. Tijd is een glibberig fenomeen: als je het eenmaal tussen je vingers door hebt laten glippen kun je er voorgoed de greep op verliezen.

Ze krijgt zo'n ontzettende dorst dat ze overweegt in haar eigen arm te bijten om de vloeistof die erin stroomt op te drinken. Ze haalt de blikken eten uit haar oudooms jas en zet haar lippen aan de rand. Beide smaken naar tin. De inhoud ervan bevindt zich maar op een millimeter afstand.

Neem het risico niet, zegt de stem van haar vader. *Het maakt te veel lawaai.*

Eentje maar, papa. Dan bewaar ik het andere. De Duitser is weg. Hij is zo goed als zeker weg nu.

Waarom heeft het struikeldraad dan geen belletje doen rinkelen?

Omdat hij dat heeft doorgeknipt. Of ik heb door het belletje heen geslapen. Ik kan zo nog zes andere redenen bedenken.

Waarom zou hij weggaan als wat hij zoekt hier ligt?

Joost mag weten wat hij zoekt.

Je weet best wat hij zoekt.

Ik heb zo'n honger, papa.

Probeer dan aan iets anders te denken.

Bulderende watervallen van helder, koel water.

Je overleeft het wel, ma chérie.

Hoe weet je dat nou?

Door de diamant in je jaszak. Omdat ik die hier heb achtergelaten om jou te beschermen.

Die heeft me alleen maar in groter gevaar gebracht.

Waarom is het huis dan niet gebombardeerd? Waarom is het niet in brand gevlogen?

Het is een steen, papa. Een edelsteen. Er bestaat alleen geluk, dat heb je of dat heb je niet. Toeval en natuurkunde. Weet je nog?

Je leeft.

Ik leef alleen maar omdat ik nog niet dood ben.

Maak het blik niet open. Dan hoort hij je. Hij zal je zonder aarzelen vermoorden.

Hoe kan hij me nou vermoorden als ik niet dood kan?

De vragen blijven maar door haar hoofd malen; Marie-Laures gedachten dreigen over te koken. Ze heeft zichzelf op het pianokrukje helemaal achter op de zolder gehesen en ze laat net haar handen over Etiennes seintoestel gaan, om te onderzoeken of ze wijs kan uit alle schakelaars en spoeltjes – dit is de fonograaf, dit de microfoon, dit een van de vier voedingsdraden die op de twee batterijen zijn aangesloten – als ze onder zich iets hoort.

Een stem.

Heel voorzichtig laat ze zich van het krukje zakken en gaat met haar oor tegen de vloer liggen.

Hij staat vlak onder haar. Te urineren in het toilet op de vijfde verdieping. Het is een zielig en onregelmatig straaltje en hij staat erbij te kreunen alsof het plassen een kwelling voor hem is. Tussen het gekreun door roept hij: '*Das Häuschen fehlt, wo bist du,* Häuschen?'

Geen antwoord. Tegen wie heeft hij het?

Ergens achter het huis klinkt in de verte het gedonder van mortieren en het gefluit van granaten die hoog door de lucht vliegen. Ze hoort de Duitser van het toilet naar haar slaapkamer lopen. Met diezelfde kreupele gang. Mompelend. De kluts kwijt. *Häuschen:* wat betekent dat?

De veren in haar matras kraken; een geluid dat ze herkent uit duizenden. Heeft hij al die tijd in haar bed liggen slapen? Er klinken zes zware dreunen na elkaar, zwaarder dan de wapens van het luchtafweergeschut, verder weg. Marinewapens. Dan volgen er trommels, cimbalen, gongs van explosies, die het dak met een felrood raster bedekken. Het is gedaan met de korte rust.

Haar buik is een bodemloze put, haar keel een woestijn, en Marie-Laure haalt een van de conservenblikken uit haar jas. De baksteen en het mes binnen handbereik.

Niet doen.

Als ik naar jou blijf luisteren, papa, sterf ik van de honger met eten in mijn handen.

In haar slaapkamer beneden blijft het stil. De granaten blijven komen en vliegen steeds met voorspelbare tussenpozen door de lucht, waarbij ze krassend een lange, vuurrode parabool over het dak heen trekken. Ze maakt gebruik van het lawaai om het blik open te maken. *IEIEIEIEIEIEIE* doet de granaat, *pok* doet de baksteen op het mes, het mes op het blik. Ergens klinkt een doffe ontploffing. Er vliegen granaatscherven tegen de muren van een tiental huizen.

IEIEIEIEIEIEIE pok. IEIEIEIEIEIEIE pok. Bij elke slag een schietgebedje. Laat hem het alsjeblieft niet horen.

Vijf keer beuken en dan lekt er vocht uit. Bij de zesde keer weet ze er een vierkantje in te zagen en het deksel met het lemmet van het mes omhoog te wrikken.

Ze houdt het omhoog en drinkt. Koel, zout: het zijn bonen. Gekookte groene bonen in blik. Het water waarin ze zijn gekookt is ontzettend lekker; haar hele lichaam lijkt zich omhoog te richten om het in zich op te nemen. Ze eet het hele blik leeg. In haar hoofd doet haar vader er het zwijgen toe.

De hoofden

Met de antenne prikt Werner in het vernielde plafond en raakt een verwrongen pijp. Niets. Op handen en voeten sleept hij de antenne de hele kelder rond, alsof hij Volkheimer in de goudkleurige leunstoel met een afzetting van touw omringt. Niets. Hij doet de steeds zwakker schijnende zaklamp uit, drukt de koptelefoon tegen zijn goede oor en doet zijn ogen dicht tegen het donker. Hij zet de gerepareerde zendontvanger aan en laat de naald heen en weer gaan over de schaal met zenders, terwijl hij al zijn zintuigen bundelt.

Ruis ruis ruis ruis ruis.

Misschien zitten ze te diep onder de grond. Misschien is er door het puin van het hotel wel een elektromagnetische schaduw ontstaan. Misschien is er wel iets onherstelbaar kapot aan de radio, iets wat Werner over het hoofd heeft gezien. Of misschien hebben de opperwetenschappers van de Führer wel een wapen ontworpen dat alle andere wapens overbodig maakt en is dit hele deel van Europa nu één grote woestenij en zijn Werner en Volkheimer de enige overlevenden.

Hij zet zijn koptelefoon af en verbreekt de verbinding. De rantsoenen zijn allang op, de veldflessen leeg en de drab onder in de emmer met verfkwasten is niet te drinken. Zowel hijzelf als Volkheimer heeft al meerdere slokken kokhalzend naar binnen gewerkt en Werner gelooft niet dat hij nog een druppel zou kunnen verdragen.

De accu van de radio is bijna leeg. Als hij uitvalt, hebben ze nog de grote Amerikaanse van elf volt met de zwarte kat op de zijkant. En daarna?

Hoeveel zuurstof wordt er door iemands ademhaling per uur in koolzuur omgezet? Ooit had Werner maar wat graag zijn tanden in zo'n vraagstuk gezet. Nu zit hij hier met de laatste twee stokgranaten in zijn schoot en voelt hij het laatste beetje licht in hem als een nachtkaarsje uitgaan. Hij draait aan de ene en dan aan de andere. Alleen al voor een beetje licht zou hij de lonten aansteken, alleen om weer even iets te kunnen zien.

Volkheimer heeft de gewoonte aangenomen om de zaklamp aan te doen en de zwakke straal op de verste hoek te richten, waar op twee planken acht of negen witte gipshoofden staan, sommige omgevallen. Het lijken wel hoofden van etalagepoppen, maar dan vakkundiger gemaakt, drie met snor, twee kaal, eentje met een soldatenpet op. Zelfs met het licht uit hebben de hoofden een vreemdsoortige kracht; spierwit, niet echt goed zichtbaar maar ook niet helemaal onzichtbaar, op Werners netvlies gebrand, bijna lichtgevend in het pikdonker.

Stil en waakzaam en zonder te knipperen.

Zijn gedachten die met hem op de loop gaan.

Niet naar me kijken, gezichten.

In het duister kruipt hij naar Volkheimer: het feit dat hij in het donker de enorme knie van zijn vriend weet te vinden biedt troost. Het geweer naast hem. Bernds lichaam ergens daarachter.

Werner zegt: 'Heb jij eigenlijk ooit de verhalen gehoord die over jou de ronde deden?'

'Waar?'

'Op Schulpforta.'

'Een paar, ja.'

'Vond je het leuk? Om de Reus te zijn? Dat iedereen bang voor je was?'

'Het is niet echt leuk om continu de vraag te krijgen hoe lang je bent.'

Ergens bovengronds ontploft een granaat. Ergens daarbuiten gaat de stad in vlammen op, breken de golven, slaan de zeepokken hun donzige tentakels uit.

'Hoe lang bén je eigenlijk?

Volkheimer snuift een keer, stoot dan een proestende lach uit.

'Denk je dat Bernd gelijk had over de granaten?'

'Nee,' zegt Volkheimer, zijn stem plotseling scherp. 'Het zou onze dood betekenen.'

'Ook als we een soort barrière zouden bouwen?'

'We zouden worden verpletterd.'

Werner probeert de hoofden aan de andere kant van de kelder in het donker te onderscheiden. Wat zijn buiten die granaten dan hun opties? Gelooft Volkheimer nou echt dat er iemand komt om hen te redden? Dat ze het überhaupt verdienen om gered te worden?

'Gaan we dan gewoon maar zitten afwachten?'

Volkheimer geeft geen antwoord.
'Tot we een ons wegen?'
Als de accu van de radio leeg is, zal de zendontvanger nog een dag op de Amerikaanse accu kunnen draaien. Of hij zou hem aan het lampje van Volkheimers zaklamp kunnen koppelen. De batterij zal hun nog één dag ruis opleveren. Of nog één dag licht. Maar licht hebben ze niet nodig om het geweer te gebruiken.

Delirium

Er zit een trillend paars randje aan de periferie van Von Rumpels gezichtsveld. Er is vast iets misgegaan met de morfine: misschien heeft hij te veel genomen. Of anders is de ziekte zo ver gevorderd dat zijn gezichtsvermogen erdoor wordt aangetast.

Er komt wat as door het raam naar binnen gedwarreld, het lijkt wel sneeuw. Is het al ochtend? De gloed in de lucht zou ook van een brand kunnen zijn. Lakens doordrenkt van het zweet, zijn uniform kletsnat alsof hij heeft liggen zwemmen in zijn slaap. Bloedsmaak in zijn mond.

Hij kruipt naar het voeteneind van het bed en bekijkt de maquette. Elke vierkante centimeter heeft hij bestudeerd. Een hoek ervan met de bodem van een wijnfles aan diggelen geslagen. De bouwwerken zijn bijna allemaal hol – het kasteel, de kathedraal, de markt – maar waarom zou hij ze allemaal kapotslaan als er eentje ontbreekt, net dat ene huisje dat hij moet hebben?

Het lijkt wel of buiten in de verlaten stad alle andere gebouwen in brand staan of instorten, maar hier, voor zijn neus, staat het tegenovergestelde in miniatuur: de stad staat nog goeddeels overeind, maar het huis waar hij in zit is verdwenen.

Zou het meisje dat hebben meegenomen toen ze het huis ontvluchtte? Dat zou kunnen. De oudoom had het niet bij zich toen ze hem naar het Fort National stuurden. Ze hadden hem goed gefouilleerd: hij had alleen zijn papieren bij zich – dat wist Von Rumpel zeker.

Ergens stort er een muur in, duizend kilo metselwerk dat in puin valt.

Dat het huis nog overeind staat terwijl er zoveel andere verwoest zijn, is op zich al voldoende bewijs. De steen moet nog hierbinnen zijn. Hij moet hem eenvoudigweg nog even vinden nu hij de tijd nog heeft. Hem aan zijn hart drukken en wachten tot de godin met haar vurige hand door de vlakken heen breekt en al zijn aandoeningen wegbrandt. Hem wegbrandt uit deze citadel, uit deze belegering, uit deze ziekte. Hij zal gered worden. Hij moet zichzelf gewoon uit bed slepen en blijven zoeken. Systematischer te werk gaan. Zo lang als maar nodig is. Het hele huis overhoop halen. Te beginnen in de keuken. Nog één keer.

Water

Marie-Laure hoort de veren van haar bed kreunen. Hoort de Duitser haar kamer uit hinken en de trap af gaan. Gaat hij weg? Geeft hij het op?

Het begint te regenen. Duizenden piepkleine druppeltjes tikken op het dak. Marie-Laure staat op haar tenen en legt haar oor tegen het dak onder de dakpannen. Luistert naar de vallende druppels. Hoe ging dat gebedje ook alweer? Dat madame altijd in zichzelf mompelde wanneer ze weer eens nijdig was op Etienne?

Heer onze God, Uw genade is een louterend vuur.

Ze moet alles op een rijtje zien te krijgen. Met inzicht en logica. Zo zou haar vader het ook aanpakken en Jules Vernes vooraanstaande oceanoloog Professor Pierre Aronnax ook. De Duitser weet niet dat er een zolder is. Ze heeft de steen in haar zak; ze heeft nog één blik eten. Dat zijn allemaal gunstige omstandigheden.

De regen is ook een voordeel: die zal de branden smoren. Zou ze er wat van kunnen opvangen om te drinken? Een gat in het dak slaan? Er op een andere manier van kunnen profiteren? Misschien dat het haar geluiden zal overstemmen?

Ze weet precies waar de twee ijzeren emmers staan: vlak achter de deur van haar kamer. Ze zou er eentje kunnen pakken, misschien wel mee naar boven kunnen nemen.

Nee, meenemen naar boven zou niet lukken. Te zwaar, te lawaaierig, al dat water dat alle kanten op klotst. Maar ze zou er wel heen kunnen gaan en haar gezicht erin hangen. Ze zou het lege bonenblik ermee kunnen vullen.

De gedachte alleen al van water tegen haar lippen– het puntje van haar neus dat het wateroppervlak raakt – brengt een fysiek verlangen teweeg dat zijn weerga niet kent. Ze fantaseert dat ze in een meer valt; haar oren en mond worden gevuld met water; haar keel gaat open. Eén slokje, dan zou ze weer helderder kunnen nadenken. Ze wacht op een tegenwerping van haar vader in haar hoofd, maar er komt niets.

De afstand vanaf de voorkant van de kledingkast, door Henri's kamer, via de overloop tot aan haar kamerdeur is ongeveer eenentwintig stappen. Ze pakt het mes en het lege blik van de vloer en stopt de spullen in haar zak. Ze sluipt de zeven sporten van de ladder af en blijft lange tijd stokstijf tegen de achterkant van de kledingkast staan. Luisterend luisterend luisterend. Het kleine houten huisje vormt een bobbel tegen haar ribben als ze op haar hurken gaat zitten. Zit er in dat piepkleine zoldertje ook een piepkleine Marie-Laure te wachten, te luisteren? Heeft die miniatuurversie van haar ook zo'n dorst?

Het enige geluid is het getik van de regen die Saint-Malo verandert in een modderpoel.

Misschien is het een list. Misschien hoorde hij haar het blik bonen openmaken, ging hij luidruchtig naar beneden en sloop hij zachtjes weer naar boven; misschien staat hij haar buiten de grote kledingkast wel met getrokken pistool op te wachten.

Heer onze God, Uw genade is een louterend vuur.

Ze legt een vlakke hand tegen de achterkant van de kledingkast en schuift het paneel opzij. De overhemden strijken langs haar gezicht als ze erdoorheen kruipt. Ze legt haar handen op de binnenkant van de kastdeuren en duwt er eentje open.

Geen pistoolschot. Helemaal niets. Achter het raam, waar inmiddels geen glas meer in zit, klinkt het geluid van regen die op brandende huizen valt als het geluid van kiezelstenen die door golven worden omgewoeld. Marie-Laure stapt haar grootvaders oude slaapkamer in en brengt hem tot leven: een nieuwsgierig jongetje met glanzend haar dat naar de zee ruikt. Hij is speels, ad rem, zit vol energie; hij neemt haar bij de hand, terwijl Etienne haar andere hand vastpakt; het huis is zoals het vijftig jaar geleden was: de goedgeklede ouders van de jongetjes zitten beneden te lachen; een kok opent oesters in de keuken; madame Manec, een jong dienstmeisje, vers van het platteland, staat op een trapje te zingen terwijl ze de kroonluchter afstoft...

Papa, jij had overal de sleutels van.

De jongetjes leiden haar de gang op. Ze loopt langs de badkamer.

Er hangt een zweem van de geur van de Duitser in haar slaapkamer: een vanilleachtige lucht. Met iets verrots eronder. Afgezien van de regen buiten en haar eigen hart in haar keel hoort ze niets. Zo stil als ze kan gaat ze op haar knieën zitten en laat haar handen langs de groeven in de vloer gaan. Het geluid van haar vingertoppen tegen de zijkant van de emmer lijkt harder te klinken dan de klok van een kathedraal.

De regen dreunt tegen het dak en de muren. Drupt omlaag achter het raam zonder glas. Overal om haar heen liggen haar steentjes en zeeschelpen. Haar vaders maquette. Haar deken. Ergens moeten ook haar schoenen liggen.

Ze brengt haar gezicht omlaag en raakt het water met haar lippen. Elke slok lijkt zo luid als een bominslag. Een drie vijf; ze slikt ademt slikt ademt. Met haar hele hoofd in de emmer.

Ademend. Stervend. Dromend.

Verroert hij zich? Is hij beneden? Komt hij weer naar boven?

Negen elf dertien, ze zit vol. Haar hele maag wordt opgerekt, klotst; ze heeft te veel gedronken. Ze dompelt het blik onder in de emmer en laat het vollopen. Nu weer terug zonder geluid te maken. Zonder tegen een muur, de deur aan te botsen. Zonder te struikelen, zonder te knoeien. Ze draait zich om en kruipt, met het volle blik water in haar linkerhand.

Marie-Laure is al bij de deur van haar kamer als ze hem hoort. Hij is drie of vier verdiepingen onder haar, waar hij een van de kamers helemaal overhoop aan het halen is; ze hoort iets op de vloer gegooid worden wat lijkt op een krat vol kogellagers. Ze stuiteren, kletteren, rollen.

Ze steekt haar rechterhand uit en daar, net voor de deur, ontdekt ze iets groots, rechthoekigs en hards, een stoffen omslag. Haar boek! De roman! Alsof haar vader hem daar voor haar heeft klaargelegd. Kennelijk heeft de Duitser hem van haar bed gegooid. Ze pakt hem zo zachtjes mogelijk op en drukt hem tegen de voorkant van haar oudooms jas.

Zou ze naar beneden kunnen?

Zou ze langs hem kunnen glippen, de straat op?

Maar het water begint haar haarvaatjes al in te stromen, waardoor haar bloedstroom op gang komt; ze kan nu al helderder nadenken. Ze wil niet dood; daarvoor heeft ze al te veel op het spel gezet. Zelfs al zou ze op wonderbaarlijke wijze haar weg naar buiten kunnen vinden, dan nog is er geen garantie dat het op straat veiliger is dan in huis.

Ze bereikt de overloop. Dan de drempel van haar grootvaders slaapkamer. Op de tast zoekt ze haar weg naar de kledingkast, klimt erin, doet de kastdeuren zachtjes achter zich dicht.

De balken

Boven hen razen de granaten, die de kelder doen schudden als voorbijdenderende goederentreinen. Werner ziet de Amerikaanse artilleristen voor zich: verkenners die hun kijkers op rotsen, rupsbanden van tanks of hotelbalustrades hebben staan; schietende officieren die de windsnelheid, hoogte van de loop en luchttemperatuur berekenen; radio-officieren met de hoorn van een telefoon tegen hun oor, die doelwitten doorbellen.

Drie graden naar rechts, herhaal schootsafstand. Rustige, vermoeide stemmen die opdracht geven tot schieten. Misschien wel de soort stem die God gebruikt als Hij zieltjes tot zich roept. Deze kant op, alstublieft.

Het zijn maar getallen. Pure wiskunde. Je moet jezelf aanleren om er zo tegenaan te kijken. Aan hun kant is het net zo.

'Mijn overgrootvader,' zegt Volkheimer uit het niets, 'was houtzager, toen er nog geen stoomschepen waren, toen alles nog per zeilboot ging.'

Werner kan het in het donker niet met zekerheid zeggen, maar hij meent dat Volkheimer is opgestaan en nu met zijn vingertoppen langs een van de drie versplinterde balken gaat die het plafond stutten. Met gebogen knieën, vanwege zijn lengte. Als Atlas die op het punt staat zijn last op zich te nemen.

'In die tijd,' zegt Volkheimer, 'was er overal in Europa vraag naar masten voor de marine. De meeste landen hadden hun grote bomen al omgehakt. In Engeland, zei overgrootvader, was op het hele vasteland geen noemenswaardige boom meer te bekennen. Dus kwamen de masten voor de Britse en Spaanse zeemacht, net als voor de Portugese, uit Pruisen, uit de bossen waarin ik ben opgegroeid. Overgrootvader wist alle reuzen te vinden. Voor sommige van die bomen waren wel vijf man en drie dagen nodig om hem om te hakken. Eerst gingen de wiggen erin, als naalden, zei hij, in de huid van een olifant. In de grootste stammen gingen wel honderd wiggen voor ze begonnen te kraken.'

De artillerie gilt; de kelder schudt.

'Overgrootvader zei altijd dat hij het mooi vond om zich voor te stellen dat die grote bomen per slee achter spannen paarden door heel Europa werden vervoerd, over rivieren, over zee naar Groot-Brittannië, waar ze werden ontschorst en behandeld en weer overeind gezet als mast, waar ze decennia van gevechten zouden aanschouwen, een tweede leven kregen, de oceanen zouden bevaren, tot ze uiteindelijk zouden worden geveld en hun tweede dood zouden sterven.'

Er vliegt nog een granaat over en Werner denkt dat hij het hout in de enorme balken boven zich hoort versplinteren. *Dat stukje steenkool was ooit een groene plant, een varen of riethalm die een miljoen, of misschien wel twee miljoen, of misschien wel honderd miljoen jaar geleden leefde. Kunnen jullie je dat voorstellen, honderd miljoen jaar?*

Werner zegt: 'Op de plek waar ik vandaan kwam, groeven ze bomen op, Prehistorische bomen.'

Volkheimer zegt: 'Ik wilde vreselijk graag weg.'

'Ik ook.'

'En nu?'

Bernd ligt in de hoek tot stof te vergaan. Ergens beweegt Jutta zich door de wereld, kijkt ze toe hoe schaduwen zich losmaken uit de nacht, kijkt ze toe hoe de mijnwerkers 's ochtends vroeg voorbijschuifelen. Het volstond toen Werner nog klein was, toch? Een wereld van wilde bloemen die dwars door roestige, weggegooide onderdelen heen groeiden. Een wereld van bessen en wortelschillen en de sprookjes van Frau Elena. Van scherpe teerlucht en voorbijrijdende treinen en bloembakken vol zoemende bijen. Touw en spade en kabel, en een stem op de radio die hem een weefgetouw biedt om zijn dromen op te weven.

De zender

Hij staat op het tafeltje tegen de schoorsteen. Met de twee scheepsaccu's eronder. Een vreemd apparaat, jaren geleden gemaakt, om met een geest te praten. Zo voorzichtig als ze maar kan kruipt Marie-Laure naar het pianokrukje en hijst zichzelf langzaam omhoog. Ergens zal er toch wel iemand met een radio zijn – de brandweer, als die er nog is, of het verzet, of de Amerikanen die projectielen op de stad afvuren. De Duitsers in hun ondergrondse forten. Misschien Etienne zelf wel. Ze probeert zich voor te stellen hoe hij ergens ineengedoken zit, terwijl hij met zijn vingers aan de knoppen van een denkbeeldige radio draait. Misschien denkt hij wel dat ze dood is. Misschien heeft hij alleen maar een sprankje hoop nodig.

Met haar vingers gaat ze langs de schoorsteen, net zolang tot ze de hendel vindt die haar oudoom daar heeft aangebracht. Met haar volle gewicht gaat ze eraan hangen en boven het dak maakt de antenne bij het omhoogschuiven een zwak knarsend geluid.

Te hard.

Ze wacht. Telt tot honderd. Geen geluid beneden.

Onder de tafel voelt ze schakelaars: de ene voor de microfoon, de andere voor de zender, ze weet niet meer welke nou voor wat was. Schakel de ene in, dan de andere. In het grote seintoestel gonzen vacuümbuizen.

Klinkt het te hard, papa?

Niet harder dan de wind. Het vage geluid van de branden.

Ze gaat de lijnen van de kabels af, tot ze zeker weet dat ze de microfoon te pakken heeft.

Je ogen dichtdoen geeft je geen enkel idee van blindheid. Onder jouw wereld van luchten en gezichten en gebouwen bestaat een rauwere en oudere wereld, een plek waar oppervlakken uiteenvallen en geluiden als lange linten door de lucht meanderen. Marie-Laure kan op een zolder ver boven de straat zitten en lelies horen ruisen in moerassen drie kilometer verderop. Ze hoort Amerikanen over boerenerven rennen en hun enorme kanonnen op de rook van Saint-

Malo richten; ze hoort gezinnen in kelders om stormlampen heen zitten snuiven, kraaien van paal naar paal springen, vliegen neerkomen op lijken in greppels; ze hoort de tamarindebomen huiveren en de Vlaamse gaaien krassen en het duingras branden; ze voelt de grote granieten vuist, diep verzonken in de aardkorst waar Saint-Malo op rust, en de oceaan die er van alle vier de windrichtingen zijn tanden in zet, en de buitenste eilanden die dapper standhouden tegen de kolkende golven; ze hoort koeien drinken uit stenen troggen en dolfijnen opduiken uit het groene water van het Kanaal; ze hoort de botten van dode walvissen op vijfentwintig kilometer diepte bewegen, hun merg biedt een eeuw lang te eten aan hele volken van wezens die hun leven zullen leiden zonder ook maar één foton van de zon te zien. Ze hoort haar slakken in de grot over de stenen kruipen.

Misschien zou jij het, in plaats van dat ik het jou voorlees, aan mij kunnen voorlezen?'

Met haar vrije hand slaat ze de roman op haar schoot open. Vindt ze de zinnen met haar vingers. Brengt ze de microfoon naar haar lippen.

Stem

Op de ochtend van zijn vierde dag onder het puin van het Bijenhotel zit Werner naar de gerepareerde zendontvanger te luisteren. Hij zit wat te draaien aan de afstemknop, als een meisjesstem rechtstreeks in zijn goede oor zegt: *Om drie uur 's ochtends werd ik wakker van een enorme ontploffing.* Hij denkt: het is de honger, de koorts, ik haal me dingen in mijn hoofd, mijn gedachten dwingen me om in de ruis iets zinnigs te horen…

Ze zegt: *Ik zat rechtop in bed en deed mijn best te horen wat er aan de hand was, toen ik ineens naar het midden van de ruimte werd geslingerd.*

Ze spreekt een zacht, perfect gearticuleerd Frans; haar accent is frisser dan dat van Frau Elena. Hij drukt de koptelefoon helemaal fijn tegen zijn oor… *Kennelijk*, zegt ze, *was de Nautilus ergens tegenaan gebotst en helde hij in een scherpe hoek naar één kant…*

Ze heeft een rollende r en een slepende s. Bij elke lettergreep lijkt de stem zich een stukje dieper zijn hoofd in te graven. Jong, hoog, bijna fluisterend. Als het een hallucinatie is, dan zij dat maar zo.

Een van deze ijsbergen viel om en raakte de Nautilus, die onder water voer. Vervolgens gleed de ijsberg onder zijn romp en duwde hem met onverbiddelijke kracht omhoog, dichter naar het wateroppervlak…

Hij kan horen dat ze haar lippen met haar tong bevochtigt. *Maar voor hetzelfde geld zouden we zomaar tegen de onderkant van de ijsbarrière aan botsen, en op gruwelijke wijze tussen twee ijsmassa's verbrijzeld worden.* De ruis komt weer opzetten, dreigt haar te overstemmen en hij probeert wanhopig om hem te onderdrukken; hij is een jongetje op zijn zolderkamer, dat zich vastklampt aan een droom die hij niet wil loslaten, maar Jutta heeft een hand op zijn schouder gelegd en maakt hem fluisterend wakker.

We hingen in het water, maar aan weerszijden van de Nautilus verscheen op tien meter afstand een glanzende ijswand. Boven en onder ons, dezelfde wand.

Ineens houdt ze op met lezen en knettert de ruis weer in zijn oor.

Als ze weer begint te praten, sist haar stem hem dringend toe. *Hij is hier. Hij zit vlak onder me.*

Dan valt het signaal weg. Hij draait aan de afstemknop, verandert van golflengte: niets. Hij zet de koptelefoon af, gaat in het pikdonker naar Volkheimer en grijpt hem vast bij wat zijn arm moet zijn. 'Ik heb iets gehoord. Alsjeblieft...'

Volkheimer verroert zich niet; hij lijkt wel van hout. Werner rukt uit alle macht, maar hij is te klein, te zwak; zijn krachten vloeien even snel weg als ze gekomen zijn.

'Genoeg,' klinkt Volkheimers stem vanuit het donker. 'Het heeft toch geen zin.' Werner gaat op de vloer zitten. Ergens tussen de brokstukken boven hem zijn katten aan het janken. Uitgehongerd. Net als hij. Net als Volkheimer.

Ooit had een jongen op Schulpforta een bijeenkomst in Neurenberg aan Werner beschreven; een zee van spandoeken en vlaggen, zei hij, massa's jongens die onder de lampen samendromden en een paar honderd meter verder de Führer zelf op een altaar, met achter hem pilaren die door spotlichten werden verlicht, de atmosfeer die barstte van betekenis, woede en rechtschapenheid, Hans Schilzer vond het geweldig, Herribert Pomsel vond het geweldig, iedere jongen op Schulpforta vond het geweldig, en de enige in Werners leven die dwars door al dat theater heen prikte was zijn kleine zusje. Hoe was dat mogelijk? Hoe kwam het toch dat Jutta zoveel wereldwijzer was? Terwijl hij er zo weinig van begreep?

Maar voor hetzelfde geld zouden we zomaar tegen de onderkant van de ijsbarrière aan botsen, en op afschuwelijke wijze tussen twee ijsmassa's verbrijzeld worden.

Hij is hier. Hij zit vlak onder me.

Doe iets. Red haar.

Maar God is slechts een koud wit oog, een maan in het eerste kwartier, zwevend boven de rook, knipperend, knipperend, terwijl de stad langzaamaan tot stof verpulverd wordt.

Negen

MEI 1944

Rand van de wereld

Achter in de Opel leest Volkheimer Werner hardop voor. Het papier waarop Jutta heeft geschreven lijkt weinig meer dan een zakdoekje in zijn gigantische klauwen.

... O en Herr Siedler de mijnbeambte heeft een briefje gestuurd om je te feliciteren met je successen. Hij zegt dat het niet onopgemerkt blijft. Betekent dat dat je naar huis mag? Hans Pfeffering vraagt me je door te geven dat 'een kogel wijkt voor de dapperen', maar ik blijf erbij dat ik dat een slecht advies vind. En het gaat al wat beter met de kiespijn van Frau Elena, maar ze mag niet roken en daar wordt ze flink chagrijnig van, had ik je al verteld dat ze tegenwoordig rookt...

Achter Volkheimer, door het gebarsten achterraam van de oplegger heen, ziet Werner een roodharig kind in een fluwelen capeje twee meter boven de grond zweven. Ze gaat dwars door bomen en verkeersborden heen, draait mee met bochten, je kunt haar niet ontlopen, net zomin als je de maan kunt ontlopen.

Neumann Een stuurt de Opel naar het westen en Werner kruipt onder de bank achterin, waar hij uren blijft liggen, opgerold in een deken, en hij slaat thee af, vlees uit blik, terwijl hij dwars door het landschap heen door het zwevende kind wordt achtervolgd. Dood meisje in de lucht, dood meisje achter het raam, dood meisje op tien centimeter afstand. Twee vochtige ogen en dat derde oog, van de kogel, dat nooit knippert.

Hobbelend rijden ze door een sliert kleine groene dorpjes met geknotte bomen langs slaperige kanaaltjes. Twee fietsende vrouwen gaan aan de kant van de weg staan en staren naar de passerende vrachtwagen: een voertuig uit de hel, gekomen om hun stadje te verwoesten.

'Frankrijk,' zegt Bernd.

Boven hen hangt een bladerdak van kersenbomen, vol bloesems. Werner zet de achterklep open en laat zijn voeten bungelen, met zijn hakken vlak boven de voorbijschietende weg. Er rolt een paard op zijn rug door het gras; de hemel wordt opgesierd met vijf witte wolken.

In een stadje dat Épernay heet laden ze uit en de hoteleigenaar brengt wijn en kippenpoten en bouillon die Werner binnen weet te houden. De mensen aan de tafeltjes om hen heen spreken de taal waarin Frau Elena als kind tegen hem fluisterde. Neumann Een wordt eropuit gestuurd om diesel te gaan zoeken en Neumann Twee heeft een discussie met Bernd over de vraag of er in de vorige oorlog nou wel of geen koeiendarmen als opblaasbare cellen in zeppelins werden gebruikt en in een deuropening staan drie jongens met een baret op met grote ogen naar Volkheimer te staren. Achter hen vormen zes bloeiende afrikaantjes in de avondschemering de contouren van het dode meisje, waarna het weer gewoon bloemen worden.

De hoteleigenaar zegt: 'Wilt u nog iets?'

Werner krijgt het niet voor elkaar om nee te schudden. Op dit moment is hij al bang om zijn handen op tafel te leggen uit angst dat ze er dwars doorheen zullen gaan.

De hele nacht rijden ze door en als de ochtend aanbreekt stoppen ze bij een controlepost aan de noordgrens van Bretagne. In de verte doemt het ommuurde fort van Saint-Malo op. De wolken vertonen diffuse strepen zachtgrijs en blauw en daaronder doet de zee hetzelfde.

Volkheimer laat hun orders aan een wachtpost zien. Zonder toestemming te vragen stapt Werner de vrachtwagen uit en glipt over het lage muurtje naar het strand. Hij baant zich een weg door een reeks versperringen en bereikt uiteindelijk de kustlijn. Rechts van hem loopt een rij anti-invasieversperringen in de vorm van bikkels uit een kinderspelletje, omwikkeld met prikkeldraad, op zijn minst anderhalve kilometer langs de kust.

Geen voetafdrukken in het zand. Er liggen steentjes en stukjes zeewier in schelpvormige patronen. Op drie van de eilanden staan lage stenen forten; op de kop van de pier brandt een groene lantaarn. Op de een of andere manier voelt het heel toepasselijk dat hij de rand van het continent heeft bereikt, dat hij nu alleen nog maar de beukende zee voor zich heeft. Alsof dit het eindpunt is waar Werner naartoe heeft gewerkt vanaf het moment dat hij uit Zollverein vertrok.

Hij steekt een hand in het water en doet zijn vingers in zijn mond om het zout te proeven. Iemand roept zijn naam, maar Werner draait zich niet om. Hij zou niets liever doen dan hier de hele ochtend blijven staan om de deining in het licht te zien bewegen. Inmiddels staan ze te schreeuwen, Bernd, Neumann Een, en uiteindelijk draait Werner zich om en ziet hen staan zwaaien en voorzichtig loopt hij, over het zand en weer tussen de prikkeldraadversperring door, terug naar de Opel.

Er staan een stuk of tien mensen te kijken. Bewakers, een handjevol inwoners van het stadje. Velen houden hun hand voor hun mond.

'Voorzichtig, jongen!' schreeuwt Bernd. 'Daar liggen landmijnen! Had je die borden soms niet gezien?'

Werner stapt weer in de oplegger en slaat zijn armen over elkaar.

'Ben je nou helemaal gek geworden?' vraagt Neumann Twee.

De paar mensen die ze in de oude stad tegenkomen gaan met hun rug tegen de muur staan om de gebutste Opel erlangs te laten. Neumann Een zet de vrachtwagen stil bij een huis van drie verdiepingen met vaalblauwe luiken. 'De Kreiskommandantur,' kondigt hij aan. Volkheimer gaat naar binnen en komt weer naar buiten met een kolonel in gevechtstenue: de Reichswehrjas en hoge riem en hoge zwarte laarzen. In zijn kielzog lopen twee hulpjes.

'We denken dat er een heel netwerk is,' zegt een van de hulpjes. 'De gecodeerde getallen worden gevolgd door aankondigingen, geboortes en doopplechtigheden en verlovingen en sterfgevallen.'

'Dan is er muziek, bijna altijd muziek,' zegt de tweede. 'We hebben geen idee wat die betekent.'

De kolonel gaat met twee vingers langs zijn perfecte kaaklijn. Volkheimer kijkt hem eerst aan en dan zijn hulpjes, alsof hij bezorgde kinderen ervan verzekert dat alles goed zal komen. 'We zullen ze vinden,' zegt hij. 'Het zal niet lang duren.'

Getallen

Reinhold von Rumpel bezoekt een arts in Neurenberg. De tumor in de keel van de sergeant-majoor, vertelt de arts, is vier centimeter in doorsnede gegroeid. De tumor in de dunne darm is lastiger te meten.

'Drie maanden,' zegt de arts. 'Hooguit vier.'

Een uur later is Von Rumpel aangeschoven bij een etentje. Vier maanden. Honderdtwintig zonsopgangen, nog honderdtwintig keer dat hij zijn aangetaste lichaam uit bed moet slepen en in een uniform moet hijsen. De officieren aan tafel praten vol verontwaardiging over andere getallen: het Achtste en het Vijfde Duitse Leger trekken zich door Italië terug naar het noorden, het Tiende Leger is misschien wel omsingeld. Ze zouden Rome kunnen kwijtraken.

Hoeveel manschappen?

Honderdduizend.

Hoeveel voertuigen?

Twintigduizend.

Er wordt lever opgediend. In blokjes, met zout en peper, overgoten met een paarse jus. Wanneer de borden weer worden weggehaald, heeft Von Rumpel het zijne niet aangeraakt. Vierendertighonderd mark: alles wat hij nog heeft. En drie piepkleine diamantjes die hij in zijn portemonnee in een envelopje bewaart. Misschien één karaat per stuk.

Een vrouw aan tafel vertelt enthousiast over windhondenraces, de snelheid, de opwinding die ze voelt als ze ernaar kijkt.

Von Rumpel wil het lusvormige oortje van zijn koffiekopje vastpakken, terwijl hij probeert het trillen te verbergen. Een kelner tikt zijn arm lichtjes aan. 'Telefoon voor u, meneer. Uit Frankrijk.'

Op onvaste benen loopt Von Rumpel een klapdeur door. De kelner zet een telefoon op een tafel en trekt zich terug.

'Sergeant-majoor? U spreekt met Jean Brignon.' De naam zegt Von Rumpel niets.

'Ik heb informatie over de slotenmaker. Degene naar wie u vorig jaar informeerde?'

'LeBlanc.'

'Ja, Daniel LeBlanc. Maar mijn neef, meneer. Weet u het nog? Dat u uw hulp aanbood? Dat u zei dat als ik informatie vond, u hem zou kunnen helpen?'

Drie koeriers, twee gevonden, nog één raadsel om op te lossen. Bijna elke nacht droomt Von Rumpel over de godin: haren als vlammen, vingers als wortels. Waanzin. Zelfs hier aan de telefoon kronkelt er klimop om zijn nek, groeit het zijn oren in.

'Ja, uw neef, ja. Wat hebt u ontdekt?'

'LeBlanc is beschuldigd van samenzwering, iets met een kasteel in Bretagne. Gearresteerd in januari 1941 na een tip van een plaatselijke bewoner. Er werden tekeningen bij hem gevonden, lopers. Hij werd ook gefotografeerd terwijl hij in Saint-Malo van alles aan het opmeten was.'

'Zit-ie in een kamp?'

'Dat heb ik niet kunnen achterhalen. Het systeem is nogal ingewikkeld.'

'En de informant?'

'Een Maloër, Levitte genaamd. Voornaam Claude.'

Von Rumpel denkt na. De blinde dochter, het appartement in de rue des Patriarches. Onbewoond sinds juni 1940, terwijl het Natuurhistorisch Museum de huur betaalt. Waar zou je heen vluchten als je ergens heen moest? Als je iets waardevols bij je had? Met een blinde dochter op sleeptouw? Waarom Saint-Malo, als daar niet iemand woonde die je vertrouwde?

'Mijn neef,' zegt Jean Brignon. 'Gaat u me helpen?'

'Hartelijk bedankt,' zegt Von Rumpel, en hij legt de hoorn terug op de haak.

Mei

De laatste dagen van mei 1944 in Saint-Malo doen Marie-Laure denken aan de laatste dagen van mei 1940 in Parijs: groots, opbollend en geurig. Alsof alles wat leeft nog snel vaste voet aan de grond probeert te krijgen, voordat er zich een of andere ramp voltrekt. Op weg naar madame Ruelles bakkerij ruikt het naar mirte en magnolia en ijzerkruid; de blauweregen staat in volle bloei; overal hangen bogen en gordijnen van neerhangende bloemen.

Ze telt de regenpijpen: bij eenentwintig loopt ze langs de slager, waar het geluid van een tuinslang klinkt die op tegels spuit; bij vijfentwintig is ze bij de bakker. Ze legt een voedselbon op de toonbank. 'Eén gewoon brood, alstublieft.'

'En hoe gaat het met je oom?' De woorden zijn hetzelfde, maar de stem van madame Ruelle klinkt anders. Opgewekt.

'Met mijn oom gaat het goed, dank u wel.'

Madame Ruelle doet iets wat ze nog nooit heeft gedaan: ze reikt over de toonbank heen en legt haar met meel bedekte handen om Marie-Laures gezicht. 'Geweldig kind dat je bent.'

'Huilt u, madame? Gaat het wel goed met u?'

'Het gaat geweldig, Marie-Laure.' Ze trekt haar handen terug; ze geeft haar het brood; zwaar, warm, groter dan anders. 'Zeg maar tegen je oom dat het zover is. Dat de zeemeerminnen gebleekte haren hebben.'

'De zeemeerminnen, madame?'

'Ze komen eraan, lieverd. Binnen een week. Steek je handen eens uit.' Van de andere kant van de toonbank komt er een vochtige, koele kool ter grootte van een kanonskogel. Marie-Laure krijgt hem haast niet door de opening van haar rugzak.

'Dank u wel, madame.'

'Nu gauw naar huis.'

'Is het veilig buiten?'

'Kan niet beter. Geen obstakels. Het is een prachtige dag vandaag. Een dag om te onthouden.'

Het is zover. *Les sirènes ont les cheveux décolorés.* Haar oudoom had op zijn radio al wat geruchten gehoord over het feit dat er zich aan de overkant van het Kanaal, in Engeland, een enorme oorlogsvloot aan het verzamelen was, dat het ene schip na het andere werd gevorderd – vissersboten en veerboten werden omgebouwd en van wapens voorzien: vijfduizend boten, elfduizend vliegtuigen, vijftigduizend voertuigen.

Op het kruispunt met de rue d'Estreés slaat ze niet links af, naar huis, maar rechts af. Vijftig meter tot aan de omwalling, dan nog eens honderd meter langs de muur; ze haalt Hubert Bazins ijzeren sleutel uit haar zak. De stranden zijn al maanden afgesloten, bezaaid met landmijnen en versperd met prikkeldraad, maar hier in de oude kennel, helemaal buiten het zicht, kan Marie-Laure tussen haar slakken zitten en doen alsof ze de grote oceanoloog Aronnax is, zowel eregast als gevangene aan boord van Kapitein Nemo's enorme machine der nieuwsgierigheid, geen naties en geen politiek, reizend door de caleidoscopische wonderen van de zee. O, stel je eens voor dat ze vrij was! Dat ze nog één keer met papa in de Jardin des Plantes kon liggen. Zijn handen op de hare kon voelen, om de tulpenblaadjes in de wind te horen trillen. Hij maakte haar tot het stralende middelpunt van zijn leven; hij gaf haar het gevoel dat elke stap die ze zette ertoe deed.

Ben je er nog, papa?

Ze komen eraan, lieverd. Binnen een week.

Op jacht (alweer)

Dag en nacht zoeken ze door. Saint-Malo, Dinard, Saint-Servan, Saint-Vincent. Neumann Een leidt de gebutste Opel door straatjes zo smal dat de vrachtwagen aan weerszijden langs muren schuurt. Ze komen langs kleine grijze crêperietjes met ingeslagen ramen en dichtgetimmerde boulangeries en verlaten bistro's en hellingen met voor de dienstplicht opgeroepen Russen die cement uitgieten en potige prostituees die water uit een put halen, en ze vinden geen enkel radiosignaal dat overeenkomt met de omschrijving van de hulpjes van de kolonel. Werner kan vanuit het noorden de BBC ontvangen en vanuit het zuiden de propagandazenders; soms lukt het hem om wat willekeurige flitsen morsecode op te vangen. Maar hij hoort geen geboorte-, huwelijks- of overlijdensberichten, geen getallen, geen muziek.

In de kamer die Werner en Bernd krijgen toegewezen, op de bovenste verdieping van een gevorderd hotel binnen de ommuurde stad, lijkt de tijd te hebben stilgestaan: driehonderd jaar oud klaverbladvormig pleisterwerk, palmvormige kapitelen en spiraalvormige hoornen des overvloeds sieren het plafond. 's Nachts loopt het dode meisje uit Wenen over de gang. Ze kijkt Werner niet aan als ze zijn open deur voorbijloopt, maar hij weet dat ze naar hem op jacht is.

De hoteleigenaar staat in zijn handen te wringen terwijl Volkheimer door de lobby ijsbeert. Er kruipen vliegtuigen door de lucht, ontzettend traag in Werners ogen. Alsof er ieder moment een kan blijven hangen en in zee kan storten.

'Van ons?' vraagt Neumann Een. 'Of van hen?'

'Te hoog om te kunnen zeggen.'

Werner loopt over de gang boven. Op de bovenste verdieping, in wat misschien wel de mooiste kamer van het hotel is, staat hij in een zeshoekige badkuip en veegt met de muis van zijn hand de viezigheid van een raam. Een paar rondzwevende pluisjes dwarrelen in de wind en vallen dan in de kloof van schaduw tussen de huizen.

Boven hem krult, in het schemerdonker, een drie meter lange bijenkoningin, veelogig en met een gouden vacht op haar buik, over het plafond.

Lieve Jutta,

Het spijt me dat ik de afgelopen maanden niet heb geschreven. De koorts is nu bijna weg en je hoeft je geen zorgen te maken. Ik voel me de laatste tijd heel helder in mijn hoofd en vandaag wil ik schrijven over de zee. Die heeft zoveel kleuren. Zilver bij zonsopgang, donkerblauw in de avond. Soms lijkt ze haast rood. Of krijgt ze de kleur van oude muntjes. Op dit moment drijven de schaduwen van de wolken eroverheen, en vallen er overal kleine stukjes zonlicht op. Er vliegen witte rijen zeemeeuwen overheen, als kralen.

Ik denk dat het het mooiste is wat ik ooit heb gezien. Soms betrap ik mezelf erop dat ik ernaar sta te staren en mijn verplichtingen helemaal vergeet. Ze lijkt wel groot genoeg om alles te bevatten wat iedereen ooit zou kunnen voelen.

Doe de groeten aan Frau Elena en de kinderen die nog over zijn.

'Clair de Lune'

Deze avond zijn ze aan het werk in een deel van de oude stad aan de voet van de zuidelijke omwalling. De regen valt zo zachtjes dat het net mist lijkt. Werner zit achter in de Opel en Volkheimer doezelt op de bank achter hem. Bernd is boven op de omwalling, met onder een poncho de eerste zendontvanger. Hij heeft al uren niet meer aan zijn toestel gedraaid, wat betekent dat hij ligt te slapen. Het enige licht komt uit het geelbruine gloeidraadje van Werners signaalmeter.

Het klankspectrum is een en al ruis en dan weer niets.

Madame Labas laat weten dat haar dochter in verwachting is. Monsieur Ferey stuurt liefs aan zijn nichtjes op Saint-Vincent.

Er klinkt een enorme ruis doorheen. De stem is als iets uit een droom van lang geleden. Er fladderen nog wat woorden in hetzelfde Bretonse accent door Werners hoofd: ... *volgende uitzending donderdag 2300. Zesenvijftig tweeënzeventig nog iets*... De herinnering komt terug bij Werner als een trein met zes wagons uit het donker, de kwaliteit van de uitzending en de klank van de stem lijken in alle opzichten op de uitzendingen van de Fransman naar wie hij altijd luisterde, en dan speelt een piano drie losse noten, gevolgd door dubbele, de akkoorden zwellen rustig aan, stuk voor stuk kaarsen die je steeds dieper een bos in leiden... Hij herkent het meteen. Het is alsof hij al zolang hij zich kan herinneren bezig is te verdrinken en iemand hem omhoogtrekt, waardoor hij een hap lucht krijgt.

Vlak achter Werner heeft Volkheimer zijn ogen nog steeds dicht. Door de afscheiding tussen de oplegger en de cabine ziet hij de roerloze schouders van de Neumanns. Werner bedekt de meter met zijn hand. Het liedje speelt verder, klinkt harder, en hij wacht het moment af dat Bernd aan zijn microfoon zal draaien, dat hij zal zeggen dat hij het gehoord heeft.

Maar er komt niets. Iedereen ligt te slapen. En toch, hangt er niet ineens een enorme spanning in die kleine cocon waarin Volkheimer en hij zich bevinden?

Nu speelt de piano een uitgebreid, bekend loopje, waarbij de pianist met elke hand een andere toonladder speelt – het lijken wel drie, vier handen – harmonieën als steeds dikker wordende parels aan een snoer, en Werner ziet de zesjarige Jutta zich naar hem toe buigen. Op de achtergrond staat Frau Elena deeg te kneden, hij heeft een kristalontvanger op schoot, de snaren van zijn ziel zijn nog niet beschadigd.

De piano kabbelt door de eindmaten en dan opnieuw de ruis.

Hebben ze het gehoord? Kunnen ze zijn hart in zijn keel horen bonzen? Hij ziet de regen, die tussen de hoge huizen door miezert. Hij ziet Volkheimer, met zijn kin op zijn borstkas. Frederick zei dat we geen keuzes hadden, geen regie over ons eigen leven, maar uiteindelijk was het Werner die deed alsof er geen keuzes bestonden. Werner die toekeek hoe Frederick de emmer water voor zijn voeten liet vallen – *ik doe het niet* –, Werner die werkloos aan de kant bleef staan terwijl Frederick de gevolgen onderging. Werner die Volkheimer het ene huis na het andere zag binnengaan, dezelfde roofzuchtige nachtmerrie die zich keer op keer herhaalde.

Hij zet de koptelefoon af en loopt voorzichtig langs Volkheimer om de achterklep open te maken. Volkheimer doet één oog open, enorm, goudkleurig, als van een leeuw. '*Nichts?*' zegt hij.

Werner kijkt omhoog naar de bakstenen huizen die zij aan zij staan, hoog en afstandelijk, met vochtige gevels en donkere ramen. Nergens ook maar enige straatverlichting. Geen antennes. De regen valt zachtjes, geruisloos haast, maar in Werners oren buldert hij.

Hij draait zich om. '*Nichts,*' zegt hij.

Antenne

Een Oostenrijkse luitenant van de luchtafweer plaatst een detachement van acht man in het Bijenhotel. In de hotelkeuken bereidt hun kok pap en spek, terwijl de andere zeven de muren op de vierde verdieping met mokers kapotslaan. Volkheimer zit traag te kauwen en heft zo nu en dan zijn hoofd om Werner onderzoekend aan te kijken.

Volgende uitzending donderdag 2300.

Werner had de stem gehoord waarnaar iedereen op zoek was, en wat had hij gedaan? Gelogen. Landverraad gepleegd. Hoeveel mensen had hij hiermee wel niet in gevaar gebracht? En toch krijgt Werner, als hij terugdenkt aan die stem, als hij terugdenkt aan dat melodietje dat zijn hoofd in stroomde, kippenvel van blijdschap.

Half Noord-Frankrijk staat in brand. De stranden verzwelgen manschappen – Amerikanen, Canadezen, Britten, Duitsers, Russen – en in heel Normandië worden stadjes op het platteland weggevaagd door bommenwerpers. Maar hier in Saint-Malo groeit het duingras lang en blauw; in de haven volgen de Duitse zeelieden hun protocol; in de tunnels onder het fort van La Cité leggen artilleristen nog steeds munitievoorraden aan.

Met een hijskraan laten de Oostenrijkers uit het Bijenhotel een 88millimeter-kanon op een bastion in de omwalling zakken. Ze verankeren het wapen op een kruisvormig onderstel en bedekken het met camouflagedoeken. Volkheimers team werkt twee nachten door en Werners geheugen begint een loopje met hem te nemen.

Madame Labas laat weten dat haar dochter in verwachting is.

Hoe dan, kinderen, creëren de hersenen, die zonder ook maar een sprankje licht bestaan, een wereld vol licht voor ons?

Als de Fransman hetzelfde seintoestel gebruikt dat vroeger zelfs bereik had tot aan Zollverein, zal er sprake zijn van een grote antenne. Of anders wel van honderden meters snoer. Hoe dan ook: iets hoogs, iets wat zeker in het oog zal springen.

Op de derde avond nadat hij de uitzending gehoord heeft – donderdag – gaat Werner in de zeshoekige badkuip onder de bijenkoningin staan. Met de luiken open kijkt hij links uit over een wirwar aan leien daken. Er scheren pijlstormvogels over de omwalling; de torenspits is in nevelflarden gehuld.

Steeds als Werner naar de oude stad staart, zijn het de schoorstenen die hem het meest fascineren. Die zijn enorm en vormen in elke straat rijen van twintig of dertig. Zelfs in Berlijn hadden ze niet zulke schoorstenen.

Natuurlijk. De Fransman gebruikt vast een schoorsteen.

Haastig loopt hij naar beneden, via de lobby naar buiten, door de rue des Forgeurs, dan de rue de Dinan. Hij kijkt omhoog naar luiken, dakgoten, op zoek naar kabels die aan bakstenen zijn bevestigd, of iets anders wat de zender zou kunnen verraden. Hij loopt heen en weer tot hij er pijn van in zijn nek krijgt. Hij is al te lang weg. Hij zal een fikse uitbrander krijgen. Volkheimer begint in de gaten te krijgen dat er iets niet helemaal in de haak is. Maar dan, om 23.00 uur precies, ziet Werner het, nauwelijks een straat verder dan waar de Opel geparkeerd staat: een antenne die langs een schoorsteen omhoog wordt geschoven. Niet veel breder dan een bezemsteel.

Hij gaat misschien een meter of twaalf de lucht in en klapt vervolgens uit in een eenvoudige T.

Een hoog huis vlak aan zee. Een spectaculair goede locatie om uit te zenden. Vanaf de straat is de antenne bijna niet te zien. Hij hoort Jutta's stem: *Hij zendt vast uit vanuit een enorm landhuis, zo groot als dit hele complex, een huis met wel duizend kamers en duizend bedienden.* Het huis is hoog en smal, met elf ramen in de gevel. Vlekken van oranje korstmos, de fundering helemaal onder het mos. Nummer 4 in de rue Vauborel.

Doe je ogen open en zie wat je ermee kunt doen voor je ze voor altijd sluit.

Snel loopt hij terug naar het hotel, hoofd omlaag, handen in zijn zakken.

Bolle Claude

Levitte de parfumeur is week en vlezig en behoorlijk met zichzelf ingenomen. Terwijl hij staat te praten heeft Von Rumpel de grootste moeite om zijn evenwicht te bewaren; in deze zaak worden zoveel geuren met elkaar vermengd dat het nogal overweldigend is. Gedurende de afgelopen week moest hij met veel bombarie reisjes naar een tiental verschillende buitenverblijven aan de Bretonse kust maken, zich toegang tot zomerhuisjes verschaffen om schilderijen en beeldhouwwerken te vinden die ofwel niet bestaan of hem geen bal interesseren. Dat alles om zijn aanwezigheid hier te rechtvaardigen.

Ja, ja, zegt de parfumeur, terwijl hij een korte blik op Von Rumpels insigne werpt, een paar jaar geleden heeft hij de autoriteiten geholpen iemand van buiten de stad te arresteren die gebouwen aan het opmeten was. Hij deed gewoon wat hij vond dat hij moest doen.

'Waar woonde die man destijds, deze monsieur LeBlanc?'

De parfumeur knijpt zijn ogen sluw toe. Zijn blauwomrande ogen bazuinen maar één boodschap uit: *Ik wil. Geef me.* Al die verlangende wezens, denkt Von Rumpel, die allemaal een andere last dragen. Maar Von Rumpel is hier de aanvaller. Hij hoeft alleen maar geduld te oefenen. Onvermoeibaar. De hindernissen een voor een uit de weg te ruimen.

Wanneer hij zich omdraait om weg te lopen, versplintert de zelfgenoegzaamheid van de parfumeur. 'Wacht, wacht, wacht.'

Von Rumpel houdt één hand op de deurklink. 'Waar woonde monsieur LeBlanc?'

'Bij zijn oom. Waardeloze man. Gek als een deur, zoals ze dat noemen.'

'Waar?'

'Dáár.' Hij wijst. 'Nummer vier.'

Boulangerie

Er verstrijkt een hele dag voor Werner een uurtje de tijd vindt om weer te gaan kijken. Een houten deur, ijzeren hek ervoor. Blauwgeverfde raamkozijnen. De ochtendnevel is zo dicht dat hij de daken niet kan zien. Hij koestert droombeelden: de Fransman vraagt hem binnen. Ze drinken een kopje koffie, hebben het over zijn uitzendingen van vroeger. Misschien bespreken ze nog een belangrijk empirisch probleem waarmee hij al jaren worstelt. Misschien laat hij Werner de zender wel zien.

Lachwekkend. Als Werner aanbelt, zal de oude man er meteen van uitgaan dat hij op verdenking van terroristische activiteiten wordt gearresteerd. Dat hij ter plekke kan worden neergeschoten. Alleen al die antenne op de schoorsteen is voldoende reden voor een executie.

Werner zou op de deur kunnen bonzen, de oude man wegleiden. Hij zou een held zijn.

De mist begint zich te vermengen met licht. Ergens doet iemand een deur open en weer dicht. Werner herinnert zich nog de brieven die Jutta opgewonden aan de Fransman schreef, DE PROFESSOR, FRANKRIJK op de envelop krabbelde en ze in de brievenbus op het plein gooide. Zich verbeeldend dat haar stem misschien zijn oor wel zou weten te vinden, net zoals die van hem het hare had gevonden. Een kans van een op tien miljoen.

De hele avond heeft hij in gedachten geoefend op het Frans: *Avant la guerre. Je vous ai entendu à la radio.* Hij zal zijn geweer op zijn rug laten hangen, zijn handen langs zijn zij: hij zal er klein uitzien, elfachtig, helemaal niet bedreigend. De oude man zal even schrikken, maar zijn angst zal hanteerbaar zijn. Hij zal luisteren. Maar terwijl Werner aan het eind van de rue Vauborel in de langzaam wegtrekkende mist staat te oefenen op wat hij zal zeggen, gaat de voordeur van nummer 4 open en komt er niet een voorname oude wetenschapper naar buiten, maar een meisje. Een tenger, knap, bruinharig meisje met heel veel sproeten op haar gezicht, een bril op, een grijze jurk aan en een rugzak over haar schouder. Ze gaat linksaf en komt recht op hem af gelopen en Werners maag krimpt ineen.

De straat is te smal; ze moet hem wel hebben zien kijken. Maar haar hoofd staat een beetje vreemd, het helt naar één kant. Werner ziet de dwalende stok en de ondoorzichtige glazen van haar bril en beseft dat ze blind is.

Haar stok gaat tikkend over de stenen. Ze is nog maar twintig stappen van hem verwijderd. Er lijkt niemand te kijken; alle gordijnen zijn dicht. Nog vijftien stappen. Haar kousen zitten onder de ladders, haar schoenen zijn te groot en haar verstelde wollen jurk zit onder de vlekken. Tien stappen, vijf. Ze loopt hem op een armlengte voorbij, haar hoofd iets hoger dan het zijne. Zonder erbij na te denken, terwijl hij nauwelijks begrijpt wat hij doet, loopt Werner achter haar aan. De punt van haar stok trilt wanneer hij de goot raakt en vindt elke regenpijp. Ze loopt als een ballerina op dansschoentjes, haar voeten zijn net zo expressief als haar handen, een gracieus scheepje dat de mist in vaart. Ze slaat rechts af, dan links af, loopt een halve straat door en gaat dan behendig langs de geopende deur een winkel in. Op een rechthoekig bord erboven staat: BOULANGERIE.

Werner blijft stilstaan. Boven hem verdwijnt de mist in flarden en verschijnt er een diep, zomers blauw. Een vrouw geeft de plantjes water; een oude man in een regenjas, type vertegenwoordiger, laat een poedel uit. Op een bankje zit een ziekelijk bleke Duitse sergeant-majoor met een kropgezwel en donkere wallen onder zijn ogen. Hij brengt zijn krant omlaag, kijkt Werner recht aan en slaat zijn krant dan weer op.

Waarom trillen Werners handen toch zo? Waarom kan hij niet op adem komen?

Het meisje komt de bakkerij weer uit, stapt behendig de stoep af en loopt in een rechte lijn op hem af. De poedel zakt door zijn poten op de stenen om zijn behoefte te doen en het meisje zwenkt behendig naar links om het dier te ontwijken. Voor de tweede keer komt ze op Werner af, haar lippen zijn zachtjes bezig, ze telt in zichzelf – *deux trois quatre* – en komt zo dichtbij dat hij de sproetjes op haar neus kan tellen, het brood in haar rugzak kan ruiken. Er parelen een miljoen kleine mistdruppeltjes op de pluisjes van haar wollen jurk en haar krullende haren, en het licht verleent haar een zilverkleurige aura.

Hij blijft als aan de grond genageld staan. Haar lange bleke hals ziet er in zijn ogen, als ze voorbijloopt, ongelofelijk kwetsbaar uit.

Ze merkt hem niet op; ze lijkt helemaal op te gaan in het moment. Dit, denkt hij, is het pure waar ze in Schulpforta altijd zo op hamerden.

Hij gaat met zijn rug tegen een muur staan. Met het puntje van haar stok gaat ze rakelings langs zijn laars. Dan is ze voorbij, met haar zachtjes wapperende jurk, haar heen en weer zwaaiende stok, en hij blijft kijken hoe ze haar weg vervolgt totdat de mist haar heeft opgeslokt.

Grot

Er wordt een Amerikaans vliegtuig door Duits luchtafweergeschut neergehaald. Het stort neer in de zee vlak bij Paramé en de Amerikaanse piloot waadt naar de kust, waar hij gevangen wordt genomen. Etienne beschouwt het als een ramp, maar madame Ruelle loopt te stralen van blijdschap. 'Net zo knap als een filmster,' fluistert ze terwijl ze Marie-Laure een brood geeft. 'Zo zien ze er vast allemaal uit.'

Marie-Laure glimlacht. Elke ochtend is het hetzelfde liedje: de Amerikanen steeds dichterbij, de Duitsers steeds zwakker. Elke middag leest Marie-Laure Etienne voor uit deel 2 van *Twintigduizend mijlen*, voor hen beiden nieuwe materie. *Tienduizend mijlen in drieënhalve maand*, schrijft Professor Aronnax. *Waar gingen we nu weer heen, en wat had de toekomst voor ons in petto?*

Marie-Laure stopt het brood in haar rugzak, gaat de bakkerij uit en loopt slingerend in de richting van de omwalling naar Hubert Bazins grot. Ze doet het hek dicht, houdt haar jurk omhoog en waadt de ondiepe waterpoel in, bij elke stap biddend dat ze geen diertjes verplettert.

Het tij komt op. Ze vindt zeepokken, een anemoon zo zacht als zijde; zo lichtjes mogelijk legt ze haar vingers op een *Nassarius*-slak. Die houdt onmiddellijk op te bewegen en trekt zijn kopje en pootjes zijn huisje in. Dan, als zijn twee hoorns weer wat langer zijn geworden, hijst hij zijn kransvormige huisje weer boven op zijn langwerpige lichaam.

Wat zie je allemaal, kleine slak? Leef je alleen in dit ene moment of maak jij je net als Professor Aronnax zorgen over je toekomst?

Als de slak de poel is overgestoken en tegen de achterste muur op begint te kruipen, pakt Marie-Laure haar stok en klimt weer naar buiten op haar druipende, te grote kwastjesschoenen. Ze gaat het hek door en wil het net achter zich afsluiten, als een mannenstem zegt: 'Goedemorgen, mademoiselle.'

Ze struikelt, valt bijna om. Haar stok valt kletterend op de grond.

'Wat heb je daar in je rugzak?'

Zijn Frans is goed, maar ze kan horen dat het een Duitser is. Met zijn lichaam verspert hij de doorgang door het steegje. De zoom van haar jurk druipt; haar schoenen zijn zompig van het water; aan weerszijden staan kaarsrechte muren. Met haar rechtervuist omklemt ze een tralie van het open hek.

'Wat is dat daar? Een verstopplekje?' Zijn stem klinkt verschrikkelijk dichtbij, maar het is moeilijk te zeggen hoe dichtbij precies, op een plek met zoveel echo. Ze voelt het brood van madame Ruelle in haar rugzak kloppen, alsof het een levend wezen is. Daar middenin zit – vrijwel zeker – een opgerold stukje papier. Met getallen erop die een doodvonnis betekenen. Voor haar oudoom, voor madame Ruelle. Voor hen allemaal.

'Mijn stok,' zegt ze.

'Die is achter je weggerold, meisje.'

Achter de man ligt het steegje en daarachter het gordijn van klimop en daarachter de stad. Een plek waar ze haar zouden horen als ze een keel op zou zetten.

'Mag ik erlangs, monsieur?'

'Natuurlijk.'

Maar hij lijkt geen vin te verroeren. Het hek piept zachtjes.

'Wat wilt u, monsieur?' Ze krijgt de trilling met geen mogelijkheid uit haar stem. Als hij haar nog één keer vraagt naar de rugzak krijgt ze een hartverzakking.

'Wat doe je daarbinnen?'

'We mogen niet op het strand komen.'

'Dus ga je hierheen?'

'Om slakken te verzamelen. Ik moet er echt vandoor, monsieur. Mag ik alstublieft mijn stok even pakken?'

'Maar je hebt helemaal geen slakken verzameld, mademoiselle.'

'Mag ik erlangs?'

'Beantwoord eerst maar eens een vraag over je vader.'

'Papa?' Iets kouds in haar wordt nog kouder. 'Papa kan hier elk moment zijn.'

Nu begint de man te lachen en zijn lach weerkaatst tussen de muren omhoog. 'O ja, elk moment? Jouw papa die vijfhonderd kilometer hiervandaan in de gevangenis zit?'

Nu begint ze echt bang te worden. Had ik maar geluisterd, papa. Ik had nooit alleen naar buiten moeten gaan.

'Kom kom, *petite cachotière,*' zegt de man, 'niet zo bang kijken.' En ze hoort zijn handen op haar af komen; ze ruikt een soort verrotting in zijn adem, hoort vergetelheid in zijn stem en er strijkt iets – een vingertop? – langs haar pols als ze met een schok achteruitdeinst en het hek in zijn gezicht dichtgooit.

Hij struikelt; het duurt langer dan ze zou verwachten voor hij overeind is. Marie-Laure draait de sleutel om in het slot, steekt de sleutel in haar zak en vindt haar stok terwijl ze zich terugtrekt in het lage deel van de kennel. De desolate stem van de man achtervolgt haar, ook al blijft zijn lichaam aan de andere kant van het gesloten hek staan.

'Mademoiselle, nou heb ik mijn krant laten vallen. Ik ben gewoon maar een eenvoudige sergeant-majoor die hier is om een vraag te stellen. Eén simpele vraag en dan ben ik weg.'

Het water ruist; de slakken krioelen. Is het traliewerk zo smal dat hij zich er niet doorheen zal kunnen wurmen? Zijn de scharnieren sterk genoeg? Ze bidt maar dat ze dat zijn. De massieve omwalling houdt haar in een stevige greep. Zo om de tien seconden komt er een nieuwe golf koud zeewater naar binnen gestroomd. Marie-Laure kan de man daarbuiten horen ijsberen, een-stop-twee een-stop-twee, een mank gestrompel. Ze probeert zich de waakhonden voor te stellen waarvan Hubert Bazin zei dat die hier eeuwenlang hadden gewoond; honden zo groot als een paard. Honden die kuiten van mensen eraf rukten. Ze gaat op haar hurken zitten. Ze is de Wulk. Gepantserd. Ondoordringbaar.

Straatvrees

Dertig minuten. Normaal gesproken heeft Marie-Laure er maar eenentwintig nodig; Etienne heeft het al vaak bijgehouden. Eén keer drieëntwintig. Vaak ook korter. Nooit langer.

Eenendertig.

De wandeling naar de bakker duurt vier minuten. Vier heen en vier terug, en ergens onderweg verdwijnen die andere dertien of veertien minuten. Hij weet dat ze meestal naar zee gaat – als ze terugkomt ruikt ze naar zeewier, heeft ze natte schoenen en zitten haar mouwen onder de algen of zeevenkel of het wier dat madame altijd *pioka* noemde. Hij weet niet precies waar ze naartoe gaat, maar hij was er altijd van overtuigd dat ze goed op zichzelf past. Dat ze door haar weetgierigheid wordt geholpen. Dat ze zich vele malen beter weet te redden dan hij.

Tweeëndertig minuten. Vanuit zijn raam op de vierde verdieping ziet hij niemand. Misschien is ze wel verdwaald, schraapt ze met haar vingers langs muren aan de rand van de stad, steeds verder weg. Misschien is ze wel onder een vrachtauto gelopen, verdronken in een vijver, opgepakt door een huursoldaat met niets goeds in de zin. Misschien weet iemand wel van het brood, de getallen, de zender.

Bakkerij in vlammen.

Hij haast zich naar beneden en kijkt door de keukendeur het steegje in. Slapende kat. Onregelmatige vierhoek zonlicht op de oostelijke muur. Het is allemaal zijn schuld.

Inmiddels staat Etienne te hyperventileren. Wanneer zijn polshorloge vierendertig minuten aangeeft, trekt hij zijn schoenen aan en zet hij een hoed op die nog van zijn vader is geweest. Staat in de hal moed te verzamelen. De laatste keer dat hij naar buiten ging, vierentwintig jaar geleden, probeerde hij oogcontact te maken, om zo normaal mogelijk over te komen. Maar de aanvallen waren geniepig, onvoorspelbaar, vernietigend; als bandieten beslopen ze hem. Eerst hing er een verschrikkelijke dreiging in de lucht. Daarna werd ieder licht, zelfs achter zijn gesloten oogleden, ondraaglijk fel. Hij kon niet lopen vanwege het donderende lawaai van zijn eigen voeten. Vanuit de keien op straat gluurden er allemaal kleine oogjes naar hem. In de schaduw bewogen lijken. Wanneer madame Manec hem naar huis had geholpen, kroop hij in het donkerste hoekje van zijn bed en bond met een riem kussens op zijn oren. Al zijn energie ging dan zitten in het negeren van zijn bonkende hartslag.

Zijn hart klopt ijzig in een kooi ergens ver weg. Daar komt de hoofdpijn, denkt hij. Verschrikkelijke verschrikkelijke verschrikkelijke hoofdpijn.

Twintig hartslagen. Vijfendertig minuten. Hij draait aan de klink, doet het hek open. Gaat naar buiten.

Niets

Marie-Laure probeert alles wat ze weet over het slot en de klink op het hek terug te halen, alles wat ze met haar vingers heeft gevoeld, alles wat haar vader haar zou hebben verteld. IJzeren staaf door drie verroeste ringen geregen, oud sleutelgat met een verroest uitsteeksel. Zou het kapotgeschoten kunnen worden met een pistool? Zo nu en dan roept de man iets, terwijl hij met de rand van zijn krant langs de tralies van het hek gaat. 'In juni aangekomen, pas in januari gearresteerd. Wat deed hij al die tijd? Waarom mat hij gebouwen op?'

Ze gaat op haar hurken tegen de wand van de grot zitten, met haar rugzak op schoot. Het water komt al tot aan haar knieën: koud, zelfs in juli. Kan hij haar zien? Voorzichtig doet Marie-Laure haar rugzak open, breekt het brood dat erin zit doormidden en zoekt met haar vingers naar het rolletje papier. Hebbes. Ze telt tot drie en stopt het stukje papier dan vlug in haar mond.

'Ik hoef alleen maar te weten,' roept de Duitser, 'of je vader iets bij je heeft achtergelaten, of heeft verteld dat hij iets naar het museum waar hij werkte zou brengen. Dan ben ik weg. Ik zal niemand over deze plek vertellen. Dat zweer ik bij God.'

Met haar tanden vermaalt ze het papier tot pulp. Aan haar voeten werken de slakken noest verder: ze kauwen, zoeken eten, slapen. Hun mond, weet ze van Etienne, bevat een stuk of dertig tandjes per rij, tachtig rijen tandjes, tweeënhalfduizend tandjes per slak, die eten, krassen, raspen. Hoog boven de omwalling scheren meeuwen door een strakblauwe lucht. Zweren bij God? Hoe lang duren deze ondraaglijke momenten voor God? Een biljoenste seconde? Het leven van ieder wezen is een vluchtig vonkje in een onpeilbare duisternis. Dát is iets wat je bij God kunt zweren.

'Ik moet de hele tijd maar van die stomme klusjes doen,' zegt de Duitser. 'Een Jean Jouvenet in Saint-Brieuc, zes Monets hier in de omgeving, een Fabergé-ei in een herenhuis in de buurt van Rennes. Ik word er zo moe van. Weet je wel hoe lang ik heb lopen zoeken?'

Waarom had papa niet gewoon kunnen blijven? Was zij dan niet het allerbelangrijkste? Ze slikt de tot pulp vermalen stukjes papier door. Dan duwt ze zichzelf op haar hielen naar voren. 'Hij heeft helemaal níéts voor me achtergelaten.' Ze staat verbaasd van haar eigen boosheid. 'Niets! Alleen maar een stomme maquette van dit stadje en een verbroken belofte. Alleen maar madame, die dood is. Alleen maar mijn oudoom, die al bang is voor de wind.'

Aan de andere kant van het hek valt de Duitser stil. Misschien denkt hij na over haar antwoord. Heeft haar kwaadheid hem overtuigd.

'En nu,' roept ze, 'moet u zich aan uw woord houden en vertrekken.'

Veertig minuten

De mist maakt plaats voor zonlicht. Het valt op de kinderkopjes, de huizen, de ramen. Onder het angstzweet komt Etienne aan bij de bakker en hij dringt meteen voor langs de rij. Madame Ruelles gezicht betrekt, ze wordt lijkbleek.

'Etienne? Maar...?'

Er verschijnen felrode, bewegende vlekken in zijn gezichtsveld.

'Marie-Laure...'

'Is ze niet...?'

Voor hij nee kan schudden heeft madame Ruelle de toonbank al omhoog geklapt en leidt ze hem naar buiten; ze geeft hem een arm. De wachtende vrouwen beginnen te mompelen, geïntrigeerd of verontwaardigd of allebei. Madame Ruelle helpt hem de rue Robert Surcouf op. De wijzerplaat van Etiennes horloge lijkt op te zwellen. Eenenveertig minuten inmiddels? Hij kan het amper uitrekenen. Ze grijpt hem bij zijn schouder.

'Waar zou ze naartoe kunnen zijn gegaan?'

Tong zo droog, gedachten zo traag. 'Soms... gaat ze naar... de zee. Voor ze naar huis komt.'

'Maar de stranden zijn afgesloten. De omwalling ook.' Ze kijkt over zijn hoofd heen. 'Het moet iets anders zijn.'

Dicht tegen elkaar lopen ze over het midden van de straat. Ergens klinkt het geluid van een hamer. Oorlog, denkt Etienne afwezig, is een markt waar levens als elk willekeurig gebruiksvoorwerp worden uitgewisseld; chocolade of kogels of parachutezijde. Heeft hij al die getallen ingeruild voor Marie-Laures leven?

'Nee,' fluistert hij, 'ze gaat naar zee.'

'Als ze het brood vinden,' fluistert madame Ruelle, 'gaan we er allemaal aan.'

Opnieuw werpt hij een blik op zijn horloge, maar de zon is verblindend.

In de verder lege etalage van de slager ligt een zij gezouten spek en op een bankje staan drie schooljongens naar hem te kijken, te wachten tot hij op de grond valt, en net op het moment dat hij zeker weet dat de ochtend op het punt staat om in duizend stukjes uiteen te vallen, ziet Etienne in gedachten het roestige hek voor zich dat toegang tot de vervallen kennel onder de omwalling verschaft. Een plek waar hij altijd speelde met zijn broer, Henri, en Hubert Bazin. Een kleine, druipende grot, waar je als jongen naar hartenlust kon schreeuwen en dagdromen.

De broodmagere, lijkbleke Etienne LeBlanc rent door de rue de Dinan met madame Ruelle, de bakkersvrouw, in zijn kielzog: niet bepaald een stoer reddingsteam. De kathedraalklokken luiden een twee drie vier, helemaal tot acht; Etienne slaat af, de rue du Boyer in en bereikt de licht hellende voet van de omwalling, terwijl hij over de paden van zijn jeugd loopt en intuïtief de weg vindt; hij slaat rechts af, loopt het wapperende gordijn van klimop door en voor hem, achter het afgesloten hek in de grot, zit een huiverende, tot aan haar bovenbenen kletsnatte, ongedeerde Marie-Laure op haar hurken met stukken brood in haar schoot. 'Jullie zijn gekomen,' zegt ze als ze hen binnenlaat, als hij haar gezicht in zijn handen neemt. 'Jullie zijn gekomen...'

Het meisje

Werner blijft maar aan haar denken, of hij nou wil of niet. Meisje met stok, meisje in grijze jurk, meisje van mist. De bijna buitenaardse uitstraling van de klitten in haar haar en de onverschrokkenheid in haar manier van lopen. Ze nestelt zich in hem, een levende dubbelganger om het beeld van het dode Weense meisje uit te wissen dat hem 's avonds blijft achtervolgen.

Wie is ze? Dochter van de Fransman op de radio? Kleindochter? Waarom zou hij haar zo in gevaar brengen?

Volkheimer houdt hen in het veld, ze trekken door dorpjes aan de rivier de Rance. Het lijkt vrijwel zeker dat de uitzendingen voor het een of ander verantwoordelijk zullen worden gehouden en dat Werner met de billen bloot zal moeten. Hij denkt aan de kolonel met zijn perfecte kaaklijn en zijn pofbroek; hij denkt aan de ziekelijk bleke sergeant-majoor die hem boven zijn krant uit van top tot teen opnam. Weten ze het al? Weet Volkheimer het? Wat zou hem nu nog kunnen redden? Er waren avonden waarop hij met Jutta uit het zolderraampje van het kindertehuis keek en bad dat het ijs de kanalen uit zou groeien, de velden zou bereiken en de piepkleine mijnwerkershuisjes zou omsluiten, de machines zou verbrijzelen, alles zou overwoekeren, zodat alles wat ze kenden weg zou zijn als ze wakker werden. Zo'n soort wonder heeft hij op dit moment ook nodig.

Op 1 augustus komt er een luitenant naar Volkheimer. De vraag naar mannen aan het front, zegt hij, is overweldigend. Iedereen die niet onmisbaar is bij de verdediging van Saint-Malo moet erheen. Hij moet er minstens twee hebben. Volkheimer monstert hen om de beurt. Bernd te oud. Werner de enige die de apparatuur kan repareren.

Neumann Een. Neumann Twee.

Een uur later zitten ze allebei met hun geweer tussen hun knieën in de laadbak van een transportwagen. Neumann Twee is totaal onherkenbaar, alsof hij niet naar zijn voormalige kameraden kijkt, maar naar zijn laatste uren op aarde. Alsof hij op het punt staat om met een zwarte strijdwagen in een hoek van vijfenveertig graden het ravijn in te storten.

Neumann Een steekt één vaste hand omhoog. Zijn mond is uitdrukkingsloos, maar in de rimpeltjes bij zijn ogen bespeurt Werner de wanhoop.

'Uiteindelijk,' mompelt Volkheimer als de vrachtwagen wegrijdt, 'zullen we geen van allen de dans ontspringen.'

Die avond rijdt Volkheimer de Opel langs een kustweg oostwaarts naar Cancale. Bernd neemt de eerste zendontvanger mee naar een heuveltje in een veld en Werner bedient de tweede vanuit de oplegger. Volkheimer blijft opgevouwen op de bestuurdersstoel zitten met zijn enorme knieën tegen het stuur. Ver weg op zee – op boten misschien – flakkert een vuur en de sterren trillen in hun constellatie. Om twaalf over twee in de ochtend, dat weet Werner, zal de Fransman opnieuw uitzenden en zal Werner de zendontvanger moeten uitschakelen of anders moeten doen alsof hij alleen maar ruis hoort.

Hij zal de signaalmeter met zijn hand bedekken. Aan zijn gezicht zal niets af te lezen zijn.

Klein huisje

Etienne zegt dat hij nooit zoveel van haar had mogen vergen. Hij had haar nooit aan zoveel gevaar mogen blootstellen. Hij zegt dat ze niet meer naar buiten mag. Eigenlijk is Marie-Laure wel opgelucht. De Duitser achtervolgt haar: in nachtmerries is hij een drie meter hoge spinkrab; hij klakt met zijn poten en fluistert *Eén simpele vraag* in haar oor.

'En de broden dan, oom?'

'Die haal ik wel. Dat had ik al die tijd al moeten doen.'

Op 4 en 5 augustus gaat Etienne 's ochtends in zichzelf mompelend bij de voordeur staan, duwt dan het hek open en gaat naar buiten. Al snel klinkt het belletje onder de tafel op de tweede verdieping, hij komt weer binnen, draait de deur op beide nachtsloten en blijft staan uithijgen in de hal, alsof hij zojuist een ultieme vuurproef heeft doorstaan.

Naast het brood hebben ze bijna niets te eten. Gedroogde erwten. Gerst. Melkpoeder. Een laatste paar blikken met madame Manecs groenten. In Marie-Laures hoofd blijven dezelfde vragen rondspoken. Eerst die politieagenten, jaren geleden: *Mademoiselle, heeft hij nog iets specifieks genoemd?* Toen die kreupele sergeant-majoor met zijn toonloze stem. *Ik hoef alleen maar te weten of je vader iets bij je heeft achtergelaten of heeft verteld dat hij iets naar het museum ging brengen.*

Papa weg. Madame Manec weg. Ze herinnert zich de stemmen van hun buren in Parijs toen ze haar gezichtsvermogen verloor. *Alsof ze vervloekt zijn.*

Ze probeert de angst te vergeten, de honger, de vragen. Ze moet net zo leven als de slakken, van moment tot moment, centimeter voor centimeter. Maar op de middag van 6 augustus leest ze op de slaapbank in Etiennes studeerkamer de volgende zinnen aan hem voor: *Was het waar dat Kapitein Nemo de Nautilus nooit verliet? Vaak zag ik hem weken achtereen niet. Wat deed hij dan in die tijd? Zou het niet kunnen dat hij een geheime missie aan het volbrengen was waar ik in het geheel geen weet van had?* Ze klapt het boek dicht. 'Wil je dan niet weten of ze zullen ontsnappen dit keer?' vraagt Etienne. Maar Marie-Laure leest in gedachten die vreemde derde brief van haar vader, de laatste die ze had ontvangen.

Weet je nog, je verjaardagen? Dat er altijd twee dingen op tafel lagen als je wakker werd? Het spijt me dat het zo is gelopen. Als je ooit de behoefte voelt om het te begrijpen, kijk dan in Etiennes huis, in het huis. Ik weet dat je het juiste zult doen. Al zou ik willen dat het een beter cadeautje was.

Mademoiselle, heeft hij nog iets specifieks genoemd?

Mogen we eens zien wat hij hier allemaal mee naartoe heeft genomen?

Hij had veel sleutels in het museum.

Het is niet de zendontvanger. Etienne heeft het mis. De Duitser was helemaal niet geïnteresseerd in de radio. Het was iets anders, iets waarvan hij dacht dat zij er waarschijnlijk als enige van wist. En hij had gehoord wat hij wilde horen. Uiteindelijk had ze zijn enige vraag toch beantwoord.

Alleen maar een stomme maquette van dit stadje.

En daarom was hij weer weggegaan.

Kijk in Etiennes huis.

'Wat is er?' vraagt Etienne.

In het huis.

'Ik wil even een dutje doen,' kondigt ze aan, en ze schiet met twee treden tegelijk de trap op, doet de slaapkamerdeur dicht en legt haar vingers op het miniatuurstadje. 865 gebouwen. Hier, vlak bij een straathoek, staat het hoge smalle huis aan de rue Vauborel 4. Haar vingers kruipen langs de voorgevel, vinden de voordeur, die iets dieper ligt. Ze duwt hem naar binnen en het huisje glijdt omhoog. Als ze ermee schudt, hoort ze niets. Maar de huisjes maakten nooit geluid als ze ermee schudde, toch?

Zelfs met haar trillende vingers duurt het niet lang voor Marie-Laure het heeft opgelost. Draai de schoorsteen negentig graden, schuif de plankjes van het dak er een voor een af.

Een vierde deur, en een vijfde, en ga zo maar door tot je uitkomt bij een dertiende, een klein afgesloten deurtje, niet groter dan een schoen.

Maar hoe, hadden de kinderen gevraagd, *weet u dan dat hij daar echt in zit?*

Je moet wel in het verhaal geloven.

Ze houdt het huisje ondersteboven. Er valt een peervormige steen in haar hand.

Getallen

Het treinstation wordt platgebombardeerd door de geallieerden. De Duitsers maken de militaire installaties aan de haven onklaar. Er schieten vliegtuigen de wolken in en uit. Etienne vangt op dat Saint-Servan overspoeld wordt door gewonde Duitse soldaten, dat Mont Saint-Michel door de Amerikanen is ingenomen, slechts veertig kilometer bij hen vandaan, dat het nog maar een kwestie van dagen is voor ze bevrijd zullen worden. Hij komt aan bij de bakker net als madame Ruelle de deur van het slot haalt. Ze laat hem binnen. 'Ze willen locaties van luchtafweergeschuteenheden. Coördinaten. Gaat je dat lukken?'

Etienne kreunt. 'Ik moet voor Marie-Laure zorgen. Waarom doet u het niet, madame?'

'Ik kan niet kaartlezen, Etienne. Minuten, seconden, miswijzingen? Jij bent bekend met dat soort zaken. Je hoeft ze alleen maar te vinden, in kaart te brengen en de coördinaten uit te zenden.'

'Dan moet ik over straat met een kompas en een blocnote. Dat is de enige manier waarop het kan. Ze schieten me neer.'

'Het is van levensbelang dat ze precieze locaties voor de wapens krijgen. Denk je eens in hoeveel levens daarmee gered zullen worden. En het moet vanavond gebeuren. Het gerucht gaat dat ze morgen alle mannen uit de stad tussen de achttien en zestig gaan opsluiten. Dat ze van iedereen de papieren gaan controleren en dat iedere man die jong genoeg is om te vechten, iedereen die in het verzet zou kunnen zitten, in het Fort National gevangen zal worden gezet.'

De bakkerij begint te draaien; er valt een spinnenweb over hem heen, het wikkelt zich om zijn polsen en bovenbenen, knispert als brandend papier bij elke beweging die hij maakt. Elke seconde raakt hij er verder in verstrikt. Het belletje aan de deur van de bakkerij klingelt en er komt iemand binnen. Madame Ruelles blik sluit zich af, alsof er een harnasvizier voor haar gezicht omlaag klettert.

Hij knikt.

'Mooi,' zegt ze, en ze stopt het brood onder zijn arm.

Zee der Vlammen

Het oppervlak bestaat uit honderden vlakken. Keer op keer pakt ze hem op en legt hem dan onmiddellijk weer neer, alsof ze haar vingers brandt. De arrestatie van haar vader, de verdwijning van Hubert Bazin, de dood van madame Manec – zou deze ene steen zoveel ellende op zijn geweten kunnen hebben? Ze hoort de stem van de oude dr. Geffard, die kortademig en aangeschoten van de wijn zegt: *Misschien hebben koninginnen er wel nachtenlang mee om hun nek gedanst. Misschien zijn er wel hele oorlogen om gevoerd.*

De bezitter van de steen zou eeuwig blijven leven, maar zolang als hij hem bij zich hield, zou het onheil neerdalen op eenieder die hij liefhad, de een na de ander, in een oneindige stortregen.

Spullen zijn maar spullen. Verhalen zijn maar verhalen.

Natuurlijk is het deze steen waarnaar de Duitser op zoek is. Ze zou de luiken moeten openzetten en hem op straat moeten gooien. Hem aan iemand anders moeten geven, ongeacht wie. Het huis uit moeten sluipen en hem in zee moeten gooien.

Etienne gaat de ladder op naar zolder. Ze kan horen hoe hij over de plankenvloer loopt en de zender aanzet. Ze stopt de steen in haar zak, pakt het maquettehuisje en loopt naar de andere kant van de gang. Maar voor ze bij de kledingkast is, blijft ze staan. Haar vader moet ervan overtuigd zijn geweest dat hij echt was. Waarom zou hij anders dat ingewikkelde puzzeldoosje hebben gemaakt? Waarom had hij hem anders in Saint-Malo achtergelaten, als hij niet bang was dat hij in beslag genomen zou worden op zijn terugreis? Waarom zou hij haar anders hier hebben achtergelaten?

In elk geval moet hij eruitzien als een blauwe diamant van twintig miljoen franken. Genoeg om papa te overtuigen. En als hij er zo echt uitziet, hoe zal haar oudoom dan reageren als ze hem laat zien? Als ze hem vertelt dat ze hem eigenlijk in zee zouden moeten gooien?

Ze hoort de jongensstem in het museum weer: *Wanneer heb jij voor het laatst iemand vijf Eiffeltorens in zee zien gooien?*

Wie zou er nou ooit vrijwillig afstand van doen? En de vloek? Wat nou als de vloek echt is? En ze hem aan Etienne doorgeeft?

Maar vloeken zijn niet echt. De aarde bestaat uit magma en aardkorst en oceaan. Zwaartekracht en tijd. Toch? Ze sluit haar hand weer. Loopt haar kamer in en stopt de steen weer in het maquettehuisje. Schuift de drie dakpanelen weer op hun plek. Draait de schoorsteen negentig graden. Stopt het huisje in haar zak.

***

Ver na middernacht komt er een indrukwekkende vloed op, de grootste golven beuken tegen de voet van de omwalling, de zee is groen en woest en zit vol kolkende massa's met maanlicht overgoten schuim. Marie-Laure ontwaakt uit haar droom als ze Etienne op haar slaapkamerdeur hoort kloppen.

'Ik ga even naar buiten.'

'Hoe laat is het?'

'Bijna ochtend. Ik ben maar een uurtje weg.'

'Waar moet u heen dan?'

'Het is beter als je dat niet weet.'

'En de avondklok dan?'

'Ik zal snel zijn.' Haar oudoom. Die in de vier jaar dat ze hem kent nog nooit enige snelheid aan de dag heeft gelegd.

'Stel dat het bombardement begint?'

'Het is bijna ochtend, Marie. Ik moet gaan terwijl het nog donker is.'

'Zullen ze ook huizen raken, oom? Als ze komen?'

'Ze zullen geen huizen raken.'

'Is het snel voorbij?'

'Het is voorbij voor je het weet. Rust maar goed uit, Marie-Laure, en als je wakker wordt, ben ik er weer. Dat zul je zien.'

'Zal ik u misschien een stukje voorlezen? Nu ik toch wakker ben? We zijn bijna bij het eind.'

'Als ik terug ben, gaan we lezen. Dan lezen we het samen uit.'

Ze probeert haar gedachten tot rust te brengen, haar ademhaling in bedwang te houden. Ze probeert niet te denken aan het kleine huisje, dat nu onder haar kussen ligt, en de verschrikkelijke last die het in zich draagt.

‘Oom Etienne,’ fluistert Marie-Laure, ‘hebt u er weleens spijt van dat we hierheen zijn gekomen? Dat ik u in de maag werd gesplitst en dat u en madame Manec voor me moesten zorgen? Hebt u ooit het gevoel gehad dat ik een vloek was in uw leven?’

‘Marie-Laure,’ zegt hij zonder aarzeling. Met zijn beide handen knijpt hij in de hare. ‘Jij bent het beste wat me ooit is overkomen.’

Er lijkt zich iets op te stapelen in de stilte, een vloedgolf, een voortrollende golf in de branding. Maar Etienne zegt nogmaals: ‘Rust maar goed uit, en als je wakker wordt, ben ik er weer’, en ze telt zijn voetstappen op de trap.

De arrestatie van Etienne LeBlanc

Etienne voelt zich wonderlijk goed als hij naar buiten loopt; hij voelt zich sterk. Hij is blij dat madame Ruelle hem deze laatste taak heeft toebedeeld. De locatie van één luchtafweereenheid heeft hij al doorgeseind: een kanon op een stuk omwalling naast het Bijenhotel. Nu hoeft hij er nog maar twee op te sporen. Twee bekende punten vinden – hij kiest de kathedraalspits en het buitenste eiland Le Petit Bé – en vervolgens de locatie van het derde en onbekende punt te berekenen. Eenvoudige driehoek. Weer eens wat anders om zich mee bezig te houden dan al die spoken.

Hij slaat af naar de rue d'Estrées, loopt achter de universiteit langs naar het straatje achter het Hôtel-Dieu. Zijn benen voelen jong, zijn voeten licht. Er is niemand op straat. Ergens komt de zon langzaam achter de mist vandaan. Zo vlak voor de ochtendschemering is de stad warm en geurig en slaperig en lijken de huizen aan weerszijden haast onstoffelijk. Heel even stelt hij zich voor dat hij door het gangpad van een enorme treinwagon loopt, terwijl alle andere passagiers liggen te slapen en de trein door het donker naar een stad vol lichtjes glijdt: lichtgevende poorten, glanzende torens, vuurwerk hoog in de lucht.

Net als hij aankomt bij het donkere bolwerk van de omwalling, komt er uit het donker een man in uniform hinkend op hem af.

7 augustus 1944

Marie-Laure wordt wakker van het gedreun van grof geschut. Ze loopt de overloop over, doet de kledingkast open, priemt met het puntje van haar stok door de hangende overhemden heen en klopt drie keer op de blinde achterwand. Niets. Dan gaat ze de trap af naar de vierde verdieping en klopt op Etiennes deur. Zijn bed is leeg en koud.

Op de eerste verdieping is hij ook niet, net zomin als in de keuken. De spijker naast de deur waaraan madame Manec de sleutelbos altijd hing is leeg. Zijn schoenen zijn weg.

Ik blijf maar een uurtje weg.

Ze bedwingt haar paniek. Belangrijk om niet meteen van het ergste uit te gaan. In de hal controleert ze het struikeldraad: intact. Dan scheurt ze een stuk van het brood dat ze de vorige dag bij madame Ruelle heeft gekocht en blijft kauwend in de keuken staan. Het water is – wonder boven wonder – weer aangesloten, dus vult ze de twee ijzeren emmers, brengt ze naar boven en zet ze in de hoek van haar slaapkamer. Ze denkt even na en gaat dan naar de tweede verdieping, waar ze de badkuip tot aan de rand toe laat vollopen.

Dan slaat ze haar boek open. Kapitein Nemo heeft zijn vlag op de Zuidpool geplant, maar als hij zijn onderzeeër niet als de wiedeweerga naar het noorden laat gaan, komen ze vast te zitten in het ijs. De lentenachtevening is net voorbij; er staan hun zes maanden te wachten waarin het niet licht zal worden.

Marie-Laure telt de resterende hoofdstukken. Negen. De verleiding om verder te lezen is groot, maar ze reizen samen op de Nautilus, Etienne en zij, en zodra hij terug is zullen ze weer verdergaan. Dat kan nu ieder moment zijn.

Ze voelt nog een keer aan het huisje onder haar kussen en vecht tegen de verleiding om de steen eruit te halen. In plaats daarvan zet ze het huisje terug in de maquette van de stad aan het voeteneind van haar bed. Voor het raam komt een vrachtwagen brommend tot leven. Er vliegen meeuwen langs die balken als ezels, en in de verte ploffen de wapens weer en het gerammel van de vrachtwagen sterft weg en Marie-Laure probeert zich te concentreren op het herlezen van een vorig hoofdstuk van het boek: de verhoogde puntjes letters laten vormen, de letters woorden, de woorden een wereld.

's Middags trilt het struikeldraad en het belletje onder de tafel op de tweede verdieping rinkelt één keer. Hoog boven haar op zolder klinkt eenzelfde gedempt rinkeltje. Marie-Laure haalt haar vingers van de bladzijde, en denkt: eindelijk. Maar als ze de trap af loopt en haar hand op het nachtslot legt en roept: 'Wie is daar?' hoort ze niet de bedaarde stem van Etienne, maar de zalvende stem van Claude Levitte, de parfumeur.

'Laat me maar even binnen, alsjeblieft.'

Zelfs door de deur heen kan ze hem ruiken: pepermunt, muskus, aldehyde. Daaronder: zweet. Angst.

Ze maakt beide sloten los en doet de deur op een kier.

Hij praat door het halfopen hek. 'Je moet met me mee.'

'Ik zit op mijn oudoom te wachten.'

'Ik heb je oudoom gesproken.'

'U hebt hem gesproken? Waar dan?'

Marie-Laure kan horen hoe monsieur Levitte zijn knokkels een voor een laat knakken. Zijn longen zwoegen in zijn borstkas. 'Als je zou kunnen zien, mademoiselle, had je het evacuatiebevel wel gelezen. Ze hebben de poorten van de stad gesloten.'

Ze geeft geen antwoord.

'Ze houden alle mannen tussen de zestien en de zestig aan. Die moeten zich allemaal verzamelen bij de toren van het kasteel. Vervolgens worden ze als het eb is weggeleid naar het Fort National. God zij met hen.'

In de rue Vauborel klinkt alles rustig. Er cirkelen wat zwaluwen over de huizen en in een hoge dakgoot bekvechten twee duiven met elkaar. Er rijdt iemand voorbij op een rammelende fiets. Dan is het stil. Hebben ze echt de stadspoorten afgesloten? Heeft deze man Etienne echt gesproken?

'Gaat u ook met ze mee, monsieur Levitte?'

'Dat was ik niet van plan. Jij moet onmiddellijk naar een schuilplaats.' Monsieur Levitte snuift. 'Of naar de tombes onder de Notre-Dame in Rocabey. Daar heb ik madame ook naartoe gestuurd. Dat heeft je oom me gevraagd. Laat alles achter en kom nu met me mee.'

'Waarom?'

'Je oom weet wel waarom. Iedereen weet wel waarom. Hier is het niet veilig. Kom mee.'

'Maar u zei net dat de stadspoorten zijn afgesloten.'

'Ja, dat klopt, meisje, en nu ophouden met al die vragen.' Hij zucht. 'Je bent hier niet veilig, en ik ben hier om je te helpen.'

'Volgens oom is onze kelder veilig. Hij zegt dat als die het vijfhonderd jaar lang heeft overleefd, er nog best een paar nachtjes bij kunnen.'

De parfumeur schraapt zijn keel. Ze stelt zich voor hoe hij zijn dikke nek uitstrekt om het huis in te kunnen kijken, naar de jas aan de kapstok, de broodkruimels op de keukentafel. Iedereen loopt voortdurend te controleren wat de rest allemaal heeft. Haar oudoom zou de parfumeur nooit hebben kunnen vragen om haar naar een schuilplaats te brengen – wanneer heeft Etienne Claude Levitte nou voor het laatst gesproken? Opnieuw denkt ze aan de maquette boven, met de steen erin. Ze hoort de stem van dr. Geffard: *Dat zoiets kleins zo mooi kan zijn. Van zo'n grote waarde.*

'In Paramé staan huizen in brand, mademoiselle. In de haven brengen ze boten tot zinken, ze nemen de kathedraal onder vuur en het ziekenhuis heeft geen water. De artsen wassen hun handen met wijn. Wijn!' De stem van monsieur Levitte trilt een beetje. Ze weet nog dat madame Manec een keer zei dat monsieur Levitte, elke keer dat er aangifte van diefstal was gedaan in de stad, naar bed ging met zijn portemonnee tussen zijn billen geklemd.

'Ik blijf hier,' zegt Marie-Laure.

'Jezus, kind, moet ik je soms dwingen?'

Ze denkt aan de Duitser die bij het hek van Hubert Bazin liep te ijsberen, terwijl hij met de rand van zijn krant langs de tralies ging, en ze duwt de deur wat verder dicht. De parfumeur is hier door iemand toe aangezet. 'Mijn oom en ik,' zegt ze, 'zijn vast niet de enige mensen die vannacht onder ons eigen dak slapen.'

Ze doet haar best om onbewogen te kijken. De geur van monsieur Levitte is overweldigend.

'Mademoiselle.' Hij smeekt inmiddels. 'Wees nou toch redelijk. Kom met me mee en laat alles hier achter.'

‘Praat u maar met mijn oudoom als hij weer terug is.’ En ze doet de deur op het nachtslot.

Ze kan horen dat hij er nog staat. Een kosten-batenanalyse aan het maken is. Dan maakt hij rechtsomkeert en loopt de straat uit, zijn angst als een karretje achter zich aan slepend. Marie-Laure buigt zich voorover naast het tafeltje in de hal, tast naar de struikeldraad en spant die opnieuw. Wat zou hij hebben kunnen zien? Een jas, een half brood? Etienne zal trots op haar zijn. Achter het keukenraam duiken zwaluwen omlaag op jacht naar insecten en het licht valt op het rag van een spinnenweb, dat heel even oplicht en dan weer verdwijnt.

En toch: stel dat de parfumeur de waarheid sprak?

Het daglicht zwakt af tot een gouden gloed. Beneden in de kelder zetten een paar krekels hun gezang in: een ritmisch *krie-krie*, avond in augustus, en Marie-Laure hijst haar kapotte kousen op, gaat naar de keuken en scheurt nog een stuk van het brood van madame Ruelle.

Pamfletten

Voor zonsondergang serveren de Oostenrijkers varkensniertjes met hele tomaten op hotelporselein; op de rand van ieder bord is een zilveren bij geëtst. Iedereen zit op een zandzak of munitiekrat en Bernd valt boven zijn bord in slaap en Volkheimer staat in een hoek met de luitenant te praten over de radio in de kelder, en langs alle wanden van de eetzaal zitten de Oostenrijkers onder hun helm gestaag te kauwen. Energieke, ervaren mannen. Mannen die niet twijfelen aan hun bestemming.

Wanneer Werner klaar is met eten loopt hij de suite op de bovenste verdieping binnen en gaat in de zeshoekige badkuip staan. Hij duwt tegen het luik, dat een paar centimeter meegeeft. De avondlucht is een weldaad. Onder het raam, op een van de met bastions versterkte lijnen langs de zeezijde van het hotel, staat de grote 88 klaar. Achter het wapen, achter de schietgaten, loopt de omwalling vijftien meter steil omlaag naar de groene en witte slierten van de branding. Links van hem ligt de stad, grijs en dicht. Ver naar het oosten verschijnt een rode gloed van een gevecht net buiten zijn gezichtsveld. De Amerikanen hebben hen tot aan de zee in het nauw gedreven.

Werner heeft het idee dat in de ruimte tussen wat er al gebeurd is en wat nog komen gaat een onzichtbaar grensgebied huist, met het bekende aan de ene en het onbekende aan de andere kant. Hij denkt aan het meisje, dat zich wel of niet in de stad achter hem bevindt. In gedachten ziet hij haar met haar stok langs de straatgoten gaan. De wereld tegemoettreden met haar nutteloze ogen, haar wilde haar, haar heldere gezicht.

In elk geval heeft hij de geheimen van haar huis niet verraden. In elk geval heeft hij haar niet in gevaar gebracht.

Overal, op deuren en marktkraampjes en lantaarnpalen, zijn nieuwe bevelen geplakt, ondertekend door de garnizoenscommandant in hoogsteigen persoon. NIEMAND MAG DE OUDE STAD PROBEREN TE VERLATEN. NIEMAND MAG ZONDER SPECIALE BEVOEGDHEID DE STRAAT OP.

Vlak voor Werner het luik weer dichtdoet, komt er een vliegtuig door de schemering gevlogen. Er komt een witte zwerm uit zijn buik, die steeds groter wordt.

Vogels?

De zwerm valt uiteen, verspreidt zich: het is papier. Duizenden velletjes. Ze komen over het schuine dak gewaaid, scheren over de balustrades, blijven liggen in de plassen op het strand.

Werner gaat weer terug naar de lobby beneden, waar een Oostenrijker er eentje tegen het licht houdt. 'Het is in het Frans,' zegt hij.

Werner pakt het aan. De inkt is zo vers dat hij vlekt onder zijn vingers. DRINGEND BERICHT AAN DE INWONERS VAN DEZE STAD, staat erop. VERTREK ONMIDDELLIJK NAAR OPEN LAND.

Tien

12 AUGUSTUS 1944

Begraven

Ze is weer begonnen met lezen: *Wie zou er ooit kunnen berekenen hoeveel tijd we minimaal nodig hebben om hieruit te komen? Zouden we niet stikken voor de Nautilus kon bovenkomen? Was het het lot van de onderzeeër om met man en muis te vergaan in dit graf van ijs? De situatie leek uitzichtloos. Maar iedereen trad haar onbevangen tegemoet en besloot om zich tot het eind toe van zijn plicht te kwijten...*

Werner luistert. De bemanning hakt zich een weg door de ijsbergen die hun onderzeeër omsluiten; hij vaart verder naar het noorden langs de kust van Zuid-Amerika, langs de monding van de Amazone, wordt vervolgens in de Atlantische Oceaan door een reusachtige inktvis nagezeten. De propeller slaat af; Kapitein Nemo komt voor het eerst in weken zijn cabine uit, met een grimmige blik in zijn ogen.

Werner hijst zichzelf op van de vloer, met de radio in zijn ene en de accu in zijn andere hand. Hij loopt de kelder door tot hij Volkheimer heeft gevonden in zijn goudkleurige leunstoel. Hij zet de accu op de grond en strijkt met zijn hand langs de arm tot aan de schouder van de forse kerel. Voelt waar zijn enorme hoofd zit. Klemt de koptelefoon op Volkheimers oren.

'Kun je haar horen?' zegt Werner. 'Het is een vreemd en prachtig verhaal, kon je nu maar Frans verstaan. Een enorme inktvis heeft zijn enorme bek in de propeller van de onderzeeër gestoken, en nu heeft de kapitein gezegd dat ze naar boven moeten om de beesten eigenhandig te lijf te gaan.'

Volkheimer slaakt een lome zucht. Hij verroert zich niet.

'Ze gebruikt de zender waar wij naar op zoek waren. Ik heb hem gevonden. Weken geleden. Ze zeiden dat het een heel netwerk van terroristen was, maar het waren een oude man en een meisje.'

Volkheimer zegt niets.

'Jij wist het al die tijd al, hè? Dat ik het wist?'

Volkheimer kan Werner kennelijk niet horen door de koptelefoon heen.

'Ze blijft maar zeggen: "Help me." Ze smeekt haar vader, haar oudoom. "Hij is hier. Hij gaat me vermoorden," zegt ze.'

Er trekt een trillend gekreun door het puin boven hen en in het donker krijgt Werner het gevoel dat hij gevangenzit in de Nautilus, twintig meter diep, terwijl de romp door de tentakels van een tiental zeemonsters wordt aangevallen. Hij weet dat de zender hoog in het huis moet staan. Vlak bij de beschietingen. 'Ik heb haar alleen maar gered om haar te horen sterven,' zegt hij.

Niets aan Volkheimer verraadt dat hij het begrepen heeft. Dood zijn of het besluit genomen hebben om dood te gaan: ligt dat niet heel dicht bij elkaar? Werner pakt de koptelefoon terug en gaat naast de accu in het stof zitten.

De eerste kameraad, leest ze voor, *vocht verwoed tegen andere monsters die tegen de flanken van de Nautilus opklommen. De bemanning hakte erop los met bijlen. Ned, Conseil en ik staken onze wapens ook in hun zachte lichamen. De lucht was bezwangerd met een doordringende muskusgeur.*

Het Fort National

Etienne smeekte zijn cipiers, de bewaker van het fort, tientallen medegevangenen. 'Mijn nichtje, mijn achternichtje, ze is blind, ze is alleen...' Hij vertelde hun dat hij drieënzestig was, geen zestig zoals ze beweerden, dat zijn papieren onrechtmatig in beslag waren genomen, dat hij geen terrorist was; trillend stond hij voor de dienstdoende *Feldwebel* en hakkelde zich een weg door de paar Duitse zinnen die hij kon fabriceren – '*Sie müssen mich helfen!*' '*Meine Nichte ist herein dort!*' – maar de Feldwebel haalde net als alle anderen zijn schouders op en keek om naar de brandende stad aan de overkant van het water alsof hij wilde zeggen: wie is daar nou tegen opgewassen?

Toen sloeg de verdwaalde granaat in het fort in, brulden de gewonden in de munitiekelder het uit, werden de doden onder stenen begraven, net boven de vloedlijn, en hield Etienne zijn mond.

Het getij trekt terug en komt dan weer op. Etienne heeft nu al zijn energie nodig om de herrie in zijn hoofd tot stilte te brengen. Soms gelooft hij bijna dat hij door de smeulende geraamtes van de huizen aan de zeekant van de stad heen kan kijken en de noordwestelijke hoek van de stad kan zien, waar het dak van zijn huis zich bevindt. Hij weet zichzelf er bijna van te overtuigen dat het huis nog overeind staat. Maar dan verdwijnt het weer achter een deken van rook.

Geen kussen, geen deken. De latrine is onbeschrijfelijk smerig. Vanuit de citadel wordt op onregelmatige tijden eten gebracht, door de cipiersvrouw die het bij eb over een halve kilometer stenen draagt, terwijl in de stad achter haar de granaten ontploffen. Nooit is er genoeg. Etienne leidt zichzelf af met ontsnappingsfantasieën. Een muur over klimmen, een paar honderd meter zwemmen, zichzelf door de branding slepen. Zonder beschutting over het strand, dat bezaaid ligt met mijnen, naar een van de afgesloten hekken hollen. Absurd.

Hier kunnen de gevangenen de granaten zien inslaan in de stad voordat ze ze horen. In de vorige oorlog kende Etienne artilleristen die door een verrekijker konden turen en aan de hand van de opstijgende kleuren konden zien waaraan hun granaten schade hadden toegebracht. Grijs was steen. Bruin was aarde. Roze was vlees.

Hij doet zijn ogen dicht. Hij denkt terug aan alle uren waarin hij in de boekwinkel van monsieur Hébrard bij de lamp zat te luisteren naar de eerste radio die hij ooit had gehoord. Hij denkt aan hoe hij naar het koor van de kathedraal klom om naar Henri's stem te luisteren. Hij denkt aan de overvolle restaurants met glas-in-loodramen en lambrisering met briefpanelen waar zijn ouders hen altijd mee naartoe namen; en de zeeroversvilla's met de geschulpte friezen en Dorische zuilen en in de muur gemetselde gouden munten; de winkelpuien van wapensmeden, scheepskapiteins, geldwisselaars en herbergiers; de teksten die Henri altijd in de stenen van de omwalling kraste, IK KAN NIET WACHTEN TOT IK WEG BEN, WEG MET DEZE KLOTEPLEK. Hij denkt terug aan het huis van de LeBlancs, zijn huis! Hoog en smal, met de trap die door het midden ervan omhoogwentelde als een spiraalvormige schelp die op zijn punt stond, waar de geest van zijn broer zo nu en dan de muren door glipte, waar madame Manec had gewoond en was gestorven, waar hij nog niet zo lang geleden op een slaapbankje had kunnen zitten met Marie-Laure en doen alsof ze over de vulkanen van Hawaii vlogen, over de nevelwouden van Peru, waar zij nog maar een week geleden in kleermakerszit op de vloer had gezeten en hem had voorgelezen over een parelvisserij vlak bij de kust van Ceylon, Kapitein Nemo en Aronnax in hun duikpakken, de impulsieve Canadees Ned Land die op het punt stond om zijn harpoen in de zij van een haai te slingeren... Dat gaat allemaal in vlammen op. Elke herinnering die ooit door hem gevormd is.

Boven het Fort National wordt de schemering ontzettend, moordend helder. De Melkweg een wegebbende rivier. Hij kijkt naar de branden aan de overkant. Hij denkt: het universum is gevuld met benzine.

De laatste woorden van Kapitein Nemo

Tegen het middaguur op 12 augustus heeft Marie-Laure zeven van de negen laatste hoofdstukken in de microfoon voorgelezen. Kapitein Nemo heeft net zijn vaartuig bevrijd van de enorme inktvis, wanneer hij oog in oog komt te staan met een orkaan. Pagina's later ramde hij een oorlogsschip vol manschappen, waarvan hij, schrijft Verne, de romp doorboorde als de naald van een zeilmaker door het doek. Nu speelt de kapitein een droevige, angstaanjagende klaagzang op zijn orgel, terwijl de Nautilus ligt te slapen in de woestenij van de zee. Nog drie pagina's te gaan. Of Marie-Laure ook maar iemand troost heeft kunnen bieden met het verhaal, of haar oudoom, ergens met honderd man gehurkt in een bedompte kelder, op haar heeft afgestemd – of er misschien een drietal Amerikanen ergens in de nachtelijke slagvelden achteroverleunde terwijl ze hun wapens schoonmaakten en de donkere gangen van de Nautilus met haar bereisden – kan ze niet zeggen.

Maar ze is blij dat het eind in zicht komt.

Beneden heeft de Duitser twee keer een gefrustreerde schreeuw laten horen, en viel toen stil. Waarom, overweegt ze, glipt ze niet gewoon de kledingkast uit, geeft ze hem niet gewoon het huisje en dan maar afwachten of hij haar zal sparen?

Eerst zal ze het boek uitlezen. Dan zal ze een beslissing nemen.

Opnieuw maakt ze het maquettehuisje open en laat ze de steen in haar hand vallen. Wat zou er gebeuren als de godin de vloek wegnam? Zouden de branden dan uitgaan, zou de aarde genezen, zouden de duiven weer terugkeren naar de vensterbanken? Zou papa terugkomen?

Zuig je longen vol. Laat je hart slaan. Ze houdt het mes bij zich. Haar vingertoppen houdt ze op de zinnen van het boek gedrukt. De Canadese harpoenier Ned Land heeft een kleine ontsnappingsmogelijkheid gevonden. '*De zee is ruig,*' *zegt hij tegen Professor Aronnax,* '*en de wind waait hard...*'

'*Ik ben bij je, Ned.*'

'Maar ik zal je zeggen dat als we gevangen worden, ik mezelf zal verdedigen, ik zal vechtend ten onder gaan.'

'We zullen samen ten onder gaan, Ned, mijn vriend.'

Marie-Laure zet de zender aan. Ze denkt aan de wulken in de kennel van Hubert Bazin, tienduizenden exemplaren; hoe ze zich vastzuigen; hoe ze zichzelf oprichten in de spiraal van hun schelp; dat, als ze daar in die grot zitten, de meeuwen niet bij ze kunnen komen om ze mee de lucht in te nemen en ze op de stenen te werpen om hun schelpen te breken.

Bezoeker

Von Rumpel drinkt zure wijn uit een fles die hij in de keuken heeft gevonden. Vier dagen in dit huis, en wat heeft hij veel vergissingen begaan! De Zee der Vlammen zou al die tijd in het Parijse museum hebben kunnen liggen – terwijl die onnozele mineraloog en de assistent-directeur in hun vuistje lachten toen hij afdroop, beetgenomen, bedot, voorgelogen. Of misschien heeft de parfumeur hem verraden en het meisje de diamant afhandig gemaakt nadat hij haar mee naar buiten had genomen. Of misschien heeft Levitte haar wel gewoon de stad uit geleid terwijl zij de steen nog in dat morsige rugzakje van haar had zitten; of misschien heeft de oude man hem in zijn rectum gestopt en zit hij hem op dit moment uit te poepen, twintig miljoen franken in een hoop fecaliën.

Of misschien heeft de steen wel helemaal nooit bestaan. Misschien was het allemaal één grote grap, gewoon een verhaal.

Hij was zo zeker van zijn zaak geweest. Zo zeker dat hij de verstopplek gevonden had, de puzzel had opgelost. Zo zeker dat de steen hem zou redden. Het meisje wist nergens van, de oude man was niet meer in beeld – alles was tot in de puntjes voorbereid. Waar kan hij nu nog zeker van zijn? Alleen van de moordzuchtige plant in zijn lichaam, van het verderf dat die in elke cel zaait. In zijn oren klinkt de stem van zijn vader: *Je wordt alleen maar op de proef gesteld.*

Iemand roept naar hem in het Duits. *'Ist da wer?'*

Vader?

'U, daarbinnen!'

Von Rumpel luistert. Door de rook klinken geluiden. Hij kruipt naar het raam. Zet zijn helm op zijn hoofd. Steekt zijn hoofd boven de verbrijzelde vensterbank uit.

Op straat staat een Duitse infanteriesoldaat met toegeknepen ogen omhoog te kijken. 'Meneer? Ik had niet verwacht dat... Is het huis veilig, meneer?'

'Leeg, ja. Waar gaat u heen, korporaal?'

'Het fort van La Cité, meneer. We gaan evacueren. Laten alles achter. We houden alleen het kasteel en het Bastion de la Hollande bezet. Alle andere manschappen moeten zich terugtrekken.'

Von Rumpel steunt met zijn kin op de vensterbank en voelt zich alsof zijn hoofd elk moment van zijn nek kan loskomen om naar beneden te vallen en op straat te exploderen.

'De hele stad ligt in de vuurlinie,' zegt de korporaal.

'Voor hoe lang?'

'Morgen komt er een staakt-het-vuren. Om twaalf uur 's middags, zeggen ze. Om de inwoners eruit te laten. Daarna gaan ze verder met de aanval.'

'Geven we de stad op?' zegt Von Rumpel.

Ergens in de buurt ontploft een granaat en de knal echoot tussen de verwoeste huizen en de soldaat op straat slaat zijn hand over zijn helm. Er vliegen stukjes steen tussen de kinderkopjes in het rond.

'Bij welke eenheid hoort u, sergeant-majoor?' roept hij.

'Gaat u verder met uw werk, korporaal. Ik ben hier aan het afronden.'

Laatste zin

Volkheimer verroert geen vin. De vloeistof op de bodem van de verfemmer is, hoe giftig ook, verdwenen. Hoe lang heeft Werner het meisje al niet meer gehoord, op welke frequentie dan ook? Een uur? Langer? Ze las voor over de Nautilus, die een draaikolk in werd gezogen, golven hoger dan huizen, de onderzeeër die rechtop stond, zijn stalen ribben krakend, en toen las ze, naar hij veronderstelde, de laatste zin van het boek voor: *Dus die vraag die drieduizend jaar geleden in het boek Ecclesiastes werd gesteld: 'Dat wat ver weg is en bijzonder diep, wie kan daarachter komen?', slechts twee mannen hebben nu het recht om daarop antwoord te geven: Kapitein Nemo en ik.*

Toen was de zender uitgegaan en werd hij omhuld door de absolute duisternis. De afgelopen dagen – hoeveel? – voelde het alsof de honger een hand binnen in hem was die zich hevig roerde in de holte van zijn borstkas, omhoogreikte naar zijn schouderbladen en vervolgens omlaag naar zijn bekken. Aan zijn botten schraapte. Maar vandaag – of is het vanavond? – dooft de honger uit als een vlammetje dat geen brandstof meer krijgt. Leegheid en volheid, uiteindelijk, op de een of andere manier hetzelfde.

Werner kijkt op en ziet het Weense meisje in haar cape door het plafond afdalen alsof het niet meer dan een schaduw is. Ze draagt een papieren zak vol verlepte groenten en gaat zitten tussen het puin. Om haar heen vliegt een zwerm bijen.

Hij kan niets zien, maar haar ziet hij wel.

Ze telt op haar vingers. *Voor het struikelen in de rij*, zegt ze. *Voor het te langzaam werken. Voor het ruziemaken om brood. Voor het te lang treuzelen in het kamptoilet. Voor het huilen. Voor het niet volgens de regels opbergen van haar spullen.*

Nonsens uiteraard, maar toch zit er iets in, een waarheid die hij zichzelf niet wil laten vatten, en terwijl ze praat wordt ze ouder, komt er zilvergrijs haar op haar hoofd, rafelt haar kraagje; ze wordt een oude vrouw – zijn versie van degene die aan de rand van zijn onderbewuste rondzweeft.

Voor het klagen over hoofdpijn.

Voor het zingen.

Voor het kraken van haar bed 's nachts.

Voor het vergeten van haar geboortedatum bij de avondinspectie.

Voor het te langzaam uitladen van de vracht.

Voor het niet correct inleveren van haar sleutels.

Voor het niet informeren van de bewaker.

Voor het te laat uit bed komen.

Frau Schwarzenberger – zij is het. De Jodin in de lift van Frederick.

Ze komt vingers tekort bij het tellen.

Voor het dichtdoen van haar ogen toen ze werd aangesproken.

Voor het verzamelen van kruimels.

Voor haar poging om het park in te komen.

Voor het hebben van ontstoken handen.

Voor het vragen om een sigaret.

Voor een gebrek aan fantasie, en in het donker voelt het alsof Werner het dieptepunt heeft bereikt, alsof hij de hele tijd steeds dieper omlaag is getrokken, net zoals de Nautilus de draaikolk in is gezogen, net zoals zijn vader in de mijnen is afgedaald; één grote duik van Zollverein langs Schulpforta, langs de verschrikkingen van Rusland en de Oekraïne, langs de moeder en haar dochter in Wenen, terwijl zijn ambitie en schaamte ineenvloeien, naar het dieptepunt in deze kelder aan de rand van het continent waar de geestverschijning nonsens uitkraamt – Frau Schwarzenberger loopt op hem af en verandert naarmate ze dichterbij komt weer van een vrouw in een meisje –, haar haar wordt weer rood, haar huid weer glad, een zevenjarig meisje drukt haar gezicht tegen het zijne en in het midden van haar voorhoofd ziet hij een gat, zwarter dan het zwart om hem heen, met op de bodem een donkere stad vol zielen, tienduizend, vijfhonderdduizend, al die gezichten die hem aanstaren vanuit straatjes, vanachter ramen, vanuit smeulende parken en hij hoort het donderen.

Bliksem.

Artillerie.

Het meisje gaat in rook op.

De aarde beeft. Zijn ingewanden trillen. De balken kreunen. Dan het stof dat langzaam neerdwarrelt en de oppervlakkige, verslagen ademhaling van Volkheimer een meter naast hem.

Muziek (1)

Ergens na middernacht op 13 augustus, nadat ze vijf dagen op de zolder van haar oudoom heeft overleefd, houdt Marie-Laure met haar linkerhand een plaat vast en gaat ze met haar rechterhand voorzichtig over de groeven terwijl ze in gedachten het hele liedje terughaalt. Elk loopje omhoog en omlaag. Dan legt ze de plaat op de draaitafel van Etiennes grammofoon.

Anderhalve dag zonder water. Twee dagen zonder eten. De zolder ruikt naar hitte en stof en opsluiting en haar eigen urine in de scheerkom in de hoek.

We zullen samen ten onder gaan, Ned, mijn vriend.

Er lijkt geen eind aan de belegering te komen. Er klettert metselwerk kapot op straat; de hele stad is één grote ravage; en toch blijft dit huis overeind staan.

Ze haalt het ongeopende blik uit haar oudooms jaszak en zet het midden op de zoldervloer. Ze heeft het zo lang bewaard. Misschien omdat daarmee nog een beetje verbonden is met madame Manec. Misschien omdat ze het niet zal aankunnen dat het bedorven blijkt te zijn wanneer ze het openmaakt.

Ze legt het blik en de baksteen onder de pianokruk, ze weet zeker dat ze ze daar terug zal kunnen vinden. Vervolgens voelt ze nog één keer of de plaat goed op de draaitafel ligt. Brengt de arm naar beneden, zet de naald op de buitenste rand. Vindt met haar linkerhand de microfoonschakelaar, met haar rechter de schakelaar voor de zender.

Ze zal hem zo hard mogelijk zetten. Als de Duitser in huis is, zal hij het horen. Dan zal hij de pianomuziek door de bovenste verdiepingen horen klinken en zijn hoofd scheef houden en vervolgens als een kwijlende bezetene over de vijfde verdieping banjeren. Uiteindelijk zal hij dan zijn oor tegen de deuren van de kledingkast leggen, waar het des te harder zal klinken.

Wat bestaan er toch veel doolhoven op de wereld. De takken van bomen, het fijne draadwerk van wortels, de matrix van kristallen, de straten die haar vader in zijn maquettes heeft nagemaakt. Doolhoven in de knobbeltjes op de huisjes van purperslakken, in de texturen van plataanschors en in de holle botten van adelaars. Niet een ervan zo ingewikkeld als het menselijk brein, zou Etienne zeggen, dat misschien wel het meest complexe object is dat er bestaat; een kilo vochtige materie waarin zich hele werelden bevinden.

Ze plaatst de microfoon in de klokvormige hoorn van de grammofoon, zet de platenspeler aan en de draaitafel begint te draaien. De zolder kraakt. In gedachten loopt ze over een paadje in de Jardin des Plantes, de lucht is goudkleurig, de wind groen, de lange wilgentakken trekken ritselend over haar schouders. Voor haar uit loopt haar vader; hij steekt een hand uit, wacht.

De piano begint te spelen.

Marie-Laure voelt onder het krukje en vindt het mes. Over de vloer kruipt ze naar de bovenkant van de zeven sporten tellende ladder en gaat daar zitten, met bungelende benen, de diamant in het huisje in haar zak en het mes in haar vuist.

'Kom me maar halen,' zegt ze.

Muziek (2)

Onder de sterren boven de stad ligt alles in diepe rust. Artilleristen slapen, nonnen in een crypte onder de kathedraal slapen, kinderen in oude zeeroversholen slapen op schoot bij hun slapende moeder. De arts in de kelder van het Hôtel-Dieu slaapt. Gewonde Duitsers in de tunnels onder het fort van la Cité slapen. Achter de muren van het Fort National slaapt Etienne. Alles slaapt, behalve de slakken die tegen de rotsen op kruipen en de ratten die wegschieten tussen de steigerpalen.

In een gat onder de overblijfselen van het Bijenhotel slaapt Werner ook. Alleen Volkheimer is wakker. Hij zit met de grote radio op schoot, die Werner daar heeft neergezet, en met de bijna lege accu aan zijn voeten en de ruis in beide oren, niet omdat hij verwacht iets te zullen horen, maar omdat Werner hem de koptelefoon heeft opgezet. Omdat hij de wilskracht niet heeft om hem af te zetten. Omdat hij zichzelf er uren geleden al van overtuigd heeft dat de gepleisterde hoofden aan de andere kant van de kelder hem zullen vermoorden als hij zich beweegt.

Het kan niet, maar de ruis verandert in muziek.

Volkheimer spert zijn ogen wagenwijd open. Tuurt in het donker naar elke verdwaalde foton. Een piano speelt toonladders van laag naar hoog. En weer terug. Hij luistert naar de noten en de stiltes ertussen en ziet zichzelf plotseling bij het aanbreken van de dag paarden door een bos leiden, door de sneeuw achter zijn overgrootvader aan banjeren, die een zaag over zijn enorme schouders heeft hangen terwijl de sneeuw knerpt onder de laarzen en de hoeven, en alle bomen boven hen fluisteren en kraken. Ze komen aan bij de rand van een bevroren meer, waar een pijnboom staat ter grootte van een kathedraal. Zijn overgrootvader zakt als een boeteling op zijn knieën, zet de zaag in een inkeping in de schors en begint te zagen.

Volkheimer staat op. Vindt Werners been in het donker, zet de koptelefoon op Werners oren. 'Luister,' zegt hij, 'luister, luister…'

Werner wordt wakker. De akkoorden zweven in doorzichtige golven voorbij. 'Clair de Lune.' Claire: een meisje zo helder dat je dwars door haar heen kunt kijken.

'Sluit het licht aan op de accu,' zegt Volkheimer.

'Waarom?'

'Doe nou maar.'

Nog voor het liedje is afgelopen koppelt Werner de radio los van de accu, schroeft de zijkant en het lampje uit de niet meer functionerende zaklamp, sluit dat aan op de voedingsdraden en verschaft hun een veld van licht. In de verste uithoek van de kelder sleept Volkheimer stukken metselwerk en blokken hout en verbrijzelde stukken muur uit het puin, waarbij hij af en toe stopt om even zijn handen op zijn knieën te zetten en op adem te komen. Hij stapelt de brokken op tot een barrière. Dan trekt hij Werner achter zijn geïmproviseerde bunker, schroeft de onderkant van een granaat los en rukt aan het trekkoord om de vijfsecondelont te ontsteken. Werner legt een hand op zijn helm en Volkheimer gooit de granaat naar de plek waar vroeger de trap was.

Muziek (3)

Von Rumpels dochters waren mollige, beweeglijke kleine baby's, toch? Beiden lieten ze aan de lopende band hun rammelaar of speentje vallen en raakten ze verstrikt in hun dekentjes – waarom maakten jullie het jezelf toch zo moeilijk, engeltjes? Maar ze groeiden! Ondanks het feit dat hij zo vaak afwezig was. En ze konden zingen, met name Veronika. Ze zouden er misschien niet beroemd mee worden, maar ze zongen mooi genoeg om een vader te bekoren. Dan stonden ze daar met hun grote vilten laarzen in zo'n afschuwelijke vormeloze jurk die hun moeder voor hen maakte, met sleutelbloemen en madeliefjes op de kraag geborduurd, vouwden hun handen achter hun rug en zongen uit volle borst teksten waar ze nog veel te jong voor waren.

Ik trek mannen aan
zoals een vlam de mot,
als hun vleugels dan gaan branden
ben ik niet schuldig aan hun lot.

In iets wat een herinnering of droom zou kunnen zijn, ziet Von Rumpel Veronika, die altijd vroeg op is, in het donker, vlak voor het licht wordt, neerknielen op de vloer van Marie-Laures kamer. Hij ziet haar een pop in een witte jurk naast een andere in een grijs pak door de straten van de maquettestad heen dirigeren. Ze gaan linksaf, dan rechtsaf, tot ze aankomen bij de trappen van de kathedraal, waar een derde pop staat te wachten, helemaal in het zwart, met één arm in de lucht gestoken. Bruiloft of offerplechtigheid, dat durft hij niet te zeggen. Dan zingt Veronika zo zachtjes dat hij de woorden niet kan horen, alleen de melodie, die meer klinkt als de tonen van een piano dan als het geluid van een menselijke stem, en de poppen dansen, wiegen van de ene voet op de andere.

De muziek stopt en Veronika verdwijnt. Hij gaat rechtop zitten.

De maquette aan het voeteneind van het bed vloeit weg en doet er lang over om weer terug te komen. Ergens boven hem begint de stem van een jonge man in het Frans over steenkool te praten.

Eruit

Een fractie van een seconde lang scheurt de ruimte om Werner heen doormidden, alsof de laatste zuurstofmoleculen eruit zijn gerukt. Dan vliegen er stukken steen en hout en metaal langs, ze kletteren tegen zijn helm, suizen tegen de muur achter hem en Volkheimers barricade stort in, en overal in het donker valt en schuift er van alles, en hij krijgt geen lucht meer. Maar de ontploffing creëert een soort aardverschuiving in het puin van het gebouw en er klinkt een knal, gevolgd door meerdere watervallen van brokstukken in het donker. Wanneer Werner ophoudt met hoesten en het stof en puin van zijn borstkas veegt, ziet hij Volkheimer omhoogstaren naar een gat van paars licht.

Lucht. Avondlucht.

Er snijdt een strook sterrenlicht door het stof die valt op de rand van een stapel puin op de vloer. Werner laat het even op zich inwerken. Dan haalt Volkheimer hem weer terug bij de les; hij klimt de kapotte trap tot halverwege op en begint met een stuk stang op de randen van het gat in te beuken. Het ijzer klettert en hij haalt zijn handen open en zijn baard van zes dagen is wit van het stof, maar Werner kan zien dat Volkheimer snel vorderingen maakt: het straaltje licht wordt een lichtpaarse driehoek, breder dan Werners twee handen naast elkaar. Met een laatste slag lukt het Volkheimer om een flink stuk puin te verbrijzelen, waarvan nu een groot deel op zijn helm en schouders neerstort, en dan is het alleen nog maar een kwestie van grip krijgen en klimmen. Hij wurmt zijn bovenlichaam door het gat, zijn schouders schrapen langs de randen, zijn jas scheurt, zijn heupen draaien en dan is hij erdoorheen. Hij steekt zijn hand omlaag naar Werner, zijn canvas legertas en het geweer en trekt ze in één keer omhoog.

Op hun knieën gaan ze zitten in wat ooit een straatje is geweest. Alles baadt in het sterrenlicht. Geen maan, voor zover Werner kan zien. Volkheimer draait zijn bloedende handpalmen omhoog alsof hij de lucht wil vangen, alsof hij die als regenwater zijn huid in wil laten sijpelen.

Er staan nog maar twee muren van het hotel overeind die, met stukjes pleisterkalk aan de binnenmuur, in een hoek samenkomen. Daarachter tonen huizen hun interieur aan de nacht. De omwalling achter het hotel staat er nog, hoewel de rand met schietgaten aan de bovenkant voor een groot deel verbrijzeld is. Vanaf de achterkant laat de zee een nauwelijks hoorbare branding horen. De rest bestaat uit puin en stilte. Elke kanteel is met sterrenlicht overgoten. Hoeveel mannen liggen er te ontbinden onder de stapels steen? Negen. Misschien wel meer.

Zwalkend als dronkenlappen begeven ze zich naar de luwte van de omwalling. Wanneer ze bij de muur aankomen kijkt Volkheimer even achterom naar Werner. Dan kijkt hij weer de nacht in. Zijn gezicht zit onder het witte gruis, waardoor hij net een reus van poeder lijkt.

Zou het meisje vijf straten verderop nog steeds haar plaat aan het draaien zijn?

'Neem het geweer mee. Ga,' zegt Volkheimer.

'En jij dan?'

'Eten.'

Werner wrijft in zijn ogen tegen het heldere sterrenlicht. Hij voelt geen honger, alsof hij nu voorgoed af is van dat hinderlijke eten. 'Maar zullen we...?'

'Ga,' zegt Volkheimer weer. Werner werpt een laatste blik op hem: zijn gescheurde jas, zijn enorme kaken. De zachtheid van zijn grote handen. *Wat jij wel niet allemaal zou kunnen worden.*

Wist hij het? Al die tijd al?

Werner zoekt voortdurend dekking onder het lopen. Canvastas in zijn linkerhand, geweer in zijn rechter. Nog vijf kogels over. In gedachten hoort hij het meisje fluisteren: *Hij is hier. Hij gaat me vermoorden.* Westwaarts, een ravijn van puin af, klautert hij over bakstenen en draden en stukken dakpan, waarvan er vele nog heet zijn, de straten lijken verlaten, maar hij zou niet kunnen zeggen wat voor ogen, Duitse of Franse of Amerikaanse of Britse, hem volgen vanachter die verbrijzelde ramen. Op dit moment zou er zomaar een vizierkruis van een sluipschutter op hem gericht kunnen zijn.

Een schoen met plateauzool. Een gefiguurzaagde houten kok op zijn rug, met een bord in zijn handen waarop met krijt de soep van de dag nog staat geschreven. Enorme bossen prikkeldraad. Overal de stank van lijken.

Werner hurkt neer in de beschutting van wat een souvenirwinkel moet zijn geweest – een paar borden in een rek, allemaal met een andere naam op de rand geschilderd en op alfabetische volgorde – en bepaalt zijn positie in de stad. *Coiffure Dames* aan de overkant. Een bank zonder ramen. Een dood paard, nog vast aan zijn wagen. Hier en daar staat nog een gebouw zonder glas in de ramen, waar als een schaduw van weggerukte klimop dunne sliertjes rook uit groeien.

Wat is het 's nachts toch licht! Dat heeft hij nooit geweten. Hij zal verblind raken door het daglicht straks.

Werner slaat rechts af een straat in waarvan hij vermoedt dat het de rue d'Estrées is. Nummer 4 in de rue Vauborel staat er nog. Elke ruit in de voorgevel is kapot, maar de muren zijn nauwelijks aangetast; twee van de houten bloembakken hangen er nog steeds.

Hij is vlak onder me.

Ze zeiden dat hij meer zelfverzekerdheid moest tonen. Daadkracht. Helderheid. Die commandant Bastian met zijn kippenborstje en zijn ouwewijvenloopje; hij zei dat ze dat aarzelende er wel uit zouden krijgen.

We zijn een salvo van kogels, we zijn kanonskogels. We zijn het puntje van het zwaard.

Wie is de zwakste?

Kledingkast

Von Rumpel staat te wankelen voor de kolossale kast. Tuurt tussen de kleren door die erin hangen. Vesten, gestreepte broeken, door de motten aangevreten chambray-overhemden met hoge kraag en komisch lange mouwen. Jongenskleren, decennia oud.

Wat is dit eigenlijk voor kamer? De grote spiegels aan de kastdeuren zitten onder de zwarte vlekjes van de ouderdom, er staan oude leren laarzen onder een klein bureautje en er hangt een kleerborstel aan een haakje. Op het bureau staat een foto van een jongen in kniebroek in de schemering op het strand.

Achter het kapotte raam hangt een windstille nacht. Er dwarrelt wat as door het sterrenlicht. De stem die door het plafond heen filtert herhaalt zichzelf... *De hersenen zijn uiteraard in totale duisternis gehuld, kinderen... En toch is de wereld die we daarmee in gedachten construeren...* gaat een octaaf omlaag en vervormt naarmate de accu leger raakt, de les vertraagt alsof de jonge man uitgeput is, en dan stopt het.

Met bonkend hart, verzwakt hoofd, kaars in de ene hand, pistool in de andere, wendt Von Rumpel zich weer naar de kledingkast. Groot genoeg om in te klimmen. Hoe is zo'n enorm ding ooit op de vijfde verdieping terechtgekomen?

Hij houdt de kaars dichterbij en ziet, in de schaduw van de overhemden die er hangen, wat hij bij eerdere inspecties over het hoofd heeft gezien: sporen in het stof. Van vingers of knieën of beide. Met de loop van zijn pistool duwt hij tegen de kleren. Tot hoe ver loopt het door?

Hij leunt helemaal naar binnen, en terwijl hij dat doet hoort hij een rinkeltje, twee dezelfde belletjes die zowel boven als beneden rinkelen. Bij het horen van het geluid deinst hij achteruit en stoot zijn hoofd tegen de bovenkant van de kledingkast en de kaars valt en Von Rumpel belandt op zijn rug.

Hij ziet de kaars wegrollen, met het vlammetje omhoog. Waarom? Welk curieus principe bepaalt dat een kaarsvlammetje altijd naar boven wijst?

Vijf dagen in dit huis en geen diamant, de laatste Bretonse haven in Duitse handen is bijna verloren, net als de hele Atlantische Muur. Hij leeft al langer dan de artsen hem hadden gegeven. En nu het gerinkel van twee kleine belletjes? Is dit dan hoe de dood zich aandient?

De kaars rolt zachtjes. Naar het raam. Naar de gordijnen.

Beneden gaat de voordeur van het huis krakend open. Er komt iemand binnen.

Kameraden

De hal ligt bezaaid met kapot serviesgoed – onmogelijk om bij het binnenkomen geen geluid te maken. Aan het eind van de gang ligt een keuken onder het puin. Gang vol bergen as. Omgevallen stoel. Recht vooruit een trap. Tenzij ze in de afgelopen minuten van plek is veranderd, zit ze hoog in het huis, dicht bij de zender.

Met twee handen aan zijn geweer, tas over zijn schouder, zet Werner koers naar boven. Op elke overloop wordt hem door een plotselinge duisternis het zicht ontnomen. Aan zijn voeten dansen donkere en lichte vlekken. Er zijn boeken de trap op geslingerd, samen met papieren, snoeren, flessen, en iets wat doet denken aan delen van een antiek poppenhuis. Eerste verdieping tweede derde vierde: allemaal in dezelfde staat. Hij heeft geen idee hoeveel geluid hij maakt en of dat er überhaupt toe doet.

Op de vijfde verdieping lijkt de trap te eindigen. De overloop wordt omlijst door drie halfopen deuren: een links, een recht vooruit, een rechts. Hij gaat naar de rechter; geweer in de aanslag; hij verwacht een flits van geweerlopen, de opengesperde kaken van een demon. In plaats daarvan staat er een ingezakt bed dat door een kapot raam wordt verlicht. Er hangt een meisjesjurk in een kast. Er liggen honderden piepkleine dingetjes – kiezelsteentjes? – langs de plinten. In een hoek staan twee emmers, halfvol met misschien wel water.

Is hij te laat? Hij zet Volkheimers geweer tegen het bed, tilt de emmer op en drinkt een keer, twee keer. Voor het raam, ver achter de aangrenzende straat, achter de omwalling, verschijnt een lichtje van een boot, dat vervolgens weer verdwijnt op de deining van de verre golven.

'Aha,' zegt een stem achter hem.

Werner draait zich om. Daar staat een Duitse officier in gevechtstenue te wankelen op zijn benen. Bleek en onder de blauwe plekken, mager op het ziekelijke af, schuifelt hij naar het bed. De rechterkant van zijn keel bolt op een vreemde manier over zijn strakke kraag heen. 'Ik raad af,' zegt hij, 'om morfine te combineren met beaujolais.' Aan de zijkant van zijn voorhoofd is een licht kloppende ader te zien.

'Ik heb u gezien,' zegt Werner. 'Voor de bakkerij. Met een krant.'

'En ik jou, soldaatje. Ik heb jou gezien.' In zijn glimlach bespeurt Werner een aanname dat ze aan dezelfde kant staan, kameraden zijn. Medeplichtigen. Dat ze allebei met hetzelfde doel naar dit huis zijn gekomen. Achter de sergeant-majoor, aan de andere kant van de gang – het lijkt onmogelijk – vlammen. In de kamer recht tegenover hen staat een gordijn in brand. De vlammen likken al aan het plafond. De sergeant-majoor steekt een vinger onder zijn kraag en trekt hem wat losser. Zijn gezicht is uitgemergeld en hij heeft roofdiertanden. Hij gaat op het bed zitten. Het sterrenlicht weerkaatst op de loop van zijn pistool.

Aan het voeteneind van het bed ziet Werner nog net een lage tafel staan met kleine houten huisjes op schaal die samen een stad vormen. Is het Saint-Malo? Zijn ogen schieten van de maquette naar de vlammen aan de overkant van de gang naar Volkheimers geweer dat tegen het bed aan staat. De officier buigt zich voorover en gaat als een soort getormenteerde waterspuwer boven het miniatuurstadje hangen.

Er beginnen nu flarden zwarte rook de gang in te kronkelen. 'Het gordijn, meneer. Het staat in brand.'

'Het staakt-het-vuren staat gepland om twaalf uur 's middags, dat beweren ze tenminste,' zegt Von Rumpel met holle stem. 'Geen haast. We hebben alle tijd.' Met twee vingers wandelt hij over een miniatuurstraatje. 'We willen precies hetzelfde, jij en ik, soldaat. Maar slechts een van ons zal het kunnen krijgen. En ik ben de enige die weet waar het is. Wat jou voor een probleem stelt. Is het hier of hier of hier?' Hij wrijft in zijn handen en gaat op zijn rug op het bed liggen. Hij richt zijn pistool op het plafond. 'Is het daarboven?'

In de kamer aan de andere kant van de overloop valt het brandende gordijn van de rails. Misschien gaat het wel uit, denkt Werner. Misschien gaat het vanzelf wel uit.

Werner denkt aan de man tussen de zonnebloemen en nog honderd anderen: allemaal liggen ze dood in hun hut of vrachtauto of bunker, met de blik van iemand die net nog ergens een bekend melodietje opving. Een frons tussen hun ogen, een verslapping bij de mond. Een blik die zegt: nu al? Maar klinkt het niet voor iedereen te vroeg?

Er flikkert wat licht van het vuur door de gang. De sergeant-majoor ligt nog steeds op zijn rug, neemt zijn pistool in beide handen en doet de slede open en weer dicht. 'Neem nog wat te drinken,' zegt hij, en hij gebaart naar de emmer die Werner vasthoudt. 'Ik zie hoeveel dorst je hebt. Ik heb er niet in geplast, erewoord.'

Werner zet de emmer neer. De sergeant-majoor komt overeind en draait met zijn hoofd alsof hij knopen in zijn nek wil losmaken. Dan richt hij zijn pistool op Werners borstkas. Vanuit de gang, in de richting van het brandende gordijn, klinkt een gedempt gekletter, van iets wat van een ladder af stuitert en op de vloer terechtkomt, en de aandacht van de sergeant-majoor wordt erdoor afgeleid en de loop van zijn pistool zakt omlaag.

Werner grijpt naar Volkheimers geweer. Je hele leven wacht je erop, en dan is het eindelijk zover, en ben je er dan klaar voor?

Synchroniciteit

De baksteen knalt op de vloer. De stemmen vallen stil. Ze hoort een handgemeen en dan klinkt het schot, als een barst van rood licht: de uitbarsting van de Krakatau. Heel even wordt het huis in tweeën gespleten.

Half glijdend, half vallend komt Marie-Laure de ladder af en ze drukt haar oor tegen de blinde achterkant van de kledingkast. Op de overloop klinken haastige voetstappen, die vervolgens Henri's kamer binnen komen. Er klinkt een plons en gesis en ze ruikt rook en damp.

Nu worden de voetstappen wat minder trefzeker; ze klinken anders dan die van de sergeant-majoor. Lichter. Er is iemand die daar loopt, stilstaat. De deur van de kledingkast opendoet. Nadenkt. De puzzel probeert op te lossen.

Ze hoort een licht geschraap als hij met zijn vingers langs de achterkant van de kledingkast gaat. Ze knijpt nog harder in het heft van het mes.

Drie straten in oostelijke richting, in een verwoest appartement op de hoek van de rue des Lauriers en de rue Thévenard, zit Frank Volkheimer met zijn vingers zoete aardappels uit een blik te eten. Aan de overkant van de riviermonding, onder anderhalve meter beton, houdt een hulpje de garnizoenscommandant zijn jas voor en steekt de kolonel eerst een arm in de ene, dan een in de andere mouw. Op precies datzelfde moment klimt er een negentienjarige Amerikaanse bewaker de helling op naar de bunkers, blijft staan en draait zich om om de soldaat achter hem een hand toe te steken; terwijl, met zijn jukbeen tegen het graniet van het Fort National gedrukt, Etienne LeBlanc besluit dat als Marie-Laure en hij dit overleven, wat er ook gebeurt, zij van hem een plek op de evenaar mag kiezen en ze zullen een ticket boeken, erheen gaan, op een boot varen, in een vliegtuig vliegen, totdat ze samen in een regenwoud staan tussen bloemen die ze nooit eerder geroken hebben en vogels die ze nooit eerder hebben gehoord. Vijfhonderd kilometer bij het Fort National vandaan maakt Reinhold von Rumpels echtgenote haar dochters wakker om naar de kerk te gaan, terwijl ze bedenkt hoe knap de buurman eigenlijk is die onlangs met één voet minder uit de oorlog is teruggekeerd. Niet eens zo ver bij haar vandaan ligt Jutta Pfennig in de blauwe schaduw van de meisjesslaapzaal te slapen en te dromen over licht dat steeds feller wordt en een heel veld bedekt alsof het sneeuw is; en niet eens zo ver bij Jutta vandaan zet de Führer een glas warme (maar beslist niet gekookte) melk aan zijn mond, met een snee Oldenburger roggebrood op zijn bord en een hele appel ernaast, zijn dagelijkse ontbijt; terwijl ergens in een ravijn buiten Kiev twee gevangenen hun glad geworden handen met zand inwrijven en dan de draagbaar weer oppakken, terwijl een *Sonderkommando* het vuur onder hen met een stalen stang oppookt; op een binnenplaats in Berlijn schiet een kwikstaartje van tuintegel naar tuintegel, op zoek naar slakken; en in de Napolaschool op Schulpforta staan 119 twaalf- en dertienjarigen in een rij achter een vrachtwagen te wachten om een antitanklandmijn van vijftien kilo in hun handen gedrukt te krijgen, jongens die over zo'n acht maanden – aan hun lot overgelaten tussen de oprukkende Russen, de hele school afgesneden als een eiland – een doosje met de laatste pure chocola van het Reich zullen krijgen en Wehrmachthelmen van dode soldaten; en dan zal deze allerlaatste oogst van de bloem der natie naar buiten stormen, met de chocola in hun buik en zestig Panzerfaust-raketlanceerders in hun handen, in een laatste stuiptrekking van nutteloosheid om een brug te verdedigen die allang geen verdediging meer nodig heeft, terwijl de T-34-tanks van het Wit-Russische leger al ratelend en rommelend op ze afkomen om hen allemaal te vernietigen, alle kinderen een voor een; vroege ochtend in Saint-Malo, en er trekt iets aan de andere kant van de kledingkast – Werner hoort Marie-Laure diep inademen, Marie-Laure hoort Werner met drie vingernagels over het hout schrapen, een geluid dat wel wat weg heeft van een plaat die ronddraait onder een naald, hun gezichten zijn maar een armlengte van elkaar verwijderd.

'*Es-tu là?*' zegt hij.

Ben je daar?

Hij is een geest. Hij komt uit een andere wereld. Hij is papa, madame Manec, Etienne, hij is iedereen die haar heeft verlaten en nu eindelijk terugkeert. Door het paneel heen roept hij: 'Ik jou niet vermoorden. Ik jou horen. Op radio. Daarom ik gekomen.' Hij wacht even, worstelt met het Frans. 'Dat liedje, licht van de maan?' Ze moet bijna glimlachen.

Allemaal beginnen we ons bestaan als een enkel celletje, kleiner dan een stofdeeltje. Veel kleiner. Deel. Vermenigvuldig. Tel op en trek af. Materie wisselt van eigenaar, atomen stromen naar binnen en naar buiten, moleculen draaien om hun as, proteïnen worden aan elkaar gehecht, de mitochondriën voorzien de cellen van energie; we beginnen als een microscopisch kleine zwerm elektrische deeltjes. De longen het brein het hart. Veertig weken later worden er zes biljoen cellen door de bankschroef van het geboortekanaal van onze moeder geperst en huilen we. Vervolgens stort de wereld zich boven op ons.

Marie-Laure schuift de kledingkast open. Werner pakt haar hand en helpt haar naar buiten. Haar voeten vinden de vloer van haar grootvaders kamer.

'*Mes souliers,*' zegt ze. 'Ik kon mijn schoenen nergens vinden.'

Tweede blik

Het meisje zit heel stil in de hoek en slaat haar jas om haar knieën. Hoe ze haar enkels tegen haar billen zet. Hoe haar vingers door de ruimte om haar heen fladderen. Hij hoopt beide dingen nooit te vergeten.

Er donderen wapens in het oosten: de citadel die weer bestookt wordt, de citadel die terugschiet.

Ineens voelt hij zich uitgeput. In het Frans zegt hij: 'Er komt een – een *Waffenruhe*. Stoppen met vechten. Vanmiddag om twaalf uur. Zodat mensen uit de stad kunnen. Ik kan jou eruit halen.'

'En je weet zeker dat dat waar is?'

'Nee,' zegt hij. 'Ik weet niet of het waar is.' Stilte. Hij bestudeert zijn broek, zijn stoffige jas. Het uniform maakt hem een medeplichtige aan alles wat dit meisje verafschuwt. 'Er is water,' zegt hij, en hij loopt naar de andere kamer op de vijfde verdieping en kijkt niet naar Von Rumpels lichaam in haar bed en pakt de tweede emmer. Haar hele hoofd verdwijnt erin, en haar magere armen omsluiten de emmer terwijl ze grote slokken neemt.

'Je was heel dapper,' zegt hij.

Ze brengt de emmer omlaag. 'Hoe heet je?'

Hij vertelt haar zijn naam. Ze zegt: 'Toen ik mijn zicht verloor, Werner, zei iedereen dat ik zo dapper was. Toen mijn vader vertrok, zei iedereen dat ik zo dapper was. Maar het is geen dapperheid; ik heb geen keuze. Ik word wakker en leef mijn leven. Dat doe jij toch ook?'

'Al jaren niet meer,' zegt hij. 'Maar vandaag. Vandaag misschien wel.'

Ze heeft geen bril meer op en haar pupillen zien eruit alsof ze met melk gevuld zijn, maar gek genoeg wordt hij er niet door van zijn stuk gebracht. Hij moet denken aan een term van Frau Elena: *belle laide*. Mooi lelijk.

'Wat voor dag is het?'

Hij kijkt om zich heen. Verbrande gordijnen, roet aan het plafond, karton dat van het raam loskomt en het allereerste bleke ochtendzonnetje dat erdoorheen valt. ‘Geen idee. Het is ochtend.’

Er suist een granaat over het huis. Hij denkt: het enige wat ik wil is hier duizend uur lang met haar blijven zitten. Maar ergens ontploft de granaat en het huis kraakt en Werner zegt: ‘Er was ooit een man die dat seintoestel van jou gebruikte. Die lessen over wetenschap uitzond. Toen ik klein was, luisterde ik er altijd met mijn zusje naar.’

‘Dat was de stem van mijn grootvader. Heb je hem echt gehoord?’

‘Heel vaak. We waren er dol op.’

Het raam wordt lichter. Het trage korrelige ochtendlicht dringt de kamer binnen. Alles vluchtig en vol verlangen; alles onduidelijk. Hier te zitten, in deze kamer, hoog in dit huis, weg uit de kelder, met haar: het is als een medicijn.

‘Ik zou wel spek lusten,’ zegt ze.

‘Wat zeg je?’

‘Ik zou wel een heel varken lusten.’

Hij glimlacht. ‘Ik zou wel een hele koe lusten.’

‘De vrouw die hier vroeger woonde, de hulp in de huishouding, die maakte de lekkerste omeletten ter wereld.’

‘Toen ik klein was,’ zegt hij, althans dat hoopt hij te zeggen, ‘gingen we altijd bessen plukken langs de Ruhr. Mijn zusje en ik. Daar vonden we bessen zo groot als onze duim.’

Het meisje kruipt de kledingkast in, klimt een ladder op en komt weer naar beneden met een ingedeukt blik in haar handen geklemd. ‘Kun je zien wat dit is?’

‘Er zit geen etiket op.’

‘Dat weet ik ook wel.’

‘Is het eten?’

‘Maak maar open, dan zullen we het wel zien.’

Met een klap van de baksteen doorboort hij het blik met de punt van het mes. Meteen ruikt hij het: de geur is zo zoet, zo overvloedig zoet, dat hij er bijna van flauwvalt. Wat is het woord? *Pêches. Les pêches.*

Het meisje buigt zich naar voren; de sproetjes op haar wangen lijken te groeien terwijl ze inademt. ‘We delen ze,’ zegt ze. ‘Om wat je hebt gedaan.’

Hij beukt het mes er een tweede keer in, zaagt in het metaal en buigt het deksel omhoog. 'Voorzichtig,' zegt hij, en hij geeft het aan haar. Ze doopt er twee vingers in en haalt er iets nats en glibberigs uit. Vervolgens doet hij hetzelfde. De eerste perzik glijdt door zijn keel als een tastbaar stukje euforie. Een zonsopgang in zijn mond.

Ze eten. Ze drinken de siroop. Ze halen hun vingers langs de binnenkant van het blik.

Vogels van Amerika

Wat een wonderen in dit huis! Ze laat hem de zender op zolder zien: de dubbele accu, de ouderwetse grammofoon, de zelfgemaakte antenne die met een ingenieus hefboomsysteem langs de schoorsteen omhoog en omlaag kan worden geschoven. Zelfs een grammofoonplaat waar volgens haar de stem van haar grootvader op staat, lessen in wetenschap voor kinderen. En de boeken! De onderste verdiepingen liggen er bezaaid mee – Becquerel, Lavoisier, Fischer – een heel mensenleven aan leesvoer. Stel je voor dat je tien jaar in dit smalle huis kon doorbrengen, helemaal afgesloten van de wereld, maar toch kon je al haar geheimen bestuderen en er boeken over lezen en naar dit meisje kijken.

'Denk jij,' vraagt hij, 'dat Kapitein Nemo de draaikolk overleefd heeft?'

In haar te grote jas zit Marie-Laure op de overloop van de vierde verdieping, alsof ze op een trein zit te wachten. 'Nee,' zegt ze. 'Jawel. Ik weet het niet. Dat is volgens mij het hele punt, denk je niet? Dat we ons dat afvragen.' Ze houdt haar hoofd scheef. 'Hij was krankzinnig. En toch wilde ik niet dat hij doodging.'

In de hoek van haar oudooms studeerkamer vindt hij, tussen een chaos van boeken, een exemplaar van *Vogels van Amerika*. Een herdruk, bij lange na niet zo groot als het boek dat hij in Fredericks kamer heeft gezien, maar desalniettemin schitterend: 435 gravures. Hij neemt het mee naar de overloop. 'Heeft je oom je dit ook laten zien?'

'Wat is het?'

'Vogels. Vogels. Vogels.'

Buiten vliegen de granaten alle kanten op. 'We moeten naar beneden,' zegt ze. Maar ze blijven nog heel even zitten, zonder te bewegen.

Californische patrijs.

Jan-van-gent.

Fregatpelikaan.

Werner ziet Frederick nog zo voor zich, op zijn knieën voor zijn raam, neus tegen het glas. Een klein grijs vogeltje dat over de takken hipte. *Lijkt maar weinig voor te stellen, toch?*

'Zou ik hier een bladzijde van mogen hebben?'

'Waarom niet? We gaan zo naar buiten, toch? Als het veilig is?'

'Om twaalf uur 's middags.'

'Hoe weten we wanneer het tijd is?'

'Als ze ophouden met schieten.'

Er komen vliegtuigen over. Tientallen en tientallen. Werner rilt aan één stuk door. Marie-Laure leidt hem naar begane grond, waar alles bedekt ligt onder een centimeter dikke laag as en roet, en hij duwt het omgevallen meubilair opzij en sjort het kelderluik open en dan klauteren ze naar beneden. Ergens boven hen laten dertig bommenwerpers hun lading vallen en Werner en Marie-Laure voelen het huis trillen op zijn grondvesten, horen de explosies aan de overkant van de rivier.

Zou hij dit, als door een wonder, kunnen laten voortduren? Zouden ze zich hier kunnen blijven verstoppen tot de oorlog is afgelopen? Tot de legers boven hen niet meer heen en weer marcheren, tot ze alleen nog maar het luik hoeven open te duwen en wat stenen opzij hoeven te schuiven en het huis een ruïne aan zee is geworden? Tot hij haar vingers in zijn handen kan houden en haar de zon in kan loodsen? Daar zou hij alles voor overhebben, alles voor willen ondergaan; over een jaar of drie jaar of tien zouden Frankrijk en Duitsland heel anders tegenover elkaar staan; dan zouden zij het huis uit kunnen en naar een toeristisch restaurantje kunnen lopen en samen een eenvoudige maaltijd bestellen en die in stilte opeten, een comfortabel soort stilte die geliefden nu eenmaal delen.

'Wist jij,' vraagt Marie-Laure met vriendelijke stem, 'wat hij hier te zoeken had? Die man boven?'

'Misschien de radio?' Terwijl hij het uitspreekt twijfelt hij er al aan.

'Misschien,' zegt ze. 'Misschien was dat het.'

Binnen een minuut liggen ze te slapen.

Staakt-het-vuren

Er valt een korrelig zomerlicht door het geopende luik de kelder binnen. Misschien is het al middag. Er klinken geen schoten. Een paar hartslagen lang kijkt Werner hoe ze ligt te slapen.

Dan maken ze haast. Hij kan de schoenen waar ze naar vraagt niet vinden, maar hij vindt wel ergens een paar herensloffen in een kast en helpt haar erin. Over zijn uniform trekt hij een tweedbroek van Etienne aan en een overhemd met te lange mouwen. Als ze Duitsers tegenkomen, zal hij uitsluitend Frans spreken, zeggen dat hij haar helpt de stad uit te komen. Als ze Amerikanen tegenkomen, zal hij zeggen dat hij deserteert.

'Er moet een verzamelpunt zijn,' zegt hij, 'een plek waar ze vluchtelingen verzamelen', hoewel hij niet zeker weet of hij het goed zegt. In een omgekieperde kast vindt hij een witte kussensloop die hij opgevouwen in haar jaszak stopt. 'Als het zover is, houd deze dan zo hoog als je kunt.'

'Ik zal mijn best doen. En mijn stok?'

'Hier.'

In de hal blijven ze even aarzelen. Geen van beiden heeft enig idee wat hun aan de andere kant van de deur te wachten staat. Hij moet denken aan de veel te warme danszaal van de toelatingsexamens vier jaar geleden: een ladder tegen de muur, de rode vlag met die witte cirkel en dat zwarte kruis eronder. Je zet een stap naar voren; je springt.

Buiten liggen overal bergen steenbrokken. Ze zien schoorstenen met hun bakstenen ruw blootgesteld aan het licht. De lucht is bepleisterd met rook. Hij weet dat de granaten uit het oosten kwamen, dat de Amerikanen zes dagen geleden al bijna bij Paramé waren, dus leidt hij Marie-Laure die kant op.

Elk moment kunnen ze gezien worden, door Amerikanen of zijn eigen leger, en gedwongen worden iets te doen. Werken, meegaan, bekennen, sterven. Ergens klinkt het geluid van vuur: het geluid van gedroogde rozen die in een vuist worden verpulverd. Geen enkel ander geluid; geen motoren, geen vliegtuigen, geen verafgelegen geknal van geschutvuur of gekerm van gewonde mannen of hondengeblaf. Hij pakt haar bij haar hand en helpt haar de stenen over. Er vallen geen granaten en er klikken geen geweren en het licht is zacht en vol as.

Jutta, denkt hij, eindelijk heb ik geluisterd.

Twee straten lang zien ze helemaal niemand. Misschien zit Volkheimer wel te eten – zo ziet Werner hem graag voor zich, de gigantische Volkheimer die in zijn eentje zit te eten aan een klein tafeltje met uitzicht op zee.

'Wat is het stil.'

Haar stem als een zuivere, scherpe uitsnede blauwe lucht. Haar gezicht een veld van sproetjes. Hij denkt: ik wil je niet laten gaan.

'Worden we in de gaten gehouden?'

'Weet ik niet. Volgens mij niet.'

Een straat verderop ziet hij iets bewegen: drie vrouwen met zakken onder hun armen. Marie-Laure trekt aan zijn mouw. 'Welke dwarsstraat is dit?'

'De rue des Lauriers.'

'Kom,' zegt ze, en ze loopt verder, heen en weer tikkend met haar stok in haar rechterhand. Ze gaan links- en rechtsaf, langs een notenboom die net een enorme, in de grond geramde verschroeide tandenstoker lijkt; langs twee kraaien die in iets ondefinieerbaars zitten te pikken, tot ze aankomen bij de voet van de omwalling. Voor een smal steegje hangen klimopplanten vanaf een poort omlaag. Helemaal rechts van zich ziet Werner een vrouw in blauwe tafzijde een grote, te vol gepropte koffer over een stoep zeulen. Er loopt een jongetje achteraan in een veel te kleine broek, baret naar achter geschoven op zijn hoofd en met een glimmend jasje aan.

'Daar lopen wat burgers die weggaan, mademoiselle. Zal ik ze roepen?'

'Momentje nog.' Ze leidt hem dieper het steegje in. Door een gat in de muur dat hij niet kan zien komt een zoete, zuivere zeegeur gestroomd: de lucht is er vol van.

Aan het eind van het steegje komen ze bij een smal hekje. Ze voelt in haar jas en haalt een sleutel tevoorschijn. 'Is het vloed?'

Door het hek heen kan hij nog net een laaggelegen ruimte zien, met tralies aan de andere kant. 'Ik zie wel wat water daarbeneden. We moeten opschieten.'

Maar ze gaat het hek al door en daalt op haar grote schoenen af in de grot, vol zelfvertrouwen, en gaat met haar vingers langs de muren alsof het oude vrienden zijn van wie ze dacht dat ze ze nooit meer terug zou zien. Het getij zorgt voor een kleine rimpeling in het water, dat langs haar scheenbenen stroomt en de zoom van haar jurk natmaakt. Uit haar jas haalt ze een klein houten dingetje en legt het in het water. Ze praat op lichte toon, haar stem echoot: 'Kun je me vertellen of het in de zee ligt? Het moet in de zee liggen.'

'Het ligt erin. We moeten gaan, mademoiselle.'

'Weet je heel zeker dat het in het water ligt?'

'Ja.'

Ze klimt er weer uit, helemaal buiten adem. Troont hem mee terug het hek door en doet het achter hen op slot. Hij geeft haar de stok. Dan gaan ze weer terug het steegje door, zij met zompige schoenen. Naar buiten, door de omlaag hangende klimop heen. Slaan links af. Recht voor hen uit steekt een groepje in lompen gehulde mensen een kruispunt over: een vrouw, een kind, twee mannen die een derde op een brancard dragen, alle drie met een sigaret in hun mond.

Werner begint weer donkere vlekken te zien en hij voelt zich zwak. Het zal niet lang duren voor zijn benen het begeven. Op straat zit een kat aan zijn poot te likken en zijn oren glad te strijken en naar hem te kijken. Hij moet denken aan de oude gebroken mijnwerkers die hij altijd in Zollverein zag, die urenlang bewegingloos op stoelen of kratjes zaten, wachtend op de dood. Voor dat soort mannen was tijd iets waarvan er meer dan genoeg was, een vat dat ze langzaam zagen leeglopen. Terwijl het eigenlijk, denkt hij, een stralend plasje is dat je in je handen draagt; je zou al je energie moeten gebruiken om het te beschermen. Ervoor te vechten. Keihard je best moeten doen om geen druppel te verspillen.

'Goed,' zegt hij in zijn beste Frans, 'hier is de kussensloop. Blijf met je hand die muur volgen. Voel je hem? Dan kom je bij een kruispunt, blijf rechtdoor lopen. Volgens mij zijn er niet al te veel obstakels in die straat. Houd de kussensloop goed omhoog. Recht voor je uit, zo, begrijp je het?'

Ze draait zich naar hem toe en bijt op haar onderlip. 'Ze zullen me neerschieten.'

'Niet met die witte vlag. En je bent een meisje. Er lopen nog meer mensen voor je. Volg deze muur.' Hij legt haar hand er een tweede keer op. 'Ga nu maar gauw. Denk aan de kussensloop.'

'En jij dan?'

'Ik ga de andere kant op.'

Ze draait haar gezicht naar het zijne en hij kan, ook al ziet ze hem niet, haar blik niet verdragen. 'Ga je niet met me mee?'

'Je kunt beter niet met mij gezien worden.'

'Maar hoe kan ik je weer vinden?'

'Dat weet ik niet.'

Ze grijpt zijn hand vast, legt er iets in en knijpt zijn hand tot een vuist. 'Tot ziens. Werner.'

'Tot ziens, Marie-Laure.'

Dan gaat ze. Om de zoveel stappen raakt haar stok een kapotte steen in het plaveisel en het kost haar even om haar weg eromheen te vinden. Stap stap pauze. Weer stap stap. Haar stok tast, de zoom van haar natte jurk zwaait, de witte kussensloop wordt omhooggehouden. Hij blijft kijken tot ze het kruispunt over is, de volgende straat door loopt, en uit het zicht verdwijnt.

Hij wacht op stemmen. Geweren.

Ze zullen haar helpen. Dat moet.

Als hij zijn hand opendoet, ziet hij een klein ijzeren sleuteltje.

Chocola

Die avond vindt madame Ruelle Marie-Laure in een gevorderde school. Ze grijpt haar hand vast en laat hem niet meer los. De autoriteiten hebben ladingen Duitse chocolaatjes in rechthoekige kartonnen doosjes in beslag genomen en Marie-Laure en madame Ruelle eten er zoveel dat ze de tel kwijtraken.

Die ochtend nemen de Amerikanen het kasteel en de laatste luchtafweereenheid in en laten ze de gevangenen vrij uit het Fort National. Madame Ruelle haalt Etienne uit de rij mensen die voorbijkomt en hij sluit Marie-Laure in zijn armen. De kolonel in zijn ondergrondse fort houdt het nog drie dagen vol, tot een Amerikaans vliegtuig, een *Lightning*, een projectiel met napalm in een ventilatiekanaal dropt, een kans van een op de miljoen, en er vijf minuten later een wit laken aan een stok verschijnt en het beleg van Saint-Malo voorbij is. Mijnenvegerspelotons verwijderen alles wat zou kunnen ontbranden en er gaan legerfotografen met hun statief naar binnen en een handjevol burgers keert terug uit boerderijen, velden en kelders en dwaalt door de verwoeste straten. Op 25 augustus mag madame Ruelle de stad weer in om te zien hoe het is gesteld met de bakkerij, maar Etienne en Marie-Laure gaan de andere kant op, richting Rennes, waar ze een kamer boeken in een hotel dat Het Universum heet, met een functionerende boiler, en allebei liggen ze twee uur lang in bad. Als de avond valt ziet hij in het raam weerspiegeld hoe ze op de tast haar weg naar het bed zoekt. Ze drukt haar handen tegen haar gezicht en laat ze dan vallen.

'We gaan naar Parijs,' zegt hij. 'Daar ben ik nog nooit geweest. Dan kun jij het me laten zien.'

Licht

Anderhalve kilometer ten zuiden van Saint-Malo wordt Werner gevangengenomen door drie Franse verzetsstrijders in burger die in een vrachtwagen de straten afschuimen. Eerst denken ze dat ze een klein, witharig oud mannetje hebben gered. Dan horen ze zijn accent, zien ze de Duitse uniformjas onder het ouderwetse overhemd en zijn ze ervan overtuigd dat ze een spion te pakken hebben, een geweldige vangst. Dan beseffen ze hoe jong Werner is. Ze dragen hem over aan een Amerikaanse militair administrateur in een gevorderd hotel waar buitgemaakte wapens moeten worden ingeleverd. Aanvankelijk is Werner bang dat ze hem mee naar beneden zullen nemen – alsjeblieft niet weer een kelder – maar hij wordt meegenomen naar de tweede verdieping, waar een uitgeputte tolk die al een maand lang Duitse gevangenen inschrijft zijn naam en rang noteert, dan een paar standaardvragen opdreunt terwijl de administrateur Werners canvas legertas doorzoekt en weer teruggeeft.

'Een meisje,' zegt Werner in het Frans. 'Hebben jullie gezien of...?' Maar de tolk grijnst alleen maar en zegt iets in het Engels tegen de administrateur, alsof iedere Duitse soldaat die hij ondervraagt naar een meisje informeert.

Hij wordt een binnenplaats omgeven door prikkeldraad op geleid, waar acht of negen andere Duitsers in hun hoge laarzen zitten met gebutste veldflessen in hun hand, een van hen draagt vrouwenkleren waarin hij kennelijk geprobeerd heeft te deserteren. Twee onderofficieren en drie soldaten en geen Volkheimer.

Die avond krijgen ze soep uit een grote ketel waarvan hij vier tinnen bekers vol naar binnen werkt. Vijf minuten later staat hij in een hoekje over te geven.

De volgende ochtend houdt hij de soep ook niet binnen. Er pakken zich wolken samen in de lucht. Zijn linkeroor laat geen geluid door. Hij blijft Marie-Laure maar voor zich zien – haar handen, haar haar – ook al is hij bang dat de beelden zullen slijten als hij zich er te lang op concentreert. Een dag na zijn arrestatie wordt hij met een groepje van twintig naar een grotere groep mannen gebracht, met wie ze samen in een opslagruimte worden opgesloten. Door de open deuren kan hij Saint-Malo niet zien, maar hoort hij wel de vliegtuigen, met honderden tegelijk, en er hangt dag en nacht een enorme rooksluier boven de horizon. Twee dokters proberen Werner havermout te voeren, maar hij houdt het niet binnen. Sinds de perziken verdraagt zijn maag helemaal niets meer.

Misschien is zijn koorts weer terug; misschien is hij wel vergiftigd door de drab uit de hotelkelder. Misschien geeft zijn lichaam het gewoon op. Hij begrijpt dat als hij niet eet, hij dood zal gaan. Maar als hij iets eet, voelt het alsof hij doodgaat.

Vanuit het pakhuis worden ze naar Dinan geleid. De meeste gevangenen zijn jongens of mannen van middelbare leeftijd, alles wat er nog over is van de bataljons. Ze dragen poncho's, legertassen, kisten; een paar sjouwen felgekleurde koffers met zich mee die ze god weet waar vandaan hebben. Er zitten mannen tussen die naast elkaar hebben gevochten, maar de meeste zijn vreemden van elkaar en allemaal hebben ze dingen gezien die ze het liefst zouden vergeten. De hele tijd zijn ze zich bewust van het getij achter hen, dat opkomt, massa verzamelt en een trage en rancuneuze woede in zich draagt.

Hij loopt in de tweedbroek van Marie-Laures oudoom; over zijn schouder draagt hij zijn legertas. Achttien jaar oud. Zijn leven lang is hem door zijn schoolmeesters, zijn radio, zijn leiders een toekomst voorgehouden. En wat is er nu nog van die toekomst over? De weg voor hem is volkomen blanco en zijn gedachten keren zich allemaal naar binnen; hij ziet Marie-Laure met haar stok in haar hand uit het zicht verdwijnen, als as die uit een vuurtje wordt geblazen, en hij wordt verteerd door verlangen.

Op 1 september kan Werner als hij wakker wordt niet meer overeind komen. Twee van zijn medegevangenen helpen hem naar de wc en weer terug en leggen hem dan in het gras. Een jonge Canadees met een doktershelm op schijnt met een zaklampje in Werners ogen en zet hem op een vrachtwagen, die hem een eindje verderop achterlaat in een tent vol op sterven liggende mannen. Er komt een verpleegster die een vloeistof in zijn arm spuit. Een oplossing zijn mond in lepelt.

Een week lang brengt hij door in het vervreemdende groenachtige licht onder het canvas doek van die enorme tent, terwijl hij met zijn ene hand zijn legertas en met zijn andere de harde hoeken van het kleine houten huisje stevig vasthoudt. Op de momenten dat hij het kan opbrengen speelt hij er een beetje mee. Draai de schoorsteen, schuif de drie dakpanelen eraf, kijk erin. Zo ingenieus gemaakt.

Elke dag vliegen er links en rechts van hem nieuwe zieltjes de hemel in en hij heeft het idee dat hij muziek hoort in de verte, alsof er een grote oude radio achter een gesloten deur klinkt en hij er alleen naar kan luisteren door zijn goede oor tegen zijn veldbed aan te drukken, al klinkt het geluid heel zacht en zijn er momenten waarop hij überhaupt niet weet of de muziek er wel echt is.

Er is iets om kwaad op te zijn, daar is Werner wel van overtuigd, maar hij kan er zijn vinger niet helemaal op leggen.

'Eet niks,' zegt een verpleegster in het Engels.

Mouwband van een dokter. 'Koorts?'

'Hoog.'

Er volgen meer woorden. Dan getallen. In een droom ziet hij een kristalheldere nacht voor zich, waarin de kanalen bevroren zijn en de lantaarns aan de mijnwerkershuizen branden en de boeren tussen de velden door schaatsen. Hij ziet een onderzeeër die in de onverlichte dieptes van de Atlantische Oceaan ligt te slapen; Jutta die haar gezicht tegen een patrijspoort aan drukt en op het glas ademt. Hij verwacht half-en-half Volkheimers enorme hand te zien verschijnen, om hem overeind te helpen en hem in de Opel te zetten.

En Marie-Laure? Kan zij ook nog steeds de druk van zijn hand tegen de huid tussen haar vingers voelen, net zoals hij de hare voelt?

Op een nacht gaat hij rechtovereind zitten. In de veldbedden om hem heen liggen tientallen zieken of gewonden. Er waait een warm septemberwindje over het platteland, waardoor de wanden van de tent een beetje beginnen te klapperen.

Werner is helemaal licht in zijn hoofd. De wind is stevig en blaast steeds feller en de hoeken van de tent rukken aan hun stormlijnen, en op de plek waar de flappen aan weerszijden omhoogkomen kan hij de bomen heen en weer zien wiegen. Alles ritselt. Werner stopt zijn oude aantekenboekje en het kleine huisje in zijn legertas en de man naast hem mompelt vragen in zichzelf, terwijl de rest van het gebroken gezelschap doorslaapt. Zelfs Werners dorst is verdwenen.

Hij voelt alleen nog de rauwe, gevoelloze golven maanlicht die boven hem op de tent vallen en uiteenspatten. Daarbuiten, achter de open tentflappen, suizen de wolken boven de bomen voorbij. Naar Duitsland. Naar huis.

Zilverkleurig en blauw, blauw en zilverkleurig.

Er vallen stukjes papier over de rijen veldbedden omlaag en Werner voelt dat zijn hart sneller begint te kloppen. Hij ziet Frau Elena naast de kolenkachel neerknielen om het vuur op te poken. Kinderen in hun bedjes. Baby Jutta die in haar wiegje ligt te slapen. Zijn vader steekt een lamp aan, stapt een lift in en verdwijnt.

De stem van Volkheimer: *Wat jij wel niet allemaal zou kunnen worden.*

Werners lichaam lijkt gewichtloos te zijn geworden onder zijn deken en achter de klapperende tentingang dansen de bomen en drijven de wolken verder op hun enorme uitwaaierende tocht en dan zwaait hij eerst zijn ene en dan zijn andere been over de rand van het bed.

'Ernst,' zegt de man naast hem. 'Ernst.' Maar er is geen Ernst te bekennen; de mannen in de veldbedden geven geen antwoord; de Amerikaanse soldaat bij de ingang van de tent slaapt. Werner loopt langs hem heen het gras op.

De wind waait onder zijn hemd door. Hij is een vlieger, een ballon.

Een keer hadden Jutta en hij een klein zeilbootje gemaakt van stukjes hout en het meegenomen naar de rivier. Jutta had het vaartuigje knalpaars en groen geverfd en liet het heel gewichtig te water. Maar zodra het in de stroom terechtkwam zakte het bootje in. Het dreef mee op de stroom, buiten hun bereik, en werd opgeslokt door het gladde zwarte water. Jutta keek Werner met vochtige ogen aan, terwijl ze aan de kapotte draadjes van haar trui plukte.

'Het maakt niet uit,' zei hij. 'Dingen doen het de eerste keer haast nooit. We maken er gewoon nog eentje, een betere.'

Hadden ze dat ook gedaan? Hij hoopt het maar. Hij heeft het idee dat hij zich een klein bootje voor de geest kan halen – een meer zeewaardig exemplaar – dat over de rivier gleed. Het zeilde een bocht om en liet hen achter. Toch?

Het maanlicht schijnt en deint; de verbrokkelde wolken ijlen over de bomen heen. Overal dwarrelen bladeren. Maar het maanlicht houdt stand in de wind, schijnt langs de wolken, door de lucht, met stralen die in Werners beleving onmogelijk traag en onverstoorbaar blijven. Ze hangen over het gebogen gras.

Waarom beweegt licht niet door wind?

Aan de overkant van het grasveld ziet een Amerikaan een jongen de ziekentent uit gaan en afgetekend tegen de bomen weglopen. Hij gaat rechtop zitten. Hij steekt zijn hand omhoog.

'Stop,' roept hij.

'*Halt*,' roept hij.

Maar Werner is al bij de rand van het veld, waar hij op een landmijn trapt die daar drie maanden eerder door zijn eigen leger is gelegd, en hij verdwijnt in een fontein van aarde.

Elf

1945

Berlijn

In januari 1945 worden Frau Elena en de laatste vier meisjes in het kindertehuis – de tweeling Hannah en Susanne Gerlitz, Claudia Förster en de vijftienjarige Jutta Pfennig – uit Essen naar Berlijn overgebracht om te gaan werken in een fabriek voor machineonderdelen.

Tien uur per dag, zes dagen per week, halen ze enorme smeedpersen uit elkaar en stoppen ze het bruikbare metaal in kratten die op treinwagons worden geladen. Losschroeven, zagen, sjouwen. Op de meeste dagen werkt Frau Elena bij hen in de buurt, in een gescheurd ski-jack dat ze ergens heeft gevonden, terwijl ze in het Frans in zichzelf praat of liedjes uit haar kindertijd zingt.

Ze wonen boven een drukkerij die een maand daarvoor is verlaten. Op de gangen staan honderden kratten met misdrukken van woordenboeken opgestapeld, die de meisjes bladzijde voor bladzijde verbranden in het ronde kacheltje.

Gisteren *Dankeswort, Dankesworte, Dankgebet, Dankopfer.*

Vandaag *Frauenverband, Frauenverein, Frauenvorsteher, Frauenwahlrecht.*

Hun middagmaaltijden bestaan uit kool en gerst in de fabriekskantine, 's avonds staan er eindeloze rantsoenrijen. Boter wordt in piepkleine porties verdeeld: drie keer per week krijgen ze allemaal een blokje ter grootte van een half suikerklontje. Water halen ze uit een fonteintje twee straten verderop. Moeders met zuigelingen hebben geen babykleertjes, geen wandelwagens, en maar heel weinig koemelk. Sommigen scheuren beddengoed kapot om er luiers van te maken; een paar weten een krant op de kop te tikken die ze in een driehoek vouwen en vastspelden tussen de beentjes van hun baby.

Zeker de helft van de meisjes die in de fabriek werken kan niet lezen of schrijven, dus leest Jutta de brieven voor van vriendjes of broers of vaders aan het front. Soms schrijft ze een antwoord voor ze: *En weet je nog, toen we pistachenootjes aten, toen we die citroenijsjes in de vorm van een bloem aten? Toen je zei…*

Het hele voorjaar door blijven de bommenwerpers komen, avond aan avond, met kennelijk als enige doel de stad tot de grond toe te verwoesten. De meeste avonden rennen de meisjes naar het eind van de straat en klimmen ze een benauwde schuilkelder in waar ze wakker worden gehouden door het ineenstorten van metselwerk.

Af en toe zien ze op weg naar de fabriek lichamen liggen, mummies vergaan tot as, mensen zo verschroeid dat ze onherkenbaar zijn. Maar soms hebben ze geen zichtbare verwondingen, en dat zijn de lichamen die Jutta het engst vindt: mensen die eruitzien alsof ze elk moment kunnen opstaan en met de rest mee terug naar hun werk kunnen sjokken.

Maar ze staan niet meer op.

Een keer ziet ze drie kinderen op een rij liggen met hun gezicht naar beneden en hun rugtas op hun rug. Haar eerste gedachte is: Wakker worden. Jullie moeten naar school. Het volgende moment denkt ze: misschien zit er wel iets te eten in die tasjes.

Claudia Förster praat niet meer. Er gaan dagen voorbij zonder dat ze een woord uitbrengt. Het materiaal in de fabriek raakt op. Het gerucht gaat dat niemand meer de leiding heeft, dat het koper en het zink en het roestvrij staal dat ze met bloed, zweet en tranen hebben verzameld, op treinwagons wordt geladen en op rangeersporen wordt achtergelaten zonder dat iemand er nog naar omkijkt.

De post komt niet meer. Eind maart wordt de machineonderdelenfabriek met een groot hangslot afgesloten en moeten Frau Elena en de meisjes aan het werk voor een niet-militair bedrijf dat straten schoonmaakt na een bombardement. Ze rapen kapotte bakstenen op, scheppen stof en glasscherven door een zeef. Jutta vangt verhalen op over jongens van zestien en zeventien die doodsbang, vol heimwee, met trillende oogleden bij hun moeder op de stoep staan, die twee dagen later huilend de zolder af worden gesleept en op straat als deserteur worden neergeschoten. Er verschijnen weer beelden uit haar jeugd – waarin ze in een karretje achter haar broer aan rijdt, het vuilnis doorzoekt – op haar netvlies. Op zoek naar iets glimmends in de doffe modder.

'Werner,' fluistert ze hardop.

In het najaar, in Zollverein, had ze twee brieven ontvangen waarin stond dat hij dood was. In allebei stond een andere plek waar hij begraven zou zijn. La Fresnais, Cherbourg – ze moest ze opzoeken op de kaart. Steden in Frankrijk. Soms, in haar dromen, staat ze samen met hem bij een tafel vol koppelingen, versnellingsbakken en motors. *Ik ben iets aan het maken*, zegt hij dan. *Ik ben ermee bezig*. Maar daar blijft het bij.

In april hebben de vrouwen het alleen nog maar over de Russen en wat die allemaal wel niet zullen doen, de wraak die ze zullen nemen. Barbaren, zeggen ze. Woestelingen, Russki's, wilden, zwijnen. De smeerlappen zijn in Strausberg. De bruten zijn in de buitenwijk.

Hannah, Susanne, Claudia en Jutta slapen dicht tegen elkaar aan op de vloer. Is er ergens in dit laatste verlaten bolwerk nog een stukje goedheid te bespeuren? Soms wel. Op een middag komt Jutta thuis, onder het stof, en ziet dat de stevige Claudia Förster bij toeval een doosje van de bakker heeft gevonden dat met goud plakband zit dichtgeplakt. Het karton zit onder de vetvlekken. Samen zitten de meisjes ernaar te staren. Alsof het uit een andere wereld komt.

In het doosje liggen vijftien kleine gebakjes, van elkaar gescheiden door vierkante stukjes vloeipapier en gevuld met aardbeienjam. In hun lekkende appartement zitten de vier meisjes bij Frau Elena, terwijl er een lentebuitje over de stad valt en alle as van de vervallen bouwwerken af spoelt, alle ratten uit hun huisjes van gevallen bakstenen vandaan komen en ieder van hen eet drie oude gebakjes, niemand bewaart er een voor later, het poedersuiker op hun neus, de jam tussen hun tanden, helemaal giechelig.

Dat die lompe, doodsbange Claudia zo'n wonder voor elkaar heeft weten te krijgen, dat ze zo goed is om het te delen.

De paar jonge vrouwen die er nog zijn gaan gekleed in vodden, verstoppen zich in schuilkelders. Jutta hoort dat grootmoeders hun kleindochters insmeren met fecaliën, hun haar met een broodmes afsnijden om hen maar zo onaantrekkelijk mogelijk voor de Russen te maken.

Ze hoort dat moeders hun dochters verdrinken.

Ze hoort dat je het bloed dat aan hen kleeft op een kilometer afstand kunt ruiken.

'Het zal niet lang meer duren nu,' zegt Frau Elena met haar handen voor de kachel waarop het water maar niet aan de kook wil raken.

Op een wolkeloze dag in mei vallen ze in handen van de Russen.

De mannen zijn maar met zijn drieën en het blijft bij die ene keer. Ze breken de deur open van de drukkerij beneden, op zoek naar drank, maar vinden niets en beginnen al snel gaten in de muren te beuken. Een barst en een huivering, een kogel die afketst tegen een uit elkaar gehaalde drukpers en in het appartement boven zit Frau Elena in haar gestreepte ski-jack, met een beknopte uitgave van het Nieuwe Testament in haar zak geritst, terwijl ze de handen van de meisjes vasthoudt en een onverstaanbaar gebed prevelt.

Jutta probeert zichzelf wijs te maken dat ze de trap niet op zullen komen. Een paar minuten lang doen ze dat ook niet. Maar dan wel, en hun laarzen komen bonkend omhoog.

'Rustig blijven,' zegt Frau Elena tegen de meisjes. Hannah en Susanne en Claudia en Jutta – geen van allen zijn ze ouder dan zestien. Frau Elena's stem klinkt zacht en ontmoedigd, maar niet bang. Teleurgesteld, misschien. 'Rustig blijven, dan schieten ze niet. Ik zal eerst gaan. Dan zijn ze bij jullie wat kalmer.'

Jutta vouwt haar handen achter haar hoofd tegen het trillen. Claudia lijkt doofstom.

'En doe je ogen dicht,' zegt Frau Elena.

Hanna snikt.

Jutta zegt: 'Ik wil ze zien.'

'Houd ze dan maar open.'

Boven aan de trap houden de voetstappen stil. De Russen gaan de kast binnen en ze horen hoe de stelen van bezems dronken opzij worden gegooid en hoe er een krat woordenboeken bonkend de trap af valt en dan rammelt er iemand aan de deurknop. Iemand zegt iets tegen een ander en de stijl versplintert en de deur vliegt met een knal open.

Een van hen is officier. Twee kunnen geen dag ouder dan zeventien zijn. Allemaal zijn ze te smerig voor woorden, maar ergens in de voorgaande uren hebben ze de vrijheid genomen om zichzelf te besprenkelen met damesparfum. Vooral de twee jongens stinken ernaar. Deels lijken het schaapachtige schooljongetjes en deels krankzinnigen met nog maar een uur te leven. De eerste heeft alleen een stuk touw als riem en is zo dun dat hij het niet hoeft los te knopen om zijn broek te laten zakken. De tweede lacht: een vreemde, verwarde lach, alsof hij niet echt kan geloven dat de Duitsers naar zijn land zijn gekomen en een stad als deze hebben achtergelaten. De officier gaat bij de deur zitten met zijn benen recht voor zich uit en kijkt de straat op. Hannah schreeuwt even, maar drukt dan haar hand tegen haar mond om het geluid te smoren.

Frau Elena leidt de jongens naar de andere kamer. Ze maakt één enkel geluid: een hoestje, alsof er iets vastzit in haar keel.

Dan gaat Claudia. Zij laat alleen wat gekreun horen.

Jutta zorgt ervoor dat ze geen enkel geluid maakt. Alles verloopt vreemd genoeg heel ordelijk. De officier gaat als laatste, probeert hen allemaal beurtelings uit, en hij zegt wat losse woorden als hij op Jutta ligt, zijn ogen zijn open maar hij lijkt niets te zien. Het is niet van zijn platte, gepijnigde gezicht af te lezen of de woorden vriendelijk of beledigend zijn. Door de eau-de-cologne heen ruikt hij naar paard.

Jaren later hoort Jutta de woorden nog steeds nagalmen in haar hoofd – *Kirill*, *Pavel*, *Afanasy*, *Valentin* – en ze neemt zich voor te geloven dat het de namen van dode soldaten waren. Maar ze kan het mis hebben.

Voor de Russen ervandoor gaan schiet de jongste twee keer in het plafond, en ruisend valt er allemaal gruis boven op Jutta. En terwijl de echo heel hard nagalmt kan ze Susanne naast haar op de vloer horen, die niet huilt maar heel zachtjes ademhaalt terwijl ze luistert hoe de officier zijn riem weer dichtgespt. Dan gaan de drie mannen de straat op en ritst Frau Elena haar ski-jack dicht, ze is blootsvoets, terwijl ze met haar rechterhand over haar linkerarm wrijft, alsof ze dat ene kleine stukje van zichzelf weer warm probeert te krijgen.

Parijs

Etienne huurt het appartement aan de rue des Patriarches waar Marie-Laure is opgegroeid. Hij koopt elke dag de krant om de lijsten van vrijgelaten gevangenen door te nemen en luistert onafgebroken naar een van zijn drie radio's. *De Gaulle* zus, *Noord-Afrika* zo, *Hitler*, *Roosevelt*, *Danzig*, *Bratislava*, al die namen, maar niet die van haar vader.

Elke ochtend wandelen ze naar het Gare d'Austerlitz om daar te wachten. Op een grote stationsklok schrijden de secondes meedogenloos voort, en Marie-Laure zit naast haar oudoom en luistert naar de troosteloos klinkende slakkengang van de gehavende treinen.

Etienne ziet soldaten met holle wangen, zo diep als kommetjes. Dertigjarigen die wel tachtig lijken. Mannen in versleten pakken die met hun hand naar hun hoofd gaan om een hoed af te nemen die er niet meer is. Marie-Laure probeert zo veel mogelijk af te leiden uit het geluid van hun schoenen: die zijn klein, die wegen een ton, die zijn er amper nog.

'''s Avonds zit ze te lezen terwijl Etienne telefoontjes pleegt, verzoeken naar repatriëringsinstanties stuurt en brieven schrijft. Ze merkt dat ze maar twee of drie uur aan één stuk kan slapen. Ze wordt steeds wakker van granaten die er helemaal niet zijn.

'Het is de bus maar,' zegt Etienne, die tegenwoordig naast haar op de vloer slaapt.

Of: 'Het zijn maar vogels.'

Of: 'Het is niets, Marie.'

Op de meeste dagen gaat de broze, oude malacoloog dr. Geffard met hen mee om te wachten op het Gare d'Austerlitz, waar hij rechtop zit met zijn baard en stropdas en ruikt naar rozemarijn, naar munt, naar wijn. Hij noemt haar Laurette, hij zegt hoezeer hij haar gemist heeft, dat hij elke dag aan haar heeft gedacht, dat hij door haar te zien weer gesterkt wordt in zijn geloof dat goedheid, boven alles, het langst duurt.

Zij zit altijd tegen Etienne of dr. Geffard aan geleund. Papa zou overal wel kunnen zijn. Misschien is hij wel die stem die steeds dichterbij komt. Die voetstappen rechts van haar. Misschien zit hij in een cel, in een greppel, duizend kilometer hiervandaan. Misschien is hij allang dood.

Aan de arm van Etienne gaat ze het museum in om met verschillende medewerkers te praten, van wie velen zich haar nog kunnen herinneren. De directeur zelf legt uit dat ze met man en macht naar haar vader zoeken, dat ze haar zullen blijven helpen met woonruimte, een opleiding. Er wordt met geen woord gerept over de Zee der Vlammen.

De lente breekt aan; op de radio volgt de ene bekendmaking op de andere. Berlijn capituleert; Göring capituleert; de enorme, mysterieuze kluis van het nazisme zwaait open. Er worden spontaan optochten gehouden. De anderen die op het Gare d'Austerlitz staan te wachten fluisteren dat een op de honderd mensen terugkomt. Dat je met je duim en wijsvinger hun nek kunt omvatten. Dat je als ze hun overhemd uittrekken, hun longen in hun borstkas kunt zien bewegen.

Elke hap die ze eet is een daad van verraad.

Zelfs zij die terugkeren, heeft ze gemerkt, zijn anders geworden, ouder dan ze zijn, alsof ze op een andere planeet zijn geweest waar de jaren sneller voorbijgaan.

'Het zou kunnen,' zegt Etienne, 'dat we nooit zullen weten wat er is gebeurd. Daar moeten we op voorbereid zijn.' Marie-Laure hoort madame Manec: *Je moet altijd vertrouwen blijven houden.*

De hele zomer blijven ze wachten, Etienne altijd aan de ene kant, dr. Geffard vaak aan de andere. En dan, op een middag in augustus, leidt Marie-Laure haar oudoom en dr. Geffard de lange trap op, het zonlicht in en vraagt of het veilig is om over te steken. Ze zeggen van wel, dus leidt ze hen langs de kade, door de hekken van de Jardin des Plantes.

Er lopen wat jongens te roepen op de kiezelpaden. Iemand in de buurt speelt op een saxofoon. Naast een oude boom die klinkt alsof hij vol bijen zit, blijft ze staan. De hemel lijkt hoog en heel ver weg. Ergens op de wereld is er vast wel iemand die erachter komt hoe je verdriet van je af kunt zetten, maar Marie-Laure lukt het niet. Nog niet. Waar het uiteindelijk op neerkomt is dat ze een gehandicapt meisje is zonder huis en zonder ouders.

'En nu?' vraagt Etienne. 'Lunch?'

'School,' zegt ze. 'Ik wil graag naar school.'

Twaalf

1974

Volkheimer

Frank Volkheimers flat op de derde verdieping in een buitenwijk van Pforzheim, Duitsland, heeft drie ramen. Het uitzicht wordt beheerst door een reclamebord op de kroonlijst van het gebouw aan de overkant; drie meter achter het raam staat het te glanzen. Er staan plaatjes op van bewerkt vlees, vleesschotels zo groot als hijzelf, rood met roze, en grijs aan de randen, gegarneerd met peterselietakjes ter grootte van een struik. 's Avonds wordt zijn appartement door vier troosteloze elektrische spotjes op het reclamebord in een vreemde weerkaatste gloed gezet.

Hij is eenenvijftig.

Er miezert een aprilregen door het licht van de spotjes op het reclamebord heen en Volkheimers televisie flikkert blauw, en zoals gewoonlijk bukt hij als hij door de deur van zijn keuken naar de woonkamer loopt. Geen kinderen, geen huisdieren, geen kamerplanten, weinig boeken op de planken. Alleen een kaarttafel, een matras en een leunstoel voor de televisie, waar hij nu met een blik boterkoekjes op schoot in zit. Het ene na het andere koekje werkt hij naar binnen, alle bloemvormige rondjes, dan die in de vorm van een krakeling en als laatste de klavertjes.

Op tv wordt een man met de hulp van een zwart paard onder een omgevallen boom vandaan gehaald.

Volkheimer installeert en repareert tv-antennes op het dak. Elke ochtend trekt hij een blauwe overall aan, verschoten op de plekken waar het trekt op zijn enorme schouders, te kort bij de enkels, en loopt op grote zwarte laarzen naar zijn werk. Omdat hij sterk genoeg is om de grote uitschuifbare ladders in zijn eentje te dragen, en misschien ook wel omdat hij maar zelden zijn mond opendoet, handelt Volkheimer de meeste reparaties alleen af. Mensen bellen naar het kantoor voor een nieuwe antenne of om te klagen over dubbelbeeld, storing, spreeuwen op de kabels, en dan gaat Volkheimer erop af. Hij last een kapotte verbinding of duwt een vogelnestje van een paal of zet met steunpalen een antenne overeind.

Alleen op de winderigste, koudste dagen voelt hij zich thuis in Pforzheim. Volkheimer houdt ervan de lucht onder de kraag van zijn overall door te voelen glijden, om het licht schoongeveegd te zien worden door de wind, de heuvels in de verte bestrooid met sneeuw te zien, de bomen in de stad (allemaal in de jaren na de oorlog geplant, allemaal even oud) te zien glinsteren van het ijs. Op wintermiddagen beweegt hij zich tussen de antennes door als een zeeman door de tuigage. In het late blauwe licht kan hij de mensen op de straten beneden zich zien lopen, terwijl ze zich naar huis haasten, en soms scheren er meeuwen langs, wit afstekend tegen het donker. Het kleine, stabiele gewicht van gereedschap aan zijn riem, de geur van regenbuien en de kristalheldere schittering van de wolken in de avondschemering: dit zijn de enige momenten waarop Volkheimer zich enigszins goed voelt.

Maar op de meeste dagen, vooral als het warm is, vindt hij het leven maar vermoeiend; alles wordt erger, het verkeer, graffiti, arbeidsvoorwaarden, iedereen die maar loopt te zaniken over bonussen, extra's, overwerk. Soms, in de warme loomheid van de zomer, lang voor het licht wordt, loopt Volkheimer te ijsberen in het harde licht van het reclamebord en voelt hij de eenzaamheid als een ziekte in hem verankerd zitten. Hij ziet hoge dennenbomen in een storm heen en weer zwiepen, hoort het hout kreunen. Hij ziet de aarden vloer van het huis waarin hij is opgegroeid en het gedempte schemerlicht dat 's ochtends door de coniferen valt. Dan weer wordt hij achtervolgd door de ogen van mannen die op het randje van de dood staan en vermoordt hij hen weer allemaal opnieuw. Dooie in Lodz. Dooie in Lublin. Dooie in Radom. Dooie in Krakau.

Regen op de ramen, regen op het dak. Voor hij naar bed gaat, loopt Volkheimer drie trappen af naar de hal om zijn post te halen. Hij heeft al een week niet in zijn brievenbus gekeken, en tussen twee folders, een loonstrookje en een elektriciteitsrekening ligt een klein pakketje van een veteranenbelangenorganisatie uit West-Berlijn. Hij neemt de post mee naar boven en maakt het pakketje open.

Er zijn drie verschillende dingen gefotografeerd tegen dezelfde witte achtergrond, allemaal met een zorgvuldig genummerd notitiekaartje ernaast geplakt.

14-6962. Een canvas legertas, muisgrijs, met twee gewatteerde hengsels.

14-6963. Een klein maquettehuisje, gemaakt van hout, gedeeltelijk kapot.

14-6964. Een rechthoekig notitieboekje met zachte kaft met maar één woord op het omslag: FRAGEN.

Het huisje doet geen belletje bij hem rinkelen en de tas zou van iedere soldaat kunnen zijn, maar het notitieblokje herkent hij direct. W.P., staat er in inktletters in de benedenhoek. Volkheimer legt twee vingers op de foto, alsof hij het notitieboekje er zo uit zou kunnen trekken en het zou kunnen doorbladeren.

Hij was nog maar een jongen. Dat waren ze allemaal. Zelfs de reuzen onder hen.

In de brief wordt uitgelegd dat de organisatie probeert om spullen te bezorgen aan de naaste familie van gesneuvelde soldaten wier namen verloren zijn gegaan. Er staat dat ze menen dat hij, stafonderofficier Frank Volkheimer, gediend heeft als hoogste officier van een eenheid waarvan de eigenaar van deze tas deel uitmaakte, een tas die in bewaring was gehouden door een doorvoerkamp voor krijgsgevangenen van het Amerikaanse leger in Bernay, Frankrijk, anno 1944.

Weet hij aan wie deze spullen toebehoorden?

Hij legt de foto's op tafel en staat met zijn grote handen langs zijn zij. Hij hoort hortende draagassen, grommende uitlaatpijpen, regen op het dak van de radiovrachtwagen. Zwermen zoemende muggen. Het marcheren van kaplaarzen en het luidkeelse geroep van jongens.

Ruis, dan de geweren.

Maar was het wel fatsoenlijk om hem daar zo buiten te laten? Zelfs toen hij al dood was?

Wat jij wel niet allemaal zou kunnen worden.

Hij was klein. Hij had wit haar en flaporen. Als het koud was, knoopte hij de kraag van zijn jas helemaal dicht tot aan zijn kin en trok hij zijn handen in zijn mouwen. Volkheimer weet van wie deze spullen waren.

Jutta

Jutta Wette geeft algebra op de bovenbouw van een lyceum in Essen; integraalrekeningen, kansberekening, parabolen. Elke dag draagt ze dezelfde outfit: zwarte lange broek met een nylon blouse – afwisselend beige, antraciet of vaalblauw. Heel af en toe, als ze in een wilde bui is, de kanariegele. Haar huid is bleek en haar haar nog steeds zo wit als papier.

Jutta's echtgenoot, Albert, is een zachtaardige, bedachtzame en kalende accountant wiens grote passie het is om in de kelder modeltreintjes te laten rijden. Lange tijd dacht Jutta dat ze niet zwanger kon worden, en toen, op een dag, ze was al zevenendertig, raakte ze toch in verwachting. Hun zoontje, Max, is zes, dol op modder, honden en vragen waar niemand antwoord op heeft. Zijn nieuwste hobby is ingewikkelde papieren vliegtuigjes vouwen. Hij komt thuis van school, gaat op zijn knieën op de keukenvloer zitten en vouwt het ene na het andere vliegtuigje met een niet-aflatende, haast griezelige toewijding, terwijl hij zijn vleugelpunten, staarten en neuzen beoordeelt, en vooral gegrepen lijkt te zijn door het maakproces, de transformatie van iets plats in iets wat kan vliegen.

Het is donderdagmiddag ergens begin juni, het schooljaar is bijna ten einde en ze zijn in het openbare zwembad. Een sluier van grijze wolken bedekt de hemel, in het ondiepe deel schreeuwen kinderen, ouders zitten te praten of een tijdschrift te lezen of in hun stoel te soezen en alles is normaal. Albert staat in zijn zwembroek bij de snackbar, met zijn kleine handdoekje over zijn brede rug, te overwegen wat voor ijs hij zal nemen.

Max zwemt onhandig, slaat zijn ene arm als een molenwiek naar voren en dan de andere, terwijl hij af en toe omhoogkijkt om te controleren of zijn moeder het wel ziet. Als hij klaar is, slaat hij een handdoek om zich heen en gaat hij op de stoel naast haar zitten. Max is stevig, klein en heeft flaporen. Zijn wimpers glinsteren van de waterdruppeltjes. Door de bewolking heen zet de schemering in en het koelt af, en de gezinnen pakken een voor een hun spullen in om naar huis te gaan, te voet, op de fiets of met de bus. Max haalt wat crackers uit een kartonnen doos en kauwt er luidruchtig op. 'Leibniz Zoo-crackers zijn mijn lievelings, Mutti,' zegt hij.

'Dat weet ik, Max.'

Albert rijdt hen naar huis in hun kleine NSU Prinz 4, met de rammelende versnellingspook, en Jutta haalt een stapel overgangsproefwerken uit haar schooltas en kijkt ze na aan de keukentafel. Albert zet water op om noedels te koken en bakt wat ui. Max pakt een nieuw vel papier van de tekentafel en begint te vouwen.

Er wordt op de voordeur geklopt, driemaal.

Jutta weet niet waarom, maar haar hart bonst in haar keel. De punt van haar potlood blijft boven het vel papier hangen. Er klopt gewoon iemand aan – een buurman of een vriend of Anna, het kleine meisje van verderop, dat soms boven bij Max komt zitten en hem dan uit de doeken doet hoe je het best een gedetailleerde stad van plastic blokken kunt maken. Maar dit klopje klinkt heel anders dan dat van Anna.

Max stuitert naar de deur, met het vliegtuigje in zijn hand.

'Wie is het, lieverd?'

Max geeft geen antwoord, wat betekent dat het iemand is die hij niet kent. Ze loopt naar de hal en daar, in de deuropening staat een reus.

Max slaat zijn armen over elkaar, geïntrigeerd en onder de indruk. Zijn vliegtuigje ligt op de vloer aan zijn voeten. De reus neemt zijn pet af. Zijn enorme hoofd glimt. 'Frau Wette?' Hij draagt een zilverkleurig trainingspak ter grootte van een tent, met bruine strepen langs de zijkant, de rits tot aan zijn hals omhooggetrokken. Behoedzaam laat hij haar een vale canvas legertas zien.

De pestkoppen op het plein. Hans en Herribert. Alleen al door zijn lengte ziet ze hen weer voor zich. Deze man heeft, denkt ze, voor andere deuren gestaan, waar hij niet de moeite nam om aan te kloppen.

'Ja?'

'Is uw meisjesnaam Pfennig?'

Zelfs al voor ze knikt, voor hij zegt: 'Ik heb iets voor u', voor ze hem door de hordeur heen naar binnen vraagt, weet ze dat dit iets te maken heeft met Werner.

De nylonbroek van de reus ruist terwijl hij achter haar aan de gang door loopt. Als Albert opkijkt van het fornuis, schrikt hij even maar hij zegt alleen: 'Hallo' en: 'Pas op uw hoofd', en wuift met zijn pollepel terwijl de reus de plafondlamp ontwijkt.

Als hij vraagt of de reus wil blijven eten, zegt die ja. Albert trekt de tafel van de muur en dekt er een vierde bord bij. Op zijn houten stoel doet Volkheimer Jutta denken aan een illustratie in een van de prentenboeken van Max: een olifant die in een vliegtuigstoeltje zit opgevouwen. De legertas die hij bij zich had ligt op de gangtafel.

Het gesprek komt traag op gang.

Hij heeft een paar uur in de trein gezeten.

Hij is hier vanaf het station naartoe komen lopen.

Hij hoeft geen sherry, dank u.

Max eet snel, Albert langzaam. Jutta gaat op haar handen zitten om het trillen te verbergen.

'Toen ze het adres eenmaal hadden achterhaald,' zegt Volkheimer, 'heb ik gevraagd of ik het misschien zelf zou mogen afgeven. Ze hebben er een brief bij gedaan, kijk maar.' Hij haalt een opgevouwen papiertje uit zijn broekzak.

Buiten rijden auto's voorbij, er kwettert een winterkoninkje.

Een deel van Jutta wil de brief niet aannemen. Wil niet horen waarvoor deze enorme man helemaal hiernaartoe is gekomen. Er gaan weken voorbij waarin Jutta van zichzelf niet aan de oorlog mag denken, aan Frau Elena, aan die afschuwelijke laatste maanden in Berlijn. Nu kan ze zeven dagen per week varkensvlees kopen. Nu hoeft ze, als het koud is in huis, maar aan een knopje te draaien en *voilà*. Het laatste wat ze wil is zo'n vrouw van middelbare leeftijd zijn die alleen nog maar aan haar eigen pijnlijke geschiedenis kan denken. Soms kijkt ze in de ogen van haar oudere collega's en vraagt ze zich af wat zij deden als de elektriciteit uitviel, als er geen kaarsen voorhanden waren, als de regen door het dak naar binnen viel. Wat zij hebben gezien. Het komt maar zelden voor dat ze de teugels genoeg laat vieren om zichzelf toe te staan aan Werner te denken. In vele opzichten is de herinnering aan haar broer iets geworden om te verdoezelen. Als wiskundelerares op het Helmoltz-gymnasium anno 1974 breng je nou eenmaal niet een broer ter sprake die op het Nationale Politieke Onderwijsinstituut van Schulpforta heeft gezeten.

'In het oosten, dus?' zegt Albert.

Volkheimer zegt: 'Ik zat bij hem op school, en daarna op het slagveld. We zijn in Rusland geweest. Ook in Polen, Oekraïne, Oostenrijk. Toen Frankrijk.'

Max kauwt op een plakje appel. 'Hoe lang bent u eigenlijk?' vraagt hij.

'Max,' zegt Jutta.

Volkheimer glimlacht.

'Hij was heel slim, toch? Jutta's broer?' zegt Albert.

'Heel slim,' zegt Volkheimer.

Albert biedt hem een tweede portie aan, biedt zout aan, biedt nog een keer sherry aan. Albert is jonger dan Jutta en in de oorlog rende hij in Hamburg als koerier van de ene schuilkelder naar de andere. Negen jaar oud in 1945, een kind nog.

'De laatste plek waar ik hem heb gezien,' zegt Volkheimer, 'was in een stadje aan de noordkust van Frankrijk, Saint-Malo.'

Vanuit de klei in Jutta's geheugen komt ineens een zin naar boven: *Vandaag wil ik schrijven over de zee.*

'We hebben daar een maand gezeten. Volgens mij was hij verliefd geworden.'

Jutta gaat rechter op haar stoel zitten. Het is pijnlijk duidelijk hoe ontoereikend taal is. Een stadje aan de noordkust van Frankrijk? Verliefd? Er zal geen enkele wond genezen in deze keuken. Sommige dingen komen nooit meer goed.

Volkheimer schuift zijn stoel naar achteren. 'Het was niet mijn bedoeling u van streek te maken.' Aarzelend gaat hij staan, waardoor zij nog kleiner lijken.

'Maakt u zich geen zorgen,' zegt Albert. 'Max, zou je onze gast even mee naar de patio willen nemen? Dan pak ik even wat cake.'

Max schuift de glazen deur open voor Volkheimer en die loopt gebukt naar buiten. Jutta zet de borden in de gootsteen. Ineens is ze ontzettend moe. Ze wil alleen nog maar dat die enorme man weggaat en die tas met zich meeneemt. Ze wil alleen nog maar dat er een golf normaliteit naar binnen spoelt om alles weer af te dekken.

Albert raakt haar elleboog aan. 'Gaat het een beetje?'

Jutta knikt noch schudt haar hoofd, maar gaat langzaam met een hand over beide wenkbrauwen.

'Ik hou van je, Jutta.'

Als ze uit het raam kijkt, ziet ze Volkheimer op zijn knieën naast Max zitten. Max legt twee vellen papier neer en hoewel ze het niet kan horen, kan ze zien dat de reusachtige man Max instructies geeft. Max kijkt aandachtig toe, draait het papier om wanneer Volkheimer het omdraait, maakt precies dezelfde vouwen als hij, maakt één vinger nat en haalt hem over een vouw.

Algauw hebben ze allebei een breed gevleugeld vliegtuig met een lange gevorkte staart. Dat van Volkheimer zeilt netjes de tuin door, vliegt in een rechte lijn zo met zijn neus tegen het hek aan. Max klapt in zijn handjes.

In de schemering gaat Max op zijn knieën op de patio zitten, bekijkt zijn vliegtuig nog een keer, controleert de hoek van de vleugels. Volkheimer gaat naast hem zitten en knikt geduldig.

'Ik ook van jou,' zegt Jutta.

Legertas

Volkheimer is weg. De legertas ligt op de gangtafel. Ze kan er haast niet naar kijken.

Jutta trekt Max zijn pyjama aan en kust hem welterusten. Ze poetst haar tanden, waarbij ze vermijdt in de spiegel te kijken, en gaat weer naar beneden, waar ze door het raampje in de voordeur naar buiten kijkt. In de kelder laat Albert zijn treintjes door zijn zorgvuldig geverfde wereldje rijden, onder het viaduct door, over zijn elektrische ophaalbrug heen; hierboven vormt het een zacht, maar meedogenloos geluid, een geluid dat het hele huis door trekt.

Jutta neemt de legertas mee naar haar slaapkamer, legt hem op de vloer en kijkt nog een proefwerk na aan haar bureau. Dan nog een. Ze hoort de treintjes tot stilstand komen, dan hun monotone geronk weer voortbrengen.

Ze probeert een derde proefwerk na te kijken, maar kan zich niet concentreren; de getallen zweven over de vellen en verzamelen zich onderaan in een onbegrijpelijke warboel. Ze neemt de tas op haar schoot.

Toen ze pas getrouwd waren en Albert weleens op zakenreis ging, werd Jutta soms wakker in het donker en dacht ze terug aan die eerste nachten dat Werner naar Schulpforta was en beleefde ze de snijdende pijn van zijn afwezigheid weer helemaal opnieuw.

Voor zo'n oude rits gaat die van de legertas nog bijzonder soepel open. Er zit een dikke envelop in en een in kranten gewikkeld pakje. Als ze het krantenpapier eraf haalt zit er een maquettehuisje in, hoog en smal, niet groter dan haar vuist.

De envelop bevat het aantekenboekje dat ze hem veertig jaar geleden had toegestuurd. Zijn vragenboek. Dat krullende, priegelige, oplopende handschrift. Tekeningen, schema's, bladzijden vol lijstjes.

Iets wat lijkt op een mixer, aangedreven door fietstrappers.

Een motor voor een modelvliegtuigje.

Waarom hebben sommige vissen snorharen?

Is het waar dat alle katten grauw zijn in het donker?

Als de bliksem de zee raakt, waarom gaan dan niet alle vissen dood?

Na drie pagina's moet ze het aantekenboekje weer dichtslaan. De herinneringen dwarrelen haar hoofd uit en vallen op de vloer. Werners veldbed op zolder, de muur erboven vol met haar tekeningen van zelfbedachte steden. De verbanddoos en de radio en de kabel die via het raam langs de hele dakrand liep. Beneden rijden de treinen over Alberts drie verdiepingen tellende bouwwerk en in de kamer naast haar voert haar zoon hele oorlogen in zijn slaap, zijn lippen bewegen terwijl hij mompelt, hij knijpt zijn ogen samen, en Jutta dwingt de cijfers om weer omhoog te klimmen en terug te gaan naar hun plek op de proefwerken van haar leerlingen.

Ze slaat het aantekenboekje weer open.

Waarom blijft een knoop zitten?

Als vijf katten vijf ratten vangen in vijf minuten, hoeveel katten zijn er dan nodig om honderd ratten in honderd minuten te vangen?

Waarom wappert een vlag in de wind in plaats van recht uit te steken?

Tussen de laatste twee bladzijdes vindt ze een oude verzegelde envelop. Op de voorkant heeft hij VOOR FREDERICK geschreven. Frederick: die boven hem sliep en over wie Werner altijd schreef, die jongen die van vogels hield.

Hij ziet dingen die anderen niet zien.

De oorlog was zo meedogenloos voor dromers.

Als Albert uiteindelijk naar boven komt, blijft ze met gebogen hoofd zitten en doet ze alsof ze proefwerken nakijkt. Hij trekt zijn kleren uit en kreunt zachtjes als hij in bed gaat liggen. Dan doet hij zijn lampje uit en zegt welterusten, terwijl zij daar blijft zitten.

Saint-Malo

Jutta heeft haar rapportcijfers ingeleverd en Max heeft vrij van school, en trouwens, hij zou anders toch maar elke dag naar het zwembad gaan, zijn vader lastigvallen met raadseltjes, driehonderd van die vliegtuigjes vouwen op de manier die hij van de reus had geleerd, en zou het niet goed voor hem zijn om eens een ander land te zien, een beetje Frans te leren, de zee te zien? Ze legt Albert deze vragen voor, maar ze weten allebei dat zij degene is die de knoop moet doorhakken. Om zelf te gaan, hun zoontje mee te nemen.

Op 26 juni, een uur voor zonsopgang, smeert Albert zes boterhammen, belegt ze met ham en pakt ze in folie. Dan rijdt hij Jutta en Max naar het station in de Prinz 4 en kust haar op de mond, en ze stapt in de trein met Werners aantekenboekje en het maquettehuisje in haar tas.

De reis neemt de hele dag in beslag. Ter hoogte van Rennes staat de zon al laag aan de horizon en er komt een geur van warme mest door de open ramen naar binnen en rijen geknotte bomen zoeven voorbij. Meeuwen en kraaien vliegen achter een tractor aan in het stofspoor dat hij achterlaat. Max eet een tweede boterham met ham en herleest een stripboek en de velden zijn bedekt met een deken van schitterende gele bloemen, en Jutta vraagt zich af of sommige van die bloemen misschien boven de botten van haar broer groeien.

Tegen het invallen van de duisternis stapt er een goedgeklede man met een kunstbeen in. Hij komt naast haar zitten en steekt een sigaret op. Jutta klemt haar tas tussen haar knieën, ze weet zeker dat hij in de oorlog verminkt is geraakt, dat hij een gesprek zal aanknopen, dat ze verraden zal worden door haar gebrekkige Frans. Of dat Max iets zal zeggen. Of dat de man het gewoon kan zien. Misschien ruikt hij wel dat ze Duits is.

U hebt mij dit aangedaan, zal hij zeggen.

Alstublieft. Niet waar mijn zoontje bij is.

Maar de trein komt hortend in beweging en de man drukt zijn peuk uit, knikt afwezig naar haar en valt direct in slaap.

Ze laat het huisje rondgaan tussen haar vingers. Rond middernacht rijden ze Saint-Malo binnen en zet de taxichauffeur hen af bij een hotel aan het Place Chateaubriand. De receptionist neemt het geld dat Albert voor haar heeft gewisseld aan en Max hangt tegen haar heup, half in slaap, en ze is zo bang om haar Frans te laten horen dat ze met een lege maag naar bed gaat.

De volgende ochtend trekt Max haar door een gat in de oude muren heen en gaan ze het strand op. In volle vaart rent hij door het zand, blijft dan staan en kijkt omhoog naar de omwalling die boven hem oprijst, alsof hij boven op de verschansing vaandels en kanonnen en middeleeuwse boogschutters voor zich ziet.

Jutta kan haar ogen niet van de zee afhouden. Die is smaragdgroen en onvoorstelbaar groot. Er laveert een wit zeil de haven uit. Er verschijnen een paar treilers aan de horizon die vervolgens weer achter de golven verdwijnen.

Soms betrap ik mezelf erop dat ik ernaar sta te staren en mijn verplichtingen helemaal vergeet. Ze lijkt wel groot genoeg om alles te bevatten wat iedereen ooit zou kunnen voelen.

Ze betalen een muntje om de toren van het kasteel te mogen beklimmen. ‘Kom,’ zegt Max, en hij rent de nauwe wenteltrap op, met Jutta er puffend achteraan, terwijl er na elke kwartdraai een smal raampje met blauwe lucht verschijnt. Max sleept haar zo ongeveer de trappen op.

Als ze helemaal boven zijn, kijken ze naar de kleine figuurtjes van de toeristen die langs etalages lopen. Ze heeft over de belegering gelezen; ze heeft foto’s van de oude stad voor de oorlog bekeken. Maar nu, nu ze over de oude statige huizen uitkijkt, de honderden daken, is er geen spoor meer te bekennen van bombardementen of kraters of verwoeste gebouwen. Het stadje lijkt helemaal opnieuw te zijn opgebouwd.

Tussen de middag bestellen ze galettes. Ze verwacht door iedereen te worden aangestaard, maar er let niemand op hen. De kelner wekt niet de indruk dat hij weet of dat het hem iets kan schelen dat ze Duits is. Die middag leidt ze Max onder een hoge boog door aan de andere kant van het stadje naar buiten, de Poort van Dinan. Ze steken de kade over en klimmen op een aangrenzende landtong tegenover de monding van een rivier die de oude stad uit stroomt. In het park liggen de overblijfselen van een met onkruid overwoekerd fort. Max blijft bij alle steile randen langs het pad staan en gooit kiezelsteentjes de zee in.

Op het pad komen ze om de honderd passen langs een grote stalen overkapping waaronder een soldaat een kanon kon afschieten op iedereen die de heuvel probeerde op te klimmen. Een paar van die kleine bunkers zijn zo gehavend door de aanvallen dat ze zich nauwelijks de vuurkracht, de snelheid en de angstaanjagendheid van die regen van kogels kan voorstellen. Een halve meter staal ziet eruit als warme boter die door kindervingertjes is vervormd.

Hoe moet dat wel niet geklonken hebben, als je in zo'n ding stond.

Nu liggen ze vol met chipszakken, sigarettenpeuken, verpakkingsmateriaal. Op een heuvel in het midden van het park wapperen Amerikaanse en Franse vlaggen. Hier, zeggen de borden, hielden de Duitsers zich in ondergrondse tunnels schuil om tot de laatste man door te vechten.

Er komen drie pubers lachend voorbijgelopen en Max bekijkt hen met grote belangstelling. Aan een gepokte en bemoste cementen muur zit een kleine gedenkplaat bevestigd. ICI A ÉTÉ TUÉ BUY GASTON MARCEL AGÉ DE 18 ANS, MORT POUR LA FRANCE LE 11 AOÛT 1944. Jutta gaat op de grond zitten. De zee is zwaar en donkergrijs. Er is geen gedenkplaat voor de Duitsers die hier omgekomen zijn.

***

Waarom is ze hiernaartoe gekomen? Welke antwoorden hoopte ze te vinden? Op hun tweede ochtend zitten ze op het Place Chateaubriand tegenover het Historisch Museum, waar robuuste bankjes uitkijken op bloembedden met lage metalen hekjes eromheen. Onder de luifels lopen toeristen langs rekken vol blauw-witgestreepte truien en ingelijste aquarellen van zeeroversschepen; er loopt een man te zingen met zijn arm om zijn dochter geslagen.

Max kijkt op van zijn boek en zegt: 'Mutti, wat gaat de hele wereld over maar blijft in een hoekje zitten?'

'Dat weet ik niet, Max.'

'Een postzegel.'

Hij glimlacht naar haar.

'Ik ben zo terug,' zegt ze.

De man achter de museumbalie heeft een baard en is een jaar of vijftig. Oud genoeg om het nog te weten. Ze doet haar tas open en haalt het half verbrijzelde huisje uit het papier en zegt in haar beste Frans: 'Mijn broer had dit bij zich. Ik geloof dat hij het hiervandaan had. In de oorlog.'

De man schudt zijn hoofd en ze stopt het huisje terug in haar tas. Dan vraagt hij of hij het nog eens mag zien. Hij houdt de maquette onder een lamp en draait het met de verzonken voordeur naar zich toe.

'*Oui*,' zegt hij uiteindelijk. Hij gebaart dat ze buiten op hem moet wachten, en even later doet hij de deur achter zich op slot en leidt hij Max en haar door smalle oplopende straatjes. Na een tiental keer links en rechts af te zijn geslagen staan ze voor het huis. De echte versie van het kleine huisje dat Max nu in zijn handen laat ronddraaien.

'Rue Vauborel nummer 4,' zegt de man. 'Het huis van LeBlanc. Is al sinds jaren opgedeeld in vakantieappartementen.'

De stenen zitten onder het mos; door uitgeloogde mineralen is er een raster van vlekken achtergebleven. Voor de ramen hangen bloembakken met weelderige geraniums. Zou Werner het maquettehuisje gemaakt hebben? Gekocht misschien?

'En was er een meisje?' vraagt ze. 'Weet u iets over een meisje?'

'Ja. Tijdens de oorlog woonde er een blind meisje in dit huis. Mijn moeder vertelde altijd verhalen over haar. Zodra de oorlog was afgelopen, is ze verhuisd.'

Er flitsen allemaal groene vlekjes voor Jutta's ogen; het voelt alsof ze te lang in de zon heeft gekeken.

Max trekt aan haar pols. 'Mutti, Mutti.'

'Maar waarom,' vraagt ze in haar gebrekkige Frans, 'zou mijn broer een miniatuurreproductie van dit huis in zijn bezit hebben gehad?'

'Misschien dat het meisje dat hier woonde dat weet. Ik kan haar adres wel even voor u opzoeken.'

'Mutti, Mutti, kijk nou,' zegt Max, en hij rukt aan haar hand om haar aandacht te trekken. Ze kijkt omlaag. 'Volgens mij kan dit huisje open. Volgens mij is er een manier om het open te maken.'

Laboratorium

Marie-Laure LeBlanc heeft de leiding over een klein laboratorium in het Natuurhistorisch Museum in Parijs en ze heeft een aanzienlijke bijdrage geleverd aan het onderzoek naar en de literatuur over weekdieren: een monografie over de evolutie van de ribbels in de schelp van de West-Afrikaanse poreuze muskaatnootslak; een veelvuldig geciteerde verhandeling over de tweeslachtigheid van de Caribische rolslak. Ze heeft twee nieuwe subspecies van de *chiton* ontdekt. Als doctoraalstudent is ze naar Bora Bora en Bimini gereisd; met een zonnehoed op en een emmertje bij zich waadde ze over de riffen om op drie continenten slakken te verzamelen.

Marie-Laure is geen verzamelaar zoals dr. Geffard dat is, een hamsteraar, altijd bezig met het vaststellen van orde, familie, geslacht, species en subspecies. Zij vindt het heerlijk om zich tussen levende wezens te begeven, of het nou op de riffen of in haar aquaria is. De slakken die over de rotsen kruipen, die piepkleine vochtige wezentjes die calcium uit het water halen en dat tot een gepolijste droom op hun rug draaien – dat is haar genoeg. Meer dan genoeg.

Etienne en zij hebben gereisd wanneer hij maar kon. Ze zijn naar Sardinië en Schotland geweest en hebben op het bovendek van een Londense vliegveldbus gereden terwijl die onder de bomen door streek. Hij had zichzelf twee mooie transistorradio's cadeau gedaan, was op tweeëntachtigjarige leeftijd vredig in bad gestorven en had haar meer dan genoeg geld nagelaten.

Hoewel ze een detective hadden ingehuurd, voor duizenden franken, en stapels Duitse documentatie hadden bekeken, hadden Marie-Laure en Etienne nooit kunnen achterhalen wat er nou precies met haar vader was gebeurd. Er was bevestigd dat hij in 1942 gevangene was geweest in een werkkamp met de naam Breitenau. En er bestond een verslag van een kamparts uit een subkamp in Kassel, Duitsland, waarin stond dat ene Daniel LeBlanc begin 1943 influenza had opgelopen. Dat is alles wat ze hebben.

Marie-Laure woont nog steeds in het appartement waarin ze is opgegroeid, ze gaat nog steeds te voet naar het museum. Ze heeft twee geliefden gehad. De eerste was een gastwetenschapper die nooit meer terugkwam en de tweede was een Canadees die John heette en die in elke kamer die hij betrad van alles – stropdassen, muntjes, sokken, pepermuntjes – liet rondslingeren. Ze hadden elkaar op de universiteit ontmoet: hij fladderde van lab naar lab met een buitengewone nieuwsgierigheid maar weinig doorzettingsvermogen. Hij had een voorliefde voor oceaanstromingen en architectuur en Charles Dickens, en door zijn veelzijdigheid had zij zich beperkt gevoeld, overgespecialiseerd. Toen Marie-Laure zwanger raakte waren ze als vrienden, zonder al te veel poespas, uit elkaar gegaan.

Hélène, hun dochter, is inmiddels negentien. Kort haar, tenger, een violiste in de dop. Kordaat, zoals veel kinderen van een blinde ouder. Hélène woont bij haar moeder, maar elke vrijdag lunchen ze – John, Marie-Laure en Hélène – met z'n drietjes.

Het was moeilijk om de vroege jaren veertig in Frankrijk te hebben meegemaakt zonder de rest van je leven te laten bepalen door de oorlog. Marie-Laure kan nog steeds geen te grote schoenen aan, of een gekookte raap ruiken, zonder walging te voelen. Lijsten met namen kan ze ook niet aanhoren. Sportteamopstellingen, persoonsvermeldingen achter artikelen, voorstelrondjes bij faculteitsvergaderingen – altijd lijkt het voor haar een overblijfsel van de lijsten met gevangenen waar nooit de naam van haar vader tussen zat.

Ze telt nog steeds de regenpijpen: achtendertig vanaf haar laboratorium naar huis. Haar gietijzeren balkonnetje staat vol bloemen en in de zomer kan ze inschatten hoe laat het is door te voelen hoe ver de blaadjes van de avondsleutelbloemen openstaan. Als Hélène met haar vriendinnen op stap is en het Marie-Laure te stil wordt in het appartement, wandelt ze naar een brasserie; altijd dezelfde, Le Village Monge, vlak bij de Jardin des Plantes, en bestelt daar ter nagedachtenis aan dr. Geffard gebraden eend.

Is ze gelukkig? Grote delen van elke dag is ze gelukkig, ja. Als ze onder een boom staat, bijvoorbeeld, en luistert hoe de bladeren ruisen in de wind, of als ze een pakje van een verzamelaar openmaakt en ze die vertrouwde zeegeur van schelpen ruikt. Als ze terugdenkt aan hoe ze Hélène uit Jules Verne voorlas en hoe Hélène naast haar in slaap viel, met het gewicht van het warme, harde hoofdje van het meisje tegen haar ribben aan.

Maar soms is Hélène te laat thuis en maakt Marie-Laure zich dodelijk ongerust, en dan leunt ze over een labtafel heen en wordt ze zich bewust van alle andere ruimtes in het museum om haar heen, de kasten vol geconserveerde kikkers, palingen en wormen, de kastjes vol opgeprikte insecten en gedroogde varens, de kelders vol botten, en dan bekruipt haar ineens het gevoel dat ze in een mausoleum werkt, dat de afdelingen allemaal systematische kerkhoven zijn, dat al deze mensen – de wetenschappers, suppoosten, bewakers en bezoekers – de zalen van de doden bevolken.

Maar die momenten zijn zeldzaam. In haar laboratorium laten zes zoutwateraquaria een geruststellend geborrel horen: tegen de achterste muur staan drie kastjes met elk vierhonderd laatjes, jaren geleden overgebracht vanuit het kantoor van dr. Geffard. Ieder najaar geeft ze les aan de universiteit, en haar studenten komen en gaan, ze ruiken naar pekelvlees of eau de cologne of de benzine van hun scooters, en ze vindt het heerlijk om te informeren naar hun leven, zich af te vragen wat voor avonturen ze hebben meegemaakt, welke verlangens, welke geheime stommiteiten ze allemaal met zich meedragen.

Op een woensdagavond in juli klopt haar assistent zachtjes op de openstaande deur van het laboratorium. Er staan waterreservoirs te borrelen en filters te zoemen en de aquariumverwarmingen slaan aan en af. Hij zegt dat er een vrouw voor haar is. Marie-Laure houdt haar beide handen aan de toetsen van haar brailletypemachine. 'Een verzamelaarster?'

'Ik geloof het niet, doctor. Ze zegt dat ze uw adres van een museum in Bretagne heeft gekregen.'

Eerste tekenen van duizeligheid.

'Ze heeft een jongetje bij zich. Ze staan op de gang te wachten. Zal ik zeggen dat ze morgen terug moet komen?'

'Hoe ziet ze eruit?'

'Wit haar.' Hij buigt zich dichter naar haar toe. 'Slechtgekleed. Bleke, gevlekte huid. Ze zegt dat ze het met u over een maquettehuisje wil hebben?'

Ergens achter zich hoort Marie-Laure het getinkel van sleutels die aan tienduizend haakjes hangen te trillen.

'Dr. LeBlanc?'

De kamer is gekanteld. Ze kan nu elk moment van de rand af schuiven.

Bezoeker

'U heeft als kind dus Frans geleerd,' zegt Marie-Laure, zonder dat ze precies weet hoe ze het voor elkaar krijgt om te praten.

'Ja. Dit is mijn zoontje, Max.'

'*Guten Tag*,' mompelt Max. Zijn hand is warm en klein.

'Hij heeft als kind geen Frans geleerd,' zegt Marie-Laure en beide vrouwen lachen even voor ze weer stilvallen.

'Ik heb iets bij me...' zegt de vrouw. Zelfs met het krantenpapier eromheen weet Marie-Laure dat het het maquettehuisje is; het voelt alsof deze vrouw haar een gestolde herinnering in handen heeft gegeven.

Ze is nauwelijks in staat te blijven staan. 'Francis,' zegt ze tegen haar assistent, 'zou je Max misschien even iets in het museum willen laten zien? De kevers misschien?'

'Natuurlijk, madame.'

De vrouw zegt in het Duits iets tegen haar zoon.

Francis zegt: 'Zal ik de deur dichtdoen?'

'Graag.'

De deur klikt in het slot. Marie-Laure hoort het aquarium borrelen en de vrouw inademen en de rubberdoppen onder de poten van haar kruk piepen terwijl ze wat verschuift. Met haar vinger vindt ze de inkepingen in de wanden van het huisje, het schuine dak. Hoe vaak heeft ze dit wel niet vastgehouden?

'Dit is door mijn vader gemaakt,' zegt ze.

'Weet u soms hoe mijn broer eraan is gekomen?'

Alles tuimelt door de ruimte, rent een rondje door de kamer en klautert dan weer terug, Marie-Laures hoofd in. De jongen. De maquette. Is het nooit opengemaakt? Ineens zet ze het huisje neer, alsof het gloeiend heet is.

De vrouw, Jutta, staat vast heel ingespannen naar haar te kijken. Ze vraagt, alsof ze zich wil verontschuldigen: 'Heeft hij het van u afgenomen?'

In de loop der tijd, denkt Marie-Laure, worden verwarrende gebeurtenissen ofwel nog verwarrender of ze vallen langzaam op hun plek. De jongen had tot drie keer toe haar leven gered. De eerste keer door Etienne niet te verraden toen hij dat had moeten doen. De tweede keer door die sergeant-majoor uit de weg te ruimen. De derde keer door haar de stad uit te helpen.

'Nee,' zegt ze.

'Het was in die tijd,' zegt Jutta in haar ontoereikende Frans, 'niet heel makkelijk om goed te zijn.'

'Ik heb een dag met hem doorgebracht. Minder dan een dag.'

'Hoe oud was u toen?' vraagt Jutta.

'Zestien tijdens de belegering. En u?'

'Vijftien. Tegen het eind.'

'We werden allemaal volwassen voordat we volwassen waren. Is hij...?'

'Hij is overleden,' zegt Jutta.

Natuurlijk. In de verhalen van na de oorlog waren alle verzetshelden knappe, gespierde types die van een paperclip een machinegeweer konden maken. En de Duitsers staken hun goddelijke blonde hoofden uit open tankdeurtjes om platgebombardeerde steden aan zich voorbij te zien trekken – als het geen psychopaten waren, op seks beluste kwelgeesten van beeldschone Jodinnen. In welke categorie viel de jongen? Hij had zo'n zwakke indruk gewekt. Alsof je met een veertje in de kamer zat. Maar had niet diep in zijn hart een enorme vriendelijkheid gehuisd?

We gingen altijd bessen plukken langs de Ruhr. Mijn zusje en ik.

'Zijn handen waren kleiner dan de mijne,' zegt ze.

De vrouw schraapt haar keel. 'Hij was altijd al klein voor zijn leeftijd. Maar hij zorgde voor me. Hij vond het lastig om niet aan verwachtingen te voldoen. Heb ik dat goed gezegd?'

'Perfect.'

De aquaria borrelen. De slakken eten. Marie-Laure heeft geen idee wat voor kwellingen deze vrouw heeft ondergaan. En het maquettehuisje? Was Werner weer terug de grot in gegaan om het te halen? Had hij de steen erin laten zitten? Ze zegt: 'Hij zei dat jullie altijd naar de uitzendingen van mijn grootvader luisterden. Dat jullie die helemaal in Duitsland konden horen.'

'Uw grootvader...?'

Nu vraagt Marie-Laure zich af welke herinneringen er bovenkomen bij de vrouw tegenover haar. Ze staat op het punt om nog iets te zeggen, als er voetstappen op de gang voor de laboratoriumdeur tot stilstand komen. Max hakkelt iets onverstaanbaars in het Frans. Francis moet lachen en zegt: 'Nee, nee, *gat* als in *kuil*, niet *gat* als in *derrière*.'

'Excuses,' zegt Jutta.

Marie-Laure moet lachen. 'Het is onze redding dat kinderen zich niet overal bewust van zijn.'

De deur gaat open en Francis zegt: 'Alles in orde, madame?'

'Ja, Francis. Je kunt wel gaan.'

'Wij gaan ook,' zegt Jutta, en ze schuift haar kruk terug onder de labtafel. 'Ik wilde het huisje graag aan u geven. Beter bij u dan bij mij.'

Marie-Laure laat haar handen plat op de labtafel rusten. Ze stelt zich moeder en zoon voor terwijl ze naar de deur toe lopen, klein handje in grote hand, en ze krijgt een brok in haar keel. 'Wacht,' zegt ze. 'Nadat mijn oudoom het huis had verkocht, na de oorlog, is hij teruggekeerd naar Saint-Malo en heeft hij de enige opname van mijn grootvader weten te redden. Die ging over de maan.'

'Die kan ik me nog herinneren. En licht? Aan de andere kant?'

De krakende vloer, de ratelende tanks. Slakken die over het glas glijden. Klein huisje op de tafel tussen haar handen.

'Laat uw adres achter bij Francis. De plaat is heel oud, maar ik zal hem u per post toesturen. Misschien leuk voor Max.'

Papieren vliegtuigje

'En Francis zei dat er wel tweeënveertigduizend laatjes met gedroogde planten zijn, en hij heeft me de bek van een reuzeninktvis laten zien en een plesiosaurus...' Het grind knarst onder hun schoenen en Jutta moet steun zoeken tegen een boom.

'Mutti?'

Er schijnt licht op haar, en dan valt het weer weg. 'Ik ben een beetje moe, Max, dat is alles.'

Ze vouwt de stadsplattegrond uit en probeert de weg terug naar hun hotel te vinden. Er rijden maar weinig auto's op straat en achter bijna elk raam waar ze langslopen ziet ze het blauwe schijnsel van een televisie. Het is de afwezigheid van alle lichamen, denkt ze, waardoor we het kunnen vergeten. Het komt doordat ze door de groene zoden verzegeld worden.

In de lift drukt Max op de 5 en ze gaan naar boven. De loper op de vloer die naar hun kamer leidt is een bruine rivier, met goudkleurige onregelmatige vierhoeken erin. Ze geeft Max de sleutel en hij prutst wat met het slot en doet dan de deur open.

'Heb je die mevrouw laten zien hoe het huisje openging, Mutti?'

'Ik denk dat ze dat al wel wist.'

Jutta zet de televisie aan en trekt haar schoenen uit. Max zet de balkondeuren open en vouwt een vliegtuigje van briefpapier van het hotel. De Parijse straat die ze voor de helft kan zien doet haar denken aan de steden die ze als meisje tekende: honderd huizen, duizend ramen, een rondzwevende zwerm vogels. Op de televisie rennen spelers in het blauw over een veld drieduizend kilometer bij hen vandaan. Het staat drie-twee. Maar er ligt een keeper op de grond, en een vleugelspeler heeft de bal net hard genoeg geraakt om hem langzaam naar de doellijn te laten rollen. Er staat niemand klaar om hem weg te trappen. Jutta pakt de telefoon naast haar bed op en draait negen cijfers, en Max laat een vliegtuigje de straat op vliegen. Het zweeft een meter of tien en blijft heel even hangen, en dan klinkt de stem van haar man die hallo zegt.

De sleutel

Ze zit in haar lab en raakt de *Dosinia*-schelpen een voor een aan in hun bakje. De herinneringen flitsen voorbij; hoe de stof van haar vaders broekspijp aanvoelde terwijl ze zich eraan vastklampte. Zandvlooien die om haar knieën dansten. Kapitein Nemo's onderzeeër die trilde onder zijn jammerlijke klaagzang terwijl hij door het pikdonker dreef.

Ze schudt het kleine huisje, hoewel ze weet dat het zichzelf niet zal verraden.

Hij is ervoor teruggegaan. Heeft het mee naar buiten genomen. Is ermee gestorven. Wat voor jongen was het eigenlijk? Ze weet nog hoe hij daar door dat boek van Etienne zat te bladeren.

Vogels, zei hij. *Vogel. Vogels. Vogels.*

Ze ziet zichzelf de rokende stad uit lopen, met een witte kussensloop achter zich aan. Zodra ze uit zijn gezichtsveld is verdwenen, draait hij zich om en gaat hij Hubert Bazins hek weer door. De omwalling een enorm ineenstortend bolwerk boven hem. De zee die aan de andere kant van het traliewerk tot bedaren komt. Ze ziet hem uitpuzzelen hoe het kleine huisje werkt. Misschien laat hij de diamant wel in de plas tussen de duizenden slakken vallen. Dan doet hij het puzzeldoosje weer dicht en het hek op slot en loopt hij weer weg.

Of hij stopt de steen weer terug in het huisje.

Of hij steekt hem in zijn zak.

Vanuit haar geheugen fluistert dr. Geffard: *Dat zoiets kleins zo mooi kan zijn. Van zo'n grote waarde. Alleen de allersterksten kunnen dat soort gevoelens weerstaan.*

Ze draait het schoorsteentje negentig graden. Soepel geeft het mee, alsof haar vader het nog maar net gebouwd heeft. Wanneer ze probeert om het eerste van de drie houten dakpanelen eraf te schuiven, merkt ze dat het klemt. Maar met het uiteinde van een pen lukt het haar om de panelen er een twee drie af te krijgen.

Er valt iets in haar handpalm.

Een ijzeren sleutel.

Zee der Vlammen

Hij komt uit de gesmolten krochten van de wereld, driehonderd kilometer diep. Eén kristal in een laag van andere. Pure koolstof, elke atoom gelinkt aan vier op gelijke afstand gelegen buren, perfect met elkaar vergroeid, achtvlakkig, ongeëvenaard in hardheid. Hij is al oud: onvoorstelbaar oud. Er komen ontelbare eeuwen voorbij. De aarde beweegt, haalt zijn schouders op, rekt zich uit. In een jaar, in een dag, in een uur verzamelt een enorme stroom magma een laag kristallen en brengt deze aan de oppervlakte, kilometer na brandende kilometer; in een enorme, rokende xenoliet van kimberliet koelt hij af en blijft daar liggen wachten. Eeuw na eeuw. Regen, wind, kubieke kilometers ijs. Vast gesteente wordt zwerfkei, zwerfkeien worden stenen; het ijs trekt zich terug, er vormt zich een meer en hele melkwegstelsels van zoetwaterschelpdieren klapperen met hun miljoenen schelpen naar het zonlicht en gaan dicht en sterven en het meer sijpelt weg. Prehistorische bomen verrijzen en vallen om en verrijzen weer. Tot er opnieuw in een jaar, in een dag, in een uur, één specifieke steen door een storm uit een kloof wordt gerukt en een kletterende stroom van alluvium in wordt gestuwd, waar hij uiteindelijk op een avond de aandacht trekt van een prins die er zijn zinnen op heeft gezet.

Hij is gesneden, geslepen; eventjes gaat hij van hand tot hand.

Een ander uur, een andere dag, een ander jaar. Klompje koolstof niet groter dan een kastanje. Bedekt met algen, onder de zeepokken. Wemelend van de slakken. Het wiegt heen en weer tussen de kiezelstenen.

Frederick

Hij woont met zijn moeder buiten West-Berlijn. Hun appartement is het middelste van een drie verdiepingen tellend gebouw. De paar ramen die het heeft bieden uitzicht op amberbomen, een uitgestrekt en nauwelijks gebruikt parkeerterrein van een supermarkt en daarachter een snelweg.

De meeste dagen zit Frederick buiten op het balkon, waar hij toekijkt hoe weggegooide plastic tasjes door de wind het terrein over worden geblazen. Soms wervelen ze hoog de lucht in en maken ze onvoorspelbare duikvluchten voor ze in de takken blijven hangen of uit het zicht verdwijnen. Hij maakt potloodtekeningen van spiralen, slordige, donkergrijze kurkentrekkers. Hij zet er twee of drie op een vel papier, draait het dan om en vult ook de andere kant. Het appartement puilt ervan uit: duizenden op het aanrecht, in lades, op de stortbak van de wc. Eerst gooide zijn moeder de tekeningen altijd weg als Frederick even niet keek, maar de laatste tijd heeft ze het opgegeven.

'Net een fabriek, die jongen,' zei ze altijd tegen haar vriendinnen, en ze lachte dan met een wanhopige glimlach om dapper te lijken.

Nu komen er nog maar weinig vriendinnen langs. Er zijn er maar weinig over.

Op een woensdag – maar wat betekenen woensdagen voor Frederick? – komt zijn moeder binnen met de post. 'Er is een brief,' zegt ze, 'voor jou.'

In de decennia na de oorlog is haar eerste neiging steeds geweest om dingen weg te stoppen. Zichzelf te verstoppen, te negeren wat er met haar zoon was gebeurd. Zij was niet de enige weduwe die werd opgezadeld met het gevoel aan een afschuwelijke wandaad te hebben deelgenomen. In de grote envelop zitten een brief en een kleiner envelopje. De brief is afkomstig van een vrouw uit Essen, die het spoor beschrijft van de kleine envelop van haar broer vanaf een Amerikaans krijgsgevangenenkamp in Frankrijk, via een militair opslagdepot in New Jersey, naar een veteranenbelangenorganisatie in West-Berlijn. Dan naar een voormalige sergeant, dan naar de vrouw die de brief schrijft zelf.

Werner. Ze ziet de jongen nog zo voor zich: wit haar, wist zich geen raad met zijn handen, een glimlach die je deed smelten. Fredericks enige vriend. 'Hij was heel klein,' zegt ze hardop.

Fredericks moeder laat hem de ongeopende envelop zien – gekreukeld, sepiakleurig en oud, met zijn naam erop in schuin handschrift– maar hij toont geen interesse. Ze laat hem op het aanrecht liggen terwijl de schemering valt, meet een kopje rijst af en brengt het aan de kook, en doet gewoontegetrouw elke lamp en plafondspot aan, niet om beter te kunnen zien, maar omdat ze alleen is, omdat de appartementen aan weerszijden leegstaan, en omdat het licht haar het gevoel geeft dat ze bezoek verwacht.

Ze pureert zijn groenten. Ze steekt de lepel in Fredericks mond en hij bromt terwijl hij het eten doorslikt: hij is blij. Ze veegt zijn kin af, legt een vel papier voor hem neer en hij pakt zijn potlood en begint te tekenen.

Ze maakt een sopje in de gootsteen. Dan maakt ze de envelop open.

Er zit een opgevouwen plaat in van twee vogels in kleur. *Gele kwikstaart. 1 Mannetje. 2 Vrouwtje.* Twee vogels op de stengel van een aronskelk. Ze kijkt nog eens in de envelop om te zien of er een briefje in zit, een uitleg, maar vindt niets.

De dag dat ze dat boek voor Fredde had gekocht: de boekverkoper deed er een eeuwigheid over om het in te pakken. Ze had niet echt gezien wat er zo bijzonder aan was, maar wist dat haar zoon er helemaal weg van zou zijn.

Volgens de artsen heeft Frederick geen herinneringen meer, hebben zijn hersenen alleen de basale functies behouden, maar er zijn momenten waarop ze dat betwijfelt. Zo goed mogelijk strijkt ze de kreukels glad en ze zet de vloerlamp dichterbij en legt de plaat neer voor haar zoon. Hij houdt zijn hoofd scheef en ze probeert zichzelf wijs te maken dat hij er aandachtig naar kijkt. Maar zijn ogen zijn grijs en vlak, en algauw richt hij zich weer op zijn spiralen.

Als ze klaar is met de afwas leidt ze Frederick het balkonnetje op, zo doen ze dat elke avond, waar hij met zijn slab nog om zijn nek in het luchtledige zit te staren. Morgen zal ze het nog eens proberen met de vogelplaat.

Het is herfst, en boven de stad vliegen spreeuwen in enorme pulserende zwermen rond. Soms denkt ze dat hij even opleeft als hij ze ziet, al die vleugels hoort ruisen en ruisen en ruisen.

Als ze gaat zitten en door de rij bomen heen uitkijkt op het grote lege parkeerterrein, beweegt er een donkere vorm door het licht van een straatlantaarn. Hij verdwijnt en komt weer tevoorschijn, en plotseling en stilletjes daalt hij neer op de balustrade van het balkon, nog geen twee meter bij hen vandaan.

Het is een uil. Zo groot als een kind. Hij draait met zijn nek en knippert met zijn gele ogen en in haar hoofd weergalmt maar één enkele gedachte: *Je komt me halen.*

Frederick gaat rechtop zitten.

De uil hoort iets. Hij blijft daar zitten en luistert aandachtiger dan ze ooit iets of iemand heeft zien luisteren. Frederick blijft maar staren.

Dan gaat hij weer: drie luide vleugelslagen en hij wordt opgeslokt door de duisternis.

'Zag je hem?' fluistert ze. 'Zag je hem, Fredde?'

Hij houdt zijn blik op de schaduwen gericht. Maar er is alleen het ruisen van de plastic tasjes in de takken boven hen en de tientallen kringen van het kunstlicht dat op het parkeerterrein erachter brandt.

'Mutti?' zegt Frederick. 'Mutti?'

'Ik ben hier, Fredde.'

Ze legt haar hand op zijn knie. Hij klemt zijn vingers om de leuningen van de stoel. Zijn hele lichaam verstijft. De aderen in zijn nek worden zichtbaar.

'Frederick? Wat is er?'

Hij kijkt haar aan. Hij knippert niet met zijn ogen. 'Wat zijn we aan het doen, Mutti?'

'O, Fredde. We zitten gewoon. We zitten gewoon naar de avond te kijken.'

Dertien

2014

Ze maakt de eeuwwisseling mee. Ze leeft nog steeds.

Het is een zaterdagochtend begin maart en haar kleinzoon Michel haalt haar op uit haar appartement en wandelt met haar door de Jardin des Plantes. De rijp glinstert in de lucht en Marie-Laure sloft voort met de punt van haar stok voor zich uit. Haar dunne haar wordt één kant op geblazen en de bladerloze overkapping van boomtakken hangt boven haar, terwijl ze hele scholen van Portugese kwallen voor zich ziet, met hun lange tentakels achter zich aan.

Op de plasjes in het kiezelpad heeft zich een dun laagje ijs gevormd. Steeds als ze met haar stok zo'n plasje vindt, blijft ze staan en bukt zich en probeert ze de dunne plak eraf te halen zonder hem te laten breken. Alsof ze een lens tegen haar oog zet. Dan legt ze hem voorzichtig weer terug.

De jongen is geduldig, houdt haar elleboog alleen vast als het nodig lijkt.

Ze lopen naar de heg in de noordwestelijke hoek van de tuinen. Het paadje waarop ze wandelen loopt omhoog, in een gestage bocht naar links. Klauter, pauze, kom op adem. Doorklauteren. Als ze helemaal boven bij het oude metalen prieeltje aankomen, leidt hij haar naar het smalle bankje toe en gaan ze zitten.

Er is verder niemand: te koud of te vroeg of allebei. Ze luistert naar de wind die door de kale takken boven het prieeltje ruist en de gangen van de doolhof staan stevig om hen heen, met onder hen het geroezemoes van Parijs, het slaperige gebrom van een zaterdagochtend.

'Aanstaande zaterdag word je toch twaalf, Michel?'

'Eindelijk, ja.'

'Heb je zo'n haast om twaalf te worden soms?'

'Moeder zegt dat ik als ik twaalf ben op een bromfiets mag rijden.'

'Aha.' Marie-Laure lacht. 'Een bromfiets.'

Onder haar vingernagels vormt de rijp miljarden piepkleine kransjes en kroontjes, een patroon van een verbluffende complexiteit.

Michel gaat tegen haar aan zitten en valt helemaal stil. Alleen zijn handen bewegen. Er klinkt een zacht geklik, er worden knopjes ingedrukt.

'Wat ben je aan het spelen?'

'Warlords.'

'Speel je tegen je computer?'

'Tegen Jacques.'

'Waar is Jacques?'

De jongen blijft met zijn aandacht bij het spelletje. Waar Jacques is doet er niet toe: Jacques zit in het spelletje. Terwijl ze daar zit buigt haar stok tegen het grind en de jongen blijft fanatiek op zijn knopjes drukken. Na een tijdje roept hij: 'Ah!' en laat het spelletje een paar eindpiepjes horen.

'Gaat het?'

'Hij heeft me vermoord.' Er keert weer wat bewustzijn terug in Michels stem; hij kijkt weer op. 'Jacques, bedoel ik. Ik ben dood.'

'In het spelletje?'

'Ja. Maar ik kan altijd weer opnieuw beginnen.'

Onder hen veegt de wind de rijp van de bomen. Ze concentreert zich op de zon op haar handen. Op de warmte van haar kleinzoon naast haar.

'Mamie? Was er iets wat jij graag wilde hebben voor je twaalfde verjaardag?'

'Jazeker. Een boek van Jules Verne.'

'Dat ene dat maman mij heeft voorgelezen? Heb je dat ook gekregen?'

'Ja. In zekere zin.'

'Er stonden een heleboel ingewikkelde vissennamen in dat boek.'

Ze moet lachen. 'En ook nog koralen en mollusken.'

'Vooral mollusken. Mooie ochtend is het, hè, mamie?'

'Heel mooi, inderdaad.'

Onder hen lopen mensen over de paadjes en de wind zingt hele gezangen in de heg en de grote oude cederbomen bij de ingang van de doolhof kraken. Marie-Laure stelt zich de elektromagnetische golven voor die Michels apparaat in en uit gaan, eromheen buigen, net zoals Etienne het altijd omschreef, alleen zigzaggen er nu duizend keer zoveel door de lucht als in zijn tijd – misschien wel een miljoen keer zoveel. Hele stortvloeden aan sms-conversaties, golven vol mobiele gesprekken, van televisieprogramma's, van e-mail, uitgebreide netwerken van glasvezel en kabels die boven en onder de stad door lopen, dwars door gebouwen heen gaan, een luchtbrug vormen tussen zendmasten in metrostations, tussen antennes op gebouwen, vanuit lantaarnpalen met gsm-antennes, advertenties voor Carrefour en Evian en afbaktaartjes, die de ruimte in vliegen en weer terug op aarde komen. *Ik ben wat later* en *Zal ik even reserveren?* en *Kun je avocado's meenemen* en *Wat zei hij dan?* en tienduizend keer *Ik mis je*, vijftigduizend keer *Ik hou van je*, haatmail en herinneringen aan afspraken en beurskoersen, reclames voor sieraden, voor koffie, voor meubels, die onzichtbaar over de wirwar van Parijse straten flitsen, over de slagvelden en grafkelders, over de Ardennen, over de Rijn, over België en Denemarken, over de met littekens bedekte en steeds veranderende landschappen die we landen noemen. En is het zo moeilijk te geloven dat die paden misschien ook wel door geesten worden betreden? Dat haar vader en Etienne, madame Manec en de Duitse jongen die Werner Pfennig heette misschien wel in hele hordes de lucht afstropen, als zilverreigers, als sternen, als spreeuwen? Dat er misschien wel enorme vliegtuigen vol zielen rondvliegen, vervaagd maar wel hoorbaar, als je maar goed genoeg luistert? Ze zweven boven de schoorstenen, rollen over de trottoirs, glijden door je jas en trui, borstbeen en longen en komen er aan de andere kant weer uit, de lucht een bibliotheek vol boeken waarin elk leven dat is geleefd, elke zin die is uitgesproken, elk woord dat is uitgezonden nog weerklinkt.

Elk uur, denkt ze, valt er iemand weg die zich de oorlog nog kan herinneren.

We herrijzen in het gras. In de bloemen. In liedjes.

Michel geeft haar een arm en ze lopen het paadje weer af naar beneden, het hek door en de rue Cuvier op. Ze komt langs één regenpijp twee regenpijpen drie vier vijf, en als ze bij haar gebouw zijn zegt ze: 'Zo is het goed, Michel. Weet je hoe je terug moet?'

'Natuurlijk.'

'Tot volgende week dan.'

Hij geeft haar een kus op elke wang. 'Tot volgende week, mamie.'

Ze blijft luisteren tot zijn voetstappen wegsterven. Tot ze alleen nog maar het gezucht van auto's hoort en het geraas van treinen en de geluiden van iedereen die zich door de kou haast.

Dankwoord

Ik ben dank verschuldigd aan de American Academy in Rome, aan de Idaho Commission on the Arts en aan de John Simon Guggenheim Memorial Foundation. Dank ook aan Francis Geffard, die me voor het eerst naar Saint-Malo heeft meegenomen. Dank aan Binky Urban en Clare Reihill voor hun enthousiasme en vertrouwen. En bijzondere dank aan Nan Graham, die tien jaar heeft gewacht en toen dit boek haar hart, haar potlood en zoveel van haar tijd heeft gegeven.

Ook ben ik schatplichtig aan Jacques Lusseyrans *Het teruggevonden licht*, Curzio Malapartes *Kaputt*, Michel Tourniers *De elzenkoning* en Richard Feynmans *Surely You're Joking, Mr. Feynman!* ('Hij repareert radio's met denkwerk!'); Mary Olivers 'The Summer Day' ('Doesn't everything die at last, and too soon?'); aan Cort Conley, die mijn brievenbus voorzag van een gestage stroom aan zorgvuldig beheerd materiaal; aan de eerste lezers Hal en Jacque Eastman, Matt Crosby, Jessica Sachse, Megan Tweedy, Jon Silverman, Steve Smith, Stefani Nellen, Chris Doerr, Mark Doerr, Dick Doerr, Michèle Mourembles, Kara Watson, Cheston Knapp, Meg Storey en Emily Forland; en in het bijzonder mijn moeder, Marilyn Doerr, die mijn dr. Geffard was, mijn Jules Verne.

Mijn grootste dank gaat uit naar Owen en Henry, die dit boek al hun hele leven kennen, en naar Shauna, zonder wie dit niet had kunnen bestaan en van wie dit alles helemaal afhankelijk is.